The Statue of Liberty.
Symbol und Hoffnung
von Millionen von Immigranten,
auf einem mit
goldschimmernden Jellys
garnierten Fleischpudding.
1886 kreiert von Charles Ranhofer,
Chef de Cuisine des
Delmonico's-Madison, zu Ehren
Frédéric-Auguste Bartholdis,
dem Schöpfer der Freiheitsstatue.

«Dear Mr. Delmonico, ich kam nicht zum Begräbnis. Ihrer verehrten Gattin und Charles Constant schrieb ich eine Entschuldigung und erklärte mein Fernbleiben damit, krank in meinem Cottage in Peace Dale zu liegen. Ihnen, dear Mr. Delmonico, würde ich als Begründung gesagt haben, seit Ende August eingeschneit zu sein, dass zolldicke Eiszapfen Türe und Fenster versperrten, hungrige Grizzlys die Hütte umbrummten und

Aber Simens,

Wölfe die Schlittenpferde frassen, die mich zur Bahnstation hätten bringen sollen. Wie stets bei meinen Ausreden würden Sie verständnisvoll genickt, dann den Kopf geschüttelt und wohl nur einen Satz gesagt haben: ‹Aber Simens, Schnee im August?!› Dann hätten wir ohne noch ein Wort darüber zu verlieren mit der Arbeit begonnen. Dafür, dear Mr. Delmonico, möchte ich Ihnen danken!»

Schnee im August?!

Ein biografischer Roman

Von René Simmen

salis

Dies ist ein Buch verschobener Wahrheiten, Aberwitzigkeiten und menschlicher Irrtümer. Ein Vaudeville des 19. Jahrhunderts mit den Delmonico's-Restaurants als prunkvolle Bühne der New Yorker High Society.
Beobachter der Szenen ist Art Worker Henry Simens, der Erzähler dieses Berichts, den er eher als Roman sehen möchte. Hauptfiguren sind Thomas Caflisch und Lorenzo «the Great» Delmonico sowie Manhattan, New York, als die im Guten und Bösen schillernde Kulisse.
Doch bevor der Vorhang hochgezogen wird: Würdigen Sie mit einem Blick das Zwiegespräch zwischen Seele I & Seele II zu Anfang sowie Ensemble und Spielorte im Register auf den Seiten 3 bis 6 des Klappeneinbandes. Besten Dank.

Salis Verlag AG, Zürich
www.salisverlag.com
info@salisverlag.com

Lektorat: Patrick Schär
Korrektorat: Miriam Wiesel
Buchgestaltung: René Simmen
Umschlaggestaltung: Michel Gilgen
Herstellung: Gutenberg Druckerei, Weimar

1. Auflage 2010

ISBN 978-3-905801-08-8

Inhaltsverzeichnis

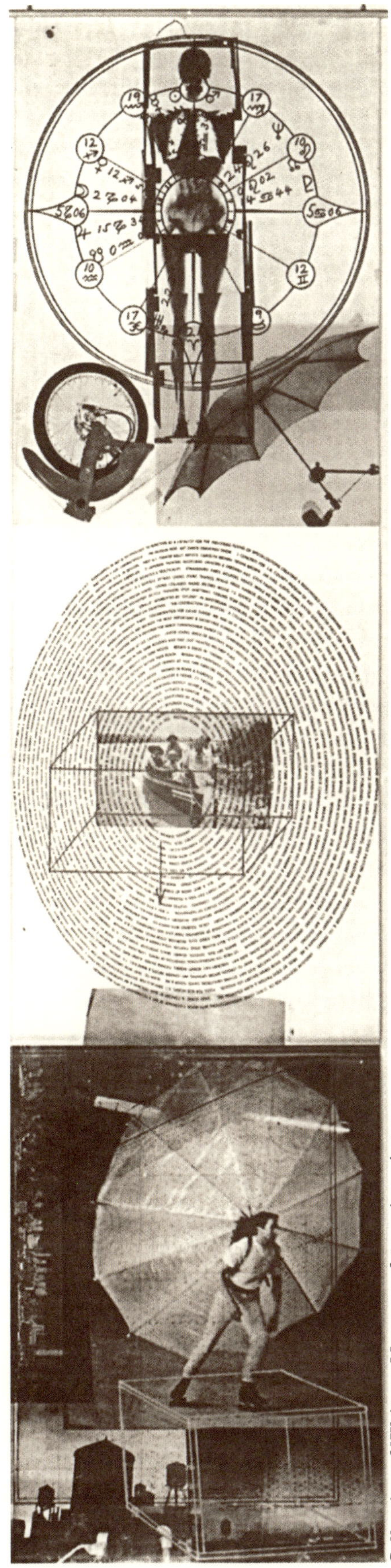

Collection of Whitney Museum of American Art.

Robert Rauschenberg, *Autobiography,* 1967,
Selbstporträt Henry Simens siehe Kapitel XII.

«Ach! Diese zwei Seelen in meiner Brust!»

Seele I: «Warum schrieben Sie dieses Buch?»

Seele II: «Oh, diese immer gleiche läppische Frage, für die es nur läppische Antworten geben kann. Zum Beispiel: Ein Buch entsteht durch Buchstaben, die angetippt werden. Diese werden zu Wörtern, die Wörter zu Sätzen, die Sätze zu Seiten füllenden Texten. Daraus ergibt sich ein Buch. Dieses hier hat mit allem Drum und Dran 288 Seiten. Übrigens: Es ist nicht mein Buch, sondern das unseres Urgroßonkels Henry Simens, 1842 bis 1915.»

Seele I: «Was? Nicht Ihr Buch? Also nicht Sie, René Simmen, sind der Autor, wie Sie sich überall anpreisen und auf der Titelseite zu lesen ist? Wie kommt das?»

Seele II: «Das müssen Sie verstehen, liebe Seele I: Ein Autor muss greifbar sein, Interviews geben, Lesungen abhalten, geehrt werden und Honorare einstreichen. Da es unseren Urgroßonkel nicht mehr gibt, übernahm ich diese Verpflichtung.»

Seele I: «Mein Gott! Sie sprechen ja wie ein Politiker.»

Seele II: «Peinlich, Entschuldigung! Dann also: Ehre, wem Ehre gebührt.»

Seele I: «Wie ist nun das wieder zu verstehen?»

Seele II: «Unter dem Titel ‹Ein biografischer Roman› hinterließ Henry Simens ein Paket mit Tagebuchblättern, Textentwürfen, Notizzetteln, Zeitungsausschnitten, Briefen und Sonstigem. Es war kein ‹druckfertiges Manuskript›, wie er dazu schrieb, auch wenn er den Handlungsablauf mit Laufnummern auf den Papieren festgelegt hatte. Da war noch einiges zu tun. Auch ein Titel schien sinnvoll.»

Seele I: «Alle Hochachtung! Doch: Wie schrieb Henry Simens?»

Seele II: «Deutsch und englisch durcheinander, mit jeweils französischen Ausdrücken. Ich gab allem eine zeitgemäße Form, und es mussten Daten, Namen und Orte verifiziert werden. Auch teilte ich das Buch in Kapitel ein. Wo es sinnvoll schien, dokumentierte ich Henrys Texte mit Fußnoten, Kommentaren und Bildmaterial. Die erwähnten Laufnummern ermöglichen übrigens Hinweise auf Bezug nehmende Texte und Fakten.

Alles das sowie ein ausführliches Register, Zeittafeln und eine entsprechende Buchgestaltung geben dem Werk einen lexikalischen Anstrich. Dies dürfte Henry Simens gefallen haben, gehörten doch Sachbücher und Lexika zu seiner Lieblingslektüre.»

Für Seele I und II:
René Simmen

Under (Bauer) aus einem doppelköpfigen Deutschschweizer Kartenspiel (Schaffhausen, Ende 19. Jahrhundert). Im Gegensatz zum englischen Underdog sticht der Under als Trumpfkarte die Großen der Welt.

Zeit- und Stammtafel der Patriarchen ab Beginn der Welt A. M.* 4004 bis zu Adams Tod A. M. 3074 nach der von Kreationisten wiederbelebten Zeitrechnung von Bischof James Usher (1581–1656).

*Anno Mundi: «Im Jahre nach Erschaffung der Welt». Nach dem

– jüdischen Pentateuch:	4004 v. Chr.
– samaritischen Pentateuch:	4700 v. Chr.
– Talmud:	5344 v. Chr.
– der Septuaginta:	5872 v. Chr.

Adam, am fünften Schöpfungstag von Gott aus Lehm erschaffen, zeugte mit Eva kurz vor und dann nach der Vertreibung aus dem Paradies die Söhne Kain und Abel. Kain «erhob sich gegen seinen Bruder Abel und schlug ihn tot.» (Gen 4,8).
Doch Gott gab Adam und Eva anstelle des ermordeten Abel einen weiteren Sohn, dieser war Set.

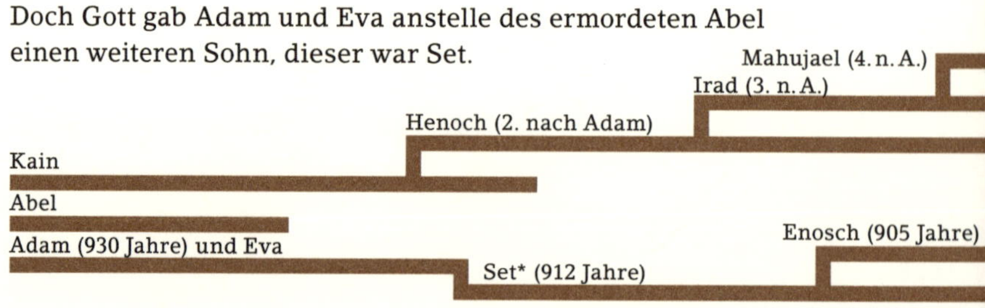

4004 v. Chr. «schuf Gott Himmel und Erde – und den Menschen nach seinem Ebenbilde». *Adam war 130 Jahre alt, als Set

Mit Adam und Eva, einer Bäckerwitwe und einem eisigen New Yorker Nieselregen glaubt Henry Simens den Beginn seines Romans geglückt

[001] Adam erkannte Eva zwei Mal und zeugte Kain und Abel. Kain erschlug Abel und zeugte Henoch. Dem Henoch ward Irad geboren und dieser zeugte Mahujael. Der zeugte Metusael. Dieser den Lamech und Lamech mit dem Weibe Ada die Söhne Jabal und Jubal sowie mit dem Weibe Zilla den Sohn Thubalkain und dessen Schwester Naëma.

Und im Laufe von Jahrtausenden wurden vom Stamme Kains sowie dem des Adams und Sets weitere Söhne und Töchter gezeugt bis zur 166. Generation*, da Thomas Caflisch geboren und im Alter von 23 Jahren Schullehrer im Dorf Sanvolain im Schweizer Kanton Graubünden wurde, sich verlobte, doch zugleich mit einer zu jungen Schülerin möglicherweise ein Kind zeugte. Deswegen setzte er sich in die Vereinigten Staaten von Amerika ab und zog dort nach ungutem Tun in Boston und Philadelphia nach New York, um sich aufs Angenehmste mit der Witwe eines Zuckerbäckers zu verbinden, die nicht nur Gefallen an dem charmanten Mann fand, sondern in ihm auch den Partner sah, den serbelnden Konditoreibetrieb neu zu beleben; Caflisch hatte die Witwe glauben lassen, ein tüchtiger Konditor zu sein. Bündner Konditoren hatten einen guten Ruf.

Nach vier Tagen Annehmlichkeiten war nach Ansicht von «la belle boulangère», wie Thomas die Bäckerwitwe nannte, von ihm auch der zweite Teil der partnerschaftlichen Beziehung unter Beweis zu stellen: Er möge mit der Arbeit beginnen, Hon. Jasper M. Gilbert wünsche für das traditionelle Jahresessen des Supreme Court eine Torte aus Nougat, Schokolade und Zuckerwerk, wie sie der verstorbene Confectionery Master jeweils zu aller Zufriedenheit lieferte.

Erastus Salisbury Field (1805–1900), *Garten Eden* (um 1860, Ausschnitt). Shelburne Museum, Vermont.

**001: Eine bei Fundamentalisten noch heute auf dem jüdischen Pentateuch fußende Zeitrechnung, wonach die Welt 4004 v. Chr. erschaffen wurde. Nach Berechnungen des im 17. Jahrhundert lebenden englischen Theologen John Lightfoot aufgrund einer anderen Zeitrechnung (siehe Seite links) wurde Stammvater Adam am Freitag, den 17. September 3928 v. Chr. erschaffen. Adam lebte 930 Jahre lang (Gen 5,5) und zeugte mit Eva und drei weiteren Frauen 33 Söhne und 23 Töchter.*

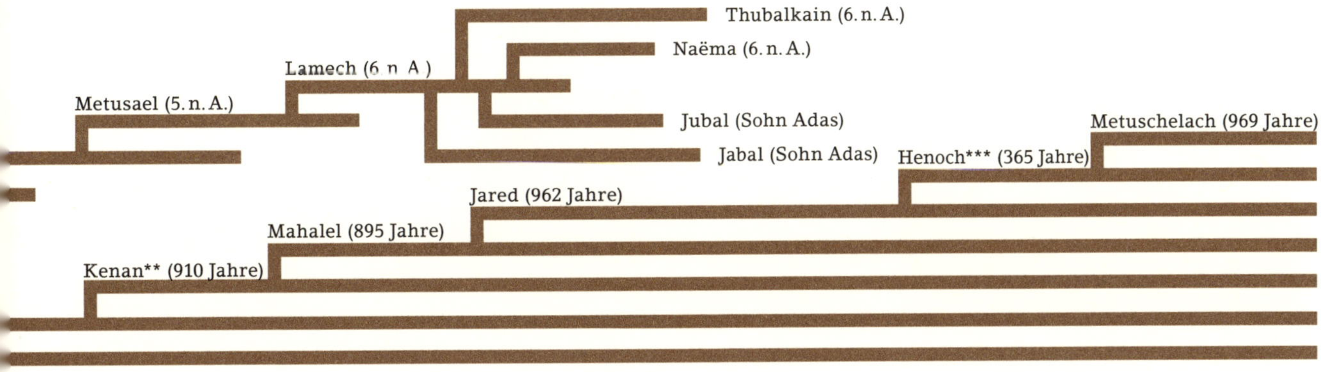

geboren wurde. **war für seine Weisheit und Macht berühmt. ***im Buch Henoch sind apokryphe Weissagungen überliefert.

**002: Das nach einer eiskalten Märznacht 1868 mit Eiszapfen behangene, durch Brand und Löschwasser zerstörte zweite Museum von P.T. Barnum am Broadway zwischen Spring und Prince Street. Barnums erstes American Museum, 1865 ebenfalls abgebrannt, befand sich am Broadway, Ecke Ann Street.*

Wir sind am Punkt, wo die Lebensgeschichte von Thomas Caflisch eine dramatische Wendung nimmt. Doch wollen wir nicht vorgreifen. Erwähnt sei lediglich, dass die Bäckerwitwe Thomas aus Bett und Konditorei hinausbeförderte.

[002] Mit Adam, Eva und den Patriarchen scheint mir der Anfang des vorliegenden Romans geglückt, hält er sich doch an den Rat von Bruce Holmes' *The Universal Self-Instructor of Creative Writing,* schon mit den ersten zwei, drei Sätzen den dramatischen Verlauf einer Story durch denkwürdige Charaktere und Vorkommnisse erahnen zu lassen. Was hingegen noch fehlen könnte, ist die Atmosphäre oder Stimmung. Sie ergibt sich nach Bruce Holmes aus Zeit und Wetter sowie Ort der Handlung.

Ort und Zeit: Wir befinden uns nahe von Barnum's American Museum* am Broadway. Es ist Ende September 1858, ein Freitag, drei Uhr nachmittags. Ein schwarzer Tag für Thomas Caflisch, der soeben von der Bäckerwitwe auf die Straße gesetzt wurde. «Schwindler … Gauner … Versager!», hatte sie geschrieen, sie, die Thomas bisher nur süße Worte zugeflüstert hatte. Nicht einmal die Jacke, ein Geschenk erster Liebestage, konnte er der Eile wegen anziehen. Dies nur deshalb, weil er nicht einmal eine Frangipane* für den Überzug der von Hon. Jasper M. Gilbert gewünschten Torte zustande brachte – und der Witwe vor grinsenden Bäckergesellen gestehen musste, zwar Bündner, doch kein Zuckerbäcker zu sein.

Und das Wetter? Es ist kalt und trübe, erst beginnt es zu nieseln, jetzt gar zu regnen, und Thomas flüchtet, nur mit Hemd, Hose und Pantoffeln bekleidet, ins Victor's Cheeks in der Baxter Street. Es riecht nach kaltem Rauch und abgestandenem Bier.

«Zum Kotzen», flucht Thomas, «vor allem, wenn dir plötzlich bewusst wird, dass das tröstliche Klimpern im Geldbeu-

**002: Frangipane, eine mit Mehl, Eiweiß, Eigelb, Milch, Butter und Puderzucker zubereitete Crème pâtissière zum Überziehen von Torten und Füllen von Profiteroles und Pralinen.*

«Time is money», ein seit über 100 Jahren geläufiger und immer noch geglaubter Ausspruch, obwohl «money» im Widerspruch zum Wortursprung «moneta» (lat. monere = warnen) steht. «Monere» ist verewigt in «moneta» (it. Münze), «monnaie» (fr. Münze, Kleingeld), «mint» (eng. Münzstätte), «Münze» (ahd. munizza) und im umgangssprachlichen «Moneten».

tel demnächst ein Ende haben wird.» Victor, der Wirt, nickt verständnisvoll. Er stellt Thomas das Bier erst auf den Tisch, nachdem dieser einen Penny hingelegt hat.

[003] Jetzt erst, wie Thomas zum Glas greift, fällt mir der wirklich vollkommene Romananfang ein. Ein schicksalhafter Anfang, kommt doch ein bedeutendes literarisches Gestaltungsmittel hinzu: die Liebe. Somit lernen wir Nancy kennen.

Darf ich nochmals um Zeit, Ort und Wetterangabe bitten? Noch immer ist Freitag. Es regnet. Stark sogar, als Thomas und Nancy sich irgendwo an der New Yorker West Side erstmals begegnen. Doch nicht etwa an einem beliebten Treffpunkt, wie etwa vor Barnum's American Museum, wie ich hätte schreiben können. Nein, wie wir noch sehen werden, im muffig riechenden Victor's Cheeks an der Baxter Street. Soeben hat Victor irgendetwas von Tollner gemurmelt, der einen Wein-oder-sonst-noch-Kellner suche. Dies weckt Thomas aus seinem trüben Sinnen: Das könnte sein Job sein. In Luzern im National sei er schon Weinkellner gewesen, später dann in Colmar und Metz. Das sei zwar lange her, doch traue er sich zu, nicht nur Wein-, sondern auch Saucen-, Gemüse- und Dessertkellner zu sein, ha, ha! Aber Kellner bei Tollner?

Tollner ist Klasse. Nur mit Hemd und Bäckerhosen angetan kann sich Thomas bei Tollner nicht bewerben. Er werde bei einem dieser Kleiderjuden an der Hester Street* Kleiderzeugs mieten müssen. Doch fehle ihm das Geld. Das bedauert Victor und schaut hinauf zur Decke und hindurch zu Gott, der angeblich Wunder tut. Doch der tut vorläufig keines. Auch Victor denkt nicht daran, eines zu tun; es fällt ihm nicht ein, drei Dollar für Miete und Depot für Klamotten eines Gastes herauszurücken, obschon Thomas schwört, ihm dreieinhalb Dollar vom ersten Verdienst bei Tollner zurückzuzahlen – wenn er die Stelle bekomme.

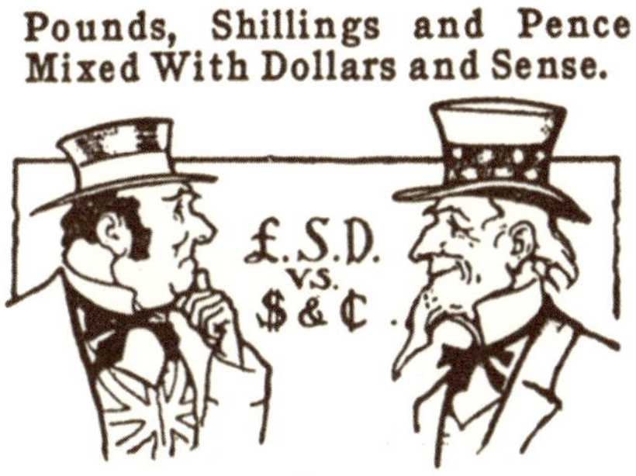

AMERICAN MONEY.

10 Mills..........1 Cent.
10 Cents..........1 Dime.
10 Dimes..........1 Dollar.
10 Dollars..........1 Eagle.

In the West and South, 12½ cents make a *bit*; in New York the same sum is called a *shilling*. The New England States call 16⅔ cents a shilling, but all of these values are not legal.

ENGLISH MONEY.

4 Farthings....1 Penny.
12 Pence.......1 Shilling.
20 Shillings....*1 Pound or Sovereign—$4.8666.

*In United States custom houses it rates at $4.84.

Die Bezeichnung «Shilling» (mit einem Wert von einem Achtel Dollar) hielt sich in New York noch Jahrzehnte neben «Dollar» und «Cent» (siehe Weinkarte Frères Delmonico, Seite 28).

Silver Dollar 1858

United States Coins
(Nickel und Silber) um 1860

Dime 1860

One Dollar 1840

Large One Cent 1853

Flying Eagle Cent 1857

Half Dollar 1840 und 1855

«Wenn!», seufzt Victor und blickt weiterhin nach oben. Dort ist zwar nur ein Fliegenfänger zu sehen, doch fromme Blicke nach oben verhindern oft die Sicht auf das Irdische. Von Victor unbemerkt, ist Nancy, seine Tochter, von der Küche her in die Kneipe getreten.

«Daddy», sagt sie, «gib ihm das Geld!»

Victor fährt herum: «Nancy, was soll das? Du weißt, dass du dich hier nicht zeigen sollst!»

«Das ist jetzt unwichtig, der Mann hat eine Chance und braucht das Geld. Bitte!»

Victor presst wütend die Lippen zusammen, seufzt, geht hinter die Theke und klaubt drei Dollar aus einer Dose.

«Hier! Du bringst mir vom ersten Verdienst bei Tollner drei Dollar plus 50 Cent.»

«Sicher, ja, bei meiner Ehre», sagt Thomas. Und dann, zu Nancy: «Danke!» Welch ein Mädchen, denkt Thomas beim Verlassen der Kneipe. Diese Nancy darf sich schon sehen lassen.

**003: Secondhand-Kleider in Jewtown um 1860: lange Herrenunterhosen (gewaschen) für 80 Cent das Dutzend, ein ordentlicher Anzug für 1.40 Dollar, Schuhe für 70 bis 90 Cent.*

[004] Tollner hört sich die Geschichte von Thomas an, wie er in Bozen als 13-Jähriger bei einem Winzer, später dann im Geschäft des Vaters in Disentis, Graubünden, Schweiz, hart gearbeitet habe: bei Hitze und Kälte und Schnee mit dem Maultier Zucker, Kaffee, Tee und Salz weit in die hintersten Täler gebracht – «Schon gut, schon gut», winkt Tollner ab – und dann, so Thomas weiter, nach dem Tod des Vaters in Luzern, Basel, Colmar und Metz als Kellner gearbeitet, von Le Havre nach Boston gereist als Passagier der «Saint Séverin», die Feuer fing, wie zu lesen war. Schrecklich habe der Brand gewütet. Er sei, sein Glück, oben auf dem Vordeck gewesen. Doch sein Reisekorb sei mit allem, was er besessen habe, verbrannt; auch Empfehlungen und Zeugnisse.

«Mir kommen die Tränen», sagt Tollner. «Sie sind der Dritte oder Vierte mit diesem Quatsch von verloren gegangenen, gestohlenen oder verbrannten Zeugnissen und Arbeitsbüchern. Doch was soll's. Sie gaben an, auch Italienisch, Deutsch und Französisch zu können, etwas, was die Gäste schätzen werden. Sie fangen morgen an, rasiert und mit sauberen Fingernägeln. Schürze und Kellnerfrack erhalten Sie von mir, kassieren werde ich. Noch etwas: Keine Frauengeschichten in meinem Betrieb.»

[005] Zwei Monate ist Thomas schon bei Tollner*. Tollner ist zufrieden, auch die Gäste, die die freundliche Aufmerksamkeit des neuen Kellners nicht selten mit einem Trinkgeld belohnen. Warum Thomas Victors Kneipe meidet und die Schuld nicht begleicht, weiß er selber nicht. Doch immer wieder denkt er an Nancy. Ja, jetzt, morgen oder übermorgen würde er hingehen, Victor die dreieinhalb Dollar hinlegen, sich entschuldigen und – ein guter Gedanke – darauf bestehen, sich nochmals bei Nancy zu bedanken. So könnte er Nancy sprechen, vielleicht ein Rendezvous vereinbaren. Nein, besser wäre es, Freitagnachmittag zwischen drei und sechs Uhr, da hatte er frei.

[006] Freitage haben es in sich. Thomas muss für einen erkrankten Kollegen den frühen Abendservice übernehmen; es sind die Tische Nr. 8 und 11 bis 14 zu decken, für Theaterbesucher, die zeitig essen wollen. Tollner empfängt die Gäste, nimmt Bestellungen auf. Thomas und ein Kollege holen Wein aus dem Keller und trödeln dabei. Tollner raunzt Thomas an, er möge, zum Teufel, endlich servieren, die Leute am Tisch Nr. 8 seien in Eile.

Thomas holt in der Küche die Vorspeise, zweimal Cream of Clam Soup. Tollner stellt zwei Gläser Amontillado aufs Tablett, eine Aufmerksamkeit des Hauses für gute Gäste. Kurz vor Tisch Nr. 8 fühlt sich Thomas angestarrt. Doch ist er zu sehr um das Tablett mit Suppe und Sherry besorgt und bemerkt «la belle boulangère» erst, als ihm ein Hagel

*005: *Möglicherweise jener Eugene Tollner, der 20 Jahre später mit Charles Gage das noch heute bestehende, mit Marmor, Spiegelwänden und Kristallleuchtern ausgestattete Fischrestaurant an der Fulton Street in Brooklyn gründete.*

von Schimpfwörtern und Verwünschungen entgegenprasselt: «Der da, der ist es, dieser...», und dann – nein, ich möchte hier nicht wiedergeben, was durchs ganze Restaurant zu hören war, sind doch nach Bruce Holmes' *Self-Instructor of Creative Writing* vulgäre Worte tunlichst zu vermeiden.

Thomas bemerkt nur, dass der Begleiter der Bäckerwitwe aufsteht und sich drohend nähert. Verwirrt streckt ihm Thomas das Tablett mit Suppe und Gläsern entgegen, das dieser verdutzt ergreift. Das gibt Thomas Zeit zur Flucht. Wie blind sei er davongerannt, habe beim Eingang Gäste weggestoßen, erinnerte sich Tollner. Der Begleiter der Witwe sei, so Tollner, wie ein Holzklotz verdutzt mit dem Tablett in den Händen dagestanden, bis ihm die Witwe «Du Idiot, setz dich endlich!» zugerufen habe. Beide hätten wortlos die Suppe gegessen, Geld hingelegt und seien gegangen. Thomas habe er, so Tollner, nie mehr gesehen. Er sei weg mitsamt Schürze und Kellnerfrack. Zurückgelassen habe er Mantel und Hut.

[007] Die Tollner-Story ereignete sich um 1858. Damals dürfte Thomas Caflisch knapp 30 Jahre alt gewesen sein. Als ich ihn mehr als 15 Jahre später kennenlernte, erwähnte er beiläufig, «etwas über 40» zu sein.

Wie in späteren Jahren besaß Thomas schon damals eine beneidenswerte natürliche Eleganz und recht viel von dem, was man jiddisch «Chuzpe» nennt. Was ich an ihm zudem bewunderte, war seine schauspielerische Begabung. Wie ich selber sah und hörte, überzeugte er in jeder Rolle, sei es als Finanzmakler, Beamter, Adliger, Arzt, Prediger, Großgrundbesitzer. Das lag daran, dass er wohl wie alle großen Schauspieler die Rollen nicht spielte: Sie waren sein augenblickliches Leben.

«Dieser Mann mag ein schauspielerisch begabter Schwindler sein. Doch dass ein Schauspieler seine Rolle lebt, kannst

**007: Es gibt kein Hineinschlüpfen in eine andere Person, sagt der Kabarettist und Schauspieler Lukas Ammann. Gleicher Meinung sind die Bühnen- und Filmschauspieler Vittorio Gassman und Marcello Mastroianni, die in einem Interview (1986) über das Gefühl sprachen, als ehemalige Latin Lovers Großvaterrollen spielen zu müssen.*
Gassman: «Wie ich mich fühle? Nicht anders als sonst. Solche Rollen gehören zum Beruf. Man spielt sie und möglichst glaubwürdig.»
Mastroianni: «So ist es. Mich nerven die Geschichten von Schauspielern, die ihre Rollen verinnerlichen, zum Beispiel De Niro und seine Vollidentifikation ...»

du vergessen», lachte John Anderson, Theaterkritiker beim *Harper's Weekly.* «Ein guter Schauspieler lebt nie die Person, die er darstellt. Er spielt sie.* Nur so wirkt sie glaubwürdig. Interpretation ist das Rüstzeug der Schauspielerei, nicht Identifikation.» Wie dem auch sei. Ich möchte jedoch anhand eines Beispiels zeigen, wie rasch und überzeugend Thomas eine Rolle übernehmen und seine Persönlichkeit verändern konnte.

1878 kam es zwischen Greenwich Village und Little Italy zu Überfällen von jugendlichen Gangs auf Passanten*. Sie wurden bedroht, ausgeraubt und geschlagen. Plötzlich hörten die Räubereien auf und die Polizei sonnte sich im Erfolg. Anfang 1879 kam es erneut zu Überfällen. Nun nicht nur auf Fußgänger, sondern auch auf Ladenlokale, Spielclubs und Restaurants. Angestellte, Wirte und Gäste wurden geschlagen, wenn sie sich weigerten, ihr Geld herzugeben. In einem Spielclub wurde der Türsteher niedergeschossen und Spieler mit Knüppeln verletzt, als sie sich wehrten.

Wenige Tage nach diesem viel diskutierten Überfall traf ich Thomas im Petuzzi's an der 12th Street West/Greenwich Avenue, einem unserer Meinung nach außerhalb der Gefahrenzone liegenden Restaurant. Wir bestellten Kutteln Sciabecca* und Fritelle di Ricotta, beides Spezialitäten von Giuliana Petuzzi. Essend und schwatzend bemerkten wir die vier Jünglinge mit rußgeschwärzten Gesichtern erst, als sie, mit Knüppeln und Jagdflinten drohend, Mario Petuzzi und den alten Gabriele hinter die Anrichte trieben und die Gäste in einem Gemisch aus Italienisch und Englisch aufforderten, aufzustehen und Geld und Schmuck auf die Tische zu legen.

Der Schreck war groß, die Leute taten, was verlangt wurde. Nur Thomas und, auf ein Zeichen von ihm, auch ich aßen weiter. Einer der Gangster richtete das auf Hüfthöhe gehaltene Gewehr auf uns. Thomas drehte sich ihm zu. Und ich gewahrte Verblüffendes: Dieser Thomas war nicht mehr

**007: Ein von Mädchen in eine Seitenstraße gelockter Passant wird niedergeschlagen und ausgeraubt. Raub, Diebstahl, Einbrüche und Prostitution Jugendlicher waren im 19. Jahrhundert häufig, Bluttaten jedoch selten. Auch die von Erwachsenen begangenen Morde waren für eine Großstadt, verglichen mit dem 20. Jahrhundert, eher gering: Von 1865 bis 1875 kamen auf 100 000 Einwohner jährlich vier Ermordete, von 1876 bis 1890 waren es fünf, 100 Jahre später 26.*

der zufrieden lächelnde Mann, wie er noch vor einer Sekunde mir gegenübersaß, sondern ein Respekt einflößender Padrone, der Untergebene tadelt:

«Senti un po'! Sai per quanto tempo questa trippa ha dovuto bollire nell'infuso di vino? Se non lo sai, te lo dico io: ben sei ore!»

(Weißt du, wie lange diese Kutteln in Wein schmorten? Wenn du es nicht weißt, sag ich's dir: Es waren gut sechs Stunden.)

«E sai quanto tempo ha dovuto impegnare mamma Petuzzi per pulire tutta questa trippa? Più di un'ora. Ha dovuto sbucciare patate e carote, tagliarle a pezzetti, togliere la buccia ai pomodori e tagliuzzarli, pulire e tritare aglio e cipolle, poi tutto insieme farlo lentamente saporire nell'olio, friggendo ogni cosa in una grossa pignata, proprio come faceva tua madre quando faticava ai fornelli!»

(Weißt du, wie lange Mama Petuzzi brauchte, um die Kutteln zu säubern? Mehr als eine Stunde. Dann musste sie Kartoffeln und Karotten schälen und würfeln, den Tomaten die Haut abziehen, Knoblauch und Zwiebeln hacken und alles in Öl anziehen, so wie es deine Mutter machte!)

«Ora tu e i tuoi compagni filate in cucina da mamma Petuzzi e mangiate questa trippa! Lei vi offrirà il vino! La trippa ve la pago io!»

(Geh jetzt mit deinen Freunden in die Küche zu Mama Petuzzi und esst Kutteln. Sie wird euch Wein auf Kosten des Hauses geben. Die Kutteln zahle ich.)

Der Gangster ließ verblüfft sein Gewehr sinken. Dann gab er seinen Kumpanen ein Zeichen und zu viert trotteten sie in die Küche. Thomas wandte sich wieder mir zu: Keine Spur mehr des Ehrfurcht gebietenden Padrone, sondern ein liebenswürdiges Gegenüber. Als er die Weinflasche ergriff, um einzuschenken, zitterte jedoch seine Hand so stark, dass ich es für ihn tun musste. Unterdessen hatten sich die Gäste gesetzt, man hörte Worte wie «unerhört», «Skandal»,

SCIABECCA

**007: Trippe (Kutteln) Sciabecca sind eine ligurische Spezialität: Karotten, Zwiebeln und Sellerie (alles klein gewürfelt) mit Thymian, Lorbeer, Nelken und Knoblauch in Öl oder Butter anziehen.*
1,2 Kilogramm (für 4 Personen) klein geschnittene Kutteln zugeben, zugedeckt 20 Minuten garen, mehrmals wenden.
Dann 150 Gramm kleine Rindfleischwürfel sowie Petersilie zugeben. Mit Weißwein ablöschen, 1 Stunde köcheln lassen, eventuell Bouillon nachgießen. Mit Salz und Pfeffer abschmecken. Reibkäse (separat) dazu servieren.

«schreckliche Zeiten». Ein Gast stand auf, hob sein Glas, neigte sich Thomas zu und sagte: «Danke!» Doch ließ sich ebenfalls eine Stimme vernehmen: «Auch das noch. Man hole lieber die Polizei. Die stecken doch alle unter einer Decke!»

Thomas zuckte mit den Schultern: «Ich denke, wir verzichten auf die Fritelle und gehen durch die Küche ab.»

Dort saß Petuzzi auf einem Stuhl, noch immer zitternd vor Angst. Giuliana Petuzzi stand am Herd. Als Thomas nach den Gangstern fragte, schüttelte sie wütend den Kopf. Gabriele schöpfte Ricottaklößchen aus heißem Öl auf eine Platte und goss Honig darüber. Sie waren zum Anbeißen schön.

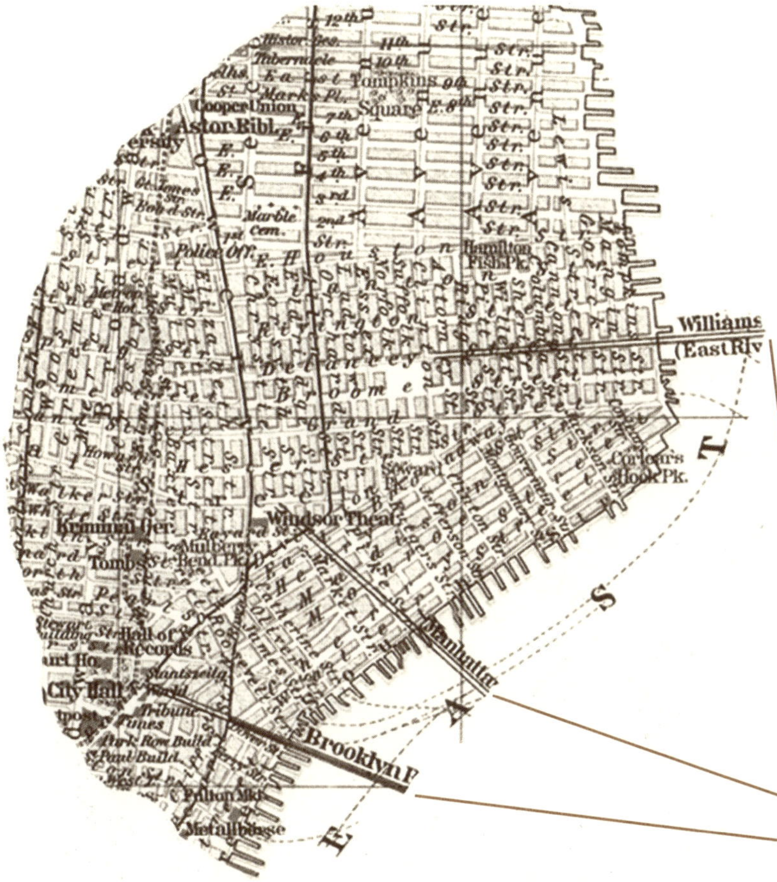

Die Lower East Side war der Stadtteil, in dem sich die Immigranten des 19. Jahrhunderts zuerst niederließen, möglichst im Umfeld früherer Einwanderer gleicher Herkunft. So lebten Italiener, Juden und Chinesen quasi unter sich und konnten somit ihre Sprache, Religion, Bräuche und Essgewohnheiten weitgehend bewahren.

Williamsburg Bridge
Manhattan Bridge
Brooklyn Bridge

Um 1860, zur Zeit von Caflischs Tätigkeit für die Mission of the Courageous of God (die Mission der Mutigen Gottes), besaß Manhattan bei 815 000 Einwohnern 211 Kirchen und um die 600 Houses of Worship, das heißt der Gotteslehre und dem Beten dienende Kultusstätten. Neben den Religionsgemeinschaften von Lutheranern, Reformierten, Methodisten, Episkopalen, Presbyterianern, Baptisten, Kongregationalisten (United Church of Christ) und Römisch-Katholischen gab es unzählige christliche Sekten; kleinere hielten ihre Gottesdienste auch in der Wohnung eines Mitglieds ab. Nichtchristliche Religionen hatten ebenfalls ihre Gebets- und Versammlungsräume. Synagogen gab es 1860 14. 1898, nach dem Zusammenschluss zu Greater New York, waren es um die 100. «Wie alt eine Religion ist, sieht man daran, wie weit sie sich von den Ursprüngen entfernt hat.» (Anonym)

Welche Religion? Und vor allem:
Welche Kirche bietet mehr?

Fäuste und ein Halleluja für die Mission der Mutigen Gottes, die ebenso fragwürdig wie das Singspiel *The Cloister Follies* ist

[008] Doch vorerst zu Thomas, dem 30-jährigen. Nach dem blamablen Reißaus bei Tollner arbeitete er bei einem Malermeister, faltete in einer Buchbinderei Druckbögen und brach sich nahezu das Rückgrat beim Umladen von Baumwollballen im Hafen. Was er verdiente, war wenig, jedenfalls zu wenig, um Victor die drei Dollar plus 50 Cent zu zahlen, wie er versprochen hatte. An Nancy jedoch dachte er immer wieder.

Er glaubte an einen Fingerzeig seines Schutzengels, als er im Aushang einer Zeitung am Printing House Square* eine Annonce las, in der ein Buchhalter-Kassierer gesucht wurde: «Ehrlich und vertrauenswürdig, da ihm größere Geldsummen anvertraut werden.» Thomas wird den Kopf geschüttelt haben. Ein solcher Hinweis musste doch jeden Ganoven anlocken! Es lohnte sich, die Firma aufzusuchen.

Thomas fand sich zur erwähnten Zeit bei der angegebenen Firma Barnauer and Company ein. Mr. Barnauer empfing ihn nach einer halben Stunde Wartezeit, drei Kandidaten waren vor Thomas schon eingelassen und verabschiedet worden. Barnauer nickte auf die Begrüßung von Thomas, bot ihm jedoch keinen Stuhl an.

Barnauer: «Ihr Name?»

Thomas: «Stinky Avarell Thomas Knurrlibär Sleepy Caflisch.»

Barnauer: «Geht es nicht einfacher?»

Thomas: «Wenn Ihnen Ehrlichkeit und Vertrauenswürdigkeit wichtig sind: Stinkys nannte man uns Arbeiter aus der Gerberei, weil wir stanken, auch wenn wir uns mit Seife

Druckmaschine, auf der 1865 *Harper's New Monthly Magazine* gedruckt wurde.

**008: 1840 wurden Park Row und Printing House Square dank der dort angesiedelten Tageszeitungen wie* Tribune, Sun, Herald, Times *und* Evening Post *sowie diverser Wochenblätter zum Zentrum des New Yorker Zeitungswesens; dort befanden sich ebenfalls die Büros der Associated Press, einer Gemeinschaftsgründung von sechs New Yorker Zeitungen zur schnellen Übermittlung der Frontberichte vom amerikanisch-mexikanischen Krieg von 1846 bis 1848.*

«Von einem Buchhalter wird absolute Ehrlichkeit, Zuverlässigkeit, Verschwiegenheit und Treue zu seinem Arbeitgeber erwartet. Auch sollte er über eine saubere Handschrift verfügen.» (1892)

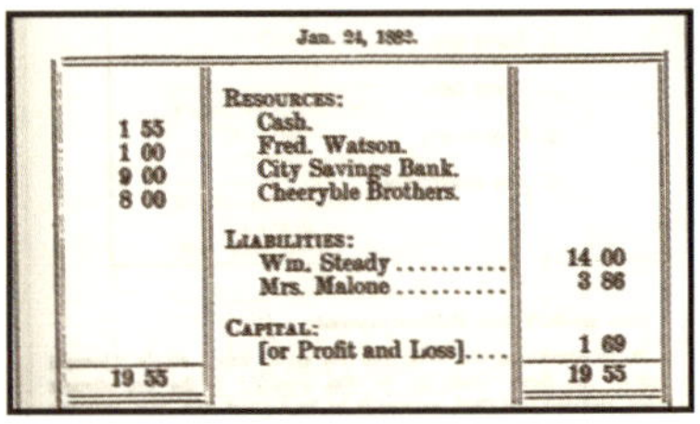

Jan. 24, 1882.

	Resources:	
1 55	Cash.	
1 00	Fred. Watson.	
9 00	City Savings Bank.	
8 00	Cheeryble Brothers.	
	Liabilities:	
	Wm. Steady	14 00
	Mrs. Malone	3 86
	Capital:	
	[or Profit and Loss]....	1 69
19 55		19 55

«Das eine wird in die linke, das andere in die rechte Spalte eingetragen.»

die Haut abschrubbten. Avarell ist ein Wunschname; so würde ich den Held in einem Roman nennen. Thomas ist mein Taufname. Knurrlibär nannte mich eine Frau. Sleepy hieß ich in der Schule, ich schlief während des Unterrichts immer wieder ein. Übrigens: Der König von Portugal hat 247 Vornamen.»

Barnauer: «Möglich, dieser bewirbt sich jedoch nicht als Buchhalter. Doch jetzt zur Sache: Was gilt ein englisches Pfund in Dollar?»

Thomas: «Je nachdem, ob ich kaufe oder verkaufe, mehr oder weniger.»

Barnauer: «Sind Sie Schweizer?»

Thomas: «Teils, teils. Viele halten mich für einen Schotten, ich bin geizig. Für andere bin ich ein Franzose, weil ich jedem Weiberrock hinterherlaufe. Als ich noch im Kirchenchor sang, hielten mich viele meiner Stimme wegen für einen italienischen Kastraten.»

Barnauer: «Sind Sie religiös?»

Thomas: «In Disentis, Graubünden, Schweiz, schwang ich als Knabe während des Gottesdienstes den Weihrauchkessel und zog zu Ehren Gottes unter den wachsamen Augen des Pfaffen den Weibern die Ringe von den Fingern. Der Bischof benötigte Geld für den Kauf einer Reliquie, es ging um den Zeigefingerknochen eines alten Heiligen.»

Barnauer: «Worin unterscheidet sich Soll und Haben?»

Thomas: «Das eine wird in die linke, das andere in die rechte Spalte des Kassabuchs eingetragen.»

Barnauer: «Witzig! Wissen Sie überhaupt, was Soll und Haben bedeutet?»

Thomas: «Sicher. Das hat mir einmal ein Geldeintreiber bleibend eingebläut: Das sollst du mir bezahlen, das habe ich zu fordern.»

Barnauer: «Aber nein! Noch eine persönliche Frage: Haben Sie sich schon einmal von einem Arzt untersuchen lassen? Ich meine den Kopf.»

Mr. Adams

Mr. Clarc

Mr. Braun

Thomas: «Wieso? Mit dem komme ich gut zurecht. Die Haare schnitt mir kürzlich ein Barbier an der Orchard Street. Rasieren tu ich mich selber.»

Barnauer: «Warten Sie draußen.»

Nach einer Viertelstunde wurde Thomas von Mr. Barnauer in sein Büro gerufen. Neben dem Schreibpult stand ein würdig aussehender Mann mit weißem Bart und weißen Haaren. Auf dem Stuhl daneben saß eine junge Frau.

«Das ist dieser Stinky undsoweiter», stellte Mr. Barnauer Thomas vor.

Der Würdige musterte Thomas: «Um es kurz zu machen: Wir können Sie nicht brauchen!»

«Ach so? Um mir das zu sagen, lassen Sie mich warten?» Der Ärger von Thomas war spürbar. «Und überhaupt, sollte ich dies nicht von Mr. Barnauer hören? Wenn ich mich nicht täusche, heißt die Firma Barnauer and Company.»

«Ich bin die Company», sagte der Würdige. «Deshalb kann ich Sie ebenso gut zum Teufel wünschen wie mein Kompagnon. Ihre irrblöden Antworten auf Mr. Barnauers Fragen habe ich vom Nebenzimmer mitangehört. Ich wollte mir das Vergnügen nicht entgehen lassen, einmal einen veritablen Vollblutdeppen zu sehen. Sie können ja Ihre Adresse hier lassen für den Fall, dass wir uns einmal einen Hofnarr leisten wollen.»

«Oh, danke, stets zu Ihren Diensten! Sie erreichen mich abends bei Charly an der Pearl Street, dort helfe ich als Falschspieler aus. Nach elf Uhr abends finden sie mich in Florenci's Bar Room unter dem zweiten Tisch rechts. Auf Wiedersehen!»

«Halt! Einen Augenblick!», rief der Würdige. «Ich habe etwas für Sie. Melden Sie sich morgen an der 2nd Street East 78.» Beim Hinausgehen schien es Thomas, als ob die junge Frau lächelte.

[009] Was sollte das alles? Und was bedeutete das Lächeln der jungen Frau? 2nd Street East 78 war ein verwahrlostes

«Barber: a person whose work is cutting hair, shaving and trimming beards, etc.»
(Webster)

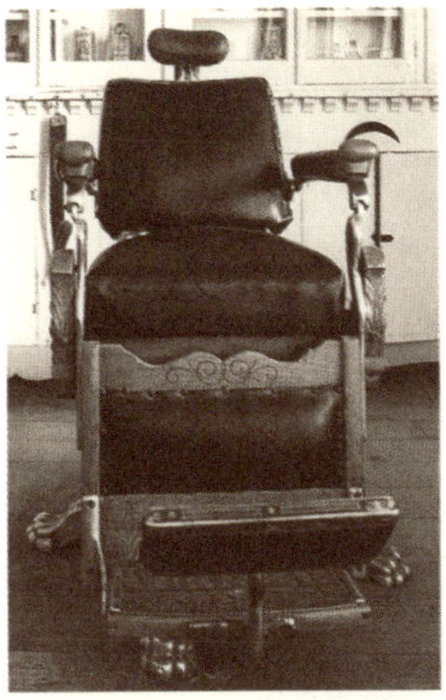

Amerikanischer Barbierstuhl.

«Clarkie's Barbershop war ein riesiger Raum mit einem einzigen, grün gepolsterten Frisierstuhl. An zwei Wänden waren zahlreiche Lederstühle. Hinter ihnen zogen sich schwarze Abdrücke der Wand entlang, wo die Wartenden ihre Köpfe angelehnt hatten. An der vierten Wand befanden sich ein Waschbecken, Wasserhähne und ein Nussbaumschrank mit Regalbrettern. Auf ihnen waren Krüge, und auf jedem stand in goldenen Lettern ein Name. Der Krug meines Vaters stand auf dem zweitobersten Brett, der dritte von rechts … Im Alter von zwölf begann ich verstohlen, mein Kinn in der Hoffnung zu betasten, dass in nicht allzu ferner Zukunft auch ich einen Krug dort stehen haben würde.»
(Oliver Wendell Holmes)

Mr. Hubert Mr. Mellon Mr. Quinn Mr. Upjon Mr. Wilson Mr. Oliver

Backsteinhaus* inmitten von halbwegs hochgezogenen Tenant Houses. Die Haustüre war versperrt, der Eingang des von der Straße her erreichbaren Untergeschosses offen. Durch einen Vorraum gelangte Thomas in ein spärlich möbliertes Zimmer. An einem Stehpult stand ein bullig wirkender Mann.

Er schrieb ohne Eile etwas fertig, dann wandte er sich Thomas zu: «Der weißhaarige Gentleman, der gestern mit Ihnen sprach, kündigte mir Ihren Besuch an. Er teilte mir mit, was er über Sie denkt, und schilderte mir das Gespräch mit Mr. Barnauer. Ich habe mich gefragt, ob ich Sie empfangen soll. Vielleicht ist es jedoch Gottes Wille, dass Sie für uns arbeiten. Sie beziehen bei Miss Gredys an der Delancey Street 164 ein Zimmer. Dieses wird von uns bezahlt, ebenso Frühstück und Abendbrot. Im Haus gibt es einen Waschraum, den Sie möglichst oft benutzen sollten; Sie dürfen nicht nach Schweiß stinken. Zudem müssen Sie sich täglich rasieren. Die Wäsche besorgt Miss Gredys. Die Schuhe haben Sie selbst zu pflegen, auch Anzug, Mantel und Hut. Kleider und Schuhe sowie zwei Hemden erhalten Sie von Jeshuda, seine Bude befindet sich an der Hester Street. Auch das geht auf unsere Rechnung.

Sie arbeiten für Gott und unsere Mission der Mutigen Gottes. Ab morgen werden Sie von Bruder Eusebius in unsere Glaubenslehre eingeführt, am Samstag werde ich Sie über die Organisation der Mission unterrichten. Danach sollten Sie mit unserem Glauben und unseren Zielen so weit vertraut sein, dass Sie für Gott den Herrn und unsere Mission Mitglieder werben können. Zur Einführung werden Sie zwei, drei Tage einen unserer Missionare, wie wir unsere Anwerber nennen, begleiten. Dann werden Sie in einem Ihnen zugeteilten Revier alleine missionieren. Sie werden den Leistungen entsprechend entlohnt. Mit Gottes Segen wird es Ihnen möglich sein, gut zu verdienen.»

«Was heißt dies in Dollars?», fragte Thomas.

**009: Gutbürgerliche, 1866 erbaute Brownstones. Vor allem in den 40er- und 50er-Jahren des 19. Jahrhunderts wurden Brownstone-Reihenhäuser aus braunem Sandstein errichtet. Typisch für die Bauart ist die neben der Haupttreppe in das jeweils gewerblich genutzte Untergeschoss führende Treppe.*

«An sich ist Gottes Lohn das Höchste, was es gibt», antwortete der Bullige. «Doch wissen wir um die sündige Gier der Menschen nach Geld. Wenn Sie täglich zwei oder drei Familien werben, kommen Sie auf drei Dollar und mehr die Woche. Gehen Sie jetzt mit diesem Zettel zu Jeshuda und dann zu Miss Gredys. Erscheinen Sie morgen pünktlich um acht zum Frühstück. Dort werden Sie Bruder Eusebius kennenlernen. Mich nennt man Erster Bruder, Sie werden ab morgen Bruder Avarell sein.»

Jeshuda suchte für Thomas Kleider und Schuhe zusammen, ohne nach seinen Wünschen zu fragen. Es waren solide Kleider in dunklen Farben. Das Zimmer bei Miss Gredys war klein, sauber, das Bett ohne Wanzen.

[010] Jahre später, Anfang Oktober 1877, hörte ich erstmals von der Mission der Mutigen Gottes. Wir saßen in einer Taverne: Deborah Stark, Benedict Denis, ich und Thomas Caflisch; ich hatte ihn zufällig beim Union Square getroffen und spontan eingeladen.

An diesen Dienstag denke ich immer wieder. Wir hatten eine alles andere als begeisternde Probe von *The Cloister Follies* hinter uns, dessen Premiere im Kenny's, einem kleinen Allerweltstheater, für Donnerstagabend vorgesehen war. Regie führte Benedict Denis, späterer Direktor von Proctor's Palace. Ich malte die Bühnenbilder.

The Cloister Follies war ein mäßiges, einer französischen Legende* nachempfundenes Singspiel eines Marc-Anton Blier und war nur deshalb bemerkenswert, weil es Enthülltes in Hülle und Fülle bot: Ein fetter Bischof besucht die Äbtissin eines Klosters und kann es nicht lassen, hinter ihrem Rücken mit jungen Nonnen anzubandeln. Schnaufend und mit rotem Kopf jagt er ihnen hinterher; es kommt zu Stelldicheins und Gerangel, Kichern, Stöhnen und einem Gewirr von Dessous, Popos, Strumpfbändern und aus Klosterblusen drängenden Brüsten. Die Äbtissin überrascht die

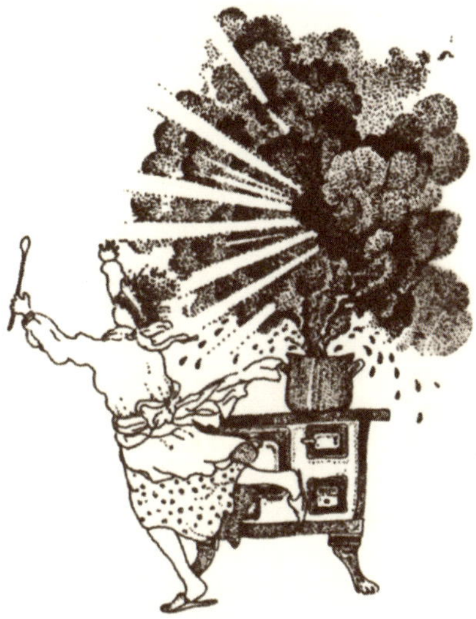

**010: Möglicherweise die Legende von der Entstehung der «pets de nonne» (Nonnenfürzchen), die schon mehrmals die Vorlage für eine Burleske war: Der Bischof von Thiers besucht das Frauenkloster Marmoutier, wo er in Erregung und Nonnen und Novizinnen in Aufregung geraten. Bei der Zubereitung des Mahls für den Gast ertönt durch den Küchenlärm ein menschlich-sonorer Laut, «ähnlich einem lang gezogenen Orgelton», wie der Dichter Dumonteil vermerkt. Der Verursacherin fällt vor Schreck ein Klümpchen (Brand-)Teig in eine vor ihr stehende Kasserolle mit siedendem Fett. Dieses schwillt mit ähnlich sonorem Ton zu einem goldgelben Bällchen an.*

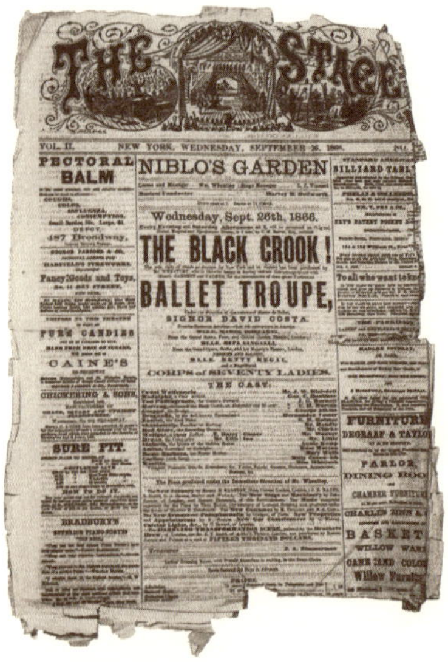
THE STAGE
VOL. II. NEW YORK, WEDNESDAY, SEPTEMBER 26, 1866.
PECTORAL BALM
487 Broadway.
Fancy Goods and Toys,
PURE CANDIES
CAINE'S
CHICKERING & SONS,
SURE FIT.
HOW TO DO IT.
BRADBURY'S
NIBLO'S GARDEN
Wednesday, Sept. 26th, 1866.
THE BLACK CROOK!
BALLET TROUPE,
SIGNOR DAVID COSTA.
CORPS of SEVENTY LADIES.
THE CAST.
BILLIARD TABL
To all who want to kno
FURNITURE
DEGRAAF & TAYLO
PARLOR,
DINING ROO
CHAMBER FURNITU
BASKET
WILLOW WAR
CANE AND COLO

Wurden in England zur Blütezeit des Viktorianischen Zeitalters (um 1840 bis 1900) die Beine von Konzertflügeln als unzüchtig verhüllt, gab es am 12. September 1866 in New York an der Premiere von *The Black Crook* in Niblo's Garden Dutzende von Frauenbeinen zu sehen, die zudem in fleischfarbenen Trikots steckten und so den Eindruck erweckten, unbestrumpft zu sein. «Skandalös!», schrieb die *Times*, und empörte sich auch darüber, dass «die Tänzerinnen Bewegungen vollführen, als wollten sie sich ihrer ohnehin knappen Unterbekleidung entledigen, um ihre Körper von der Taille bis zum Zeh zur Schau zu stellen». *The Black Crook* war der erste Riesenerfolg der später berühmt gewordenen Broadway-Musicals.

Rammelei: Hiebe, Gekreisch, dann Versöhnung. Der Bischof und die Äbtissin gehen, je eine Novizin an der Hand haltend, von der Bühne ab. Deborah war eine der Novizinnen. Whitney Kenny, der Theaterbesitzer, befürchtete auf einmal verletzte religiöse Gefühle und gar ein Verbot der Aufführung. Obwohl der Autor das Stück entschärft und der Küchenszene – dem eigentlichen Kern der Legende – mehr Gewicht gegeben hatte.

Kennys Sorgen und Änderungen ließen uns ausgiebig über Prüderie und Bigotterie diskutieren, und irgendwie kam Thomas auf seine seinerzeitige Tätigkeit für die Mission der Mutigen Gottes zu sprechen, eine absurde Geschichte, über die es zu lachen gab.

Seit diesem Dienstag sind um die 20 Jahre vergangen. Was ich hier schreibe, entspricht wohl nur zum Teil dem damaligen Geschehen. Auch Thomas dürfte den zurückliegenden Ereignissen eine ihm genehme Form gegeben haben. Es scheint jene Art von Wahrheit zu sein, die Bruce Holmes in seiner *Creative-Writing*-Lehre als «verschobene Wahrheit» bezeichnet. Neben dieser Wahrheit unterscheidet Holmes noch weitere fünf Wahrheiten:
- Die Wahrheit des eigenen Gewissens
- Die Wahrheit der Religionen
- Die journalistische Wahrheit, ähnlich der politischen Wahrheit
- Die Wahrheit der Mächtigen
- Die dichterische Wahrheit, jeweils der «verschobenen Wahrheit» entsprechend, sofern sie «die innere Wahrhaftigkeit» bewahrt.

Was diese ist, erklärt Holmes nicht.
Später hörte ich noch von einer weiteren Wahrheit, die da ist:
- Die Wahrheit Gottes.

[011] Caflish und Regis haben sich verabschiedet. Ich greife nach Deborahs Hand und küsse sie hinters Ohr. Dann tre-

Schauspielerinnen «der leichten Muse» galten bis Mitte des 19. Jahrhunderts meistens als Dirnen. Später brüsteten sich Prestigesüchtige gerne als Gatten der Berühmten und Schönen, die zwar nie von den «nobs», aber immerhin von den «swells» (siehe Seite 238) akzeptiert wurden.

ten wir hinaus ins flimmernde Licht des Indian Summer. Ein wunderbarer Tag. Deborah und ich schlendern über den Union Square, vorbei an spielenden Kindern. Ich pflücke eine Blume und überreiche sie Deborah; sie sagt mir, wie sie heißt. Wir lassen uns von der Sonne streicheln, und Deborah errötet, als ich ihre Innenhand küsse. Wir flanieren den Broadway entlang, vorbei an A.T. Stewart, Benedict's und weiteren Stores, lassen uns von Carlo Casparini im Glace Garden eine Köstlichkeit vorsetzen. Ich möchte noch zu Brentano's – doch Deborah presst meinen Arm an sich und bittet um einen Drink im Juri, ich hatte ihr von meiner Lieblingsbar erzählt.

[012] Das Juri ist eine typische Stand-up-Bar* mit langer Bartheke, Spucknäpfen, Sägemehlboden und Dartbrettern. Es gibt sie Downtown seit den 70er-Jahren an nahezu jeder Straßenecke. Als «poor man's clubs» verspottet, sind sie Treffpunkt und Heimat einfacher Leute. Das Juri ist keinen Deut vornehmer, doch Stammgäste sind Zeitungs- und Theaterleute, Schriftsteller und sonst sich intellektuell gebende Herumtreiber. Viele sehen sich auf dem Weg zum Ruhm und fühlen sich am Puls der Zeit. Alle reden laut, viel und durcheinander; es ist eine Männeroase voller Rauch, Lärm und rülpsender Freundschaft. Frauen in Begleitung haben Zutritt, doch nicht zur Bartheke selbst; Getränke werden ihnen an einem Stehtischchen daneben serviert.

Deborah hoffte möglicherweise, dass einer der Zeitungsleute über ihre Schauspielkunst berichten, ein Autor ein Bühnenstück für sie schreiben und ein Theaterboss ihr mit einer glanzvollen Aufführung das Tor zu Ruhm und Reichtum öffnen würde. Ewig, das verstand ich, wollte Deborah nicht in einem Tingeltangel nur des Popos wegen reüssieren.

Also gingen wir hin. Deborah voller Erwartung, ich mit schlimmen Vorahnungen, die auch eintrafen: Nicht ein einziger Journalist, Theatermann oder Stückeschreiber zeigte

**012: Die Stand-up-Bar hat ihre Wurzeln in den Stores des amerikanischen Westens, in denen nebst Werkzeug, Whiskey und Colts Utensilien des täglichen Bedarfs und jederzeit auch ein Schwatz zu haben waren. Dieser konnte gelegentlich zur Schlägerei ausarten. Der Store-Besitzer war dann froh, einen Schank- und Ladentisch vor sich zu haben, auch wenn dieser vorerst nur aus Fässern mit einem Brett darüber bestand. Im Laufe der Zeit wandelte sich die Lottereinrichtung zum massiven (Eichen-)Möbel mit Messingstange vorne dran, für Betrunkene und Bedrückte oft der letzte Halt. Um 1850 kam es zum vom Store getrennten Schankraum, in dem an der Barre (Barriere) oder «at the bar» getrunken wurde. Der* Dictionary of American Slang *erwähnt das Wort «bar room» bereits für das Jahr 1807.*

Eine American Bar mit Messingstange und Spucknapf um 1890. Der Bar Room entspricht mit Holzriemenboden, einfacher Möblierung und Spucknäpfen der um 1870 aufkommenden Stand-up-Bar.

**012: New Yorks Sonnen- und Schattenseiten zeigen? Einem Verliebten konnte Ersteres um 1880 zum kostspieligen Vergnügen werden. Im Unterschied zu den Sehenswürdigkeiten europäischer Städte war vor allem der Broadway mit seiner Menschenschau sowie Cafés, Restaurants, Theatern, Warenhäusern und der «Ladies Mile of Luxury Dry Goods» für eine neugierige Frau sehenswert.*

an Deborah Interesse – sondern alle. Sie klopften mir freundschaftlich die Schultern blau und ließen sich Deborah vorstellen – um dann wie Paviane auf sie einzuschnattern, mich mehr und mehr zur Seite drängend. Ich war plötzlich nicht nur das fünfte, sondern das neunte oder gar elfte Rad am Wagen.

Wollte ich ein Wörtchen sagen, wurde ich überschrieen. Oder schlimmer: Das Lumpenpack erkundigte sich teilnahmsvoll nach Harriet. Oder ganz gemein: Sie fragten Deborah, ob ich ihr Großonkel oder gar der verehrungswürdige Alterspräsident der Veteranen des amerikanisch-mexikanischen Krieges von 1848 sei. Das war zu viel!

«Nein!», brüllte ich, «Deborah ist Harriets Cousine, und Harriet bat mich, Deborah New Yorks Sonnen- und Schattenseiten zu zeigen*. Letztere hat sie gerade jetzt mit euch vertrottelten Trunkenbolden auf peinlichste Art erlebt. Höchste Zeit für sie, auch kultivierte Leute kennenzulernen.» Mit diesen Worten zerrte ich Deborah unter dem Gegröle der Bande nach draußen.

Das gefiel Deborah nicht. Mein Abgang, schrie sie mich an, sei nicht nur albern und kindisch, sondern von geradezu unerhörter Dummheit und Frechheit gewesen. Ich sei ein humorloser Lackel und überhaupt, was mich berechtigt habe, sie vor diesen charmanten und klugen Gentlemen wie einen Hund zu behandeln. Und auch noch: Wer ist Harriet? Und was soll das blöde Cousine-Geschwätz?

Ich hatte tausend Erklärungen. Doch Deborah besänftigte sich erst, als ich vorschlug, im Del's-Broadway eine Kleinigkeit zu essen. Der Besuch eines Delmonico's war schon lange ihr Wunsch. Auch mir kam er gelegen. Einige Wochen zuvor hatte ich im Clubzimmer des Del's-Broadway einen seinerzeit gemalten Fries auszubessern. Siro Delmonico konnte sich nicht verkneifen, mir vorzuwerfen, damals flüchtig gearbeitet oder gar billige Farben verwendet zu haben. Das war perfid.

Dicht neben dem Broadway war dann das, was Männer zu interessieren vermochte: Spielhöllen, Bordelle, zwielichtige Bars mit der alles verbindenden Kriminalität. In Büchern wie Darkness and Daylight *war, mit einem Schuss Moralin versehen, von den Gefahren an der Lower East Side oder im Central Park mit kribbelndem Entsetzen zu lesen. Oder von Lebensgeschichten wie derjenigen eines hoffnungsvollen Jünglings, dessen Leben schmählich im eiskalten Hudson endete.*

«Ach was», erwiderte ich wütend, «das liegt doch nur an den rücksichtslosen Zigarrenpaffern. Nicht nur, dass der verdammte Rauch alles vergilbt, schlimmer ist, dass die Farbe deswegen abblättert.»

Siro D. verließ wütend den Raum. Möglicherweise bezog er den Vorwurf auf sich: Trotz Warnung des Arztes und Vorwürfen seiner Frau und seines Bruders Lorenzo qualmte Siro täglich Dutzende von Zigarren und brachte es nicht fertig, von seiner Sucht wegzukommen. Mit meinem Besuch hoffte ich, die denkbar getrübte Stimmung zwischen Siro und mir zu beseitigen.

[013] Siro D. stand, eine Zigarre rauchend, vor dem Restaurant und betrachtete die links vom Eingang improvisierte Bartheke. Möglicherweise galt sein Interesse auch nur den hübschen Radfahrerinnen*, die sich mit ihren Begleitern um diese Theke drängten. Jedenfalls erschrak er leicht, als wir ihn begrüßten. Doch dann führte er uns freundlich lächelnd in den Crystal Room im ersten Stock zu einem noch freien Tisch am Fenster. Von diesem aus bot sich ein wunderbarer Blick auf den mit Bogenlampen* erleuchteten Broadway.

Anerkennende Blicke der männlichen und abschätzende der weiblichen Gäste waren uns, das heißt Deborah, gefolgt. Deborah war nicht ganz so gekleidet, wie üblicherweise in einem Delmonico's zu erwarten war. Doch sie sah glücklich und hinreißend schön aus. Mit einer kleinen Verbeugung schob ihr Siro einen Stuhl unter den Po und gab Little Philippe, dem Oberkellner, ein Zeichen, an den Tisch zu kommen; der wiederum winkte den Sommelier und einen Kellner zu sich. Das war eine Aufmerksamkeit, die sonst nur besonderen Gästen geboten wurde; ich hatte das Gefühl, auch Siro D. lag daran, die Missstimmung zwischen uns zu beseitigen.

«Wir erhielten soeben frischen Beluga-Kaviar. Wir würden ihn als leichte Vorspeise mit Crème fraîche und einer kleinen Pellkartoffel servieren», empfahl Siro.

**013: Fahrradfahren um 1880: der Jeunesse dorée ein Sportvergnügen und eine Möglichkeit zum Flirten. Ein beliebter Treffpunkt: die vor den Delmonico's errichteten Straßenbars. Sittenstrengen Bürgern hingegen war der modische Hosendress ein Anlass zum lustvollen Ärger.*

**013: Grell leuchtende Bogenlampen («brush arc lamps») um 1875 am Broadway und Madison Square. Ab 1883 erhellen milder leuchtende und kostengünstigere Edison-Glühbirnen die Stadt.*

VINS—WINES.

Red Bordeaux—Bordeaux Rouge.

Lafitte,	1825	20
Chateau Margaux,	1825	20
Latour,	1825	20
Haut Brion,	1825	16
Léoville,	1825	12 & 16
Larose,	1825	16
Mouton,	1825	16
Rawzan,	1825	16
Chateau Langoa,	1825	12
Pichon,	1825	12
Ducru, 1825		12
Callon, 1825		12
Chateau Beycheville		12
Batailley		12
St. Pierre		12
D'Aux		12
St. Julien		4 & 8
St. Estephe		8
Vieu Claret		8
Ordinair		

Bordeaux Blanc—White Bordeaux.

Barsac	16
Sauterne	4 12 & 16
Grave	8
Blanc ordinair	3

Rhône Rouge—Red Rhone.

Hermitage	12
Côtes roties	12
St. Joseph	8
Roussillon	8
La Nerthe	4
St. George	8

Rhône Blanc—White Rhone.

Hermitage	12
Cotillon	8
Condrieux	8
St. Peray	8

Bourgogne—Burgundy.

Clos Vougeot	20 & 24
Chambertin	16
Nuit-Richebourg	16
Beaune 1ère	16
Volney	16
Chabli	8

Blanc du Rhin—White Rhine.

Laubensheimer	12
Rudesheimer	12
Hochheimer	12
Stein-wein	12
Johannisberger, 1822	16

Champagne.

Delmonico Brand	12
Sillery	12
Anchor	12
Montebello	12
Key brand	12
Oeil de perdrix	12/16

Das Weinangebot des Del's-Beaver 1838 mit Preisen in Shilling (der Dollar hatte sich als Zahlungsmittel noch nicht durchgesetzt).

«Gerne», sagte Deborah.

«Und ein Glas Champagner von Mercier dürfte wohl das Richtige dazu sein?!»

«Gerne», sagte Deborah.

«Gerne» sagte Deborah auch zur Consommé à la Souveraine und einem Sherry, «gerne» zur Timbale au Prince Impérial, zu den Ailes de Poulets à la Lucullus, den Champignons sous Cloche, dem Versuchsbissen von einem Chevreuil tyrolienne, zur Glace Pouding, den Fruits und Petits Fours und zu den Weinen: Bordeaux, Burgunder, ein Gläschen Château d'Yquem. Sie aß und aß, schlug ihre perlweißen Zähne in Pasteten, Gelatinen, Salate, Sülzen, Krebsgetier, Braten, Braisés, Gemüsesoufflés, Eier- und Süßspeisen, in Obst und Gebäck und stopfte in sich, was ein junges lebenshungriges Geschöpf in sich zu stopfen vermag.

Warum, oh Gott, sind junge Leute so hemmungslos? Sie schaufeln und schieben mit Löffeln, Gabeln, Messern und Fingern Fettes und Mageres, Dünnes und Dickes, Süßes und Saures in sich hinein, unaufhörlich, wie es Deborah jetzt tut. Und Siro D., Little Philippe, der Kellner, und Jean-Pierre, der Sommelier, lächeln, nicken, wünschen guten Appetit. Dieses Gesindel, und vor allem Siro, dem es nur darum geht, mir aus Rache den letzten Cent aus der Tasche zu ziehen. Und Deborah? Sie hebt das Glas, blickt verzückt um sich, spreizt den kleinen Finger …

Ärger im Juri, Ärger im Del's-Broadway. Warum, zum Teufel, verblieb ich nicht bei Thomas und der Mission der Mutigen Gottes?

[014] Bruder Eusebius, den Thomas in Miss Gredys' Frühstückszimmer traf, war ein knochiger Mann mit großen Händen und schwarzem Bart.

Der Papst, so lehrte er, ist der Antichrist und wie seine Kardinäle und Bischöfe Luzifer untertan. Luther, Zwingli und Calvin sind Verräter der Lehre Gottes. Schuld daran, dass Christus das Reich Gottes bisher nicht verwirklichen konnte, tragen die Lauen und Gleichgültigen, die keinen Mut haben, Christus zu folgen. Um das Werk Christi zu vollenden, wurde von Gott der Vollbringer auserwählt, das Haupt der Mission der Mutigen Gottes. Vollbringer war der Würdige, den Thomas beim Anstellungsgespräch bei Barnauer kennengelernt hatte.

Der Unterricht bei Bruder Eusebius war eine immer gleiche Wiederholung dieser Lehre. Dabei hatte sich Thomas konfuse «Lehrsätze zu verinnerlichen», wie Eusebius das Auswendiglernen nannte. Wenn Thomas über einen der Lehrsätze Genaueres wissen wollte, beschied Eusebius: «Wenn dir etwas unklar ist, wird dich Gott früher oder später erleuchten, es zu verstehen. Es sind Gottes Worte, uns zum Heil vom Vollbringer übermittelt.»

Was Thomas von Erster Bruder am Samstag erfuhr, war um einiges handfester: Mr. Barnauer war der Sekretär und Buchhalter des Vollbringers, und die junge Frau, nach der Thomas sich ebenfalls erkundigte, dessen Tochter. Er, Erster Bruder, war zuständig für die Anwerbung von Missionsmitgliedern. Er bestimmte die Bezirke, in denen die Missionsbrüder, zurzeit acht, zu werben hatten. Er überwachte ihre Arbeit und rechnete ab, was sie an Mitgliederbeiträgen und Spenden einbrachten. Erwachsene Mitglieder zahlten wöchentlich drei, Kinder bis zehn Jahre einen Cent. Spenden waren freiwillig, doch eine moralische Pflicht. Guten Zahlern sei ein glückliches Leben im Himmel zu versprechen, schlechte seien vor einem schrecklichen Höllendasein zu warnen. Wer die Mitgliedschaft aufkündigte, sei als «Mutloser zu Gott» zu verdammen. Einträglich seien Beichten zu neun Cent die Stunde. Man empfehle sie als Entschlackung der Seele. Das Auftreten eines Missionsbruders verlange Würde, den Frauen gegenüber sei Distanz zu halten.

Zwei Tage lang begleitete Thomas als Bruder Avarell Bruder Eusebius bei dessen Missionstätigkeit. Bruder Eusebius

Alle Gläubigen waren gute Christen, doch gab es immer wieder Auseinandersetzungen darüber, welche die besseren waren: eine mit Fäusten und Bibeln ausgetragene Schlägerei während eines Gottesdienstes der First Reformed Presbyterian Church (*Police Gazette*, 1876).

**015: Bürgermeister Fernando Wood (1812–1881) war «ein Mann von großer Energie, großem Ehrgeiz und großem Durchhaltevermögen. Ein Jammer, dass er ein Halunke ist.» (George T. Strong, 1857). Wood verschaffte sich Stimmen, indem er Immigrantenwählern Hilfe und Arbeit versprach. Er war korrupt wie kein anderer, und seine beiden Amtsperioden waren gezeichnet von Verwahrlosung, Trunksucht und Verbrechen. Doch war er auch derjenige, der den Bau des Central Park durchsetzte.*

«Sie machen sich keine Vorstellung, (...) was für ein Pfuhl des Elends, Verbrechens derzeit herrscht (...) Denken Sie doch nur an die vielen Tausend Kinder, die mit Sicherheit später Prostituierte und Gauner werden...», war in einem Brief eines besorgten Bürgers an die Presse zu lesen; er hätte noch hinzufügen können: «... und an die Tausenden von Männern und Frauen, die sich dem Suff hingeben...», einem der Hauptprobleme der Zeit.

donnerte gegen Papst, Luther, Zwingli und Calvin, schüttelte seine Fäuste gegen Luzifer und schilderte die Schrecken des nahenden Weltendes, das nur durch den Vollbringer sowie Gott und Jesus Christus zu verhindern sei. Trotz seiner Redegewalt waren es wenige, die den «Vertrag mit Gott», die Beitrittserklärung, unterschrieben. Schuld daran war nach Bruder Eusebius deren teuflische Verstocktheit und die lügenhafte Konkurrenz von Kirchen und Sekten, die ebenfalls Mitglieder warben. Das Eintreiben der Beiträge und Spenden machte hingegen kaum Schwierigkeiten. In dem von Bruder Eusebius betreuten Bezirk IV lebten kleine Beamte und Angestellte mit der ihnen gegebenen Moral, Verpflichtungen nachzukommen.

«Im Bezirk VII, den dir Erster Bruder voraussichtlich zuteilen wird, wird es schwieriger sein», prophezeite Bruder Eusebius Thomas nicht ohne Schadenfreude.

Tatsächlich wurde Thomas der Bezirk VII zugewiesen, «ein Sündenpfuhl, voll von versoffenen Proleten, Gottesleugnern, Faulenzern, Hurensöhnen und verlumpten Frauen». Erster Bruder drückte Thomas lange die Hand: «Dort wird dich die Arbeit für Gott stärken.»

[015] Im Bezirk VII gab es Gottesleugner, Säufer, Halunken und verluderte Frauen «wie zu Fernando Woods unglückseligen Zeiten*», wie Thomas zu hören bekam. Doch er bemerkte kaum mehr Gesindel als anderswo an der East Side Manhattans. Was ihn jedoch bedrückte, war eine alles umfassende Erbärmlichkeit: stinkende Höfe, schmierige Kneipen sowie der unsägliche Dreck vor und in den mit Mietern vollgestopften Tenements* mit verlausten, in Lumpen gekleideten und unterernährten Kindern und vor sich hinplappernden und oft bösartigen Alten. Nirgendwo auch nur ein Hauch von Gefälligkeit oder Hoffnung.

«Was ich antraf, waren erschöpfte Frauen, die mit Heimarbeit einige Cent zu verdienen versuchen oder sich in Nähateliers und Wäschereien zu Hungerlöhnen kaputt arbeiten. Ausgelaugt auch die Männer», erzählte Thomas, als wir, Deborah und ich, ihn wieder einmal trafen. «Deutsche, Iren, Ungarn, Griechen. Wobei ich mich immer wieder über deren Dünkel gegenüber den im gleichen Elend lebenden anderen Volksgruppen wunderte: Jede glaubt sich besser als die andere. Doch, zu meinem Glück, nahezu alle hatten die christliche Erwartung auf ein schöneres Leben im Jenseits. Somit empfahl ich ihnen die Mission als Versicherung für einen himmlischen Sitzplatz nahe Jesus Christus. In einem von mir angefertigten Himmelsplan zeichnete ich vor den Augen neu geworbener Mitglieder deren Sitzplätze ein.»

Mühsamer als das Anwerben von Missionsmitgliedern war das Eintreiben der wöchentlich eingeforderten Beiträge; sie bedeuteten vielfach den Verzicht auf ein sonntägliches Fleisch oder eine Trost bringende Kanne Bier.

[016] Deborah war empört: «Obschon Sie das wussten, nahmen Sie diesen Armen mit der Lüge des himmlischen Sitzplatzes das letzte Geld ab. Und du, Henry, findest dies wohl ebenfalls in Ordnung!» Wütend schaute sie auch mich an. Doch was sollte ich sagen?

«Sie haben ja recht, Deborah, es war gemein und grausam», antwortete Thomas. «Hätte ich mich nicht an meine Zeit als Ministrant erinnert, wo ich alten Weiblein die Trauringe von den Fingern zerrte und den Geldbeutel für den Kirchenbatzen leerte, hätte ich kaum die Härte aufgebracht, den Missionsmitgliedern Geld abzuknöpfen. Immerhin tat ich es nicht für den Kauf eines Knochens eines Heiligen. Nein, ich gab den Leuten mit meiner Lüge Hoffnung auf eine himmlische Zukunft.»

Deborah schüttelte den Kopf: «Wie schrecklich, Mr. Caflisch, dass Sie sich nicht schämen, Ihr so mieses Verhalten mit einer so verlogenen Ausrede zu beschönigen! Doch, wie geht es weiter?»

«Neulich zählte ich alle Kinder unter zehn Jahren in einem Mietshaus, dessen Hof (...) so eng war, dass es dort gerade ausreichend Platz für eine Reihe stinkender Aborte (...) und einen Hydranten gab. In diesem ‹Hof› war es so finster wie in einem Keller (...) Ich kam auf insgesamt 128 Kinder aus 40 Familien.» (Jacob A. Riis)

Die ab 1870 viel beachteten Reportagen des Fotografen Jacob A. Riis (1849–1914) über Tenement Districts in der *Sun* und der *New York Tribune* trugen ab 1900 zu hygienischen und sozialen Maßnahmen durch die Behörden bei.

**015 Tenements: 1870 gab es 16 000 für Einwanderer billig hochgezogene Mietshäuser beziehungsweise Tenant Houses (Tenements). 1900 waren es 42 000 mit 1 585 000 Wohnungen. «Main tenement districts» waren (unterbrochen von Blocks mit Wohn- und Geschäftshäusern) Manhattan West ab Huberts Street bis 70th Street und Manhattan East ab Baxter Street bis 120th Street. Die Tenements waren gleichförmige, in der Regel fünf bis sechs Stockwerke hohe Bauten mit einer Bodenfläche von meistens 100 Mal 25 Fuß beziehungsweise 30 Mal acht Meter, aufgeteilt in sechs bis acht, um 1900 acht bis zehn Räume. In der Mitte befand sich ein Luftschacht mit Treppenhaus. Pro Stockwerk gab es ein Klo. Die Wohnungen bestanden aus zwei bis drei Räumen ohne Korridor («railroad apartments»). Dazu gehörte eine Kochgelegenheit oder Küche. Die Mieten waren hoch, acht bis zwölf Dollar monatlich für eine Dreizimmerwohnung und zweieinhalb bis drei Dollar für jedes weitere Zimmer. Auf den Quadratfuß gerechnet wurde für ein «sordit rookery» (schäbiges Krähennest) mehr als in einem Wohnpalast an der Fifth Avenue bezahlt. Überbelegte Wohnungen, miese hygienische Verhältnisse, Alltagssorgen, hohe Arbeitsbelastung und mangelhafte Ernährung waren die Ursache für die unverhältnismäßig hohe Todesrate in Tenement-Siedlungen von 1:20 gegenüber 1:60 in bürgerlichen Wohngegenden.*

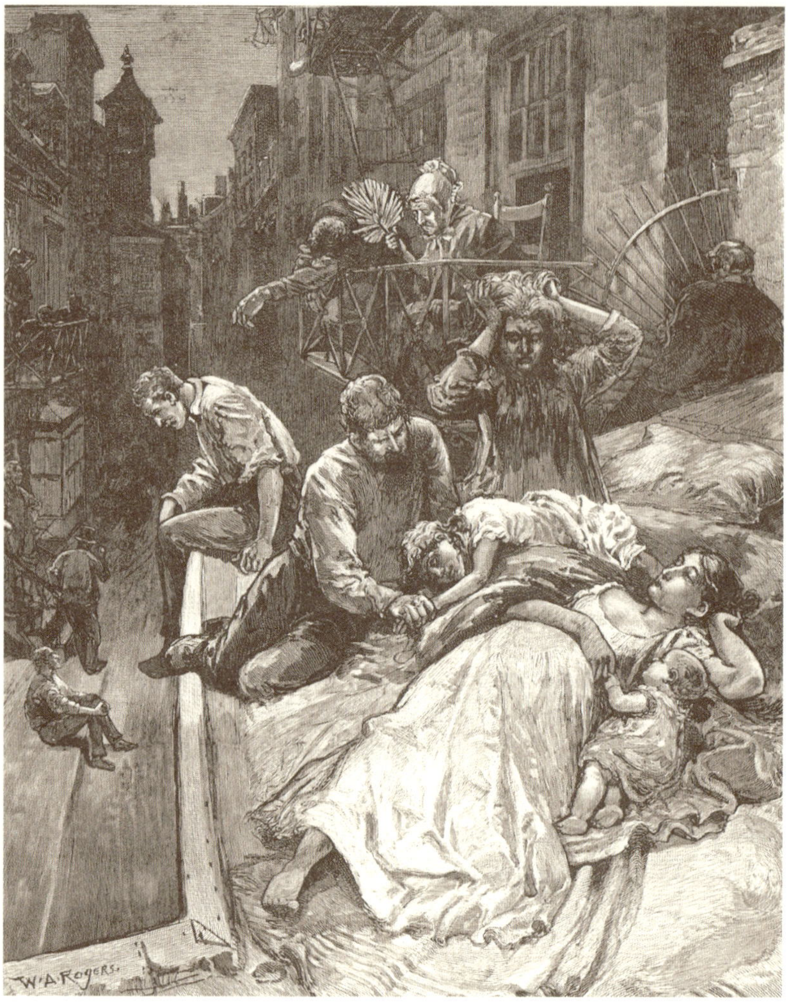

Tenement-Wohnungen waren schlecht isoliert und besaßen meistens nur einen Ofen. Man musste sich mit Kleidung und Decken vor der Kälte schützen. Schlimm war es im Sommer. In den von der Sommerhitze aufgeheizten, schlecht zu lüftenden Wohnungen war es kaum auszuhalten. Männer, Frauen und Kinder schliefen auf der Straße, mit dem Risiko, getreten, beraubt oder sexuell belästigt zu werden. Oder man schlief dicht an dicht auf den flachen Hausdächern – mit der Gefahr, auf die Straße zu fallen.

Tenement-Wohnungen wurden oft für Heimarbeit genutzt: Einzel- und Familienbetriebe sowie Werkstätten, in denen verbotenerweise auch Jugendliche unter zwölf Jahren arbeiteten; Das Foto von Jacob Riis zeigt Schneider und Näherinnen «at work in their tenement» (1893).

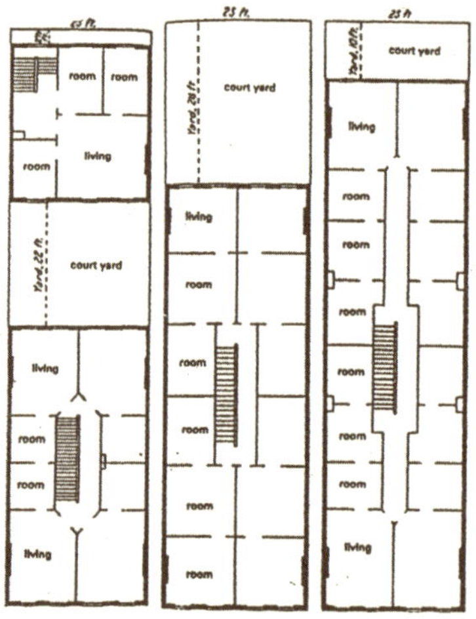

Grundrisse von 1860 bis 1890 gebauten Tenements mit immer kleiner werdenden Räumen. Die am dichtesten bewohnte Tenement-Siedlung um 1860 war Gotham Court mit einer Familie pro Raum.

[017] Samstagnachmittag hatten die Missionare Erster Bruder und Vollbringer Rechenschaft über die Besuche und Einnahmen abzulegen. Vom Verdienst – fünf Prozent der Einnahmen und zwei bis vier Cent pro geworbenem Mitglied – wurden in Raten die von Jeshuda bezogenen Kleider wie auch Miete, Frühstück und Abendessen bei Miss Gredys abgezogen. Außerdem ein «Vertrauensdepot», das beim Austritt aus der Missionstätigkeit fällig würde. Was übrig blieb, war recht wenig, sodass Thomas die Auszahlung des Vertrauensdepots verlangte, das, so Thomas, in seiner Tasche ebenso vertrauensvoll aufgehoben sei wie bei der Mission.

«Gut, für einmal kommen wir dir entgegen», entschied Vollbringer, «doch enttäuscht mich dein geringes Vertrauen in unsere Organisation.»

«Es gibt nur ein Vertrauen, und das ist Gottvertrauen», zitierte Thomas einen der Lehrsätze der Mission.

«Schweig!», fuhr Vollbringer seine Tochter an, als sie lachte. Und zu Erster Bruder: «Zahle!»

Es war offensichtlich, dass die Mission Thomas behalten wollte. Er war tüchtig und erfolgreich. Nach vier Monaten mit immer wieder ärgerlichen Abrechnungen – Thomas beharrte stur auf dem Vertrauensdepot – teilte ihm Erster Bruder überraschend mit, die Mission werde künftig über New York hinaus wirken und in größeren Ortschaften entlang der Central Railroad missionieren. Die Mitgliederwerbung erfolge jedoch nicht wie bisher durch mühevolle Hausbesuche, sondern an groß angelegten «Festen der fröhlichen Herzen» bei geselligem Zusammensein und Musik.

Thomas war begeistert. Zudem würde er gut verdienen, betonte Erster Bruder. Dazu kam noch etwas: Thomas hatte vier Tage zuvor Nancy getroffen. Sie würde ihn begleiten.

In seinen nach der ersten US-Lesereise (1842) in London publizierten Werken *American Notes* und *Martin Chuzzlewit* sparte Charles Dickens nicht mit Kritik an den unmenschlichen Lebensbedingungen von Armen, Kranken, Schwarzen und Gefangenen im sich der Gerechtigkeit und Nächstenliebe rühmenden Amerika. Nach seiner zweiten, wiederum bejubelten Lesereise (1867/68) begrüßte er im Delmonico's-14th Street an einem zu seinen Ehren gegebenen Abschiedsbankett die angestrebten Reformen der Stadtverwaltung. Doch diese waren in Realität eher bescheiden. Auch zehn Jahre später starben jeden Sommer 10 000 Säuglinge in den Slums*. Erst 1899, nach der Wahl von Teddy Roosevelt zum Gouverneur, konnten Reformer, Hilfswerke und Sozialarbeiter mit Unterstützung der Presse verbindliche Bauvorschriften für Tenements durchsetzen. So musste neu beispielsweise bei Neubauten jedes Zimmer ein Fenster und jede Wohnung eine Waschzelle aufweisen. Bei bestehenden Gebäuden wurden eine Küche mit Spülbecken und eine Toilette pro Flur Vorschrift.

*Sie starben infolge mangelnder Pflege, falscher oder ungenügender Ernährung sowie ansteckender Krankheiten. In den Tenements wimmelte es von Ungeziefer; 1877 wurden laut der *Police Gazette* 67 Kinder von Ratten angenagt.

1860 gab es in den USA rund 30000 Meilen Eisenbahnstrecken, die zahlreichen Gesellschaften gehörten und auf denen die Reisenden aufgrund unterschiedlicher Spurbreiten jeweils umsteigen mussten. Auch gab es im Schienennetz Lücken, und die Reise musste zu Fuß, zu Pferd oder im Wagen fortgesetzt werden. Nach dem Bürgerkrieg wurden die Teilstrecken vereinigt und der Bau einer direkten Verbindung von Ost nach West forciert. Die Entwicklung technischer Neuerungen – Stahl- anstelle von Eisenschienen, schnellere und stärkere Lokomotiven sowie Schlafwagen – beschleunigte den Bau und machte das Reisen erträglicher; dank der Speisewagen ließen sich längere Haltezeiten an Bahnstationen vermeiden. 1880 gab es 93000, 1890 167000 Meilen Schienenwege, um die sich in Ost und West Bau- und Eisenbahngesellschaften, Spekulanten und Bankiers erbitterte Machtkämpfe lieferten. 1869 war es in Promontory Point in Utah zum Zusammenschluss der Schienenstränge der Central Pacific und der Union Pacific Railroad gekommen, der Kontinent konnte nun ohne Unterbrechung von Ost nach West durchfahren werden.
«Die wirkliche Geschichte der Vereinigten Staaten zwischen 1865 und 1890 ist die Geschichte der Verkehrslinien.»
(Philipp Giedella)

Die von Andrew J. Russel fotografierte Szene hält den Moment fest, als sich die leitenden Männer der Union Pacific und der Central Pacific Railroad am 10. Mai 1869 die Hände reichen, als Zeichen der Vereinigung der beiden Linien zu einer.

Links: Kaum waren die beiden Bahnlinien vereint, verkündete die Union Pacific mit diesem Plakat im ganzen Land, dass die Bahnfahrt vom Atlantik zum Pazifik Wirklichkeit geworden sei.

Von Nancy, Liebe, Pancakes und der Paradise-Lottery

[018] Es ist Zeit, sich an Nancy zu erinnern. «In ihrem Gesicht lag ein wunderbarer Zauber ..., bisweilen ein Ausdruck des Ernstes, ja des Kummers, der der Miene jenen Glanz verlieh, den italienische Dichter so schön das ‹lampeggier dell'angelico riso› – das Leuchten des engelhaften Lächelns – nennen»; Longfellow könnte an Nancy gedacht haben, als er dies schrieb.

Nancy ist 18 Jahre alt. Vor einem halben Jahr bat sie ihren Vater, Thomas drei Dollar zu leihen. Thomas hatte die Schuld nie beglichen. Victor, Nancys Vater, fand seine Auffassung als Wirt bestätigt, keinem Gast Geld zu borgen. Er machte Nancy keine Vorwürfe. Für Nancy war jedoch der Wortbruch von Thomas eine große Enttäuschung. Sie schwor sich, Thomas nie wieder zu sehen. Sie würde auf die andere Straßenseite wechseln, gar in den Hudson springen, sollte er ihr einmal begegnen. Und sähe sie ihn in der Pferdebahn, würde sie bei Sturm und eisigem Wetter aussteigen, sich erkälten und an Lungenentzündung sterben.

Thomas und Nancy trafen im Battery Park aufeinander. Es gab keine andere Straßenseite, keine Pferdebahn, und der Hudson war weit. Für Nancy gab es keine Möglichkeit, Thomas auszuweichen. Sie fing an zu weinen.

«Nancy», sagte Thomas mit weicher Stimme und strich ihr über den Arm.

«Nimm die Hand weg, du, du ...», schluchzte Nancy aufgelöst, und wir sehen, dass Nancy Schimpfnamen wie «Schwindler», «Gauner» oder «Versager» fremd waren, mit denen «la belle boulangère» Thomas seinerzeit so reich bedacht hatte.

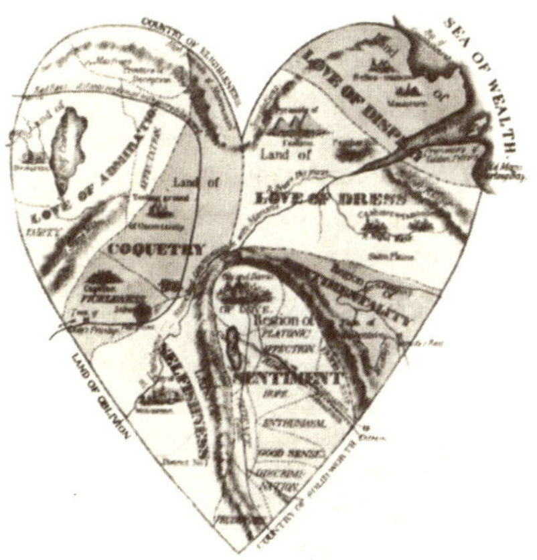

«Es gab keine andere Straßenseite, keine Pferdebahn, und der Hudson war weit.»

Um 1850 baute die New York Central Railroad entlang des 1825 eröffneten, 4000 Meilen langen Eriekanals eine einspurige Eisenbahnlinie, eine Linie der Western Railroad führte ebenfalls bis nach Buffalo. Das Tempo der Züge betrug um 1860 15 Meilen pro Stunde.

Es gab feudal ausgestattete Wagen, in denen sich bequem reisen ließ. Dann gab es die «day coaches» mit gepolsterten Sitzen sowie die um die Hälfte billigeren Wagen der niedrigsten Klasse mit schmalen Holzbänken, die den Reisenden viel Charakterstärke und Hinneigung zu den Mitreisenden abverlangten.

**019: «Hot-sheet-hotels»: Stundenhotels mit billigen Schlafstätten, in denen die Betttücher («sheets») zwischen wechselnden Benutzern warm («hot») blieben.*

Nehmen wir an, Nancy habe sich abgewandt. Und nehmen wir an, Thomas habe sie sanft an der Schulter zu sich gedreht.

«Schau mir in die Augen, Nancy», dürfte er geflüstert haben. Und später, als ihr Thomas mit dem Taschentuch die Tränen abwischte und Nancy – «Um Gottes Willen, schon so spät?» – nach Hause eilen musste, wird Thomas ihr für den Sonntagvormittag statt des Kirchenbesuchs ein Rendezvous im Glace Garden am Broadway vorgeschlagen haben.

[019] Thomas fuhr ohne Nancy. Wie Vollbringer entschied, fuhren Erster Bruder als Finanzchef und Aufpasser für Bruder Eusebius und Thomas, Bruder Eusebius als Redner und Aufpasser für Erster Bruder und Thomas, und Thomas als Bruder Avarell und Aufpasser für Bruder Eusebius und Erster Bruder. In dieser Gesellschaft hatte es für Nancy keinen Platz, und Vollbringer hätte ihre Mitreise wohl nicht erlaubt.

Thomas versuchte Nancy dies im Zimmer eines «hot-sheet-hotels»* zu erklären, hatte mit Küssen ihre Tränen getrocknet, war vor ihr niedergekniet und hatte ihre Füße umschlungen, Knöchel, Knie und Hals gestreichelt, Treue geschworen und versprochen, sie sobald wie möglich nachkommen zu lassen und ihr jede Woche zu schreiben. Beim wiederum tränenreichen Abschied gab Nancy Thomas die Adresse einer Freundin, an die er die Briefe senden müsse.

Die Eisenbahnfahrt nach Caughnawage dauert 14 Stunden. Dort übernachten sie im Rail-Hotel und dann drei Tage später im Rail-Hotel von Platine. Platine ist alles andere als der blühende Ort, den sie erwartet haben. Zum «Fest der fröhlichen Herzen» bringen sie mit Mühe um die 100 Leute zusammen. Doch das Fest wird zum Desaster. Trotz Warnung von Erster Bruder und Thomas schüttelt Bruder Eusebius wie eh und je die Fäuste gegen Papst, Luther, Zwingli, Calvin und das Gewürm von Bischöfen und Pfaffenbrut.

Gekommen sind jedoch Farmer, Händler, Handwerker mit Frauen, Töchtern und Söhnen, die ein «Fest der fröhlichen Herzen» mit Musik und Tanz erwarten und keine Verdammung ihres Glaubens. Bruder Eusebius wird ausgepfiffen und bedroht. Erster Bruder und Thomas können die erregten Gemüter nur einigermaßen mit Ingwerbier und Zitronenbrause beruhigen. An eine Mitgliederwerbung ist nicht zu denken.

Doch Bruder Eusebius ist unbelehrbar, er werde auch künftig predigen, wie es Gott verlange. Erster Bruder schickt ihn nach New York zurück.

Erster Bruder und Thomas fahren nach Utica. Utica ist ein Ort mit Bank, Drugstore, Grocery, Druckerei mit Zeitung, zwei Kirchen, elf Kneipen und einem Sheriff. Dieser hat sich im Rail-Hotel über die Neuankömmlinge erkundigt und mit Befriedigung vernommen, dass die beiden mehrere Tage bleiben würden und 80 Dollar als Depot entrichtet haben. Beim Besuch von Thomas setzt der Sheriff den New Yorkern gegenüber eine mürrische Miene auf, doch hat er, nachdem Thomas ihm für seine Mühe einen halben Dollar zugeschoben hat, nichts gegen ein Fest einzuwenden, sofern kein Whiskey ausgeschenkt würde.

In Utica und im nahen Rome wird mit dem Geld lockerer als anderswo umgegangen. Thomas hört von Spielsalons und einem als Familienhotel bezeichneten Bordell. Auch sind Wahlen*. Abraham Lincoln und andere* bewerben sich um die US-Präsidentschaft. Gleichzeitig sind Regionalwahlen. Parteien und Politiker gehen auf Stimmenfang und laden zu Freibier- und Barbecueveranstaltungen von jeweils 200, 300, ja 500 Besuchern ein. Parteien und Politiker sind um Spenden dankbar. Erster Bruder und Thomas nehmen dies zur Kenntnis. Sie verzichten auf die «Feste der fröhlichen Herzen». Gegen einen bescheidenen Beitrag dürfen sie nach den Barbecues* und Wahlversammlungen zum Gebet aufrufen und für die Mission werben.

**019: Thomas Caflisch und seine Begleiter dürften bei ihrer Mitgliederwerbung von den Veränderungen bei den Wahlkampagnen von 1860 profitiert haben. Bevölkerungszuwachs, Industrialisierung und der Wunsch von Arbeitern, Farmern und Mittelschichtlern nach besseren Lebensbedingungen und echter Demokratie beendeten das Zeitalter des Good Feeling im Einparteiensystem der Virginia Dynasty. 1860 gab es neben den Republikanern mit Abraham Lincoln weitere Parteien und Kandidaten für die Präsidentschaft. Alle bemühten sich um Volksnähe. Sie bereisten weite Gebiete mit der Eisenbahn, hielten von den Schlusswagen aus Reden, sprachen an Sportanlässen, Begräbnissen, in Schulen und vor Kirchen, bei Schützenfesten, an County Fairs, Viehmärkten und in Tanzsälen; 1860 begann die Zeit der politischen Riesenparaden, Fackelzüge, Volksfeste und Barbecues.*

**019: Stärkster Rivale war unter anderen Senator Stephen Douglas, der für die Sklaverei eintrat. Lincoln als Gegner der Sklaverei gewann die Stimmen aller 18 sklavenfreien Staaten der damals 33 Unionsstaaten. In den 15 Sklavenstaaten erhielt er kaum eine Stimme; Präsident wurde er nur dank der Mehrheit der Wahlmännerstimmen.*

Breitspurige 2B-Lokomotive 1857 mit charakteristischem «Kuhfänger», einem Schienenräumer, der sich besonders bei Fahrten durch die Prärie bewährte.

Der New Yorker Fotograf Mathew B. Brady fotografierte Abraham Lincoln vor seiner Wahl als US-Präsident; das Porträt wurde zum offiziellen Wahlkampffoto und prägte für lange Zeit Lincolns öffentliches Image. Lincoln war nicht fotogen. Es galt, ein großes Muttermal auf der rechten Backe und einen ausgeprägten Adamsapfel zu verbergen. Brady ließ Lincoln den Kragen hochschieben, das Muttermal wurde auf dem Negativ wegretouchiert, gemildert wurden zudem die harten Gesichtszüge.

Sie haben Erfolg. Thomas ist ein guter Prediger und Erster Bruder ein geschickt missionierender Organisator. Sie werben in Kneipen und bei den Belles des Familienhotels. Erster Bruder sucht Vertrauensleute, die die Missionstätigkeit fortsetzen und Mitgliederbeiträge eintreiben. Er schaut sich sonst noch um. Doch was in New York Knabenbordelle preisgünstig bieten, macht in Utica Schwierigkeiten. Er gerät an zwei durchtriebene Burschen und wird erpresst. Er zahlt. Doch fürchtet er weitere Erpressungen und fährt zurück nach New York.

Thomas ist seinen Betreuer los. Er heuert zwei junge Männer an und mietet Wagen und Pferde zum Transport einer Rednerbühne, von Spruchbändern, Fahnen und Drucksachen. Er bittet Nancy, zu kommen. Sie wird ihm bei der längst geplanten Paradise-Lottery behilflich sein und Lose verkaufen. Womöglich alle 16000 Lose, die Thomas drucken ließ.

Es ist Anfang September, Ziehungsdatum ist der 28. Oktober 1860. Wenig später ist auch der Wahlkampf für die US-Präsidentschaft zu Ende. Thomas forciert den Verkauf der Lose. Er deponiert sie in Kneipen und Stores. Die Besitzer erhalten fünf Cent pro verkauftem Los. Er lässt keine Veranstaltung aus, um die Lose unter die Leute zu bringen; an der County Fair* von Rome kriegt er am ersten Tag mit seinen Gehilfen nahezu 400 Lose weg. Nach wie vor berichtet Thomas wöchentlich an Erster Bruder, die Lotterie erwähnt er nicht. Er überweist auch weiterhin die Einnahmen aus der Missionstätigkeit. Doch mehr und mehr wird die Missionspredigt zu einer Werbepredigt für die Paradise-Lottery.

[020] «Wen Gott liebt, den macht er glücklich. Und euch, ihr Auserwählten, liebt er. Lasst mich eine Geschichte von der Liebe Gottes erzählen, die zugleich ein Geheimnis ist und als Geheimnis unter uns bleiben soll. Es ist die Geschichte

des Vollbringers. Gehört er heute nicht zu den Einflussreichen und Mächtigen Amerikas? Und er ist reich an der ihm von Gott gegebenen Kraft. Einst war er arm an Geld. Er besaß nur einen Dollar. Den, den ihm die Mutter gab, als er in die Fremde ging. Doch er vertraute auf Gott. Und Gott riet ihm im Gebet, ein Los zu kaufen. Keines der Lose der Union-Lottery, bei der die Hauptgewinne in die Taschen der Direktoren fließen. Auch keines der Public-Help, von der ihr wisst, dass sie ein ebensolches Schwindelunternehmen ist. Deshalb riet Gott dem Vollbringer, ein Los der Paradise-Lottery zu kaufen, ein Los, wie ich es in der Hand halte. Und Vollbringer kaufte sich ein Los der Paradise-Lottery, doch kaufte er nur ein halbes Los zu 50 Cent, mit den andern 50 Cent kaufte er sich Pancakes.

Vollbringer gewann. Doch er gewann nur 6867 Dollar statt 13 734 Dollar, die er hätte gewinnen können, wenn er auf die Pancakes verzichtet hätte. Oh, wie er sich über seine Lust auf Pancakes ärgerte und bereute, Gott nicht voll vertraut zu haben. Da er Buße tun wollte, gründete er mit den gewonnenen 6864 Dollar die Mission der Mutigen Gottes.

Ich sagte: 6864 Dollar. Ja, ihr Auserwählten, ihr habt es bemerkt: Es fehlen drei Dollar! Doch Vollbringer behielt diese nicht für sich, um wieder Pancakes zu kaufen. Nein, er behielt sie so lange, bis ihm Gott im Gebet nochmals offenbarte, Paradise-Lose zu kaufen. Und er kaufte drei ganze Lose. Und er gewann, und es war ein Gewinn, wie es ihn nur bei der Paradise-Lottery gibt: Es waren 48 949 Dollar!

Doch Vollbringer wusste, dass er ein geachteter und angesehener Mann werden muss, um tun zu können, was Gott und Christus von ihm verlangten. Deswegen wohnt er in New York in einem schönen Haus, fährt in einer Kutsche mit golden glänzenden Messingbeschlägen und kleidet sich nach Art reicher Gentlemen; seiner Frau schenkte er einen Pelz. Die Leute grüßen ihn und alle wollen ihm die Hand schütteln: der Gouverneur des Staates New York, der Prä-

019: County Fairs waren mehr als Warenmessen und Festveranstaltungen. Sie waren Orte des Wiedersehens und für abseits lebende Farmerfamilien und Viehzüchter eine Gelegenheit, mit der Außenwelt wieder einmal in Kontakt zu kommen. Und sie waren ideale Anläße zur Werbung von Stimmen und Mitgliedschaften für Parteien und religiöse Vereinigungen.

019: Barbecue: Eine dem indianischen «barbacoay» entlehnte Bezeichnung für einen (Fest-)Schmaus im Freien. Heute zu ähnlichem Anlass meistens von Männern auf dem Rost oder am Spieß gegrillte Fische, Fleisch- und Geflügelteile. Im 19. Jahrhundert galt das gemeinsame Grillen von Steaks, Rippchen und Spanferkeln («suckers») zur Gewinnung von Wählerstimmen als besonders erfolgreich. An einem 1800 von W.H. Harrison veranstalteten Barbecue wurden 16 500 Kilogramm Fleisch konsumiert. General T.J. «Stonewall» Jackson (1824–1863) briet, um die Truppenmoral zu stärken, eigenhändig mehr als 1000 über Nacht marinierte Spareribs; die Beize bestand aus Salz, Salpeter, Nelkenpulver und Wasser.

sident der Central-Bank, die Redakteure der großen Zeitungen New Yorks, der Feuerwehrkommandant und die Vereinigung der Kaufleute der City, die Arbeiter der Schiffswerften und Mühlen, die Baseballspieler und die Mitglieder des vornehmen Yacht Club. Auch die Direktoren der Union-Lottery und der Public-Help wollen ihm die Hand drücken. Aber denen drückt Vollbringer die Hand nicht!

Nun kennt ihr das Geheimnis von Vollbringer. Lasst uns jetzt innig zu Gott beten. Ihr werdet spüren, dass Gott euch rät, es Vollbringer gleichzutun und ein, zwei oder drei Paradise-Lose zu kaufen. Hier sind die Lose, und ihr könnt Tausende Dollars gewinnen. Dann könnt ihr Pancakes kaufen, Pancakes so viel ihr wollt, solche mit Ahornsirup und solche mit Honig. Schwester Maria wird euch die Lose aushändigen: ein Los zu einem Dollar. Lasst uns nochmals beten.»

Kalligrafische Würdigung von Abraham Lincoln, der im März 1861 zum 16. Präsidenten der USA gewählt wurde.

[021] Bei der Paradise-Lottery konnte nur einer gewinnen, die Chance betrug 1:16 000. Das war jedoch ohne Bedeutung. Es gewann sowieso keiner, weil es nie zu einer Ziehung kam.

Zwei Tage vor dem Ziehungstermin waren 14 800 Lose verkauft. Kurz nach der Predigt am Mittag in Rome bekam Thomas Magenkrämpfe. Nichts Schlimmes, sagte er, nachdem er sich schon bei seiner Predigt am Vormittag unwohl gefühlt und einen Tag zuvor müde ausgesehen und auf das Abendessen verzichtet hatte. Er werde sich in Utica im Hotel ausruhen und ließ sich mit Nancy mit dem Break zum Drugstore hinfahren. Dort trank er zwei Gläschen von Wilfried's Magenelixier. Den Break schickte Thomas zum Messeplatz in Rome zurück, den kurzen Weg zum Hotel werde er zu Fuß mit Nancy schon schaffen. Kurz vor dem Hotel bog Thomas in einen Seitenweg ab, packte Nancy am Arm und rannte zum Bahnhof. Wenig später ratterte Thomas mit der fassungslosen Nancy im Vier-Uhr-Express Lenox zu. Er würde dort ankommen, bevor er in Utica vermisst würde.

Nach Syracuse, wohin Thomas weiterreisen wollte, fuhr er allein. Nancy hatte auf der Fahrt von Utica bis Lenox kein einziges Wort mit Thomas gesprochen und nur aus dem Coupéfenster gestarrt. In Lenox eilte sie aus dem Zug, ohne sich umzuschauen. Thomas rannte ihr hinterher und wollte ihr Geld aufdrängen. Nancy schien ihn nicht zu bemerken.

[022] Nach dem vom *Enquierer* in Utica veröffentlichten Urteil von Richter McLoory wurde die aufgrund von Zeugenaussagen rekonstruierte Predigt als verleumderische Tat an Gott dem Herrn stärker bewertet als die Tatsache, dass Thomas sich mit dem Geld abgesetzt hatte. Man habe, so Richter McLoory, das im Hotel verbliebene Gepäck des Betrügers beschlagnahmt. Zimmer und die Miete von Pferden und Break seien im Voraus bezahlt worden, ebenfalls der Druck der Lose. Die Befragung der beiden Helfer habe zu nichts geführt: Der Betrüger habe zwei Umschläge auf deren Namen mit je 25 Dollar für ihre Mitarbeit beim Portier des Hotels deponiert, beide wussten jedoch nicht, wohin sich der Betrüger und seine Begleiterin abgesetzt hatten.

Nebst dem *Enquierer* brachte auch der *Monthly* von Lenox einen Bericht und als große Zeitung die *Post* in Cincinnati, welche den Wahlkomitees vorwarf, sich unbedacht mit einem Betrüger eingelassen zu haben. Obwohl die Mission der Mutigen Gottes in die Angelegenheit verwickelt war, fand der Fall kein Echo in New Yorker Zeitungen.

Es gibt den breiten, bequemen Weg, der in die Hölle führt. Dann den schmalen, steilen Weg der Tugend und Frömmigkeit hinauf in den Himmel. Bei pünktlicher Bezahlung der Beiträge wird den Mitgliedern der Mission der Mutigen Gottes ein Sitz in der Nähe Jesu zugesagt.

Napoleon war kein Gourmand und seine Esssitten waren wie die seiner Generäle und Parvenue-Edelleute seiner Gnaden alles andere als das, was das Ancien Régime an Manieren und Geschmack zelebriert hatte. Doch gab es Ausnahmen wie den von Napoleon erwählten Erzkanzler und zum Herzog von Parma geadelten Jean-Jacques Régis de Cambacérès, der sich schmeichelte, die exquisiteste Tafel Frankreichs zu pflegen. Vollendete Esskultur pflegte ebenfalls Charles-Maurice de Talleyrand. Napoleon hielt nicht viel von dessen menschlichen Qualitäten, obwohl er ihn zum Fürsten erhoben hatte und sich dessen außenpolitischen Geschicks bediente. Für Talleyrand wie Cambacérès war Tafelkultur ein Mittel der Diplomatie. Zwölf Jahre lang war es bei Talleyrand das Kochgenie Carême, das dafür sorgte. Mit der von vielen Köchen übernommenen Kochkunst von Marie-Antoine Carême endete die von Napoleon I. und seiner Entourage geprägte dunkle Periode der französischen Esskultur.
An Napoleons kulinarische Vorlieben erinnert noch das heute in verschiedenen Varianten zubereitete Poulet Marengo und eine Hühnerbouillon à la Napoleon mit kleinen, mit Gänseleberpüree gefüllten Teigtaschen.
Mit Napoleon verbunden sind jedoch zwei von ihm geförderte und das Kochen weltweit verändernde Projekte: die industrielle Herstellung von Zucker aus der Zuckerrübe und die Erfindung der Konserve.

Ein von Carême aus Nougat, Marzipan und Zucker gefertigtes Pièce montée im Stil des von ihm vertretenen «kulinarischen Klassizismus».

Der Minister des Inneren Jean-Antoine Chaptal präsentiert Kaiser Napoleon die ersten von Benjamin Delessert (rechts) aus Zuckerrüben raffinierten Pains de Sucre (Zuckerstöcke).

In Nicolas Apperts Werkstatt konservieren Angestellte durch Hitze Nahrungsmittel in Glasflaschen. Konserven in Weißblechbehältern gab es erstmals 1812 in England.

«Le coffre» Napoleons, ein «homme extraordinaire» und ein Cocktail von Jennie Jerome, der künftigen Mutter von Winston Churchill

[023] Es ist der 18. März 1874. Ich bin mit Lorenzo D. um zehn Uhr vormittags im Delmonico's-Beaver verabredet, dringend: «Wir müssen nochmals über den Fries im Clubzimmer des Del's-Broadway sprechen, Ihr Entwurf gefällt mir nicht!» Ich gehe durch die Eingangshalle und sehe Lorenzo D. im Gespräch mit einem elegant gekleideten Mann, er dürfte etwas älter sein als ich. Ich grüße. Doch Lorenzo D., der wie der vieläugige und vielohrige Gott Brahma sonst alles sieht und hört, scheint mich nicht zu bemerken. Nach einer halben Stunde lasse ich mir im Coffee Room einen Sherry bringen, um elf Uhr den zweiten. Kurz darauf setzt sich Lorenzo D. zu mir, murmelt eine Entschuldigung, schüttelt mit Blick auf die Sherrygläser missbilligend den Kopf, lächelt plötzlich und sagt noch nie Gehörtes: «Die Sherrys gehen auf Rechnung des Hauses.» Und dann, weiterhin gut gelaunt: «Was es nicht alles gibt, Simens. Wie Sie wohl wissen, stammt Dunant*, Napoleons Feldkoch, aus Lausanne. Dort starb er 1817. Nun dies, hören Sie gut zu: Dieser Monsieur, mit dem Sie mich sahen, ist über seine Mutter mit den Dunants verwandt und könnte ...»

Von einem Dunant hatte ich noch nie gehört, hingegen weiß ich wie ganz New York von Lorenzos Verehrung für Napoleon Bonaparte. Vor kaum einem Jahr war von einer Jacques-Louis David zugeschriebenen Farbskizze von Napoleons Kopf die Rede, die Lorenzo D. ersteigert hatte. Sie hing, kostbar gerahmt, über Wochen im Grand Salon des Beaver. Einige der Gäste witzelten über eine Fälschung, andere darüber, dass er zu viel dafür bezahlt habe. Briten und Deutsche empfanden es als Zumutung, unter dem Bild des

Jacques-Louis David hat verschiedene Skizzen zu seinem Bild *Bonaparte auf dem Großen St. Bernhard* angefertigt. Das 1801 entstandene Gemälde befindet sich im Musée National du Château de Malmaison.

Poulet sauté à la Marengo (Alessandro Filippini, 1891): Die Hähnchenteile sautieren, salzen, pfeffern, etwas Cognac oder Madeira darübergeben. Bouillon oder Bratensauce zufügen sowie, anstelle von Dunants Krebsen und gehackten Tomaten, Pilze und Trüffelwürfel zugeben. 20 Minuten köcheln lassen. Mit Spiegeleiern und Croutons servieren.

**023: Dunant war, im Unterschied zu Napoleons Küchenchef Nôtre in den Tuilerien, der Leibkoch Napoleons auf dessen Reisen und Kriegszügen. Mit seinem Küchenwagen hatte er der zu einem fahrbaren Hauptquartier ausgebauten Kutsche Napoleons zu folgen und stets eine warme Speise bereitzuhalten: Suppen, Ragouts oder vorzugsweise Hammelkoteletts, die Napoleon mindestens einmal wöchentlich zu essen wünschte. Napoleon hielt sich nie an regelmäßige Mahlzeiten; er ließ anhalten, wenn er Appetit hatte, und schlang in wenigen Minuten hinunter, was ihm Dunant vorsetzte. 1800 kam zu den Hammelkoteletts eine weitere Lieblingsspeise Napoleons, ein Hühnergericht, das Dunant während der Schlacht von Marengo aus eiligst requirierten Hähnchen, Tomaten und Flusskrebsen kreierte. Das noch heute beliebte Poulet sauté à la Marengo war eines der Standardgerichte der Delmonico's-Chefköche Filippini und Ranhofer.*

**023: Vor der Verbannung Napoleons nach St. Helena erhielt Dunant von Napoleon mehrere Geschenke, darunter ein «coffre nécessaire» mit dem Reisebesteck und -geschirr Napoleons. Dunant vermachte diesen dem Musée Cantonal de Vaud in Lausanne; im Inventarium des Museums gibt es jedoch keinen entsprechenden Hinweis.*

**024: «Trust in God and keep your Cocktail/Vertraue auf Gott und behüte deinen Cocktail». Doch was ist ein Cocktail? «Ein wenig Whiskey, um ihn stark zu machen, ein wenig Wasser, um ihn schwach zu machen, ein wenig Zitrone, um ihn sauer zu machen, ein wenig Zucker, um ihn süß zu machen.» (C.A. Eaton)*

**024: Jennie Jerome, «ein amerikanisches Mädchen, dessen ungewöhnliche Schönheit und lebenssprühende Geistesgaben allgemeines Aufsehen erregten...» (Lord Randolph Churchill, Jennies Ehemann). Sie war 19, als sie in die Familie der Herzöge von Marlborough einheiratete. Siebeneinhalb Monate nach der Hochzeit vermerkte die Londoner* Times: *«Am 30. November (1874) in Blenheim Palace von Lady Randolph Churchill vorzeitig geboren – ein Sohn». Das Baby wurde auf den Namen Winston Leonard Churchill getauft.*

verhassten Despoten zu tafeln. Lorenzo D. war verärgert. Die Skizze hängt jetzt in seinem Kontor über einer Vitrine mit Napoleon-Souvenirs. Und nun erfährt Lorenzo D. von diesem «homme extraordinaire», wie er ihn nennt, dass Dunant von Napoleon reich beschenkt worden war* und dass die Erben Dunants bereit seien, einige dieser Gaben zu verkaufen.

[024] Diesen «homme extraordinaire» lernte ich ein halbes Jahr später als Thomas Caflisch kennen. Das war Ende September 1874 zur Eröffnung von Johnny Trecnics Manhattan-Bar. Johnny kannte ich vom Escapade her; er hatte mich gebeten, für das neue Lokal seinen Lieblingsspruch «Trust in God and keep your Cocktail»* in Goldfarbe auf den Spiegel an der Rückwand der Bar zu pinseln. Johnny versprach mir als Freundschaftshonorar mehr Cocktails, als ich in meinem Leben trinken würde. Das Schlitzohr wusste genau, dass Cocktails nicht meine Lieblingsdrinks sind. Heute, zur Eröffnung, gab es nur Cocktails, genau genommen nur den von der umschwärmten Jennie Jerome* kreierten Manhattan-Cocktail*. Wie auch andere Gäste misstraute ich der Kreation und trank die uns vom Barmann verstohlen zugeschobenen Whiskeys.

«Sollte der Gäste wegen Johnnys Spruch nicht in blauer Farbe sein?» Ich drehte mich der Stimme zu, es war Lorenzos extraordinärer Monsieur.

«Ich weiß nicht», antwortete ich irritiert, «Gold auf Spiegelglas scheint mir...» – dann fiel mir ein, auf was er anspielte: Die affektiert sich zutrinkenden Blue Stockings waren nicht zu übersehen.

Wir lachten, nannten unsere Namen und schüttelten uns die Hände. «Ein Zufall, Sie hier zu treffen», sagte Caflisch.

Der Mann hatte Humor. Dass ich hier war, war kaum ein Zufall. Ich hatte nicht nur den Spiegel beschriftet, sondern mit Johnny die Einladungsliste überarbeitet, ein Thomas

**024: «Man könnte Vögel bekommen über die Legenden um den Manhattan-Cocktail», ließ sich Albert Stevens Crockett, Chef-Bartender der Old Waldorf Bar, gerne zitieren. Sein Rezept: «Dash of Orange Bitters, one-half Italian Vermouth, one-half Whiskey. Stir; strain.»*

Caflisch war nicht dabei. Er schien mir auch nicht zu den Gens de Profites zu gehören, die sich dank geputzter Fingernägel und eines gebügelten Anzugs überall dort einschlichen, wo Drinks und ein unverbindliches «How do you do?» zu haben waren. So wenig zufällig ich hier war, so wenig war es dieser Caflisch. Doch weswegen war er gekommen?

War er gekommen, um mich anzusprechen? Ich sah keinen Grund. Eher schien mir, dass er Beachtung finden wollte. Das traf auch zu. Obwohl nicht allzu auffallend, war er mit nicht zu übersehendem Raffinement gekleidet. Dies zeigte sich nicht nur an den Krokodillederschuhen, dem hellbraunen Bowler und dem farblich abgestimmten Anzug aus schwerer Rohseide, sondern ebenso in dessen Details: ein niedriger Stehkragen anstelle modisch schmaler Revers, mattgeschliffene Silberknöpfe mit goldenen Schriftzeichen.

«Ein ehrwürdiges Stück», bemerkte Caflisch, «ein Geschenk Tso Tsung-tangs, dem zurzeit wohl mächtigsten Mann Chinas und Betreuer des noch unmündigen Kuang Hsüs, des kommenden Kaisers. Mir von ihm feierlich in Peking als Dank für geringfügige Gefälligkeiten überreicht. Klingt gut, oder…? Nein, Messieurs! Ich handelte ihn einem bezopften Schneider in Chinatown ab, ein ihm zum Ändern gebrachtes und nicht abgeholtes Stück. Über Tso Tsung-tang und Kuang Hsü las ich in der Zeitung.»

«So, so, Chinatown, ha, ha!» amüsierte ich mich mit den Umstehenden.

«Mir scheint», bemerkte William Spencer, ein Handels- und Schiffsagent, «dass Sie über China möglicherweise etwas mehr wissen als wir. Es gibt Gerüchte, dass dort der Teufel los ist.»

«Noch nicht», berichtete Caflisch, «einiges braut sich jedoch zusammen. Den europäischen Mächten geht es darum, zu Tso freundschaftliche Beziehungen aufzubauen. Die sind ihm willkommen, denn die Russen machen Schwierigkeiten; China fürchtet wegen Sinkiang einen Krieg und rüs-

Ungebetene Gäste sind eine Plage. Nicht nur, dass sie mit zunehmendem Alkoholgenuss mühsam werden. Einige lassen beim Abschied zudem eine Flasche Wein, eine Handvoll Zigarren, oft auch noch etwas Silberbesteck mitgehen. Das tun eingeladene Gäste auch. Das Bild zeigt einen Diplomatenempfang in Washington um 1890.

tet auf. Wichtigster Waffenlieferant dürfte Deutschland sein. Bismarck wird in China als kluger Staatsmann geschätzt, und Krupp sandte zum Ärger der Franzosen und Briten Kanonen und Berater nach Sinkiang. Ich kann mir vorstellen, dass wir Amerikaner Gewehre und Munition liefern könnten – sofern wir die Chance wahrnehmen.»

Ich war sprachlos. Was Caflisch sagte, war wenige Tage zuvor ähnlich in der Londoner *Times* zu lesen gewesen. Weil New Yorker, sturköpfig und dünkelhaft, ausländische Zeitungen ignorieren, wurde Caflischs Darstellung als großartige Analyse gewürdigt. Vor allem der Hinweis auf mögliche Waffenlieferungen der USA schien zu gefallen – was übrigens nicht in der *Times* stand.

«Sehr interessant!», war zu hören, und Spencer lobte: «Ausgezeichnet! Höchst bemerkenswert.» Er klopfte Caflisch auf die Schulter und vereinbarte mit ihm ein Essen mit Geschäftsfreunden im Morgan-Club.

Caflisch verabschiedete sich, auch von mir: «Ich hoffe, Sie ebenfalls einmal zu einem Essen einladen zu dürfen – warum nicht in Chinatown zu gebratenen Regenwürmern und in Honig gekochten Mäusen?» Wir lachten.

Die «United States», eine im Krieg gegen die Briten eingesetzte Fregatte, symbolisch mit Fahnen jener Nationen beflaggt, die den USA in Freundschaft verbunden sind.

Die USA sind ein an Weite und Menschen großes Land. Darin erhält jeder, was er verdient: zum Beispiel lang gezogene Ohren

[025] 1855, bei Ankunft meiner Familie in New York, zählte die Union 31 Staaten. Auf dem Zifferblatt der Stockuhr von Brass & Copper, ein Geschenk meines Vaters zu meinem 31. Geburtstag 1873, ist der das Zifferblatt zierende Adler mit 37 Sternen umgeben – und die Uhr tickt weiteren Sternen zu.

1861, zu der Zeit also, in der wir uns jetzt noch befinden, leben in den USA 31 500 000 Menschen, 4 400 000 davon sind Schwarze. Die größte Stadt des Landes, New York, hat 700 000 Einwohner, vier weitere Städte – Baltimore, Boston, Philadelphia, Cincinnati – haben etwas mehr als 100 000 Einwohner, Chicago 30 000 und Detroit 20 000. Dann gibt es etwa drei Dutzend Orte mit 10 000 bis etwa 20 000 Einwohnern und um die 50 mit 3000 und mehr. Sie haben jeweils Bahnanschluss, ein Rail-Hotel, ein Post- und Telegrafenamt, eine Bank, zwei, drei Kirchen und zahlreiche Sekten sowie diverse Stores, in denen es Whiskey, Bibeln, Beile, Stiefel, Gewehre, Hustensirup, Kaffee und Tee, Stacheldraht, Nähnadeln und Tuch zu kaufen gibt. Es gibt ein Gefängnis mit Sheriff, oft eine Druckerei mit Zeitung sowie etliche Kneipen (in Dapmaison sind es 24 pro 1000 Einwohner). Die Mehrzahl der Amerikaner lebt jedoch in Siedlungen mit ein, zwei Dutzend Häusern oder als Farmer und Rancher abgeschieden auf dem Land. Dann gibt es noch jene «steuerlich nur zum Teil erfassbaren Bürger» wie Trapper, Goldschürfer, Gottessucher, Wanderarbeiter und sonstige Außenseiter.

Ich versuchte auszurechnen, wie bei so vielen über ein so weites Land verstreuten Menschen die Chance einer Begeg-

Außengebiete der USA
- Amerikanisch-Samoa
- Bakerinsel
- Guam
- Guantanamo-Bucht
- Howlandinsel
- Jarvisinsel
- Johnston-Atoll
- Amer. Jungferninseln
- Kingmanriff
- Midwayinseln
- Navassa
- Nördliche Marianen
- Palau
- Palmyra-Atoll
- Panama-Kanalzone
- Pazifikterritorium (Mandatsgebiete): Marianen-, Karolinen-, Marshallinseln
- Puerto Rico
- Schwaneninseln
- Wake-Atoll

Die 50 Gliedstaaten der USA in der Reihenfolge ihres Beitritts:
1787 Delaware / DE
1787 Pennsylvania / PA
1787 New Jersey / NJ
1788 Georgia / GA
1788 Connecticut / CT
1788 Massachusetts / MA
1788 Maryland / MD
1788 South Carolina / SC
1788 New Hampshire / NH
1788 Virginia / VA
1788 New York / NY
1789 North Carolina / NC
1790 Rhode Island / RI
1791 Vermont / VT
1792 Kentucky / KY
1796 Tennessee / TN
1803 Ohio / OH
1812 Louisiana / LA
1816 Indiana / IN
1817 Mississippi / MS
1818 Illinois / IL
1819 Alabama / AL
1820 Maine / ME
1821 Missouri / MO
1836 Arkansas / AR
1837 Michigan / MI
1845 Florida / FL
1845 Texas / TX
1846 Iowa / IA
1848 Wisconsin / WI
1850 California / CA
1858 Minnesota / MN
1859 Oregon / OR
1861 Kansas / KS
1863 West Virginia / WV
1864 Nevada / NV
1867 Nebraska / NE
1876 Colorado / CO
1889 North Dakota / ND
1889 South Dakota / SD
1889 Montana / MT
1889 Washington / WA
1890 Idaho / ID
1890 Wyoming / WY
1896 Utah / UT
1907 Oklahoma / OK
1912 Arizona / AZ
1912 New Mexico / NM
1959 Alaska / AK
1959 Hawaii / HI

nung von zwei durch das Schicksal Getrennten besteht. Ich kam schließlich zu der Überzeugung, dass dies nur durch einen Zufall geschehen kann, wie bei Thomas Caflisch, der sich jetzt Tom Caften nennt. Ja, jenem Thomas Caflisch, mit dem es in Lenox zur Trennung von Nancy kam und der dann weiter gen Westen und zu jener schicksalhaften Begegnung fuhr, die etwa acht Monate danach stattfand, jedoch zu einem anderen Zeitpunkt nicht weniger dramatisch hätte sein können. Denn die Person, auf die Thomas traf, war Nancys Vater Victor, der Wirt aus New York, dem Thomas noch immer dreieinhalb Dollar schuldete.

Doch nicht die dreieinhalb Dollar plus Zins und Zinseszins waren der Grund, weswegen Victor Thomas einige Rippen knackte, ein Auge zum Blühen, drei Zähne zum Wackeln und die Lippen zum Bluten brachte. Und weswegen er ihm nahezu die Ohren ausriss, an denen er den Kopf von Thomas festhielt, um diesen immer wieder – «Du Deckskerl, du verdammter Schuft!» – auf den Boden zu schlagen. Victor hätte Thomas womöglich alle 200 Knochen* gebrochen, wenn die beiden nicht getrennt worden wären.

Thomas war kein Schwächling und alles andere als feige. Aber als Victor so plötzlich vor ihm auftauchte, sei er, so sagte er später, wie gelähmt gewesen. Und noch etwas: Er habe alle Schläge und Schmerzen wie eine gerechtfertigte – «Ja, schlag nur zu, schlag zu!» – Buße empfunden für das, was er Nancy angetan hatte. Er habe sich auch nicht gewehrt, sondern nur versucht, das Gesicht zu schützen, und sich zugleich gewundert, Victor hier in Farfield zu begegnen.

[026] Man goss Thomas Wasser über den Kopf. Er lag am Boden, sah Stuhl- und Tischbeine, Stiefel, dann Gesichter über sich. Man half ihm beim Aufstehen. Er glaubte, blöde zu lächeln, und ärgerte sich darüber. Und wunderte sich über ein Stechen in der Brust und dass er hinkte, als er zur Tür ging. Irgendjemand stützte ihn auf dem Weg zum Break,

«Gentility in the dining room…

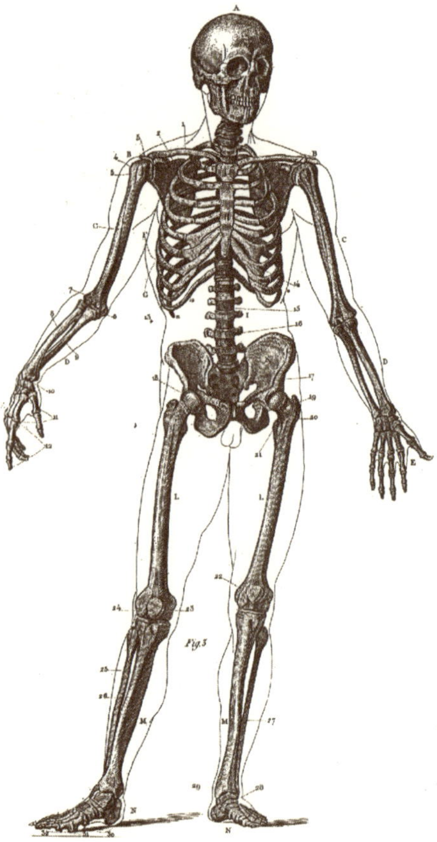

**025: Der Mensch besitzt:*
- *über 200 Knochen. Sie sind leicht; bei einem 70 Kilogramm schweren Menschen wiegen sie 25 Pfund, doch sind sie von erstaunlicher Festigkeit: Ein gesunder Oberschenkelknochen eines Erwachsenen erträgt eine Belastung von 1,65 Tonnen Druck.*
- *32 Zähne. Es sind dies: acht Schneidezähne, vier Eckzähne, acht Vorbackenzähne, zwölf Backenzähne, davon sind vier Weisheitszähne.*

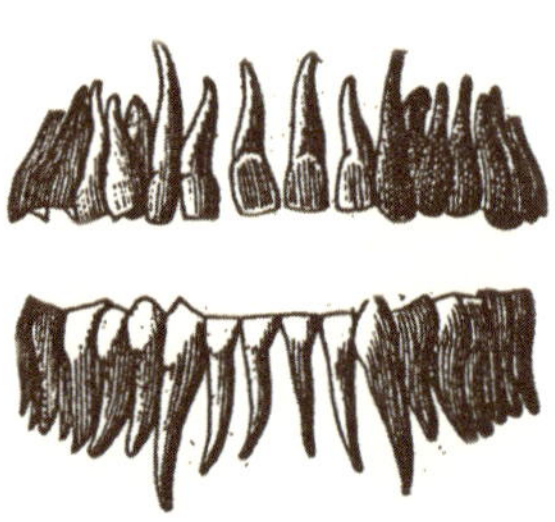

Man beachte: «Der zweite Frühling kommt mit den dritten Zähnen.» (Walter Matthau)

möglicherweise der Kutscher. Der jedenfalls half ihm auf den Sitz.

Eine Stunde zuvor hatte Thomas noch mit Adelyne und ihrem Vater George W. Atterbury, dem bekannten Anwalt und voraussichtlich künftigen Senator von Iowa, zusammengesessen. Der hatte Thomas ins Rail-Hotel Farfield eingeladen, es sei Wichtiges zu besprechen. Übrigens sei das Essen hervorragend, seit ein Koch aus New York dort sei, exzellente französische Küche, versicherte ihm Atterbury.

Die Speisekarte zu lesen machte Thomas Vergnügen: «Green Beans with Entrecote Bordoless», «Artichoques in Veinagrette» und weiteres Kauderwelsch. Thomas bestellte die Spezialität des Hauses – «Roti of Boeuf garni with Corn pudding» – und wunderte sich über den saftig-zarten Braten und den angenehm mit Muskatnuss gewürzten Maisflan. So etwas hier in Farfield? Thomas bat den Kellner, dem Koch Lob und Dank auszurichten.

Und plötzlich stand Victor vor ihm. Ja, Victor von Victor's Cheeks in der Baxter Street in New York, der Vater von Nancy. «Steh auf, du Schwein!», hatte er heiser geflüstert, ja nur geflüstert, und ihm Ohrfeigen gegeben, wie ein Lehrer einem ungezogenen Jungen Ohrfeigen gibt, links und rechts, zuerst mit der Handfläche, dann mit dem Handrücken. Dann spürte Thomas einen Schlag in den Magen, Faustschläge ins Gesicht und in die Rippen, immer dann in die Rippen, wenn er die Hände vors Gesicht hielt, und ins Gesicht, wenn er die Arme zum Schutz vor Rippenschlägen senkte.

Er spürte den Stoß eines Knies in den Unterleib, Stühle fielen um; als er zu Boden ging, riss er mit dem Tischtuch Geschirr und Gläser mit sich. Er glaubte, in Richtung von Adelyne und Atterbury eine Geste der Entschuldigung zu machen… ja, was wollte der mit ihm besprechen? Ha, ha, waren denn dem hoch geehrten künftigen Senator 40 Prozent bei ihren Deals zu wenig? Über zwei Dutzend Greenhorns hatte er, Thomas, bisher je 5000 bis 8000 Dollar

… & bad manners at the table»

«Dining is no longer a meal, but an institution.»
(The American Apologist, 1888)

LIFE IN AN AMERICAN HOTEL

… andere Sitten? Zu Beginn des 19. Jahrhunderts gab es kaum Unterschiede zwischen den Tischmanieren der Amerikaner und denjenigen der Europäer: Beim Essen wurde die noch zweizinkige Gabel in der linken, das Messer in der rechten Hand gehalten. Es galt, ein Stück der (Fleisch-)Speise abzuschneiden, mit der Gabel hochzuheben und mit dem Messer in den Mund zu schieben. Um 1840 kamen drei- und vierzinkige Gabeln in Gebrauch. Mit ihnen entstand die noch heute typische amerikanische Esssitte: Die Speise wird in Stücke geschnitten, dann wird die Gabel in die rechte Hand genommen, mit der dann die Häppchen zum Mund geführt werden. Diese Regel begann zu einer Zeit, als die Pflege gediegener Umgangsformen für den ambitionierten Mittelstand ein Behelf für den gesellschaftlichen Aufstieg wurde. *Hill's Manual of Social and Business Forms,* ein beliebter Benimmratgeber (1885), zeigt den Unterschied von «gentility» und «bad manners» am Tisch.
Eine amerikanische Sitte ist ebenfalls, die linke Hand auf den Schoß zu legen und nur mit der rechten Hand zu essen. Einem Ondit zufolge stammt der Brauch aus Pionierzeiten, als es üblich war, einen Revolver unter dem Tisch bereitzuhalten, um gegen Überraschungen gewappnet zu sein.

abgeknöpft für eine Lizenz zum Verkauf von Land, das niemandem gehörte* … und ja, wie viel machen drei Dollar und 50 Cent mit Zins und Zinseszins nach drei Jahren?

[027] Man hatte Victor auf einen Stuhl gesetzt. Er zitterte vor Wut und Aufregung. «Ich hätte ihn totschlagen sollen, ja, totschlagen sollen. Er hat meine Tochter verführt, das Dreckschwein, sie hat ein Balg von ihm. Zur Betrügerin machte er sie, Lose musste sie für seine verdammte Paradise-Lottery verkaufen. Tausende wurden betrogen. Ein gottverdammter Gauner ist er und wird es bleiben. Totschlagen hätte ich ihn sollen, ja, totschlagen …»

Beim Wort Paradise-Lottery läuteten bei Atterbury die Glocken. Doch waren es nicht die Kirchenglocken, die er sich noch vor einer halben Stunde an der Hochzeit von Adelyne mit Tom zu hören erhofft hatte. Es war das schrille Gebimmel vom Gerichtsgebäude von Farfield, mit dem zum Prozess von Thomas Caflisch alias Tom Caften aufgerufen werden würde. Möglicherweise würde das Gebimmel auch ihm gelten, dem künftigen Senator George W. Atterbury, der sich mit diesem Tom alias Thomas zu sehr eingelassen hatte.

Das war nicht gut für seinen Ruf und den bevorstehenden Wahlkampf. Er musste etwas tun, und zwar sofort: «Wenn dieser Tom Caften tatsächlich dieser Thomas Caflisch ist – und es besteht kein Grund, an den Worten dieses schwer geprüften Vaters zu zweifeln –, muss er als Betrüger dem Gericht zugeführt werden. Ich werde morgen Richter Brooks aufsuchen und ihn über den Vorfall und den Betrug bei der Paradise-Lottery, der mir als Gerichtsfall bekannt ist, persönlich informieren. Es geht nicht, dass die Gerechtigkeit in diesem unserem Land mit Füßen getreten wird. Ich hoffe und wünsche von Herzen, dass unser Mann hier», Atterbury neigte sich Victor zu, «sich bald beruhige und uns mit seiner Kochkunst weiterhin beglücke.»

**026: Kaum anderswo im Geschäftsleben der USA zeigt sich das Neben- und Miteinander von Wagemut, Gaunerei und Skrupellosigkeit deutlicher als beim Bau der transkontinentalen Eisenbahnverbindung von Osten nach Westen. Immer wieder drohte das Projekt zu scheitern, immer wieder fanden sich Leute, die im Interesse der Sache oder zu ihrem persönlichen Vorteil weitermachten, Geld beschafften oder pleitegingen. Oder – der ganz große Reibach – dank persönlichen Beziehungen in Washington Darlehen und Land einhandelten; in der Hoffnung auf ein leistungsfähiges Eisenbahnnetz überließ die Bundesregierung Planern und Spekulanten große Mengen an Land*, ein im Laufe der Zeit kaum noch kontrollierbarer Besitz, was Betrügern ermöglichte, Gutgläubigen Boden zu verkaufen, der ihnen nicht gehörte.*

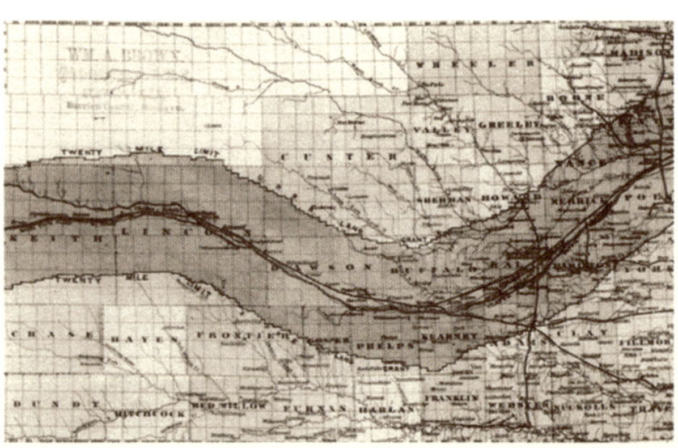

**Allein in Nebraska (Kartenausschnitt) waren es 30 Kilometer links und rechts der Bahnlinie der Union Pacific, nahezu ein Zehntel des ganzen Territoriums.*

Atterbury hoffte, dass Thomas verschwunden sei, bevor der Vorfall allgemein bekannt würde. Damit ginge ihm zwar der Gewinnanteil aus den Lizenzgeschäften verloren, den ihm Thomas noch schuldete. Wichtiger war jedoch, dass er, der künftige Senator, niemals mit Tom und dessen Betrügereien in Verbindung gebracht werden würde. Er musste in seiner Kanzlei richtigstellen, dass dieser Tom ihn lediglich zwei- oder drei Mal um juristischen Rat gebeten habe und die Einladung ins Rail-Hotel als eine der nicht immer angenehmen gesellschaftlichen Verpflichtungen gegenüber einem Kunden erfolgt sei. Richter Brooks würde er dahingehend informieren, die Sache nicht weiter zu verfolgen, da ja dieser Caften oder Caflisch wohl schon meilenweit entfernt sei. Und sollte sich jemand wundern, warum die Lizenzverträge nebst der Unterschrift von Tom Caften auch den Stempel seiner Kanzlei trugen: Könnte dieser Gauner diesen nicht bei einem seiner Besuche geklaut haben?

«Daddy, da war doch dieser schreckliche Koch, der auf Tom einschlug, obschon er sein Essen lobte. Und plötzlich ging Tom weg, obschon wir über unsere Hochzeit sprechen wollten, schon wegen des Hochzeitskleids ...»

«Du wirst mit keinem Wort eine Hochzeit erwähnen. Wie kommst du dazu?! Wir haben doch diesen Caften kaum gekannt, vielleicht ein-, zwei Mal zufällig getroffen. Und du wirst ihn auch nie mehr sehen. Ich hoffe, du verstehst mich. Zu deinem Hochzeitskleid wirst du schon noch kommen.»

«Ja Daddy, aber was ist, wenn Tom nicht mehr da ist?»

«Dann wird es eben ein anderer sein, verdammt noch mal!»

«Ist das bald?»

«Das weiß ich doch nicht. In einem halben oder vielleicht einem Jahr.»

«Aber dann kann ich doch nicht mehr in Weiß kommen!»

«Was hast du gesagt? Bist du meschugge?»

«Nein, im zweiten Monat schwanger, von Tom.»

Hochzeitskleid aus den 60er-Jahren des 19. Jahrhunderts. Mit dem Brautschleier ließ sich verbergen, was nicht gesehen werden sollte.

*Ich kratze
Kopf
unschlüssig

Nach offiziellen Angaben gab es 1870 in New Yorks Chinatown 800 bis 900 Einwohner. 1880 waren es 2000. Dazu kamen nach einer Schätzung 8000 bis 10 000 illegal Wohnende, viele davon arbeitslos gewordene Arbeiter, die seinerzeit zum Bau des Eisenbahnnetzes in die USA geholt worden waren.

Zwischen 1845 und 1870 wurden in China von Agenten Zehntausende der als zäh, fleißig und bescheiden geltenden «Söhne des Himmels» angeworben.

Nach dem Bahnbau gingen nur wenige zurück. Sie verdingten sich zu Billigstlöhnen in Minen und Hüttenwerken, meistens in Konkurrenz zu Iren, Deutschen und Polen, die ihre Löhne und Arbeitsplätze bedroht sahen.

Oftmals aufgehetzt durch weiße Rassisten, kam es zu organisierten Aktionen gegen alles Chinesische; das brutale Vorgehen wurde durch den Chinese Exclusion Act (1882) sowie den Geary Act (1892) erleichtert, beides Gesetze, die die Rechte der Chinesen drastisch einschränkten.

Andere eingewanderte Chinesen wurden Hausangestellte (Zimmermädchen, Diener, Köche) oder arbeiteten in Wäschereien, Nähateliers, Restaurantküchen und so weiter, Stellen, die von Weißen wenig geschätzt wurden. Einige wurden Kleingewerbler (Friseure, Schneider, Schuhmacher) oder Marktverkäufer. Es gab Chinesen, denen Beziehungen zu chinesischen Geheimbünden nachgesagt wurden. Sie eröffneten Restaurants, Geldwechselstuben, Spiel- und Mah-Jong-Salons, Opiumhöhlen und Bordelle, doch auch Textil- und Lebensmittelgeschäfte. Eines der noch jetzt bestehenden ist der 1872 eröffnete Wo Kee Store an der Mott Street.

Der Chinese als ein an der Nasenspitze beginnendes Labyrinth.

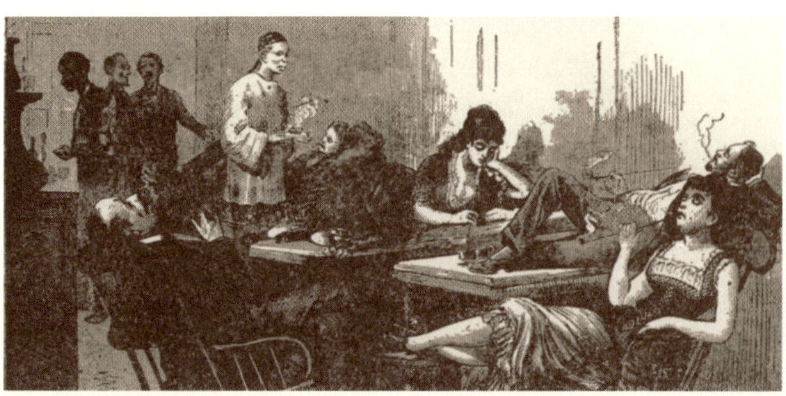

In Seligkeit versunkene Opiumraucher.

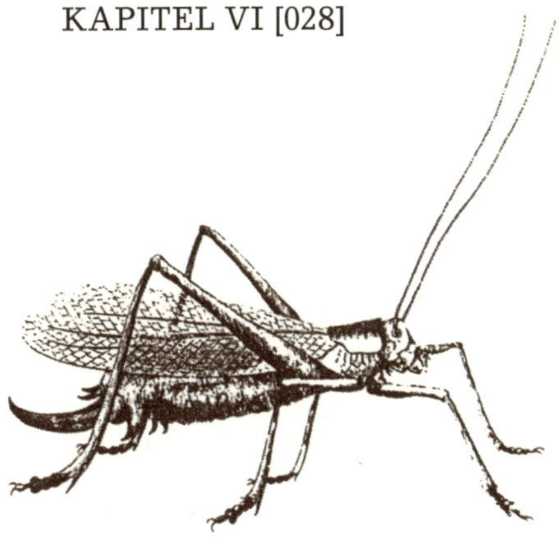

* 

(Kannitverstaan) in Chinatown. Übrigens: Auch Langnasen stinken

[028] Victor dürfte Thomas Anfang 1861 verprügelt haben. Noch hinkend und mit schmerzenden Rippen und Lippen hatte er Farfield anderntags verlassen. Später einmal erzählte er mir, nach Beginn des Sezessionskrieges zwei, drei Jahre in Washington gelebt zu haben, dann in Europa und in Mexiko gewesen zu sein. Weshalb und wofür, sagte er nicht. Einer zufälligen Bemerkung von Thomas entnahm ich, dass er mehrmals in China war, wie er in der Manhattan-Bar anfänglich auch glauben machte – um dann lachend Chinatown zu erwähnen, wo er zu finden sei. Da ich wieder einmal in Chinatown zu tun hatte, konnte ich mich ja nach ihm umsehen.

Ich hatte dort mit dem Sargmacher Hum Wong wegen eines schwarz auslackierten und mit Goldornamenten verzierten Meditationsraums zu tun, den sich ein Kunde wünschte. Hum Wongs Werkstatt befindet sich um die Ecke zur Bayard Street. Dort und dann in der Mott Street und in Nebengassen erkundigte ich mich in Wäschereien, Nähateliers, bei Haarschneidern und Straßenhändlern nach einer «etwa 35-jährigen Langnase mit braunem Haar und blauen Augen». Überall schüttelte man den Kopf. Auch Chinesen, die zweifellos englisch sprachen, konnten oder wollten mich nicht verstehen, niemand kannte ihn, was mich wunderte: Chinatown hatte damals kaum mehr als 1500 Einwohner.

Mr. Caflisch dürfte also geflunkert haben. Doch siehe da: Gerade als ich Chinatown Richtung Bowery verlassen wollte, kam er mir entgegen.

«Welch ein Zufall», strahlte er, «was um Gottes Willen tun Sie hier an diesem Ort des Lasters und Verbrechens, wo Ba-

«Gerne essen wir Chinesen mit Krabbenfleisch gefüllte Teigrollen, gerösteten Fisch und lackiert gebratenes Entenfleisch. Wir essen aber auch Gras oder Baumrinde, wenn es sein muss. Unser Land hatte Hungersnöte genug, uns zu lehren, alles zu essen, was verdaut werden kann: Käfer, Spinnen, Heuschrecken ...»

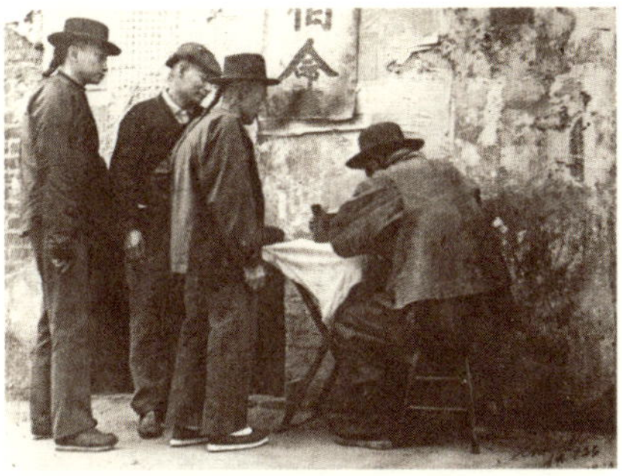

Schreiber hatten sich bei den vielen Analphabeten in Chinatown über Arbeit nicht zu beklagen. Zu schreiben waren nahezu ausschließlich Briefe an die Angehörigen in China.

So sehr sich das Gesprochene der Chinesen in Aussprache und Wortschatz von Provinz zu Provinz unterscheidet, die Schrift ist überall dieselbe. So kann zum Beispiel die Pekinger Zeitung auch von Menschen in Schanghai gelesen werden, die die Pekinger Sprache nicht verstehen. Zum Beispiel:

禍 不 單 行

«Ein Unglück kommt selten allein.»

Slave Girl in Holiday Attire (Foto: Arnold Genthe, um 1900). Slave Girls waren Prostituierte, die den Besitzern viel Geld einbrachten. In China für 100 bis 300 Dollar gekauft, brachten sie den Kaufpreis und Spesen schon nach zwei bis drei Wochen ein.

bys wie Kohlköpfe zu kaufen sind und sich Weiße über kurz oder lang eines Dolches im Rücken erfreuen?»

«Ein Zufall auch meinerseits, Mr. Caflisch. Ist denn, um Oscar Wilde zu zitieren, ein Zufall nichts anderes als eine verschobene Tatsache? Nun, Tatsache ist, dass wir uns getroffen haben, was mich freut.»

«Mich ebenfalls», lachte Caflisch und packte mich am Arm: «Das muss gefeiert werden. Sagt nicht der weise Konfuzius, dass die Freude der Seele durch die Freude des Magens gefestigt werden soll? Erlauben Sie mir, Sie zu einem möglicherweise ungewohnten Essen einzuladen.»

«Zu Hornissen in Honigsauce, gedämpften Skorpionen und gehackten Rattenschwänzen?»

«Schlimmer! Zu einem Essen voller Farben, Düfte und Gaumenfreuden. Ich kenne da ein Restaurant.»

[029] Caflisch hatte den Raum mit gestampftem Boden und niedrigen Tischen und Stühlen tatsächlich «Restaurant» genannt. Er befand sich im Parterre eines mehrgeschossigen Hauses an der Mulberry Street und roch nach Zwiebeln, Knoblauch, Kohl und Bohnenöl, eben so, wie Chinesen riechen.

Liu Tzu-chuan, der Wirt, war ein älterer, knochiger Mann. Er war gekleidet wie vornehme Chinesen, hatte einen Zopf wie alle Chinesen und roch wie alle Chinesen. Später einmal mokierte ich mich darüber.

«Ja, es ist schon so», spottete Thomas, «was gelb, schwarz, braun oder rot herumläuft, riecht. Nur weiß, blond und blauäugig duftet. Wissen Sie, Simens, dass Weiße für die Chinesen nach faulem Fleisch stinken?* Chinesen glauben, es käme vom vielen Fleisch, das Weiße verzehren, aber auch von Milch, Butter und Käse, was Chinesen nicht essen. Chinesen, die mit Weißen zu tun haben, versuchen sich an Milchspeisen zu gewöhnen. Sie tun es jedoch nicht, um den chinesischen Geruch loszuwerden, da sie überzeugt sind,

**029: «Eines Tages hatten mich zwei Chinesen zu sich eingeladen. Eben waren wir in das Zimmer getreten, als ein Greis, der sich da befand, fragte: ‹Wozu habt Ihr faules Fleisch mitgebracht?› Einer der Chinesen lief zum Alten und flüsterte ihm etwas ins Ohr, worauf der Greis verlegen wurde und sagte: ‹Verzeihen Sie mir meine Unhöflichkeit, denn ich bin blind und konnte nicht wissen, dass meine Söhne einen Gast mitgebracht haben.›»*

keinen zu haben. Sondern sie tun es, um den Geruch der Weißen leichter zu ertragen.»

Liu Tzu-chuan kicherte, als mich Thomas korrigierte, und kicherte weiterhin, als ich verärgert erwiderte, die chinesische Küche sei für gebildete Weiße ungenießbar und höchstens Katzen, Hunden und Ratten zuzumuten. Jetzt lachte er sogar: «Hochgeachteter Mr. Simens ehrt seine beispielhafte Bescheidenheit, sich als nicht gebildet zu erklären, erwähnte er doch kürzlich, dass ihm chinesisches Essen schmecke.» Auch Caflisch lachte. Oh, diese verdammten Himmelssöhne mit ihren Höflichkeitsfloskeln, mit denen sie uns Langnasen veralbern.

Chinesisches Essen schmeckte mir tatsächlich sehr gut. Etwa ein Mal im Monat trafen Thomas und ich uns bei Liu, um Köstlichkeiten der Setschuan-Küche zu genießen. In den Jahren, in denen sich Thomas angeblich wiederum in Mexiko befand, wurden meine Besuche seltener. Ohne Thomas kam ich mir bei Liu unpassend vor, obschon er mich stets mit Verbeugungen und viel Höflichkeitsgerede empfing. In seinem Getue empfand ich immer wieder eine gewisse Arroganz, vielleicht war es auch das Gefühl, nicht ernst genommen zu werden.

Immerhin ergaben sich bei meinen Besuchen oft anregende Diskussionen um die westliche und östliche Küche. Liu bezeichnete die chinesische Küche blumenreich als die beste der Welt. Ich behauptete dasselbe von der europäischen Küche, insbesondere der französischen. Doch beide lassen sich weder messen noch wägen und wir einigten uns, dass jeder mit seiner Meinung selig werde. Ganz anderer Meinung hingegen war ich, was die Esssitten betraf. Was ich als unappetitliches Schlürfen und Schmatzen der Chinesen beim Essen empfand, sah Liu als sinnvolle Steigerung des Genusses:

«Dadurch, dass wir die Essschale nahe zum Mund halten und mit den Stäbchen die Speisen unter Kauen und Schmatzen in den Mund schieben, kommt auch die Nase in den vollen

Ein Flirt kann an Körper- oder Mundgeruch scheitern. Die abgebildete Filmsequenz hat damit jedoch nichts zu tun. Es ist der Beginn eines knapp 40 Sekunden langen Films von 1899: Das abrupte Abwenden der Dame vom Partner ist der überraschenden Heimkehr des Ehemanns zuzuschreiben.

Genuss der Aromen. Uns Chinesen ist die Nahrungsaufnahme ein Ganzes, das alle Sinne gleichermaßen erfreut, auch das Auge. Wir sehen eine Mahlzeit mit dem Auge des Malers.»

«Das tun wir auch», antwortete ich, «aber wieso, zum Teufel, muss von Chinesen beim Essen immer gerülpst und gefurzt werden?»

«Oh, Mr. Simens, gestatten Sie einem Unwürdigen darauf hinzuweisen, dass jeder Mensch Gase entwickelt. Die lässt er oben und unten entweichen. Bei uns Chinesen geschieht dies gerne oben, Rülpsen ist für uns ein Zeichen der Zustimmung und ein Lob für gutes Essen. Bei Weißen ist Rülpsen verpönt und deswegen müssen sie die Gase unten loswerden. Doch auch das gilt als unanständig. So tun sie's möglichst diskret und lautlos oder halten die Gase in Gesellschaft zurück. Wir Chinesen glauben, der verkniffene Ausdruck vieler Langnasen sei die Folge solcher Anstrengungen.» Das war ziemlich unverschämt. Trotzdem, ich musste lachen – und erinnere mich immer wieder an Lius Unverschämtheit, wenn ich einem weißen Gent mit aufeinandergepressten Lippen und steifer Haltung begegne.

«Dadurch, dass wir die Essschale nahe an den Mund halten und mit den Stäbchen die Speisen unter Kauen und Schmatzen in den Mund schieben, kommt auch die Nase in den vollen Genuss der Aromen.»

[030] Einmal ging es um die Essstäbchen. Liu bezeichnete die Art, sich mit Messer und Gabel über die Speisen herzumachen, als barbarisch. Bei Stäbchen hingegen würden die Bissen gezielt ausgewählt und somit gewürdigt.

Ein andermal nannte ich Chinesen Allesfresser. «Ja, hoch geachteter Mr. Simens, wir essen tatsächlich alles, ausgenommen Käse. Das konnten uns auch die Mongolen nicht beibringen. Gerne essen wir mit Krabbenfleisch gefüllte Teigrollen, gerösteten Fisch und lackiert gebratenes Entenfleisch. Wir essen aber auch Gras oder Baumrinde, wenn es sein muss. Unser Land hatte Hungersnöte genug, um uns zu lehren, alles zu essen, was verdaut werden kann: Käfer, Spinnen, Insekten, Würmer und Mäuse. Im Westen ist es nicht anders. Mr. Caflisch erzählte mir, dass in seiner Hei-

Chinesische Imbissstube um 1900. Weiße Gäste waren selten, was sich in der Depression der 30er-Jahre aufgrund der niedrigen Preise änderte.

mat in Hungerzeiten Arme für das Umgraben eines Feldes als Lohn die ausgegrabenen Engerlinge behalten durften; 1871, während der Belagerung von Paris, galten Ratten und Mäuse als Delikatesse.»

Thomas erwähnte einmal nebenbei, Liu Tzu-chuan entstamme einer angesehenen Familie aus der Provinz Kuangsi. In Paris habe er Schiffsbauingenieur studiert und als solcher in Brest und Hull gearbeitet. Wieso er gerade nach New York kam und ein Restaurant betrieb, erfuhr ich nie.

[031] So sehr ich an den Menschen und Sitten der in New York lebenden ausländischen Nationen Anteil nehme: Chinatown blieb mir seltsam fremd. Was ich von Opiumhöhlen, Bordellen, Spielhöllen und sonstigen Lasterstätten sah und hörte, hatte für mich zu wenig Reiz, um mich dort herumzutreiben. Einmal lud mich Thomas zu einer Stunden dauernden Theateraufführung ein, eine wahre Augenpracht, die mein Herz jedoch nicht berührte; es lag nicht nur daran, dass ich die Sprache nicht verstand. Ich revanchierte mich kurz darauf mit einer Einladung in eine mit Glaslüstern, grellfarbenen Wandbehängen und einer gold- und rotverzierten Balkendecke üppig dekorierten Teestube, die mir Liu empfohlen hatte. Wir wurden von zierlichen, mit ihrer Schminke und ihren Seidengewändern wie Porzellanpüppchen aussehenden jungen Chinesinnen bedient. Es war alles so, wie wenn ich das Geschehnis durch eine Glasscheibe betrachten würde. Einen wirklich unvergesslichen Klamauk, der mir mein Herz erwärmte, erlebte ich ein andermal mit Thomas an einer chinesischen Neujahrsfeier; damals entschlüpfte ihm die Bemerkung, diese hier sei noch verrückter als jene in China, von denen er schon einige erlebt habe.

Gewalttätige Plünderung einer chinesischen Siedlung in Illinois.

«The Chinese must go!» Einer der vielen Aufrufe der Gewerkschaften, die oft zu einem brutalen Vorgehen gegen die «Söhne des Himmels» führten.

Eine Gruppe chinesischer Schauspieler in ihren Kostümen. Es gab keine weiblichen Schauspieler.
Das zierliche junge Wesen ganz links ist ein Mann, seit seiner Kindheit speziell ausgebildet, weibliche Verhaltensweisen zu imitieren (J.S. Holliday Collection).

Sowohl 1609, 1616 als auch 1626 lassen sich als Gründungsjahre New Yorks feiern. Doch kann diese Ehre auch einem anderen Jahr von Bedeutung zukommen, etwa dem für Börsianer weltweit wichtigen Jahr 1792, dem Gründungsjahr der ersten New Yorker Börse. Da dieses Buch sich mit dem Gesellschaftsleben New Yorks befasst, dürfte ebenfalls der 20. September 1837 zu feiern sein, jener Tag also, als das Restaurant Français des Frères Delmonico eröffnet wurde und New York kulinarisch zur Weltstadt wurde. Doch ist anzunehmen, dass die Mehrheit der New Yorker weiterhin das Jahr 1626 feiern wird, jenes Jahr also, als der aus Wesel stammende Gouverneur von New Netherland, Peter Minuit, den Indianern Manhattan abhandelte. Dabei ging es bei diesem Geschäft, wie in einem Brief vom 5. November 1626 zu lesen ist, lediglich um den Erwerb von 11 000 Morgen Land. Die Südspitze Manhattans wurde erst später, das heißt nach dem Kauf, besiedelt, und zwar von Amsterdamer Immigranten, die sich auf der benachbarten «Nussinsel» niedergelassen hatten. (Quelle: Russel Shorto, *New York – Insel in der Mitte der Welt*, 2004).

Nieuw Amsterdam 1664: Links hinten das Fort und das Doppeldach der Hauptkirche, anschließend (verdeckt) Gefängnis und Haus des Gouverneurs, vorne Schandpfahl und Galgen, rechts Stadthäuser.

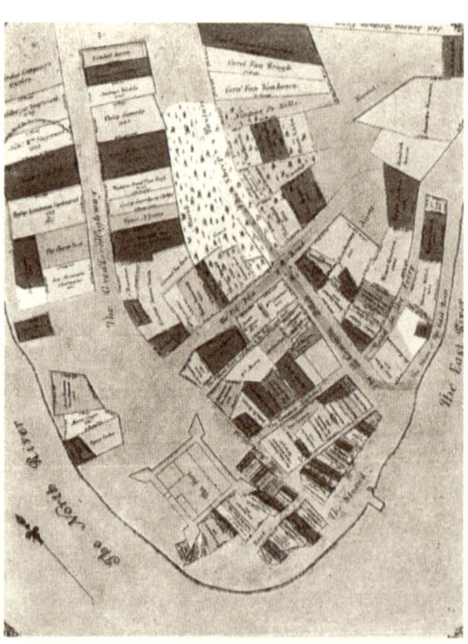

Plan der Stadt. Zu dieser Zeit dürften «gut und gern 400 bis 500 Menschen verschiedener calvinistischer Sekten» hier gelebt haben.

Raymond Cartier schreibt in *50mal Amerika*, dass Gouverneur Minuit erst Tage nach dem Handel bemerkte, dass er diesen mit Indianern abgeschlossen hatte, die gar nicht die rechtmäßigen Besitzer von Manhattan waren. Die Holländer mussten schließlich Waffengewalt gegen den Indianerstamm anwenden, dem das Land tatsächlich gehörte.

Wann beginnt die Geschichte New Yorks? 1609? 1616? 1626? Oder 1837, als das Restaurant Français des Frères Delmonico eröffnet wurde?

[032] 1609 legt ein holländischer Zweimaster unter dem Kommando des englischen Kapitäns Henry Hudson an einer Insel an, die von den Eingeborenen Manhate oder Manhattan genannt wird. «A wenik yühl il swänak! Manito ci maxtan towk...?» (Wie ist dieses Meeresvolk! sind es gute oder böse Geister...?)

Die Geister bringen Tabakspfeifen und Glasperlen, der «Sachem», der Häuptling, schenkt ihnen Tabak sowie Fuchs-, Otter- und Bärenfelle. «Diese Wilden kennen kein Geld und haben kein Verlangen danach», berichtet Hudson den holländischen Kaufleuten nach seiner Heimkehr. Solches hört man gerne. 1613 sticht ein Schiff unter Adriaen Block Richtung Nordamerika in See. Wie Hudson soll er nach einer Passage zwischen dem Atlantischen und dem Stillen Ozean suchen, dann jedoch auf Manhattan mit den Indianern Handel treiben. Blocks Suche nach einer Nord-West-Passage ist ebenfalls vergebens, der Handel mit den Indianern lässt sich hingegen gut an. Drei Jahre später gehen von Amsterdam kommend 30 Familien, darunter französische Hugenotten, auf Manhattan an Land und gründen 1616 New Amsterdam.

1626 erwirbt der aus Wesel stammende Peter Minuit von den Indianern die Insel Manhattan für 24 Dollar, der Legende nach mit Glasperlen und alten Flinten bezahlt*. Quer über die Insel wird ein Wall mit Palisaden errichtet, der vor Indianern, Wölfen und Bären schützt. An ihn erinnert der Name Wall Street. «Auf dieser Insel mögen gut und gern 400 bis 500 Menschen verschiedener calvinistischer Sekten leben...», schreibt ein Zeitgenosse. Bald lassen sich deutsche

Stadtsiegel von New York 1686.

**032: Wurde Manhattan von den Indianern zu billig verkauft? Der Legende nach verkauften sie die Insel der holländischen Handelsgesellschaft und deren Direktor Peter Minuit für Handelsgüter im Wert von 60 Gulden (ungefähr 24 Dollar). Rechnet man dies auf heute um, sind es 700 bis 800 Dollar. Hätten, so die Meinung heutiger Ökonomen, die Indianer das Geld geschickt angelegt, besäßen sie jetzt 250 Milliarden Dollar.*

In *A History of New York* (1809 unter dem Pseudonym Diedrich Knickerbocker verfasst) karikiert Washington Irving (1783–1859) die Siedler New Amsterdams mit ihren Philistertugenden und ihrem bombastischen Gerede. Ihre Nachkommen sahen sich als die wahre Aristokratie New Yorks. Dank Landbesitz und Reichtum hatten sie wesentlichen Einfluss auf das gesellschaftliche Leben der Stadt. Irving karikiert ebenfalls die Figur des cholerischen Gouverneurs Peter Stuyvesant (Bild links), der mit dem Holzbein daherhumpelnd und mit seinem Stock fuchtelnd den Bürgern Zucht und Ordnung beizubringen versuchte.

Protestanten nieder und – auf Druck von Amsterdam – bisher nicht willkommene Juden. Händler bringen aus Brasilien afrikanische Sklaven. Gouverneur von 1646 bis 1664 ist Peter Stuyvesant, der Mann mit dem Holzbein. Er regiert mit eiserner Hand. 1664 übernehmen die Briten die Stadt ohne einen Schuss.

Aus New Amsterdam wird New York, genannt nach dem Herzog von York, der die Eroberung finanzierte; er ist der Bruder von Englands König Karl II. Dieser lässt, obschon katholisch, New York und den englischen Kolonien in Amerika den protestantischen Glauben als Bollwerk gegen die katholischen Spanier und Franzosen.

032: George Washington leistet am 30. April 1789 als erster Präsident der Vereinigten Staaten auf dem Balkon der Federal Hall an der Wall Street den Amtseid auf die Bibel, die kurz zuvor aus einem Laden an der Broad Street hatte beschafft werden müssen. Zwischen 1788 und 1790 war New York erste Hauptstadt der USA, danach Philadelphia, bis schließlich 1800 Washington D.C. die endgültige Hauptstadt wurde.

Um 1765 belegt das britische Parlament die nordamerikanischen Kolonien mit neuen Steuern, 1774 werden von König Georg III. deren Rechte beschnitten. Es kommt zu Protesten und kriegerischen Aktionen. 1775 beginnt der Unabhängigkeitskrieg, den die Briten trotz 30000 «Hessen» verlieren. 1783 zieht General Washington mit seinen Truppen in das durch Feuersbrunst und Kanonenbeschuss versehrte New York ein*.
Zwei Jahrzehnte später ist die Stadt wieder aufgebaut. 1800 zählt New York 60000 Einwohner. Es gibt zehn Banken, sieben Versicherungen, 18 Kirchen, 400 Sekten, 780 Kneipen und ab 1811 ein hübsches, im Stile Louis XVI. errichtetes Rathaus, die City Hall.

[033] 1825 sind es 90000 Einwohner. Der von Albany ausgehende Erie-Kanal verbindet den Hudson mit Buffalo und den Großen Seen. New York wird zum größten Hafen Nordamerikas. Im gleichen Jahr registriert das Handelsamt von New York 420 neue Firmen, darunter die eines Giovanni Del-Monico, gebürtig aus Mairengo im italienischsprachigen Teil der Schweiz.

John Delmonico, wie er sich nunmehr nennt, war früher Eigner und Kapitän der «Fidelity», ein Dreimaster, mit dem

Great Fire von 1835. Im zwei Tage wütenden Großbrand (16./17. Dezember) werden im Umkreis von Broad, Wall und South Street 700 Gebäude zerstört.

er auf eigene Rechnung Handel trieb. In New York kaufte er Werkzeug und Holz, tauschte dies in Kuba gegen Tabak und diesen wiederum in Cádiz und Bordeaux gegen Wein ein, den er in New York verkaufte, um wiederum Werkzeug und Holz für Kuba einzuhandeln, und so weiter. 1827 verkauft John die «Fidelity»*. Er eröffnet nahe der Wall Street an der William Street 23 eine Weinhandlung. Die aus Europa importierten Weine verkauft er in Flaschen, im Unterschied zur Konkurrenz, die Weine vom Fass in Kannen abfüllt. Bei John Delmonico kann der Wein degustiert und dazu eine Kleinigkeit gegessen werden.

1827 lässt John seinen Bruder Pietro Antonio, nun Peter genannt, mit Familie nach New York kommen; Pietro war in Bern Konditor und Pastetenbäcker. Der Weinhandlung wird eine Imbiss- und Kaffeestube angegliedert. Bei den «Delmonico Brothers», wie die Firma jetzt heißt, wird nebst Weinen, Kaffee, Tee, Pasteten und Süßigkeiten «a good feel» angeboten. Dazu gehört, von New Yorks Oberschicht und reichen Einwanderern geschätzt, ein europäisch gedeckter Tisch mit sauberen Tischtüchern. Ende 1827 trifft Francesco, der ältere Bruder von John und Peter, in New York ein. Zwei Jahre später dessen Sohn Lorenzo. Lorenzo ist 17 Jahre alt. Es ist der Beginn einer grandiosen Erfolgsgeschichte.

1837 eröffnen die Delmonicos Ecke Beaver und South William Street unter dem Namen «Restaurant Français des Frères Delmonico» ein Restaurant*; die Weinhandlung mit Imbissstube wurde mit weiteren 700 Häusern beim Great Fire von 1835 zerstört. Das neue Restaurant, mit zwei viel beachteten pompejanische Säulen beim Eingang, ist das eleganteste der Stadt und wegweisend für alle künftigen Delmonico's (siehe Seiten 78/79): vornehme Einrichtung, kompetente, aufmerksame Bedienung, französische Küche mit vielseitigem Angebot den ganzen Tag über, exzellente Weine: «a point of good tastefulness».

**033: Der Verkauf der «Fidelity» soll John Delmonico einiges an Geld eingebracht haben, doch wohl kaum die 100 000 französischen Francs (damals ungefähr 20 000 US-Dollar), die er laut Lorenzo Delmonico besaß, als er Weinhändler wurde. Er dürfte das Geld mit seinen Handelsfahrten verdient haben. Einem Gerücht zufolge habe er in der Karibik Sklaven mitgeführt. Nach einem Gesetz von 1827 war es unter US-Flagge fahrenden Schiffen verboten, Sklaven zu führen; in ebendiesem Jahr verkaufte John D. die «Fidelity».*

**033: Um 1837 gab es mehrere bedeutende New Yorker Restaurants. Ein Treffpunkt der Noblesse war das zwischen Barclay und Vesey Street gelegene Astor House am Broadway. Es war Teil des 1834 bis 1836 für John Jacob Astor gebauten ersten Luxushotels New Yorks. Ebenfalls renommiert war die noch heute bestehende Fraunces Tavern nahe der Pearl Street. Die 1762 von Samuel Fraunces übernommene Schenke war zur Zeit der Engländer als Queen Charlotte beliebt. Nach dem Einzug der Amerikaner 1783 änderte Fraunces den Namen; von seiner Taverne aus verabschiedete sich George Washington von seinen Offizieren und dankte ihnen für ihren Einsatz. Von Bedeutung für die New Yorker Finanzwelt war das Ecke Wall und Water Street 1793 eröffnete Tontine Coffee House. Von einem Verbund von Maklern benutzt, wurde es zur ersten Börse New Yorks, dem Vorläufer der New York Stock Exchange.*

1837 wird das Restaurant Français des Frères Delmonico eröffnet. Ab 1845 ist die Bezeichnung «Delmonico's» für alle Restaurants der Delmonico-Familie verbindlich.

Peter, Siro (?) und Lorenzo Delmonico (sitzend).

Von Lorenzo Delmonicos Jugend kennen wir nur das Geburtsjahr (1812) und das Datum seiner Ankunft in New York (1829). Was er dazwischen tat, weiß man nicht, und amtliche Unterlagen über seine Zeit in Mairengo gibt es keine; sie wurden, wie auch die der Familie, beim Brand des Gemeindehauses 1859 vernichtet. So ist nur zu vermuten, dass Lorenzo die Klosterschule im eine Fußstunde entfernten Faido besuchte. Simens erwähnt, einmal von ihm gehört zu haben, dass er Rinder aus der Innerschweiz von Airolo bis Mailand getrieben und dort für einige Tage städtisches Leben geschnuppert habe. Wie er zu gastronomischem Wissen und gesellschaftlichem Schliff kam, ist nicht bekannt. Seine Onkel John und Peter dürften ihm einiges beigebracht haben. John war ein gewandter und weit gereister Handelskapitän, und Peter dürfte als Konditor in verschiedenen Städten Europas gearbeitet haben, bevor er sich in Bern niederließ. Ebenfalls könnte Lorenzo vor seiner Überfahrt in Genua und/oder in New York nach dem Great Fire 1835 bis zur Eröffnung des Del's-Beaver 1837 in renommierten Restaurants gearbeitet und so sein Wissen erweitert haben.

[034] Hier sei eine Frage erlaubt: Was ist guter Geschmack? Nach John Ruskin sind «edle Quellen» unabdingbar für guten Geschmack und Qualitätsgefühl. Wo aber sind die edlen Quellen der Delmonicos? Wir wissen von ihrer Herkunft aus dem kargen Mairengo im armen Tessin. 17-jährig kommt Lorenzo D. nach New York und wird für ein halbes Jahrhundert der geschmack- und stilsichere Restaurateur des Savoir-vivre der Berühmten, Reichen, Vornehmen und Mächtigen der Welt. Cäsar Ritz, der «Hotelier der Könige» und «König der Hoteliers», stammt ebenfalls aus armseligen Verhältnissen, aus einem Bauernweiler im Kanton Wallis. Wo sind da «edle Quellen»? Auch ein John Ruskin kann sich irren ... oder nicht?

1880 bringt Charles Crist Delmonico, ein Neffe Lorenzos, folgende Geschichte in Umlauf: Die Familie Delmonico entstamme einer regierenden Familie Monacos und sei mit der regierenden Fürstenfamilie Matignon-Grimaldi verwandt. Die Herrschaft der Franzosen hätte Siro Del-Monico, Lorenzos Großvater, bewogen, nach Mairengo, dem Heimatort seiner Frau Giuseppa Beltrani, zu ziehen. Zweifellos eine schwere Entscheidung, Oliven, Wein, köstliche Fische, Enten-Confit und ein herrschaftliches Haus zu verlassen, um in einer bescheidenen Behausung in einem Dörfchen in den Bergen zu leben.

Die Herkunft aus Monaco könnte jedoch einiges erklären: Die Delmonicos sprachen sich mit Jean, François und Pierre an und unterhielten sich untereinander gerne auf Französisch. Ebenfalls könnte das am Meer gelegene Monaco eine Erklärung für John Delmonicos Beruf als Hochseekapitän sein.

Man nehme es, wie man will: Um 1880 hatten reich gewordene New Yorker und amerikanische Familien das Bedürfnis, europäischem Adel zu entstammen; auch bei den amerikanischen Präsidenten floss plötzlich blaues Blut in den Adern*. Genealogen und Heraldiker verdienten sich mit dem Verfassen von Adelslisten und dem Entwurf fantasievoller Familienwappen goldene Nasen. Dutzende Male hatte ich mit Fürstenkronen und Ritterhelmen geadelte Wappen zu Ehren der Auftraggeber in meine Dekorationsmalereien einzubeziehen.

[035] 1852 war die Monaco-Geschichte noch nicht bekannt und Lorenzo D. noch ohne adligen Stammvater. Dafür adelt ihn die Presse mit «Lorenzo the Great». 1848 bestimmt ihn die Familie zum allmächtigen Patron über die Restaurants und Hotels, die Weinhandlung und den Landwirtschaftsbetrieb in Williamsburg. Lorenzo D. ist nunmehr Chef des renommiertesten Gastronomieunternehmens New Yorks, der mit 625 000 Einwohnern größten Stadt der USA.

1852 ist Lorenzo D. 40 Jahre alt. Da geschieht etwas, was es nicht geben kann: Die Delmonicos machen Bankrott. Freunde und Gäste sind konsterniert. Was war geschehen? Lorenzo D. hatte sein Vermögen sowie Gelder der Del's in eine Gesellschaft investiert, die in Brooklyn auf Öl gestoßen war, was sich bald als Gaunerei erwies.

*034: *Das 1926 erschienene Werk* Your Family Tree *erwähnt unter anderem mehrere US-Präsidenten mit königlicher Herkunft; bei Calvin Coolidge gar einen Kaiser: Karl der Große. Auch Präsidenten der neueren Zeit wie Dwight D. Eisenhower und John F. Kennedy dürfen sich königlichen Blutes in den Adern rühmen; nach dem Adelslexikon* Burke's Peerage *sind die Präsidenten Bush sen. und Bush jun., wenn auch entfernt, mit sämtlichen europäischen Königshäusern verwandt, und zwar nicht nur mit den regierenden, sondern auch mit den abgesetzten.*

Verfrühte Freudenparty der Wale nach der ersten erfolgreichen Erdölbohrung in Pennsylvania 1859. Die Hoffnung, nicht mehr verfolgt zu werden, erwies sich als Wunschtraum. Wale werden weiterhin des Walrats, Ambers, Fischbeins und so weiter wegen gejagt.

**036: Konzepte für eine Bahnverbindung von Zürich ins Tessin und nach Mailand gab es bereits 1850, doch war die Strecke nicht durch den Gotthard, sondern durch den Splügen geplant. Um 1860 entschied sich der schweizerische Eisenbahnkönig Alfred Escher für den Bau des Gotthardtunnels, mit dem dank finanzieller Beteiligung von Deutschland und Italien 1865 begonnen werden konnte. Der Bau von Eisenbahnverbindungen erfolgte in der Schweiz erst spät; abgesehen von zwei kleinen Strecken (der Anschluss des französischen Schienennetzes an Basel 1844 und die Spanisch-Brötli-Bahn von Zürich nach Baden 1847) kam es erst ab 1855 zum Bau größerer Verbindungen. Diese Entwicklung fand mit dem technischen Wunderwerk der Gotthardbahn 1882 ihre Krönung. Heute verfügt die Schweiz über das dichteste Eisenbahnnetz Europas.*

1852 entschloss sich Lorenzo Delmonico zu einer Reise nach Europa. Als Erstes wollte er seine Mutter in Mairengo im Tessin besuchen, dann Paris, wo er Küchengeräte einkaufen und sich über neue Tendenzen in der Gastronomie informieren wollte. Für die Hinreise hatte er den zwar längeren, doch bequemeren Weg über Genua-Mailand gewählt. Der Weg über den Gotthard war noch immer eine äußerst mühselige Passage, vor allem die Schöllenenschlucht war gefürchtet. Sie galt bis ins Mittelalter als nicht passierbar. Erst durch den Bau der Teufelsbrücke gewann der Gotthard als Verkehrsweg für Händler, Pilger und Krieger an Bedeutung, auch politisch für die aufstrebende Eidgenossenschaft. Als im 19. Jahrhundert der Tourismus aufkam, wurde die alte Brücke durch eine stärkere und breitere ersetzt.

Das Bild von circa 1880 zeigt die alte Teufelsbrücke in der Schöllenenschlucht. Dahinter überquert die damals neue Straßenbrücke die Schlucht der Reuss. Die alte Teufelsbrücke stürzte 1882 in einer Gewitternacht ein. (Archiv Iten)

Der Personenverkehr über den Gotthard erfolgte ab 1842 von Flüelen aus in die Leventina mit von fünf Pferden gezogenen Postwagen. Es gab drei Klassen (Abteilungen): Coupé, Intérieur und Banquette, eine bei schönem Wetter der Aussicht wegen bevorzugte Sitzbank. (Rudolf Koller, *Die Gotthardpost*, 1873. Kunsthaus Zürich)

Wie lässt sich ein nahendes Desaster beschreiben? Und wie ein Wunder, so wahr wie der Mann im Mond?

[036] Schriftsteller benützen als anschauliche Beispiele für ein Unheil gerne dramatische Naturerscheinungen, so etwa:
a) «Wie ein Donnergrollen, begleitet von Blitzen...»;
b) «So, wie ein Sturm sich mit immer stärkerem Wellenschlag ankündigt...»;
c) «Schwarze Wolken verdrängten mehr und mehr die lichten Schäfchenwölkchen...»

Letzteres – die Version von James Fenimore Cooper – scheint mir das geeignete Bild, um zu beschreiben, was sich in New York über Lorenzo D. und den Delmonico's zusammenbraute.

Lorenzo D. selber sieht nur blauen Himmel. Er befindet sich auf dem Weg ins Tessin, nach Mairengo*, dem Heimatdorf. Eine Bahnverbindung gibt es nur bis Mailand. Dann geht es mit der Kutsche weiter über Chiasso, Lugano, Bellinzona bis Faido. Die Wegstrecke ist Lorenzo D. bekannt. Zwei Mal trieb er als Knabe Vieh aus der Innerschweiz ab Airolo zum Markt nach Mailand, mehr als 100 Rinder jeweils. Nahezu vier Wochen war der Viehtrieb unterwegs. Jetzt dauert die Reise mit der Kutsche, mit einer Übernachtung in Lugano, zwei Tage. Bald werde es eine Eisenbahn geben und die Reise auf weniger als einen Tag verkürzt*, erklärt Lorenzo D. seinem Neffen Charles Crist, der neben ihm gelangweilt aus dem Kutschenfenster starrt.

In Faido erwarten sie der Sindaco von Faido und Bürger aus Mairengo. Sie begleiten die Reisenden beim Ritt auf Mauleseln hinauf nach Mairengo und haben zahlreiche Entschuldigungen dafür, dass der Knüppelweg noch nicht zu einer Straße ausgebaut wurde, wofür Lorenzo D. zwei

**036: Um 1852 nach Mairengo zu kommen, gab es zwei Reiserouten. Die eine mit der Eisenbahn von Genua bis Mailand beziehungsweise Monza-Camerlata und weiter mit der Kutsche über Lugano und Bellinzona bis Faido. Oder von Paris aus mit der Bahn bis Basel und den Postkutschendienst Basel–Mailand benutzend: Basel ab 7.30 Uhr; 18.30 Uhr in Luzern und Übernachtung; 5.00 Uhr mit dem Dampfschiff nach Flüelen; von dort 8.00 Uhr mit der Gotthardpost bis Andermatt und Mittagessen; 13.00 Uhr ab bis Sankt-Gotthard-Hospiz; 15.00 Uhr weiter nach Bellinzona. Nach kurzem Imbiss 23.20 Uhr bis Camerlata. 7.40 Uhr weiter mit der Eisenbahn nach Mailand, Ankunft 8.55 Uhr. Die Reise Basel–Mailand beziehungsweise Mailand–Basel dauerte 50 Stunden.*

Faido, kurz nachdem das Dorf an die Gotthardbahn (klein im Hintergrund) angeschlossen wurde. Bis dahin wurde der Personen- und Güterverkehr mit Pferden (und Kutschen) sowie Maultieren abgewickelt.

Jahre zuvor 3200 Franken gespendet hatte, um in einem Landauer hinauf ins Dorf fahren zu können.

[037] Der Empfang in Mairengo ist überwältigend. Vertreter der Regierung sind aus Bellinzona angereist, das Bistum Mailand ist durch einen hohen Kirchenmann vertreten. Auch Nello Gelione ist da, der ihn umarmt und unter Tränen der Rührung nur «Amico, amico» stammeln kann. Gelione ist Rechtsanwalt in Bellinzona, Staatsrat und Vizepräsident der Ultramontanen, ein geachteter Mann also. Jahrelang hatten die Bürger von Osco und Mairengo für ihn, den klugen Buben, Rappen für Rappen zum Besuch des Gymnasiums in Bellinzona und für ein Studium in Bern und Fribourg zusammengespart. Avvocato sollte er werden, um ihre Rechte gegenüber den Patriziern und einer korrupten Beamtenschaft zu vertreten. Zurück war er gekommen als Doktor der Rechte mit einer Frau aus Zürich; als Seniorpartner des Advokatenbüros Meierhofer & Gelione lässt er sich die Honorare der unter sich prozessierenden Sturköpfe Mairengos und Oscos mit Land im Tal bezahlen. Dort unten würden, flüstert er Lorenzo D. zu, die Landpreise steigen, wenn einmal die Eisenbahn da sei.

Lorenzo D. kann sich an Gelione kaum erinnern, möglicherweise war auch er ein Schüler der Klosterschule von Faido gewesen. Lorenzo muss auch Geliones Frau, der Zürcherin, dem Sohn und dem Schwager Meierhofer die Hand schütteln. Auch die des Priors des Klosters Faido, der sich an ihn – «noch immer der Gleiche» – erinnert. Er muss noch weitere Hände drücken: matte, schlappe, feuchte, knochige und gichtkrumme Hände. Hände, die seine Hand umklammern in der Hoffnung, dass von seinem Glück etwas an sie übergehe; man hatte Arme, Kranke sowie Blinde und Lahme von weit her gebracht.

Lorenzo besichtigt das Grab des Vaters, er war zwei Jahre zuvor gestorben. Er wird von der Mutter und Verwandten

Lorenzo Delmonico dürfte Mairengo später noch ein oder zwei Mal besucht haben. Jedenfalls wurde 1867 eine von dem in Turin tätigen Flötisten Marcia Friborgo komponierte Serenade zu Lorenzos Ehren uraufgeführt, die er mit einer Spende an die Musiker am 13. September 1867 verdankte: «Donazione del sig. Lorenzo Delmonico di Mairengo, degente a New York, per serenate fatte in occasione della di lui partenza: fr, 400».

Die katholische Pfarrkirche San Siro in Mairengo, eines der ältesten Bauwerke der Leventina (schriftlich erstmals 1171 erwähnt). Sie ist reich an Wandmalereien und Ausstattung und wurde Ende des letzten Jahrhunderts von Dorfbewohnern unter Anleitung von Fachleuten einer gut gelungenen Restauration unterzogen.

begleitet. Lorenzo hofft, irgendwo Maria Lombardi zu sehen. Als kleiner Bub war er in sie verliebt gewesen. Wo mochte sie sein? Er wagt nicht zu fragen. Er sieht sie auch nicht, als sie auf dem Weg zum Elternhaus an Marias Haus vorbeikommen. Zwei große Buben vor der Haustür gaffen die Leute an, die sich gegenseitig auf die Füße treten, um Lorenzo nahe zu sein.

Ist das das Haus, in dem er aufgewachsen ist? Zu acht hausten sie zusammen mit Tante Berthe in der Küche, in vier Kammern und im Dachstock. Jetzt, nach dem Wegzug von Lorenzos Mutter in ein Haus unten im Dorf, lebt Berthe mit ihrer Tochter allein. Lorenzo hatte ihnen Geld für Hausreparaturen und ein neues Steindach zukommen lassen. Das Dach ließen sie notdürftig ausbessern und für ihn eine Messe lesen.

«Das übrige Geld haben wir zur Seite gelegt für den Fall, dass es dir schlecht gehen sollte», sagt Berthe.

«Wir haben es oben», flüstert die Tochter, «es sind 876 Franken und 22 Rappen.» Lorenzo D. ist zwar gerührt, doch eher verärgert.

Noch ist die Schule zu besichtigen, die dank einer Geldspende Lorenzos gebaut werden konnte. Anschließend besuchen sie die Kirche. Lorenzo hatte Geld für die Renovation des Kirchenschiffs und für einen neuen Altar gespendet. Die Fenster wurden mit gotischen Spitzbogen verziert. Der neue Altar hat barocke Ausbuchtungen und ist wie Marmor bemalt. «Das ist jetzt sehr beliebt, wir ließen dafür extra einen Künstler aus Lugano kommen», lässt sich Lorenzo vom Kirchenvorsteher erklären, «der hat auch die alten Wandmalereien ausgebessert.» Lorenzo erinnert sich an das Jüngste Gericht über dem Kirchenportal mit von Teufeln gepeinigten nackten Männern und Frauen. Sündhaft sei es, auf deren Brüste zu blicken, wurde den Buben gedroht. Anstelle der Höllenpein prangt jetzt ein Herz Jesu in Blau und Gold.

Die obere Leventina von Airolo (Gotthard) bis Faido 1950, 100 Jahre nach dem Besuch von Lorenzo Delmonico.
Rechts oben die Strada alta, über die sich früher ein grosser Teil des Verkehrs abgewickelt hatte. (Landeskarte der Eidgenössischen Landestopographie, Bern)

Der Pfarrer bittet zum Gebet und murmelt Worte von tätiger Frömmigkeit und von der Güte Gottes, der Kirchenmann des Bischofs segnet den Altar und hält ein nicht enden wollendes Dankgebet. Kinder singen geistliche Lieder und später draußen auf dem Kirchenvorplatz mit Erwachsenen Canzoni popolari. Lorenzo D. spürt, wie seine Augen feucht werden, und ist froh, als Antonio Remini, der Sindaco Mairengos, zu sprechen beginnt. Er danke Gott und Lorenzo D. für alles, was er für die Gemeinde getan habe und, so sei zu hoffen, noch weiterhin zu tun gedenke. Antonio war Lorenzos Freund gewesen. Beide waren jeweils der großbusigen Marietta in den Kastanienwald hinter dem Friedhof gefolgt. Zusammen waren sie als Viehtreiber nach Mailand gegangen. Dort mussten sie sich trennen. Lorenzo ging weiter nach Genua, Antonio hatte kein Geld für die Überfahrt nach New York.

Abschied eines für die Zukunft gerüsteten, ordentlich gekleideten Tessiner Emigranten um 1904. Auswanderer nach den USA gab es bereits im frühen 19. Jahrhundert. Es war die einzige Möglichkeit, dem Hunger und der totalen Verarmung zu entkommen. Auswanderungswellen erlebte die Schweiz nach der großen Hungersnot von 1816/17, in der Zeit zwischen 1845 und 1855 sowie zwischen 1880 und 1885.

Die Dorfbewohner haben Tische und Bänke aufgestellt. Jetzt bringen sie Brot, Käse und Würste. Es gibt Wein, der mit Wasser verdünnt wird. In einem Kessel kocht Reis mit getrockneten Fleischstreifen und Kastanien, was Lorenzo, wie man ihn erinnert, früher gerne gegessen habe. Der Kirchenmann des Bischofs bemüht nochmals den lieben Gott, und Gelione hält eine Rede, worin er sich der engen Freundschaft mit Lorenzo erinnert.

Lorenzo isst wenig. Er ist erschöpft. Plötzlich überkommt ihn eine unerklärliche Unruhe. Er will zurück nach Faido. Dort erwartet ihn ein Telegramm von Siro D., er müsse unverzüglich nach New York zurückkehren.

[038] Vom Besuch Lorenzos in Mairengo erfuhr ich erst nach seinem Tod. Es war Charles Crist D., der mir davon erzählte. Er hatte seinen Onkel begleitet und war noch immer enttäuscht darüber, dass sie auf der Rückreise nur eine kurze Nacht in Paris verbracht hatten. Über den Konkurs sprach er nicht. Den interessierte kaum jemanden. War doch in New York nahezu jedermann, der es zu etwas ge-

bracht hatte, ein- oder mehrmals pleitegegangen. Das war wie Röteln in der Schule.

Spektakulärer war, wie die Sache ausging: Nach der Rückkehr aus Europa war Lorenzo D. unfähig, die Delmonico's zu retten. Wie das vor der Schlange erstarrte Kaninchen soll er schicksalsergeben die Liquidation der Del's-Betriebe abgewartet haben. Doch hatte er die Rechnung ohne seine Gäste gemacht: Für die waren die Delmonico's eine Institution, die erhalten werden musste. Wo ließ sich so exzellent speisen? Wo konnte man sich so ungeniert zur Schau stellen? Wo ließ es sich wie zufällig mit seinesgleichen treffen? Und wo anders wurden so viel Klatsch und Information geboten und unter die Leute gebracht? Und auch: Wohin sonst wollte man versnobte Europäer führen und sich daran ergötzen, wie diesen vor so viel Eleganz und Savoir-vivre die Spucke wegblieb? Die Delmonico's mussten gerettet werden, und sie wurden gerettet. Gerettet auf eine Art und Weise, die an das Christkind, an St. Nikolaus und den Mann im Mond denken lässt.

[039] Lorenzos Rückreise aus der Schweiz dürfte nahezu drei Wochen gedauert haben. In dieser Zeit ließ Richter Lafever den Wert der Delmonico-Betriebe schätzen. Sie waren weiterhin geöffnet, doch standen sie unter amtlicher Aufsicht. Dem Richter lag daran, die Angelegenheit rasch hinter sich zu bringen, vor allem wollte er eine langwierige Liquidation umgehen. Er hoffte, einen potenten Käufer für alle Betriebe zusammen oder zumindest Käufer für jedes einzelne Restaurant und Hotel zu finden. Allfällige Kaufinteressenten hatten sich am 8. Februar 1853 im Ballsaal des Del's-Beaver einzufinden, eine Offerte abzugeben und 3000 Dollar zu hinterlegen.

Das Sommerhaus von Lorenzo D. in Williamsburg (Brooklyn).

Stunden vor der Türöffnung fanden sich nebst Gaffern und Journalisten mehrere Kaufwillige ein. An diese machten sich Vertreter von Banken, Versicherungen, Reedereien und Handelsunternehmen heran. Sie informierten die mög-

**039: Salmi (franz. Salmis): Eine Art Geflügel- beziehungsweise Federwildragout, zu dessen Zubereitung früher das rohe Geflügelfleisch, nachdem die Brüste abgelöst wurden, gehackt und mit Bouillon zu einem würzigen Brei gekocht wurde. Die separat gedünsteten Brüste wurden in mundgerechte Stücke geschnitten und über den Brei verteilt. Das Rezept soll von der liebesseligen Gräfin Salmagondi stammen, welche als Hofdame Maria de' Medici 1618 nach Frankreich begleitete. Heute besteht das Gericht in der Regel aus einem Geflügelragout mit Salmisauce.*

lichen Käufer, dass sie mit Sanktionen ihrer Auftraggeber zu rechnen hätten, wenn sie es wagen würden, auch nur einen Cent zu bieten. Richter Lafever wartete geduldig drei Stunden lang vergebens auf ein Angebot. Er ließ den Tatbestand protokollieren und erklärte die Aktion als beendet.

Richter Lafever hatte in einer Ecke des Grünen Saals des Del's-Beaver einen Tisch reserviert, wo er mit Herren der Finanzwelt gegrillte Austern und Canard en Salmis* mit Bohnenmus speiste. Die Journalisten berichteten ausführlich darüber, auch über das Dessert, ein Gelée d'Orange orientale. Worüber gesprochen wurde, war nicht zu erfahren.

Drei Wochen später gingen die Delmonico-Betriebe für einen ungenannten Betrag an eine neu gegründete Gesellschaft des Delmonico-Clans über. Banken und Gläubiger hatten bis zu 60 Prozent der Guthaben abzuschreiben. Die Delmonico's konnten schuldenlos einer neuen, glücklichen Zukunft entgegengehen. Lorenzo D. blieb der Boss.

[040] Lorenzo D. führte die Restaurants und den Familienclan weiterhin wie ein Renaissancefürst. Geschwister, Cousins, Schwäger, Schwiegersöhne und Enkel hatten für die und in den Delmonico's Aufgaben zu erfüllen als Anwälte, Buchhalter, Geschäftsführer und was sich sonst ergab. Lorenzos Cousin, John Napoleon Longhi, war Chef des Del's-Broad Street, Lorenzos Bruder Siro leitete das Del's-Chambers Street, später das Del's-Broadway. Lorenzos Neffe Charles Constant führte das Del's-14th Street und Charles Crist hatte das Sagen im Del's-Beaver, später im Del's-Madison. Töchter und Enkelinnen heirateten für das Unternehmen wichtige Männer; Marie Josephine, Tochter von Firmengründer John und seiner Frau Marie – sie selbst die Tochter seines Bruders Peter –, heiratete Baron Frank Otard de la Grange von Cognac Otard. 1854 heiratete Lorenzo D. Clence Chanon Miège, Witwe von Pierre Auguste Miège. Miège war Importeur von China- und Sèvres-Porzellan in

New York und Clences Vater Direktor der staatlichen Porzellanfabrik Sèvres bei Versailles.

Ich gehörte nicht zum Familienclan, doch wurde ich von Lorenzo D. wie ein Verwandter dirigiert. Lorenzo legte Richtlinien fest, bestimmte bis ins Detail, was zu tun sei, befahl zum Rapport, korrigierte, lobte – und duldete ungern Widerreden oder Ideen, die nicht seinen Vorstellungen entsprachen. «Simens, Sie wissen, wie sehr ich gegenteilige Meinungen und neue Ideen schätze, sofern sie Hand und Fuß haben. Doch was Sie vorschlugen, ist unbrauchbar. Lassen Sie sich bitte Besseres einfallen. Zum Beispiel könnte man …» Und dann kam in leicht abgeänderter Form vielfach das, was ich zwei Wochen zuvor vorgeschlagen hatte und was damals verworfen worden war.

Kein Restaurant in New York hatte so großen Erfolg wie die Delmonico's. Im Del's-Madison verkehrte der Geldadel, und alte Knickerbocker-Familien, auch Berühmtheiten von Theater und Kunst, waren dort zu sehen. Der Grüne Saal im Del's-Beaver wurde vor allem von jüdischen Geschäftsleuten bevorzugt. Die Tische standen weit auseinander und die Kellner hatten sich auf Distanz zu halten: Mithörer waren unerwünscht. Im Parterre des Del's-Broadway standen die Tische nahe beieinander, man sprach laut, zu den Kellnern bestand eine nahezu kollegiale Beziehung. Es war ein Lieblingslokal von Sportgrößen und Journalisten. Reeder und Versicherungsagenten tafelten im Del's-Broad Street. Anwälte, Richter und Zeitungsherausgeber waren im Del's-Broad und Banker und Börsianer sowohl im Del's-Beaver als auch im Del's-Broad anzutreffen.

Auch im von Louis Tiffany ausgestatteten und von mir mit Arabesken bemalten Salon de Thé des Del's-Madison standen die Tischchen nahe beieinander. Den Damen ermöglichte dies ein gegenseitiges Bewundern und Beneiden von Garderobe und Schmuck; zudem ließ sich hinter vorgehaltener Hand, doch vernehmbar für alle, ausgiebig tratschen.

«Es drängen sich immer wieder viele, dabei zu sein.» (Stich von George Cruickshank).

Vom größten Vergnügungspalast New Yorks, dem Madison Square Garden, «war es nicht weit zu Herman Melvilles Haus, sodass er die Menge hören und aus dem Fenster die vergoldete Diana auf dem Gebäude sehen konnte. Es war auch nicht weit zum Restaurant Delmonico's, wo ‹sich jeden Abend schöne Frauen und im ganzen Land berühmte Männer trafen ...›. In seinem Gedicht ‹At the Hostelry› lässt Melville eine Gruppe von Malern, darunter Tintoretto, Rubens und Michelangelo, eine Zeitreise nach New York antreten, um im Delmonico's zusammenzukommen.» (Andrew Delbanco)

Das vom Architekten Stanford White im Stil des Dogenpalastes von Venedig entworfene und 1890 eröffnete Hippodrom Madison Square Garden war mit seinem Restaurant, der Konzerthalle, dem Dachgarten und der stützenlosen Arena der bedeutendste Mehrzweckbau der Stadt. In ihm war alles zu sehen: Sportanlässe, Hundeschauen, römische Kriegswagenrennen und Ausstellungen aller Art. Das Gebäude wurde 1925 abgebrochen. 1906 wurde der in einen Liebeshändel verwickelte Stanford White im Dachgarten erschossen *(Harper's Weekly,* 1890).

Rechts: 1876 wurde, um Geld für den Sockel der Statue of Liberty auf Bedloe's Island zu sammeln, an der Westseite des Madison Square der Arm mit der Fackel aufgestellt. Andere Teile der Statue waren über ganz Manhattan verteilt.

Unten: Römisches Kriegswagenrennen im Madison Square Garden 1890.

Lorenzos Dreieinigkeit von Chefs, Angestellten und Gästen. Und warum nicht dank Mark Twain zu Ruhm kommen?

[041] «Unser Erfolg beruht auf der Dreieinigkeit von Chefs, Angestellten und Gästen.» Dies war der Satz, den Lorenzo D. gerne benutzte, wenn er einen Angestellten wegen eines Fehlers, wie er sagte, «ins Gebet nahm».

Dreieinigkeit gibt es in jedem Betrieb. Jeder hat Bosse, die befehlen und schreien, Angestellte und Arbeiter, die buckeln und produzieren, und Kunden, die dafür bezahlen. Für den Aufstieg der Delmonico's am Broadway musste es jedoch noch andere Gründe gegeben haben. In den erbaulichen Schriften von Becker, Bok und Alder ist als Voraussetzung für Erfolg von Fleiß, Pflichtgefühl, Gottesglaube und Ehrenhaftigkeit zu lesen. Zutreffender für die Delmonico's scheint mir «Lorenzos weitsichtige Planung» zu sein, die die *Daily News* nach der Eröffnung des Del's-Madison* lobte.

Als ich Lorenzo D. dazu gratulierte, murmelte er lediglich: «Oh ja, danke!» Dann aber sagte er: «Wissen Sie, Simens, Planung ist notwendig, doch Zufälle sind ebenfalls wichtig. Napoleon bezeichnet seine Erfolge oft als eine Häufung von glücklichen Zufällen. Die zu nutzen war seine Genialität! Ohne zu wagen, mich mit Napoleon zu vergleichen, ändere ich ebenfalls die Planung, falls sich ein glücklicher Zufall zeigt. Wir Delmonicos haben dem Zufall viel zu verdanken. Gerade beim Madison war dies der Fall.»

Was ist Zufall? «Des Himmels sichtbare Fügung!», sagt Friedrich Schiller. Ob Fügung oder Zufall, ich verdanke beidem vieles, zum Beispiel das unerwartete Zusammentreffen mit Louis Tiffany an der Canal Street: So kam ich zum Umbau der Sanitary Rooms des Del's-Broadway. Die

**041: Das 1876 eröffnete Del's-Madison wurde unter Chef de Cuisine Charles Ranhofer zur allerersten Adresse für eine französische Haute Cuisine in Amerika. Das Restaurant bildete zusammen mit dem Fifth Avenue Hotel, dem Madison Square Theatre und dem 1890 eröffneten Madison Square Garden das Zentrum eines gehobenen Ausgehvergnügens der Stadt.*

In den Kolonnaden des Madison Square Garden.

Malereien in der Eingangshalle des Theaters von Augustin Daly verdanke ich einer Heiserkeit von Claire Morant, der Sängerin. Daly hatte sie deswegen besucht und sah meine luftigen Malereien in ihrem Boudoir. Ein Glücksfall war ebenfalls die Dekoration des Centennial-Triumphbogens vor der City Hall. Weil die Stadtverwaltung sich über die Entwürfe zweier Künstler nicht einigen konnte, bekam ich, auf Empfehlung von Lorenzo D., den Auftrag. Neben dem ehrenden Händedruck von City Mayor Wickham brachte mir dieser 3840 Dollar Honorar ein, zudem auch eine über Jahre dauernde Zusammenarbeit mit den Architekten Materson & Schönbaum, die den Bogen errichtet hatten.

Immer wieder gab es ähnlich glückliche Zufälle oder Fügungen. Jetzt jedoch bleiben sie aus oder ich erkenne sie nicht. Mit Eifersucht denke ich an Bekannte in meinem Alter, die zu Vermögen gekommen sind. Auch wenn ich mich schäme: Trotz Anerkennung von Louis Tiffanys Hilfsbereitschaft mir gegenüber und dem Wissen um sein großartiges Können, beneide ich ihn um sein Haus an der Madison Avenue, seinen Lebensstil und den Luxus seiner Feste.

«Riet ich Ihnen nicht zu eigenen Handwerkern, Simens? Mit Ihrem Einmannbetrieb kommen Sie kaum je zu Geld. Man verdient an Angestellten und Arbeitern.» Um Tiffanys damaligen Rat noch zu befolgen, ist es zu spät. Doch lag mir stets daran, etwas für mein Seelenheil zu tun. Wenn ich schon nicht zu Reichtum kommen konnte, wollte ich zumindest Ansehen, wenn nicht gar Ruhm genießen.

Seit längerer Zeit schrieb ich kleine Alltagsstorys mit gesellschaftskritischem Hintergrund. Sie zu veröffentlichen wagte ich bisher nicht, ich war mir ihrer Qualität nicht sicher. Ich tat also, was Dickens und Twain schon taten: Ich trug die Geschichten einem breiteren Publikum vor, um sie dann aufgrund der Reaktionen zu verbessern. Mein «breiteres Publikum» war leider nicht sehr breit und beschränkte sich auf meine Kumpane im Juri. Dort flocht ich die Storys

Zu den von Melville erwähnten «schönen Frauen und berühmten Männern» des Del's-Madison gehörte nebst seiner Begleiterin, der Schauspielerin Lillian Russell, der stets mit Diamanten reich bestückte «Diamond Jim Brady» (James Buchanan Brady). Doch nicht nur diese Beziehung und die zur Schau getragenen Diamanten machten die beiden zu Lieblingen der Klatschpresse, bei Brady kam der Ruf eines spendierfreudigen Theater- und Nachtclubbesuchers und vor allem der eines gargantuesken Essers hinzu. Seine Dinners und Frühstücke entsprachen dreifachen Portionen, und dies auch dann noch, als er sich den Magen um die Hälfte hatte verkleinern lassen. Oscar Tschirky, der «perfect stewart» des Del's-Madison, erinnert sich an ein von ihm serviertes Supper. Brady bestellte Austern, Suppe, Fisch, Braten, Gemüse, Sorbet, Geflügelsalat, Ice Cream und Kuchen in jeweils zwei- und dreifachen Portionen – und Tschirky stellte dann zu seiner Verwunderung fest, dass Lillian Russell nicht viel weniger in sich hineinstopfte als Brady.

«‹Diamond Jim Brady› (rechts) begann jede Mahlzeit mit Austern, die er zu Dutzenden verschlang. Seiner Begleiterin Lillian Russell wurde nachgesagt, (zum Frühstück?) fünf Dutzend Austern zu schlürfen, während sie vom stets bereitstehenden Champagner nippte.»* (Judith Choate)

*Brady trank hingegen keinen Alkohol.

jeweils bei passender Gelegenheit in ein Gespräch ein. Zum Einstieg benutzte ich nach Möglichkeit eine Berühmtheit.

Einmal sprachen wir über Krankheiten, und ich erzählte von einem Arzt, der gut betuchten Patienten absonderliche Gebrechen andichtet, die er dank seinem einzigartigen Können gegen gutes Honorar zu heilen verspricht. Dies war meiner Vermieterin passiert, die von einem Arzt nahezu in den Ruin getrieben worden war. Ich verfremdete Namen und Geschehen und verlegte die Handlung in den Speisesaal des Del's-Broadway. Als Einstieg bediente ich mich bei Mark Twain:

[042] Doktor Oliver Argyls Ansehen als Wunderheiler reicht von der Ost- bis zur Westküste; in seiner Klinik für metaphysiosische Hypertrophie und medizinische Transzendenz in Chelsea erhoffen sich gut betuchte Patienten Heilung von Krankheiten, die andere Ärzte nicht einmal dem Namen nach kennen. Was Doktor Argyl mit einem Patienten stets als Erstes tut: Er lädt neu in die Klinik aufgenommene Patienten zum Dinner ins Del's-Broadway ein.

«Dabei erfahre ich über den Patienten meistens mehr als mit einem Dutzend Patientengesprächen.»

Um die Unterhaltung in Gang zu bringen, macht Argyl seine Gäste gerne auf anwesende Prominenz aufmerksam: «Dort links, der mit den wilden weißen Haaren, ist Mark Twain, der berühmte Autor.»

Mr. Moreton Hullet, Doktor Argyls heutiger Gast, ist beeindruckt: «Höchst interessant, ich hörte von ihm. Doch ist er nicht derjenige, der schrieb, dass Rinder und Kühe auf der Weide stets in gleicher Richtung grasen oder stehen? Von wo kommt er, dieser Mark Twain?»*

«Aus Missouri, glaube ich», antwortet Doktor Argyl.

«Wenn er aus Missouri kommt, sollte er eigentlich etwas von Rindern verstehen. Denn was er behauptet, stimmt nicht», erregt sich Mr. Hullet. «Es kann ja vorkommen, dass Rinder und Kühe gleichzeitig in ein und dieselbe Richtung blicken, zum Bei-

**042: In* Tom Sawyer *zu lesen. Es ist übrigens das erste auf einer Schreibmaschine geschriebene literarische Werk der Welt. Mark Twain benutzte dafür eine 1874 erworbene Remington Model I, von der 400 Stück abgesetzt wurden. Sie besaß die noch heute übliche Anordnung der Buchstaben (Tastatur). Im Unterschied zu späteren Modellen schrieb die Maschine jedoch nur Großbuchstaben, und man sah nicht, was man schrieb: Die Typenhebel waren kreisrund zur Mitte hin angeordnet und schlugen von unten an die Walze. Die ersten Sicht-Schreibmaschinen von J. T. Underwood kamen erst mehr als 20 Jahre später auf den Markt.*

Aus einem X ein U machen; oder aus einem Rind mit dem Brandzeichen der Ranch X eines mit demjenigen der Ranch U machen.

spiel wenn der Farmer mit dem Salzkessel kommt oder eine Herde zum Verladen getrieben wird. Ja, wenn wir schon bei der Sache sind: Schon mit 17 trieb ich mit nur vier Boys Herden von 2000 und mehr Longhorns nach Dodge City. Mit 22 war ich Treckführer und hatte die härtesten Boys unter mir; sie hatten mich mit ‹Mister› anzusprechen. Bis zu 13 Wochen dauerte jeweils so ein Trail, und 13 Wochen kamen wir kaum je aus dem Sattel, schluckten 13 Wochen lang den von den Rindern aufgewirbelten Staub und fraßen 13 verdammte Wochen lang nur Bohnen mit Speck oder Speck mit Bohnen. In Dodge City versoffen, verspielten und verhurten wir dann in drei Tagen alles, wofür wir uns verdammte 13 Wochen lang den Arsch wund geritten hatten. So war's, Doc. Heute habe ich meine eigene Ranch, 67 000 Hektar, sechs Wasserstellen und 11 000 Rinder. Beste fleischige Holsteins, die mir um die 40 Dollar pro Stück bringen. Ich will mich nicht rühmen, Doktor. Ich will damit nur sagen, dass ich zumindest so viel von Rindern verstehe wie dieser Twain. Ich bestreite ja nicht, dass Rinder manchmal alle in gleicher Richtung stehen oder in die gleiche Richtung blicken. Wenn dieser Mark Twain wirklich ein berühmter Autor ist, hätte er ‹manchmal› schreiben müssen. So ist es doch, Doktor?»*

Doktor Argyl nickt zustimmend. Was Mr. Hullet zum Schluss über Twain sagt, hat er nur noch halb mitbekommen. Dafür hat er gerechnet: 11 000 Rinder zu 40 Dollar macht 44 000 Dollar. Davon könnte für Farm, Löhne, Aufzucht, Trail und Sonstiges die Hälfte oder vielleicht auch etwas mehr abgehen. Bleiben also noch gut um die 22 000 Dollar, und das seit Jahren. Davon lässt sich, verdammt noch mal, verdammt gut leben …

«Sehr interessant, was Sie sagen, Mr. Hullet, auch in medizinischer Hinsicht. Besonders was Ihre Hämorrhoiden im Zusammenhang mit dem ha, ha, wund gerittenen Arsch betrifft. Gerade kürzlich waren zwei Ärzte aus Europa hier in New York, ein Dr. Freud aus Wien und ein Dr. Jung aus Zürich. Sie sprachen über untere Organe in Beziehung zu Lustempfinden und Seele. Ein interessanter Aspekt. Auch ich sehe in Ihren

«‹Stampede› ist ein eindrucksvolles englisches Wort, weil es das Stampfen der Rinder klanglich zum Ausdruck bringt. Das Vieh setzt sich plötzlich ohne Grund in Bewegung. Es flieht, es stampft, ein unheimlicher Anblick, und wehe dem, der unter die Hufe gerät.»
(Richard Huelsenbeck)

Trecks waren reich an Zwischenfällen: Tiere, die beim Flussübergang ertranken, Viehdiebe, die sie stahlen, feindliche Indianer, Streitigkeiten mit Farmern, die versuchten, die Rinder von den Feldern fernzuhalten*. Das Schlimmste war jedoch eine Stampede, das heißt, wenn die Herde zum Beispiel durch ein Gewitter in Panik geriet. Die Cowboys mussten im Galopp versuchen, die Spitze der dahindonnernden Herde zu erreichen, um die Leittiere zu «drehen», das heißt zur Umkehr zu zwingen.

*Eine Möglichkeit, ihr Land vor den Verwüstungen durch Rinderherden zu schützen, bot der Stacheldraht. 1873 baute Joseph Glidden in Illinois eine Maschine für die Massenproduktion. Mit dieser relativ preisgünstigen Umzäunung war es den Farmern möglich, ihre Felder vor den Viehherden zu schützen.

Kolportageromane wie dieser verherrlichten das Leben im Wilden Westen und dasjenige der Cowboys. Allein das Verlagshaus Beadle & Adams brachte über 2000 solche Titel heraus.

Hämorrhoiden eine tiefere Bedeutung. Diese zu ergründen, Mr. Hullet, betrachte ich als eines der Ziele für die ganzkörperliche Heilung, wie ich sie Ihnen bereits empfahl. Auch wenn alles vielleicht länger dauert als vorgesehen, eine für Sie spezielle zusätzliche Behandlung dürfte sich lohnen.»

[043] Das war die Geschichte. Zu den Zuhörern gehörten John Anderson, der Theaterkritiker, und ein junger Bursche namens Stooks, den er mitgebracht hatte. Dieser stellte sich als Herausgeber einer demnächst erscheinenden Zeitschrift mit dem Namen *The Jug* vor, die ein Sammelbecken für progressive Literatur werden sollte. Stooks gefiel die Story. Er erbat sich das Manuskript und für die monatlich erscheinende Revue noch weitere Texte, die ich ihm sobald wie möglich zusenden möge. Was ich tat. Die erste Ausgabe von *The Jug* erschien etwa drei Wochen nach unserer Begegnung. Sie brachte meine Arztstory; Weiteres von mir würde in den folgenden Nummern erscheinen, schrieb Stooks. Die allerdings erschienen nie, *The Jug* war ein einmaliges Ereignis.

Das Ende meiner literarischen Zukunftsträume war für mich keine Katastrophe. Möglicherweise war ich insgeheim Stooks und seinem *Jug* sogar dankbar, dass mir das Schicksal eines mittelbegabten Schriftstellers erspart blieb. Jedenfalls hilft es mir nunmehr mich mit Lorenzos Dreieinigkeit zu befassen. Vom ersten und zweiten Drittel, den Chefs und den Angestellten, wird noch zu reden sein. Vom dritten Drittel, den Gästen, ist anschließend an die umstehende Doppelseite zu lesen.

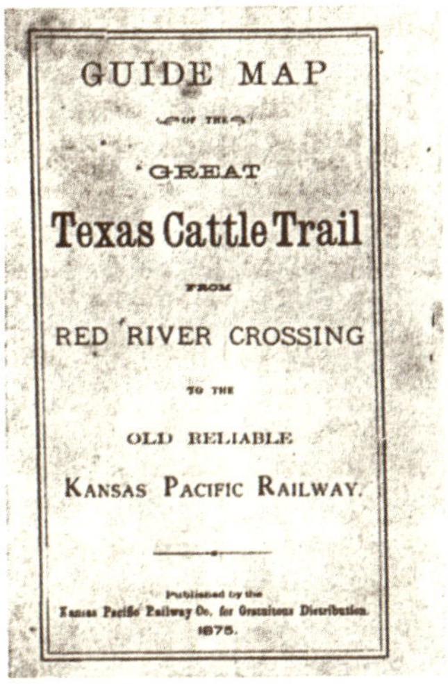

Bevor sich die Treckführer auf den Weg machten, besorgten sie sich einen Trailführer, wie sie Eisenbahngesellschaften zur Ankurbelung des Transportgeschäftes verteilten.

**042: 1872 boten die Randbezirke von Dodge City mit ihren Blockhütten und Bretterbuden einen trostlosen Anblick. Später gab es eine Gemischtwarenhandlung mit Bar. 1885 war Dodge City mit einem Tanzcasino und 19 Saloons die betriebsamste Stadt am Ende eines Trails. Mit Saloons, Glücksspielen und Prostitution kamen auch Kriminalität und Gewalt. Schon 1878 wurde das Tragen von Schusswaffen verboten. Trotzdem kam es immer wieder zu Schießereien, bei denen 1885 fünf Männer getötet wurden.*

«Welch mächtige menschliche Gezeitenströme Tag und Nacht,
Welch Leidenschaft, Siege und Niederlagen, welch Inbrunst tragen sie mit sich!
Welch teuflische Strudel, welch Segen und Kummer bergen sie!
Welch fragend staunende Blicke – ein Glitzern der Liebe!
Argwohn, Missgunst, Zorn, Verachtung, Hoffnung, Sehnen!
Du Portal – du Bühne – mit deinen unzähligen langen Konturen.
(Könnten doch deine Steinfliesen, Türschwellen, Fassaden ihre einzigartigen Geschichten erzählen;
Deine zahlreichen Fenster und prachtvollen Hotels – deine breiten Bürgersteige);
Du und die zahllosen eilenden, schreitenden, scharrenden Füße!
Du Abbild der bunt gewürfelten Welt – gleich dem endlosen, taumelnden, täuschenden Leben!
Du viel beachtetes, endloses und unbeschreibliches Spektakel und Lehrstück zugleich!»
(Walt Whitman, *Broadway*, 1888)

Broadway und Delmonico's

«Es ist die schönste Straße der schönsten Stadt der Welt», schrieb Edgar Allan Poe in seinem *Broadway Journal*. 1827, als John Delmonico die Weinhandlung eröffnete, war der Broadway noch eine «mit belaubten Bäumen beschattete Allee mit Wohnhäusern». Bei der Eröffnung des Restaurant des Frères Delmonico 1837 galt der untere Broadway bereits als «weltweit erster Businessdistrikt»; die nach dem Great Fire 1835 im Umkreis der Wall Street entstandenen Geschäftshäuser waren bis sieben Stockwerke hoch; Merchant's Exchange, der Sitz der neuen New Yorker Börse, bot 3000 Kaufleuten und Brokern Platz.
Die als «am dichtesten bevölkerte und reichste von ganz Amerika» (*Putman's Monthly*, 1854) bewunderte Hauptverkehrsader war mit den die Fulton, Canal und Houston Street kreuzenden täglich 15000 Fahrzeugen schon damals für Verkehrsstaus berüchtigt. Jedes Jahr entstanden Richtung Norden der gepflasterten Straße entlang neue Bürogebäude, Warenhäuser, Hotels, Restaurants und Theater. Die «Ladies Mile», eine dreieinhalb Kilometer lange Abfolge eleganter Geschäfte vom Union bis zum Madison Square, war das Einkaufsparadies des «Great White Way», wie der Broadway ab 1900 der Lichtreklame wegen genannt wurde.

Die *Encyclopedia of New York City* erwähnt für die Zeit von 1800 bis 1900 über 200 «on and off Broadway theatres, vaudeville and burlesque houses, music halls».

3)

4)

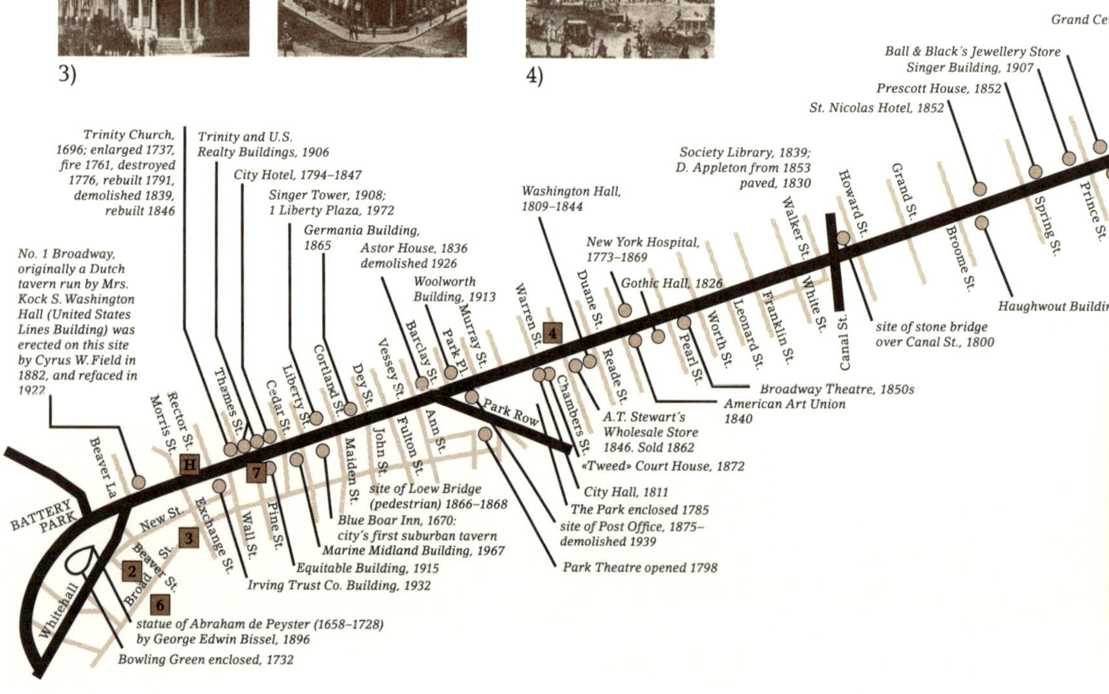

6)

Mit dem 1798 nahe des Broadways erbauten Park Theatre gab es neben sonstigen Unterhaltungsetablissements bis 1880 über ein Dutzend direkt am Broadway gebaute und «Broadway» im Namen führende Theater. Mit «on Broadway» wurden die Theaterproduktionen des Theaterbezirks um den Times Square bezeichnet, als dieser nach dem Bau der Metropolitan Opera zum Zentrum der Unterhaltungsindustrie wurde.
1900 säumten bei dreieinhalb Millionen Einwohnern New Yorks 20, in den «Roaring Twenties» bei sieben Millionen 80 Theater den «Great White Way». In den 1930er-Jahren ging es dem Broadway wegen der Wirtschaftskrise und seinen Theatern zudem der Filmindustrie wegen schlecht. Erst die Musicals der 1940er-Jahre brachten neuen Glanz. Doch da waren die Delmonico's und andere berühmte Restaurants, die nahezu «a century of splendor» Treffpunkte von Theatergängern und Theaterschaffenden waren, nur noch Geschichte.

Der aus einem schlängelnden Indianerpfad zur bedeutendsten Straße von New York City gewordene Broadway in Manhattan ist 25 Kilometer lang.

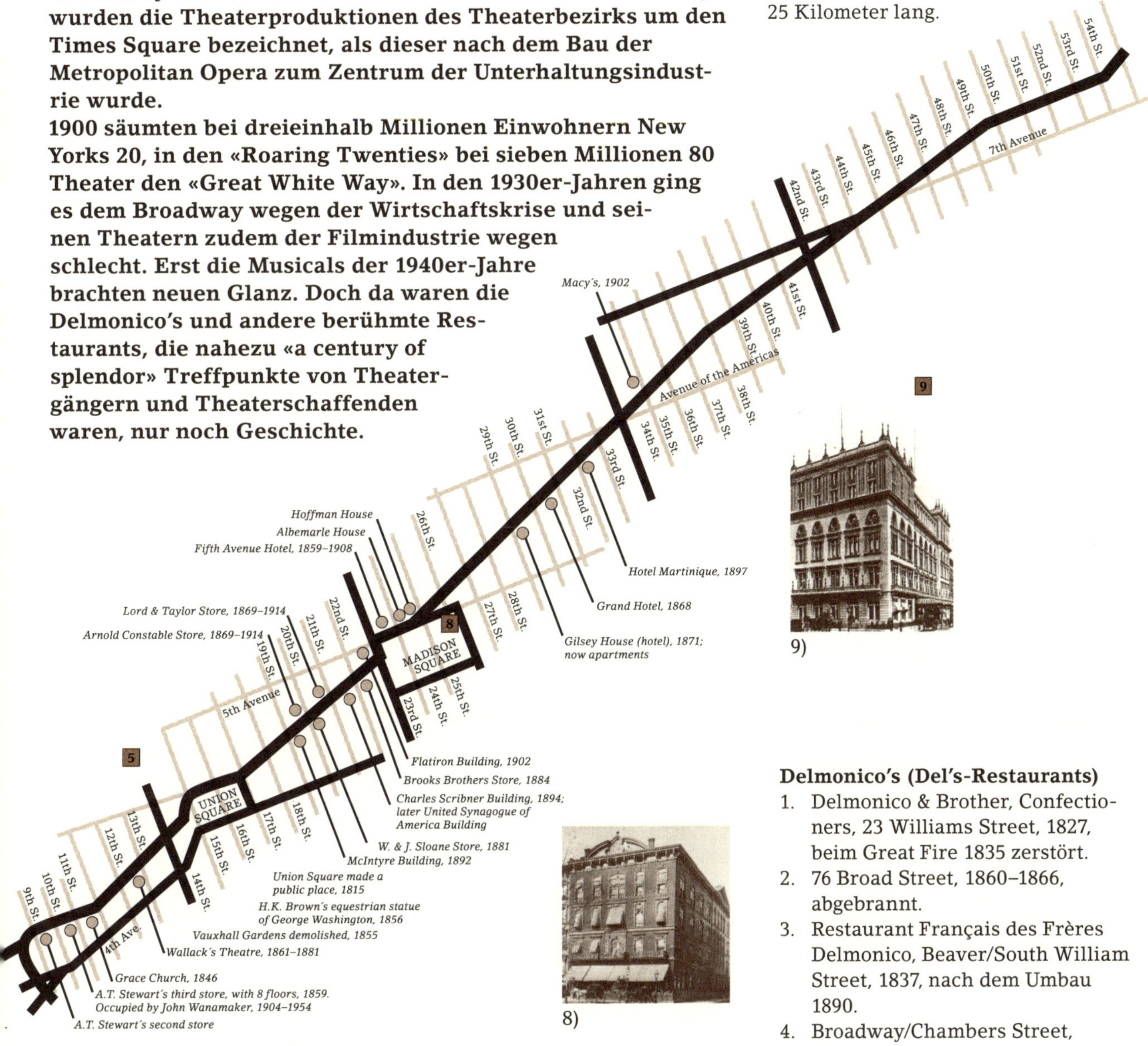

9)

8)

5)

Delmonico's (Del's-Restaurants)

1. Delmonico & Brother, Confectioners, 23 Williams Street, 1827, beim Great Fire 1835 zerstört.
2. 76 Broad Street, 1860–1866, abgebrannt.
3. Restaurant Français des Frères Delmonico, Beaver/South William Street, 1837, nach dem Umbau 1890.
4. Broadway/Chambers Street, 1856–1876.
5. Fifth Avenue/14th Street, 1862–1876.
6. 22 Broad Street, 1845–1859, durch Explosion zerstört.
7. 112–114 Broadway nahe Pine Street, 1876–1888.
8. Fifth Avenue/26th Street (Madison), 1876–1897.
9. Fifth Avenue/44th Street, 1897–1923.

Delmonico's Hotels

- Delmonico Hotel, Ecke Broadway/Morris Street, 1855 verkauft, um Del's-Chamber Street zu eröffnen.
- Hotel Delmonico, 500 Park Avenue.

[044] Gastgeber des berühmten Swan Dinner war Edward Luckmeyer, Schifffahrt und Import. Nach langem Hin und Her erhielt er vom Hafenamt 10 000 Dollar Zollgebühren zurück, ein unerwartetes Geldgeschenk, das er im Del's-14th Street für ein Dinner aufzuwenden gedachte, worüber New York noch lange sprechen würde.

10 000 Dollar waren viel Geld für 72 Eingeladene, ganze 138.90 Dollar pro Gast, wie die Presse errechnete, weit mehr als ein Monatslohn eines Facharbeiters und über das Doppelte von dem, was sonst in einem Delmonico's für ein feudales Dinner zu bezahlen war. Luckmeyer ließ Lorenzo D. und Chef de Cuisine Charles Ranhofer freie Hand, jedoch mit der Auflage, die 10 000 Dollar bis zum letzten Cent für das Dinner auszugeben. Die beiden mussten sich einiges einfallen lassen. Die Preise für Speisen und Getränke ließen sich nicht willkürlich erhöhen, und mehr als 21 Gerichte ließen sich beim besten Willen nicht in die Gäste stopfen. Nach Lorenzos Geschäftsphilosophie war somit viel Geld für das Drumherum* aufzuwenden, an das sich, wie er sagte, die Gäste ohnehin besser erinnern als an das, was sie gegessen und getrunken haben.

Lorenzo ließ im Rose Room, dem größten Saal des Del's-14th, einen langen ovalen Tisch für 72 Gedecke anfertigen mit einem 24 Fuß langen, von bewaldeten Hügeln umgebenen See mit Wasserfall in der Mitte. Das Seeufer wurde mit exotischen Gewächsen bepflanzt. Ein ringsum vergoldetes Gitter hatte zu verhindern, dass die zwei im See schwimmenden Schwäne ausbrechen konnten. Von der Saaldecke piepsten und pfiffen Singvögel in vergoldeten Käfigen. Die Schwäne waren vom Brooklyn Zoo ausgeliehen, Gitter und Käfige lieferte Louis C. Tiffany.

Die in Krokodilleder gebundenen, mit einer farbigen Lithografie von Seraphine Grave geschmückten Menükarten führten 20 Gerichte und neun Desserts auf. Zu Beginn gab es eine Bisque aux Crevettes und als Zwischenhäppchen

044: Das «Drumherum» konnte bei einem festlichen Essen aus aufwendigen Blumenarrangements, künstlerisch gestalteten Speisekarten oder einer großartigen Tischdekoration bestehen, bei der Pièces montées den Höhepunkt bildeten. Bei Großanlässen wurde der Ball- oder Bankettsaal beispielsweise in eine arabische Karawanserei umgewandelt oder gar unter Wasser gesetzt, um den Gästen ein echtes venezianisches Ambiente mit Gondeln und singenden Gondolieri zu bieten; Sherry's, die große Konkurrenz der Delmonico's, wandelte den Ballsaal seines Restaurants in eine Remise um, in der die Gäste auf ihren Pferden sitzend den Apéritif genossen.*

**Louis Sherry hatte sein Restaurant 1890 an der Ecke Fifth Avenue und 37th Street eröffnet, mit dem Schwur, «die Delmonico's in allem zu übertreffen». So war denn sein Restaurant von kaum zu überbietender Pracht und sein Ballsaal 60 Quadratmeter größer als der knapp 220 Quadratmeter große des Del's-Madison, der bisher beliebteste Tanzsaal der Stadt.*

Eine Tafel nach französischer Art.

Rechts: Beispiele stilgerechter Gedecke in bürgerlichen Kreisen.

Austern. Als Hors d'œuvre wurde eine Timbale à la Condé aufgetragen, die zu den Poissons – Red Snapper à la Vénétienne und Paupiettes d'Eperlans mit Sauce des Gourmets – überleitete. Es folgte ein Filet de Bœuf piqué à l'égyptienne; Luckmeyer hatte Handelsbeziehungen mit Ägypten, deswegen auch die in Krokodilleder gebundenen Menükarten. Weiter waren drei Entrées, zwei Rôts (Roasts) und vieles mehr vorgesehen.

Doch nicht das üppige Angebot, die Muscheldekorationen und der allgemein bewunderte See machten das Swan Dinner zum von Mr. Luckmeyer erwünschten Stadtgespräch. Es waren die Schwäne. Kurz nach Beginn des zwischen Entrées und Rôts mit Bootsmannpfeifen angekündigten Toasts von Zollsekretär James Kilrough begannen die Schwäne unruhig zu werden. Sie streckten die Hälse fauchend nach vorne und schlugen mit den Flügeln so heftig aufs Wasser, dass es über den Tisch spritzte. Als die Schwäne das Ufer betraten und mit den Schnäbeln am Gitter zerrten, flohen Gäste, Kellner und Musiker kreischend und lachend ins Foyer: Sie glaubten, eine beabsichtigte Attraktion zu erleben, was nach Lorenzo D. ja zu einem gekonnten Drumherum gehört.

Das teuerste der Del's-Dinners der 60er-Jahre war jedoch dasjenige vom 30. Oktober 1865 von Sir Morton Peto, dem «largest railway builder in the world», wie ihn Jim Fisk nannte. Peto war damals noch im Tee- und Kaffeehandel tätig und seine Einladung ging an 100 Tee- und Kaffeehändler in New York und Brooklyn. Das Dinner war ein kultureller und für die Gastronomie zudem ein kulturgeschichtlich bedeutender Anlass: Die Speisen wurden erstmals in den USA «à la russe» serviert*. Das Peto Dinner fand wie das Swan Dinner im Del's-14th Street statt.

Lorenzos Drumherum gab es auch hier: Statt Tischkarten lagen auf den Stühlen mit den Namen der Gäste bestickte seidene Kissen, das Menü war in kaffeebrauner

**044: Der aus dem zaristischen Russland stammende «service à la russe» kam um 1860 zuerst in Paris, dann in ganz Europa in Mode. Er löste den jahrhundertealten «service à la française» ab. Dieser erfolgte in drei Serien beziehungsweise «Tafeln». Wenn die Gäste das Speisezimmer betraten, standen Hors d'œuvres, Suppen, Entrées und Relevées symmetrisch geordnet auf Schauplatten auf dem Tisch. Saßen die Gäste, wurden von Dienern die großen Gerichte vom Tisch genommen, zerlegt und den Gästen auf Tellern vorgesetzt. Für Beilagen bedienten sich diese aus in ihrer Nähe stehenden Schüsseln. Ähnlich war es bei der zweiten Serie mit «grosses pièces», Rôts und Entremets. Die dritte Serie bestand aus Desserts, Süßgebäck und Obst, das bereits auf dem Tisch stand oder serviert wurde.*
Beim «service à la russe» gibt es keine Schaugerichte, der Tisch ist mit Tafelaufsätzen, Blumen und Früchten geschmückt. Die Gerichte werden den Gästen in der Reihenfolge des Menüs direkt von Platten serviert. Der russische Service ist die heute übliche Servierform mit Bedienung.
Eine Form ohne oder mit wenig Bedienung bietet der «service à l'anglaise», eine im 19. Jahrhundert bei nordeuropäischen Fürstenhöfen und beim gut situierten Bürgertum beliebte Art, die oft noch heute bei privaten Einladungen Anwendung findet: Wie beim französischen Service steht der erste Gang bereits zu Beginn auf dem Tisch und die Gäste helfen einander, die Speisen aus Schüsseln und von Platten zu nehmen. Gibt es vor oder nach den Hors d'œuvres eine Suppe, wird sie von der Gastgeberin ausgeteilt; das Tranchieren des Bratens ist die Aufgabe des Hausherrn.

Eine Tafel nach russischer Art.

Eine Tafel nach englischer Art.

Eine Tafel nach deutscher Art.

**045: Zum Vanderbilt-Ball erschien Alice, die Schwester der Gastgeberin, als «elektrisches Licht» zu Ehren von Edisons Elektrifizierung von Lower Manhattan sechs Monate zuvor. Alva Vanderbilt selber trat als venezianische Prinzessin auf, umschwirrt von lebenden Tauben.*

Farbe auf seidene Servietten gedruckt. Der ganze Esssaal «smothered in rarest flowers», schrieb die *New York Times*. Klare Louise Kellog, Primadonna der Academy of Music, sang zwei Lieder und erhielt als Honorar 1000 Dollar und ein Diamantarmband. Die *Times* vermutete: «In all probability such a dinner had never been served in the Republic.» Der Abend soll (ohne Armband) um die 20000 Dollar gekostet haben.

[045] Vom Swan Dinner und dem Peto Dinner hörte ich erst, als ich für die Delmonicos zu arbeiten begann. Ein großes, selbst miterlebtes Evénement war jedoch das Evening Dinner for Gods von Mrs. Alva Vanderbilt 1883. Mrs. Vanderbilt wünschte sich den Anlass in ihrer Mansion an der Fifth Avenue, die genügend Platz für 600 Gäste bot. Es war also nur zum Teil ein Del's-Dinner. Charles Crist D. lieh dem Küchenchef der Vanderbilts zwei Köche sowie einen österreichischen Zuckerzieher aus. Auch ich war eine Leihgabe. Mit Leuten von Tiffany dekorierte ich die Eingangshalle und neun der für das Fest benötigten 19 Säle. Von den Del's wurden ebenfalls die Vorspeisen geliefert. Die Eleganz und der Prunk der Garderoben, die prachtvoll gedeckten Tische, die Üppigkeit von Rosen und Orchideen, der Reichtum an köstlichen Speisen und die Darbietungen von Künstlern und Zauberern rechtfertigten den von der Presse als Gesamtkunstwerk bezeichneten Anlass, der mit einem fulminanten Kostümball* endete.

Zu den Eingeladenen gehörte Mrs. Caroline Schermerhorn Astor, die Gesellschaftskönigin der New Yorker High Society. Mit ihrem Besuch zeigte sie an, auch die Vanderbilts in den Zirkel des Sahnehäubchens auf der Crème de la Crème aufzunehmen, obschon sie sie kurz zuvor als «neureiche Eisenbahnbarone» belächelt hatte.

Der im In- und Ausland vielfach beachtete Ball leitete eine Epoche der bis zum Ersten Weltkrieg dauernden kost-

«Die Vanderbilts zauderten nicht, der Welt zu zeigen, wie ein standesbewusster Millionär zu leben hat», war ein Kommentar William K. Vanderbilts (eines Enkels von Cornelius) zu seiner im Stil eines französischen Schlösschens aus dem 15. Jahrhundert erbauten Mansion an der Fifth Avenue. Das in hellem Marmor erbaute Gebäude hob sich strahlend von den düsteren Fassaden der danebenstehenden Wohnhäuser ab.

Die Fifth Avenue wird zur Adresse vornehmer und einflussreicher Clubs wie Union (1853), Union League (1870), Manhattan (1876), Metropolitan (1892) und University Club (1899). Im Fifth Avenue Hotel am Madison Square trifft sich die Parteispitze der Republikaner.

Querschnitt des Vanderbilt-Palais.

spieligen privaten Festivitäten ein. Ward McAllister, einflussreicher «arbiter elegantiarum» und gesellschaftlicher Berater von Mrs. Astor, sah darin ein Bemühen um Zugang zum Kreis der Crème de la Crème der New Yorker Gesellschaft: «Noch vor Kurzem galt einer mit einer Million als geachteter Mann, inzwischen verschob sich die Latte in den 10-, 50- und 100-Millionen-Bereich.» Das Streben nach Anerkennung von Multimillionären durch den alten Geldadel und um Aufnahme in deren Kreis wurde zu einer tragischen Komödie, als es um die Auswahl der «Four Hundred» durch Ward McAllister und Mrs. Caroline Astor ging.

[046] Ende der 70er-Jahre bot Lorenzo D. ehrgeizigen Gästen eine besondere Plattform für ihr Prestige. Er hatte von der Wette eines adligen Franzosen gelesen, innerhalb von 120 Minuten zu Preisen der Speisekarte eines renommierten Pariser Restaurants ein Dîner zu 500 Francs zu verzehren; 500 Francs entsprachen dem Jahreseinkommen eines

Südlich von Vanderbilts Petit Château de Blois (siehe gegenüberliegende Seite) stand William H. Vanderbilts Triple Mansion (siehe Schnittzeichnung). Neben diesen zwei bedeutenden Bauten gab es noch weitere, dank denen die Fifth Avenue den Ruf genoss, Amerikas vornehmste Wohnstraße zu sein. Bewundert wurde unter anderem die Mansion von August Belmont mit Theatersaal und Badezimmern mit vergoldeten Wasserhahnen, eine weitere war diejenige von Leonard Jerome mit römischem Schwimmbad. Der aus weißem Marmor 1869 erbaute Palast von A.T. Stewart (unten) an der Ecke 34th Street und Fifth Avenue war die erste der teuren und aufwendig gebauten Mansions, die das Bild der Straße prägten.

**046: Die dem Viscount de Vieil-Castel präsentierte Rechnung:*

	fr.	c.
Ostende oysters, 24 dozen	30	"
Soup of swallows' nests	150	"
Beefsteak and potatoes	2	"
Trout from Lake Geneva	40	"
Truffled pheasant	40	"
Salmis of ortolans	50	"
Asparagus	15	"
Bananas	24	"
Strawberries	20	"
Green peas	12	"
Wines.		
Johannisberg, one bottle	24	"
Bordeaux, *grand crû*, two bottles	50	"
Constance, a half-bottle	40	"
Sherry, *retour de l'Inde*, a half-bottle	50	"
Coffee, liqueurs	1	50
Total	548	50

«‹Gentlemen›, said the Viscount, ‹it is a trout from Lake Geneva. I saw it this morning while I was breakfasting; it was still alive; it was brought from Geneva to Paris in the waters of the lake. I can recommend this fish to you – it is delicious.›»

Tagelöhners. Die Rechung, die ihm das Café de Paris nach 108 Minuten präsentierte, betrug 548.50 Francs.

«Dégoûtant!», wagte ich zu bemerken, «der Mann muss für sechs und nur das Teuerste gefressen haben.»

«Es war der Viscount de Vieil-Castel, Simens, ein bewunderter Gourmet*; er betrachtet sich selber als einen der finest Epicures Frankreichs», tadelte mich Lorenzo.

Kurz darauf lancierte er die Carte blanche Dinners, bei denen er die Rivalität von betuchten Gourmets um das jeweils aufwendigste und exklusivste Menü ausnutzte. Ich hatte – «bitte, Simens, vornehme Schlichtheit, echtes Japanpapier meinetwegen» – die Menükarten zu gestalten. Es waren Dinners von bis zu 18 Personen, die Lorenzo in Absprache mit dem Kunden ohne Rücksicht auf die Kosten arrangieren konnte; intern bezeichnete er sie mit «Diamond», «Gold» und «Silver Dinner».

«Hat das mit dem Gewinn zu tun?», wagte ich zu spotten.

«Schämen Sie sich, Simens! Unser Gewinn ist nie so groß, wie gerne behauptet wird. Uns geht es stets darum, eine dem Geld entsprechende Leistung zu bieten. Im Unterschied zum französischen Viscount, der sein Dîner nach der aufgelegten Speisekarte zusammenstellte, komponiere ich zusammen mit Monsieur Ranhofer und dem Gast ein individuelles Kunstwerk. Wir verdienen dabei einiges, doch nicht unverschämt viel. Bei einem Diamond Dinner, für das wir pro Gedeck 75 bis 80 Dollar berechnen, gehen allein für Ihre Menükarten sowie sonstiges Drumherum um die zehn Dollar weg.» Das war hoch gerechnet. Aber auch so waren die verbleibenden 65 bis 70 Dollar für Speis und Trank nicht wenig, selbst bei besonderen Zutaten und der persönlichen Betreuung durch Charles Ranhofer, dem berühmtesten Chef de Cuisine der USA. Ich zahlte meinem Gehilfen Boris 18 Dollar Lohn pro Woche.

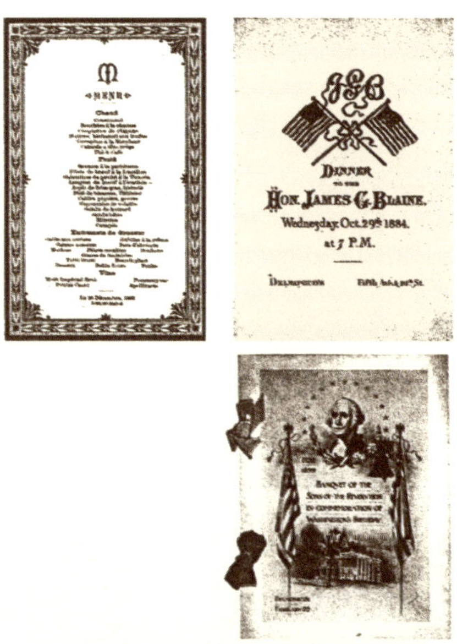

Das Delmonico's-Beaver war das erste Restaurant New Yorks, das aufwendig gestaltete Menükarten auch für die Bankette der Gäste druckte.

Eine von den Gästen der Delmonico's oft verlangte und mehrmals in Carte blanche Dinners aufgenommene Delmonico's-Spezialität war ein als «Lobster à la Wenberg», dann als «Lobster à la Newburgh» bezeichnetes Gericht, das der als Gourmet geachtete Leonard Walter Jerome als seine Liebslingsspeise bezeichnete. Chef de Cuisine Charles Ranhofer hatte Jerome, nachdem dieser nach einem einen erfolgreichen Geschäftstag krönenden Gericht verlangt hatte, dieses persönlich vorgesetzt. Jerome war begeistert. Die Kreation stammte jedoch nicht von Ranhofer, sondern von dem ebenfalls als Gourmet bekannten Schiffseigner und Handelskapitän Ben Wenberg, der mit Charles Delmonico befreundet war. Das Gericht wurde in der Speisekarte des Del's-Madison von «Lobster à la Wenberg» zu «Lobster à la Newburgh» umbenannt, nachdem sich Wenberg und Charles Delmonico verkracht hatten.

[047] «Simens, Sie sind verrückt, so viel zu zahlen», warf mir Lorenzo D. vor, als ich einmal eine Rechnung mit dem Lohn von Boris begründete. «Damit weckt man die Geldgier der Angestellten. Zudem werden sie bequem und streiken zum Dank für weniger Arbeitszeit.»

Wer in einem Delmonico's arbeitete, kam kaum dazu, bequem zu werden. Bei über 60 Arbeitsstunden pro Woche verdienten Kasseroliers und Tellerwäscher sieben bis acht Dollar, Sousköche kamen auf neun bis elf Dollar. Dazu kamen eine bis zwei Mahlzeiten. Kellner, vor allem die Chefs de Service, verdienten ungleich besser dank der Trinkgelder, die in den Delmonico's reichlich flossen.

Spitzengehälter erhielten die Chefköche*, 4500 Dollar und mehr jährlich. Charles Ranhofer und Alessandro Filippini kamen dank Erfolgsprämien gar auf 6000 Dollar pro Jahr. Das war mehr als das Zehnfache eines Confiseurs oder Saucenkochs und mehr als ein guter Chef de Cuisine in London oder Paris verdiente.

**047: Chef- und Spitzenköche berühmter New Yorker Restaurants waren in der Regel gut bezahlt, doch die Küchen, in denen sie arbeiteten, waren die Hölle: Ohne jede Vernunft meist in Kellern untergebracht, ohne Tageslicht und frische Luft, waren die Köche sommers wie winters der Hitze der glühendheißen Herde ausgesetzt. Die innen mit Zink beschichteten Kupferpfannen zu bewegen, war Schwerstarbeit. Auch die Küche des Del's-Madison war nur über eine dunkle Treppe zu erreichen. An sich war sie großzügig geplant worden. Der Erfolg verlangte allerdings immer mehr Personal, sodass sich um 1890 statt 30 nunmehr 45 Köche um die Herde drängten.*

Lobster (Hummer) Newburgh:
Einen in Stücke oder Scheiben geschnittenen Hummer in Butter anziehen, mit Sherry ablöschen, mit Salz und Paprika würzen und in Rahm garen. Die Sauce mit Eigelb und Rahm binden und über das von der Schale befreite Fleisch geben.

Die Speisekarte des 1837 eröffneten Restaurant Français des Frères Delmonico ist für New York vom Umfang und Angebot her ein Novum. Mit Umschlag umfasst sie 14 Seiten, aufgeführt sind 356 Speisen: links auf Französisch, rechts auf Englisch. Dazwischen eine schmale Spalte mit von Hand geschriebenen Preisen. Sie sind, wie damals vielfach üblich, in Shilling angegeben. Es gibt zwölf Potages/Soups, 32 Hors d'œuvres/Side Dishes, 28 Entrées de Bœuf/Beef, 46 Entrées de Veau/Veal. Geflügelgerichte gibt es 57, Wildspeisen 22 und Entremets (Gemüse-, Teigwaren-, Eierbeilagen) 32. Das war – abgesehen von Käse und Desserts – mehr, als die damals berühmten Pariser Restaurants Véry und Frères Provençaux anboten. Reichhaltig ist das Weinangebot. Neben Madeiras, Sherrys, Portweinen, Champagner sowie Rhein-, Rhone- und Burgunderweinen werden vor allem hochwertige Weine aus dem Bordelaise wie Lafite, Latour, Margaux, Haut-Brion, Mouton, Ducru und so weiter angeboten. Eine Flasche kostet zwölf bis 20 Shilling, der teuerste Wein ist jedoch ein Burgunder, ein Clos de Vougeot zu 24 Shilling. Es gibt auch Weine für vier bis acht Shilling die Flasche; eine etwa gleiche Qualität ist in anderen Restaurants für zwei bis fünf Shilling zu haben. Dort gibt es auch ganze Mahlzeiten für ein bis zwei Schilling, so viel, wie für eine Suppe in den Delmonico's zu zahlen ist. In den Delmonico's sind die Gerichte den Tag über à la carte zu haben, andere Restaurants boten Menüs meistens nur zu Hauptzeiten an.

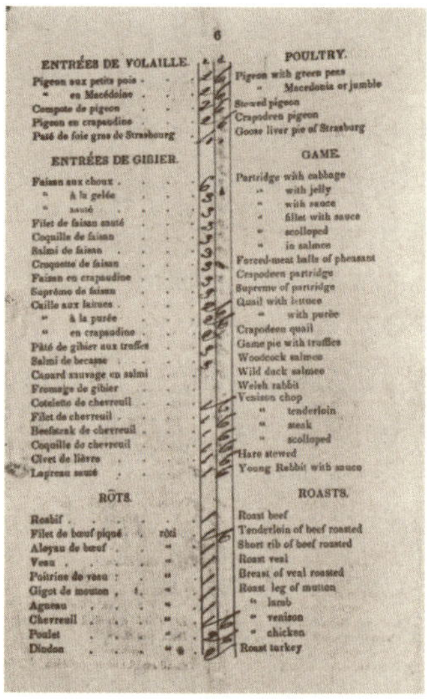
6

ENTRÉES DE VOLAILLE.	POULTRY.
Pigeon aux petits pois	Pigeon with green peas
" en Macédoine	" Macedonia or jumble
Compote de pigeon	Stewed pigeon
Pigeon en crapaudine	Crapodeen pigeon
Paté de foie gras de Strasbourg	Goose liver pie of Strasburg
ENTRÉES DE GIBIER.	**GAME.**
Faisan aux choux	Partridge with cabbage
" à la gelée	" with jelly
" sauté	" with sauce
Filet de faisan sauté	" fillet with sauce
Coquille de faisan	" scolloped
Salmi de faisan	" in salmee
Croquette de faisan	Forced-meat balls of pheasant
Faisan en crapaudine	Crapodeen partridge
Suprême de faisan	Supreme of partridge
Caille aux laitues	Quail with lettuce
" à la purée	" with purée
" en crapaudine	Crapodeen quail
Pâté de gibier aux truffes	Game pie with truffles
Salmi de becasse	Woodcock salmee
Canard sauvage en salmi	Wild duck salmee
Fromage de gibier	Welsh rabbit
Cotelette de chevreuil	Venison chop
Filet de chevreuil	" tenderloin
Beefsteak de chevreuil	" steak
Coquille de chevreuil	" scolloped
Civet de lièvre	Hare stewed
Lapreau sauté	Young Rabbit with sauce
RÔTS.	**ROASTS.**
Rosbif	Roast beef
Filet de bœuf piqué rôti	Tenderloin of beef roasted
Aloyau de bœuf "	Short rib of beef roasted
Veau "	Roast veal
Poitrine de veau "	Breast of veal roasted
Gigot de mouton "	Roast leg of mutton
Agneau "	" lamb
Chevreuil "	" venison
Poulet "	" chicken
Dindon "	Roast turkey

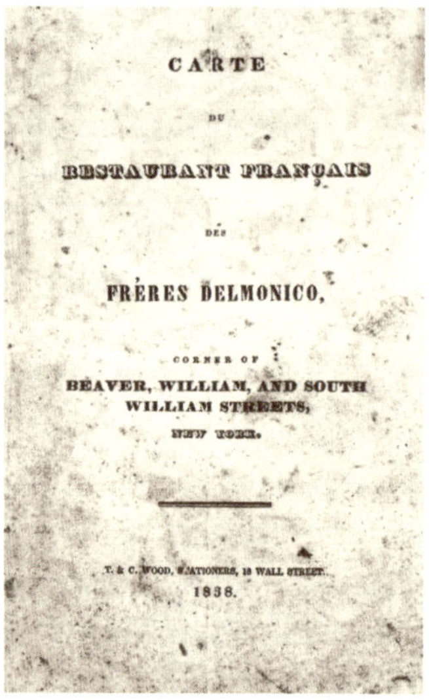
CARTE

DU

RESTAURANT FRANÇAIS

DES

FRÈRES DELMONICO,

CORNER OF

BEAVER, WILLIAM, AND SOUTH WILLIAM STREETS,

NEW YORK.

T. & C. WOOD, STATIONERS, 18 WALL STREET.

1838.

Seite 6 sowie Titelseite der Speisekarte von 1838.

Oben: «Dinner given by or for Harrison Grey Fiske. Winter 1900/1901». Fiske war der Herausgeber des *New York Dramatic Mirror* und galt als großer Gourmet.

048: Weiße sind die in einem Restaurationsbetrieb tätigen Köche und Gehilfen. Der Hierarchie nach:

- *Chef de Cuisine: Küchenchef, verantwortlicher Leiter der Küche.*
- *Sous-chef: Küchenchef-Stellvertreter.*
- *Saucier: Saucenkoch, zuständig für Saucen, Fleisch-, Geflügel- und Wildgerichte sowie warme Vorspeisen.*
- *Rotisseur: Bratenkoch, zuständig für Grilladen und Gerichte aus dem (Brat-)Ofen und der Friteuse.*
- *Poissonnier: Fischkoch, für Fischgerichte*
- *Entremetier: Gemüse- und Suppenkoch, zuständig auch für Getreide-, Eier- und Käsespeisen sowie vegetarische Gerichte.*
- *Garde-manger: für Apérohäppchen, Salate, kalte Vorspeisen, auch für Büffets.*

Quasi ein Eigenleben führt der

- *Pâtissier: Süßspeisenkoch, und sein Gehilfe, der Glacier- oder Eisspeisenkoch.*

(nach Cédric Dumont, Kulinarisches Lexikon, *Bern und Stuttgart 1997)*

Schwarze und Weiße, und einmal mehr stellt sich die Frage: Wer kocht besser, Köche oder Köchinnen?

[048] Die Schwarzen sind Männer in Frack und schwarzer Hose oder schwarzem Jackett und weißer Schürze*. Es sind die Maîtres d'Hôtel, Chefs de Service, Sommeliers, Chefs de Rang und Commis; selbst wenn sie ein weißes Jackett oder nur ein schwarz-weiß gestreiftes Oberhemd oder, wie in spanischen Restaurants, ein rotes Jackett und schwarze Hosen tragen, sind sie die Schwarzen. Sie umsorgen den Gast, bringen die Speisen an den Tisch, vergessen Brot aufzulegen, entgräten Fische und tranchieren die Ente; die Sommeliers, die Weinberater, beschnuppern kritisch den Korken*, bevor sie den Wein ins Glas füllen. Die Schwarzen wünscht man sich beflissen, liebenswürdig und schnell. Bisweilen sind sie tölpelhaft oder hochnäsig, dies meistens als Witzfiguren in Vaudevilles und Cabarets; schwerhörig oder besoffen stolpern sie über Teppiche und gießen dem Polizeiminister die Sauce in den Kragen. In Realität schätzen sie es, mit einem Trinkgeld für ihre Leistungen belohnt zu werden. Gemeinsam ist ihnen die Beziehung zu Trinkgeldern. Sie nehmen sie mit Würde, schnell und diskret, mit Verbeugungen oder mit hochmütiger Miene entgegen. Das Verhalten der Schwarzen entspricht oft dem Verhalten des Gastes. Schwarze gibt es auch in weiblicher Form. Sie tragen schwarze Schürzchen.

Die Weißen, das sind die in der Küche*. Sie sind es, die das Prestige eines Restaurants ausmachen. Den Chefs persönlich bekannt zu sein, ist der Wunschtraum eines jeden Gastromanen*. Auch die Weißen gibt es in weiblicher Form. Köchinnen arbeiten in italienischen Restaurants und in Haushalten des gehobenen Mittelstandes. Auch

**048: Unnötiges Zeremoniell nicht nur von Sommeliers, sondern auch von Gastgebern. Am Korken lässt sich nicht erschnuppern, ob der Wein unrein ist oder korkt. Dazu dient der Gaumen.*

**048: Von Gastromanie: «Amour de la bonne chère à l'idée fixe; passion bizarre». Gastron: «Caricature de la gastronomie… souvent le snobisme…».* (Dictionnaire de l'Académie des Gastronomes)

****048: Schwarze sind Serviceangestellte in einem Restaurant/Hotelrestaurant gehobener Klasse:***

- *Maître d'Hôtel: Er ist der Betriebsleiter, Patron oder Gerant. In früheren Zeiten war ein Maître d'Hôtel/Haushofmeister eines Fürstenhofs einer der höchsten Beamten, vielfach waren es Adlige. Ihm unterstand alles, was mit Essen und Trinken zu tun hatte: Küche, Weinkeller, Bedienung und so weiter.*
- *Chef de Service/Oberkellner: Er nimmt die Bestellungen auf und berät die Gäste (dazu muss er über die Zubereitung der empfohlenen Gerichte Bescheid wissen); er ist zu- ständig für den Serviceablauf.*
- *Sommelier/Weinbutler: Er hat die Stufe eines Chef de Rang und ist für die Getränke, vor allem für den Wein, zuständig.*
- *Chef de Rang: Er ist für den Service an drei bis acht Tischen verantwortlich, je nach Anzahl der Plätze hat er einen bis zwei Kellner oder Commis unter sich.*
- *Commis: Junger Kellner oder Serviceangestellte. Sie helfen, die Speisen an den Tisch zu bringen und tragen das schmutzige Geschirr ab.*

049: Der 1836 in St. Denis bei Paris geborene Charles Ranhofer arbeitete 45 Jahre lang als Chef de Cuisine im Del's-Madison. «Mit freundlichem Gesicht kommt er aus dem winzigen Büro, in dem er neue Meisterwerke ausdenkt und neue Menüs erfindet, geht (inmitten des Küchenbetriebs) auf und ab und hält alles reibungslos in Bewegung.» (Metropole Magazine, *1895). Ranhofer galt als bedeutendster Koch der USA. 1894 erschien* The Epicurean, *das (auch vom Umfang her) gewichtigste Kochbuch der Zeit.*

wenn sie noch so großartig kochen, bleiben sie meistens namenlos.

[049] Chef de Cuisine Charles Ranhofer* war ein Repräsentant der französischen Grande Cuisine und entsprach auch von Gestalt und Art her dem, was man sich unter einem großen französischen Küchenchef vorstellte: eine beleibte, imponierende und dank ihres Könnens in sich ruhende Persönlichkeit. 1862 hatte ihm Lorenzo D. die Leitung der Küche des Del's-Fifth Avenue/14th Street anvertraut, ab 1876 war er Chef de Cuisine im Del's-Madison, wo er sich den Ruf als «probably the greatest cook America ever knew» erwarb (*New York Times*).

Ranhofer war, wie sein Hausrivale Alessandro Filippini, ein Pedant und konnte wie dieser sehr wütend werden, wenn seine Untergebenen nicht die Perfektion erbrachten, die er bis ins Detail verlangte. Ich hatte mehrmals mit Monsieur Ranhofer zu tun. Er war immer belehrend, doch von väterlichem Wohlwollen.

Sein gastronomisches Wissen war enorm. Einmal fragte ich ihn, wie frisch ein Ei sein müsse, um frisch zu sein. In diesem Zusammenhang machte ich den Fehler, Eier als Kleinigkeit zu bezeichnen. Das gefiel Monsieur Ranhofer nicht: «Aber Simens, ein Ei ist doch keine Kleinigkeit. Ohne Eier würde die Kochkunst ärmlich dastehen. Denken Sie nur an die Saucen, Mayonnaisen, Crèmes, Aufläufe, Soufflés und Omeletten. Für Rühreier allein gibt es über ein Dutzend Zubereitungsarten. Dann die Spiegeleier. C'est incroyable, cher Simens, wie viele Leute unbedarft vor sich hinsagen: ‹Kochen kann ich zwar nicht, doch immerhin ein Spiegelei braten.› Ein Spiegelei jedoch so zuzubereiten, dass das Eiweiß cremig fest und das wachsweiche Eigelb warm und mit einem glänzenden ‹Spiegel› überzogen ist, ist eine Kunst. Eine einfache zwar: Man lässt im nicht allzu heißen Ofen im Eierpfännchen einen Esslöffel Butter schmelzen,

6 x 6 = 36 Thesen reduziert auf zwei: «Wer war zuerst, das Huhn oder das Ei?
Wie in der Bibel zu lesen, schuf Gott am vierten Schöpfungstag ‹allerlei gefiedertes Gevögel, ein jegliches nach seiner Art› – von Eiern ist nicht die Rede: somit war zuerst das Huhn.
Einer philosophischen Überlegung folgend kann man auch zu einem andern Ergebnis kommen: ‹Wenn aus einem Ei ein Huhn schlüpft, dann ist es ein Hühnerei. Würde ein Känguru ein Ei legen, aus dem ein Strauß schlüpft, dann ist das ein Straußenei und kein Känguruei.› Also war das Ei zuerst.»

gibt das Ei hinein und lässt es drei Minuten braten. Dann salzen und servieren. Die Zubereitung auf dem Herd ist dieselbe, die Eier werden bei mittlerer Hitze zugedeckt gebraten. Ich persönlich bevorzuge die französische Art: in heißem Öl in der Pfanne das Ei gute zwei Minuten braten. Dann die Pfanne so schwenken, dass das Eigelb mit heißem Öl überzogen wird. Mit Salz und Pfeffer würzen. Bildet sich um den Eiweißrand eine zarte Kruste, ist dies zwar nicht korrekt. Mir schmecken sie jedoch so am besten.

Jetzt zu Ihrer Frage, Simens: Frisch aus dem Nest genommene Eier schmecken weniger gut als zwei oder drei Tage alte. Kühl gelagert halten sie sich eine Woche und mehr. Doch Eier haben eine poröse Schale. In einem muffigen Raum gelagert, schmecken sie muffig, wenn sie neben Käse liegen, riechen sie nach Käse. Wenn Sie sie hingegen zwei oder drei Tage mit Trüffeln zusammenlegen, kommen Sie für wenig Geld zu einer Delikatesse.

Frühstückseier? Ganz einfach: Man gibt sie in heißes Wasser und schreckt sie kalt ab. Doch aufgepasst: Die Kochzeit hängt nicht nur von der Größe des Eis, sondern auch davon ab, *wo* es zubereitet wird. Für ein mittelgroßes Dreiminutenei sind es auf Meereshöhe drei Minuten. In Paris gibt man eine halbe Minute hinzu, im Gebirge kann die Kochzeit je nach Höhe vier Minuten und mehr betragen. Nein, Simens, Eier sind kein Nebenbei. Wir im Madison bieten täglich um die 30 verschiedene Eierspeisen an.»

Doch bevor ich mit Alessandro Filippini zu einem weiteren Meisterkoch der Delmonico's komme, sei mir eine Frage an Feinschmecker und gastronomische Besserwisser erlaubt: Wer kocht besser? Männer oder Frauen? Eine objektive Antwort gibt es nicht*; subjektiv gesehen ist es für die meisten Männer die Mutter.

[050] Auf dem Bücherbord meiner Küche stehen neben Joseph Favres großartigem *Dictionnaire universel de Cuisine*

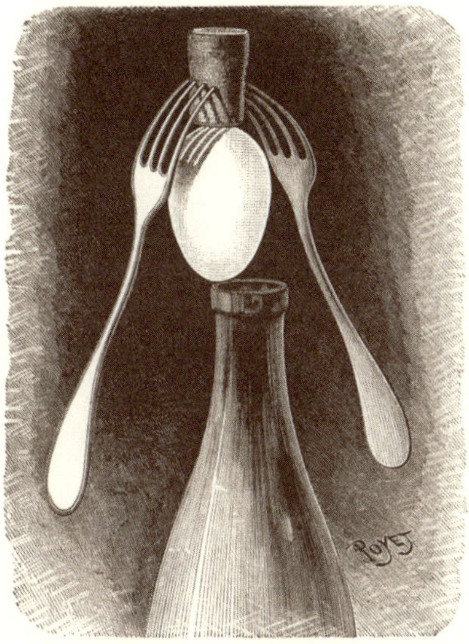

«In allen Lagen das Gleichgewicht halten ist die sinnvollste Verrichtung in unserem Leben»
(Alexej R. Fitzsimmons)

Rekorde: Innerhalb von zwei Minuten gelang es einem Engländer, 56 rohe Eier zu schlucken; ein Belgier vertilgte 44 gekochte Eier in zwei Stunden. Eier waren für Antonio Magliabechi, Bibliothekar des Herzogs Cosimo von Florenz, fast die einzige Nahrung: Er aß täglich 15 Stück. Nach seiner eigenen Eierbuchhaltung waren es 220 000 Eier, die er im Laufe von 60 Jahren verzehrte. Er erreichte ein für die damalige Zeit beachtliches Alter von 81 Jahren.

**049: Die bisher klügste Antwort erhielt ich von U.K., einem Bekannten: «Männer sind die besseren Köche, Frauen die besseren Köchinnen.»*

pratique, etwa einem halben Dutzend Kochbücher von Frauen und anderer Kochliteratur Filippinis *The Table* und Ranhofers *Epicurean*, beide mit Widmungen. Ich benutze sie selten. Sie wenden sich zu sehr an Köchinnen und Köche von Restaurants und Herrschaftshäusern. Ich glaube auch nicht, dass sie Einfluss auf das Kochen der durchschnittlichen amerikanischen Hausfrauen haben.

«Diese kochen nach den mit ihren Müttern und Großmüttern ‹immigrierten›, das heißt aus der alten Heimat mitgebrachten Rezepten, gelegentlich mit solchen einer anderen Kochkultur kombiniert», sagt Gerda Heinsberg, Leiterin der Kochschule «Gut wie bei Muttern». Sie selber kocht gerne badische Gerichte mit karibischen oder gar indianischen Zutaten. «Dies brachte mir die Mutter bei. Sie lebte in Utah in der Nähe einer Indianersiedlung.»

Solche Rezeptkombinationen sind in mehreren von Frauen für Frauen geschriebenen Kochbüchern zu finden. Fannie Farmers *Boston Cooking-School Cook Book* ist mir besonders lieb. Vielleicht schätze ich es auch nur des Vorworts von John Ruskin wegen. Es ist die wohl schönste Liebeserklärung an die Kochkunst:

Das Kochen bedeutet alles Wissen der Medea, der Circe, der Helena und der Königin von Saba. Es bedeutet das Wissen um jedes Gras und jede Frucht, um jeden Balsam und jedes Gewürz und um alles, was heilend und süß in Feld und Hain, was wohlschmekkend am Fleisch ist. Es bedeutet Sorgfalt und Erfindungsgabe und guten Willen und Bereitschaft in der Anwendung. Es bedeutet die Sparsamkeit eurer Großmütter und die Wissenschaft des modernen Chemikers; es bedeutet viel Kosten und kein Verschwenden; es bedeutet englische Gründlichkeit und französische Kunstfertigkeit und arabische Gastfreundlichkeit…

Ebenfalls mit viel Genuss lese ich *La Physiologie du Goût* von Jean Anthelme Brillat-Savarin sowie *Le Grand Diction-*

Dutch Chicken Corn Soup

Boil chicken until tender, remove bones and shred meat; make a smooth dough of one egg and one and one-half cups of flour; roll out and cut into dice; score and cut off corn from six ears; put all into the chicken broth and boil together till corn is soft. Serve with popcorn floating on the soup.

—George Frederick

Grandma's Muffins

(A hand-written recipe pinned into a page of *Miss Beecher's Receipt Book*, published by Harper & Brothers in 1848.)

" 4 Eggs
2 Pints sweet milk
1 Table spoon full of butter melted. A little salt
4½ Pints of flour
4½ Tea spoons full of Yeast Powder.

Bake in rings that have been well greased.

May 29 1874"

Dutch Jerusalem Fritters

Boil and mash 10 Jerusalem artichokes, let cool, and then add the yolk of 1 egg. Mold into cakes, dip in flour and fry in butter on a hot griddle.

—Tulpehocken farmwife

Fannie Farmer's Sweetbreads and Asparagus

Parboil a sweetbread, split, and cut in pieces shaped like a small cutlet, or cut in circular pieces. Sprinkle with salt and pepper, dip in crumbs, egg, and crumbs, and saute in butter. Arrange in a circle around Creamed Asparagus Tips.

—*The Boston Cooking-School Cook Book*, 1896

Cherry Pie

Seed the cherries first, then scald them in their own juice. Sweeten liberally and pour into a deep pie plate lined with a rich paste. Dredge with flour, cover with a top crust and bake. Scarlet or short-stem cherries are best. It is necessary to scald most fruits, as otherwise the pastry will burn before the fruit is thoroughly done.

—*Housekeeping in Old Virginia*, 1879

Populäre Rezepte des 19. Jahrhunderts aus von Frauen für Frauen geschriebenen Kochbüchern.

naire de Cuisine von Alexandre Dumas père*, eine großartige Sammlung von Geschichten, Rezepten, Kommentaren und Anekdoten über und um das Essen und Kochen. Ich lese im 1160 Seiten dicken Buch, während ein Fricassée de Poulet auf dem Herd köchelt oder ein Cassoulet im Ofen gart.

[051] Ja, und jetzt möchte ich den eingangs gesagten Satz über namenlose Köchinnen berichtigen. Es gab in den Jahren 1895 bis 1910 in New York eine Köchin, über die mehr als über alle Grand Chefs diskutiert wurde – wenn auch aus Angst.

Nicht dass M. M. eine schlechte Köchin gewesen wäre. Nein, im Gegenteil. Es wurde ihr zum Verhängnis, dass sie eine begnadete Köchin war und ihren Beruf mehr als alles andere liebte. Allerorts, wo sie arbeitete – in Restaurants und Herrschaftsküchen –, wurde sie als hervorragende Köchin gelobt. Trotzdem vermied sie überall, ihren wahren Namen zu nennen, auch ihren Spitznamen nicht, mit dem sie durch die Presse berühmt wurde. Der Grund: Maria Mallon oder «Typhoid Mary» war «der Todesengel, der Gäste und als Herrschaftsköchin eine Familie um die andere eliminierte»; sie war die Trägerin von Typhusviren, ohne selbst an Typhus erkrankt zu sein*.

[052] Nun zu Filippini. 1888 gelang es Cornelius Vanderbilts Enkel William K. Vanderbilt, den Delmonicos den Chef de Cuisine Alessandro Filippini abzuwerben. William setzte ihn als Supervisor bei der New York Central and Hudson River Railroad ein, deren Vizepräsident er war. In fürstlich ausgestatteten Speisewagen sollte wie in einem Delmonico's getafelt werden. In diesem Sinne wurde denn auch mit «25 Years with Delmonico» für Filippini und die NYC & HRR in gehobenen Kreisen geworben. Nicht viel später wurde Filippini durch sein Kochbuch *The Table* auch in bürgerlichen Kreisen bekannt. Doch zu bürgerlich einfach durfte das für

**050: Alexandre Dumas père, Literat (220 Romane), wie auch Gourmand, Hobbykoch und Verfasser eines Küchenlexikons. Mit seinem Namen verbunden ist eine Garnitur zu Fleisch aus glasierten Karotten, gedämpften Kohlköpfchen und Speckwürfeln in Demiglace. Auch ein Lattichsalat an einer mit Paprika gewürzten Eigelb-Ölsauce mit gehacktem Eiweiß, Sardellen und Kerbel trägt seinen Namen.*

**051: Die aus Italien, der Schweiz oder Irland immigrierte zehnjährige Maria Mallon dürfte um 1870 in New York angekommen sein. Wo sie ihre Kochkunst erlernte, ist unbekannt. Nachdem feststand, dass sie Typhus verbreitete, wurde sie mehrmals interniert. Trotz Berufsverbot arbeitete sie immer wieder als Köchin. Sie starb 1938 auf einer isolierten Insel unter Quarantäne.*
Literatur: M.Sufrin. The Case of the Disappearing Cook, *New York 1970. Jürg Federspiel,* Die Ballade von der Typhoid Mary, *Frankfurt a.M. 1982.*

Prüfungsexperten genießen mit Aug' und Gaumen die von Abgängerinnen einer Kochschule dargebotenen Köstlichkeiten.

Einer der ersten von George M. Pullman gebauten Speisewagen, in dem warmes Essen serviert wurde (1870). Alle seine Speise-, Schlaf- und Salonwaggons waren Prunkstücke mit kunstvoller Vertäfelung, Polsterung aus kostbarem Gobelinstoff und geschliffenen Spiegeln.

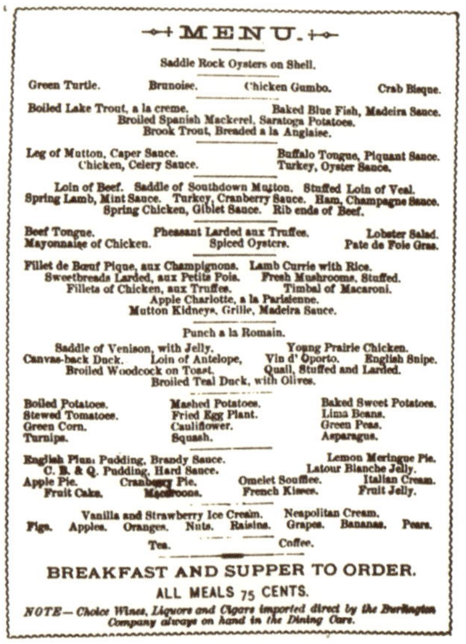

MENU.

Saddle Rock Oysters on Shell.

Green Turtle. Brunoise. Chicken Gumbo. Crab Bisque.

Boiled Lake Trout, a la creme. Baked Blue Fish, Madeira Sauce.
Broiled Spanish Mackerel, Saratoga Potatoes.
Brook Trout, Breaded a la Anglaise.

Leg of Mutton, Caper Sauce. Buffalo Tongue, Piquant Sauce.
Chicken, Celery Sauce. Turkey, Oyster Sauce.

Loin of Beef. Saddle of Southdown Mutton. Stuffed Loin of Veal.
Spring Lamb, Mint Sauce. Turkey, Cranberry Sauce. Ham, Champagne Sauce.
Spring Chicken, Giblet Sauce. Rib ends of Beef.

Beef Tongue. Pheasant Larded aux Truffes. Lobster Salad.
Mayonnaise of Chicken. Spiced Oysters. Pate de Foie Gras.

Fillet de Bœuf Pique, aux Champignons. Lamb Currie with Rice.
Sweetbreads Larded, aux Petits Pois. Fresh Mushrooms, Stuffed.
Fillets of Chicken, aux Truffes. Timbal of Macaroni.
Apple Charlotte, a la Parisienne.
Mutton Kidneys, Grille, Madeira Sauce.

Punch a la Romain.

Saddle of Venison, with Jelly. Young Prairie Chicken.
Canvas-back Duck. Loin of Antelope, Vin d'Oporto. English Snipe.
Broiled Woodcock on Toast. Quail, Stuffed and Larded.
Broiled Teal Duck, with Olives.

Boiled Potatoes. Mashed Potatoes. Baked Sweet Potatoes.
Stewed Tomatoes. Fried Egg Plant. Lima Beans.
Green Corn. Cauliflower. Green Peas.
Turnips. Squash. Asparagus.

English Plum Pudding, Brandy Sauce. Lemon Meringue Pie.
C. B. & Q. Pudding, Hard Sauce. Latour Blanche Jelly.
Apple Pie. Cranberry Pie. Omelet Souffle. Italian Cream.
Fruit Cake. Macaroons. French Kisses. Fruit Jelly.

Vanilla and Strawberry Ice Cream. Neapolitan Cream.
Figs. Apples. Oranges. Nuts. Raisins. Grapes. Bananas. Pears.

Tea. Coffee.

BREAKFAST AND SUPPER TO ORDER.

ALL MEALS 75 CENTS.

NOTE — Choice Wines, Liquors and Cigars imported direct by the Burlington Company always on hand in the Dining Cars.

In der Realität boten seine Wagen jedoch nicht den erwarteten Komfort, und das Speiseangebot war zwar gemäß der Speisekarte groß, was aber tatsächlich vorhanden war, war, auch von der Qualität her, bescheiden.

«an average family of means» propagierte Werk nicht sein. Es brauchte einen Koch oder eine Köchin oder zumindest solide Kochkenntnisse. Und mehr als nur eine Handvoll Dollars, um zum Beispiel das von Filippini als «fair menu» bezeichnete New Year's Dinner aufzutischen. Es beginnt mit «oysters», dann folgen «two soups, hors d'œuvres, bass, filet of beef, saddle of mutton, sweetbreads, terrapin, canvasback duck, celery salad, artichoke hearts, French peas, string beans, plum pudding, and vanilla and pistachio ice cream, with fruits and coffee to close. The wines suggested for this simple home spread were Haut Sauterne, Amontillado, Rauenthalerberg, Pommery Sec, Château Latour, and Chambertin, plus cordials at the end.»

Mit Filippini hatte ich im Zusammenhang mit den von mir zu gestaltenden Banketten und Bällen mehrmals zu tun. Er war ein vielseitig interessierter Mann und – den von ihm verehrten Marie-Antoine Carême* zitierend – überzeugt davon, dass gutes Kochen wie Malerei, Skulptur, Poesie, Musik und Architektur Teil der hohen Künste sei. Dieser Denkart entsprechend, war er stolz auf seinen Beruf und oft empfindlich und aufbrausend, wenn man ihn auch nur geringfügig kritisierte; im Großen und Ganzen kam ich jedoch gut mit ihm zurecht. Das änderte sich, als Charles Constant D. mich Ende September 1884 bat, Filippini dazu zu bewegen, kurzfristig den von der Union des Titans bestellten «grand repas classique et soirée olympienne» zu betreuen. Das Dinner mit 150 Couverts sollte in zwei Tagen im Del's-Madison stattfinden. Doch Madison-Chef Charles Ranhofer hatte einen seiner Gichtanfälle und hütete das Bett. Charles Constant fürchtete um den Erfolg des in allen Belangen anspruchsvollen Banketts und wünschte, dass der erfahrene Filippini, derzeit Chef im Del's-Broadway, den Anlass überwache.

Auch mir lag an einem Erfolg. Ich hatte nicht nur das Dekor des Speisesaals und der Tische bestimmt. Ich hatte zwei harfenspielende Sirenen und von einer Ballettschule sechs Grazien engagiert, die den Wein zu kredenzen hatten; die entsprechend luftigen Gewänder waren bestellt, die Menükarten im Druck. Madison-Chef Ranhofer, ich und Mr. Colden, Trésorier der Titans, hatten das Menü zusammengestellt und jedes Gericht mit einem Namen aus der griechischen Mythologie versehen.

Filippini war bereit einzuspringen. Er murrte zwar, dass nicht Charles Constant D. ihn um Hilfe gebeten hatte: «Übrigens schätze ich nicht, auszuführen, was andere schon bestimmt haben.»

Trotzdem, das Gespräch lief gut an. Ich beschrieb die zu erwartende frivole Stimmung und Filippini machten die Speisen wie Consommé aux Œufs de Léda, Bass à la Méduse divine und Agneau aux Sourires de Psyché offenbar Spaß. Das änderte sich, als wir zum Canard sauvage à la Jupiter kamen.

«So ein Blödsinn. Was zum Teufel hat eine Wildente mit Jupiter zu tun? Wenn schon Jupiter, dann vom Schwan oder Stier!»

«Sie haben recht, Mr. Filippini. Aber wir haben bereits ein Filet de Bœuf à l'Hercule, und Schwanenfleisch ist, wie Sie auch wissen, verpönt. So dachten wir an eine Ente in Anspielung an den Schwan, in dessen Gestalt sich Zeus Leda genähert hat.»

«Auch das noch: genähert hat! Dieser Hurenbock wird sich wohl nicht nur genähert haben. Ist Jupiter denn nicht der Lüstling, der es mit seinen Töchtern und Schwestern trieb? Und für eine solche verdorbene Brut soll ich kochen? Bin ich denn Koch oder Zuhälter?»

«Jetzt aber halt, Mr. Filippini, denken Sie an Ihren Blutdruck. Sie kochen ja nicht für Götter, sondern für ehrenwerte New Yorker Bürger...»

«Auch das noch: ehrenwerte Bürger. Identifizieren sich denn diese ehrenwerten Bürger nicht mit diesem Götter-

Zwei von 70 Entwürfen für Pièces montées aus Carêmes 1841 bei Renouard erschienener Ausgabe des *Pâtissier royal parisien.*

**052: Marie-Antoine Carême (1784–1833) galt als das größte Kochgenie des 19. Jahrhunderts. Er war das jüngste von 25 (nach anderen Angaben 18) Kindern eines Arbeiters. Mit zwölf Jahren begann er in einer Garküche seine Kochlehre, wechselte jedoch mehrmals den Lehrmeister, um sich auf allen Gebieten der Kochkunst zu vervollkommnen. Gefördert von Monsieur Bailly, dem berühmtesten Konditor von Paris, lernte er zeichnen. So war es ihm möglich, Entwürfe von Architekten und im Kupferstichkabinett aufgefundene Tafeldekorationen für seine aus Fondant, Zucker und Marzipan gestalteten Pièces montées umzusetzen: «des pavillons, temples, ruines, forts, moulins etc.». Carême studierte die Gebräuche der Griechen und Römer, sammelte Rezepte und baute eine bedeutende Fachbibliothek auf.*

Dank seines Könnens als Koch konnte er seine theoretischen Kenntnisse in die Praxis umsetzen. Er bestritt Bankette in den Tuilerien und im Hôtel de Ville. Nach der Niederlage Napoleons 1814 kochte er im Elysée für den russischen Zaren während dessen Parisaufenthalts. 1815 begleitete er Talleyrand zum Friedenskongress nach Wien, wo dieser dank der gebotenen Tafelfreuden eine politische Aufwertung Frankreichs erreichte.

1816 wurde Carême Küchenchef beim späteren König George IV. von England. Dann beim britischen Botschafter Lord Steward in Wien, beim Prinzen von Württemberg und bei der Fürstin Bagration. Zuletzt kocht er im Hause Rothschild in Paris. Carême war nicht nur als bester Koch Europas berühmt, sondern auch als geistreichster und belesenster. Er verfasste wegweisende Fachwerke: Le Pâtissier royal parisien *(1815),* Le Pâtissier pittoresque *(1815),* Le Maître d'Hôtel français *(1822) und* Le Cuisinier parisien *sowie* L'Art de la Cuisine française au 19ème Siècle *(1828), mit dem er die Cuisine classique begründete.*

pack? Werden sie sich gegenseitig nicht ihre Glatzen mit Lorbeer bekränzen? Und Sie, ehrenwerter Mr. Simens, ließen Sie nicht durchschimmernde Gewänder für Ihre Sirenen und halbwüchsigen Grazien nähen?»

«Großartig! Unser Mr. Filippini als Moralist! Verheiratet und mit Kindern reich gesegnet, läuft er mit seinen Zappelbeinen noch immer jedem Weiberrock nach ...»

«Stimmt, Simens! Doch nicht meinen Töchtern und Schwestern und auch nicht minderjährigen Nymphchen, sondern Frauen mit richtigen Hintern und Brüsten. Und ich brauche, um meinen Mann zu stellen, weder Caviar de Léda noch Céleri des Hespides oder Asperges à la Priam wie die ehrenwerten Titans. Sagen Sie dem allerwertesten Charles Constant Delmonico, dass ich, Alessandro Filippini aus Airolo, Tessin, Schweiz, und ehemaliger Maître Queue* Ihrer Majestät, der Königin Viktoria von England, meinen Stolz habe und nicht bereit bin, für senile Lüstlinge zu kochen!»

Das Bankett wurde trotz der Absage Filippinis ein Erfolg. Charles Constant D. holte aus dem Del's-Beaver zwei Köche und Ranhofer humpelte für zwei Stunden in der Küche herum und überwachte das Geschehen.

Charles Constant D. war von Filippinis Art der Absage beleidigt. Er vermutete, dass Filippini einen nichtigen Vorwand benutzte, um die Aufgabe nicht übernehmen zu müssen. Am liebsten hätte er ihn zum Teufel gejagt. Filippini war aber für das Del's-Broadway unentbehrlich. Von morgens früh auf dem Fulton Market bis zum fertigen Gericht auf dem Teller des Gastes fühlte er sich für den Einkauf, das Kochen wie auch für die Bedienung verantwortlich. Er tadelte die Kellner, wenn die Raumtemperatur während eines Dinners 70 Grad Fahrenheit überstieg, wenn sie mit Tellern und Platten klapperten und die Speisen nicht in einer dem Gast angenehmen Temperatur serviert wurden: «Ein Kellner muss die Zeit, die der Gast zum Verzehr benötigt, einschätzen können.»

**052: Zur Zeit von Karl dem Kühnen von Burgund (1433–1477) war «le geux» der Meister der Hofküche. Als Zeichen der Würde hatte er «en sa main une grande louche de bois qui luy sert à deux fins, l'une pur essayer potaige et brouet, et l'autre pour chasser les enfans hors de la cuisine.» «Le geux» oder der Maître Queue hatte im 19. Jahrhundert an Bedeutung verloren. Als Filippini seinen Angaben zufolge in der Küche von Königin Viktoria arbeitete, war der Franzose Charles Elme Francatelli Chef de Cuisine.*

Alessandro Filippini aus Airolo (Tessin) ist Verfasser mehrerer bedeutender Kochbücher wie *The Table* (1891) sowie *The International Cookbook* (1911). Großen Erfolg hatte er ebenfalls mit einer Serie handlicher Ratgeber wie *One Hundred Ways of Cooking Fish, ... of Cooking Eggs, ... of Cooking Desserts* und so weiter.

[053] Ein Kellner muss jedoch noch weit mehr können. Hat er gar den Rang eines Oberkellners (Chef de Service), kommen als wichtige Aufgaben die Beratung des Gastes und die Planung des Serviceablaufs hinzu.

Denn auch hier ist «ohne Planung nichts in der Welt gut», wie Georg Christoph Lichtenberg mahnt. Um ein Bankett zu servieren, sei gar eine «generalstabsmäßige Planung» unerlässlich. So jedenfalls ist einem Bericht über das Hochzeitsessen eines Oberstleutnants von Bülow mit Gräfin Schulenburg im Hotel Kasten in Hannover zu entnehmen. Ehrengast: Seine Allerhöchste Hoheit, Kaiser Wilhelm II.

Diesen Bericht hatte sich John Klages von Herrn Kasten kommen lassen. John Klages ist Deutscher. Er begann im Del's-14th Street als Kellner, dann wurde er Chef de Service im Del's-Madison. Jetzt arbeitet er als solcher im Del's-Fifth Avenue/44th Street. Ich kenne niemanden, der so perfekt die Bedienung an einem Bankett oder Ball organisiert. Das ist ein Grund, weshalb ich gerne mit ihm zusammenarbeite. Der andere ist sein verquerer Witz, bei dem man nie genau weiß, was scherzhaft oder ironisch gemeint ist.

«Das Bankett im Hotel Kasten war vom Service her eine Leistung», sagte Klages, «doch eine generalstabsmäßige Planung war es nicht, auch wenn allerhöchste Offiziere an der Tafel saßen. Ich arbeitete bei Kasten und kenne ihn zu gut; der würde sich nie auf ein generalstabsmäßiges Abenteuer einlassen. Um ein Bankett wie dieses erfolgreich durchzuziehen, braucht es Geschick und Erfahrung, doch keine unumstößliche Planung, was eine generalstabsmäßige schlussendlich ist: einen einmal festgelegten Plan ohne Rücksicht auf Verluste durchzustehen. Das kann sich ein Kriegsherr, doch kein Restaurateur erlauben. Selbstverständlich braucht es für den Service auch Planung, doch wichtiger sind Intuition und Einfallskraft. Was machst du, wenn ein Kellner stolpert und einer Dame die Sauce ins Dekolleté gießt oder in der Küche der Abzugskamin brennt wie

A propos Zufall

«Der Zufall ist der einzige rechtmäßige König des Weltalls.»
(«Le hasard est le seul roi légitime dans l'universe.»)
(Napoleon I., *Maximen und Gedanken)*

«Je mehr man altert, desto mehr überzeugt man sich, daß Seine heilige Majestät der Zufall gut drei Viertel der Geschäfte dieses miserablen Universums besorgt.»
(Friedrich der Große, *Brief an Voltaire,* 26.12.1773)

«Auch die Dinge, die man bis jetzt hat, verdankt man mehr dem Zufall und den Erfahrungen als den Wissenschaften. Denn die jetzt vorhandenen Wissenschaften sind nur eine Zusammenstellung der schon früher entdeckten Dinge, aber keine Weisen, Neues zu erfinden, und keine Anweisung zu neuen Werken.»
(Francis Bacon, *Neues Organon,* 1, 8)

«Überall herrscht der Zufall; laß deine Angel nur hängen; / Wo du's am wenigsten glaubst, sitzt in dem Strudel der Fisch.» («Casus ubique valet; semper tibi pendeat hamus; / Quo minime credis gurgite piscis erit.»)
(Ovid, *Die Kunst zu lieben,* 3, 425)

«Am Ende läuft es auf eins hinaus, ganz von einer notwendigen Gewohnheit oder ganz von der willkürlichsten Zufälligkeit abzuhängen.»
(Johann Wolfgang v. Goethe, *Wahlverwandtschaften)*

«Zufall ist das Pseudonym Gottes, wenn er nicht persönlich unterschreiben will».
(Anatole France)

**053: Der aus der Schweiz stammende François Vatel (1631–1671), «grand maître culinaire du siècle de Louis XIV.»* (Larousse culinaire), *amtete als Maître d'Hôtel beim großen Condé (Bruder von Louis XIV.). Vom Drama Vatels auf Schloss Chantilly beim Besuch von Louis XIV. bei Condé lesen wir in einem Brief von Madame de Sévigné. Vatel erlebt den schwärzesten Tag seines Lebens. Beim Souper geht an einigen Tischen der Braten aus, man hatte nicht mit so vielen (400!) Gästen gerechnet. Das abendliche Feuerwerk misslingt, weil von Wolken verdeckt. Am folgenden Tag, einem Freitag, befürchtet Vatel des schlechten Wetters wegen, trotz ausgeschickten Dienern und Burschen, nicht genügend Fische für das Bankett beschaffen zu können. Vatel trifft frühmorgens auf einen der Burschen.*
Madame de Sévigné: «Dieser hat nur zwei Körbe der Ware. ‹Ist das alles?›, will Vatel wissen. ‹Ja, mein Herr›, antwortet der Bursche. Er wusste nicht, dass noch andere Burschen ausgeschickt worden waren. Vatel glaubt, keine Ware mehr zu bekommen… und meint, Ehre und Ruf verloren zu haben. Er eilt auf sein Zimmer, hält den Degen gegen die Tür und bohrt sich die Spitze durch den Leib. Inzwischen trifft von überall Ware ein.»

hier letzten Oktober? Der große Vatel plante ein Bankett und stieß sich den Degen in den Bauch, weil er fürchtete, nicht genügend Fische für das Dinner für den französischen König auftreiben zu können*. Allein schon in der Küche ein Steak nachbraten oder eine geronnene Hollandaise neu aufzuschwingen kann einen starren Bedienungsplan durcheinanderbringen. Intuition, Improvisation und Zufall sind von Generälen und Generalstabsoffizieren jedoch ungern gehörte Worte. Deshalb wirst du nie einen höheren Offizier oder General als Koch oder Kellner gebrauchen können.» Ein Koch oder Kellner wird auch nie Generalstabsoffizier, hätte ich Klages antworten können. Doch ich wiederholte die Bemerkung von Lorenzo D., wonach Napoleon I. Intuition und Zufall mehr Gewicht als der Planung beigemessen habe.

«Trotzdem», sagte Klages, «wäre Napoleon kaum ein guter Koch geworden, essen war ihm, wie man weiß, zu unwichtig.»

«Und wie hätte er sich als Kellner gemacht?», fragte ich.

«Zu sprunghaft, zu ichbezogen, kein Teamworker.»

«Und als Chef de Service?»

Da hätten wir Glück: «Gott sei Dank starb Napoleon vor über 50 Jahren auf St. Helena. Wäre er zu unserer Zeit nach New York gekommen, hätte ihn Lorenzo bei seiner Napoleon-Verehrung möglicherweise angestellt. Stellen Sie sich so etwas vor, Simens.»

[054] Klages hatte sich von Hotelier Kasten den Zeitungsbericht über das Hochzeitsbankett aufgrund einer Anfrage vom Liederkranz für ein Dinner in den eigenen Räumen zu Ehren des deutschen Kronprinzen erbeten; die Del's hätten einen Aushilfskoch und das Servicepersonal liefern sollen. Klages befürchtete beim Prinzen gleiche Essgewohnheiten wie bei dessen Vater Kaiser Wilhelm II. und wollte entsprechend den Serviceablauf gestalten. Der Auftrag ging schließlich an das Lüchow's. Der Kronprinz habe sich übrigens als charmanter und humorvoller Gast erwiesen.

Sitzordnung anlässlich des Hochzeitsbanketts von Oberstleutnant von Bülow und der Gräfin Schulenburg am 14. Mai 1891 im Hotel Kasten in Hannover. Ehrengast: Seine Hoheit Kaiser Wilhelm II.
Das Festmahl begann Punkt ein Uhr mittags und war um zwei Uhr fünf beendet, dauerte also nur eine Stunde und fünf Minuten. Das war ungewöhnlich. Üblicherweise widmete sich der Kaiser nicht mehr als 30 Minuten einem Bankett. Wenn er aufstand, war dies das Signal zur Beendigung der Tafel.
Die Haupttafel mit 48 Gedecken hatte die sogenannte Hufeisenform; außerdem war in der Mitte zwischen den beiden Seitenflügeln noch eine kleinere Tafel für zwölf Personen eingeschoben. Die Bedienungen waren in neun Gruppen (Services) eingeteilt; sieben Gruppen, aus je drei Mann bestehend, waren zum Herumreichen der Speisen, zum Abräumen des gebrauchten und Einsetzen des neuen Geschirrs bestimmt. Die achte, mit vier Aufwärtern, hatte das Herumreichen der Weine zu besorgen, und die letzte, ebenfalls aus vier Mann bestehende Gruppe besorgte das Säubern (Polieren) des Geschirrs.
(Aus: Blüher und Petermann, *Meisterwerk der Speisen und Getränke,* Leipzig 1893)

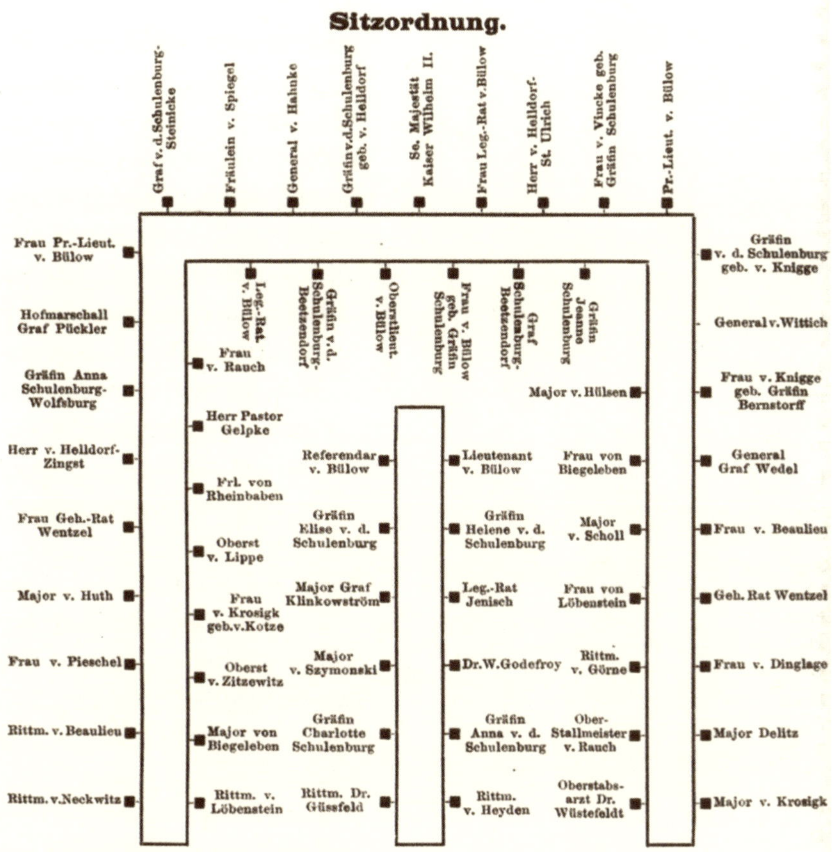

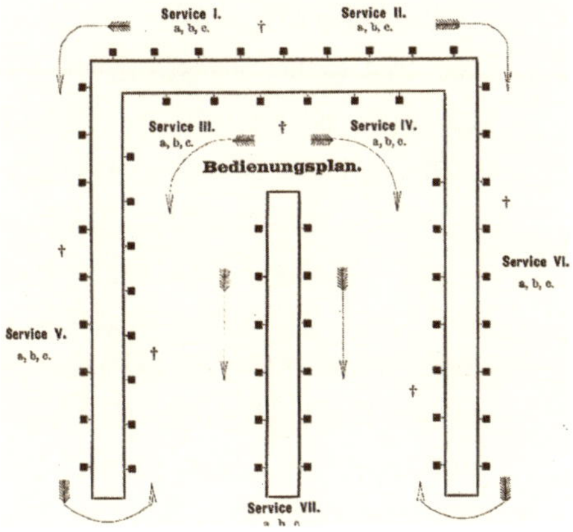

Bedienungsplan des «à la russe» servierten Hochzeitsbanketts von 1891. Bankette werden auch heute noch auf nahezu gleiche Art serviert, wobei in der Regel eine Bedienungsperson für acht bis zwölf Gäste zuständig ist, manchmal auch mehrere, zum Beispiel zur Abgabe der Beilagen und Saucen. Für die Getränke ist eine weitere Person, zum Beispiel der Weinkellner, zuständig.

Das Menü:
Die schlichte, nur mit den beiden Wappen des Paares bedruckte, aus weißem Karton ohne Goldrand bestehende Tafel-(Menü-)Karte enthielt folgende Speisen*:
- Russisches Vorgericht
- Forellen
- Lamm- und Rehbraten
- Hannoversches Kalbsbries
- Hummer
- Elsässer Huhn
- Süße Speisen

Hannover, den 14. Mai 1891
Christian und Friedrich Kasten.

*Hierzu sei jedoch bemerkt, dass nach dem russischen Vorgericht noch eine Fleischbrühe mit Rindsmark und am Schluss des Banketts Käsestangen, frische Herrenhauser Früchte, Mokka und Liköre serviert wurden. Auf Wunsch von Oberstleutnant von Bülow durfte jedoch nicht alles auf die Tafel-Karte gedruckt werden, weil der Kaiser lange Tafel-Karten nicht liebte.

Keiner der Delmonico's-Kellner kommt eines Gastes wegen je in Verlegenheit:

«Du wirst sehen», bemerkt Louis Stevenson zu William Thackeray*, «jeder Kellner eines Delmonico's versucht, den Wunsch eines Gastes zu erfüllen, selbst wenn einer einen Viertel des Neumonds bestellt.» Thackeray hüstelt ungläubig und bestellt zwei Filets eines Drachens, knapp durchgebraten. Der Kellner eilt zur Küche. Wenig später ist er zurück. Mit einem Ausdruck des Bedauerns teilt er mit, dass das letzte Stück eines Lindwurms soeben serviert worden sei.

«Was, keine Drachenfilets mehr?», entrüstet sich Thackeray.

«Unter uns gesagt», antwortet der Kellner, «es gab noch ein Stück von gestern. Doch war es nicht mehr frisch, und ich würde mir nie erlauben, es Ihnen anzubieten.»

Kein Wein von Rang, den es in einem Del's nicht gibt.

Richter Abe Bernstein und *Sun*-Herausgeber Charles Dama wollen sich einen Spaß machen und Gil, den Sommelier des Del's-Broadway, in Verlegenheit bringen.

«Erfinde schnell einen Weinnamen», sagt Bernstein zu Dama.

«Einen Grand Vernei-Lelong», schlägt Dama vor.

Bernstein winkt dem Sommelier: «Gil, eine Flasche Grand Vernei-Lelong.» Gil geht weg und kommt zehn Minuten später mit einer verstaubten Flasche mit vermodertem Etikett zurück. Er öffnet die Flasche, schnuppert und gießt Bernstein einen Schluck ins Glas. Dieser kostet: «Aber Gil, unmöglich, das kann doch niemals ein Vernei-Lelong sein!»

Gil zieht erstaunt die Augenbrauen hoch und nimmt ebenfalls einen Probierschluck. «Mr. Bernstein, Sie wissen, wie sehr ich Sie als Weinkenner schätze. Gerade deshalb wundere ich mich, dass Sie das Typische eines Vernei-Lelong nicht herausspüren: das zurückhaltende Tannin, den Geschmack von getrockneten Beeren und Fenchel beim Abgang …»

Bernstein lacht: «Gil, in Ordnung. Schenken Sie ein!»

Soup-to-nuts service by the ideal waiter

**054: In seinem Werk* Delmonico's, a Century of Splendor *berichtet Lately Thomas, dass Thackeray nach Erhalt der Rechnung in Ohnmacht gefallen sei. Ob dies anlässlich dieses Besuchs oder an einem anderen Tag der Fall war, erwähnt er nicht.*

In keinem Restaurant werden Gästewünsche so geflissentlich erfüllt wie in einem Delmonico's.

Der Gast ist in Eile. Und er hat Hunger. Er will vor halb acht im Theater sein und jetzt ist es schon halb sieben.

«Kellner, nur eine Kleinigkeit bitte: eine Suppe, etwas Brot und einen Sherry.»

Der Kellner geht zur Anrichte und kommt mit Butterröllchen, Toast und Radieschen zurück: «Soeben sind frische Bridgeports eingetroffen. Wir haben auch Wellfleets und Capecods ...»

«Nein, keine Austern, nur eine Suppe bitte.»

«Oh, ich verstehe, also eine Suppe und die Austern vorher?»

«Nein! Ich bin in Eile. Ich will nur eine Suppe und sonst nichts.»

«Ich verstehe, was für eine Suppe soll es denn sein?»

«Eine gegen den kleinen Hunger!»

«Da rate ich zur Crawfishsoup Maison. Die Krebse werden in Sancerre aufgekocht und im allerletzten Moment wird ihnen etwas Fischbouillon und im Dampf gegartes Gemüse zugegeben. Dazu servieren wir Sardellencroûtons. Sie werden begeistert sein!»

«Mein Gott! Das geht doch zu lange! Ich will eine Suppe, die sofort aufgetragen wird.»

«Ich verstehe, Sie möchten eine Suppe, die schon bereitsteht. Ich werde mich in der Küche erkundigen. Aber wenn Sie schon in Eile sind: Warum nicht vorher Austern? Während der Écailleur sie herrichtet, lasse ich Ihnen eine kleine Flasche Chablis servieren.»

«Verdammt noch mal! Also ein Dutzend Bridgeports und einen Chablis bitte.»

«Und keine Suppe?»

«Nein!!»

«Wie Sie wünschen, mein Herr!»

Wie oft? An Mark Twains Geburtstagsdinner zu seinem Siebzigsten 1905 waren es mit ihm acht Anwesende (siehe Bild), bei seinem Sechzigsten waren es deren zwölf. Wie oft ist ein «kling» der Gläser zu hören, wenn zwölf Leute je einmal miteinander anstoßen? (Lösung siehe unten.)

Man sagt, es sei nicht comme il faut, mit Champagner anzustoßen, verboten ist es jedoch nicht. Doch ist kein schöner Klang zu erwarten: Die Bläschen hemmen das Entstehen von Klangwellen.

Die Gläser klingen 66 Mal gemäß der Formel:

$$\frac{P \times (P-1)}{2}$$

(P = Anzahl Personen)

«Gefräßige und unersättlich große Fische»
A und B: Walfische und Leviathan, Ströme und Wasser ausstoßend.
C: Seeschlange, ein Schiff umschlingend.
D: Dortilus, von einem Säbelfisch gejagt.
H: Polippus, einen Seehund fressend.
I: Baum- oder Bernickelgänse.
K und L: haben keine Zunge sondern nur Zähne.
M: Riesenhummer, einen Schiffbrüchigen packend.
N: Seenashorn, einen Hummer angreifend.
R: Pelikan.
S: Rochen.
T: Ungeheuer, auch Seekuh genannt.
V: Asseln.
(Holzschnitt, 16. Jahrhundert)

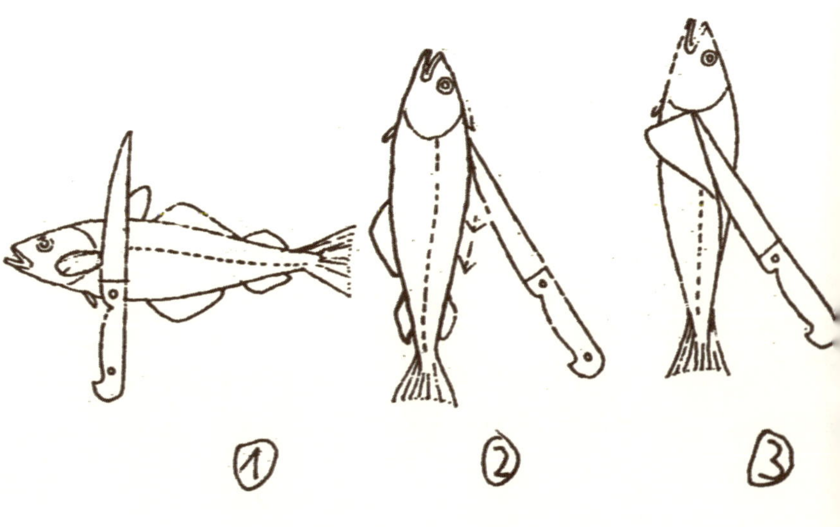

Kleine Fische, große Fische und 1000 Leichen im Schrank, Spucke für US-Präsident Ulysses Grant und: «Hebräer möchten von einem Besuch Abstand nehmen!»

[055] Auf der Speisekarte des Del's-Broadway sind bis zu 20 Vorspeisen und 60 Hauptgerichte mit Fisch und Meeresfrüchten aufgeführt. Süßwasserfische werden in Bassins am Leben gehalten, Meeresbewohner vom Fulton Market bezogen, der täglich mit frischen Fängen versorgt wird.

Fisch, nicht Fleisch ist nach dem Getreide das wichtigste Nahrungsmittel der Welt. Fische leben überall, wo es Wasser gibt. Es gibt Tausende von Arten, und zwar so viele wie Vögel, Säugetiere, Amphibien und Reptilien zusammen. «Von Fischen» ist auch in der 1687 erschienenen *Weltbeschreibung* eines Hans Rudolf Grimm* zu lesen – dem Einzigen, was mein Vater aus der Schweiz mitgenommen hat:

Denn so ist der Walfisch, so auch Centus und der Leviathan genannt, aller Fische König. Dieser Fisch schluckt und wirft ganze Ströme Wasser von sich. Der Balena ist eine Jucharte lang, der Orca ist ein Raubfisch, der Prislis ist 200 Ellen lang, der Delphin hat Brüste und säugt seine Jungen. Locusta hat Hörner, Murena laichet mit den Schlangen – seine Jungen werden Lampret genannt. Der Athillus ist dick und feist, der Cupra sauget dem Athillus sein Blut aus, Polippus ist ein Meerwunder – er hat Füße und einen langen Schnabel, Cocedrillus hat keine Zunge, sondern nur Zähne, der Meer-Hund frisst die Menschen, die Perlen suchen im Meer.

Eine Gattung Fische ist weder bei Grimm noch in der *Encyclopedia Americana*, weder im *Larousse*, *Brockhaus* noch in einem anderen Lexikon erwähnt, obschon sie sich allgemeinem Interesse erfreut. Wir lesen von ihr als «kleine Fi-

055: Hans Rudolf Grimm (1665–1749) schrieb mehrere an Kuriosa und Legenden reiche Bücher, darunter auch eine Welt- und Schweizergeschichte. Seine Werke wurden bis ins 19. Jahrhundert verkauft. «Kein Schriftsteller konnte sich beim Pöbel einer so weit verbreiteten Begierde rühmen, seine Schriften aufzukaufen und auswendig zu lernen.»
(Emanuel von Haller, Bern 1786)

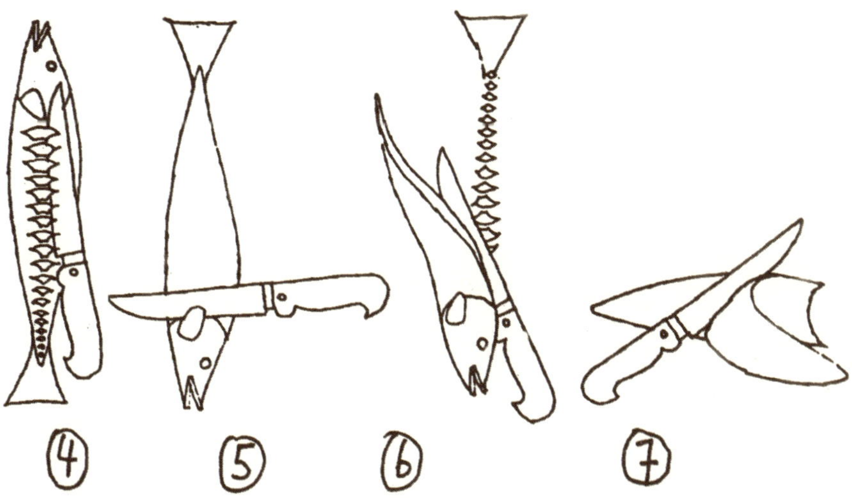

Die Kunst des Filettierens (für Rechtshänder):
1) Den Fisch hinlegen. Die Brustflosse anheben, unterhalb des Kopfes einschneiden.
2) Den Fisch vertikal drehen, entlang der Rückenlinie einschneiden.
3) Das Messer zwischen Gräten und Fleisch schieben und das Filet von oben nach unten wegschneiden.
4) Das Messer unter die Gräten schieben.
5) Den Fisch wenden. Den Kopf zu sich drehen. Die Flosse anheben, unterhalb des Kopfes einschneiden.
6) Um das zweite Filet abzulösen, das Messer über die Gräten ziehen.
7) Haut entfernen: das Filet mit der Haut nach unten auf ein Brett legen. Mit einem schmalen Messer Haut und Fleisch von der Schwanzseite her voneinander trennen.

sche» in der *Police Gazette* oder andern Gazetten unter «Sins of New York». In großen Zeitungen ist von «großen Fischen», wenn auch nicht unter dieser Bezeichnung, sondern unter «Gesellschaftliches» zu lesen.

Sie sind in den Delmonico's als Gäste geschätzt. Einige sind mir durch meine Arbeit als Art Worker bekannt, auch von Anlässen in den Del's, wo ich das Drumherum besorgte. So «robber barons» wie Jay Gould, Jim Fisk und Daniel Drew. Mehr als diese bleibt mir als Leviathan New Yorks William «Boss» Tweed in Erinnerung.

So viele Leichen im Schrank wie zu Tammany-Boss Tweeds Zeiten gab es in New York noch nie. Sie lagen in Tresoren von Banken, Versicherungen und Aktenschränken von Politikern, Anwälten und Richtern, sie ruhten in Schreibtischen von Reedern, Fabrik- und Warenhausbesitzern und stanken still in den Sparstrümpfen von Polizisten, Hauswarten, Feuerwehrleuten und Zollbeamten vor sich hin. Es gab sie unter den Sitzkissen von Redaktionssesseln sowie hinter Bühnenvorhängen und in Büchern von Künstlern und Ärzten versteckt. Sie lagen zwischen Betttüchern von Bordellen und Kirchengewändern in Sakristeien. Nicht der Leichenmacher selbst, doch sein Ungeist befand sich in einer Schublade des Rollpults von Lorenzo D. im Delmonico's-Beaver.

Einmal verbündet, einmal zerstritten lieferten sich Politiker, «robber barons» und sich ehrenhaft gebende Finanzgrößen sowie Eisenbahn- und sonstige Könige Kämpfe bis aufs Blut. Der Tod von Jim Fisk, einem berüchtigten «robber baron», hatte mit diesen Machtkämpfen nichts zu tun. Er wurde auf der Treppe des Grand Central Hotel von einem eifersüchtigen Nebenbuhler seiner Geliebten wegen erschossen.

[056] Bevor wir uns jedoch mit Tammany-Boss Tweed und seinem Ring befassen, sei hier ein Hinweis eingefügt. Zu den besten Kunden der Delmonico's gehörten Juden wie Joseph Seligman, August Belmont, Felix Warburg, Jakob Schiff, Isidor Strauss und andere. In den Delmonico's gab es Dinners und Bälle der Guggenheims, Loebs, Mortons und Raphalls. Del's-Caterings bedienten über den Sabbat jüdische Familien, Freitagabend und Samstagmittag war in den Delmonico's für Nichtjuden kaum Platz zu finden.

Jede Küche der Delmonico's verfügte über einen getrennten koscheren Küchenteil; ein Rabbi überwachte die Liefe-

**056: «Die Protokolle der Weisen von Zion» gelten als ein zur Rechtfertigung von russischen Pogromen gefälschtes Dokument. Darin geht es um angebliche Beschlüsse eines Kongresses von Juden und Freimaurern zum Erlangen der Weltherrschaft. Auf die «Protokolle» beruft sich unter anderem Henry Ford im Film* Der internationale Jude *(1922), in welchem Amerikaner, Europäer und Muslime vor einer jüdischen Weltverschwörung gewarnt werden.*

rung von geschächtetem Fleisch und sorgte für die Einhaltung der koscheren Speisegesetze* durch die christlichen Köche, die während des Sabbats die Gerichte zubereiteten.

Ab Mitte der 70er-Jahre war von einer internationalen Verschwörung jüdischer Bankiers zu hören, die angeblich alles Geld und alle Macht der Welt in ihre Hand bringen wollten*. 1877 kam es in New York zur Affäre Seligman-Hilton, in deren Zusammenhang wir von «Boss» Tweeds Ungeist im Rollpult von Lorenzo D. erfahren.

**056: Der Sabbat dauert vom Sonnenuntergang am Freitag bis zum Sonnenuntergang am Samstag. Er gilt der Arbeitsruhe und es darf unter anderem «kein Feuer angemacht» werden; die jüdische Küche kennt mehrere Gerichte, die vor dem Sabbat zubereitet und bis Samstagabend warmgehalten werden. Vermögende Juden ließen sich das Essen liefern oder gingen in ein Restaurant.*
Die jüdische Küche beruht auf den Speisegesetzen des Alten Testaments und des Talmud. Sie unterscheidet reine (essbare = koschere) und unreine (verbotene = trefe) Nahrung. Koschere Tiere sind Wiederkäuer mit gespaltenen Hufen (Schweine sind trotz gespaltener Hufe trefe, weil sie keine Wiederkäuer sind). Verboten sind ebenfalls Raubvögel, Kriech- und Weichtiere und Fische ohne Schuppen, beispielsweise der Stör und somit Kaviar; von Raubtieren gerissene Tiere sind ebenfalls trefe (Hebräisch «treifa» = gerissen). Erlaubte Tiere sind zu schächten. Das Fleisch warmblütiger Tiere darf nicht mit Milchprodukten zubereitet werden, «Milchiges» und «Fleischiges» darf nicht miteinander in Berührung kommen.

[057] Joseph Seligman, der eine in der Affäre Seligman-Hilton, war zwar ein «großer Fisch», aber kein «robber baron». Seligman als uneigennützig zu bezeichnen, hätte in der Finanzwelt jedoch Lachstürme und bei Anlegern Tränen des Zorns ausgelöst. Er war Bankier, Finanzberater des Weißen Hauses und eines der angesehensten Mitglieder der israelischen Gemeinde New Yorks. Er war ein geschätzter Gast im Del's-Beaver, später bevorzugte er das Del's-Madison, wo er 1877 zum Abschiedsdinner für US-Präsident Ulysses Grant eingeladen hatte, das den Skandal Seligman-Hilton auslöste.

Das Essen sei vorzüglich und die Stimmung aufgeräumt gewesen, sagte John Klages, der den Service beaufsichtigte. Doch nach den Entrées gab es lange Reden und deswegen Ärger in der Küche: Um den Garprozess zu unterbrechen, schmissen die Köche Eiswürfel in die Kasserollen und rissen Bratwannen aus den Öfen. Die Geldsäcke wurden zum Teufel gewünscht, die oben im Saal Grant als achtbaren und gradlinigen Präsidenten lobten, gerade ihn, der sich während seiner Regierungszeit von diesem Kapitalistenpack um den Finger hatte wickeln lassen*. Ob auch Grant vom Filet de Bœuf à la Grant aß, auf das die Köche in Verachtung spuckten, wollte John Klages nicht bestätigen.

Nun muss man wissen, dass Seligman den sich zu den Großen New Yorks zählenden Richter Henry Hilton nicht

Auch wenn T. A. Steinlen keine Physiognomien zeigt, lassen sich in den Zylinder tragenden und mit Überziehern, Pelzmänteln und langen Gehröcken gekleideten tuschelnden Gestalten Komplott schmiedende Börsianer vermuten, die dem Zeitgeist entsprechend nur Juden sein konnten.

Die überproportionale Beteiligung von Juden im Finanzwesen des 19. Jahrhunderts nährte solche Ängste, die von der Presse, kirchlichen Kreisen und der Konkurrenz geschürt wurden. *(Association de malfaiteurs,* eine Lithographie von T.A. Steinlen, 1897.)

**057: Der als Oberbefehlshaber der Unionstruppen und Sieger im Sezessionskrieg umjubelte Ulysses Simpson Grant (1822–1885) wurde 1868 zum US-Präsidenten gewählt, ein «politischer Säugling ohne Ahnung von der Verfassung und den Pflichten eines Präsidenten»; oder: «Unmöglich zu erfassen, was er dachte… wenn er überhaupt dachte.» Grant war liebenswürdig und bewahrte ein naives Vertrauen zu Menschen. Als gefeierter General gewohnt, Geschenke als Ehrengaben anzunehmen, erhielt er als Präsident solche, um die Interessen der Spender zu fördern; entsprechend ließ sich auch seine Umgebung bestechen. Während seiner Regierungszeit (1869–1877) erreichte die Korruption auch in den kleinsten Stadtverwaltungen ein bis dahin unerreichtes Ausmaß.*

eingeladen hatte. Dafür verweigerte Hilton wenige Wochen später Seligmans Familie den Zutritt zum Grand Union Hotel in Saratoga, weil sie Juden waren; Seligman wollte dort wie seit Jahren schon den Sommer verbringen. Das Hotel stand unter der Verwaltung Hiltons, rechtlich war gegen die Abweisung nichts zu machen. Der Vorfall löste in New York einen gesellschaftlichen und politischen Rummel aus mit bis in Familien- und Bekanntenkreise auswuchernden Streitigkeiten zwischen «Judenfreunden» und «Judenhassern». Es kam zu antisemitischen Schmierereien und mit Fäusten ausgetragenen Diskussionen. Weitere Hotels und Restaurants verwehrten den Juden den Zugang mit Schildern wie: «Hebräer wollen vom Eintritt Abstand nehmen» oder «Hebräer werden vergebens anklopfen». Das war in den Tagen, als Richter Henry Hilton Lorenzo D. um eine Unterredung bat.

Lorenzo D. sprach nie darüber. Es wäre denkbar, dass Hilton als ebenfalls regelmäßiger Gast in den Delmonico's Lorenzo D. als Vermittler in dem für ihn ungünstiger werdenden Streit wünschte. Bei Hiltons Eigenart war jedoch anzunehmen, dass er Lorenzo D. auffordern wollte, Juden ebenfalls abzuweisen. John Anderson, der Theaterkritiker, Isidor Glenn, Sportreporter der *Sun*, und ich nahmen Letzteres an und dachten uns aus, wie das Gespräch zwischen Hilton und Lorenzo D. sich entwickelt haben könnte:

1. Hilton verflucht das «Komitee der Siebzig», das ihm an den Kragen wolle, verwünscht die Hochnäsigkeit der Juden im Allgemeinen und verdammt die Arroganz von Seligman im Besonderen.
   – Lorenzo D. dürfte – auf seine übliche Art in heiklen Situationen: seufzend, die Hände gefaltet und mit zur Decke gerichtetem Blick – irgendetwas gemurmelt, doch keine Antwort gegeben haben.
2. Hilton weist auf die Bedeutung bekannter Tammany-Gäste in den Delmonico's hin, wie den Zeitungsherausge-

ber Allan Peer, den Werftbesitzer Charles A. Cushman, Wallace D. Wolfe, den Bankier, den Schauspieler Torelli und die Baseballer Merkle, Eriksson und Norworth und weitere, die wie er und viele andere die Delmonico's meiden dürften, solange Juden bedient würden.
– Lorenzo D. seufzt, murmelt etwas, was wie «Torelli soll demnächst im Fifth Avenue Theatre den Moor spielen» klingt.

3. Hilton wird deutlicher, erinnert Lorenzo D. an die baldige Eröffnung des Teesalons im Del's-Madison. Er könne sich nicht vorstellen, dass die Damen der Gesellschaft die Anwesenheit von Jüdinnen schätzen würden.
   – Lorenzo D. seufzt, blickt zur Decke, murmelt «wird kaum vor Mitte Oktober eröffnet» … «große Verspätung» … «Simens sagt, dass die Farben heute langsamer als früher trocknen …».
4. Hilton wird wütend. Er erinnert Lorenzo D. an seine langjährige Freundschaft mit «Tammany-Boss» Tweed … und schon kriecht dessen Ungeist aus der Schublade des linken Schubladenstocks des Rollpults hervor: «Hallo Lorenzo, mein lieber alter Freund. Schon lange her, seit wir wie früher miteinander quatschen konnten. Erinnerst du dich an damals bei der Feuerwehr? Du als Schlauchführer immer vorne an der Front. Dann das Great Fire 1835! Grauenhaft, überall Feuer und Flammen, Haus um Haus krachte zusammen, die Weinhandlung und das Coffeehouse innerhalb von Minuten nur noch ein Gluthaufen. Erinnerst du dich noch, wie du und Onkel John aus hilfloser Wut weinten über die zugefrorenen Schläuche, aus denen kein Wasser floss? Gott sei Dank hat der Weinkeller den Brand einigermaßen gut überstanden und ihr wart Gott sei Dank gut versichert. Es war ein Glück, dass ihr kurz vor dem Brand noch eine gute Versicherung abschließen konntet, was half, das Del's-Beaver zu eröffnen …»

**057: Tammany Societies waren während der Amerikanischen Revolution entstandene patriotische Gesellschaften. Um die Loyalisten lächerlich zu machen, die sich zur Verteidigung der britischen Krone unter den Namen St. George, St. Andreas und St. Patrick sammelten, gründeten ihre Gegner, die Sons of Liberty, die Gesellschaft St. Tammany. Der Name stammt von Tamanend, einem legendären Häuptling der Delaware-Indianer; die Chefs der Tammany Societies nannten sich «Grand Sachem», Untergebene «Sachem». Nach dem Krieg wurden die Tammany Societies zur politischen Macht. Wahlstimmen erlangten sie in New York mehrheitlich durch ihr Engagement für deutsche, irische und jüdische Einwanderer. Neben unbestrittenen Verdiensten verdarben Korruption und kriminelle Handlungen ihren Ruf.*

William «Boss» Tweed und sein «Ring», einer der Cartoons von Thomas Nast, einem eingewanderten Deutschen. Diese Karikaturen, Recherchen der *New York Times* sowie Bürgerbewegungen wie das «Komitee der Siebzig» trugen zum Sturz Tweeds und seiner Freunde bei.

– Lorenzo D. seufzt nicht mehr. Er ist aufgesprungen: «Schon gut, William, ist ja lange her und vergessen. Hast dich der Sache damals hilfreich angenommen... Oh, entschuldigen Sie bitte, Mr. Hilton, ich muss Sie leider verabschieden, habe da einiges zu bereinigen...»

Der Engländer Jem Mace, 1870 Sieger im Kampf gegen Tom Allen um den «world bare-knuckle title». Der Kampf dauerte 29 Stunden. Der letzte Titelkampf ohne Handschuhe war der 75 Runden dauernde Kampf von John L. Sullivan gegen Jake Kilrain 1889. 1891 legten neue Bestimmungen die Kampfdauer für Berufsboxer auf fünf bis 15 Runden fest, bei Amateuren sind es drei Runden zu drei Minuten mit je einer Minute Pause zwischen den Runden.

[058] John Anderson und ich fanden das Gespräch glaubwürdig und gut gelaufen. Isidor schüttelte den Kopf, Hilton sei ein Schlappschwanz gewesen: «Wenn Hilton gewollt hätte, dass Lorenzo D. die Juden in den Hintern tritt, hätte er direkt und hart an ihn herangehen müssen und sich nicht durch Himmelsblick und Gemurmel abspeisen lassen dürfen. Mit der Linken einen Schwinger Richtung Kopf, damit der Mann die Deckung hoch nimmt, dann mit der Rechten hart unter die Rippen. Vor allem hätte er den ihm von Tweed zugespielten Joker mit dem Weinkeller und der Versicherung aufnehmen und dann Druck machen sollen. Kein müdes Gequatsche um den Brei herum.»

Ich lachte: «Isidor, glaubst du wirklich, einer wie Lorenzo geht so schnell zu Boden? Er hätte Hilton bis zum Umfallen ins Leere laufen lassen – solange die Kasse klingelt, nimmt ein guter Wirt nie Partei, und die Juden gehören nun einmal zu seinen besten Kunden.»

John Anderson fand Isidors Kritik ebenfalls daneben: «Von wegen direkt und hart an den Mann gehen: Erinnerst du dich noch an den Fight Mike McCoole gegen Tom Allen? 17 Runden greift Mike an und Allen lässt ihn 17 Runden ins Leere laufen. Und legt den müde gewordenen Mike in der 18. Runde mit einem rechten Haken auf die Bretter, nachdem er ihm mit einer linken Direkten die Sicht nahm.»

«Ja, du hast recht, wenn es auch nicht ganz so war, wie du jetzt erzählst. Ich war dabei, es war ein Scheißmatch.»

Übrigens: Die Affäre Seligman-Hilton berührte die Delmonico's nicht. Die Juden blieben Gäste, einige Nichtjuden blieben einen Monat oder auch zwei weg – es war ohnehin Ferienzeit –, dann kamen sie wieder. Auch Henry Hilton wurde von Lorenzo D. begrüßt, als ob es nie ein solches Gespräch gegeben habe – was ja wohl der Fall war.

[059] Was noch zum Fall Seligman-Hilton zu sagen ist: Animositäten zwischen Seligman und Hilton und dessen Freund Alexander T. Stewart habe es schon 1871 bei der Planung der Hochbahn durch die New York Railway Company gegeben, in deren Aufsichtsrat die drei saßen. Sie verschärften sich, als Seligman dem «Komitee der Siebzig» beitrat, das den Tweed-Ring sprengen wollte. Hilton war Mitglied des Rings, Stewart stand zu Hilton und brach die Geschäftsbeziehungen zur Seligman-Bank, seiner Hausbank, ab.

1876 starb Stewart. Er war Besitzer von A.T. Stewart & Co., dem größten Warenhausunternehmen der USA. Testamentsvollstrecker war Hilton. Das Grand Union in Saratoga war Teil des Stewart-Vermögens und somit Hilton unterstellt. Mit seinen 834 Zimmern, 1891 Fenstern und zwölf Meilen roten Läufern galt es als größtes Hotel der Welt. Doch hatte es zu wenig Gäste. Hilton begründete dies damit, dass WASPs nicht im gleichen Hotel wohnen wollten wie Juden.

Was nie geklärt wurde: Erhielt Seligman die Absage bereits, als er die Suiten im Grand Union wie üblich im Voraus bestellte? Wollte er Hilton mit seiner Hinreise provozieren? In seinem Brief an die Presse, mit dem er den Fall an die Öffentlichkeit brachte, ging er nicht darauf ein. Auch Hilton wandte sich an die Presse: «... noch gestattet einem das Gesetz, mit seinem Eigentum nach Belieben zu verfahren, und ich gedenke dieses Gesetz auch auszuüben, was immer Moses und seine Nachkommen dagegen einwenden mögen ...»

Die Presse, im Sommer ohnehin arm an Neuigkeiten, brachte Leitartikel, Stellungnahmen und Leserbriefe, mehr und mehr zu Ungunsten von Hilton. Ein Unterstützungskomitee für Seligman inszenierte einen Boykott gegen das ebenfalls von Hilton kontrollierte Warenhaus A.T. Stewart

Ab Mitte der 1860er-Jahre war auf dem Broadway kaum noch ein Vorwärtskommen. Die auf Gutdünken fahrenden Lieferwagen, Karren und Droschken behinderten auch die von Pferden gezogenen Straßenbahnen, die jährlich bis zu 35 Millionen Passagiere beförderten.

Oben: Hochbahn-Direktor Charles Harvey bei einer Probefahrt 1867 in einer Draisine.

Neben Ideen für eine U-Bahn wurden, unterstützt von der Tammany Society, Pläne zum Bau einer Hochbahn vorangetrieben, die erste der Welt.

Ähnlich einer Rohrpost sollte auch eine pneumatische U-Bahn funktionieren. 1867 stellte die Beach Pneumatic Transit Company den Prototypen eines Wagens in der Ausstellung des American Institutes in New York vor, 1870 wurde versuchsweise ein 100 Meter langes Teilstück der Bahn unterhalb des Broadways für den Verkehr freigegeben. Trotz des starken Interesses des Publikums (400 000 Neugierige im ersten Jahr), kam es infolge der Wirtschaftskrise von 1873 nicht zum Bau der Bahn, die unter dem gesamten Broadway hätte verlaufen sollen.

& Co. Dieser trug dazu bei, dass es Bankrott machte und von John Wanamaker übernommen werden konnte.

[060] Wie Henry Hilton war auch William Tweed regelmäßiger Gast im Del's-Broadway; er war stets von einer Clique von Bewunderern umgeben und gab sich als jovialer und großzügiger Gast. Tweed sowie Lorenzo und Siro D. kannten sich aus der Zeit als Mitglieder der Bürgerfeuerwehr.

Als ich «Boss» Tweed 1873 kennenlernte, war er nicht mehr der heimliche König New Yorks. Er war angeschlagen, doch ein noch immer kämpferischer Mann. Das Gericht hatte ihn wegen Bestechung, Unterschlagung und Nötigung in über 200 Fällen verurteilt. Tweed hatte Berufung eingelegt und war gegen Kaution auf freiem Fuß. Acht Monate später musste er seine Strafe im Ludlow-Gefängnis antreten, zwei Jahre darauf gelang ihm die Flucht.

Im vom Sheriff's Office im Dezember 1875 veröffentlichten Fahndungsbrief* wird Tweed beschrieben als ein Mann von «55 Jahren, von fünf Fuß Größe und 280 Pfund», also auch ein körperlich gewichtiger Mann.

Als mich Tweed an seinen Tisch kommen ließ, war er bester Laune. Irgendjemand hatte ihm offenbar erzählt, dass ich daran sei, die Sanitary Rooms mit Putten zu bevölkern; die Delmonicos wollten wie im Del's-14th Street deren Umgestaltung, wenn auch nicht so aufwendig.

«Sie bemalen also die Wände mit nackten Engelchen? Glauben Sie nicht, dass dies die Gäste schockiert? Schließlich werden die Räume auch von Frauen benutzt.»

«Nein, Engel sind geschlechtslos. Ich male hingegen Amoretten und Putten. Die sind als männlich erkennbar.»

«Na also! Ob Amoretten oder Putten, jedenfalls etwas, das als unsittlich empfunden werden kann. Es sind noch keine zwei Wochen her, da sollte im Metropolitan Museum ein Marienbild auf Verlangen kirchlicher Kreise entfernt werden, weil beim Jesuskindchen das Zipfelchen zu sehen war.

350 000 Dollar betrug 1853 der Kostenvoranschlag für das neue Gerichtsgebäude (Court House) an der Chambers Street. 1863 wurden weitere 800 000 Dollar bewilligt. Der 1870 fertiggestellte Bau kostete schließlich 13 Millionen Dollar, von denen ein Großteil in die Taschen des Rings floss.

Dabei ist das Bild 500 Jahre alt, und der Bischof selber hat es nicht einmal gesehen...»

«Ich weiß von der Geschichte. Doch muss ich etwas richtigstellen. Meine Putten befinden sich in einer Landschaft mit Sträuchern und Bäumen voller Blüten und Blätter. Diese verdecken den Unterschied zwischen Mann und Frau.»

Tweed lachte: «Nicht schlecht, ein Schlaukopf, dieser Simens... Aber was geschieht, wenn einer das Blatt wegkratzt, um zu sehen, was darunter ist?»

«Da sieht er Gips! Doch damit keiner in Versuchung kommt zu kratzen, werden bei einigen Amoretten die Blätter und Blüten aus an Draht befestigter Seide sein. Neugierige können sie wegbiegen.»

Tweed war verblüfft: «Zum Teufel! Das verstehe ich nicht. Das ist doch geradezu eine Aufforderung, es zu tun!»

«Das soll es auch sein. Es ist jedoch nicht zu sehen, was erwartet wird. Denn unter dem Blatt ist an der bewussten Stelle ein Messinghähnchen angebracht, mit dem sich Sherry oder Portwein aus einem hinter der Mauer verborgenen Kanister einschenken lässt.»

«Verdammt noch mal! Was für eine Schweinerei! Und damit ist Lorenzo einverstanden?!»

«Er weiß nichts davon. Und ich würde auch nicht wagen, Mr. Delmonico diesen Vorschlag zu machen. Die Idee ist mir eben jetzt beim Gespräch gekommen.»

«Boss» Tweed schüttelte den Kopf, dann lachte er: «Aber nein! Und ich fiel herein und glaubte es!»

SHERIFF'S OFFICE

OF THE CITY AND COUNTY OF NEW YORK,

December 6th, 1875.

$10,000 Reward.

The above reward will be paid for the apprehension and delivery to the undersigned, or his proper agents, of

WM. M. TWEED,

Who escaped from the Jailor of the City and County of New York, on Saturday, December 4th, 1875. At the time of his escape he was under indictment for Forgery and other crimes, and was under arrest in civil actions in which bail had been fixed by the Court at the amount of Four Million Dollars.

The following is a Description of said WM. M. TWEED:

He is about fifty-five years of age, about five feet eleven inches high, will weigh about two hundred and eighty pounds, very portly, ruddy complexion, has rather large, coarse, prominent features and large prominent nose; rather small blue or grey eyes, grey hair, from originally auburn color; head nearly bald on top from forehead back to crown, and bare part of ruddy color; head projecting toward the crown. His beard may be removed or dyed, and he may wear a wig or be otherwise disguised. His photograph is attached.

WILLIAM C. CONNER,

**060: 10000 Dollar für die Gefangennahme von William M. Tweed. Dem Grand Sachem der New Yorker Tammany Societies gelang es, durch Bestechungen innerhalb von 15 Jahren 45 Millionen Dollar einzuheimsen; der Schaden für die Stadt betrug 200 Millionen Dollar. Verschiedenen politischen Gruppen gelang es, den Ring zu sprengen. Tweed wurde 1873 zu zwölf Jahren Haft verurteilt und ins Gefängnis gebracht. 1875 gelang ihm die Flucht, doch kurz darauf wurde er verhaftet und zurück ins Gefängnis gebracht, wo er 1878 starb.*

[061] Die Idee von unter Baumblättern oder Blüten verborgenen Getränkehähnchen konnte ich später mehrmals anbringen. Als Spenderfiguren waren meistens im Style Grecque gemalte Knaben erwünscht. Zwei- oder dreimal auch eine Frau, ähnlich Manets *Olympia*. Die bewusste Stelle verdeckte eine als Hand bemalte Holzklappe.

Lorenzo Lotto, *Venus mit Cupido*, 1513–1522, Öl auf Leinwand.

«Commissioners Map» für New York, Nachzeichnung aus *Harper's Weekly*, 1936. 1807 beauftragte die New Yorker Stadtverwaltung eine Kommission, die künftige Entwicklung der Stadt bis zur Nordspitze Manhattans zu planen. Damals reichte die Stadt mit knapp 60000 Einwohnern nur bis zur jetzigen 14th Street; nördlich davon waren Gemüsegärten und Farmland. Bei der Planung wurde das Straßendurcheinander an der Südspitze der Stadt beibehalten. Von dort bis zum Inselende im Norden sah die Kommission ein Straßengitter mit zwölf Avenues von 30 Metern Breite in Nord-Süd-Richtung und 155 Querstraßen von 15 Metern Breite in Ost-West-Richtung vor. Mit der Zeit ergaben sich Veränderungen wie der Union, der Stuyvesant und der Central Park.

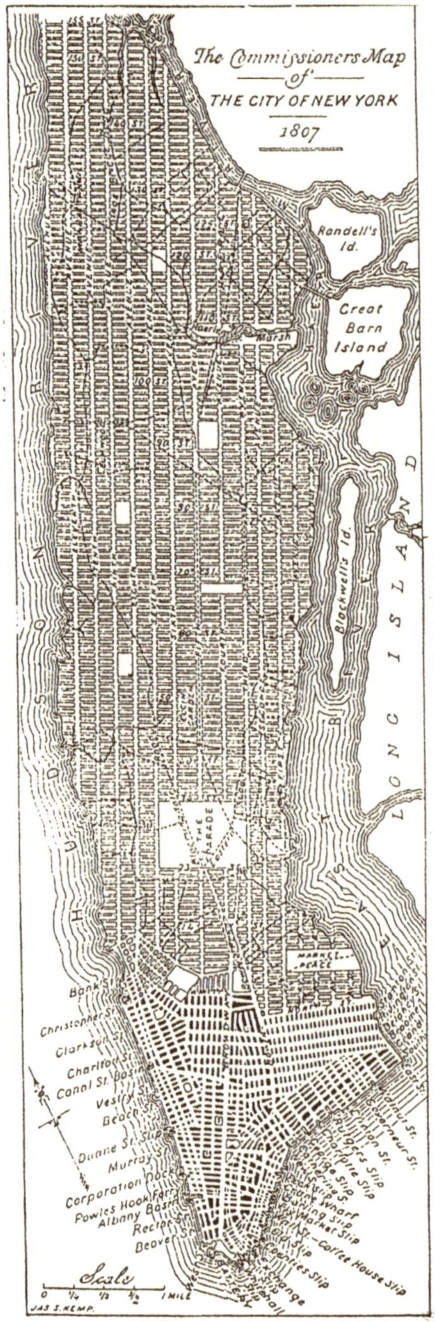

The New Colossus ist ein Sonett, von Emma Lazarus (1849–1887), geschrieben 1883. Eine Bronzetafel mit dem Gedicht befindet sich seit 1903 am Podest der Freiheitsstatue.

Not like the brazen giant of Greek fame
With conquering limbs astride from land to land
Here at our sea-washed, sunset gates shall stand
A mighty woman with a torch, whose flame
Is the imprisoned lightning, and her name
Mother of Exiles. From her beacon-hand
Glows world-wide welcome, her mild eyes command
The air-bridged harbor that twin cities frame.

«Keep, ancient lands, your storied pomp!» cries she
With silent lips. «Give me your tired, your poor,
Your huddled masses yearning to breathe free,
The wretched refuse of your teeming shore.
Send these, the homeless, tempest-tossed to me:
I lift my lamp beside the golden door.»

Zweiter Absatz auf Deutsch:

Gebt mir eure Müden, eure Armen,
Eure geknechteten Massen, die frei zu atmen begehren,
den elenden Unrat eurer gedrängten Küsten;
Schickt sie mir, die Heimatlosen, vom Sturme Getriebenen,
hoch halt' ich mein Licht am gold'nen Tore!

Der Titel und die beiden ersten Zeilen des Gedichts beziehen sich auf den Koloss von Rhodos, eines der Sieben Weltwunder. Das Gedicht behandelt die Millionen von Immigranten, die in die Vereinigten Staaten von Amerika kamen, und die Identität der Vereinigten Staaten als erklärte Einwanderernation.

«Wenn schon lügen, warum nicht richtig?» Und: «Was, ich ein Snob?»

[062] Eine Autobiografie ist, wie der *Encyclopaedia Britannica* zu entnehmen ist, ein «account of an individual human life, written by the subject himself». Nach Bruce Holmes' *Self-Instructor of Creative Writing* verlangt sie «by definition THE truth», also absolute Wahrheit. Diese ist jedoch selten bei den Autoren zu finden. Wir finden sie in den Aussagen von Zeitgenossen und im Alltag ihrer Zeit.

**062/I: 1855 gingen die Immigranten noch an der Battery an der Südspitze Manhattans an Land. Mit Papieren versehen wurden sie in Castle Garden beziehungsweise dem 1811 erbauten Fort Castle Clinton, das schon für Theater- und Konzertveranstaltungen gedient hatte. Ab 1892 bis 1954 war Ellis Island die Anlaufstelle für Immigranten.*

I: Bei unserer Ankunft in New York im September 1855 musste mein Vater dem Immigrationsbeamten als Erstes unsere Namen nennen. Mein Name Heinrich wurde zu Henry, die meiner Schwestern Josephine und Eleanor blieben, wie sie waren, auch der der Mutter: Germaine. Vater gab den seinen mit Arthur an und wurde somit den Taufnamen Rudolf los, den er nicht mochte. Der Familienname Simmen wurde zum amerikanisierten Simens. Als Herkunftsort nannte Vater Genf, dort hatte er jung in einer Uhrenwerkstätte gearbeitet. Doch wir kommen aus Schinznach im Kanton Aargau. Genf genoss des Calvinismus und Rousseaus wegen in Amerika großes Ansehen, auch der vom Vater angegebene Beruf eines Mechanikers besaß ein größeres Prestige als der eines Zigarrendrehers, als der er gearbeitet hatte. Mit diesen Mogeleien erhoffte sich Vater einen besseren Start im Land der Hoffnung.

Diese Mogeleien wurden durch den Immigrationsbeamten wohl nur der Havarie der «Cornelius» wegen ohne Nachfragen akzeptiert. Diese war bei der Einfahrt in den Hafen mit einem Frachtkahn zusammengestoßen. Passagiere und Mannschaft konnten gerettet werden, aus nie geklärten

Passagiere deutscher Schiffe haben die Möglichkeit, sich bei ihrer Ankunft in New York in eigens errichteten Auskunftsstellen beraten zu lassen.

Gründen ging der Schiffstresor mit Geldeinlagen, Passagierlisten und sonstigen Dokumenten verloren. In Castle Garden* kam es zu einem Durcheinander von den Schiffbrüchigen und den Immigranten von Schiffen, die wie wir von der «Magistraat» Tage im stürmischen Wetter auf Einfahrt gewartet hatten. Vater gelang es, uns ins Gatter der «Cornelius»-Passagiere zu schleusen. Dort wollte man uns baldmöglichst an die draußen wartenden Hilfsvereine loswerden. Wir hatten dem Arzt lediglich die Zunge zu zeigen und «Ah» zu sagen. Dann erhielten wir die Immigrationspapiere*. Wir waren glücklich. Trotzdem: Mutter warf Vater vor, den Immigrationsbeamten zu sehr angelogen zu haben; das sei ein schlechtes Omen für unser künftiges Leben.

Vater sagte nur: «Wenn schon lügen, warum nicht richtig?»

062/I: Von 1821 bis 1830 registrierten die US Immigration Offices 143 440 Einwanderer; 98 800 kamen aus Europa. Zumeist siedelten sie sich in und um die Städte an, in denen sie an Land gingen: beispielsweise in Boston und New York. 1810 zählte Manhattan 80 000 Einwohner, um 1830 waren es 240 000, 30 Jahre später 815 000. Viele gehörten zu den zwischen 1830 bis 1860 eingewanderten 3 560 000 Immigranten, die, «meistens kinderreich, ohne Geld und krank», über New York in die USA kamen. Von ihnen verblieben Zehntausende in New York, fanden Arbeit und kamen in Tenements unter. Wer etwas Geld hatte, erhoffte sich, mit einer Werkstatt, als Arzt, Dentist, Architekt, Restaurateur, Bierbrauer oder durch Handel ein besseres Leben zu erreichen. Gutbetuchte, und davon gab es einige, beteiligten sich an Banken, Versicherungen, Reedereien, Werften, Textilmanufakturen oder investierten landesweit in Eisenbahnen, Minen, Rinderfarmen und Baumwollplantagen. Die meisten Einwanderer zogen jedoch ins Landesinnere und Richtung Westen, wo es Farmland gab und Arbeitskräfte (Bergbau, Industrie) willkommen waren.

II: Die ersten Monate wohnten wir an der Murray Street. Die Sisters of Charity of Mount St. Vincent hatten sich der Schiffbrüchigen angenommen und uns eine Notwohnung und Mutter Arbeit in einer Bäckerei besorgt. Kurz darauf fand Vater eine Stelle in einer mechanischen Werkstätte, ein Jahr später wurde er Assistent bei Mathew B. Brady, dem bekannten Fotoporträtisten, und wir zogen an die Beekman Street, eine Zufahrtstraße zum Fulton Market. Der morgendliche Lärm der Marktfahrer machte aus uns Frühaufsteher. Das hatte auch sein Gutes. Kurz vor dem Wohnungswechsel wurde ich Laufjunge bei Benoit, der bekannten Torten- und Pastetenbäckerei Ecke Fulton Street und Broadway. Benoit hatte einen Verkaufsstand im Fulton Market, den ich frühmorgens mit Backwaren zu versorgen hatte. In den drei Jahren, die ich bei Benoit arbeitete, kam ich kaum einmal zu spät.

III: Im und um den Fulton Market* gab es einiges, von dem ich mich hütete, es meiner Mutter zu erzählen. Lug und Trug gab es sowieso und jede Menge Ganoven, Diebe, Zu-

062/III: Der Fulton Market war Großmarkt für Händler und Restaurants wie auch für Private, die ein frischeres Angebot erwarteten, als dies Straßenhändler und Ladengeschäfte boten.

hälter und Hot-Sheet-Hotels, die stundenweise mit einer Frau aufgesucht werden konnten. Ähnliche Orte gab es ebenfalls in den Markthallen in mit Körben und Kisten abgeschirmten Ecken, dort lief das Geschäft jedoch im Viertelstundentakt.

Jahresendfeier im Fulton Market mit Musik und Tanz. Tanzpartnerinnen der Metzger waren Rinderhälften.

«Time is money» und Hektik waren den ganzen Tag über Trumpf. Ein Gewimmel von Männern schleppte Rinderviertel, balancierte Gemüsekörbe auf dem Kopf, karrte Thunfische, Lachse, Schildkröten und korbweise Aale, Flundern, Hummer zum Fulton Fish Market, dem größten Fischmarkt der Stadt. Dort wurden Krabben in siedendem Wasser gesotten und säckeweise Austern nach Art und Größe umgepackt. In einer Halle daneben machten Kuttler mit auf Brettern genagelten Kalbs- und Schweinsköpfen auf sich aufmerksam. Dort wurden auch Tierdärme für die Wurster gewaschen und es stank fürchterlich. Geradezu köstlich roch es hingegen in der Green Area mit den zu Bergen und Pyramiden aufgetürmten Früchten und Gemüsen.

Dann gab es die Abteilung der Wurst- und Schinkenhändler mit den auf Gestelle gehievten Parma-, Bayonne-, Jabugo-, Westfäler- und Virginiaschinken. Abseits von allem befanden sich Käfige mit Kaninchen sowie mit Truthähnen, Enten und Gänsen. Nackig gerupft konnte man sie nicht weit davon an Verkaufsständen kaufen, einige boten Fleisch- und Geflügelpasteten und -terrinen an. Dort hatte Benoit seinen Stand. Aufsehen erregte einmal ein auf einen Stuhl gebundener toter Grizzly. Er maß um die zwei Meter und sollte am Abend zerteilt werden. Auf mit Stecknadeln befestigten Zettelchen an Tatzen, Rücken und anderen begehrten Stücken waren die Namen der Kunden notiert, die sich die Teile reserviert hatten.

Les Halles werden als Bauch von Paris bezeichnet. Jede Großstadt hat ihren Bauch, in New York gibt es mehrere. Antrieb und Seele aller Bäuche, Markets, Märkte und Markthallen sind Frauen. Sie besorgen das Zurüsten und die Prä-

Am beliebtesten waren Austernstände, die es zu Hunderten in der ganzen Stadt gab. Allein in Manhattan wurden um 1870 täglich um die 40 000 Austern verzehrt.

sentation der Ware und kümmern sich um den Verkauf. Sie sorgen für Stimmung und Unterhaltung. Nicht selten geraten diese zur Belustigung aller zum theatralischen Höhepunkt, etwa dann, wenn zwei Händlerinnen aneinandergeraten; der Reichtum an Flüchen, Anzüglichkeiten und Verwünschungen dürfte den Wortschatz eines Shakespeare übertreffen.

Vor und um den Fulton Market wurde ebenfalls für Unterhaltung wie auch für Speis und Trank gesorgt. Das eine taten Prediger, Marktschreier, Straßenkünstler und Melodien pfeifende, hin- und hertrippelnde Frauen. Für das leibliche Wohl gab es Austernstände, Pancake-Bäcker, Tavernen und eine Menge Spelunken, einige boten in Hinterhöfen Tierkämpfe an*. Diese sowie Spielsalons und Etablissements besonderer Art wurden von sogenannten besseren Herren besucht, während ihre Frauen in den Markthallen um Enten, Schinken, Steaks und Käse feilschten.

062/III: Mit Wetten verbundene Hunde- und Hahnenkämpfe waren, wenn zeitweise auch verboten, populäre Amüsements. Für zahlungskräftige Zuschauer gab es Tierkämpfe zwischen Hunden und Bären.

Wie gesagt, ich sah einiges, was nicht für die Ohren meiner Mutter bestimmt war. Doch vieles verblieb mir in guter Erinnerung. Darunter Menschen, deren Lebensart oder schillerndes Schicksal mich sehr beeindruckten; vieles, was sie erzählten, dürfte allerdings geschwindelt und ein Teil ihrer Lebenslüge gewesen sein, dem oft einzigen Halt, den sie noch besaßen.

IV: John F. Clerent, Landschaftsmaler, ein Bekannter meines Vaters, gab mir jeweils nach den Botengängen für Benoit Zeichenunterricht, abends besuchte ich die De Witt's Nacht- und Freischule*. Später hatte ich wöchentlich einmal anatomisches Zeichnen in Geoffrey's Art Academy. Ich war um die 14 Jahre alt. Die Nacktheit der gipsernen Abgüsse antiker Statuen irritierte mich anfänglich oft mehr als später die Schultern, Busenansätze und Fesseln der damals meist noch sittsam gekleideten Modelle in den Malschulen von Paris.

**062/IV: Die Straße als Lebensschule ist ein wesentlicher, doch kein entscheidender Teil für ein erfolgreiches Leben. Wichtiger war den meisten Immigranten eine gute Schulbildung der Kinder. «Während die Väter sich in die Fabriken schleppen (...), träumen sie von einem besseren Leben für ihren Nachwuchs. Und jeden Abend erzählen sie ihren Töchtern und Söhnen erneut, (...) dass man viel lernen muss, um nicht ein genauso entbehrungsreiches Dasein zu fristen wie sie»* (New York Times).

Rechts: Nachtschule für Jugendliche, die tagsüber arbeiteten. Solche Schulen waren gratis und wurden meistens von konfessionellen Kreisen finanziert. Ab 1901 galt die allgemeine Schulpflicht für Kinder bis zu zwölf Jahren.

Entscheidend für meine künstlerische Entwicklung war jedoch die Arbeit bei John Quincy Adams Ward, obwohl ich dort kaum anderes als Gips anzurühren hatte, den Ward für die Büsten seiner Kunden benötigte. Ward schuf den *Indian Hunter** im Central Park und begeisterte mich für die Indianerzeichnungen von Bodmer*. Auf Wards Empfehlung bekam ich eine Anstellung am American Museum of Natural History, das sich damals noch im New York Arsenal befand; dort malte ich bis zur Eröffnung des Museums am Central Park 1868 Hintergrundpanoramen für ausgestopfte Tiere. Die Anstellung bewahrte mich vor der Rekrutierung im Sezessionskrieg*.

**062/IV:* The Indian Hunter *von John Quincy Adams Ward. Er schuf ihn 1860 nach einem Aufenhalt in Dakota. Eine vergrößerte Version der hier abgebildeten 41 Zentimeter großen Statuette befindet sich im Central Park.*

**062/IV: Als Zeichner und Maler indianischen Lebens berühmt wurde der Zürcher Johann Karl Bodmer (1809–1893) durch seine Illustrationen zum Monumentalwerk* Reise in das innere Nordamerika in den Jahren 1832 bis 1834 *von Prinz Maximilian zu Wied. Eine der zwischen 1839 und 1842 erschienenen zweibändigen Ausgaben befindet sich in der Bibliothek von Dresden. Sie soll Karl May als Grundlage für seine Indianerromane gedient haben.*

V: Von Herbst 1868 bis Ende 1869 besuchte ich Florenz, Rom, Genf und Paris. Bei Bonsetti vom Museo Zoologico in Florenz hatte ich Anatomiekunde, in Rom brachte mir Lionel Clerence die Technik des Trompe l'œil bei. In Genf lernte ich die Tochter des Malers Maurice H. kennen, die mir das räumliche Fühlen beibrachte. Acht Monate war ich Assistent von Cormon in Paris, der kurz darauf seine Kunstakademie am Boulevard Clichy eröffnete. Dank meiner aus Vevey stammenden Mutter sprach ich recht gut französisch. Bei Cormon und in Museen, wo ich mich an Alten Meistern schulte, lernte ich gleichaltrige französische Künstler und Künstlerinnen kennen. In der Regel besaß ich etwas Geld und war, mit einer Pastete und einer Flasche Wein unter dem Arm, ein stets willkommener Gast in den meist schäbigen, heute als romantisch bewunderten Künstlerateliers.

Den Aufenthalt in Europa ermöglichte mir der bekannte New Yorker Anwalt E.T. Lombard. Er hatte sich an der 26th Street East ein prächtiges Haus bauen lassen, das er mit europäischer Kunst schmücken wollte. Nebst Salonbildern kaufte ich für ihn gelegentlich Werke jüngerer Künstler. Hin und wieder geriet auch ein von mir im Stil eines Alten Meisters gemaltes Bild in die Sendungen, die etwa alle drei

**062/IV: Die Rekrutierungsstelle im City Hall Park während des Sezessionskrieges 1861–1865. Zu Beginn des Krieges erhielten Anwerber und Angeworbene eine Prämie, nach Einführung der Pflichtrekrutierung konnte man die Aushebung durch Beziehungen umgehen oder sich loskaufen. Dies führte zum Aufstand von 1863.*

Tiffanys Apple Blossom Lamp, «the perfect unity of form».

**062/VI: Louis Comfort Tiffany (1848–1933), Sohn des Juweliers Charles Lewis Tiffany (Tiffany & Co.), wurde als Innendekorateur und Gestalter weltberühmt. Großen Erfolg hatte er mit seinen «favrile glasses» und den in seiner Tiffany Glass and Decorating Company produzierten kostbaren Lampen, Vasen, Fruchtschalen und Glasfenstern. «L.C. Tiffany was born with a golden spoon, as he said himself.»*

**062/VI: Seit 1936 befindet sich Tiffany's an der Ecke Fifth Avenue und 57th Street.*

Monate nach New York abgingen. Lombard gefiel offenbar alles. Jedenfalls überwies er mir stets das für Bilder und Aufenthalt notwendige Geld.

Vor Weihnachten 1869 reiste ich vom winterlichen Paris zurück in ein nasskaltes New York.

VI: Es war Louis C. Tiffany*, der mir den für mein künftiges Glück entscheidenden Auftrag vermittelte. Auftraggeber waren Lorenzo und Siro Delmonico, Besitzer von mehreren renommierten Restaurants. Das damals prächtigste befand sich Ecke Fifth Avenue und 14th Street. Lorenzo und Siro D. wünschten die Umwandlung der nahezu zehn Jahre alten Ladies und Men Rooms im Untergeschoss zu «komfortablen Räumen». In ihnen sollten sich die Gäste angenehm erleichtern und entspannen können. Teil des Ganzen waren ein kleiner Rauchsalon und ein Spiegelzimmer, wo sich die Ladys frisieren konnten.

Louis C. Tiffany hatte ich in Paris kennengelernt. Er wollte Maler werden, doch galt sein Interesse dem Kunsthandwerk. Nach der Rückkehr nach New York entwarf er für seinen Vater, den Juwelier Charles L. Tiffany, neue Verkaufsräume am Union Square*. Sie sollten Anfang Herbst 1870 bezogen werden. Doch vorher sollten die «komfortablen Räume» des Delmonico's umgestaltet sein, wofür sich Louis ebenfalls verpflichtet hatte. Er sei derzeit nicht in der Lage, dies zu tun, klagte er, als ich ihm zufällig begegnete. Er wirkte deprimiert, klagte über private Schwierigkeiten, von denen er jedoch nicht erzählen wolle … und packte mich plötzlich am Arm: «Betrachten Sie dies als Geschenk des Himmels! Bitte, übernehmen Sie den Auftrag!»

Am Abend noch trafen wir uns mit Lorenzo und Siro Delmonico. Die Absage von Louis schien sie nicht zu erstaunen, vermutlich wussten sie von seinen Problemen. Ich erhielt den Auftrag. Für Lorenzo D. genügte als Empfehlung meine Tätigkeit bei John Quincy Adams Ward und für das Natur-

Delmonico's-Fifth Avenue/14th Street (1875).

historische Museum, Siro D. nahm Louis das Versprechen ab, mich falls notwendig zu unterstützen. Erste Entwürfe wurden Ende des Monats erwartet. Am 8. April konnte ich nach mehrmals abgeänderten Plänen mit der Arbeit beginnen. Es begann der Wettlauf mit der Zeit, meinem zeitlebens treuesten und verfluchtesten Partner. Die Arbeit war schwierig. Marmorintarsien, Spiegel, Klosetts und sanitäre Einrichtungen mussten aus Italien und England bezogen werden und ich hatte noch keine Erfahrung im Umgang mit Lieferanten und Handwerkern. Doch Ende September wurden die Räume dem Zweck entsprechend eingeweiht. Kaum anderswo auf der Welt dürfte es Sanitary Rooms und WCs von solcher Pracht gegeben haben. Noch Monate nach der Eröffnung waren die im Stile der Renaissance gestalteten Räume das Gespräch der New Yorker Gesellschaft.

Dank dieser erhielt ich lukrative Aufträge. Nicht nur für Klosetts und Badezimmer. In den 70er-Jahren wurden bis zur 23rd Street hinauf neue Straßenzüge mit Wohnpalästen und herrschaftlichen Mietshäusern mit mächtigen Eingangshallen und Treppenhäusern errichtet, die Räume waren hoch und weit, und man wünschte sie sich mit Stuckaturen, Pilastern, Friesen, Bordüren und Blumengirlanden be- und ausgemalt. Ebenfalls beliebt waren wandgroße Panoramen mit griechischen Tempeln, Burgruinen, Berg- und Flusslandschaften und Schiffen in Not. Mit Vorlagen war ich gut versorgt. Mehr und mehr lieferte ich nur noch Entwürfe, die Malarbeiten führten von Auftrag zu Auftrag bezahlte Handwerker aus.

Louis Tiffany riet mir zu eigenen Handwerkern. Ich wollte nicht, ich wollte ohne den damit verbundenen Geschäftskram arbeiten können. Mein einziger Angestellter war Boris Lomonsow, ein Mann für alles: Er trug Pläne und Rechnungen aus, half beim Modellbau, reinigte das Atelier und die Pinsel, beschaffte Kohle für die Heizung und Eis für die Eiskiste; er erledigte alles, was mich von meiner Arbeit ab-

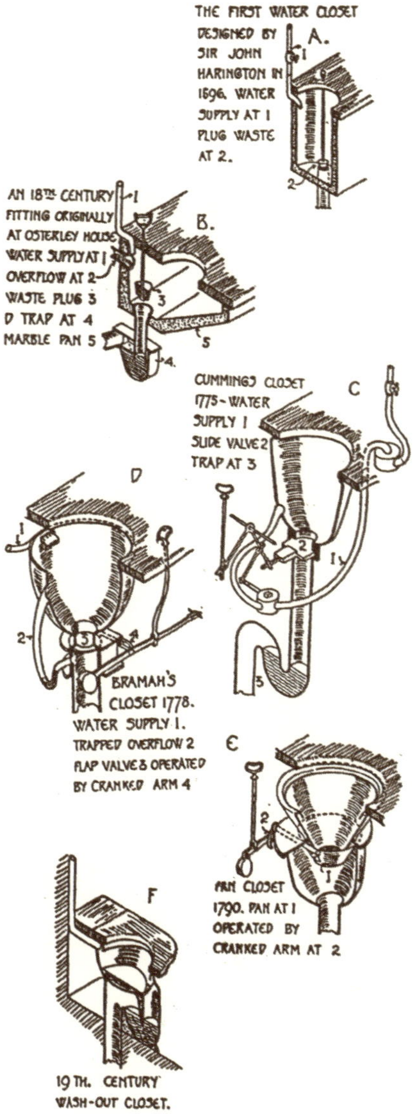

«Evolution of the water-closet». Sie galt Mitte des 19. Jahrhunderts als abgeschlossen. Bei ungefähr gleichen technischen Errungenschaften beruhte ein Fortschritt lediglich noch auf einer geschmackvollen Gestaltung der Klosettschüssel.

halten konnte. In den über 20 Jahren, die er bei mir arbeitete, blieb sein Sprachschatz beschränkt auf «Yes, Sir», «Okay», «No problem» und selten «No, Sir». Seine Frau besorgte mir ebenso wortarm Wäsche und Haushalt.

VII: 1873 gestaltete ich die Eingangshalle von Daly's Fifth Avenue Theatre, 1874 und 1875 malte ich für Huber's Dime-Museum und Tony Pastor Plakate. Für Kenny's Theatre schuf ich Bühnenbilder. Geld brachten mir jedoch nur die Aufträge von Privaten und Firmen. Hin und wieder malte ich meinem Vater Hintergründe. Er hatte sich als Porträtfotograf selbstständig gemacht. Einige seiner Kunden wünschten sich als Kulisse mehr als die üblichen «Burgruine am Rhein», «See mit Schwänen» oder «Im Rokokogarten». Sie wollten sich vor entsprechender Szenerie als Besitzer von Fabriken und Werften oder als erfolgreiche Büffel- und Löwenjäger sehen.

Für die Delmonicos arbeitete ich weiterhin; die letzte große Arbeit waren maurische Malereien im Ladies Restaurant des 1876 eröffneten Del's-Madison Square, mehr und mehr hatte ich für das Del's-Broadway und Del's-Madison Dekorationen und das Drumherum für Soirées, Empfänge, Bälle und Bankette zu liefern.

VIII: Ich arbeitete viel und gerne und verdiente gut. Trotzdem war ich meistens knapp bei Kasse. Nun ja: Ich wohnte gut, kleidete mich «comme il faut», trieb mich in Bars herum, aß in renommierten Restaurants, ging ins Theater und in Tanzhallen und leistete mir zu zweit sonst noch genussvolle Annehmlichkeiten. Meinem Vater finanzierte ich 1881 ein fahrbares Fotolabor. Nach Mutters Tod 1880 hatte er genug von verliebten Heiratspärchen, Babys mit nackten Popos, würdig blickenden Unternehmern und ordensgeschmückten Offizieren. Ähnlich wie Brady, Gardner, Johnston und Riis wollte er das wirkliche Leben auf Fotoplatten

Gegenüberstellungen in Rubriken wie «the people's gallery» und «a fashionable upper-class picture gallery» in *Harper's Weekly* (Bilder) und *Leslie's* waren gern gesehene Anspielungen auf das Unten und Oben im Alltag.

bannen. Mit seinen Aufnahmen wollte er das gefahrvolle und raue Leben von Mineuren dokumentieren. Eine letzte Nachricht von ihm erreichte mich im Juni 1882 aus Leadville in Colorado*. Er habe Schwierigkeiten, schrieb er. Meine Briefe an ihn blieben ohne Antwort.

Etwas Geld ging an Erwin, den Mann meiner Schwester Josephine, um seinen Konkurs zu verhindern. Einiges steckt noch immer im Mahagoni-Interieur des Modegeschäfts von meiner Schwester Eleanor und ihrem Mann Elder. Sehr viel ging durch Spekulationen und Bankenpleiten verloren, statt Bankiers und Politikern hätte ich mehr Vertrauen den Börsenratschlägen von Mark Twain schenken sollen (siehe Seite 203). Eine besondere Art von Notgroschen liegt in meinem Sommer-Cottage in Peace Dale, Rhode Island.

062/VIII: Leadville in Colorado kam durch die Förderung von Metall (vor allem Silber) zu Geld. Die allgemein schlechten Arbeitsbedingungen führten um 1880 zum Streik der Minenabeiter, der brutal niedergeschlagen wurde.

IX: Mit 20 Jahren hat man, Schaltjahre inbegriffen, um die 7305 Tage gelebt, heute, mit meinen 48 Jahren, sind es etwa 17530. Eine Wahrsagerin prophezeite mir einmal ein langes Leben. So lange wie bei Adam (930 Jahre) wird es kaum werden. «70 Jahre, und wenn es hochkommt, 80 Jahre», wie in der Bibel zu lesen ist, scheinen mir genug, besonders wenn man bedenkt, «dass sie Mühe und Arbeit gewesen». Nehmen wir an, ich werde 70 + 80 : 2 = 75 Jahre alt und arbeite ab 15 Jahren wie ein Volljähriger, dann bedeutet dies, bei täglich zehn Stunden Geldverdienen, 219150 Stunden Werken und Schuften. 175320 Stunden werde ich schlafen und mich etwa 10000 Mal verschlafen. 21960 Stunden benötige ich, um mich zu rasieren, zu waschen, die Zähne zu putzen und mich umzukleiden. Etwa 110000 Stunden stehen mir zur Verfügung, um Geld auszugeben und in Bars zu blödeln, mich in Vaudevilles zu amüsieren, in Restaurants zu essen und zu flirten. Einige Stunden werden es sein, um zu lesen und Kunst anzusehen. Wie viel Zeit verbleibt, um in die Kirche zu gehen, weiß ich noch nicht.

Zeit: Wenn Kirchenuhren die Stunde zweimal schlagen, zeigen die ersten Schläge die reale Zeit an und die folgenden erinnern an die Vergänglichkeit. New Yorker Kirchen schlagen nur die reale Stunde, denn «time is money». Das gilt auch beim Essen: «To grab a sandwich» hat die Bedeutung von «schnell etwas essen». Doch wer keine stählerne Ellbogen besitzt, hat in einer real bemessenen Mittagszeit kaum Chance, auch nur zu einer Scheibe Schinken oder gar zu einem Steak zu kommen.

063: Irving Place ist kein Platz, sondern eine kurze, breite Straße zwischen Gramercy Park und East 14th Street, nahe des Union Square. Die um 1840 erbauten Wohnhäuser waren einer Oberschicht vorbehalten; der Gramercy Park ist einer von zwei verbleibenden privaten Parks New Yorks, nur die Anwohner haben – mit eigenem Schlüssel – Zugang zu ihm.

063: Wenn der englische Schriftsteller William Makepeace Thackeray (1811–1863) das Wort «Snob» auch nicht erfand, so war es doch er, der mit seinem Roman Vanity Fair *(1847) und dem amüsanten* Book of Snobs *(1848) jene Figur bekannt machte, die durch Lebensstil und Umgang versucht, einer höheren Gesellschaftsschicht anzugehören. Es wird angenommen, «Snob» sei ein Akronym, entstanden aus der Abkürzung für «sine nobilitate», «s. nob.», ein Kürzel, das in Oxford neben den Namen von Schülern ohne adlige Abstammung notiert wurde.*

PS: Noch älter als Adam wurde Noah. Mit 600 Jahren baute er die Arche und rettete die Menschheit. Nach der Sintflut betrieb er als Erster Weinbau und lebte noch 350 weitere Jahre. Im Alter begann er zu trinken und wurde von seinen Nachkommen verlacht und verhöhnt. Sie hatten vergessen, was er für die Menschen Gutes getan hatte.
New York 1890/1913

[063] Seit Anfang 1873 wohne ich an der vornehmen Irving Place*. «Noblesse oblige». Seit dieser Zeit flaniere ich elegant gekleidet den Broadway entlang, zeige mich mit Begleiterinnen in teuren Restaurants und in Music Halls, besuche Ausstellungen und literarische Veranstaltungen. Zum Bild des Flaneurs gehören Sommeraufenthalte in Newport (jedenfalls in der Nähe davon) und Reisen nach Europa. Mit meiner Lebensweise dürfte ich einigen Leuten auf die Nerven gehen.

Frage: Mr. Simens, es liegt Ihnen scheinbar daran, sich als Dandy von den Mitbürgern abzuheben?

Antwort: Warum denn? Dandys gibt es in London, Paris und Wien. Der Dandy sieht sich als Kunstwerk und will mit modischen Extravaganzen, geistreichen Aussprüchen und adligen Freundschaften Erstaunen erregen, so wie es Beau Brummel tat und Oscar Wilde tut. Ein aufwendiges Bemühen übrigens. Brummel brauchte Stunden, um sein Halstuch zu binden. In New York gibt es keine Dandys, sondern lediglich Snobs.

Frage: Dann sind Sie also ein Snob?

Antwort: Wer weiß. Im *Book of Snobs* schildert Thackeray* Snobs als eine Sondergattung Mensch. Doch Snobs sind wir irgendwie alle, und zwar in allen Bevölkerungsschichten. Die in New York auffallendste Art sind meistens reiche Wesen, die durch ihr lächerliches Bemühen um Anerkennung durch die High Society auffallen. Britische Snobs rühmen

Oscar Wilde. Karikatur von Ape,
in: *Vanity Fair*, 24. Mai 1884.

sich vielleicht der Verwandtschaft mit der Cousine einer angeheirateten Tante des Neffen von Lord XY. Doch der britische Snob weiß, dass er von Geburt und Erziehung her nie der von ihm verehrten Oberschicht angehören kann, er bleibt, was er ist. Der New Yorker Snob hingegen glaubt sich dank seines Geldes dem Zugang zur Crème de la Crème berechtigt. Mit allen Mitteln versucht er ihre Aufmerksamkeit auf sich zu ziehen: mit einem Wohnpalast voller Nippes und der mit Juwelen behängten, wie ein Rennpferd vorgeführten Ehefrau; er paradiert als Gourmet, Kunstsammler, Jachtbesitzer und mit einem reservierten Sitzplatz in der Academy of Music nahe der Loge der Bewunderten. Alles das, um vielleicht einmal von den Rutgers, Astors, Vanderbilts oder Roosevelts zu einem Wohltätigkeitsball eingeladen zu werden.

Frage: Mr. Simens, was Sie kritisieren, hat zwar mit Snobismus, doch viel mehr mit den Emotionen von reichen Emporkömmlingen zu tun. Sind es jedoch nicht gerade die, von denen Sie profitieren? Und deren Aufmerksamkeit auf sich zu ziehen Sie bemüht sind, um sich Zugang zu ihnen zu verschaffen?

Antwort: Ja, ich profitiere von ihnen, so wie Architekten, Juweliere, Handwerker, Kunsthändler und andere von ihnen leben und Zugang zu ihnen suchen. Ich habe Zugang durch meine Arbeit, oft sogar. Doch ist es ein Zugang durch den Lieferanteneingang. Ich bin Lieferant wie der Milchmann und Kohlenhändler. Einer zwar, mit dem man über Kunst, Literatur und einen elitären Lebensstil sprechen kann und den man gelegentlich mit einem Schulterklopfen oder einem Glas Champagner für seine Lieferung belohnt. Doch ich bin Simens, der liefert, und bleibe Simens, der liefert.

Frage: Und das ärgert Sie, dieser Zugang durch den Lieferanteneingang*? Das Schulterklopfen statt der gesellschaftlichen Anerkennung? Entlarven Sie sich dadurch nicht als Snob?

«Snob, m, vornehm und wichtig tuender Geck; Mitläufer in Sachen der Kunst.»
(Kluge, *Etymologisches Wörterbuch der deutschen Sprache,* 1957)

«Eitelkeit derer, welche mit Meinungen, Lebensformen und Gefühlsweisen prunken, die in gewissen Milieus für vornehm gehalten werden.»
(Dictionnaire de l'Académie Française)

«Personen mit übertriebenem Respekt vor gesellschaftlicher Position oder Reichtum und mit der Veranlagung, sich gesellschaftlich geringerer Verbindungen zu schämen;
sie benehmen sich servil gegenüber gesellschaftlich Hochgestellten
und beurteilen das Verdienst nach Äußerlichkeiten.»
(The Concise Oxford Dictionary)

«Um in der Gesellschaft Fuß zu fassen, tut man alles, um zu scheinen, als ob man in ihr schon Fuß gefasst hat.»
(La Rochefoucauld)

«Sprich nie verächtlich über die Gesellschaft. Nur wem es nicht gelingt hineinzukommen, spottet über sie.»
(Oscar Wilde)

063: «Bitte Lieferanteneingang benutzen!» Dieser Aufforderung nachzukommen fiel umso schwerer, wenn sie von einem Türsteher kam, der aufgebläht war wie ein Truthahn und in einer Respekt heischenden Art von Generalsuniform steckte, wie dies in vornehmen Häusern üblich war.

Antwort: Sagen Sie doch, was Sie wollen! Sollen mich doch die Mitmenschen so sehen, wie sie wollen. Vielleicht hilft dieser Eindruck ja auch, von mir und meinem wahren Leben abzulenken. Ähnlich dem Torero, der mit dem flatterndem Tuch den Stier ins Leere laufen lässt.

[064] Je nach Jahreszeit stehe ich morgens um sieben oder halb acht Uhr auf, wasche mich wach und bin um acht Uhr an der Arbeit. Ein Kerosinofen gibt Wärme und Petroleumlampen spenden Licht. Gegen neun Uhr kommen Boris und seine Frau. Nasta bereitet das Frühstück zu und bringt in Ordnung, was in einem Junggesellenhaushalt in Ordnung zu bringen ist. Boris besorgt erste Botengänge. Ich nehme mir zum Frühstück eine halbe Stunde Zeit und lese in den von Boris mitgebrachten Zeitungen, arbeite bis gegen drei Uhr mittags, koche mir eine Kleinigkeit, ziehe mich um – und werde zum Flaneur. Ich gehe zu Lieferanten, kontrolliere die Handwerker und besuche Architekten und andere Kunden. Gelegentlich reicht es zum Besuch einer Buchhandlung oder Galerie. So um halb sieben Uhr abends bin ich zu Hause. Boris hat das Atelier in Ordnung gebracht, Bleistifte gespitzt, Entwürfe, Pläne und Briefe zugestellt.

Ich notiere und skizziere, was sich nachmittags ergab, ziehe mich um und gehe hinaus ins abendliche Treiben. Ich treffe Bekannte oder bin eingeladen oder esse irgendwo oder gehe ins Theater, das eine oder andere, am liebsten zu zweit. Drei Tage in der Woche und oft sonntags arbeite ich den ganzen Tag, koche mir zwischendurch eine Kleinigkeit, lese noch etwas und versuche vor elf Uhr im Bett zu sein. Manchmal habe ich weiblichen Besuch, dann verschwinden wir meistens schon nach dem Abendessen ins Bett.

«General W.W. Wotherspoon, Präsident der Militärakademie, besaß einen Pavian von ungewöhnlicher Intelligenz. Als der General eines Abends in seine Wohnung zurückkam, war er überrascht, dass Adam (denn so hieß das Tier, da der General Darwinist war) aufsaß und den besten Uniformmantel seines Herrn anhatte, mit Schulterstücken, Orden usw. ‹Verwünschter Vorfahr›, donnerte der große Stratege, ‹nach dem Zapfenstreich noch nicht im Bett? Und dann noch in meinem Mantel!› Adam erhob sich, ließ sich mit vorwurfsvollem Blick auf alle Viere nieder, schlurfte zum Tisch und kehrte mit einer Visitenkarte zurück: Oberst Barry war dagewesen, und nach einer Sektflasche und mehreren Zigarrenstummeln zu urteilen, war er gastfreundlich bewirtet worden. Der General entschuldigte sich bei seinem Ahn und zog sich zurück. Anderntags traf er Oberst Barry.
‹Na mein Alter›, sagte der, ‹als ich gestern ging, habe ich vergessen, dich nach deinen großartigen Zigarren zu fragen. Wo hast du sie her?›
Der General würdigte ihn keiner Antwort, sondern ging davon.
‹Entschuldige bitte›, sagte Barry und lief ihm nach, ‹natürlich habe ich einen Witz gemacht. Ich war kaum eine Viertelstunde im Zimmer, da wusste ich schon, dass du es nicht warst.›»
(Ambrose Bierce)

PAON.
Peacock. — *Pfau*, m.

*Tragen Tiere nebst furchteinflößenden Merkmalen wie Reißzähnen und Hörnern auch abstrakte Machtsymbole wie die Bänder und Schulterstücke beim Militär? Dies scheint bei Vögeln der Fall zu sein, bei denen Teile des Federkleides eine akzeptierte gesellschaftliche Hierarchie markieren.

[065] Unterlagen und Vorlagen für meine Arbeiten sind in Paris, Italien und London in Museen und Galerien angefertigte Skizzen sowie Abbildungen berühmter Bilder aus aller Welt. Wichtig sind mir ebenfalls Bücher wie:

- Ferdinand B. Vietz, *Icones plantarum,* 1800
- *Systematische Bilder-Gallerie zur allgemeinen deutschen Real-Encyclopädie mit über 10 000 Darstellungen von Pflanzen, Säugetieren, Käfern, Fischen, Menschen, Mumien, Völkern und deren Kriegskunst, Wohnungen, Bauten, Schiffe, Sitten und Bräuchen usw.,* ca. 1840
- Schubert, *Naturgeschichte des Pflanzenreichs,* 1887
- Karl Kärcher, *Handbuch der Mythologie und Archäologie,* 1825
- Johann Caspar Lavater, *Essays on Physiognomie,* 1772
- *Schneiders Typenatlas,* 1881
- Le Brun, *La Physiognomie humaine comparée à la Physiognomie des Animaux,* 1806
- Bergmann und Lothes, *Die Schule des Zeichners,* 1865
- C.P. Jacobz, *Unterricht in der Perspektive,* 1820
- Owen Jones, *Grammaire de l'Ornament,* 1856/1872
- *The Iconographic Encyclopaedia of Science, Literature and Art, a treasury of over 11 725 illustrations,* 1851

Wand- und Deckengliederung für die Innenraumgestaltung. Kupferstich nach einer Zeichnung von Giuseppe Borsato, frühes 19. Jahrhundert.

«Ein Mann, der Frauen liebt, kommt selten zur Ruhe und vom Suchen nach dem Ziel seiner Begierde hinweg. Wie ein Jäger der Steinzeit Wälder durchstrich oder auf Lauer war, schlendert, trabt oder schreitet er durch Straßen und über Squares, besucht Bars, Theater, Bibliotheken und gar Kirchen, unermüdlich in der Hoffnung, ein Objekt seines Begehrens zu finden. Schlau wie ein Fuchs stellt er dem künftigen Opfer Fallen oder schleicht es wie eine Katze auf sanften Pfoten an. Manchmal schlägt er wie ein Panter brutal zu oder umwickelt es wie eine Schlange. Meistens jedoch zottelt er ihm wie ein Bär nach oder wird zum hechelnden Hund mit heraushängender Zunge. Den Frauen zuliebe wird er zum Prediger, Bänkelsänger, Dichter, Vegetarier, Sportler, Kriegsheld, Politiker, oft auch Verbrecher. Alles vergebene Liebesmüh! Denn eine Frau, die eine längere Beziehung anstrebt, erwartet in der Regel nur eine Potenz: die, die ihr Sicherheit für sich und die Nachkommen garantiert. Diese sieht sie nicht im Herzen usw. des Suchenden, sondern im Portefeuille in der Brusttasche seines Fracks. Das gilt auch für die Frauen New Yorks.»
(Alexej R. Fitzsimmons)

Im Gegensatz zu Misses, die sich materielle Sicherheit angelten, gab es Frauen aus allen Gesellschaftsschichten, die sich sozial und politisch engagierten. Beispielsweise in Hilfswerken, im Kampf gegen den Alkoholmissbrauch oder als Verfechterinnen der Frauenrechte, auch auf die Gefahr hin, verspottet oder gar gesellschaftlich geächtet zu werden.

Oben: Eine Krankenschwester auf dem Dach eines Tenements (siehe Seiten 31/32) um 1908, ein einfacherer Weg als das mühevolle Treppensteigen zum Besuch des Nachbarhauses.

Links: Die Gewerkschafterin und Sozialreformerin Victoria Woodhull um 1880 bei einer ihrer stets leidenschaftlichen Reden.

Frauen!! Glück à la Jean-Jacques Rousseau und lustvolles Nesteln trotz klammer Finger

[066] «Jeder Mensch will glücklich werden; um diesen Zustand zu erreichen, müsste er vorerst wissen, was das Glück denn ist», schrieb Jean-Jacques Rousseau. Jahre später nannte er «dessen Voraussetzung: eine gesunde Verdauung, eine gute Köchin und ein entsprechendes Vermögen». Rousseau schrieb dies in Môtiers oberhalb des Neuenburgersees, wo er nach diversen Widrigkeiten Ruhe und Linderung seines Prostataleidens zu finden erhoffte.

Dort besuchte ihn James Boswell, und Rousseau, der sich vor Besuchern kaum retten konnte und niemanden sehen wollte*, lud den beharrlichen Eindringling schlussendlich zum Mittagessen ein. Rousseaus Köchin trug auf: eine Rindfleischsuppe mit Kohl und Rüben, marinierte Forellen und als Hauptgang Schweinefleisch mit Beilagen. So berichtete es Boswell seinem Freund Samuel Johnson, auch dass es Dezember war und kalt und der Nachtisch ebenfalls geschmeckt habe: in Rotwein gekochte Dörrbirnen mit Kastanien.

Anschließend war von beiden ein Verdauungsspaziergang vorgesehen. Rousseau wollte ihn alleine gehen; er liebte es, beim Gehen ungestört denken zu können. Boswell zeigte Verständnis, auch er liebe es, alleine zu gehen – und drängte sich Rousseau auf, um mit ihm über den Nutzen des Schweigens und des Schweigens beim Gehen zu diskutieren. Dann sprachen sie über das Gehen an sich und über den Gang der Dinge. Auch über Uhren, die gehen, und über die Zeit, die vergeht. Sie spotteten über Leute, die keine Zeit haben und keine haben, um solche zu finden. Gesprochen wurde über das Weggehen, das Zuendegehen und aller Menschen Hingang. Sie wurden sich einig über den Müßig-

**066: In seinem zweiten Exil auf der St. Petersinsel auf dem Bielersee fand Rousseau endlich die Möglichkeit, sich ungebetenen Besuchern zu entziehen: siehe Falltüre rechts im Bild.*

gang, der nicht aller Laster Anfang sei, sondern das Ende aller Laster, bei dem der Mensch durch die Zeit gehe ohne Arbeitszwänge und genötigte Gänge von Wirtschaft und Politik und deswegen nicht fremdgehe und die Natur und sich selbst zerstöre.

Als ich dies als nahezu 30-Jähriger las, war ich vom Müßiggang weit entfernt. Auch vom Glück, obschon ich davon bereits eine Voraussetzung à la Rousseau besaß: eine gute Verdauung. Ich besitze sie noch heute. Zu einer guten Köchin und zu Vermögen kam ich nie. Rousseau heiratete seine Köchin Thérèse Levasseur nach fünf gemeinsamen Kindern und 35 Jahren des Zusammenlebens.

Ich heiratete nie. Als ich älter wurde, wünschte ich mir, verheiratet zu sein. Doch ich zerstörte jede ernsthafte Beziehung, auch die zu Harriet Edvarts, die vier Jahre dauerte. Es war eine glückliche Zeit. Harriet war eine wunderbare Frau, klug, schön, eigenwillig und von verzeihender Größe, über meine Fehler hinwegzusehen – bis auf den einen: Ich lief den Frauen nach. Es lag an den Umständen.

067: Die «Ladies Mile of Luxury Dry Goods Stores» begann schon Ecke Broadway und 9th Street mit dem 1862 eröffneten Dry Goods Store von A.T. Stewart. An der 11th Street befand sich, 1868 eröffnet, das für exklusive Seidengarderoben bekannte James McCreery (1954 geschlossen). An der 14th Street gab es bis hin zur Sixth Avenue mehrere Kaufhallen, an der Sixth Avenue selber das 1858 eröffnete, damals noch bescheidene Macy's. Ab Union Square begann mit Tiffany's Jewelry Store jene Reihe luxuriöser Konsumtempel, die den Ruhm des Broadway als Einkaufsmeile ausmachten.

[067] Einer der Umstände war mein Wohnort Irving Place, eine kurze breite Straße, etwa 200 Schritte vom Gramercy Park entfernt. Etwas weiter weg, Richtung Westen, befindet sich der Union Square. Er grenzt an den Broadway, und zwar hin zum Straßenstück 14th bis 23rd Street, noch heute als «Ladies Mile of Luxury Dry Goods Stores» berühmt.*

Es ist die Flaniermeile schöner und elegant gekleideter Frauen und sich Blickkontakte erhoffender Männer; für viele Männer sind diese auch von Näherinnen, Verkäuferinnen und Besorgungen machenden Dienstmädchen erwünscht. Nach 1870 waren die Sitten noch nicht so prüde wie zehn und mehr Jahre später. Doch schon damals war es nicht leicht, mit einer der begehrenswerten Frauen zu einer Begegnung zu kommen. Um ein Rendezvous – «se rendre»: sich irgendwohin begeben, sich treffen – zu vereinbaren,

*A. T. Stewarts Dry Goods Store war der erste Bau in New York mit einer gusseisernen Fassade («cast-iron front»); sie galt lange Zeit als Vorbild für Waren- und Geschäftshäuser. Stewart beschäftigte 1880 über 300 Verkäufer und 200 Kassierer, die täglich um die 15 000 vor allem weibliche Besucher bedienten, deren Kauflust durch Orgelmusik stimuliert wurde.

gibt es jedoch eine Vielfalt von Möglichkeiten: in eine gewünschte Richtung (Café, Parkbank, Winkel) weisende Blicke und Bewegungen, eine heimlich zugesteckte Botschaft, Verbindung über Kellner, Zeitungsjungen, Blumenmädchen gegen Trinkgeld. Oder, wie schon bei den alten Griechen und Römern, Vermittlung durch eine Kupplerin.

Doch mit einem ersten Gedankenaustausch in einer Warenhausecke, zwischen Regalen einer Buchhandlung, auf einer Bank oder wie zufällig in einem Coffeehouse oder Eissalon ist es nicht getan. Es liegt in der Natur des Mannes, dass ihm nach einem heimlichen Händedruck oder verstohlenen Kuss ein näherer Kontakt in einem Chambre séparée oder Stundenhotel wünschenswert erscheint, wobei – Gott sei's geklagt – der Schlüssel dazu oft der sogenannte schnöde Mammon ist. Das ist verständlich bei Damen der Demimonde. Überraschend oft ist dieser auch bei Ladys und Töchtern der besseren Gesellschaft die Lösung, wobei von den einen Geschenke und Schmuck, von anderen blanke Dollars erwartet werden. Jedoch auch Lust, Abenteuer oder gar Liebe können der Zugang zum Herzen sein, oder dem, was ein Mann darunter versteht. Der Weg dahin ist jedoch nicht immer einfach. Vor allem in technischer Hinsicht nicht, insbesondere bei standesgemäß gekleideten Ladys.

Je nach Jahreszeit sind zuerst das Cape, der Halspelz und der Mantel zu entfernen. Dann sind es Bluse und Rock, bei denen Dutzende von Knöpfen und Häkchen zu öffnen sind, und das mit klammen Fingern und aufgeregt zitternden Händen. Darunter erschweren geschnürte oder mit Haken reich versehene Korsetts, Mieder, Kamisols und Hüfthalter sowie Bänder und Schleifen an Tournüren, Culottes, Schlüpfern, Leibchen, Busentuch und sonst noch zur Panzerung eines Frauenkörpers geschaffenem Modezeug den Zugang.

[068] 1873 ging es New York schlecht. «Die Hure Babylon», wie Pharisäer und Sektenprediger die Stadt ihrer Sitten-

«Es gibt kein Leiden des Körpers, von dem die Seele nicht profitiert.» (George Meredith)
Meredith bezog seinen Ausspruch kaum auf das Korsett, sonst wären Korsettträgerinnen die seelenvollsten Geschöpfe der Welt. Nein, ihnen blieb nur das Leiden, den Männern zu gefallen.

Traum eines Korsett-Fetischisten.

Eines der ersten Häuser der Mittelklasse auf ehemaligem Squatterland gegenüber des Croton Wasserreservoirs.

und Maßlosigkeit wegen verfluchten, litt an einer Finanzgrippe. Werften, Brauereien, Bahngesellschaften und Banken hatten Pleite gemacht, darunter die Bowery Savings Bank, wodurch ich einiges Geld verlor. Doch schon 1877 wird die Hure wieder zur Glamourkönigin von Prosperität und Wohlergehen. Die Stadt wächst bis zur 80th Street und Alt- und Neureiche lassen sich Wohnpaläste von bisher nie gesehener Größe und Pracht bis in die von Squatters besiedelten Gebiete* bauen. Auch Gertrude Ellisson-Wartropt ließ sich dort ein Haus errichten, das dritte in zehn Jahren.

Beim ersten, Nr. 72 East 52nd Street, durfte ich Office und Küche mit einem Blumen- und Gemüsefries schmücken. Beim nächsten, 66 East 64th Street, kamen Treppenhaus, Foyer, Esszimmer und Anrichte hinzu. Bei Haus Nummer drei ging es um die Eingangshalle. Wie ihre früheren Häuser war auch dieses etwas groß geraten, genau genommen war es ein Monstrum im Stil von Renaissance bis Neugotik. Es stand auf der Höhe des Reservoirs* zwischen York Avenue und East River, in einem Feld, das einmal ein französischer Garten werden sollte. Es musste ein Heidengeld gekostet haben. Gertrude Ellisson schien einiges zu besitzen. So wie die verstorbenen Vorgänger, war auch ihr jetziger Gatte im Banken- und Versicherungsgeschäft tätig. Und so, wie er bei meinem ersten Besuch freudlos, zittrig und frierend herumtappte, dürfte Mrs. Ellisson bald zu neuem Vermögen kommen.

Es kann scheinen, dass ich gegen Mrs. Ellisson voreingenommen bin. Doch im Gegenteil: Ich schätzte sie sehr; sie war, auch wenn wir uns über Detailfragen jeweils stritten, eine fabelhafte Auftraggeberin. Geschäftstüchtig zwar, doch in vielem großzügig, vor allem dann, wenn sie – koste es, was es wolle – dem Ehrgeiz reicher New Yorkerinnen entsprechend im Gesellschaftskarussell der Stadt eine wichtige Rolle spielen wollte. Sie war groß, betont weiblich, zudem besaß sie die Anmut einer Tänzerin. Was ich an ihr besonders

**068: Squatters waren Immigranten und Außenseiter, die ein Leben in selbst erbauten Hütten und in Nachbarschaft von Schweinen, Gänsen und Ziegen einem Wohnen in den teuren und engen Tenements vorzogen.*

Unten: Eine Squattersiedlung auf noch nicht erschlossenem Bauland am Rande der Stadt.

mochte: Sie war klug und schlagfertig. Heute lebt sie mit einem Reeder in Vancouver, den vergangenen Jahren entsprechend vermutlich in ihrem fünften oder sechsten Haus.

Doch zur Eingangshalle. Sie war ebenso eine Missgeburt wie das Haus, vor allem jedoch imposant: Sie entsprach etwa einem Drittel des Hauses und reichte vom Parterre durch den ersten und zweiten Stock hindurch bis in den Dachstock. Vom Eingangsportal aus gesehen befand sich an der Wand gegenüber eine breite Türe zum Salon. Drei hohe Türen links der Halle waren die Zugänge zu Küche, Anrichte und Esszimmer, drei Türen rechts führten in die Garderobe, in Toilettenräume und in die Bibliothek. Der Salon war durch Schiebetüren mit Esszimmer und Bibliothek verbunden.

Die Dienerschaft erreichte den ersten und zweiten Stock und ihre im Dachstock liegenden Kammern über eine schmale Wendeltreppe von der Garderobe aus. Die Haupttreppe zum ersten Stock mit den Schlaf- und Gästezimmern befand sich rechts der Salontür. Es war keine der üblichen mit Schwung und Schmiedeeisengeländer zu einer Galerie hinaufführenden Treppen, sondern ein Block aus Steinquadern. Er ragte von der Rückwand her und von der rechten Wandseite abgesetzt ein Drittel tief in die Halle hinein. Hohe Steinquader führten hinauf zu einer schmalen Empore. Das den Treppenstufen entsprechende Geländer bestand ebenfalls aus Steinquadern.

«Kann man daraus etwas machen?» Gertrude Ellisson schien etwas unsicher zu sein.

«Ja, schon», antwortete ich. «Jedenfalls etwas, über das New York lange sprechen wird! Ich werde es mir überlegen.»

Eine Woche später trafen wir uns wie vereinbart wieder in der Halle, doch kam ich ohne Pläne und Skizzen – und ohne Idee. Neben Mrs. Ellisson stand ein Mr. Bignon La Rosa. Gatte Nummer drei befand sich auf dem Weg nach Baden-Baden zur Kur.

«Und?!», fragte La Rosa, ohne mich begrüßt zu haben.

**068: Das 1842 am Rande des Central Park in Betrieb genommene Croton Wasserreservoir fasste eine Milliarde Gallonen (3785 Millionen Liter) Wasser aus dem 41 Kilometer entfernten Croton River.*

«Wer ist der Architekt?», wollte ich wissen.

«Das spielt keine Rolle», antwortete La Rosa frostig, «wir haben ihn ausbezahlt!» Er sagte «wir», möglicherweise sah er sich schon als Gatte Nummer vier von Madame.

«Was haben Sie sich ausgedacht?», fragte auch Gertrude Ellisson. Beide erwarteten Vorschläge. Und plötzlich war nichts anderes in meinem Kopf als der blöde Kehrreim eines Songs, den ich vor wenigen Tagen in einem Vaudeville gehört hatte: «Sauerkraut ist gut, Schokolade ist gut. Wie gut muss Sauerkraut mit Schokolade sein.» Ich hörte mich «Schokolade!» sagen.

«Was, Schokolade?!» La Rosa schaute mich verblüfft an. Dann bellte er los: «Was soll das?! Wir lassen Sie kommen, um zu hören, was aus diesem Wahnsinn zu machen ist. Und das Einzige, was Ihnen einfällt, ist Schokolade! Hören Sie überhaupt zu?»

«Nein, ja. Ja, doch, Sie haben recht: Wahnsinn. Doch Schokolade ist auch gut.» Diese Antwort schien La Rosa nicht zu behagen.

Doch bevor er wieder zu bellen begann, tippte Mrs. Ellisson ihm auf die Schulter: «Bignon, vorne rechts, was einmal die Küche sein wird, ist ein Korb mit Gläsern und Whiskey. Es scheint mir richtig, einen zu genehmigen.»

Nach dem ersten Schluck Whiskey begann ich, Madame und La Rosa zu erklären, wie ich den Raum zu gestalten gedachte. Der Kehrreim des Songs und das Wort Schokolade waren wie irr durch meine Hirnwindungen geflitzt: Da war doch dieses «chocoatl» der Azteken… und Cortez beim Besuch bei Gottkönig Quetzalcoatl und eine schmale Treppe aus Steinquadern, die hinauf zu einer schmalen hohen Türe zum Saal führte, in dem der toltekische König thronte. Goldene, mit Schokolade gefüllte Schalen standen für die Gäste bereit, die Hofbeamten saßen den Wänden entlang in goldverzierten blauen und roten Gewändern… Ja! golden, blattvergoldet mussten die Steinquader des Geländers sein

Je öfter verwitwet, desto begehrter – sofern der Verstorbene Ansehen hatte und ein beachtliches Vermögen hinterließ.

und die Treppenstufen mit blauem Marmor belegt, die Wände der Halle ein grünfarbenes Urwaldgewirr, aus dem rote und gelbe Blumen leuchten, auf vergoldeten Ständern würden lebende Papageien sitzen …

«Und dort», sagte ich, «dort oben die Tür, sie muss schokoladebraun sein mit einem Schimmer von Goldstaub. Es war die Tür, über deren Farbe ich mir noch nicht im Klaren war, deswegen der plötzliche Einfall ‹Schokolade›.»

«Blöd!», sagte La Rosa, «nur blöd!»

«Wunderbar!», sagte Gertrude Ellisson. Die Halle wurde so, wie ich es vorgetragen hatte. Sie kostete ein Heidengeld. Auch die Eröffnungsparty, zu der das Del's-Madison Champagner, pfefferscharfes Gebäck und eine mit Goldblättchen bestreute Schokoladenmousse lieferte, war nicht billig. Die ganze New Yorker High Society war anwesend und Mrs. Gertrude Ellisson-Wartropt glücklich.

Rocksaum gemäß Alter. Ab 16 war man erwachsen und die Röcke hatten bis zum Boden zu reichen, ab 30 Jahren hatten sie den Boden zu streifen. Um den Saum nicht zu beschmutzen, wurde der Rock mit der Hand auf der Höhe des Gesäßes leicht angehoben; von der Demimonde jeweils bis über die Knöchel.

[069] Den Auftrag für das «türkische Schlafappartement» von Mrs. Susan Levine verdanke ich ihrer Tochter Celine, die ich über Lucie Delmonico kennenlernte. Celine und Lucie waren Schülerinnen eines Internats bei Lausanne. Sie mochten um die 17, 18 Jahre alt sein. Lucie ist die Tochter von Orta und Icnaze Delmonico-Pragin. Als kleiner Fratz schaute sie mir jeweils zu, wie ich in den Delmonico's malte; gelegentlich bat sie mich, Zeichnungen von ihr zu korrigieren.

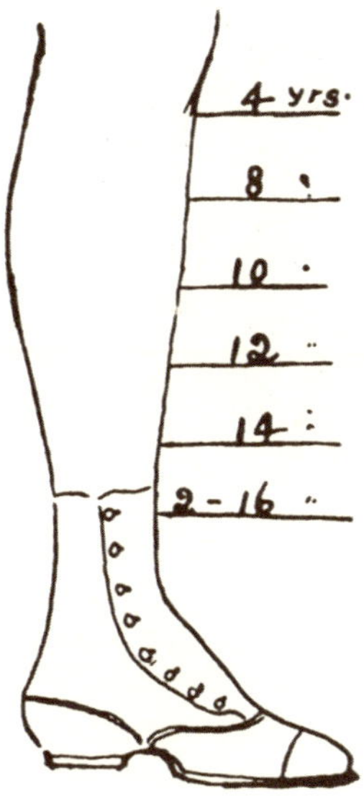

The proper length for little girls' skirts at various ages.

Beide besuchten mich zu Beginn ihrer Schulferien. Ich hatte im Clubzimmer des Del's-Broadway einen über vier Wände laufenden Fries abzuändern: Bacchanten und Bacchantinnen einer antiken Weinfeier waren durch sittsam gekleidete französische Winzer und Winzerinnen zu ersetzen. Die «englische Krankheit», wie die viktorianische Prüderie genannt wurde, hatte New York erreicht.

«Oh, Monsieur Simens, was haben Sie wieder einmal gesündigt!», rief Lucie zur Begrüßung, und: «Meine Freundin

BACCHANTE.

Bacchant. — *Bacchantin*, f.

Bacchantin = Mänade (lat. maenas), weibliche Person im Gefolge des Weingottes Dionysos, eigentlich die Verzückte («sich wild gebärdende, rasende Frau»).

Celine weiß bereits, dass Sie der größte derzeit lebende Maler sind, sie brauchen es ihr nicht nochmals zu sagen.»

«Da bin ich aber froh, Klügste aller Schülerinnen...», antwortete ich beim Heruntersteigen von der Leiter und wollte noch eine weitere Neckerei anfügen – doch da war plötzlich nur Leere in meinem Kopf, mein Herz hämmerte, meine Säfte gerieten in Turbulenzen: Ich erblickte Celine, erwartungsvoll lächelnd hatte sie sich mir zugewandt. Mit einem läppischen «Bonjour, mes Demoiselles» half ich mir über meine Verwirrung hinweg.

«Sind das die neuen Entwürfe?» Celine hatte ein Skizzenblatt vom Tisch genommen und hielt es zum Fenster, um es besser betrachten zu können. «Hübsch, diese Winzer und Winzerinnen. Was sie wohl singen? Die Lieder der Franzosen sind ja oft unanständig oder zumindest anzüglich...»

«Es gibt auch andere Lieder», antwortete ich. «Ich denke, dass es ein frommes Erntedanklied sein wird zur Beruhigung unserer herzensreinen Tugendrichterinnen.» Die beiden lachten und verabschiedeten sich.

Was war über mich gekommen? Bitte, nein, nichts von Liebe und so... Ich war immerhin 40 Jahre alt und hatte auf diesem Gebiet schon einiges mitbekommen. Celine war schlaksig und besaß knapp die Rundungen, die sich bei Lucie ansprechend abzuzeichnen begannen. War es Celines Gesicht? Ihre Haare? Die Augen? Celine hatte eine hohe Stirn, graublaue Augen, schöne, mittelgroße Zähne, eine gerade Nase, Sommersprossen; die Haare, unter einem Hut verborgen, waren möglicherweise blond. Genügen ein Lachen, einige witzige Worte und ein neugieriger Blick, dass ich den Kopf verliere und meine Hände zittern, sodass ich kaum wage, weiter an den Winzerinnen und Winzern zu malen?

Zwei Tage später war Celine wieder da, begleitet von ihrer Mutter, Mrs. Levine: «Celine erzählte mir von Ihnen. Und da wurde in mir ein lange schlummernder Wunsch wieder wach: Ich möchte meinem Schlafzimmer ein türkisches Ambiente geben. Wir stellen uns vor, dass Sie dies mit Geschmack verwirklichen könnten. Ehrlich gesagt, ich dachte schon einmal an Sie. Doch Bekannte warnten mich: Nicht alles sei schicklich, was Sie malen. Ich kann mir in meiner gesellschaftlichen Stellung keine Frivolitäten leisten.»

«Ich verstehe», antwortete ich.

«Bei meinen Räumen», erklärte Mrs. Levine, «denke ich an ähnliche Räume, wie sie Louis Tiffany für meine Freundin Gloria Lewinsky gestaltet hat, doch eben auf Türkisch. Können Sie sich dies vorstellen?»

«Schon. Ich kenne zwar die Boudoirs von Madame Lewinsky nicht, doch Tiffanys Arbeit ist sicher großartig. Was bei ihm farbige Glaskunst, Ebenholz und schimmerndes Metall sind, sind bei mir Malerei, Textilien und Gips. Tiffanys Räume sind kostbar, meine verspielt und sinnlich. Das ist das, was bigotte Leute möglicherweise als frivol empfinden.»

«Ich bin nicht bigott, Mr. Simens! Ich lese Flaubert und Maupassant, und zwar auf Französisch. Übrigens, die Idee des türkischen Ambiente kam mir bei der Lektüre von *Manon Lescaut*. Kennen Sie das Buch?»

Auch ich hatte Flaubert, Maupassant und Prévost gelesen. Wer das las, war kaum bigott. Während des Gesprächs vermied ich es, Celine anzusehen, beim Abschied kam ich nicht darum herum. Sie lächelte. Und trotz der Anwesenheit ihrer Mutter überkamen mich wiederum die Turbulenzen der Gefühle und das Zittern der Hände. Mein Gott!

Mrs. Levines Wohn- und Schlafbereich bestand aus drei Räumen und einem Badezimmer in einer Wohnung mit elf Räumen im vierten Stock eines luxuriösen Apartmentpalastes*. Man betrat Mrs. Levines Gemächer durch einen Salon, von dem aus eine Tür in ein Ankleidezimmer führte. Von dort gab es je eine Tür ins Schlafzimmer und eine ins Bad. Von diesem führte ein Korridor zur Toilette.

An der Einrichtung des Salons änderte ich wenig. Ich ließ lediglich die Polsterung von Sofa und Sesseln farblich einer

SATYRE.
Satyr. — *Satyr*, m.

Satyr, im griechischen Mythos halb tierischer, halb menschlicher Wald- und Berggeist mit Bockfüßen; trunksüchtiger und lüsterner Begleiter des Dionysos, des Gottes des Weines und der Fruchtbarkeit.

Tapete der Manufaktur Bader anpassen, mit einer Wüstenlandschaft und Pyramiden und einem Zug gefangener Negersklaven. Das Ankleidezimmer hingegen veränderte ich von Grund auf: Die schweren, dunklen Kleiderschränke wechselte ich gegen türlose, golden lackierte Birnbaumholzschreine mit freiem Blick auf Mrs. Levines Garderobe aus. Mousselinvorhänge schützten vor Licht und Staub. Zwischen den Schreinen standen Spiegel. Auf mit vergoldetem Leder überzogenen Hockern an türkischen Kaffeetischchen konnten Mrs. Levines Freundinnen sich an schwarzem Kaffee und orientalischem Zuckerwerk laben und sich über die obszöne Reichhaltigkeit der Garderobe aufregen*.

Das Schlafzimmer war eher schlicht, wenn schlicht das richtige Wort ist für die 9000 Dollar teure Wandbespannung aus lapislazuliblau gefärbtem Ziegenleder. Wie im Ankleidezimmer bedeckten Perserteppiche den Boden. Außer einem Schminktisch und zwei türkischen Hockern gab es ein üppiges Bett in der Mitte des Raumes, mit einem großen neunteiligen Spiegel darüber.

Das Badezimmer würde die Hauptattraktion sein: Mit blaugrünen Marmorplatten ausgekleidet und mit einer blau ausgemalten kuppelförmigen Decke mit vergoldeten Sternen glich es einem Hamam. Ebenfalls vergoldet waren die Hähne von Badewanne und Bidet und die Installationen im spiegelverkleideten Duschgehäuse in Form eines Oktogons, das den Körper mehrfach widerspiegelte. Von dort aus war der Korridor zu sehen, der zur Toilette führte.

Mrs. Levine war mit nahezu allen meinen Vorschlägen einverstanden. Hie und da verlangte sie kleine Änderungen. Heftig diskutiert wurde das Riesenbett mit dem darüber angebrachten Spiegel. Auch der spiegelverkleideten Dusche wegen gab es eine kleine Auseinandersetzung. Doch wendeten sich diese – «Ist das nicht etwas zu gewagt, Celine?» «Aber nein, Mama» – dank Celine zu meinen Gunsten. Zu einem entsetzten «Nein!» kam es jedoch, als ich Susan

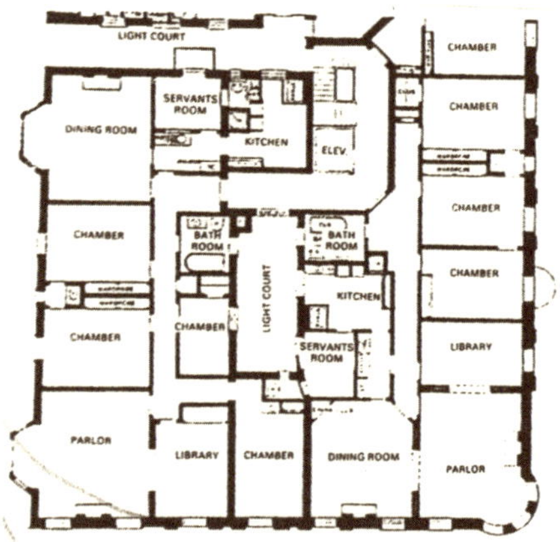

*069: *Das am Central Park West, Ecke 72nd Street errichtete «The Dakota», mit dessen Bau 1880 begonnen wurde, sollte das größte und luxuriöseste Apartment House der Welt werden. Von der Größe her wurde es nur kurze Zeit später (1883) von den «Central Park Apartments» an der Seventh Avenue, Ecke 59th Street übertroffen, doch an Luxus war das «Dakota» nicht zu überbieten. Es hatte eine hauseigene Wäscherei, ein Restaurant und einen Dachgarten. Die Dienerschaft der Bewohner war in Mansarden untergebracht. Es gab hotelähnliche Zimmer für die Gäste, einen Ballsaal und Apartments mit zehn bis 20 Räumen à 20 bis 100 Quadratmeter. Die Miete für ein Apartment mit zehn Zimmern betrug 250 Dollar monatlich.*

Im «Dakota» drehte Roman Polanski den Film *Rosemary's Baby.* Bewohner waren unter anderem Berühmtheiten wie Judy Garland, Judy Holliday, Boris Karloff, Leonard Bernstein. John Lennon, ebenfalls einer der Bewohner, wurde 1980 vor dem Haus erschossen.

Levine den Blick von der Dusche hin zur Toilettentür beschrieb: ein dämmrig gehaltener Korridor, unterbrochen von einer halb aus der Wand hervorstehenden Rückenansicht eines nackten Schwarzen. Die linke Hand hielt eine nach unten gerichtete Peitsche, der rechte Arm zog, vom Kopf teilweise verdeckt, einen Vorhang beiseite. Dieser gab den Blick frei auf das runde Fenster der Toilettentüre mit einem Trompe l'œil des *Bain turc* von Ingres. Peitsche und Vorhang würden echt, die muskulöse Rückenansicht des Negers aus bemaltem Gips sein. Eine Radierung des Ingres-Bildes, die ich zu kopieren gedachte, hatte ich als Diskussionsgrundlage mitgebracht.

«Dieser Korridor, lieber Simens, ist unmöglich. Absolut unmöglich sage ich, schon des Bildes wegen, dies ist geradezu ein Skandal!»

Ich schüttelte den Kopf: «Nein, Mrs. Levine. Es ist 20 Jahre her, da wurde das Bild von gewissen Kreisen als Skandal verurteilt. Heute ist das Bild allgemein anerkannt und die Darstellung von Frauen in ihrer von Gott gegebenen Schönheit wird als Höhepunkt der Kunst gewürdigt. Denken Sie nur an Manets *Olympia* oder *Le Déjeuner sur l'Herbe*.»

Mrs. Levine schüttelte den Kopf: «Nein, Simens, selbst wenn Sie auch noch Gott ins Spiel bringen: Ich sage nein! Sag auch du endlich etwas, Celine!»

«Du hast recht, Mama, Mr. Simens' Vorschlag ist gewagt, doch shocking ist er nicht. Immer wieder wurden schöne Frauen in der, wie Simens sagt, gottgegebenen Schönheit und Natürlichkeit gemalt und von jenen, die reinen Gedankens sind, bewundert. Ich finde Simens' Idee kühn und glaube, dass sie ausgeführt werden sollte. Doch unter einer Bedingung: Anstelle einer der Ingres-Frauen soll Simens dich malen. Das wäre großartig.»

Susan Levine starrte ungläubig auf Celine, auch ich war verblüfft. Und war es weiterhin, als Susan nach kurzem Schweigen Celine die Radierung aus der Hand riss und auf

**069: Reiche Amerikanerinnen waren es gewohnt, jährlich 200 000 Dollar und mehr für Kleider, Pelze, Schals, Wäsche, Schuhe, Handschuhe und Hüte auszugeben. «Eine wirklich vornehme Dame», so ist einer Chicagoer Zeitung von 1909 zu entnehmen, «wird ein Kleid niemals zweimal anziehen.» Ein solcher Luxus war nur einigen Auserwählten der High Society vorbehalten; beim Großteil der gut gekleideten New Yorkerinnen, und von diesen gab es viele, betrug das Toilettenbudget um die 30 000 Dollar im Jahr, noch immer sehr viel im Vergleich zum Beispiel zu einer Warenhausverkäuferin, die im Jahr um die 1600 Dollar ausgab, um ihrem Beruf entsprechend gekleidet zu sein. Arbeiterinnen gaben im Schnitt für Wäsche und Kleidung 800 Dollar aus.*

«Wer behauptet, dass man Glück nicht mit Geld kaufen kann, weiß bloß nicht, wo er einkaufen soll.» Madame weiß es: bei der Modistin.

Kupferstich *Le Bain turc* (1862) von Jean-Auguste-Dominique Ingres (1780–1867), französischer Maler und Schüler von Jacques-Louis David.

die in der Mitte aufrecht Sitzende deutete: «Wenn schon, dann anstelle von dieser!» Dann fügte Mrs. Levine noch «Mein Gott, wo bleibt mein Verstand!» hinzu, stand auf und sagte: «Komm Celine, mein Kind!»

Technisch bot das Trompe l'œil wenig Schwierigkeiten. Boris zog für das runde Bild die Leinwand über einen Spielreifen, ich grundierte, wie es Ingres getan hatte, mit Bleiweiß. Dann skizzierte ich mit Kohle die Frauen auf die Leinwand, doch seitenverkehrt, wie es der Blickwinkel aus der Dusche erforderte. Schon damals kam mir der Gedanke, es bei den Umrisszeichnungen zu belassen und nur Susan Levine als in der Mitte Sitzende farbig hervorzuheben.

Madame Levine war eine schöne Frau, doch ein anderer Typ als die lasziv hingelagerten Ingres-Frauen. Sie war schlank, sportlich, hatte gerade Schultern, und im Vergleich zu den warmen und runden Brüsten der Frauen der Vorlage waren ihre eher flach. Das ließ sich korrigieren: Ich malte Madames Brüste etwas größer und weiblich rund.

«Sie schmeicheln, Simens, und schmeicheln ist wie lügen. Das sollten Sie nicht tun. Auch die Schultern haben Sie beschönigt, sie sind eckiger», flüsterte Celine. Sie stand hinter mir, ich spürte ihren Atem.

Wir hatten vier Sitzungen in meinem Atelier vereinbart und Celine setzte durch, hinter mir zu sitzen: Sie wollte mich malen sehen und davon lernen. Ich spürte ihre Gegenwart und ihre Wärme, wenn wir uns zufällig berührten. Gelegentlich stand sie auf, um sich ein Detail auf der Leinwand erklären zu lassen. Dann legte sie ihre Hand auf meine Schulter. Immer wieder streichelte mich ihr Atem. Sie blies mir ans Ohr, flüsterte Liebenswürdiges und Gemeinheiten: «Sie bekommen demnächst eine Glatze, Simens.» Oder: «Wissen Sie, dass Sie schöne Hände haben? Mama hat zu große Hände. Ich hoffe, nicht die gleichen Hände wie Mama zu bekommen.» «Stupfen Sie Mama, sie ist wieder eingenickt, ja, mit dem Stock. Sie können sie auch schlagen.» «Sie atmen oberflächlich und erregt, Simens. Im Institut lernten wir, tief zu atmen, wenn man sich konzentriert...»

«Oh, nein! Die Kraft ist schwach, allein die Lust ist groß.» (Mephisto in Goethes *Faust I*).

Es war grausam. Ich hatte einen trockenen Mund. Ich schwitzte, zitterte. Ich konnte den Pinsel kaum führen. Manchmal tat ich so, als mache mir das Sitzen Mühe. Ich reckte mich und lehnte den Kopf nach hinten, in der Hoffnung, Celine zu berühren. Für einen kurzen Augenblick hielt Celine dem Druck jeweils stand, dann zog sie die Schulter zurück. Einmal sagte sie: «Wie interessant, Simens, Sie haben zwei Haarwirbel» und fuhr mit dem Zeigefinger den Nacken hinauf in die Haare, wo sie kleine Kreise beschrieb. Ich wurde nahezu ohnmächtig, vielleicht stöhnte ich.

«Ist was?», fragte Mrs. Levine, die aus ihrem Nickerchen aufschreckte.

Der Umbau war nach fünf Wochen beendet. Das Schlafzimmer gefiel. Wie vorauszusehen war, waren Bett und Spiegel Anlass für Getuschel, Schmunzeln und mit Kichern verbundenem Kopfschütteln. Das Badezimmer mit Trompe l'œil entlockte Laute der Überraschung, Entrüstung, Begeisterung; auch verlegenes Wegschauen war zu beachten. John Levine, Madames Ehemann, hatte Freunde zu einer kleinen Einweihungsfeier eingeladen.Celine war ebenfalls da.

«In vier Tagen fahre ich zurück in die Schweiz.»

«Freuen Sie sich?»

«Ja, schon. Ich möchte Ihnen noch danken, ich konnte einiges lernen. Übrigens wollte ich Sie vorgestern Abend besuchen. Möglicherweise ließ ich nach der letzten Sitzung meinen Schal bei Ihnen liegen. Sollten Sie ihn finden, behalten Sie ihn. Vielleicht können Sie ihn gebrauchen, wenn Sie wieder einmal ins Schwitzen kommen.» Ich schaute Celine an, wie man ein nettes, schlaksiges Mädchen ansieht.

«Danke! Ich wünsche Ihnen alles Gute, chère Celine.» Mein Kopf war klar, die Säfte liefen in den gewohnten Bahnen.

«Historische Bücher, die keine Lügen enthalten, sind schrecklich langweilig.»
(Anatole France)

«Schriftsteller lügen immer.»
(Isabel Allende)

«Am schwersten fällt es uns, einem Menschen zu glauben, wenn wir davon überzeugt sind, dass wir in seiner Situation lügen würden.»
(Danny Kaye)

«Überzeugungen sind gefährlichere Feinde der Wahrheit als Lügen.»
(Friedrich Nietzsche)

«Halbwahrheit ist Lüge im Sonntagsgewand.»
(Peter Horton)

«Dieser Satz auf dieser Tafel ist falsch!» Die von einem Schüler von Sokrates hingeschriebene Aussage sorgt bis heute für Verwirrung: Denn wenn der Satz falsch ist, ist er wahr; und falsch, wenn er stimmt.
Auch die Aussage eines Kreters, dass Kreter immer lügen, ist eines der vergnüglichen Verwirrspiele zu Wahrheit und Lüge.
Der Mensch, so sagt man, lügt täglich mehr als 100 Mal: es sind Zwecklügen, vertretbare wie auch boshafte Lügen.
Am gefährlichsten ist die Selbstbelügung. Sie ist es auch dann, wenn sie anderen nicht direkt schadet, denn sie ist Gift in nahezu allen unseren Beziehungen, sei es im Beruf, in der Familie, im täglichen Verhalten.
Das Sich-selbst-Belügen hat oft Geschwister: die Selbstgefälligkeit und der Selbstbetrug, so zum Beispiel glauben zu wissen, was Gut und Böse sei. Darüber mehr auf Seite 139*.

Alice: «Lieber Humpty Dumpty, ich möchte Adieu sagen, reich mir die Hand.»
Humpty Dumpty: «Warum die linke?»
Alice: «Schau, hier ist alles spiegelverkehrt, und zudem weiß man auch nie, was die Linke und die Rechte tut.»
(In Lewis Carolls *Alice's Adventures in Wonderland* nicht zu finden.)
Illustration von Tenniel.

«Henry, du lügst!»

[070] Es liegt mir daran, noch auf das vorangehende Kapitel XIII zurückzukommen, um zu erklären, warum Harriet sich von mir trennte. Ich schrieb: «Es lag an den Umständen» und: «Ich lief den Frauen nach.» Nicht, dass mich Harriet je bei einem Techtelmechtel ertappt hätte. Doch eine Frau ahnt intuitiv kleinste Abenteuer. Warum das so ist, weiß der Teufel.

Ich nehme an, dass eine Häufung solcher Vermutungen schon lange unsere sonst schöne Beziehung trübte. Doch genau am Abend unserer Trennung hatte mein etwas verspätetes Heimkommen nichts mit einem Flirt oder dergleichen zu tun. Wir hatten Karten für das Athenaeum. Vorher würden wir noch irgendwo essen; es war verabredet, dass Harriet bei mir zu Hause auf mich warten würde. Ich wollte nach dem Besuch eines Kunden noch Leslies Galerie aufsuchen wegen Radierungen von Félicien Rops, die mir Roman Leslie angeboten hatte. Ich kam etwas verspätet nach Hause und entschuldigte mich damit, zu lange bei Leslie gewesen zu sein.

«Du lügst, Henry!», sagte Harriet.

Ja, ich hatte gelogen.

«Warum hast du das getan? Warum kannst du nie die Wahrheit sagen? Ich kann das nicht mehr ertragen.» Harriet saß am Küchentisch. Sie hatte den Kopf in die linke Hand gestützt, in der rechten Hand hielt sie ein Taschentuch. Doch sie weinte nicht. Sie schaute mich nur unverwandt an. «Auch du leidest, wenn du lügst. Es ist für beide besser, wenn wir uns trennen. Für immer!» Dann stand sie auf und ging.

Ich hatte nicht geantwortet. Was hätte ich sagen sollen? Tatsächlich war ich nicht bei Leslie gewesen. Auf dem Weg

«Ein entscheidender Unterschied zwischen einer Katze und einer Lüge ist der, dass eine Katze nur neun Leben hat.»
(Mark Twain)

*Als Adam und Eva vom Baume der Erkenntnis aßen, glaubten sie zu wissen, was Gut und Böse sei. Sie hatten noch keine Erfahrung, um sich klar zu sein, dass beides im Menschen steckt.
In Louis Stevensons Erzählung *Dr. Jekyll und Mr. Hyde* versucht Dr. Jekyll das Böse, das in ihm schlummert, von sich abzutrennen und ein eigenes Wesen daraus zu machen: Mr. Hyde.
Doch unserer Doppelnatur entsprechend wohnen «zwei Seelen, ach! in meiner Brust» (Faust in Goethes *Faust I*) – stets in ein und derselben Person: Hinter der Maske der Ehrbarkeit verbirgt sich ein unredliches Wesen.

zu ihm hatte ich Clark Chanin getroffen. Er habe Geburtstag und «zur Feier des Tages vom alten Herrn eine nette Summe Geld erhalten», sagte er; Clark war früher öfter Gast im Juri gewesen, er suchte Kontakt zu Theaterleuten eines Bühnenstückes wegen, das er schreiben wollte.

«Ein Glücksfall, dich gerade heute zu sehen», sagte er, «schon immer wollte ich dich zu einem Drink einladen, schließlich machtest du mich mit Ellen Howart bekannt. In drei Wochen werden wir heiraten.»

«Da kann ich nur gratulieren», antwortete ich, «aber deswegen brauchst du mich doch nicht einzuladen.»

«Aber sicher! Ellen ist die wunderbarste Frau, die es gibt, ohne dich hätte ich sie nie kennengelernt. Dort, gleich um die Ecke, ist mein Club, ein kurzer Drink liegt sicher drin.»

Clarks Club war ein Spielsalon. Nach einem zweiten kurzen Drink nahm mich Clark am Arm und zog mich zum Roulettetisch: «Heute werde ich gewinnen. Mein Geburtstag und du als Glücksmensch sind gute Omen.»

Clark setzte zehn Dollar auf Cheval. Der Croupier warf die Kugel. Knapp vor dem «Les jeux sont faits» setzte David fünf Dollar auf die 23.

«Für dich», sagte er und klopfte mir auf die Schulter. Die Kugel ratterte über die Zahlenbahn und hielt bei der 23. Man schob mir eine Menge Jetons zu.

«Du hast gewonnen», sagte Clark.

«Sicher nicht», antwortete ich, «es war dein Einsatz.»

«Der gehört zur Einladung», lachte David. Ich wechselte die Jetons in Geld. Clark wollte nichts davon, nicht die Hälfte, weder die zehn Dollar, die er für sich, noch die fünf, die er für mich gesetzt hatte.

«Vergiss es!», sagte er.

Bevor ich Harriet näher kennenlernte, musste ich ihr hoch und heilig versprechen, niemals einen Spielclub zu besuchen und nie um Geld zu spielen. Das fiel mir leicht, Glücksspiele interessierten mich nicht. Gelegentlich poker-

Roulette de Monte Carlo von Marcel Duchamp (Ausschnitt).

te ich mit Kollegen um winzige Einsätze, die dem Gewinner bestenfalls erlaubten, den Mitspielern einen Drink zu spendieren. Spielclubs oder Casinos aufzusuchen fand ich ebenso absurd wie Pferde- oder Windhundewetten. Vor vielleicht zehn Jahren lag mir einmal daran, der Spielleidenschaft zu frönen, um das von Dostojewski beschriebene «innere verzehrende Feuer» zu erleben. Das stellte sich jedoch nicht ein, ein Flirt war aufregender.

Und jetzt das. So harmlos der Besuch des Spielclubs war, Harriet würde mir nie verzeihen. Sie stammte aus einer ehrbaren holländischen Familie, ihr Vater war der hochgeachtete Chef der städtischen Wasserwerke. Harriet hatte das sittenstrenge Vassar College in Poughkeepsie besucht und war jetzt Lehrerin an der ehrwürdigen Erasmus Hall High School in Brooklyn. Zwar hatte sie trotz der konservativen Erziehung viel von der Toleranz ihrer lebensfreudigen Mutter mitbekommen. Doch den Besuch eines Spielsalons würde sie mir nie verzeihen, so wenig wie den eines Bordells.

Bevor ich das Haus betrat, atmete ich tief durch. Harriet saß, ich erwähnte es, am Küchentisch. Ich ging um sie herum, küsste sie auf die Wange und setzte mich ihr gegenüber.

«Leslie ist ein Sturkopf», sagte ich. «Über eine Stunde versuchte ich, den Preis für die Rops-Radierungen herunterzuhandeln. Meinst du, er kam mir nur einen Cent entgegen?»

Harriet schaute mich lange an. Dann sagte sie: «Henry, du lügst! Ich war bei Leslie, bevor er die Galerie schloss. Ich wollte dich abholen. Er gab an, dich den ganzen Tag nicht gesehen zu haben. Du lügst, Henry!»

[071] Jeder Mensch, war in der *Atlantic Review* zu lesen, lüge täglich mehr als 100 Mal: Ausreden, Komplimente, Schummeleien, Unterschiebungen, Halbwahrheiten und durch

Die Wahrscheinlichkeit, dass
- beim Roulette Rot kommt: 18 zu 37
- man beim Münzwurf Zahl wirft: 1 zu 2
- man eine 6 würfelt: 1 zu 6
- man sechs richtige im Lotto wählt: 1 zu 13 983 816
- man vier Buben beim Skat erhält: 376 740 zu 64 512 240

(Dr. Ankowitsch)

Beim Poker dürfte die Wahrscheinlichkeit gleich sein, es sei denn, einer der Spieler schiebt zwei aus dem Ärmel gezogene Buben oder Asse unbemerkt ins Spiel. In Manhattan war neben Poker Faro (Pharo oder Pharao) eines der beliebtesten Glücksspiele, doch wurde es meistens in Spielsalons oder Casinos gespielt.
Würfeln hatte ebenfalls seinen Reiz, es bot wie Kartenspiele Möglichkeiten zum Mogeln. «Für Spiele um schnellen Geldgewinn mit Würfeln gibt es nichts Vergleichbares», warb ein Hersteller von präparierten Würfeln. Ein Würfelpaar kostete fünf Dollar.

Faro-Spieler in einem verbotenen Spielclub.

**072: Evelyn Nesbit. «Mit 15 war sie ein bekanntes Künstlermodell gewesen. Ihre Unterwäsche war weiß (...) In ganz Amerika waren Sex und Tod kaum zu unterscheiden. Frauen brannten ihren Ehemännern durch und starben in Krämpfen der Ekstase. Affären wurden vertuscht und Reporter von reichen Familien mit Schweigegeldern abgefunden. Man las zwischen den Zeilen der Journale und Gazetten. In New York waren die Zeitungen voll von der Ermordung des berühmten Architekten Stanford White durch Harry K. Thaw, dem exzentrischen Spross eines Kohle- und Eisenbahnimperiums. Harry K. Thaw war der Mann von Evelyn Nesbit, der gefeierten Schönheit, die einst Stanford Whites Geliebte gewesen war. Der Mord ereignete sich auf dem Dachgarten vom Madison Square Garden in der 26th Street, einem grandiosen, die Länge des ganzen Häuserblocks einnehmenden Gebäude aus gelbem Ziegel und Terrakotta, das White selbst im Sevilla-Stil entworfen hatte.» (aus E.L. Doctorow,* Ragtime)

den Beruf bedingte Schwindeleien von Verkäufern, Sektenpredigern, Politikern und Rechtsanwälten. Nicht zum Lügenhundert zählte der Mann, der dies schrieb, lebensschützende Notlügen und Trostlügen Todkranken gegenüber. «Ein Zusammenleben», so sein Resümee, «wäre entsetzlich, wenn wir stets die Wahrheit sagen würden.»

Als mich Harriet der Lüge beschuldigte, warf sie mir zugleich vor, nie die Wahrheit sagen zu können. Sie hatte recht. Bei meinen Unwahrheiten oder meinem Verschweigen ging es mir ja um das Weiterbestehen unserer Beziehung; ich wollte sie nicht kränken oder betrüben oder ihr Anlass zur Eifersucht geben. Ich bin sicher kein Robespierre, von dem Voltaire sagte: «Es lügt in ihm selbst.» Nein, ein nichtswürdiger Lügner bin ich nicht; ich sehe meine Lügen eher als von mir zurechtgebogene Wahrheiten.

Trotzdem, auch ich fühlte, dass die unterschiedlichen Moralvorstellungen von Harriet und mir keine gute Voraussetzung für ein glückliches Zusammensein waren. Diese Erkenntnis war mit ein Grund, dass ich nichts unternahm, um Harriet zurückzugewinnen, obschon ich sie liebte.

Ja, ich liebte sie. Oder belog ich mich? Schon früher einmal glaubte ich zu lieben. Zumindest war ich in Deborah vernarrt, über ein Jahr lang, bevor sie in Europa als American Belle reiche Grauköpfe be- und verzauberte. Sie lebt jetzt in Paris und wir schätzen uns noch immer. Es gibt zudem Frauen, die ich schätzte, ohne in sie verliebt oder vernarrt gewesen zu sein. Über Gertrude Ellisson-Wartropt sowie Susan Levine habe ich schon geschrieben.

[072] Zwei Frauen, die ich bewunderte und die mich über Jahre im Guten und Bösen beschäftigten, ohne an das eine zu denken, waren Evelyn Nesbit und Victoria Woodhull.

Tausenden von Männern wird es ähnlich wie mir ergangen sein. Bei Evelyn waren es zweifellos ihre Schönheit und die skandalösen Umstände*, von denen ich mich anfänglich angezogen fühlte. Hier dürfte, ehrlich gesagt, eine Dosis Erotik und der Klatsch um sie an meinem Interesse noch Anteil gehabt haben. Denn ich kannte sie ja nur von Fotos und den Klatschgeschichten aus der Regenbogenpresse. Später dann, nach ihrem Gefängnisaufenthalt und ihrem Einsatz mit Emma Goldman für den Sozialismus, sah ich in ihr die mutige, verehrungswürdige Frau.

Bei Victoria Woodhull* , einer ebenfalls attraktiven Frau, bewunderte ich ihren Erfolg als führende und engagierte Suffragette und die Schlagfertigkeit, mit der sie bei Versammlungen Anpöbeleien aus dem Publikum konterte. Auch sie war in Skandale verwickelt. Solche Pikanterien waren beliebt und Männer verziehen ihr gerne. Ihre Forderungen nach dem Recht auf Liebe, freier Ehe und der Toleranz gegenüber Prostituierten, die unter anderem ein Grund der Bewunderung durch viele Männer waren, wurden auch von fortschrittlich denkenden Frauen abgelehnt.

Eines Nachmittags sah ich sie einmal im Del's-Madison in Begleitung von Mr. Cornelius Vanderbilt. Mr. Vanderbilt schien es zu genießen, in Begleitung der umstrittenen Victoria Woodhull gesehen zu werden. Als ich mir Harriet gegenüber eine spöttische Bemerkung erlaubte, bemerkte sie lediglich: «So? Victoria Woodhull? Ich bewundere ihren Einsatz für die Rechte der Frau. Was sie privat treibt, interessiert mich ebenso wenig wie die Libertinagen pervers denkender Frauen in den Büchern von Henry James, Flaubert und Maupassant, die scheinbar deine Lieblingslektüre sind.»

Henry Ward Beecher (1813–1887), Prediger und Bruder von Harriet Beecher Stowe (Autorin von *Onkel Toms Hütte*), galt als moralische Instanz einer vorwiegend weiblichen Leserschaft seiner Artikel im *Independent* und in der *Christian Union*, mit denen er den moralischen Zerfall der Zeit anprangerte. Sein Ansehen endete mit der Klage seines Freundes Theodore Tilton, dem Herausgeber des *Independent*, wonach Beecher mit Tiltons Frau ein ehebrecherisches Verhältnis eingegangen sei; Tilton verlangte eine Genugtuung von 100 000 Dollar. Der Prozess endete mit einem Freispruch für Beecher; die Mehrheit der Geschworenen entschied, dass ein Ehebruch nicht bewiesen sei, wenn auch feststand, dass Beecher Tiltons Haus in dessen Abwesenheit immer wieder aufgesucht hatte.

**072: Victoria Woodhull (1838–1927) war als Leiterin der US-Stelle der International Workingmen's Association eine der bedeutendsten Sozialreformerinnen und Frauenrechtlerinnen ihrer Zeit. Zu einem umstrittenen Ruf kam sie aufgrund ihrer Forderung nach freier Liebe, was ihre Gegner als sexuelle Freiheit deuteten. Ende der 1870er-Jahre deckte sie das «ehebrecherische Dreieck» zwischen Henry Ward Beecher, Theodore Tilton und seiner Frau Elizabeth auf*. Die Enthüllungen kosteten Victoria die Anerkennung einflussreicher Freunde und Anhängerinnen, was ihre Gesundheit belastete und dazu führte, dass sie 1877 die USA verließ und nach Bristol in England zog.*

Blick von dem im Bau befindlichen Brückenpfeiler der Brooklyn Bridge auf den East Harbour und Downtown Manhattan. Links davon die Spitze von Gouvernor's Island, weiter hinten Bedloe's Island, wo ab 1886 die Freiheitsstatute stehen wird. Im Zentrum der «temporary footpath», der Brooklyn und Manhattan verband und hauptsächlich von Arbeitern benutzt wurde, aber auch von Neugierigen, was wegen des oft sehr starken Windes nicht ungefährlich war. Erstaunlicherweise gab es keine Unfälle; eine junge Frau, die über die Brücke reiten wollte, wurde zurückgehalten.

Ein diebischer Hund, Griebenbrot und: «Lieber Gott, lass Muskeln wachsen.»

[073] 1856, ich war knapp 14 Jahre alt, da konnte Vater an der Beekman Street eine Wohnung mieten. Sie war groß und hell, was Mutter gefiel. Nur mit der Lage war sie nicht ganz zufrieden. Zwar lag das Haus nicht weit vom City Hall Park entfernt, doch galt die Beekman Street als Zufahrtsstraße zum Fulton Market und ihrer Nähe zu Chinatown, Jewtown, Little Italy und Five Points wegen nicht als vornehm; ordentlichen New Yorkern war die ganze Lower East Side ohnehin nur Sodom und Gomorrha, ein Ruf, der sich während Fernando Woods Bürgermeisterzeit noch verschlechterte und, so hieß es, zum Teil wieder auf die 70er-Jahre zutraf. Als ich die Seifferts Ende 1856 kennenlernte, ließ sich im Gebiet der Beekman Street wie auch in Seifferts abbruchreifem Häuschen an der Duane Street jedoch noch friedlich wohnen.

Die Seifferts kamen aus Nürnberg. Sie waren vor drei Jahren emigriert. Der Vater war Schlosser, Sozialist, ein kräftiger, gutmütiger Mann mit mächtigem Schnauz. Dann gab es vier Buben, ein Mädchen, einen Hund, Katzen, Kaninchen, Hühner und gelegentlich ein Schwein. Es gab auch Mutter Seiffert: rundlich, klein, energisch – und Nachwuchs und Tiere lauthals gegen Nachbarn und Amtspersonen verteidigend, die sich über das Tun und Treiben ihrer Schützlinge beklagten.

Ein Hauptgrund der nahezu alltäglichen Auseinandersetzungen war der von heruntergekommenen Wohn- und Geschäftshäusern umschlossene Hinterhof der Seiffert-Behausung mit seinem Gegacker, Bellen, Miauen, Quietschen der Tiere wie auch Kreischen und Schreien der Geschwister beim Spielen und Streiten.

Duane Street New York, ein Bild von Louis Comfort Tiffany um 1875.

[074] Mutter sah es ungern, wenn ich die Seifferts besuchte. Dem Vater war es egal, worüber sich Mutter ärgerte: «Sag auch einmal was, schließlich ist Henry auch dein Sohn. Der Umgang mit solchen Leuten tut ihm nicht gut. Zudem wohnen sie in einer schrecklichen Gegend. Aber nein, der Herr Vater sagt nichts und liegt auf dem Kanapee und liest!»

Lesen war Vater das Liebste. Er las nach dem Mittagessen, vor und nach dem Abendessen und sonntags auch noch vor dem Mittagessen. Lange versuchte Mutter, ihn in die Kirche zu bringen. Irgendeinmal gab sie es auf, und sie wurde nur noch von meinen Schwestern begleitet. Dafür kochte Vater das Mittagessen. Ich konnte nicht zur Kirche, da ich für Benoit Torten austragen musste.

Vater kochte an sich gut. Doch immer wieder geriet ihm zu viel Salz in das Geköch. «No problem» für Vater, der dann einen Meerschwamm mitkochen ließ, damit dieser das Salz «aufnehme». Oder dann waren es Pfeffer oder Paprika, die uns tränen ließen. Die Gewürze befanden sich in kleinen Blechdosen, aus denen Vater durch vorsichtiges Schütteln und Klopfen mit dem Zeigefinger das richtige Quantum in den Kochtopf zu stäuben versuchte. Ungeduldig wie er war, schüttelte und beklopfte er die Dose meistens zu heftig – «no problem» für Vater – und ließ ein Stück Brot mitkochen, damit dieses die Schärfe «anziehe». Oft war neben Schwamm und Brot noch eine halbe Kartoffel im Gericht. Das war dann, wenn Vater zu viele Gewürznelken in den Kochtopf gefallen waren. Mutter sagte nichts. Vor Jahren machte sie dem Vater noch Vorwürfe: «Hättest du nicht…», «Warum hast du wieder…», «Du lernst es nie…». «Ja, ja, ich weiß», antwortete Vater, und die Sache war für ihn erledigt. Trotzdem: Wir liebten unsere Sonntagsessen. Vater erzählte von dem, was er gelesen hatte, Mutter vom Pfarrer, den sie, trotz des «Ach was» des Vaters, einen klugen Mann fand. Nach dem Essen gab es meistens Streit zwischen uns Kindern, wer abzuwaschen, abzutrocknen oder die Küche aufzuwischen hatte. Bis

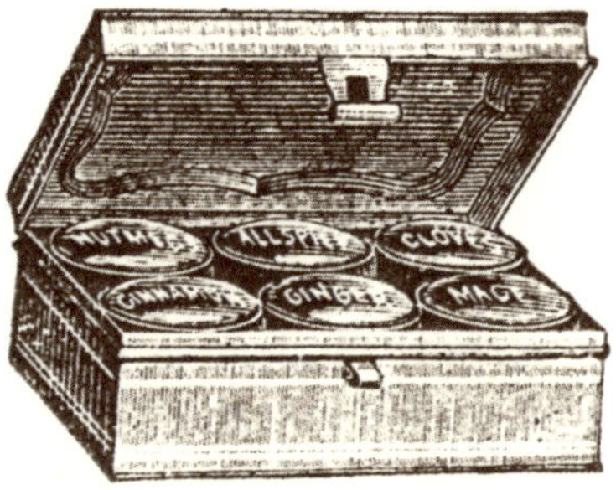

Koch-Tipps und -Tricks (um 1880):
- Der Geschmack vieler Gerichte wird mit Milch und Rahm vollmundiger.
- Mit Milch und Rahm lassen sich überpfefferte Speisen korrigieren.
- Paprika nie in Fett erhitzen, es wird sonst braun und bitter.
- Muskatnuss erst kurz vor dem Auftragen der Speise beigeben.
- Um welke Petersilie wieder aufzufrischen, legt man sie in lauwarmes Wasser.
- Um Fleisch mürbe zu machen, legt man es einige Tage in Sauer- oder Buttermilch. Oder man bestreicht es eine bis zwei Stunden vor dem Schmoren mit Senf, damit es zarter wird.
- Ausgelassene Speckgrieben nicht zu braun werden lassen, dann kann man sie noch als Fettspender für Röstkartoffeln verwenden.
- Butter verfeinert jede Speise.*
- Braune Butter der Gesundheit zuliebe unter Rühren bei Mittelhitze hellbraun schmelzen.

*«Butter: Werther machte die Butter literaturfähig, als er Charlotten Butterbrote für die Kinder streichen sieht, überwältigt ihn die Liebe, die mit dem Pistolenschuss endet. Goethe hatte recht: Kinder möchten nichts lieber als ein Butterbrot, es sei denn ein Konfitürenbrot.» (Alexandre Dumas, 1869)

Vater den Teppichklopfer auf unseren Hintern tanzen ließ und wir uns unter forciertem Heulen einigten.

*075: Die hier posierenden Banditen (Bandit's Roost, Jacob A. Riis) mussten kaum befürchten, wegen Mordes, Raubs, Diebstahls und Zuhälterei verurteilt zu werden. Die Polizei hatte schlichtweg Angst, solche Schwerverbrecher in Five Points zu verhaften. Behörden und Politiker waren wenig daran interessiert, gegen sie und ihre Hintermänner vorzugehen. Denn diese hatten das Sagen in Five Points und nur sie verschafften ihnen (vor allem den Tammany-Politikern) die für ihre Wiederwahl notwendigen Stimmen. Five Points – der Name bezieht sich auf eine Drei-Straßen-Kreuzung nordöstlich des Rathauses – galt als größtes Elendsviertel der USA; mit zwei Sehenswürdigkeiten: «the Barracks», eine Mietskaserne Ecke «murderer's alley» und «den of thieves» sowie «the Tombs», eines der größten Gefängnisse der Staaten.

[075] Die nach Meinung der Mutter «schreckliche Gegend» der Seifferts lag tatsächlich nahe Five Points*. Wir wohnten zwar nur drei Blocks weit davon entfernt, doch nach Mutters Ansicht «irgendwie vornehmer» und mit «irgendwie vornehmerer Nachbarschaft». Sicher war, dass wir an der Beekman Street weit angenehmer lebten als die meisten Bewohner der Lower East Side. Das Haus befand sich in einem guten Zustand und hatte einen Vorgarten. Die Wohnung war, wie gesagt, groß und hell und bestand aus einem Elternschlafzimmer, einem Zimmer für meine beiden Schwestern, einem breiten Korridor, wo ich schlief, und einer Küche mit großem Tisch, an dem ich meine Schulaufgaben erledigen und zeichnen konnte. In der Küche befand sich auch Vaters Kanapee. Dann gab es noch den Cloak Room im Treppenhaus, den wir mit den Nachbarn teilten.

Die Duane Street, in der Seifferts wohnten, war Spekulationsgebiet. Der Straße entlang gab es verkommene Miets- und Geschäftshäuser, Gewerbebauten und einige alte Handwerkerhäuschen. In einem solchen wohnten die Seifferts. Dazu gehörte der Hinterhof, den Mutter Seiffert einiger Grasbüschel und eines laubarmen Apfelbaums wegen Garten nannte.

Das alles gefiel mir. Der wirkliche Grund jedoch, weshalb ich immer wieder die Seifferts besuchte, waren die fünf Kinder: Gustav, bald 17, knapp ein Jahr jünger der bärenstarke Moritz, dann Ulrich sowie der fast 14-jährige Zwilling Heinrich. Der andere Zwilling war Hilde.

[076] Es war Mischa, der Hund, durch den ich Seifferts kennenlernte. Frühabends an einem Samstag hatte ich an der Sullivan und an der Grand Street noch Pasteten und Torten abzuliefern. Auf dem Heimweg hörte ich hinter mir einen

Five Points – «jede Silbe schmeckt nach Mord», wird ein Journalist später schreiben. Um 1860: Eine elende Ansammlung von baufälligen Holzbaracken, aus denen eine vierstöckige Mietskaserne herausragt, ein frühes Vorbild für Tausende von Tenements.

Pfiff, und kaum eine Sekunde später raste ein Hund um eine Straßenecke und in mich hinein. Es gab für ihn kein Vorbeikommen. Ich trug links und rechts leere Tortenschachteln und versperrte die halbe Straße. Der Aufprall war so stark, dass ich um die Achse gedreht wurde und zwei der Spanschachteln fallen ließ. Der Hund hielt an, drehte sich mir zu – schnappte mit einem Sprung eine der Schachteln am Lederband und war weg.

Ich rannte dem Biest vier, fünf Schritte nach, merkte, dass das nichts brachte, und kehrte zur am Boden liegenden Schachtel zurück. Da war aber schon ein Junge, der sie aufhob und mir in die Hand drückte.

«Er meint es nicht böse, aber du standest ihm mit deinen blöden Schachteln im Weg», sagte er.

«Da bin ich doch nicht schuld! Und jetzt hat das verdammte Viech eine gestohlen.»

«Der klaut alles. Doch bringt er alles nach Hause. Es hat keinen Zweck, ihn zurückzupfeifen. Wir müssen zu mir.»

Er heiße Heinrich, doch nur zu Hause. Sonst Henry. So hieß auch ich.

[077] So kam ich zu Seifferts. Zu einem stolz wedelnden Hund, der gestreichelt werden wollte, und einer Familie, die sich über den Vorfall amüsierte, mich mit einem Teller Kohlsuppe tröstete und versprach, die durch Mischas Transport leicht lädierte Spanschachtel bis Sonntagnachmittag in Ordnung zu bringen. Dann gebe es Streuselkuchen.

Streuselkuchen, Kohlsuppe, Schmalz- und Griebenbrot gab es immer wieder, wenn ich Seifferts besuchte. Und ich besuchte sie in nahezu jeder freien Stunde, und das länger als ein Jahr. Doch hatte ich ein Problem. Für mein Alter war ich zwar groß, jedoch mager und vor allem: Ich war nicht so stark und nicht so mutig wie die Seiffertbuben. Ich konnte auch nicht durch die Finger pfeifen wie sie. Sie konnten zudem doppelt so weit spucken wie ich. Und der nicht viel älte-

«Die New Yorker sind verrückt nach ihren Hunden. Wenn ich in New York ein Hund wäre, möchte ich ein Husky sein. Die haben so ein dickes Fell. Hier, wo die Winter so eisig sind.» (Renato Gulling, *Dogwalker*)

Basset.
Beagle. — *Dachshund*, m.

Chien danois.
Coach dog. — *Dänische Hund*, m.

Chien du Saint-Bernard.
Alpine dog. — *Alpenhund*, m.

Chien de Terre-Neuve.
Newfoundland dog.
Neuholländische Hund, m.

re Heinrich kletterte auf Dächer und Wassertürme, rauchte Tabak, hängte sich an Droschken und Fuhrwerke und konnte sich so ducken und wenden, dass er nie von einem Peitschenhieb der Kutscher getroffen wurde. Und ich? Ich wagte kaum, eine Baugrube zu überspringen. Beim Klettern auf einen Baum wurde mir auf halber Höhe schwindlig, und wenn ich auf der handbreiten Hofmauer balancierte, fiel ich nach vier Schritten in die Salatköpfe des Nachbarn.

Die Buben verloren darüber nie ein Wort. Trotzdem schämte ich mich, stemmte Hanteln und betete zu Gott, er möge mich stark und mutig machen. Ich schwor, mich ewiglich für ihn einzusetzen, mich als Märtyrer von Heiden rösten zu lassen und mein ganzes künftiges Leben lang allwöchentlich in die Kirche zu gehen. Es nutzte nichts. Der da oben wollte oder konnte mich nicht hören.

Diese Ungerechtigkeit! Ohne, wie ich vermute, je in der Kirche gewesen zu sein, besaßen die Seiffertbuben Kraft im Überfluss. Zusammen zwangen sie sogar den brutalen Jugendgangs von Five Points Respekt ab. Jedenfalls ließen diese uns in Ruhe, wenn wir in respektvoller Distanz ihr Revier am Rande durchquerten, um zu den West-Docks zu gelangen.

Die Docks! Da lagen sie, die Schiffe aus aller Welt. «Gefangene», wie ein Dichter, der auch Seemann war, sie nannte, «ans Ufer gekettet mit Tauen und Ketten». Für mich waren sie auf Tage und Wochen hinaus willkommene vertäute Besucher, die mich durch Namen, Wörter und Sprachen von fernen Ländern und Piraten, Meeresungeheuern und Robinsoninseln träumen ließen.

Wir haben in Ceylon Kopra geladen und segeln jetzt durch die Straße von Bengalen, das Barometer zeigt stürmisches Wetter an.

«Beidrehen, verdammt noch mal!», befiehlt der Alte. Plötzlich haushohe Wellen über uns! Ein Taifun! Wir werden von ihm hochgezogen, vom Kurs weggetragen.

Die „Great Republic" — ein Vergleich.

Die vom Amerikaner Donald McKay 1853 erbaute «Great Republic», ein viermastiger Holz-Klipper von 4555 Bruttoregistertonnen, im Vergleich zu einem früher von ihm gebauten Klipperschiff, wie zum Beispiel der «Flying Cloud» und der «Sovereign of the Seas» mit kaum mehr als 600 BRT. Wie diese war die «Great Republic» ein sogenannter Extremklipper, das heißt ein scharf gebautes Fahrzeug mit hoch ragenden Masten, von dem eine Geschwindigkeit von 14 Knoten und mehr erwartet wurde.

Along the Docks of New York. Zeichnung von G. Reynolds (*Harper's Weekly,* 1871).

«Schiff in Not!», brüllt der Steuermann und «Rahsegel reffen!» der Kapitän. Ich folge dem Befehl, steige die Takelage hoch und ... oh, Gott! Nein! Ich werde in die stürmische See geschleudert. Mit einem Kalfaterstichel wehre ich hungrige Haie ab, kann mich an einem Stück Treibholz festhalten ... Sind es Tage oder Wochen? Endlich! Ich werde von einem Walfänger aufgefischt. Die erste Mahlzeit: Gebratener Walfischspeck und ein höllisch scharfes, vom Smutje extra für mich zubereitetes Bohnenmus.

«Trink das!» Der Kapitän streckt mir ein randvolles Glas Rum entgegen, «es wird dich auf die Beine bringen!»

«Hey, Simens, nicht träumen. Komm endlich!» Ich trotte hinter den Seifferts her. Mit dem Vordersteven zum Kai hin liegen hölzerne und eiserne Schiffsrümpfe in einer Reihe nebeneinander. Es ist die Schiffsaristokratie, oft mit geschnitzten Galionsfiguren vorne am Bug. Weiter hinten liegen unbeladene Schiffsrümpfe längsseits des Piers; Männer in Booten kratzen den Muschelbelag von den Wänden. Wir ducken uns unter vorragende Klüver, Moritz holt sich eine Beule. Wir sehen hinauf in die Takelagen mit herumturnenden Matrosen. Wir lachen über Fuhrleute, die sich um die Transporte streiten, verspotten mit «Hopp, hopp!» und «Schneller, schneller!» die schwitzenden und keuchenden Schauerleute, die, Baumwollballen, Säcke und Fässer buckelnd, die Schiffsbäuche be- und entladen. Wirft einer seine Last ab und kommt drohend auf uns zu, suchen wir johlend das Weite.

Und wenn es uns keinen Spaß mehr macht, die aus den Spelunken wankenden Seeleute* anzubetteln und den Dockmeister, die Warenprüfer und Polizisten zu ärgern, können wir uns noch immer mit einer der Jugendbanden prügeln, die sich mit uns messen wollen.

Ich habe «uns» geschrieben. Obschon ich den Seifferts bei ihren Streichen und Streitigkeiten kaum eine Hilfe war, genoss ich ihre Anerkennung. Ich konnte gut rechnen und Moritz bei den Schulaufgaben helfen. Und ich konnte hübsch

Achtern: hinten; Achter-/Hinterdeck.
Back: Deckaufbau auf dem Vorschiff; Backschaft nennt man die an einem Tisch speisende Gemeinschaft.
Backbord: in Fahrtrichtung links; nachts mit einem rot leuchtenden Positionslicht gekennzeichnet.
Bugspriet: der über das Vorderteil eines Schiffes (oft durch den Klüverbaum verlängerte) hinausragende Mast.
Entern: besteigen, erklimmen, betreten.
Etmal: Zeitmaß, mit dem von einem Mittag zum nächsten die Fahrtleistung in Seemeilen (1,852 Kilometer, siehe auch Knoten) berechnet wird.
Galionsfigur: glücksbringende Schnitzereien am Schiffsbug, oft in Gestalt von barbusigen Frauen, Tieren oder Gottheiten.
Glasen: durch Anschlagen der Schiffsglocke gegebenes halbstündiges Zeitzeichen. Nach acht Glas (vier Stunden, Dauer einer Wache) wird wieder von vorne gezählt.
Janmaaten: scherzhafte Bezeichnung für Matrosen, aus Jan (häufiger Vorname) und Maat (Schiffsmann).
Kalfatern: Schiffswände und Deckplanken mit Werg und Pech dichten.
Knoten: nautische Seemeile (siehe Etmal); «das Schiff läuft zehn Knoten».
Shanty: Arbeitslied, zu dessen Takt zum Beispiel der Anker gehievt wird.
Steuerbord: in Fahrtrichtung rechts; nachts mit grünem Licht gekennzeichnet.
Steven: ein den Schiffsrumpf vorn und hinten abschließendes Bauteil.
Tauwerk: zum Schiff gehörige Taue (Enden) aus Hanf oder Stahldraht. «Sämtliche Tauwerke der königlichen (englischen) Flotte sind dergestalt, dass ein roter Faden durch das Ganze durchgeht ... (gleich in) Ottiliens Tagebuch ...» (Johann Wolfgang von Goethe).
Trimmen: Stauen der Schiffsladung.
Wanten: Taue, die den Mast seitlich und nach hinten gegen den Segeldruck festhalten; die Querstricke dienen den Matrosen als Strickleitern beim Entern der Maste.
Zurren: festbinden, was nicht niet- und nagelfest ist.

«Kurs halten!», der möglicherweise meistgegebene Befehl eines Kapitäns bei einem durch eine Windhose (Bild) verursachten – oder eines im Atlantik als Hurrikan, im Westindischen Pazifik als Taifun und im Indischen Ozean als Zyklon bezeichneten – «gefährlichen Unwetter, wenn das Schiff nur ein Federspiel des Sturmes ist und (...) die Kompassnadel kreiselt» (Herman Melville).

zeichnen. Ich porträtierte Vater und Mutter Seiffert und Mischa, den Hund, die Buben und Hilde, die Hühner, Kaninchen, Katzen und das Schwein, als es im Hof geschlachtet wurde. Ich zeichnete vom Dachfenster aus die Duane Street.

«Du wirst einmal ein berühmter Künstler, Henry», lobte Vater Seiffert. Von Mutter Seiffert gab es Streuselkuchen, und Hilde klopfte mir anerkennend auf die Schulter. Sie war einen Kopf kleiner als ich.

[078] Ja, Hilde: Das Hauptproblem meines Problems. Auch wenn ich bereits die Kampfkraft der Seiffertbuben gelobt haben sollte: Zur gefürchteten Jugendbande wurden sie erst durch Hilde. Sie war kleiner und schlanker als ihr Zwillingsbruder Heinrich, doch nicht weniger mutig. Ja, sie ging mit Moritz und Heinrich stets als Erste auf die gegnerische Bande zu und irritierte mit ihrem Rotschopf und dem hübschen Sommersprossengesicht nicht wenige der Gegner. Ehe sich's einer versah, bekam er einen Faustschlag ins Gesicht oder einen Tritt in den Unterleib und realisierte zu spät, dass er es nicht mit einem Alder-Girl, sondern mit einer hemmungslos zuschlagenden Teufelin zu tun hatte.

Im Unterschied zu ihren Brüdern spottete Hilde über meine Ungeschicklichkeit oder verhöhnte mich als Muttersöhnchen: «Weine nicht, dein Mütterchen wird dir die Beule schon salben» oder «Lass dir doch von Mamilein Honigmilch geben, damit du mutig wirst ...»

«Das werde ich dir schon noch zurückgeben», sagte ich mir. Schon der Gedanke daran, mich zu rächen, ließ mich Hildes Spott leichter ertragen.

Ich hatte mir ein Buch über Selbstverteidigung besorgt. Das Wichtigste, so der Verfasser, sei Selbstvertrauen. Jeden Morgen hatte ich gemäß der Methode Gouet zwölf Mal «Ich werde jeden Tag mutiger und stärker!» zu sagen. Das Buch enthielt auch ein Kapitel über Jiu-Jitsu. Das ist die japanische Lehre, durch Hebelwirkung die Kraft des Gegners zum

Aus Edward Lear, *A Nonsense Alphabet,* 1846.

Die kurzhaarige New Yorker Katze stammt von den Katzen der Immigranten von New Amsterdam ab. Die Katzen des Neuen Englands sind den britischen genetisch ähnlich. Auffällig ist jedoch ihre Vielzehigkeit: «Schon 1848 hatte eine irische Immigrantin aus Boston in die alte Heimat geschrieben, bei ihnen gebe es viele Katzen mit zusätzlichen Zehen an den Füßen.
Da solches noch heute bei Katzen in Europa unbekannt ist, muss diese Laune der Natur in New England entstanden sein. Und höchstwahrscheinlich in Boston, denn heute haben dort 15 Prozent aller Katzen bis zu zehn zusätzliche Zehen. Je weiter aber Katzen von Boston entfernt leben, desto seltener wird ihre Vielzehigkeit. Zurzeit hat diese Mutation fast New York erreicht, woraus sich die sehr langsame Ausbreitungsgeschwindigkeit von etwa einem Kilometer pro Katzengeneration abschätzen lässt.»

**077: Kneipe in den West-Docks. Hier versoffen Matrosen ihre Heuer und konnten auf Kredit weitersaufen, bis der Wirt oder ein kreditgebender Agent den Trinker gegen eine lohnende Beschaffungsprämie auf einen «Seelenverkäufer» (ein kaum noch seetüchtiges Schiff) vermitteln konnte.*

eigenen Vorteil zu nutzen. Hilde war kräftiger, ich größer und somit der Hebel, der sie zu Fall bringen würde. Nach etwa einem Monat ergab sich die Gelegenheit zum Beweis.

Sie kam im Hinterhof von Seifferts. Hilde wollte, dass ich eine fremde Katze packe und über die Mauer in den Nachbargarten werfe. Doch es war ein Kater, der war groß und machte einen Buckel.

«Lieber Himmel! Henry hat wieder einmal Schiss», spottete Hilde.

Statt die Gemeinheit wie üblich still herunterzuschlucken, antwortete ich: «Oh du blöde Gurke, halt doch s'Maul. Sonst werde ich es dir stopfen müssen.»

Hilde war so verblüfft, dass sie nur ein «He?» hervorbrachte.

«Wenn du willst, kannst du dir die Prügel gleich jetzt holen», fuhr ich fort und nahm Kampfstellung an. Das heißt, ich stellte mich breitbeinig hin und wiegte mich gemäß der Jiu-Jitsu-Lehre hin und her. Das verwirre den Gegner und ermögliche, die gegnerische Position zu analysieren. Nur: Hilde wartete die Analyse nicht ab, kam auf mich zu, packte mich am Pullover, beugte sich zur Seite und zog mich über ihr nach vorne gestelltes Bein. Das war auch eine Hebelwirkung, nur dass Hilde sie nutzte und mich zu Boden brachte.

Sie kniete sich auf mich und drückte meine Schultern zu Boden: «Okay?!»

«Ja», murmelte ich.

[079] Kann jemand ermessen, was in der gekränkten Seele eines 14-Jährigen vorgeht? Er kann sich eines Pickels oder eines spitzen Adamsapfels wegen schämen. Er fühlt sich verspottet, weil seine Glockenstimme zu der eines Raben wird. Er stottert beim Vortragen eines Gedichts und glaubt sich ausgelacht, er bekommt weiche Knie und findet nicht den Mut, das Mädchen, das er kennenlernen möchte, anzusprechen. Einem 14-Jährigen steht eine ganze Gemischtwa-

«...Neuerdings erfährt man immer mehr über die Lebensweise und Gewohnheiten der Japaner, und so konnte es nicht ausbleiben, dass ein sorgfältig gehütetes Geheimnis uns Abendländern bekannt geworden ist (...) über eine geheime Methode, Dschiu-Dschitsu genannt, durch die es im Kampf Mann gegen Mann einem gewöhnlichen Menschen möglich ist, ohne Waffe den stärksten Gegner zu besiegen und wehrlos zu machen.»
(Aus dem Vorwort eines deutschsprachigen Lehrbuchs zum Jiu-Jitsu-Selbstunterricht, um 1880)

renhandlung an Möglichkeiten offen, sich unglücklich und verletzt zu fühlen.

Zwei Wochen hielt ich es ohne Seifferts aus. Dann ging ich hin und stammelte irgendetwas von einer Grippe.

«Deine Mutter hätte dir kalte Fußwickel machen sollen und Kamillentee mit Kandiszucker», sagte Mutter Seiffert.

Hilde flüsterte mir zu: «Es ist doch egal, dass ich gewann. Schließlich bin ich älter als du». Sie sagte nicht stärker, sondern älter. Überhaupt schien Hilde freundlicher zu sein als bisher. Sie spottete nicht mehr, und wenn wir – meistens mit Moritz und Heinrich – würfelten oder Karten spielten, beschimpfte sie nicht uns drei Buben als Betrüger, wenn sie verlor, sondern nur ihre Brüder. Und als Heinrich, Hilde und ich wieder einmal über die Stadt sprachen, die wir gründen und regieren wollten, hatte sie nichts mehr dagegen, dass sie in Afrika sein würde. Bisher war sie der Riesenschlangen wegen dagegen gewesen.

[080] Ja, unsere Wunschstadt. Wir würden vom Sultanat Sansibar aufbrechen und uns den Spuren Livingstones* folgend Richtung Sambesi durchschlagen. Heinrich mit Tropenhelm und drei bewaffneten Schwarzen als Vorhut. Dann Hilde, verantwortlich für den Transport von Zelten, Werkzeug und Küchengerät; wir gestanden ihr vier Träger zu. Dann ich mit einer Nachhut von zwei Bewaffneten. Wir hatten nach unserer Schätzung 1000 Meilen Savannen und unerforschten Urwald zu durchqueren, Feindesgebiet, wie wir annahmen. Vorgesehen war, die Stadt in der Nähe der soeben entdeckten Viktoriafälle zu bauen. Wir würden in einem Palast mit etwa 20 Zimmern wohnen. Ich würde als Präsident auf einem Thron sitzen, Heinrich und Hilde links und rechts von mir.

**080: Stanleys Suche nach Livingstone. 1855 hatte David Livingstone (1813–1873) die Viktoriafälle entdeckt; als er danach nach den Nilquellen forschte und der Kontakt abbrach, galt er als verschollen. Am 28. Oktober 1871 wurde Livingstone, enttäuscht und krank, von Henry Morton Stanley in Ujiji aufgefunden. James Gordon Bennett, der Verleger des* New York Herald, *hatte die Expedition Stanleys finanziert. Dank seiner Exklusivberichte über die Suche verdoppelte sich die Auflage des* Herald.

Heinrich gefiel dies nicht. Er sah nicht ein, warum er auf einem gewöhnlichen Sessel sitzen müsse, auch wenn dieser aus Elefantenbaumholz geschnitzt sein würde. Wir einigten

uns darauf, dass er neben mir stehen und als Zeichen der Generals- und Ingenieurswürde einen Federbusch tragen sollte. Mit Hilde war es schwieriger. Ich hatte kein Amt außer dem einer Hausverwalterin zu vergeben, und heiraten wollte sie mich auch nicht. Dabei hatte ich sie nicht einmal gefragt. Wir einigten uns darauf, dass sie den Titel «Höchste Tigerjägerin» tragen und als Zeichen ihres Ranges eine aus einem Tigerschädel gefertigte Krone tragen würde.

Einige Tage darauf nannte mich Hilde einen Trottel. Sie war wütend. Sie hatte gehört, dass es in Afrika keine Tiger, sondern nur Löwen gebe.

«Natürlich weiß ich das», verteidigte ich mich, «ich hatte vor, die Tiger mitzunehmen.»

«Ach, Quatsch», sagte Hilde. Überhaupt sei das mit der Stadtgründung nur blöd. Und wenn, würden sie und Heinrich dies tun.

«Aber das ist doch meine Idee, das könnt ihr doch nicht mit mir machen!», brüllte ich.

«Doch», sagte Hilde. Ich solle nach Hause gehen und mich bei Mütterchen ausweinen. Das war zu viel! Nun war ich es, der überraschend angriff. Ich packte Hilde an den Haaren und wollte sie in den Schwitzkasten nehmen. Das wäre mir bei Goliath, Samson oder Richard Löwenherz gelungen, doch nicht bei Hilde. Sie bückte sich, riss mein Bein vom Boden und warf mich auf den Rücken. Sie kniete sich auf meinen Bauch und drückte meine Schultern zu Boden.

Lion.
Lion. — *Löwe*, m.

«Du Blödling», sagte sie, «was meinst du denn, wer du bist?» Doch plötzlich kniete sie nicht mehr, sondern lag über mir, umklammerte mich und schmiegte ihr Gesicht an meines. Und da stieg ein glückseliges Gefühl in mir auf, ein süßer Schmerz ...

«... wonnig weich ...;
doch hört der Feuerglocken Hall, Eisenschall!
Oh, wie schaurig und schrecklich schwillt der Töne Laut»
(Aus *Die Glocken* von Edgar Allan Poe)

Tigre.
Tiger. — *Tiger*, m.

Der Eisentöne Schall kam aus Mutter Seifferts Mund.

«Was treibt ihr da?!», schrie sie und riss Hilde von mir weg. Dann trat sie mir in die Seite, bückte sich und schlug mir ins Gesicht. «Du Schwein, verdammtes. Hau ab und zeig dich nie wieder!» Ich ging. Mit schmerzenden Rippen und einem Gefühl süßer Qual und dem Duft von Hildes Haaren und ihren Küssen an Lippen und Wangen; lange noch, nachdem ich nach Hause kam.

[081] Hilde sah ich nie wieder. Jahre später las ich ihren und Heinrichs Namen in der *Police Gazette*; sie waren als Aufwiegler des Railroad Strike verhaftet worden. Ich las von einem von Hilde bespuckten Polizisten, worauf sie zusammengeknüppelt worden war. Auch Heinrich wurde verprügelt. Er wurde verhaftet und nach einem langwierigen Prozess bestraft. Der Staatsanwalt hatte analog zum Haymarket-Riot-Prozess* in Chicago die Todesstrafe beantragt. Doch Heinrich kam mit nur neun Monaten Haft davon. 1889 trafen wir uns beim Union Square. «Zufällig», wie er lächelnd sagte.

[082] «‹Vom richtigen Stützpunkt aus mit einem Hebel die Welt aus den Fugen heben.› Das, Heinrich, ist deine Meinung, und du glaubst, den richtigen Stützpunkt für mich als Hebel gefunden zu haben, um in New York der sozialen Gerechtigkeit zum Sieg zu verhelfen. Das zu hören, Heinrich, ist mir eine Ehre!»

Heinrich Seiffert, nunmehr einer der Bosse der German American Socialists, war mir zusammen mit einer jungen Frau am Ausgang des Union Square begegnet. «Zufällig», wie Heinrich sagte – doch überhaupt nicht zufällig: Heinrich Seiffert, Vorbild und Freund ferner Jugendtage, hatte auf mich gewartet und wollte mich sprechen, dringend, «es geht um unsere Zukunft, unser Leben», wie Brigitte, die junge Frau, anfügte.

**081: Die erste nationale Arbeiterorganisation der USA, die National Trades Union, wurde 1835 gegründet, im gleichen Jahr kam es in Philadelphia zum ersten Generalstreik in einer amerikanischen Stadt. Er wurde brutal niedergeschlagen wie im Laufe der Zeit Hunderte andere, bei denen es vielfach nur um Minimalforderungen der Arbeiter ging. Beim Haymarket-Streik 1884 in Chicago wurden von den verhafteten acht Sozialdemokraten vier in einem Schauprozess zum Tode durch Hängen verurteilt, um der «Arbeiterschaft einen Schock zu versetzen». Bei diesem Streik ging es um die Wiedereinführung des vom Kongress verabschiedeten Achtstundentags, der vom Obersten Gerichtshof wieder aufgehoben worden war. In einer Resolution forderten die Arbeiter und Handwerker seine verbindliche Einführung in den ganzen Vereinigten Staaten ab dem 1. Mai 1886.*

Wir saßen in der Küche, tranken Bier und Milch, es ging um den Melting Pot, den Achtstundentag, bessere Arbeitsbedingung und um höhere Löhne in den Textilbetrieben.

«Bis 14 Stunden arbeiten die Frauen täglich im Akkord bei Lärm und Staub, frierend im Winter, schwitzend im Sommer, den grabschenden Händen der Saalmeister ausgeliefert», wie Brigitte sagte.

«Ja, ich weiß», winkte ich ab, «meine Schwestern waren Näherinnen und ich wuchs wie Heinrich an der Lower East Side auf; die Ausbeuterei und das Elend im Textilgewerbe sind auch mir bekannt.»

«Es ist noch schlimmer», sagte Heinrich. «Niemand, auch ein guter Arbeiter nicht, verdient genügend, um seine Familie richtig zu ernähren. Frauen und Kinder müssen ebenfalls arbeiten, Zehn- und Zwölfjährige an Webstühlen, obschon dies verboten ist. Die Leute sind demoralisiert, krank, verslumt...»

Mit dem industriellen Aufschwung kamen Tausende von Frauen in die Fabriken. Trotz Diskriminierungen beteiligten sie sich aktiv an den Kämpfen und Streiks der Arbeiterbewegung. Dies vor allem im Kampf gegen die Kinderarbeit.

«Schon recht, Heinrich, es ist traurig... Sagt mir, was ihr wollt, und was ich aus der Welt hebeln soll.»

«Das mit dem Hebel musst du nicht allzu genau nehmen, Henry. Es geht uns um Wanamaker, den Warenhausbesitzer und Textilbaron. Seit Jahren verhindert er dank seinem Einfluss jede soziale Reform. Wir nehmen an, dass er jede Bodenhaftung verloren hat und gar nicht weiß, was er anrichtet. Wir müssen ihn sprechen, ihm unsere Situation und Absichten erklären können. Wir wissen von einem Stuckateur, dass du ihn demnächst wegen Malereien in seiner Bibliothek treffen wirst.»

«Ob ich Wanamaker selber treffen werde, ist nicht sicher. Seine Frau ist die Auftraggeberin, in reichen Häusern haben die Frauen das Sagen. Das nur nebenbei. Doch wenn ich ihn sehe, werde ich versuchen, ihm auf die Zehen zu treten. Ob er deswegen die Löhne erhöht, weiß ich nicht.»

«Blöd, das brauchst du nicht zu tun. Du sollst uns lediglich Zugang zu ihm verschaffen. Wir kommen nicht einmal

Vor Mitte des 19. Jahrhunderts waren in der Textilindustrie mehr Kinder als Erwachsene beschäftigt, meistens 13 Stunden täglich. In den Augen der Fabrikanten war nicht nur die Kinderarbeit «gottgefällig», sondern auch die «schlagkräftige» Durchsetzung der Disziplin.

über den untersten Sekretär oder Diener hinaus, wenn wir zu ihm wollen. Du musst uns zu einem Gespräch mit ihm verhelfen, Henry.»

«Mein Gott! Ihr glaubt also, Wanamaker sei an euren Argumenten auch nur eine Sekunde lang interessiert? Er wird euch als Diebe betrachten, die ihm Zeit stehlen und ans Portemonnaie wollen. Oder er spielt den väterlichen Patron, spricht von der Würde der Arbeit, vom heute fehlenden Gemeinschaftssinn und von der gegenwärtigen Krise im Textilgewerbe. Dann wird er von seiner harten Jugend erzählen und wie er mit Fleiß und Bescheidenheit zu dem wurde, was er jetzt ist. Und dass er Marx und Engels schätze. Was nützt ein solches Gespräch?»

«Das heißt, dass du nicht mitmachen willst?» Heinrich redete sich in Zorn. «Ich verstehe, du bist jetzt ein feiner Pinkel mit maßgeschneiderten Anzügen, dinierst in Delmonico's und rauchst Zigarren zu 85 Cent das Stück, das ist der Taglohn einer Näherin.»

«Ja, Heinrich, und ich lasse mir für einen Dollar die Haare schneiden und trinke lieber alten schottischen Whisky als achtmal billigeren Whiskeyverschnitt. Aber ich bin in all den Jahren kein naiver Trottel geworden, wie du es scheinbar bist. Doch zur Sache: Ich werde versuchen, ein Gespräch mit euch und Wanamaker zu ermöglichen. Ein sogenanntes zufälliges Zusammentreffen vielleicht, bei dem zufällig ein Pressefotograf dabei sein wird, damit ihr euch mit Wanamaker und einer Schlagzeile in der *Sun* oder im *Herald* bewundern könnt: ‹Wanamaker hört sich die Anliegen der Arbeiterschaft an.› Oder: ‹Die Arbeiterschaft zeigt Verständnis für die Krise von Warenhäusern und Textilbetrieben.›»

«Scheißkerl», sagte Heinrich.

«Arschloch», erwiderte ich. Es stand uns frei, das eine oder andere auf uns oder auf Wanamaker zu beziehen. Immerhin hatten wir die Lieblingsworte unserer Jugend wiedergefunden. «Ich werde es versuchen und gebe dir Bescheid.»

«Capital Hand in Hand with Labor!» (Zeichnung von Horace Taylor, *The Verdict*, November 1899)

Eine Menge Leute sind noch keine Masse. Masse ist eine unter einheitlichen Bewegungsrhythmen gelenkte Gesellschaft. Eine Menge hingegen ist eine Anzahl gleichzeitig in verwirrenden Tempi des Lebens agierender Individuen. Für Edgar Allan Poe insbesondere der New Yorker: eine für den Melting Pot in vielem ungeeignete Völkerschar.

«Wenn man der Masse schmeicheln will, nennt man es Volk. Wenn man das Volk regieren will, betrachtet man es als Masse.»

Vom Missverstehen und Intelligenz nach Kubik. «Was? Melting Pot? A Worsthaut, wo hineingestopft werde di dumme Leit.»

«Hey, Sie!»
«Wer, ich?»
«Ja, Sie!»
«Und? Was?»
«Sind Sie Amerikaner?»
«Wer, ich?»
«Ja, Sie!»

Pieter Brueghels *Turm zu Babel* versinnbildlicht unter anderem die Verbindung vom Irdischen zum Himmlischen, also zu Gott. «Zu was für einem Gott?», fragt Alexander Mitscherlich. «Dieser Gott ist ja in höchstem Maße mit sich selbst beschäftigt, mit seiner Eifersucht nämlich, und nicht mit der Tatsache, dass Menschen Irrtümer begehen.»

[083] Seit «Teddy» Roosevelt*, New Yorks ehemaliger Polizeipräsident und jetziger Gouverneur des Staates New York, sich um die US-Vizepräsidentschaft bemüht, ist das Thema Melting Pot einmal mehr en vogue. Das Bestreben, alle Immigranten verschiedener Herkunft und Sprache zu Amerikanern mit gleichen Wertvorstellungen und gleicher Sprache zu verschmelzen, ist alt. Uralt sogar, wenn wir daran denken, was die Ursache dieses Bemühens war: die Geschichte vom Turmbau zu Babel 2927 Jahre A. M. oder, was aufs Gleiche herauskommt, um 1100 v. Chr. Damals, so lesen wir im Alten Testament, maß sich der assyrische König Nebukadnezar I. an, einfach mir nichts dir nichts einen Wolkenkratzer in die Himmelsgemächer des Allmächtigen hineinzubauen. Das war recht unverschämt und erzürnte den Weltengründer so sehr, dass er den Bau mit Blitz, Hagel und was sonst noch zur Hand war zerstörte, die Turmbauer über die Erde zerstreute und sie fortan «in fremden Zungen reden» ließ. Und zwar in 2783 Sprachen, wie Prof. H. Hubbler von der Johns-Hopkins-Universität errechnete.

Mit der Gründung der United States und mehr und mehr Einwanderern und Sprachen kam den Gründervätern und deren Nachfolgern der Gedanke, den etwas impulsiven Entschluss des Allvaters aus praktischen Gründen zu korrigieren und die nach Freiheit und Friede suchenden Immigranten zu einem einig Volk zu verschmelzen. So richtig gelang die Sache jedoch nie. Weshalb denn auf Wahlen hin die Politiker immer wieder davon sprechen und versprechen, die Angelegenheit ein für alle Mal in Ordnung zu bringen. Auch Arbeiterführer Heinrich Seiffert sprach vom Melting Pot, als er mich bat, ihm ein Gespräch mit John Wanamaker zu vermitteln. Vom Melting Pot sprach somit auch ich, als ich Mr. Wanamaker Heinrichs Anliegen vorbrachte.

«Was erlauben Sie sich!» Mr. Wanamaker schaute mich zornig an. «Ich opfere meine Zeit, um auf Wunsch von Mrs. Wanamaker mit Ihnen die Ausgestaltung meiner Bibliothek zu besprechen. Und das Einzige, was Sie hervorbringen, ist die Bitte, mich mit einem vorbestraften Aufwiegler zu unterhalten. Und über was? Über Melting Pots. Sind Sie denn übergeschnappt? Bin ich denn ein Eisenschmelzer oder Metallgießer? Diese Frechheit! Nein, Simens, Sie sind nicht nur verrückt, sondern unverschämt. Ich habe keine Lust, mich mit Leuten wie Ihnen abzugeben!»

[084] Einer edlen Tat wegen zum Teufel gejagt zu werden erhöht das Selbstwertgefühl. Beim dem Rausschmiss folgenden Drink in Johnnys Manhattan-Bar fühlte ich mich Wanamaker moralisch somit um einiges überlegen, denn sein Dreh, den Hinweis auf den Melting Pot als Beleidigung umzudeuten, war fies. Andererseits, so muss ich gestehen, hat Wanamaker meine möglicherweise im falschen Moment vorgebrachten Anliegen auch nur falsch verstanden.

«Großartig, deine Naivität», lachte Johnny. «Wanamaker hat dein Anliegen sehr gut verstanden. Er wollte ein für ihn unangenehmes Gespräch im Voraus abblocken. Wenn schon Missverständnis, dann liegt es bei dir, weil dir wohl nicht klar ist, dass unsere Gesellschaft nur wegen erlogenen wie

Uncle Sam ermahnt die Immigranten, ihre Bindung zur alten Heimat aufzugeben und Amerikaner zu werden. Direkt angesprochen werden die beiden größten Einwanderergruppen: die Iren mit St. Patrick und die Deutschen mit St. Gambrinus. (Thomas Nast in *Harper's Weekly,* 1877)

«Hier sieht man Juden und Christen, Priester und Leviten, aber auch Menschen jeglicher anderer Art – Alt und Jung aus aller Herren Länder, sämtliche Klassen und Rassen des Homo sapiens (…) Chatham Street ist eine Art Museum oder Kuriositätenkabinett, und ich denke, Mr. Barnum* wäre gut beraten, alle aufzukaufen – Männer, Frauen und Waren –, um sie seiner Sammlung an der Ann Street, Ecke Broadway, einzuverleiben.»
(Glimpses of New York City, 1852)

auch echten Missverständnissen funktioniert. Mit einem Missverständnis lässt sich alles rechtfertigen, entschuldigen, vergeben oder durchsetzen.»

Es ist schon so, jeder Streit, ob klein oder groß, beruht auf einem Missverständnis: die reiche Erbin, die glaubt, ihretwegen und nicht des Geldes wegen geliebt zu werden; der Makler, der dir faule Aktien der XYZ-Rail unterjubelt und sich dann herausredet, du hättest von diesen und nicht von Aktien der XZY-Rail gesprochen. Auch der Kuba-Krieg beruht auf einem Missverständnis ebenso sehr wie die Interpretation der Emser Depesche, die 1871/72 zum Krieg zwischen Deutschland und Frankreich führte.

Auch diesen Melting Pot gibt es ja nur eines Missverständnisses wegen. War es denn nicht so, dass der von Nebukadnezar nach eigenen Angaben zu Ehren des Allmächtigen erbaute Turm von diesem in eine Provokation umgedreht und dazu benutzt wurde, die Menschheit im Sinne von «divide et impera» zu schwächen und sie so besser unter Kontrolle halten zu können? Seit Adam und Eva hatte Er ja nur Ärger mit ihr. Vernichten, auch das möglicherweise Sein gelegentlicher Wunsch, wollte Er sie nicht. Wer hätte Ihn dann noch lobpreisen können? Also sie verwirren und so schwächen, dass sie vor Ihm auf die Knie fallen und dankbar sind, wenn Er ihnen nicht die Apokalypse schickt.

[085] Ja, wem bringt denn dieser Melting Pot welchen Nutzen? Sicher keinen den Mächtigen und Reichen. Die halten sich ans Teilen und Schwächen. Ist er im Interesse der Masse? Wohl kaum. Da sind Deutsche zu sehr Deutsche, Iren zu sehr Iren, Italiener zu sehr Italiener.

Ich besuchte einen Vortrag von Dr. Morton im Cooper Institute. Dr. Morton gab sich von der politischen, sozialen, religiösen, rechtlichen und gerechten Idee des Melting Pots überzeugt. Doch da gebe es ein Problem, und zwar aufgrund der verschieden großen Intelligenz unter Amerikanern. Dr.

*Phineas T. Barnum (1810–1891) gelangte zu landesweitem Ruhm als Impresario des Liliputaners «General Tom Thumb» und der «Schwedischen Nachtigall» Jenny Lind. Sein erstes American Museum von 1841 wurde 1865 durch einen Brand zerstört, sein kurz darauf eröffnetes zweites Museum brannte 1868 ebenfalls nieder. Barnum betrieb auch den ersten Three- Ring Circus und das Hippodrome an der Ecke 27th Street und Madison Square. Er ging auf Zirkustourneen mit Tierschauen und zeigte Riesen, Zwerge, spindeldürre sowie kolossal dicke Menschen, Jumbo, einen Riesenelefanten, und er organisierte «baby contests». Er zeigte Shows mit dressierten Hunden, Seiltänzern, Messerwerfern, Zauberern und Flöhen, die winzig kleine Königskutschen zogen. Alles, was er vorführte, war ein ununterbrochenes Spektakel, gewürzt mit Löwenmännern, Bauchrednern, Frauen mit Bart, Tomahawks schwingenden Indianerhäuptlingen und Katzenakrobaten. Er zeigte die erste Strickmaschine sowie diverse andere Erfindungen, darunter Kempelens legendären Schachspieler. Was er auch tat, es wurde zum Erfolg. Zum festen Bestand von Barnum's American Museum gehörten Dioramen, Panoramen, Städtemodelle (Paris, Jerusalem), Jahrmarktklamauk und stets auch «lebende Kuriositäten» (Bild links).

Ein WASP (White Anglo-Saxon Protestant), wie ihn der Süden nach dem Bürgerkrieg kannte: ein geldgieriger Gauner, der Güter, Manufakturen und Baumwollpflanzungen an sich riss und deren Gewinne sowie weiteres Diebesgut in seinem Bargain nach New York schleppte.
Der WASP des Ostens sah sich anders: tüchtig, fromm, ehrlich, verantwortungsvoll und Familie und Vaterland liebend. Doch nicht alle WASPs waren allen WASPs rein genug: Oben in der Hierarchie standen einst aus Holland und England eingewanderte Calvinisten. Für Deutsche war es eine Ehre, ihnen angehören zu dürfen.

Morton hatte Hirnschalen vermessen und Hirne gewogen und bewies anhand einer Tabelle, dass Anglo-Saxons mit durchschnittlich 45,70 Ounces am meisten Brain Power aufweisen. Franzosen mit 44,58 Ounces und Deutsche (ohne Bayern, Schwaben und Alemannen) mit 44,10 kamen noch recht gut weg. Auch die Intelligenz von Bayern, Schwaben und Alemannen sei mit 44 Ounces noch respektabel, entspreche sie doch derjenigen der Italiener, die ja die Renaissance erfunden hätten. Schlechter, mit nur 43 Ounces Brain Power, wurden Polen und Ungarn bewertet sowie, trotz aller Kulturleistungen, Griechen und Türken mit 42 Ounces. Unter dem Durchschnitt von 41,50 Ounces lagen Russen, Slawen, Chinesen und Japaner. Zwar gebe es bei diesen ebenfalls Intelligenz. Doch sei sie angelernt und nicht mit der angeborenen Intelligenz der Anglo-Saxons und Europäer (ohne Griechen, Slawen, Polen und Ungarn) zu vergleichen.

Es gab Proteste und Diskussionen. Frauen, auf deren kleineres Hirnvolumen gegenüber Männern Dr. Morton ebenfalls hingewiesen hatte, wehrten sich dagegen, dümmer als Männer zu sein. Das dürfe man nicht so sehen, beschwichtigte Dr. Morton. Das weibliche Gehirn sei zwar kleiner, doch kompakt, es könne also auch intelligente Frauen geben.

«Und wie steht es mit den Negern? Nach Ihrer Tabelle haben Kaffern mit 45 Ounces ein größeres Hirnvolumen als Europäer», fragte einer. Das sei wie bei Frauen, doch umgekehrt. Das Gehirn von Kaffern sei locker und wässrig. Es habe keine Brain Power im Vergleich zum kompakten Hirn von Weißen.

«Und wie steht es mit den Juden?», wurde ebenfalls gefragt. Das sei ein Sonderfall. Den jetzt noch erklären zu wollen, dazu reiche die Zeit leider nicht. Auch von den Indianern hatte Dr. Morton nicht gesprochen.

[086] Es war Schalom Halevi, der nach den Juden fragte. Halevi handelt an der Fitzgerald Street East mit Büchern.

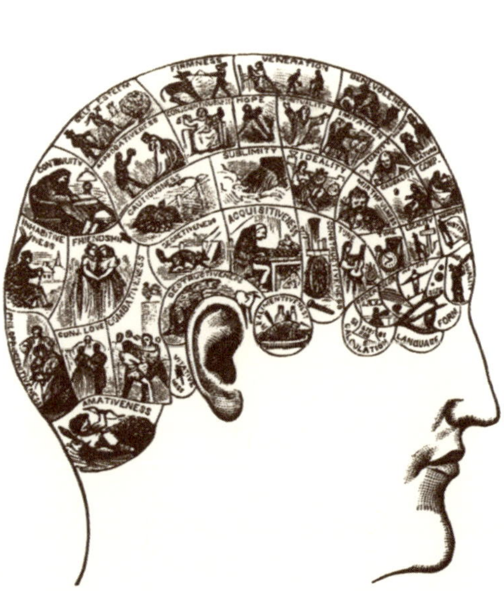

Die Annahme, dass die Größe des Gehirns der Maßstab für Intelligenz sei, wurde nur vom Glauben an die Phrenologie (Physiognomik) übertroffen, bei der aufgrund von Schädelform sowie ertasteten Erhebungen und Vertiefungen im Schädel auf besondere intellektuelle Begabungen und charakterliche Eigenschaften geschlossen wird. Dem Trend entsprechend unterzog sich Mark Twain, ohne seine Identität preiszugeben, in London einer phrenologischen Untersuchung, wobei festgestellt wurde, dass sein Organ für Humor ungewöhnlich klein sei.

Es dürften mehrere 10000 sein, die auf Gestellen oder in Stapeln auf dem Boden verstauben und vermodern; Halevi gehört zu jenen Antiquaren, die Bücher lieber besitzen als verkaufen. Er wird von seinem Bruder unterstützt, der einen Textilhandel betreibt. Schalom Halevi spricht mehrere Sprachen, am liebsten Jiddisch, von dem er überzeugt ist, dass es die Sprache war, mit der der Allmächtige die Apostel zu Pfingsten versah, um Ihn zu lobpreisen, sodass alle sie verstehen konnten. Halevi ist auch überzeugt, die Mutter aller Sprachen sei Hebräisch: «So sprach Gott mit Adam und Eva und diese untereinander.»

«Richtigerweise müsste beim Melting Pot somit Hebräisch oder Jiddisch die Umgangssprache sein», schlug ich vor.

Halevi kicherte: «Oh weia, nein!» Den Juden sei es nur recht, wenn sie die Gojim nicht verstünden. Und was den Melting Pot betrifft, sei dieser nichts anderes als «wi a Worsthaut, wo hineingestopft werde di dumme Leit und sech die gescheite Leit abschneide, was se wolle»*.

A propos Melting Pot:
- A place or situation where racial amalgamation and sociocultural assimilation are taking place (the United States, Israel, Brazil are great melting pots).
- A population developed in such a place or situation (instead of a homogeneous people a melting pot is composed of many European nationalities).

(Webster's Third New International Dictionary)

[087] Jahre nach dem Gespräch mit Halevi las ich in *The Theory of the Leisure Class** von Thorstein Veblen über das Verhalten der Reichen und Mächtigen untereinander. Seine bissigen Bemerkungen sind einleuchtend: Auslöser des Wettbewerbes seien Neid und Raub. Interessant ist Veblens Schlussfolgerung: Um Prestige im Sinne von «besser sein» und «mehr sein» beziehungsweise «mehr haben» zu erlangen, muss der Mensch Erwerb und Reichtum zur Schau stellen und an Dinge verschwenden, die er zum Leben nicht braucht. Nach Veblen sind es Zeit (Muße) und Konsum. Wobei beim Konsum «niedrigen Preisen misstraut wird, weil wir ‹teuer› mit ‹angesehen› gleichsetzen».

Obschon Veblens Buch mit dem Melting Pot und den Anliegen von Heinrich Seiffert nicht direkt etwas zu tun hatte, schickte ich ihm ein Exemplar zu. Ich erhielt nie eine Antwort.

**086: Das Zusammenleben verschiedener Volksgruppen klappt in den USA problemlos – solange gesellschaftliche Normen und politische Korrektheit eingehalten werden. Zu der seit über 150 Jahren erwünschten Verschmelzung zu einer Nation mit gleichen Wertvorstellungen und gleicher Sprache kam es nur oberflächlich; nicht alle Einwanderer waren bereit, ihre Identität zugunsten der amerikanischen aufzugeben. Denn «niemals sind wir von irgendwo, wo wir waren, richtig weggegangen» (Salman Rushdie).*
Heute versuchen nicht wenige der Enkel und Urenkel zu den «roots» zurückzufinden: weg vom vereinheitlichenden Fast Food für Seele und Leib – und hin zur «salad bowl» eines multikulturellen Amerikas, in dem ethnische Volksgruppen ihre Eigenheiten bewahren und pflegen.

**087: «Nur Verschwendung bringt Prestige und Anerkennung», schrieb der amerikanische Soziologe und Wirtschaftswissenschaftler Thorstein Bunde Veblen (1857–1929) in seinem 1899 erschienenen Werk* The Theory of the Leisure Class. *Die Folge:*
Die moderne Gesellschaft ist eine Gesellschaft der Verschwendung.

«Die Bowery, deutscher
Broadway, ist
mit eigenart'gem Leben
und sonders in der
Abendzeit
mit buntem, regem Weben.»

**088: Die Bowery war in der zweiten Hälfte des 19. Jahrhunderts die Westgrenze und zugleich der Amüsier- und Bummelkorso von Little Germany. «Hier reihten sich die Biergärten: Volks Garden, German Winter Garden und Atlantic Garden, der größte und berühmteste von allen, an dessen Tischen man bei Bier und Blasmusik den Sieg von Sedan feierte. Entlang der Bowery gab es seit 1854 das Stadt Theater, das den* Tannhäuser *und den* Freischütz *spielte; aus dem alten Bowery-Theater wurde das Thalia, auf dessen Bühne nur noch Deutsch – und später Jiddisch – zu hören war, das New Stadt Theater spielte Schiller, und über den ganzen Bezirk waren Säle wie Walhalla Hall und Beethoven Hall, Harmony Rooms, Turn Halle und Concordia Hall verstreut.»*
(Sabina Lietzmann)

Oben rechts: Mit dem 1881 im Renaissancestil erbauten und prachtvoll eingerichteten Vereinshaus des Gesangvereins Deutscher Liederkranz in der 58th Street sahen sich New Yorks Deutsche als Vertreter einer Kulturnation bestätigt.
Unten: Der Treppenaufgang.

Good Times und Gemütlichkeit, deutsche Weihnacht und von der Schwierigkeit, Gekrümmtes geradezubiegen

[088] Nahezu ein Fünftel der Einwohner New Yorks sind Deutsche. Es gibt deutsche Zeitungen, deutsche Theater, Bibliotheken, Schulen, den Liederkranz, deutsche Turn-, Schützen- und Kulturvereine. Deutsche brauen Bier, treffen sich zur Brotzeit zu Schmankerln, Rippchen und Presssack, lieben Grünkohl mit Grützwurst und Sauerbraten mit Spätzle. Sie sind Handwerker, Kaufleute und Fabrikanten, Wirte, Ärzte und Architekten. Sie lassen Turnvater Jahn, Bismarck oder Kaiser Wilhelm II. hochleben und huldigen der Blasmusik. Familienstark bummeln sie Kleindeutschlands Amüsierkorso, die Bowery*, entlang und treffen sich in Beer Gardens. Diese mag ich ebenfalls. Doch nicht um mit Deutschen deutsche Heimatlieder zu singen, sondern um «zu schauen, was die Wimper hält, von der Schönheit» deutscher Töchter.

Hier, in Little Germany zwischen Division und 14th Street East, sind die Deutschen unter sich. Viele Deutsche leben zudem nördlich des Central Parks (reiche Juden), von der Third Avenue 82nd bis 91st sowie der First Avenue 52nd bis 60th Street (Mittelständler) und in Tenements der Lower East Side (Arbeiter, Heimarbeiter und kleine Angestellte).

Doch seltsam: Deutschamerikaner haben im Vergleich zu den WASPs gesellschaftspolitisch kaum Einfluss. Dies bemerkte ich einmal spöttisch zu Doc Rotter, als wir uns der Spitzelaffäre Wohlgemuth wegen hänselten und er wieder einmal die intellektuelle und kulturelle Überlegenheit der Deutschen gegenüber Kuhschweizern andeutete, vom Mangel einer helvetischen Hochkultur sprach und sonst noch Blödsinn quatschte. Und uns Schweizern zudem andichtete,

SUISSE.
Swiss. — *Schweizer*, m.

«Von gebürtigen Amerikanern (Nativisten) und Immigranten anderer Nationen kaum anerkannt: der beachtliche Einfluss der Deutschen auf die Kultur der USA, wenn auch nur vordergründig auf das Vereinswesen, das Turnen, den Froebelschen Kindergarten oder auf Weihnachten bezogen. Oder die Sprache: In vielen Staaten war Deutsch dem Englischen gleichgestellt. 1863 gab es in New York zwölf Turnvereine mit 1500 Sportlern. 1902, beim Besuch von Prinz Heinrich von Preußen enthielt die ihm von ‹deutschen› New Yorkern überreichte Unterschriftenkassette die Grußadresse von zwölf Schützenvereinen und 40 Vergnügungsvereinen und Gewerkschaften, vom Kegelklub über den Riesengebirgsverein, Ortsgruppe New York, bis zum Plattdüütschen Vereen auf Staten Island, zehn Wohltätigkeitsvereine und drei Dutzend Gesangs- und Musikvereine vom Arion und Deutschen Liederkranz über den Orpheus-Männerchor bis zum Aschenbrödelverein und Gesangverein Krakehlia.»
(Sabina Lietzmann)

mit Sense und Heugabel auf New Yorks Pflaster zu ernten, was andere Nationen kulturell und wirtschaftlich aufgebaut hätten.

Doc Rotter ist Arzt in Kleindeutschland; ich suche ihn auf, wenn die Bronchien rasseln oder mich die große Zehe zwickt. Er stammt aus Frankfurt am Main und ist stolz darauf, Deutscher, deutscher Jude und Mitglied der Harmonie zu sein. An sich machen uns die gegenseitigen Neckereien meistens Spaß, auch die politischen. Doch diesmal war er durch meinen Spott richtiggehend gekränkt, und er begann empört anhand der Finger aufzuzählen, was Deutschland Amerika und New York gebracht habe.

«Ich weiß», unterbrach ich ihn, «nehmen Sie ruhig noch die Zehen hinzu, es ist viel. Doch hat das mit der Sache wenig zu tun.»

«Und ob», antwortete er. Und dann versuchte er zu erklären: Die gesellschaftliche Bedeutungslosigkeit der Deutschen habe nichts mit ihrer Kultur und Intelligenz zu tun, sondern liege an ihrem sich selbst genügenden und der Assimilierung zuneigenden Charakter: «Sie glauben nicht, Simens, 99 Prozent der Deutschen lassen vor Stolz ihr Wasser, wenn Onkel Sam sie schulterklopfend als brave Amerikaner lobt.»

Ich musste wiederum lachen: «Sie zählen sich wohl zu dem einen Prozent, sprachen Sie doch von *den* Deutschen und nicht von *uns* Deutschen.»

«Ach, Simens, unterbrechen Sie mich doch nicht immer mit ihren läppischen Bemerkungen!» Es sei nun einmal so, die meisten Deutschen seien untereinander zerstritten: Katholiken und Protestanten, 48er und 71er, Deutschnationale, linke Arbeiter und rechte Bürger, Bayern sowieso mit allen anderen, «und wenn einer zu Wohlstand kommt, kriecht er den reichen WASPs in den Hintern und will wie sie werden.» Zudem sei «unser verehrter Kaiser Wilhelm II.» den Amerikanern suspekt, und dem Durchschnittsamerikaner

Stets beliebt: «Oompah-Music» in Biergärten und Musik von Münchner Straßenmusikanten.

sei deutsche Kultur sowieso nicht viel mehr als deutsches Bier, deutsche Würste und die Steuben Parade, gewürzt mit etwas Beethoven, Bach, Wagner, Mozart, Schubert und Strauss.

«Sind die drei Letzteren nicht Österreicher?», witzelte ich.

«Wenn schon, sie werden am Deutschen Theater und im Liederkranz aufgeführt.»

Was aus Deutschland, Österreich und der Schweiz kommt, ist für die meisten Amerikaner aus Germany. Aber Deutsche selber sehen ebenfalls Österreicher, Elsässer und Deutschschweizer als Äste am «Stamm deutscher Völker». Zwar als etwas kuriose Äste, besonders was uns Eidgenossen betrifft «und möglicherweise der Grund des gelegentlichen Überlegenheitsgefühls der Deutschen uns gegenüber ist», bemerkte ich einmal zu John Kruesi.

«Wenn auch!» Kruesi schien dies egal zu sein: «Franzosen, Italiener und Engländer fühlen sich uns ebenfalls überlegen, doch nicht nur uns, sondern jeder Nation. Wissen Sie, Henry, von diesen von nationalem Dünkel geprägten Leuten als etwas naiv und von einfachem Gemüt angesehen zu werden, hat auch Vorteile. Zusammen mit der uns ebenfalls zugeschriebenen Bauernschläue kommen wir Schweizer in New York jedenfalls gut zurecht. Die Bemerkung dieses Doktors, dass wir Schweizer in New York mit Heugabel und Sense ernten, was andere säten, ist eine zwar witzige, doch schlechte Metapher. Der Mann weiß wohl nicht, dass wir zu dem, was wir ernten, oft den Samen lieferten.» Und dann begann Kruesi wie Doc Rotter anhand der Finger aufzuzählen: «Calvin, Rousseau, Agassiz, Iselin, Baumann, Bouquet…»

Mit John Heinrich Kruesi*, Thomas Edisons rechter Hand, habe ich noch immer Kontakt. Er war mit meinem Vater befreundet und kam gerne zu uns an die Beekman Street, um mit ihm Schach zu spielen. An seinen etwas schrulligen Humor und seine Lebensklugheit erinnere ich mich immer

*088: «Kruesi Make This»; bei T.A. Edisons Auftrag an Kruesi, den «Phonographen» zu konstruieren, ging es nicht, wie oft angenommen, um das Grammofon, sondern um ein Diktiergerät, von dem sich Edison kommerziellen Erfolg versprach. Für den «Phonographen» erhielt Edison 1877 das britische und 1877/78 das amerikanische Patent.
Als er seine Erfindung 1878 der Pariser Akademie der Wissenschaften vorführte, vermutete man einen Bauchrednertrick. 1887 konstruierte Emil Berliner das Grammofon. Es unterscheidet sich vom «Phonographen» durch die Verwendung einer Platte anstelle einer Walze.

Mit Batterien betriebenes Diktafon um 1890.

wieder, etwa an: «Was krummgebogen wurde, wirst du nie geradebiegen können.» Das gelte für den Alltag wie auch für Politik und Wirtschaft. «Merk dir das!», sagte er.

[089] Das mit dem «Geradebiegen» erlebte ich einmal recht anschaulich im Saltarino an der Bowery. Solche Tingellokale gibt es mehrere in der Stadt; manchem Artisten sind sie das Sprungbrett für eine erfolgreiche Laufbahn. Im Saltarino, so die Legende, habe schon Tony Pastor sowie Houdini* getingelt, als er noch Weiss hieß.

Im gut besetzten Saal fand ich einen noch leeren Tisch – gleichzeitig mit einer jungen Frau und ihrem Begleiter, einem etwa 60-jährigen Dicken mit freundlichem Mondgesicht. Wir gaben uns gegenseitig den Vortritt – und setzten uns nahezu gleichzeitig auf denselben Stuhl, ein Grund, um zu lachen und uns vorzustellen. Sie kam aus Köln und arbeitete als Artistin, um sich das Studium am Medical College of Women zu leisten. Der Dicke war recht verlegen, als ich nach seinem Beruf fragte. Er beugte sich über den Tisch, blickte vorsichtig um sich, zog mich am Revers näher und flüsterte: «Taschendieb.» Ich war etwas verwirrt, erkundigte mich jedoch, ob sich sein Handwerk rechne.

«Wer seriös arbeitet, kommt sicher einmal auf einen grünen Zweig», antwortete der Mann. Leicht sei der Beruf jedoch nicht, man komme allzu oft an Dinge, für die sich das Risiko nicht lohne.

«Hier zum Beispiel», sagte er und zog ein Zigarrenetui aus der Brusttasche. «Eine an sich schöne Arbeit. Doch sehen Sie selbst, an den Ecken abgeschabt und zudem mit einem eingeprägten Monogramm. So etwas bringt nichts, und ich selber bin Nichtraucher! Was soll's – ich schenke es Ihnen, da!»

Er drückte es mir in die Hand. Es war mein Etui! Er musste es mir aus der Brusttasche gezogen haben, als er mir vertraulich seinen Beruf ins Ohr flüsterte. Der Dicke amüsierte sich über meine Verblüffung, legte den Zeigefinger an die

**089: Harry Houdini (Erich Weiss) wurde mit seinen Entfesslungskünsten eine Zugnummer in den Programmen von Varietés und Zirkussen. «Er wurde in Handfesseln geschlossen, seine Beine in Eisen gelegt. Er entkam. Man schnürte ihn in eine Zwangsjacke und brachte ihn in eine verriegelte Kammer. Er entkam. Er entkam aus Banktresoren, vernagelten Fässern, vernähten Postsäcken (...), aus einer mit Zinkblech ausgeschlagenen Transportkiste, einem galvanisierten Dampfkessel, einem Rollpult, einer Wursthaut. In einer Zwangsjacke steckend hing er mit dem Kopf nach unten an Kränen. Er ließ sich im bleibeschwerten, mit Vorhängeschlössern gesicherten Tauchanzug in den Ozean werfen und entkam.» (Aus: E.L. Doctorow,* Ragtime)

Lippen, sagte «Pst!» und stand auf; er müsse noch mit einigen Leuten auf Tuchfühlung gehen.

Minuten später stand er in Frack und mit Zylinder auf der Bühne. Er entschuldigte sich der Verspätung wegen, da er keine Uhr besitze – und zog unter dem Lachen der Zuschauer eine Handvoll Taschenuhren mit Kette aus der Fracktasche.

«Mein Gott», rief er, «wie peinlich! Wie konnte so etwas nur geschehen! Hier, ein Prachtstück aus Genf. Wenn ich den Herrn am Tisch in der dritten Reihe», er deutete auf mich, «bitten darf, sein Eigentum abzuholen.»

Ich ging unter dem Lachen und Klatschen des Publikums zur Bühne und erhielt die Uhr mit Dank und Verbeugung zurück. Das Lachen wurde stärker. Beim Weggehen zupfte mich der Dicke am Ärmel: «Bitte, wollen Sie nicht auch Ihre Brieftasche mitnehmen? Und ist dies, bitte schön, nicht Ihr Schlips?» Ich glaube, der Mann hätte mich zum Gaudi des Publikums bis aufs Hemd ausgeplündert, wenn er nicht noch mit weiteren Opfern seinen Spaß hätte treiben wollen. Als ich an meinen Tisch zurückkam, war die Kölnerin weg.

[090] Sie stand, wenig später, in Trikot und Rüschenröckchen, auf der Bühne, zusammen mit dem Direktor des Etablissements. Dieser hielt unter Trommelwirbel eine Eisenstange von gut einem Meter Länge in die Höhe: «Meine Damen und Herren! Miss Jerry Wonder wird diese eineinhalb Zoll dicke Eisenstange biegen. Nun hören wir ja immer wieder von Männern, die sich rühmen, geradezustrecken, was Frauen krummgebogen haben. Hier wird Gelegenheit geboten, dies öffentlich zu beweisen und zu zeigen, was ein echter Mann vermag. Zudem sind drei Dollar zu gewinnen. Der Einsatz beträgt 50 Cent. Wer wagt es?»

Unter Applaus stieg etwa ein Dutzend Männer auf die Bühne, alle zahlten 50 Cent und prüften fachmännisch die Stange.

Einer, dessen Karriere ebenfalls unten begann – unter anderem auf der Bühne von P.T. Barnum's Museum: Tony Pastor, später einer der einfallsreichsten Theaterproduzenten und als «father of vaudeville» bekannt gewordener Begründer eines eigenen Vaudeville-Theaters. In Tony Pastor's Music Hall trat 1880 ein als Londoner Sängerin angekündigtes blutjunges Girl auf: Lillian Russell. Sie kam weder aus London, noch war es ihr richtiger Name, «aber jahrzehntelang regierte sie am Broadway als Göttin der Schönheit; sie soll die schönste Frau gewesen sein, die je in New Yorks Theatern aufgetreten war. Sie war dreimal verheiratet und hatte viele Liebschaften.» (Henry Marx). «Diamond Jim Brady» (siehe Seite 74) schenkte Lillian Russell, um ihr Herz zu gewinnen, ein mit Diamanten bestücktes Fahrrad.

**090: Es dürfte sich um einen langsam ausgekühlten Stahlstab gehandelt haben. Diese lassen sich relativ leicht biegen, doch nicht mehr verändern, da sich beim Biegen die im Metall befindlichen Kristalle verhärten.*

Unter Trommelwirbel wickelte Miss Wonder daraufhin zwei Tuchlappen um die Stangenenden. Dann gab sie der Stange über dem Knie eine leichte Biegung, hielt sie auf Brusthöhe und drückte die Enden Zentimeter um Zentimeter unter Klatschen und Bravorufen der Zuschauer einander zu. Nun war es an den Männern, ihre Muskeln spielen zu lassen. Keinem gelang es, die Stange auch nur einen Zentimeter geradezudrücken*. Kopfschüttelnd und verlegen grinsend verließ einer nach dem anderen die Bühne.

[091] Es lag nicht nur an den Tingellokalen, Biergärten und an Doc Rotter, weswegen ich Kleindeutschland gerne und immer öfter aufsuchte. Es lag am Brot. Und zwar am lange haltbaren Roggenbrot von Bäckermeister Kreisl, das ich, wenn immer möglich, mithilfe von Kreisls Tochter Susi in einen von mir mitgebrachten Leinenbeutel stopfte. Das Brot hielt sich eine Woche frisch. Bald schien mir die Frische weniger lange anzuhalten, was es nötig machte, Kreisls Bäckerei alle zwei, drei Tage aufzusuchen, um zusammen mit Susi das Brot in den Beutel zu stecken. Irgendwie verflochten sich dabei die Hände, wobei ich Susi jeweils flüsternd um ein Zusammentreffen außerhalb der Bäckerei bat. Doch sie schüttelte nur errötend den Kopf. Oft trat dann Mutter Kreisl zu uns: Sie wundere sich, dass ich als Junggeselle so viel Brot brauche. Ich sprach von meinem Hang zu Brotsuppe und Brotpudding und dass ich allfälliges altbackenes Brot meinem Angestellten Boris und seiner Frau schenke, die besäßen Kaninchen.

Die Bäckertochter. Illustration aus einem französischen Almanach von 1873.

Einmal konnte ich Susi eine Rose zuschieben. Auch überlegte ich mir, Mutter oder Vater Kreisl zu bitten, Susi zum Besuch eines Beer Gardens oder Konzerts einladen zu dürfen. Das jedoch würde möglicherweise zu einer festen Bindung verpflichten. Und genau das befürchtete ich, als mich Mutter Kreisl Anfang Dezember zu einer echten Familienweihnacht einlud, was einem einsamen Junggesellen wie mir Freude machen könnte; eine schöne deutsche Weihnachtsfeier mit gutem Essen, Gesang und Tannenbaum.

In was war ich hineingeschlittert! Diese Weihnachtsfeier dürfte eine Verlobungsfeier nach sich ziehen und bald darauf eine Hochzeit, und Susi würde eine hingebungsvolle Ehefrau und fürsorgliche Mutter werden. Und ich ein guter Ehemann und Vater? Und meine Kumpels im Juri, die Besuche von Music Halls, das Flanieren am Broadway?

Ich lehnte die Einladung ab. Auf glaubwürdige Art, wie mir schien, und mit einem tieftraurigen Blick hin zu Susi: Über Weihnachten und bis ins neue Jahr hinein seien von mir in den Delmonico's Feiern, Bälle und Bankette zu gestalten. Gerade an Weihnachten sei ich unabkömmlich. Das stimmte schon, doch nicht der Arbeit wegen. An Weihnachten war ich nämlich eingeladen. Und zwar zu einem Festessen bei mir privat.

[092] Als Vorspeise würde es einen Apfel-Sellerie-Salat geben und dann als Hauptgericht eine Kubliaka*. Als Dessert war eine Saint-Honoré-Torte vorgesehen, und zwar die von Benoit, die schon mein Lieblingsdessert war, als ich dort Laufjunge gewesen war. Bei Benoit kaufte ich auch den Pastetenteig für die Kubliaka und am Washington Market Lachs und was ich sonst noch dazu brauchte.

Wir werden nach acht Uhr in der warmen Küche essen. Um drei bereite ich den Salat zu, damit er bis dahin gut durchziehen kann. Für die Zubereitung der Kubliaka benötige ich eine Stunde, ich werde sie in den Backofen schieben, wenn ich vom Weihnachtstrunk im Juri zurück bin. Über den Tisch lege ich das Damasttischtuch meiner Mutter, das ich noch immer besitze, decke ihn mit Tellern, Besteck, Gläsern und einer Serviette und stelle einen silbernen Kerzenständer als festlichen Schmuck hinzu. In das ungeheizte Atelier kommt eine Flasche Sherry (zur Vorspeise) und – von Jean-Pierre, dem Sommelier vom Del's-Broadway emp-

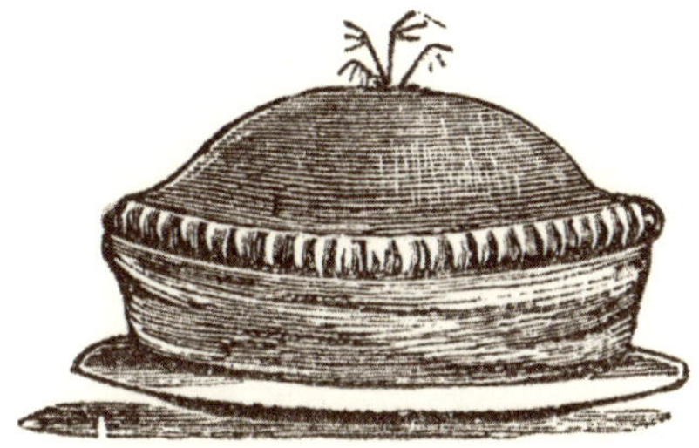

**092: Die in Russland beliebte Fischpastete gibt es auf verschiedene Art und mit verschiedenen Bezeichnungen wie «Kulebjaka», «Kubliaka» und, zum Beispiel in Ranhofers* Epicurean, *«Russian Kubliac» («Culibliac à la russe»): Eine Springform mit Hefeteig auslegen. Auf den Teigboden eine Schicht gekochten, mit etwas Sauerhalbrahm und gehackten harten Eiern oder/und Champignons vermengten, gewürzten Reis geben. Darüber eine dicke Schicht mit Zitronensaft, Pfeffer, Salz und viel Dill gewürztem rohen Lachs verteilen.*
Nach Belieben noch eine Schicht gekochten Spinat oder Wirz darübergeben und alles mit einem Teigdeckel abdecken. Einen Kamin einstechen, mit Eigelb bestreichen und im Ofen goldbraun backen.

fohlen – eine Scharzhofberger Auslese (zur Kubliaka); beides liebe ich kühl. Der Porto verbleibt in der Küche, möglich, dass ich mir ein Glas zum Käse gönne. Ein letzter Blick: alles okay. Ich ziehe den Mantel über und eile unter einem nieselnden Regen ins Juri. Es ist kurz vor sechs.

Es sind kaum Gäste da. An der Theke nicke ich Jenssen zu und begrüße Bensotti, den Theateragenten, sowie David Hove, einen Literaten. Vom Ende der Theke winkt mir Williams zu. Er wird mich, wie immer an Weihnachten, anpumpen. Jenssen, Bensotti, Hove und ich frotzeln über das neue Stück von Morisson im Thalia-Theater.

Etwas nach sieben Uhr zahle ich und gehe zur Tür. Dort werde ich von Williams abgefangen. Er habe versäumt, Geld von der Bank abzuheben, und seine Frau …

«Ja, schon gut, Williams. Da, etwas zur Weihnacht, und Ihnen und Ihrer Familie alles Gute …», sage ich.

«Nein, nein, Mr. Simens, ich bin kein Bettler. Es ist nur meine momentane Situation … War ja auf dem Sprung zur Bank, das heißt, sie war geschlossen, als ich ankam …» Und Williams entschuldigt sich des Langen und Breiten mit der immer gleichen Geschichte, wenn er mich um Geld bittet. Ich verstehe ja, er will seine Würde wahren und nicht als Schnorrer abgefertigt werden. Er drückt mir wie immer einige handgeschriebene Gedichte «als Quasipfand für das Darlehen» in die Hand. Ich mag seine Gedichte, ich achte ihn als Dichter, doch er beelendet mich mit seinen Ausreden und zudem hält er mich, wieder einmal mehr, unnötig auf. Schließlich bin ich bei mir eingeladen und ich möchte pünktlich sein.

[093] Endlich! Ich öffne die Tür – und trete hinaus in ein stilles, noch nie erlebtes New York: Unterdessen hat es geschneit, stark geschneit. Glitzernd liegt Schnee auf Bäumen, Simsen, Gartenzäunen, Büschen, Telegrafendrähten … Und ich bin der Erste, der Spuren im Weiß der Straße hinterlässt.

**093: Schnee gab es in New York um Weihnachten immer wieder, doch Pulverschnee war eher selten. 1888 legte ein Blizzard den ordentlichen Verkehr lahm. Oben: die New Street in Lower Manhattan.*

Erst am Union Square kreuze ich andere Spuren, auch die der Pferdebahn. Sonst ist alles rein, wundersam und zauberhaft*.

Irving Place No. 77. Ich klopfe höflich an, bevor ich eintrete, und streife den Schnee von Hut und Mantel. Die Küche ist behaglich warm, im Herd glimmt noch Glut; ich gebe Kohle darüber und schiebe die Pastete in den Ofen. Dann ziehe ich Mantel und Schuhe aus, schlüpfe in Pantoffeln und Strickjacke, setze mich zu Tisch und nicke versöhnlich meinem zweiten mit eingeladenen Ich zu, das, obschon es mir mit seinen kleinlichen Vorbehalten – «du trinkst zu viel, gibst zu viel Geld aus, du quasselst zu viel, hast nur Frauen im Kopf, du…, du…» – nur Ärger verursacht. Doch Weihnachten ist nun einmal das Fest der Versöhnung und zudem sind wir für immer und ewig durch Gemeinsamkeiten verbunden, wie beispielsweise durch unseren gesunden Appetit. Doch auch da zeigen sich Unterschiede, heute beispielsweise sein krämerischer Geist: Seiner Meinung nach hätte ein preiswerterer Wein als dieser Scharzhofberger genügt – und soff ihn aus Geiz schnell in sich hinein, um mir ja keinen Schluck Vorsprung zu gönnen; jedenfalls war die erste Flasche Scharzhofberger weg, bevor auch nur die Hälfte der Kubliaka gegessen war.

Trotzdem: Ein Zusammentreffen mit dem zweiten Ich tut hin und wieder gut und es lässt sich dabei immer wieder etwas bereinigen, wie ja auch ein Besuch bei sich selber viel zur Seelenhygiene beiträgt. Man sieht dabei Mängel, die man sonst übersieht. Zum Beispiel stelle ich gerade fest, dass sich das Gestell mit den Kochbüchern gefährlich nach vorne neigt.

An Herrn Anthelme Brillat-Savarin, Richter und Autor von *La Physiologie du Goût:* «Cher Monsieur. Eine Mahlzeit in anregender Gesellschaft oder mit einer liebenswerten Dame ist, wie Sie schreiben, ein elysäischer Genuss. Doch eine Mahlzeit ohne Tischgenossen muss nicht des Teufels und eines Gourmands unwürdig sein, wie ich Ihrem bewunderten Buch entnehme. Wie oft ist man gezwungen, alleine zu essen! Dabei kann man sich ein knusprig gebratenes Rebhuhn oder eine gedämpfte Forelle mit Kressebutter als ein sympathisches Gegenüber denken, und schon fühlt man sich in angenehmer Gesellschaft! Überaus erfreulich ist ebenfalls ein Essen zu zweit mit sich selbst.
Bei meinem Weihnachtsessen war mein Gegenüber das eine Ich als Gast und gleichzeitig mein anderes Ich ein aufmerksamer Gastgeber mir gegenüber. Ich kann Ihnen versichern, cher Monsieur, es war ein großartiges Essen. Es gab zwar nur drei Gänge, doch die waren perfekt! Wir beiden Ichs haben etwas viel getrunken, und deswegen wohl warfen wir uns auch einige unschöne Dinge vor. Doch alles in allem hatten wir beide viel Spaß.
Ein Festmahl mit sich selbst kann ein für Leib und Seele faszinierendes Erlebnis sein. Dasselbe gilt für einen Besuch bei sich selbst oder einen Brief von mir an mich.»

Illustration von Bertall aus einer 1864 in Paris erschienenen Ausgabe von *Physiologie du Goût.*

«Es gibt keinen angenehmeren Anblick als der einer wahren Feinschmeckerin: …eine Hand ruht auf dem Tisch, die andere führt mit Eleganz geschnittene Häppchen oder abzuzausende Hühnerflügel zum Mund. Ihre Augen leuchten, die Lippen glänzen…»
(Brillat-Savarin)

Die Lust am Fleisch liegt den New Yorkern seit New Amsterdams Zeiten im Blut; im wohlhabenden Holland des 17. Jahrhunderts lag ein sonntäglicher Schweine- oder Ochsenbraten in Reichweite selbst einfacher Handwerker und Angestellter, und die holländischen Bewohner Manhattans dürften die Liebe nach Schweine-, Ochsen-, Geflügel- sowie – dank naher wildreicher Wälder – Wildfleisch eher noch gesteigert haben. Jedenfalls war der Schriftsteller Kapitän Frederick Marryat (1792–1848) von der Fülle von an Marktständen in Manhattan angebotenen Schinken und Würsten sowie von Fleischgerichte anbietenden Stoff-, Schuh- und Gemischtwarenläden beeindruckt. Zudem auch von den Schweinen, die in den Straßen frei herumliefen.

Im *Dictionary of American English* wird auf einen Artikel in einer Bostoner Zeitung hingewiesen, wonach die Bezeichnung «Hamburger» auf ein «Hamburger Steak» auf einer Delmonico's-Speisekarte von 1885 zurückzuführen sei. Das kurzgebratene Huftsteak mit gebackenen Zwiebelringen und Kartoffelpüree als Beilage entspricht jedoch nicht der zwischen zwei Brothälften geklemmten Frikadelle des weltweit populären Hamburgers, über dessen Herkunft es mehrere Legenden gibt.

Washington Irving ließ Ichabod Crane in *The Legend of Sleepy Hollow* von Speckseiten, Schinkentranchen und weiteren Köstlichkeiten träumen: «Mit begierigen Blicken stellte er sich jedes Ferkel, das umherlief, gebraten vor, mit einer köstlichen Füllung im Leib und einem Apfel im Maule; die Tauben sah er in einer Teigkruste gebacken; die Enten behaglich in einer Zwiebel-Orangen-Sauce in Schüsseln schwimmen …»

Ab 1870 wird der stetig steigende Fleischkonsum für die Stadt zum Problem.
Problematisch waren die vom Hafen her zu den inmitten von Mietshäusern gelegenen Schlachthäusern durch die Straßen gehetzten verängstigten Tiere, dann auch das brutale Schlachten und die unhygienische Verarbeitung der geschlachteten Tiere an sich. Ein weiteres Problem betraf die ganze Bevölkerung Manhattans: die Flcischqualität. Fleischvergiftungen waren allgegenwärtig, besonders unter der ärmeren Bevölkerung. Und das trotz Lebensmittelinspektoren, die Bestechungen ausgesetzt waren von Banden, die den Fleischmarkt fest in ihren Händen hielten.

«Fleisch am Knochen» und noch ganze 35 Zentimeter Leben

094: 1855 exportierte Kuba 356582500 Zigarren. Der Großteil ging an US-Händler, die vor der an gekündigten Zollerhöhung 1857 ihre Lager auffüllten. Damit verschafften sie sich ein Monopol. Eine Zigarre kostete 1885 60 Cent bis 2.50 Dollar, der Gewinn des Händlers betrug bis zu 60 Prozent.

[094] Wie verschiedene Sünden, gibt es verschiedene Tugenden. Zum Beispiel eine fleischliche. Im Gegensatz zur fleischlichen Sünde, die nur an das eine denken lässt, wird in New York der fleischlichen Tugend im Sinne von «Fleisch am Knochen» nachgelebt.

Nehmen wir Gene Androjew, den Zigarrenhändler. Sein Laden befindet sich neben dem «best-known German restaurant» Lüchow's nahe der Academy of Music. Er kauft Zigarren zu, sagen wir, drei Cent und verkauft sie zu acht Cent*. Da bleibt, ob von oben nach unten oder von unten nach oben gerechnet, einiges an «Fleisch am Knochen» – also an Erlös – hängen, was schon Calvin als Tugend gepredigt haben soll. Bei Gene ist es jedenfalls so viel, dass er sich bereits mit 40 auf Long Island «der verdienten(!) Ruhe hingeben» und sich von seiner Frau im Garten Whiskey servieren und eine Jacke bringen lassen kann, falls es kühl wird. Und nachts wird ihn das sanfte Geräusch eines Dollardauerregens von einem reichlich Zins bringenden Tenementhouse an der Hubert Street, das er dank einer unerwarteten Erbschaft seiner Frau hatte erwerben können, in süße Träume wiegen.

Und ich? Ich habe ein Cottage in Peace Dale, das nicht viel mehr als eine jämmerliche Hütte ist, besitze vier paar Schuhe, acht Hemden mit separaten Kragen, drei Anzüge, einen Regenschutz, einen mit Pelz gefütterten Wintermantel, vier Hüte, ein Gestell voller Bücher und, deponiert auf der Greenwich Savings Bank, zurzeit 142 Dollar sowie 18 mit prächtigen Ansichten von Dampfbooten bedruckte Aktien der Punex River Shipment, die vor einem Jahr pleite-

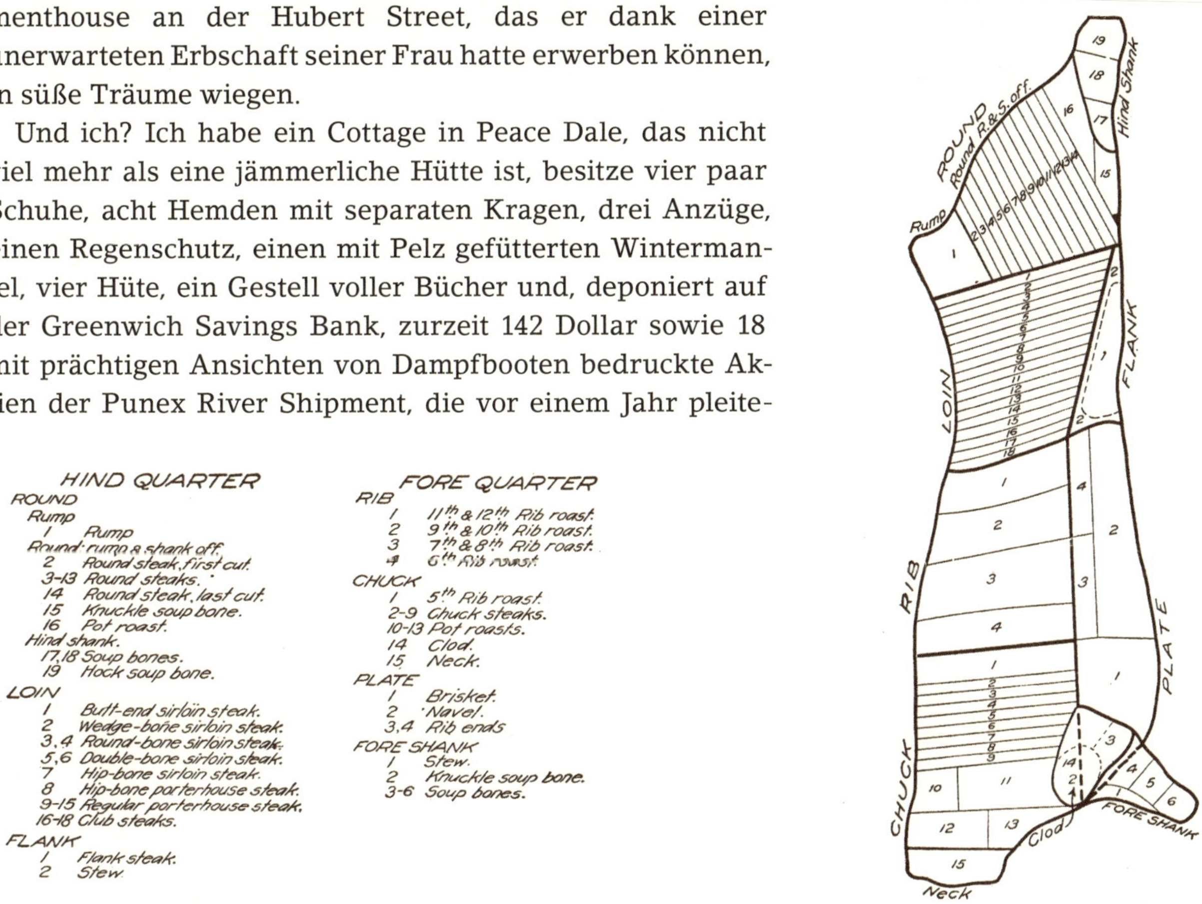

ging. Im Schlaf plagen mich geplatzte Termine und dringend zu zahlende Rechnungen. Dabei werde ich in wenigen Jahren ebenfalls 40 und habe mindestens so viel wie Gene gearbeitet.

[095] «Welche Ungerechtigkeit! Ist denn das Leben dieses Gene so viel gottgefälliger als meines?» Ich war aufgesprungen und hatte mein Glas Richtung Himmel gestreckt. Meine Frage ging an Thomas Caflisch. Er hatte mich überraschend aufgesucht, um mir mitzuteilen, dass das auf morgen vereinbarte Essen bei Liu Tzu-chuan ausfalle, er müsse verreisen.

Sein Besuch kam mir gerade recht. Ich werkelte seit zwei Tagen ideenlos an einem vom Brooklyn Polytechnic Institute bestellten Entwurf für ein Wandbild herum. Auf Caflischs Frage «Wie geht es Ihnen, Simens?» antwortete ich zuerst wie üblich mit «Ausgezeichnet». Sofort korrigierte ich mich aber mit «Überhaupt nicht ausgezeichnet» und jammerte Caflisch vor, dass Kopf und Bankkonto leer seien, erzählte ihm von diesem Glückspilz Gene und streckte dann eben den Arm gen Himmel und rief «Welche Ungerechtigkeit!»; Edwin Booth hätte es nicht dramatischer hingekriegt.

«Großartig, bravo», applaudierte Caflisch. Wir saßen im Atelier. Caflisch bat um ein Metermaß: «Sehen Sie, Simens», sagte er, «seit etwa 20 Zentimeter, hier, bis jetzt nahezu 35, hier, ging es Ihnen nur gut. Und jetzt jammern Sie mir wegen drei Millimeter mieser Lebenswochen die Ohren voll. Seit 15 Jahren kann dieser Simens tun und arbeiten, was ihm zusagt, kann essen und trinken, was ihm schmeckt, flirten und lieben, wie es ihm gefällt, und beklagt mit ausgestrecktem Arm sein Schicksal, weil sich ein Zigarrenhändler dank einem Haufen ‹Fleisch am Knochen› zur Ruhe setzt. Aber nein, Simens! Ich glaube, Sie haben lediglich Lust auf ein saftiges Kotelett. Gehen wir essen. Was schlagen Sie vor?»

LINEAR MEASURE.

3 Barleycorns	1 Inch.
12 Inches	1 Foot—0.3047 metre.
3 Feet	1 Yard—0.91438 metre.
5½ Yards	1 Rod, Perch, or Pole.
4 Poles, or 100 Links	1 Chain.
10 Chains	1 Furlong.
8 Furlongs	1 Mile—1.6093 kilom'rs

1 Line	1/12 Inch.
1 Nail (cloth measure)	2¼ Inches.
1 Palm	3 "
1 Hand (used for height of horses)	4 "
1 Span	9 "
1 Cubit	18 "
1 Scotch Ell	37.06 "
1 English Ell	45 "
1 Fathom	6 Feet.
1 Cable's Length	120 Fathoms.
1 League	3 Miles.
1 Degree of the Equator	69.1613 Miles.
1 Degree of Meridian	69.046 "

SQUARE, OR SURFACE MEASURE.

144 Square Inches	1 Sq. Foot, — 9.29 square decimetres.
9 " Feet	1 Sq. Yard,—0.836 square metre.
30¼ " Yards	1 Square Rod.
16 " Rods	1 Chain.
40 " "	1 Rood.
4 Roods	1 Acre, or 43.560 sq. feet.
640 Acres	1 Sq. Mile,—259 hectares.

The acre, — 0.405 hectare.

Amerikanische Maße (USA und Kanada): Nichtmetrisches Maßsytem, weitgehend identisch mit dem englischen System. Durch vereinbarte Umrechnungsdaten mit dem metrischen System verbunden.

«Das Brunswick», sagte ich unwillig, denn ich ärgerte mich über Caflisch, der mein Unbehagen auf miese drei Millimeter reduzierte. Das sagte ich ihm auch.

«Ach so, vielleicht habe ich mich verrechnet, es könnten auch vier Millimeter sein.» Das war alles. Und das soll ein Freund sein? Müsste ein wahrer Freund nicht auch des Freundes Kummer tragen, wie Shakespeare sagt?

[096] Von der Irving Place bis zum Brunswick Hotel am Madison Square sind es etwa 30 Minuten zu Fuß. Genügend Zeit, um mir über die Freundschaft mit Thomas Gedanken zu machen. Ich kenne ihn seit wenigen Jahren. Wenn er nicht irgendwo verreist ist, essen wir etwa zweimal im Monat bei Liu in Chinatown oder im Petuzzi's, plaudern und lachen. Doch kenne ich ihn? Ich weiß, was er vor dem Sezessionskrieg machte. Von dem, was er bisher tat, weiß ich nichts. Ja, ich kenne nicht einmal seine Adresse, unsere Kontakte laufen über Liu. Ich weiß nicht, ob er verheiratet ist, Kinder hat, wie er sich die Zeit vertreibt, wovon er lebt, nichts. Andeutungsweise und nur zufällig bekam ich heraus, dass er mehrmals in China gewesen sein musste, möglicherweise auch in Mexiko, wie er einmal sagte. Er ist charmant und liebenswürdig. Doch was gibt mir das Anrecht, anzunehmen, er sei mein Freund?

Kutschenstand am Madison Square.

[097] Das Brunswick war rappelvoll und lärmig. Viel Lärm kam hinten von der Esstheke her, laut ging es auch am großen runden Tisch rechts des Eingangs zu, an dem die Kutscher der an der Straßenseite gegenüber stehenden Droschken saßen. Der Tisch, den uns ein Kellner zuwies, befand sich neben dem der Kutscher.

Wir waren keine typischen Brunswick-Besucher.

«Schau an, sind wohl Franzosen», tönte es vom Nebentisch. Und dann, nachdem wir des Abschieds von Thomas wegen gut gekühlten Champagner und Austern bestellt hatten: «Wundert mich, dass sie keine Frösche und Schnecken bestellten, was Franzosen sonst fressen. Ha, ha. Was sagt ihr dazu?»

Gesprochen hatte ein großer Dickbauch, wohl der Witzbold der Kutscher. Wir taten, als ob wir nichts gehört hätten. Als der Kellner mit den Austern kam – «Champagner kommt gleich, muss noch kalt werden» –, baten wir jedoch um einen andern Tisch.

«Keiner frei», sagte er, ohne auch nur aufzuschauen.

«Was meint ihr, Kollegen, fühlen sich die beiden Lackaffen wohl zu fein, um in unserer Nähe zu sitzen?», ließ sich der Dicke wieder vernehmen. Wir reagierten nicht, aßen lustlos einige Austern und hofften, dass der Kellner endlich den Champagner bringe.

«Wollen nicht hören, was ich sage. Haben wohl Angst, die Herren. Sind wohl Scheißkerle, ja, richtige Scheißkerle seid ihr. Schaut sie euch an, die Scheißkerle!» Der Dicke hatte uns jetzt direkt angesprochen.

Caflisch drehte sich zu ihm: «Ist ja alles okay, lassen Sie uns in Frieden.»

«Was okay? Will mir dieser aufgetakelte französische Geck das Reden verbieten, mir, einem amerikanischen Bürger das Reden verbieten. Muss wohl zu ihm hingehen und ihm ins Ohr brüllen, dass ich mir das nicht gefallen lasse!»

Caflisch lachte: «Eine gute Idee, Mr. Fettkloß. Kommen Sie doch her, wenn Sie Lust auf Prügel haben!»

Zwei oder drei Sekunden blieb es still. Dann ging es wieder los: «Habt ihr gehört, Kollegen, was der Scheißkerl sagte? Ich soll bei ihm Prügel holen? Ich, ich soll …»

«… endlich kommen, wenn Sie Mumm in den Knochen haben», spottete Caflisch. Der Dicke tat, als ob er aufstehen wollte, schlug jedoch nur mit der Faust auf den Tisch, dass die Gläser klirrten.

Gleich darauf kam der Kellner mit dem Bescheid, dass kein Champagner vorhanden sei. Gleichzeitig mit ihm war

Lunch im Delmonico's-Madison, Ecke Fifth Avenue und 26th Street, das wie das Del's-Café (für Männer) nebenan, die beliebtesten Treffpunkte der New Yorker Gesellschaft waren.

der Manager des Brunswick zum Tisch der Kutscher getreten: «Bitte, entschuldigen Sie meine Herren, ich werde die Angelegenheit in Ordnung bringen.» Dann wandte er sich zu uns: «Raus hier! Sie brachten genug Unruhe ins Lokal. Zahlen Sie die Austern und hauen Sie ab!» Wir gingen.

Ich kochte vor Wut. «Haben Sie nicht gesehen, Thomas, wie die Gäste dem Manager beifällig zunickten, als er uns hinausschmiss? Dabei waren es nicht wir, die Stunk machten. Diese Ungerechtigkeit!»

Caflisch lachte: «Simens, Sie vergaßen, den Arm auszustrecken! Wissen Sie denn nicht, dass die Menge stets auf der Seite der Stärkeren ist? Abgesehen davon, was hätte der Manager tun sollen? Wir waren Zufallskunden, die Kutscher sind Stammkunden. Er handelte seiner Ansicht nach richtig, wenn auch ungerecht!»

[098] Das Brunswick hatte ich wegen des neuen Delmonico's vorgeschlagen, das auf der gegenüberliegenden Seite des Madison Square in den ehemaligen Dodsworth Studios in drei Wochen eröffnet werden sollte. Die Studios waren bisher für allerlei gesellschaftliche Anlässe genutzt worden. Nach dem Umbau würde dort das prachtvollste aller Delmonico's sein, mit Sälen im ersten und zweiten Stock, einem Restaurant entlang der 26th Street und einem Großcafé mit Blick zum Square*. Ich zeigte Caflisch, welche Räume wo sein würden. Ich hatte den Auftrag für die Dekorationsmalereien und die Ausgestaltung des Ballsaals im ersten Stock.

Liebend gerne hätte ich auch die Gestaltung des Cafés übernommen, die hatte Lorenzo D. jedoch zwei jungen Wiener Architekten übertragen.

«Was sagen Sie dazu?», fragte ich Caflisch, ich hatte gerade noch die Schlussworte «zu dieser Ungerechtigkeit» unterdrücken können.

«Ich nehme nicht an, dass Sie deswegen neidisch sind, oder?», war alles, was Caflisch antwortete.

*098: *«Zwischen drei und fünf Uhr nachmittags war jeder Tisch im Café des Del's-Madison besetzt. Es galt als der beste Club der Stadt, der im Unterschied zum Union, Knickerbocker, Calumet und Manhattan Club jedermann offenstand.» (Leopold Rimmer)*

[099] Anfang September 1876 war die Eröffnung des Del's-Madison. Die Presse attestierte der Einrichtung «ein Höchstmaß an Eleganz und gutem Geschmack».

Die Delmonicos hatten den Sprung zum Madison tun müssen, da das Del's-Broadway/Chamber Street geschlossen werden musste; der Hausbesitzer verlangte einen dreimal höheren Pachtzins als zuvor. Zufällig wurden die Dodsworth Studios frei, sodass Lorenzo Delmonico nach nur drei Monaten Umbau zum Madison Square wechseln konnte. Bei der hochgelobten Eröffnung des Del's-Madison wurde nahezu vergessen, dass nur sechs Wochen vorher ein Del's am Broadway 112–114 eröffnet worden war. Dieses sollte der eigentliche Ersatz des Del's-Broadway/Chamber Street werden. So ganz hatte Lorenzo D. dem Zufall nicht vertraut und vorausschauend Ersatz geplant. Als die Dodsworth Studios am Madison frei wurden, nutzte Lorenzo D. die Gelegenheit, so wie es wohl auch Napoleon getan hätte.

**100: Das 1837 eröffnete Restaurant Français des Frères Delmonicos an der Beaver and South William Street nach dem Umbau von 1890. Als Del's-Beaver war es der Hauptsitz aller Del's-Restaurants. In ihm befand sich die «Citadelle» im Zwischenstock, das Office von Lorenzo «the Great», der die Geschäfte des Delmonico-Clans bis zu seinem Tod 1881 führte.*

Lorenzo «the Great» fürchtet, lebendig begraben zu werden, und Simens erfährt von seinem Schutzengel, einer 15-jährigen Indianerin

[100] Januar 1881. Lorenzo D. macht Pläne wie jedes Jahr, obschon ihn seit der Eröffnung des neuen Del's-Broadway und des Del's-Madison die Gicht plagt und auch mit der Atmung einiges nicht in Ordnung ist; dies war übrigens auch der Grund, Ende 1880 die Führung der Restaurants an Charles Crist und Siro D. abzutreten*. Doch eben nicht zu 100 Prozent. Nach wie vor fühlt er sich bis ins Detail hinein für alles Mögliche verantwortlich, diesmal geht es um eine bessere Auslastung der Bankett- und Ballsäle. «Nein, Simens, nicht mit noch mehr Banketten und großen Anlässen. Das können wir der Küche und dem Service nicht noch zusätzlich aufbürden. Was ich mir vorstelle, sind kleine Evénements mit wenig Aufwand, Five-o'Clock-Teas für Mütter und Kinder zum Beispiel. Nur Kuchen und Tee. Lassen Sie sich etwas einfallen, mit Clowns vielleicht oder mit Zauberkünstlern...»

Wenig später suche ich Lorenzo D. mit zwei, drei Vorschlägen in der «Citadelle»* auf. Er steht am Fenster und starrt hinunter auf die Straße. Ohne sich umzudrehen, sagt er plötzlich: «Simens, stellen Sie sich vor, mir war, ich sei gestorben.» Er sei frühmorgens vom Fulton Market gekommen und habe neben dem Hydranten vor der Stock Exchange auf das Zeichen des Polizisten zum Überqueren der Straße gewartet. Rechts neben ihm sei ein schmutziger Haufen Schnee gewesen. Auf einmal habe er zwischen Omnibussen und Kutschen auf der gegenüberliegenden Straßenseite ein Spiegelbild seiner selbst mit Hydrant und Schneehaufen gesehen und zugleich gefühlt, wie sich etwas von ihm loslöse, auch gesehen, wie aus dem Ebenbild ge-

*100: «Who wears the pants?» Beim verzweigten Delmonico-Clan erwarteten mehrere Anwärter, die Nachfolge des erkrankten Lorenzo antreten zu können. Mit dem Zuzug seines Neffen Charles Crist sowie seines Bruders Siro in die Geschäftsleitung war das Problem nicht gelöst und Lorenzo D. konnte sich weiterhin das Sagen sichern. Er selber hatte gehofft, dass der 1822 geborene Constantin, Sohn von Francesco Del-Monico, einmal die Nachfolge übernehmen würde. Doch dieser war 1873 tot aufgefunden worden. Anspruch auf Lorenzos Nachfolge beanspruchten auch «Aunt Rosa» und Marie Josephine Delmonico-Otard.

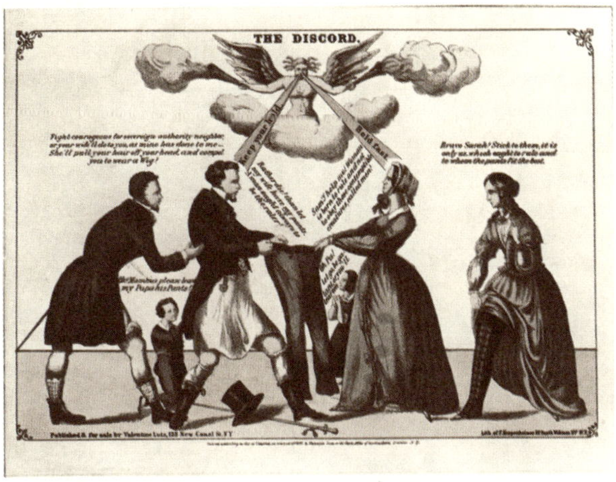

genüber ein Ebenbild aufstieg. Es war ihm, als ob seine Seele hinauf zum Himmel steige, und er habe sich dabei gewundert, dass der Hydrant und der Schneehaufen bei ihm waren. Ihm seien die Totenkulte alter Völker bekannt, bei denen den Verstorbenen Frauen, Sklaven, Essvorräte und Waffen als Wegbegleiter ins Jenseits mit ins Grab gegeben wurden. Warum bei ihm ein Hydrant und schmutziger Schnee die Jenseitsbegleiter sein sollten, das verstehe er nicht.

[101] Zwei Wochen später kam Lorenzo D. nochmals auf sein Traumgesicht zu sprechen. «Simens, ich komme von dieser Geschichte nicht los. Möglich, dass dies mit dem Alter zu tun hat. Das Alter… ja. Wissen Sie, Simens, dass wir nicht allmählich, sondern in Zeitsprüngen altern? Bei mir geschah ein solcher Sprung vor zwei Jahren bei meiner Rückreise aus Europa. Ich hatte in London und Amsterdam zu tun und alles lief so, wie ich erwartet hatte. In Paris hingegen ging einiges schief. Ich hatte mich über Lassare mit diesem Auguste Escoffier* verabredet. Escoffier ist der junge Koch, der das Faison Doré in Cannes berühmt gemacht hat. Ranhofer hat ihn mir empfohlen. Wir suchten einen Ersatz für Carlo Martini im Beaver, der sich zur Ruhe setzen wollte. Bref, ich traf diesen Escoffier und mir gefielen seine Ernsthaftigkeit und eigentlich alles, was er sagte. Obschon wir uns gut verstanden und ich ihn mit Gold aufgewogen hätte, geht er zu Chevet*. Stellen Sie sich so etwas vor! Noch nie erhielt ich von einem Koch einen Korb. Ich ärgerte mich und war während der ganzen Heimfahrt gekränkt wie ein schmählich abgewiesener Liebhaber. Ich fuhr mit der ‹Etruria›. Zwei Tage vor New York machte ich in der Kabine einige Turnübungen, aß etwas Obst und ging an Deck, um zu lesen. Ich musste auf dem Liegestuhl eingeschlafen sein und erwachte mit einem Hustenanfall, der kaum enden wollte. Und da machte meine Lebensuhr die-

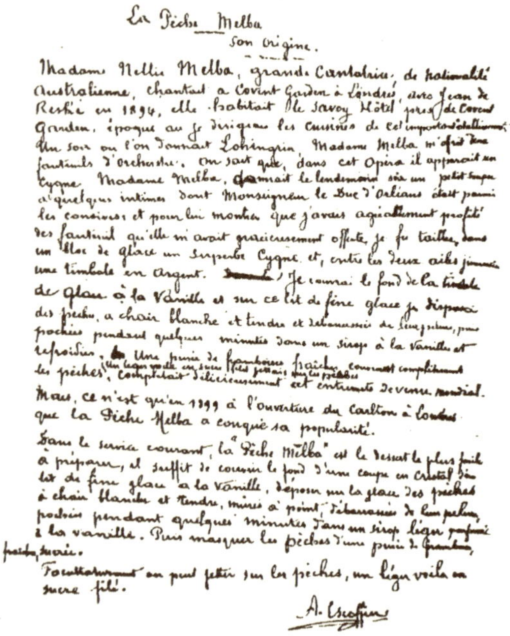
La Pêche Melba
son origine.

Madame Nellie Melba, grande Cantatrice, de nationalité australienne, chantait à Covent Garden à Londres, avec Jean de Reské en 1894, elle habitait le Savoy Hôtel près de Covent Garden, époque où je dirigeais les cuisines de cet important établissement.
Un soir où l'on donnait Lohengrin, Madame Melba m'offrit deux fauteuils d'orchestre. On sait que, dans cet Opéra il apparaît un Cygne. Madame Melba donnait le lendemain soir un petit souper à quelques intimes dont Monseigneur le Duc d'Orléans était parmi les convives et pour lui montrer que j'avais agréablement profité des fauteuils qu'elle m'avait gracieusement offerts, je fis tailler dans un bloc de glace un superbe Cygne et, entre les deux ailes j'insérai une timbale en argent. Je couvrai le fond de la timbale de glace à la Vanille et sur ce lit de fine glace je disposai des pêches à chair blanche et tendre et débarrassées de leur pelure, puis pochées pendant quelques minutes dans un sirop à la vanille et refroidies. Une purée de framboises fraîches couvrant complètement les pêches, complétait délicieusement cet entremets devenu mondial.
Mais, ce n'est qu'en 1899 à l'ouverture du Carlton à Londres que la Pêche Melba a conquis sa popularité.
Dans le service courant, la „Pêche Melba" est le dessert le plus facile à préparer, il suffit de couvrir le fond d'une coupe en cristal d'un lit de fine glace à la vanille, déposer sur la glace des pêches à chair blanche et tendre, mûres à point, débarrassées de leur pelure, pochées pendant quelques minutes dans un sirop léger parfumé à la vanille. Puis masquer les pêches d'une purée de framboises fraîches, sucrée.
Facultativement on peut jeter sur les pêches, un léger voile en sucre filé.

A. Escoffier

*101: Rezept von Auguste Escoffier zu Ehren der australischen Opernsängerin Nellie Melba, die in London gastierte. Das ebenso einfache wie geschmacklich raffinierte Dessert kreierte Escoffier 1892 oder 1893, doch wurde es unter der Bezeichnung «Pêche Melba» erst 1900 beim Eröffnungsbankett des neuen, von Cäsar Ritz erbauten Ritz-Carlton auf die Speisekarte gesetzt. «Dieses Rezept erträgt absolut keine ‹Extrapolation› (Änderung)… Auch die Idee, die Pfirsiche mit einer Crème Chantilly zu dekorieren, ist falsch. Was man braucht, sind gute, reife Pfirsiche, ein gutes Vanilleeis und leicht gezuckertes Himbeerpüree. Alles andere darf ein Connaisseur niemals akzeptieren!»

*101: Chevet war ein Traiteurbetrieb in Paris, der Kunden in ganz Europa belieferte. Auguste Escoffier arbeitete dort als Chef bis 1885, dann als Saisonnier im Hotel National in Luzern, wo ihn Cäsar Ritz entdeckte und zum Küchenchef des Savoy in London ernannte. 1899 übernahm er die Küche des Hotel Ritz-Carlton in London, in dem sich bis zu seiner Pensionierung 1921 «die Weltgeschichte der Kochkunst abwickelt.» (Harry Schraemli) sen Sprung. Ich wusste plötzlich, dass ich alt war, und dachte an den Tod.

Vielleicht denken Sie jetzt: ‹Alle Menschen werden alt und müssen einmal sterben.› Auch wenn das stimmt, leichthin von jungen Leuten gesagt, ist es ein dummer Spruch. Ebenso dumm finde ich: ‹Lasst uns jetzt leben, tot können wir noch lange genug sein›, was die heutige Jeunesse ebenfalls gerne sagt. Wenn ich so etwas höre, kommt mir die Galle hoch. Leben heißt, Verantwortung zu übernehmen und zu tragen. Unsere Generation fühlt sich verantwortlich für die Familie und die Gesellschaft. Ja, auch unseren Angestellten gegenüber, die viel zu unserem Erfolg beigetragen haben. Wo es nur geht, versuchen wir Gutes zu tun. Nicht nur unseres Seelenheils wegen. Dies dichtet man mir immer wieder an, und auch, dass ich zum Beispiel bei der Suppenabgabe an Arme verdient hätte. Mr. Belmont* hatte die Idee einer Gratissuppe im Sinne von Soyer und Graf Rumford, das heißt eine nahrhafte und mit Würde abgegebene Suppe. Ich war begeistert. Er verlangte, dass Ranhofer die Suppe zubereite und ich die Abgabe der Suppe überwache. Er übernahm die Kosten für die Suppe und das Brennholz, wir jedoch stellten vom Beaver und Broadway die Kocheinrichtung und das Geschirr gratis zur Verfügung, auch Ranhofer, der viel Zeit für die Aktion opferte. Und dann hieß es, Mr. Belmont habe dies sich selbst zuliebe und aus schlechtem Gewissen seiner luxuriösen Lebensweise wegen getan. Mir warf man vor, dass ich mich als guten und frommen Mensch zeigen und davon ablenken wolle, wie miserabel ich meine Angestellten bezahle. Und dass ich dies im Jenseits büßen müsse, wie mir jemand noch kürzlich schrieb. Das hat mich tief getroffen, wohl auch deswegen, weil ich wieder einmal mehr an den Tod erinnert wurde.

Simens, jetzt ist es wieder einmal so: Statt unsere Pläne zu besprechen, verplappern wir die Zeit mit unnützem Geschwätz. Ich möchte Sie bitten, mich nicht immer abzulen-

**101: Im Krisen- und Kältewinter 1876 finanzierte der Bankier August Belmont eine Straßenküche nach einer ähnlichen Idee wie derjenigen von Rumford und Soyer*, nach denen eine mit Anstand an die Armen abgegebene Speise eine nährendere Wirkung habe als ein mürrisch verteilter Fraß.*

**Der im Dienste des Kurfürsten Karl Theodor von Bayern stehende und für die Entwicklung Münchens zum Graf Rumford geadelte amerikanisch-britische Physiker Benjamin Thompson (1753–1814) wurde durch sein Rezept für die in Notzeiten an Arme abgegebene Suppe allgemein bekannt. Die Suppe bestand aus Gerstengraupe, Gelberbsen, Kartoffeln und Knochenbrühe, über die geröstete Weizenbrotwürfel gestreut wurden. Diese luxuriöse Beigabe erachtete Rumford für wichtig, da sie Suppe und Empfänger Würde verleihe.*
Der Franzose Alexis Soyer (1810–1858), der berühmteste Koch Englands im 19. Jahrhundert, bewog während der Hungersnot in Irland (1848) die Regierung, Volksküchen zu eröffnen. Wie Rumford achtete er auf sorgfältige Zubereitung und höfliche Abgabe der Speisen an die Armen. Soyer schrieb auch ein Kochbuch für «the working class». 1849 veranstaltete er «a dinner on Christmas Day for 20 000 of the poorest of London's poor».

ken. Übrigens, wegen Escoffier weiß nur Ranhofer Bescheid. Andere Leute brauchen davon nichts zu erfahren.»

[102] «Simens, ich weiß, wie lächerlich es ist, sein Alter und seine Wehwehchen zu beklagen. Doch mich ärgert, dass ich immer mehr Daten und Namen vergesse. Vor zwei Tagen begrüßte ich... mh, ja, den mit dem Handelsunternehmen unten am Pier 27 East, dessen Sohn mit einer Brasilianerin verheiratet ist, die mit diesem Kunstreiter von Barnum durchbrannte... Beisswenger sagen Sie? Ja, Beisswenger und Sohn, Pier 27 East, wie ich sagte. Also ich gehe auf den alten Beisswenger zu. Ich habe so mein System, mir Namen zu merken: Beisswenger, ein deutscher Name mit Beißen. Also, ich gehe auf ihn zu und sage: ‹Wie ich mich freue, Sie begrüßen zu dürfen, Mr. Kernbeisser.› Kernbeisser! Grauenhaft. Nun, der Alte hört schlecht oder überhörte höflicherweise den Kernbeisser. Jedenfalls begrüßte er mich herzlich. Geschämt habe ich mich trotzdem.

Dabei hatte ich früher ein Gedächtnis wie ein Elefant. Ich kannte über Jahre den Namen von nahezu jedem Gast. In meinem Kopf waren mir die Preise von Fisch, Fleisch und Käse ebenso gegenwärtig wie die Löhne der Angestellten. Niemand konnte mich übers Ohr hauen. Und wie Sie wissen, lieber Simens, begrüße ich noch heute als Hausherr bei den bei uns stattfindenden Empfängen der Stadt die ausländischen Gäste in ihrer Sprache. Und zwar nicht mit einem simplen ‹Bienvenido› oder ‹Isten Hozott›, sondern mit ein, zwei ganzen Sätzen, die ich mir von Sprachlehrern eintrichtern lasse. Zugegeben, manchmal ging's daneben. Vor Ihrer Zeit, Simens, war doch dieser Empfang des chinesischen Ambassadeurs und seiner Entourage, ein Dinner zu 200 Couverts. Alles prächtig arrangiert mit wunderbaren Pièces montées, darunter die berühmte Eisskulptur *L'Arrivée du Clipper de Hongkong,* welche von der Schiffswerft Prattson gespendet wurde. Der Chinese, der mir die Sätze auf Man-

Gedächtnis/Vergessen:
«Auf das menschliche Gedächtnis ist nicht Verlass. Leider auch nicht auf die Vergesslichkeit.»
(Stanislaw Jerzy Lec)

«Gedächtnis: die Kombination von Protokoll und Märchenbuch.»
(Hans Weigel)

«Wer ein schlechtes Gedächtnis hat, spart sich viele Gewissensbisse.»
(John Osborne)

«Wie übt man das Gedächtnis, um vergessen zu lernen?»
(Stanislaw Jerzy Lec)

darin beigebracht hatte, versicherte, dass dies die Sprache chinesischer Hofbeamten sei. Beim ersten Satz schauten mich die Chinesen verblüfft an, dann fingen sie an zu quietschen und zu kichern, verbeugten sich ununterbrochen und hielten sich die Bäuche vor Lachen. Ich wusste nicht, was falsch war. Später sagte mir der Vizepräsident der Shanghai Trade Company, der Chinese habe mich Sätze gelehrt, mit denen in China die Kunden eines Bordells begrüßt würden.

Ähnlich war's beim Empfang des Grand Duc Alexis von Russland durch den Jachtklub im Del's-14th Street. Ich begrüßte ihn als Hausherr. Meine russisch gestotterten Begrüßungsworte verdankte Seine Hoheit auf Französisch, wobei er nicht ohne Ironie den Unterschied von männlichen und weiblichen Namensendungen im Russischen erwähnte: Ich hatte ihn mit Fürstin angesprochen.

Übrigens besitzt der Grand Duc in St. Petersburg eine bedeutende Sammlung von Moosen, Flechten und Kleinblütlern aus aller Welt. Ich sprach ihn nach dem Bankett darauf an, was ihn freute. Er erkundigte sich nach meiner Lieblingsblume. ‹Veilchen›, sagte ich. Er lächelte: ‹Wie könnte es anders sein. Ich weiß um ihre Verehrung Napoleons.›

Vielleicht interessiert es Sie zu wissen, dass Napoleon eine besondere Art der Viola odorata liebte, sie wächst in den Pyrenäen*. Dem *New York Herald* gegenüber äußerte der Grand Duc, noch nie ‹afloat or ashore› besser als bei uns gegessen zu haben.»

1827. Viola Wolfiana W. Becker – Wolfs Veilchen – *Violette de Wolf;* vib|b. – **1828. V. pyrenaica** Ramond (V. sciaphila Koch) – Pyrenäen-V. – *V. des Pyrénées;* vi. – **1829. V. hirta** L. – Rauhhaariges V. – *V. hérissée;* vi. – **1830. V. collina** Besser – Hügel-V. – *V. des coteaux;* bl, l. – **1381. V. Thomasiana** Perr. & Song. – Thomas' V. – *V. de Thomas;* vir. – **1832. V. mirabilis** L. – Wunder-V. – *V. étonnante;* l.

**102: Nr. 1828 = Viola pyrenaica (Pyrenäen-Veilchen). Napoleon liebte Veilchen und Veilchenduft, doch durfte Josephine sich nicht zu sehr parfümieren. In einem Brief bittet Napoleon Josephine, sich bis zu seiner Rückkehr in zwei Wochen nicht zu baden, damit er ihren natürlichen Körpergeruch genießen könne. Zur damaligen Zeit kein abartiger Wunsch. Noch bis weit ins Viktorianische Zeitalter hinein drückten Frauen geschälte Äpfel in die Achselhöhlen, um sie, mit Schweiß getränkt, dem Liebsten als Aphrodisiakum zu schenken.*

[103] «Jetzt, Simens, gerade jetzt beim Wort ‹Veilchen› fällt mir der extraordinäre Monsieur ein, der mich vor Jahren wegen Napoleon-Souvenirs* aufsuchte. Es ging um Geschenke, die Napoleon vor seiner Verbannung nach St. Helena seinem Koch Dunant gegeben hatte. Caflisch hieß er. Also dieser Caflisch hatte mich kurze Zeit später wieder besucht. Er wolle seinem Versprechen nachkommen und habe sich nach den Geschenken erkundigt. Sie seien in alle Win-

**103: Zu den Napoleon-Souvenirs von Lorenzo D. gehörte eine Haarlocke, die er als Geschenk von einem Offizier der Grande Armée erhielt. Als Dank durfte sich der alte Soldat bis zu seinem Lebensende im Del's-Beaver gratis verpflegen lassen.*

de verstreut. Eines, das bedeutendste, habe Dunant jedoch der Stadt Lausanne vermacht, einen Koffer mit dem Reisegeschirr Napoleons.

Caflisch übergab mir ein Blatt Papier mit der Beschreibung von dem, was der Koffer enthielt, auch der Verkaufspreis war angegeben. Er schien mir hoch, auch wenn Geschirr und Besteck vergoldet waren. Caflisch erklärte, dass nebst der Vermittlerin in Lausanne, über die das Geschäft abzuwickeln sei, ein Angestellter des Musée Cantonale de Vaud, in dem sich der Koffer befinde, eine größere Summe für seine Bemühungen verlange. Mir war klar, der Museumsangestellte würde den Koffer klauen. Trotzdem, ich wollte ihn. In diesem Fall, so Caflisch, gebe er mir die Adresse der Vermittlerin, damit ich mit ihr den Kauf tätige. Er, Caflisch wolle mit der Sache nichts zu tun haben. Er riet mir, den Kauf gut zu überlegen. Auch wenn Museen und Sammler Objekte von nicht immer koscherer Herkunft im Besitz hätten, würde der Kauf meine Napoleon-Verehrung beflecken. Er hatte recht, und ich verzichtete.

Wie die Sache endete? Caflisch schrieb einen Brief an die Vermittlerin und bat mich, dem Brief eine Zehndollarnote für Spesen und Umtriebe beizulegen. Ich bin diskret, doch auch neugierig. Bevor ich den Brief absandte, las ich, was Caflisch geschrieben hatte: Der Sammler verzichte auf den Handel, und er, Caflisch, halte die Empfängerin in zarter Erinnerung.

Simens! Jetzt haben wir wieder nur unnützes Zeug geredet, und wiederum waren Sie's, der mich dazu verleitet hat.»

Ich versprach Mr. Delmonico: «Ich hoffe, es nie mehr zu tun».

«Das hoffe ich auch», antwortete Lorenzo D.

[104] Nicht nur wegen meines ironisch gemeinten «Ich hoffe, es nie mehr zu tun» war im Zusammenhang mit Lorenzo D. das Wort Hoffnung immer wieder zu hören: «Hoffen wir,

dass es Mr. Delmonico bald wieder gut geht» und «Machen wir uns keine falschen Hoffnungen wegen seines Gesundheitszustands». «Hoffen wir auf baldige Genesung...», hieß es, kurz bevor er sich zur Erholung nach Williamsburg in sein Sommerhaus zurückzog. Seine Frau Clence Miège wollte es so. Vorher hatte Lorenzo D. eine etwas seltsame Dame kennengelernt, die in ihm die Hoffnung auf Gesundung erweckte, sofern er den von ihr ausgedachten Diätplan befolgen und reichlich von ihrem mittels eines Pendels kreierten Heilwasser trinken würde. Sie riet ihm auch, ihre die Seele entschlackenden Séancen mit Gleichgesinnten zu besuchen, was Lorenzos Frau gar nicht gefiel. Später hörte ich von Charles Constant, man sei die Frau und ihre Sekte nur durch Zahlung einer größeren Summe und mit der Androhung einer gerichtlichen Klage losgeworden.

Dass Lorenzo D., ein gläubiger Katholik, sich so spontan von einer Okkultistin vereinnahmen ließ, hatte mit seinem kränkelnden Zustand und der Hoffnung auf Gesundung zu tun. Seine Neigung zum Okkultismus dürfte meiner Meinung nach jedoch in der Bewunderung von Daniel Dunglas Home gelegen haben, die ja auch mich für okkultisches Denken empfänglich machte.

[105] Wir alle wissen von den großartigen Museen New Yorks: das Metropolitan Museum, das Museum of Natural History, das Institute of Arts and Sciences, die Sammlung der Genealogical and Biographical Society und andere Einrichtungen, die ich immer wieder aufsuchte. Doch sind mir das Barnum's, das Wax Museum und die kleineren Kuriositätenmuseen* ebenfalls lieb. Nicht dass ich einen abgeschnittenen Kopf, dessen Hirn eine ewig brennende Kerze speist, oder eine selbstspielende Geige einem Bild von Turner oder Monet vorziehen würde. Aber die marktschreierisch angepriesenen Wunder anzusehen, war mir stets ein erholsames Vergnügen.

**105: Was Barnum mit Menschen und Tieren an Kuriositäten bot, zeigten für wenige Cents kleine «Museen» mit Bildern, exotischen Figuren und sonderbaren Fundstücken entlang der Bowery. Auch sie waren Bildungsstätten, sofern man an Wunder glaubte.*

**105: Das freie Schweben des aus Schottland stammenden Daniel Dunglas Home bleibt nach wie vor rätselhaft. Dass ein Trick dahintersteckte, vermuteten viele. Selbst so geachtete Leute wie Bulwer, Lytton, Thackeray, Twain, Ruskin. Napoleon III., Rosetti, Crookes und so weiter, die das Phänomen aus allernächster Nähe mitverfolgen konnten, fanden keine Erklärung.*

Ein alljährlich auftauchender Komet des Unfasslichen war der Okkultist und Telepathiker Daniel Dunglas Home. 1879 hatte Home angekündigt, sich zusammen mit einem Steinway-Flügel zum Schweben zu bringen*. Lorenzo D. stellte den großen Ballraum des Del's-Madison zur Verfügung, und 40 Eingeladene verfolgten atemlos, wie Home und Flügel mitsamt Hocker aufstiegen und in der Luft schwebten. Alle waren tief beeindruckt. Für Lorenzo D. war es ein göttliches Wunder und die berechtigte Begründung für die katholische Kirche, Fromme ihres Schwebens wegen selig zu sprechen*.

Auch ich war beeindruckt; niemand konnte erklären, wie das Wunder zustande kam. Wie die meisten Anwesenden hatten Lorenzo und ich den Ballsaal und alles darin vorher nach Hilfsmitteln durchsucht und nichts gefunden. Es musste also Kräfte zwischen Himmel und Erde geben, zu denen es weder über Religion noch Wissenschaft, sondern nur über ein Geheimwissen Zugang gab. Ein Wissen, über das Okkultisten, Spiritisten, Sterndeuter und Magier verfügten, von denen es in New York Tausende gab. Viele waren Schwindler. Mir ging es jedoch um das Wissen der anderen. Zugang zu diesem boten Bücher und Broschüren. Ich las über Chiromantie (Handlesekunst), Astrologie und Kabbala und war fasziniert. Doch irgendeinmal wurde mir bewusst, dass ich wohl zu wenige Hirnwindungen besaß, um auch nur im Ansatz die Kabbala zu begreifen und die Berechnungen der Astrologie zu verstehen. Direkten Nutzen, wie auch Spaß, bot hingegen die Handlesekunst*. Sie ermöglichte jeweils einen ersten näheren Kontakt zu Frauen. Wenn ich ihre Hände festhielt, um Linien, Hügel und Ebenen zu deuten, entwickelte sich oft eine für beide beglückende und verbindende Wärme.

**105: Es gibt Dutzende katholische Fromme, bei denen die Fähigkeit zu schweben mit ein Grund zur Seligsprechung war. So auch der sogar heiliggesprochene Franziskanerpater Joseph von Copertino (1603–1663), der beim Besuch des Papstes über vier Fuß über dem Erdboden schwebte, was auch von der Prinzessin von Savoyen und dem König Kasimir von Polen unter Eid bezeugt wurde. Auch St. Edmund, Erzbischof von Canterbury, schwebte. Das war 1242. Es schwebten in neuerer Zeit Henry Gordon in New York 1858; Charles Cathcarts Sohn in Indiana 1858; Pater Suarez in Santa Cruz 1911; ein Mitglied der Kirchengemeinde der Hl. Maria in Wien 1861; ein Mann namens Damascolluf in Warschau 1933; ein Felsblock in Schiwapur, Indien, von Fakiren mehrmals zum Schweben gebracht; Sabbyar Pullavar in Südindien 1936, das Ereignis wurde gefilmt.*

[106] Zur Lebens- und Zukunftsdeutung werden auch Tarotkarten verwendet. Man glaubt, damit seine persönlichen

«Wunder erleben nur diejenigen,
die an ein Wunder glauben.»
(Französisches Sprichwort)

«Wenn ich ein Wunder
erklären kann,
ist es keines mehr.»
(Valentin Breitenberg)

«Ich glaube nicht an Wunder,
ich habe ihrer zu viele gesehen.»
(Oscar Wilde)

Probleme lösen zu können und, wie ich immer wieder hörte und auch las, ließen sich sowohl Spekulanten, Bankiers als auch Politiker vor einem riskanten Geschäft oder einer schwierigen Entscheidung ein Tarot legen oder legten es sich selbst. Auch Lorenzo D. legte sich Karten. Er benutzte nicht das klassische Tarot, sondern das Oraculum von Madame Le Normand, mit dem sich auch Napoleon Bonaparte die Zukunft deuten ließ. Auch ich versuchte mehrmals, mir mit Karten die Zukunft zu deuten, doch die Vorhersagen trafen nie ein. Hingegen fand ich die Art des Kartenlegens zum Lösen eines Problems hilfreich: Mit dem Hinlegen der Karten und somit des Problems auf den Tisch, ergibt sich eine distanzierte, emotionsfreiere Sicht auf dieses. Für mich selber war dies eher bedeutungslos. Ich verließ mich auf das Gefühl, dass eine höhere Macht über mich walte und mein Schicksal lenke. Dass dies eine Art Schutzengel sei, erfuhr ich beim Besuch von Beatrice Duycken.

[107] Beatrice Duycken war um die 50 und eine mütterlich und sympathisch wirkende Frau. So hatte sie auch Anita Bell beschrieben, als sie mir die bekannte Spiritistin empfahl. Mit einem «Goede middag» öffnete sie die Wohnungstür, bevor ich auch nur anklopfte. Und dann: «Ja, Mr. Simens, Sie sehen genauso aus, wie mir von Monika vorausgesagt wurde, sogar dass sie einen Strohhut tragen stimmt. Du hattest wieder einmal recht, Monika.» Miss Duycken blickte rechts neben sich, auch ich schaute hin, sah aber keine Monika. «Was mich besonders freut, Mr. Simens, ist, dass Tella Sie begleitet hat, ich wollte sie schon lange kennenlernen. Wie geht es dir, Tella?» Mrs. Duycken schaute an meine Seite. Auch ich blickte hin, sah jedoch keine Tella. «Sie können Monika und Tella nicht sehen, dies können nur echte Spiritisten. Ist Ihnen bekannt, Mr. Simens, dass Tella Ihre Geistesführerin ist? Nein? Sie schützt Sie und begleitet Sie überallhin. Wie Monika ist sie Indianerin, 14 oder 15 Jahre

**105: Schöne Hände, große Hände, zarte Hände, schweißfeuchte Hände, knochige Hände, schlaffe Hände, «ein Händchen, wie ein gefangen Vögelyn, zitternd in meiner Hand», sagt der Dichter. Wenn die Burgfräuleins des Mittelalters ihren Anbetern die Hand gaben, so bedeutete das, dass sie sich selbst gaben. Im 19. Jahrhundert war man sich solcher Handlungen mit der (nackten) Hand bewusst. Deshalb trug man Handschuhe.*

«Die Symbolik der Hand» nach Desbarolle um 1860. (Deutung der Charaktereigenschaften nach Größe und Hervortreten).
Daumen, 1.Glied: Symbol des Willens; 2.Glied: «Was tust du?», Symbol der Vernunft; 3.Glied (Venusberg): Liebes- und Geschlechtsleben.
Lebenslinie (Lebenskraft): Geburt, Knabe, Jüngling, Mann, Greis, Tod.
Jupiterberg: Der König symbolisiert Autorität.
Saturnberg und -finger: Der Arbeiter bedeutet zu vollbringende Leistung; Sense deutet auf die dem Saturn innewohnende Gefahr; der Förderkorb auf den Schicksalsfaden, an dem wir hängen.
Apolloberg: Kunst und Schönheitssinn.
Merkurberg: Beredsamkeit, Handel, Diplomatie.
Marsberg: Geistige und leibliche Kampfbereitschaft (Spartakus).
Mondberg: Wasser als Symbol von Empfangsbereitschaft und Fantasie, die Schiffe deuten auf Veränderungen.
Raszetten: Ererbte Lebenskräfte.

alt. So ist es doch, Tella? Ja, nahezu fünfzehn. Sie ist eine Dakota und 1741 am oberen Mississippi bei einem Überfall durch die Chippewas ermordet worden.»

Ich war verwirrt: «Entschuldigen Sie, Miss Duycken, das ist etwas viel auf einmal. Sie sagen, dass Tella mich überallhin begleite. Also auch ins Schlafzimmer? Das ist unmöglich! Im Sommer schlafe ich nackt und ohne Decke, und Tella ist erst 15! Auch treffe ich hin und wieder Waiter Girls oder besuche eines der Häuser an der Mercer Street. Und Tella ist immer dabei? Das geht nicht!»

«Beruhigen Sie sich, Mr. Simens. Dem ist nicht so. Tella begleitet Sie diskret. Alles, was niemand sehen soll, sieht auch Tella nicht. Ähnlich dem lieben Gott, der ja auch immer mit uns ist und sicher nie eines dieser unanständigen Häuser aufsuchen wird! Doch zur Sache: Monika sagte, es liege Ihnen nicht daran, dass ich eine historische Persönlichkeit oder einen Vorfahren materialisiere. Sie seien an den mir aus dem Jenseits diktierten Bildern interessiert.»

Es waren etwa zwei Dutzend Blätter. Einige waren bis zum Rand mit Zeichen, ähnlich Runen, oder Hieroglyphen bedeckt, andere mit Zeichnungen von Indianerköpfen im Profil.

«Diese Zeichnungen sind neueren Datums. Sie werden mir von Catlin* diktiert. Er sagt: ‹Zeichne in die linke Blatthälfte zur Mitte hin eine gebogene Nase… schattiere sie… etwas stärker… gut! Zeichne Auge und Braue… jetzt eine fliehende Stirn… nein, nicht so stark nach hinten…› So geht es Strich um Strich.» Es waren keine Meisterwerke, der Strich unbeholfen. Originell hingegen war die Anordnung der Köpfe. Mit den zur Mitte gerichteten Nasen ähnelten sie einer Blüte.

«Was bedeuten die Schriftzeichen?»

«Ich weiß nicht. Es sind Botschaften. Sie entstehen wie von selbst, meine Hand bewegt sich ohne mein Zutun. Ich hoffe, dass sie einmal entziffert werden. Vielleicht sind es Prophezeiungen, ich weiß es nicht.»

**107*: *Der aus Pennsylvania stammende George Catlin bereiste von 1832 bis 1840 den gesamten Westen der USA, um die Lebensweise der Indianer zu erforschen und Porträts für sein zweibändiges Werk* Manners, Customs, and Condition of the North American Indians *zu zeichnen.*

Schließlich kaufte ich ein Kopfbild. Es war Mrs. Duycken, die es aussuchte. Nach einigem Zögern gab sie mir ein Blatt mit drei Köpfen mit nach der Mitte gerichteten Nasenspitzen, eine Komposition, die einem dreiblättrigen Kleeblatt ähnlich sah. Am künstlerischen Wert gemessen, zahlte ich ziemlich viel, nämlich zwölf Dollar. Dann tranken Mrs. Duycken und ich Tee mit Milch und aßen Apfelkuchen.

Ich verabschiedete mich. Mrs. Duycken reichte mir das zusammengerollte Bild. «Zuerst dachte ich an ein Blatt mit vier Köpfen, ähnlich einem vierblättrigen Kleeblatt. Doch dann riet mir Monika zu diesem Blatt. Wir sind uns einig, dass Sie mit Tella als Schutzengel genügend Glück haben. Nicht wahr, Tella, du kümmerst dich weiterhin um Mr. Simens?»

Dann gingen wir. Ich und Tella. Wenn schon, hätte ich mir als Schutzengel eine etwas reifere Person und keine 15-jährige Indianerin gewünscht. Wie sah Tella wohl aus? Ich fürchte, in den Jahren seit 1741 dürfte sie etwas geschrumpft sein.

[108] 4. Mai 1881: Ich besuche Lorenzo D. im Sommerhaus in Williamsburg: «Danke Simens, es geht – gut sogar, wenn nicht der Husten und das Stechen in der Brust wären. Was mich jedoch plagt, ist die Langeweile. Ich hoffe, Ende nächster Woche wieder im Beaver zu sein, damit wir endlich über das Entrée vom Madison sprechen können. Geben Sie das bitte auch Mr. Tiffany bekannt. Er schickte mir Entwürfe für das große Glasfenster zu. Doch ich weiß nicht, Simens, sie sind mir zu farbig.

Übrigens, Simens, ich erinnere mich an unser letztes Gespräch, und jetzt weiß ich auch, was ich im Zusammenhang mit dem Duft von Veilchen sagen wollte. Wir sprachen doch von diesem … äh, Caflisch. Etwa ein Jahr nach der Koffergeschichte suchte er mich wegen, wie er sagte, eines einzigartigen Napoleon-Souvenirs auf.

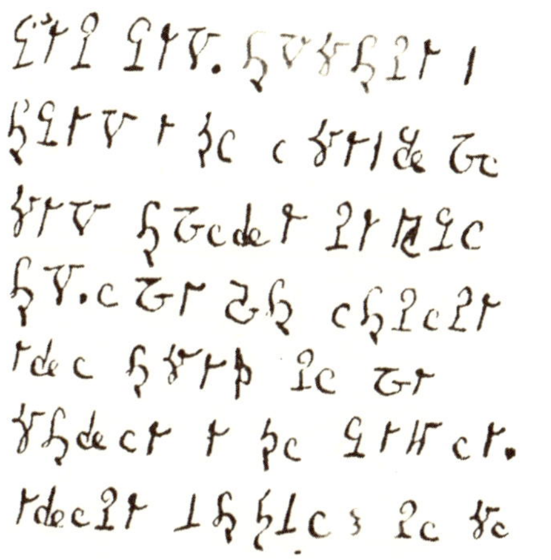

Eine von einem Medium in geheimnisvoller Sprache und Schrift in Trance verfasste Beschreibung des Planeten Mars.

Die Verteidigung von Alamo 1834.

**108: General Antonio López de Santa Anna (1795–1876) fühlte sich als Napoleon I. und kleidete, kämmte und bewegte sich wie dieser. Er war 185 cm groß und mager, Napoleon war untersetzt und kleiner als 170 cm. In den Kriegen gegen die USA opferte er sinnlos Tausende von Soldaten.*
Der Name Santa Anna ist in den USA allgegenwärtig durch den Kampf um Fort Alamo (Texas) 1834, das von 200 amerikanischen Kolonisten sechs Tage lang gegen 4000 gut ausgerüstete Mexikaner unter dem Befehl des Generals verteidigt wurde.

Er reichte mir ein Medaillon. Oval, vergoldet oder Gold, etwa vier Zentimeter hoch. Die Innenseite des Sprungdeckels zeigte einen Frauenakt. Gegenüber, unter Glas, lagen auf blassroter Seide verblichene Veilchenblüten. Mir wurde nahezu schwindlig. ‹Sie ahnen, Mr. Delmonico, um was es sich handelt?› Caflisch lächelte, als er dies sagte. ‹Josephine liebte Veilchen. Als sie starb, pflanzte Napoleon Veilchen auf ihr Grab, und als er nach St. Helena in die Verbannung ging, presste er einige davon in dieses Medaillon. Er trug es bis zu seinem Tod, ohne es je abzulegen.› Er, Caflisch, sei durch Zufall zu dem Medaillon gekommen. Es sei sicher, dass General Santa Anna* Besitzer des Medaillons gewesen sei. Er schenkte es Kaiser Maximilian*. Womöglich wollte er sich bei ihm beliebt machen. Nach seinem Sturz versuchte Santa Anna ja immer wieder, Einfluss auf die Politik Mexikos zu nehmen.

So sehr mich der Anblick des Medaillons freute und rührte, so niederschmetternd war diese Nachricht. Etwas, was Santa Anna in den Händen gehalten hatte, ekelte mich an, auch wenn dies das einzigartigste Napoleon-Memorial war, das ich je hätte erwerben können. Wo es heute ist, fragen Sie? Ich weiß es nicht und bereue jetzt, es nicht gekauft zu haben. Und sei es nur, damit es nicht wieder in so unwürdige Hände wie jene von Santa Anna gelange.»

[109] Nach seiner Rückkehr aus Williamsburg bestellte mich Lorenzo D. noch mehrmals in die «Citadelle». Was ich vorschlug, segnete er meistens kurz ab, um Monologe zu halten. Mehr und mehr ging es um den Tod und sein Seelenheil. Auch fürchtete er sich davor, lebendig begraben zu werden. Ihn interessierte alles, was darüber zu lesen und zu hören war: von in Särgen aufgefundenen verrenkten Skeletten über vom Kratzen am Sargholz zersplitterte Fingernägel bis zu ausgerissenen Haarbüscheln. Aufgeschreckt durch einen Beitrag im *Atlantic*, las er Edgar Allen Poes Erzählun-

Edouard Manet, *Die Erschießung des Kaisers Maximilian*, 1868, Mannheim, Städtische Kunsthalle.

**108: Erzherzog Ferdinand Maximilian von Österreich, der jüngere Bruder von Kaiser Franz Joseph, hatte die ihm von mexikanischen Notabeln angetragene Kaiserkrone auf Anraten von Napoleon III. angenommen, nachdem ihm zugesichert worden war, dass zu seinem Schutz französische Truppen auf mexikanischem Boden belassen werden sollen. Doch die USA verlangten deren Abzug. Als Gegner der rechtmäßigen Regierung wurde Maximilian vor ein Kriegsgericht gestellt und erschossen.*

gen, was seine Angst steigerte und Anlass war, über Apparaturen zu sprechen, mit denen Scheintote ihren Wunsch zur Rückkehr ins Leben anzeigen konnten.

«Was für ein Schwindel», urteilte er jeweils, um sich trotzdem für eine Erfindung zu interessieren, bei der der Scheintote mit einer um den kleinen Finger gebundenen Schnur eine Glocke über dem Grab zum Läuten bringen konnte.

Themen der Monologe waren ebenfalls spiritistische Séancen, die Lorenzo D. aufsuchte. Alles nur Betrug, sagte er und erinnerte sich an William Mumler, dem er einmal den Auftrag gegeben hatte, den Geist von Napoleon I. zu fotografieren. Mumler besitzt ein Atelier für Geisterfotografie und verlangt je nach der Bedeutung der abgelichteten Geistergestalt fünf bis zwölf Dollar. Trotz der von Lorenzo D. zu Mumler gebrachten Napoleon-Souvenirs, die eine bessere Verbindung zum Geist hätten bewirken sollen, war keine der Aufnahmen befriedigend; einzig Napoleons Hut war einigermaßen zu erkennen. Auch der Versuch Lorenzos, über ein Medium mit Napoleon ins Gespräch zu kommen, scheiterte. Napoleon sprach französisch, was das Medium nicht verstand, und für Lorenzo, der nahe beim Medium saß, war es nur «ein gurgelndes Murmeln.»

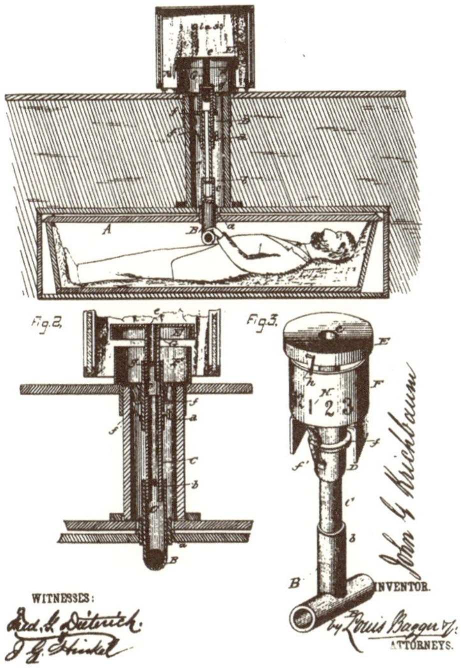

Patentanmeldung von John G. Krichbaum für eine Apparatur, mit der Veränderungen im Sarg eines eventuell Scheintoten festgestellt werden konnten, 1882.

[110] Lorenzo starb am 3. September 1881, einen Tag vor seinem 68. Geburtstag, an einem Lungenleiden, hervorgerufen durch das übermäßige Rauchen schwerer Zigarren, wie die Ärzte sagten, eine Sucht, die er mit seinem Bruder Siro teilte. Auch zerrten private und geschäftliche Vorfälle an seinen Nerven, so etwa die Gemütskrankheit seines Lieblingsneffen Charles Constant und die «temperance battle»*.

Lorenzos Tod kam nicht überraschend, mit seinem Hinscheiden war jeden Tag zu rechnen. Noch zwei Wochen zuvor hatte ich ihn in seinem Stadthaus besucht, um mit ihm den Entwurf für eine Dekoration über der Bartheke im Del's-Madison zu besprechen.

*110: *Beim Kampf gegen Alkoholmissbrauch («temperance battle») kam es schon 1876/77 vor den Delmonico's zu Demonstrationen, im Unterschied zur Vernichtung von Alkoholika in Bars außerhalb New Yorks.*

**110: Die Delmonicos versprachen sich von Louis Napoleon (Neffe von Napoleon I. und 1852–1870 als Napoleon III. Kaiser der Franzosen) eine erfolgreiche Werbung. Sie boten dem berühmten Gast nach dessen misslungenem Putsch in Paris freie Station (und, wie man munkelte, 20 Dollar täglich). Dafür hatte er einmal im Tag bei ihnen zu dinieren. Louis Napoleon brauchte Geld. So ließ er sich etwas großmäulig zu einer Wette über 1000 Dollar verleiten, den aus zwei Stunden und zehn Minuten bestehenden 18-Meilen-Rekord von Peter Snow, dem berühmtesten Langstreckenläufer New Yorks, zu unterbieten. Napoleons Lauf wurde im vollbesetzten Vauxhall Garden ausgetragen; es galt, 115 Runden à 240 Meter zu laufen. Ab der 63. Runde wurde Louis Napoleon trotz anfeuernder Zurufe vor allem derer, die auf ihn gewettet hatten, langsamer. In der 68. Runde brach er zusammen und wurde aus der Arena getragen. Übrigens: Louis Napoleon war in Arenenberg (Kanton Thurgau) aufgewachsen und Ehrenbürger des Kantons Thurgau.*

«Lassen Sie Charles Crist darüber entscheiden», winkte er ab. Dann erzählte Lorenzo unter Kichern von einem Viehtrieb nach Mailand und wie er und ein Kollege einer Schönheit nachgelaufen seien, was ihn wiederum an den Wettlauf von Louis Napoleon erinnere, bei dem es viel zu lachen gab*. Vom Sterben sprach er nicht.

Die *New York Times* brachte schon einen Tag nach Lorenzos Tod eine lange Würdigung, andere Zeitungen schrieben einen Tag später über sein Leben und Wirken: «He set new standards for American dining and made New York famous as a center of good living…»; «Through his example and success, he was largely responsible for the growth of the restaurant as an institution in American cities…» und Lobendes mehr. Kurz darauf schrieb ich Lorenzo D. einen Brief:

[111] «Dear Mr. Delmonico. Vor drei Tagen sind Sie verstorben. Still eingeschlummert, wie die Zeitungen vermeldeten und wie die *New York Times* einfühlsam über ihren Tod schrieb. Einen Nachruf von 218 Zeilen in 8 Punkt auf 11 Cicero; eine respektable Würdigung. 35 Kutschen und 20000 Trauernde folgten Ihrem Sarg von der St. Ann's Church bis zum Friedhof von St. Patrick's*. Vorangetragen von Mitgliedern der Societé Culinaire Philantropique wurde der größte Blumenkranz, den New York je gesehen hat; an der Spitze schritt Charles Ranhofer, Chef de Cuisine des Del's-Madison. Sie waren wirklich ‹the Great›, wie Sie über ein halbes Jahrhundert genannt wurden, ‹the biggest caterer and restaurateur› (*New York Times*). ‹Honorable (ehrenvoll), agreable (angenehm), and energetic (tatkräftig)› nannte Sie die *Sun*, und ‹he gave an impulse to good cookery throughout the country…› schrieb James Gordon Bennet jun., der neue Besitzer des *New York Herald*, und dass Sie ‹a host of friends› wären und ‹no enemies› hätten.

Ich kam nicht zum Begräbnis. Warum, weiß ich nicht. Ihrer verehrten Gattin und Charles Constant schrieb ich eine

Geher bei einem Wettlauf in Gilmore's Garden 1879.

Entschuldigung und erklärte mein Fernbleiben damit, krank in meinem Cottage in Peace Dale zu liegen. Ihnen, dear Mr. Delmonico, würde ich als Begründung gesagt haben, seit Ende August eingeschneit zu sein, dass zolldicke Eiszapfen Türe und Fenster versperrten, hungrige Grizzlys die Hütte umbrummten und Wölfe die Schlittenpferde gefressen hätten, die mich zur Bahnstation hätten bringen sollen. Wie stets bei meinen Ausreden würden Sie verständnisvoll genickt, dann den Kopf geschüttelt und wohl nur einen Satz gesagt haben: ‹Aber Simens, Schnee im August?!› Dann hätten wir ohne noch ein Wort darüber zu verlieren mit der Arbeit begonnen. Dafür, dear Mr. Delmonico, möchte ich Ihnen danken!

Ihr ergebener Henry Simens, Peace Dale, den 6. September 1881.»

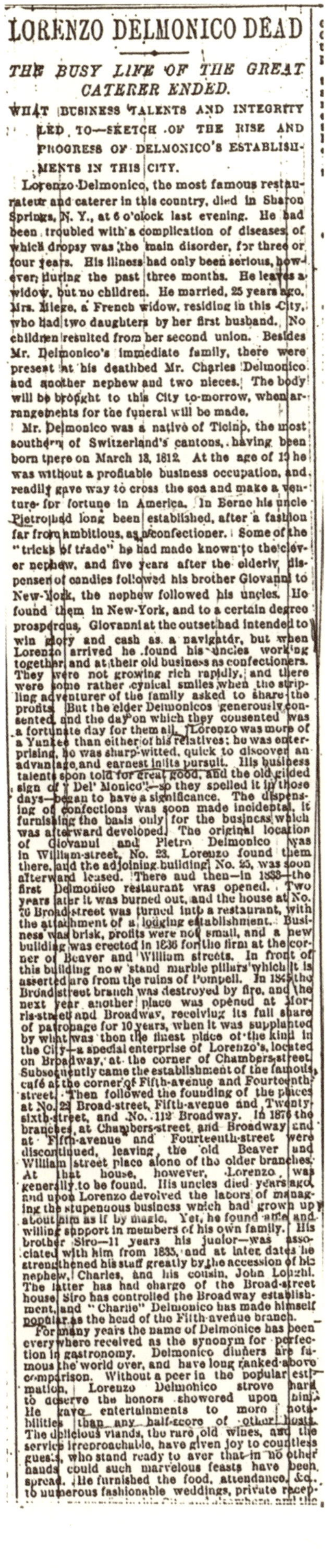

LORENZO DELMONICO DEAD

THE BUSY LIFE OF THE GREAT CATERER ENDED.

WHAT BUSINESS TALENTS AND INTEGRITY LED TO—SKETCH OF THE RISE AND PROGRESS OF DELMONICO'S ESTABLISHMENTS IN THIS CITY.

Lorenzo Delmonico, the most famous restaurateur and caterer in this country, died in Sharon Springs, N. Y., at 6 o'clock last evening. He had been troubled with a complication of diseases, of which dropsy was the main disorder, for three or four years. His illness had only been serious, however, during the past three months. He leaves a widow, but no children. He married, 25 years ago, Mrs. Miege, a French widow, residing in this City, who had two daughters by her first husband. No children resulted from her second union. Besides Mr. Delmonico's immediate family, there were present at his deathbed Mr. Charles Delmonico and another nephew and two nieces. The body will be brought to this City to-morrow, when arrangements for the funeral will be made.

Mr. Delmonico was a native of Ticino, the most southern of Switzerland's cantons, having been born there on March 13, 1812. At the age of 19 he was without a profitable business occupation, and readily gave way to cross the sea and make a venture for fortune in America. In Berne his uncle Pietro had long been established, after a fashion far from ambitious, as a confectioner. Some of the "tricks of trade" he had made known to the clever nephew, and five years after the elderly dispenser of candies followed his brother Giovanni to New-York, the nephew followed his uncles. He found them in New-York, and to a certain degree prosperous. Giovanni at the outset had intended to win glory and cash as a navigator, but when Lorenzo arrived he found his uncles working together and at their old business as confectioners. They were not growing rich rapidly, and there were some rather cynical smiles when the stripling adventurer of the family asked to share the profits. But the elder Delmonicos generously consented, and the day on which they consented was a fortunate day for them all. Lorenzo was more of a Yankee than either of his relatives; he was enterprising, he was sharp-witted, quick to discover an advantage and earnest in its pursuit. His business talents soon told for great good, and the old gilded sign of "Del' Monico"—so they spelled it in those days—began to have a significance. The dispensing of confections was soon made incidental, it furnishing the basis only for the business which was afterward developed. The original location of Giovanni and Pietro Delmonico was in William-street, No. 23. Lorenzo found them there, and the adjoining building, No. 25, was soon afterward leased. There and then—in 1833—the first Delmonico restaurant was opened. Two years after it was burned out, and the house at No. 76 Broad-street was turned into a restaurant, with the attachment of a lodging establishment. Business was brisk, profits were not small, and a new building was erected in 1836 for the firm at the corner of Beaver and William streets. In front of this building now stand marble pillars which it is asserted are from the ruins of Pompeii. In 1845 the Broad-street branch was destroyed by fire, and the next year another place was opened at Morris-street and Broadway, receiving its full share of patronage for 10 years, when it was supplanted by what was then the finest place of the kind in the City—a special enterprise of Lorenzo's, located on Broadway, at the corner of Chambers-street. Subsequently came the establishment of the famous café at the corner of Fifth-avenue and Fourteenth-street. Then followed the founding of the places at No. 22 Broad-street, Fifth-avenue and Twenty-sixth-street, and No. 112 Broadway. In 1876 the branches at Chambers-street and Broadway and at Fifth-avenue and Fourteenth-street were discontinued, leaving the old Beaver and William street place alone of the older branches. At that house, however, Lorenzo was generally to be found. His uncles died years ago, and upon Lorenzo devolved the labors of managing the stupendous business which had grown up about him as if by magic. Yet, he found able and willing support in members of his own family. His brother Siro—11 years his junior—was associated with him from 1835, and at later dates he strengthened his staff greatly by the accession of his nephew, Charles, and his cousin, John Longhi. The latter has had charge of the Broad-street house, Siro has controlled the Broadway establishment, and "Charlie" Delmonico has made himself popular as the head of the Fifth-avenue branch.

For many years the name of Delmonico has been everywhere received as the synonym for perfection in gastronomy. Delmonico dinners are famous the world over, and have long ranked above comparison. Without a peer in the popular estimation, Lorenzo Delmonico strove hard to deserve the honors showered upon him. He gave entertainments to more notabilities than any half-score of other hosts. The delicious viands, the rare old wines, and the service irreproachable, have given joy to countless guests, who stand ready to aver that in no other hands could such marvelous feasts have been spread. He furnished the food, attendance, &c., to numerous fashionable weddings, private recep-

111: Die St. Patrick's Old Cathedral von 1810 ist eine der ältesten Kirchen New Yorks. Als sie 1860 niederbrannte, wurde sie in ihrem heutigen Stil wieder aufgebaut. Die sterblichen Überreste der Delmonicos befinden sich in der Krypta.

Angst: ist objektlos, ohne konkreten Bezug.
Furcht: bezieht sich auf einen gefährlichen Gegenstand.
1899/1900 verneinten nahezu 70 Prozent der New Yorker, Angst vor dem Sterben zu haben. Hingegen war die Furcht vor Feuersbrünsten, Raubüberfällen und Gewaltverbrechen groß. Gefürchtet wurden Spinnen, Schlangen und Ratten. Frauen gaben an, sich vor Mäusen auf Stühle zu retten, Männer, beim Gang durch dunkle Straßen zu pfeifen. Genannt wurden Höhenangst, Angst in der Menge und Angst vor geschlossenen Räumen (Klaustrophobie). Man ängstigte sich vor Lebensmittelvergiftungen. Einige glaubten sich davor sicher, wenn die Hauskatze die ihr vorher vorgesetzte Speise überlebte. Die *Police Gazette* errechnete für eine dem Ehemann vorgesetzte, mit Zyankali gewürzte Suppe zwei qualvolle Stunden bis zum Tod. Große Furcht hatte man vor Eisenbahnunfällen, Schiffbruch, Blitzschlag, Erdbeben und Seuchen. Bei der Choleraepidemie 1866 in der Lower East Side gab es 1173 Tote. Nahezu 20 Prozent der New Yorker wurden zur Jahrhundertwende 1900 vom Gedanken an die Apokalypse, das Auftauchen von Marsmenschen und durch mögliche Asteroideneinschläge in Panik versetzt.

Die «General Slocum» beim Auslaufen am 15. Juni 1904 um 9.40 Uhr, kurz vor Ausbruch des Feuers, das 1021 Opfer forderte. Es waren vor allem Angehörige (Frauen und Kinder) deutscher Immigranten, die sich für einen Tagesausflug angemeldet hatten.

THE BROOKLYN DAILY EAGL

NEW YORK CITY, SUNDAY, MARCH 26, 1911.

OVER 150 PERSONS, MOST OF THEM GIRLS, DIE AS FIRE TRAPS HAPLESS FACTORY WORKERS IN MANHATTAN SKYSCRAPER

Forced to Windows by Flames, Scores Jump to Death on Pavements Far Below. Many Frightfully Injured.

«Over 150 persons, most of them girls...» fanden 1911 beim Brand der Nähateliers im 26. und 27. Stock des Triangle-Wolkenkratzers den Tod, viele beim Sprung in die Tiefe, durch den sie den Flammen entkommen wollten.
Bericht eines Reporters zum Triangle-Geschehen aus einer Telefonzelle: «Ich hatte diesen Laut noch nie zuvor gehört (...) es war der dumpfe Knall lebender Körper (...) Der Sturz aus etwa 25 Metern Höhe dauerte entsetzlich lange. Ich sah, dass noch jede Menge Mädchen an den Fenstern standen. Die Flammen aus dem Stockwerk unter ihnen schlugen ihnen ins Gesicht (...) es gab für sie keinen anderen Ausweg...»

Sie konnten nur zuschauen.

Mitte: *The Brooklyn Daily Eagle*, 26. März 1911.

Es geht weiter mit Sterben. Doch dies ist kein Grund, sich stellvertretend selbstmorden zu lassen

Mort (*La*).
Death. — *Tod*, m.

[112] Seit Lorenzos Tod vom 3. September 1881 sind in den folgenden zehn Jahren gestorben:

von seiner Familie und von Freunden
- Siro Delmonico, 71, Sohn von Francesco, geb. 1824, Lungenprobleme infolge starken Rauchens
- Marie Delmonico, Schwester von Lorenzo
- George William Curtis, 68, Redakteur von *Putnam's Monthly* und *Harper's Monthly Magazine*, zusammen mit Lorenzo Delmonico Vorstandsmitglied der New York Historical Society
- Aldrich Steinmann, 66, Arzt und Theologe, Mitbegründer mehrerer Amerikaschweizerorganisationen

von meiner Familie und nahen Bekannten
- meine Schwester Josephine Simens, 43, Tuberkulose
- Louis Regis, 41, Regisseur, eventuell Typhus?
- mein Vater Arthur Simens, 67
- Adiel und Esther Efreti, Freunde, verbrannt in ihrem Nähatelier
- Herman Melville, den ich verehrte, doch persönlich nicht kannte; ich sah ihn jeweils auf dem Hafenzollamt West als Beamten arbeiten*
- Anita Bell (vom Drugstore), Tuberkulose
- Thomas Caflisch, 62?

**112: Mit Moby Dick hatte Herman Melville den Gipfel seines schriftstellerischen Lebens erreicht, doch finanziell brachten ihm alle seine Werke zu wenig ein, sodass er ab 1866 in der Hafenanlage West, später Ost, als Zollbeamter arbeitete. «Umringt von niedriger Käuflichkeit» trieb er anhand der Frachtlisten der Schiffe Zölle ein; gelegentlich dürfte er das Gepäck von Ankommenden kontrolliert haben. «Dabei verneint er ruhig alle Geldgeschenke für besondere Gefälligkeiten und erstattet ruhig das Geld zurück, das man ihm hinterrücks in die Tasche steckt (…) Melville mag Bestechungsgelder zurückgewiesen haben, musste jedoch zahlen, wenn welche verlangt wurden. Zwei Prozent seines Gehalts gingen an das New York Republican State Committee (…) Im Prinzip handelte es sich um eine Steuer für politische Protektion – als Preis für einen sicheren Arbeitsplatz.» (Andrew Delbanco)*

[113] Caflisch tot? Es ist der 16. April 1891: Ich beende den Entwurf eines Trompe l'œil für Fish-Delikatessen Pale & Thorn; Boris wird ihn hinbringen, nachdem er die Morgen-

«Wussten Sie denn nicht, dass diese Ware zollpflichtig ist?» Für den amerikanischen Zoll gab es kaum etwas, das nicht zollpflichtig war oder nicht eingeführt werden durfte. Gepäckkontrolle von aus Europa Zurückkommenden im Hafenzollamt (*Harper's Weekly*, 1870).

Großbrände im 19. Jahrhundert in New York: Das Great Fire 1835 mit 700 zerstörten Gebäuden; Großbrände mit je über 100 zerstörten Häusern gab es schon 1811 (Chatham Square) sowie 1821 (Front Street) und 1833 (Greenwich Village); 1858 wurde der Crystal Palace mit der «Exhibition of the Industry of all Nations» und 1865 und 1868 die Museen von P.T. Barnum durch Flammen zerstört.
Häufig waren Hotel- und Theaterbrände: Das Bowery Theatre brannte nicht weniger als fünf Mal, beim Brand des Brooklyn Theatre 1876 kamen 295 Menschen ums Leben. Von den New Yorkern um 1890 am meisten gefürchtet waren der Brand der Wohnung, des Hauses oder der Werkstatt, vielfach durch Brandstiftung ausgelöst. 1887 gestand ein Mann, gegen Geld über 200 Brände zwecks «warmer Sanierung» (Versicherungsbetrug) gelegt zu haben, einige nach Absprache mit der Feuerwehr.

zeitungen gebracht hat. Es ist zehn Minuten vor zehn. Ich koche Tee, den ich ohne Milch und Zucker trinke, esse Zwieback, den ich mit gesalzener Butter bestreiche, und lese in der *New York Times* und den *Daily News* von Plünderungen in Havanna, Streiks in den Appalachen, einem Hotelbrand in der 28th Street und Jacob Schiff, der Hauptteilhaber von Kuhn, Loeb & Co wird. Und unter «Miscellaneous» von der Verhaftung eines Checkbetrügers, von einer Braut, die vor dem Altar den Bräutigam ohrfeigte, von einem erstochenen, elegant gekleideten Gentleman in den West-Docks, «möglicherweise ein von der Polizei lange gesuchter Betrüger» – warum plötzlich der Gedanke an Thomas Caflisch? Ich lasse Tee und Zwieback stehen und hetze an die Mulberry Street zu Liu Tzu-chuan.

Liu sitzt an seinem Tischchen, vor ihm eine der riesigen chinesischen Zeitungen. Er liest nicht, starrt ins Leere… Dann, plötzlich: «Sie kommen wegen Mr. Caflisch? Ich erwartete Sie. Vor zwei Tagen kam der allseits Verehrte abends vorbei. Elegant wie immer und guter Laune. Er komme, mir Adieu zu sagen, mir, einem geschätzten Freund. Die nahezu feierliche Art des Abschieds ließ mich fragen: ‹Sie verreisen für lange?› ‹Ja, genau genommen für eine Ewigkeit›, antwortete Caflisch. Ich war verwirrt. Dann gab er mir diesen Briefumschlag mit der Bitte, ihn Ihnen auszuhändigen.»

Liu Tzu-chuan weiß alles, was Downtown Manhattan geschieht: «Kurz nachdem mich Caflisch verließ, hörte ich vom Besuch eines elegant gekleideten Gentleman in einer Kneipe an der Baxter Street. Es handelte sich um eines der verruchtesten Lokale der Stadt. Er tippte an den Bowler, ging zur Theke, zog ein Bündel Banknoten hervor und legte 30 Dollar auf die Theke: ‹Vor Jahren erhielt ich von Victor, dem damaligen Besitzer dieses ehrenwerten Lokals, drei Dollar ausgeliehen. Hier sind sie zurück mit Zins, Zinseszinsen und einigem mehr. Es dürfte für ein Vollbesäufnis aller hier anwesenden Gentlemen ausreichen.› Er tippte nochmals an den Bowler und ging. Am folgenden Morgen wird er erstochen und ausgeraubt am Pier 28 West aufgefunden. Soviel ich weiß, liegt er in der Morgue im Bellevue.»

Nicht jede Polizei war umstritten (siehe nächste Seite), die berittene Polizei (hier an der Police Parade 1885) genoss die Sympathien der New Yorker.

[114] Das Bellevue Hospital befindet sich an der 26th Street East*. Ein Wächter führt mich nach einigem Hin und Her dank einem Dime in den Leichensaal. Dort liegen auf Marmortischen unter Leinentüchern alle in den West-Docks aufgefundenen namenlos Verhungerten, Ertrunkenen, Erstochenen, Erwürgten, Erschlagenen und sonst elendiglich zu Tode gebrachten. Wasser tröpfelt auf Tücher, um die Leichen darunter frisch zu halten. Caflisch ist nicht dabei. Ich beschreibe ihn.

«Ja, da war einer», erinnert sich der Wächter. «Unten im Hafen erstochen. Ging gestern mit der Todesabfuhr ab, nachdem ihn Chief Inspector Byrnes freigegeben hatte.»

«Was, der große Byrnes persönlich? Was hat denn der damit zu tun?»

«Keine Ahnung. Kam mit einem Sergeanten und einem Mann in Begleitung seiner Alten. Dort, am vierten Tisch zieh ich das Tuch weg, und schon fängt die Alte zu schreien an: ‹Ja, da-da, das ist er. Ein Schuft, ein Betrüger… hängen sollte man ihn… ins Gefängnis stecken!›»

Ich gehe zum Metropolitan Police Headquarter. Kaum jemand besucht freiwillig diesen Vorort der Hölle mit seiner Clique von korrupten irischen und deutschen Schlägern in Uniform*. Doch gibt es Beamte, denen man die Hand geben kann, ohne sie nachher waschen zu müssen.

Einer ist Sergeant Iznard vom Central Detective Bureau: «Mit Caflisch habe ich nichts zu tun, obschon es mir mehrmals lieb gewesen wäre. Doch wenn ich etwas gegen ihn in der Hand hatte, hieß es von oben, dass es Wichtigeres gäbe, als kleinen Gaunern nachzulaufen. Er ruhe in Frieden. Ich führe Sie jetzt zu Sergeant Geisselhuber. Er begleitete Byrnes in die Morgue.»

114: Die 1866 eröffnete Morgue im Bellevue Hospital, Sammelstelle aller tot aufgefundenen «unidentified corpses». In den Jahren 1880–1890 waren es im Schnitt jährlich 250 von 8000 Aufgebahrten, die nicht identifiziert werden konnten.

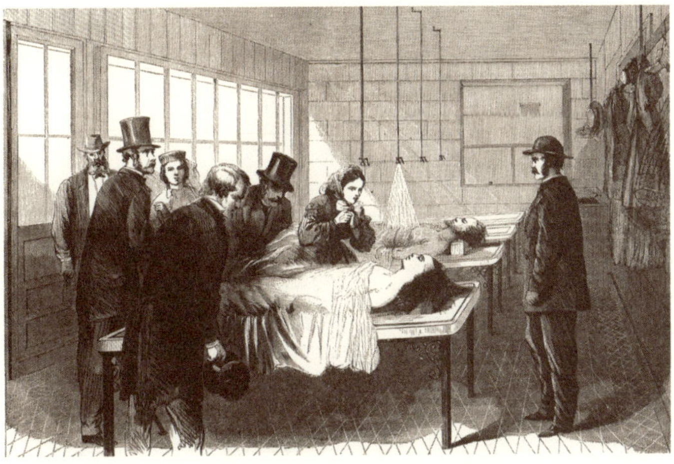

*114: Im Gegensatz zur Feuerwehr hatte die New Yorker Polizei trotz vielfach gelobter Leistungen einen schlechten Ruf, sie galt als korrupt und brutal. Es waren oft höhere Beamte, die ihn begründet hatten, so unter anderem Captain Alexander Williams, der «Schläger», und Polizeiinspektor Thomas F. Byrnes. Williams wurde während seiner Dienstzeit wegen Brutalität 358 Mal angezeigt und 224 Mal verurteilt. Byrnes fand Sympathien bei der Finanzwelt, als er um die Wall Street eine Zone festlegte, in der die Polizei ihr verdächtig erscheinende Personen verhaften konnte, auch wenn sie sich keines Verbrechens schuldig gemacht hatten. Byrnes' Verhörmethoden waren durch Anwendung des «dritten Grades» berüchtigt. 1894 quittierte er den Dienst, ohne die Ergebnisse der gegen ihn eingesetzten Korruptions-Kommission abzuwarten. Er setzte sich mit einem Vermögen von 360000 Dollar zur Ruhe, das er sich im Laufe seiner 14 Dienstjahre bei einem Jahresgehalt von 2000 Dollar beiseite gelegt hatte.
Doch sei auch die Modernisierung der New Yorker Polizei durch Byrnes erwähnt, unter anderem die Einführung einer Verbrecherkartei sowie die Anstellung junger Mitarbeiter aufgrund ihrer Bildung und Fähigkeiten im Gegensatz zu früher, als es üblich war, für eine Stelle dem zuständigen Polizeioffizier 50 Dollar und für die Beförderung zum Sergeanten 80 Dollar zuzuschieben.

Geisselhuber sitzt hinter der Schranke in einem Schaukelstuhl, die Füße auf dem Schreibpult. Er hält es nicht für nötig zu grüßen: «Was wollen Sie wegen Caflisch?»

«Ich gab ihm 40 Dollar...»

«Wer ist so blöd und gibt einem solchen Gauner Geld?»

«Ich, ich gab es ihm, damit er mir Lampions für eine Soirée chinoise im Del's-Madison besorge.»

Geisselhuber feixt: «So, so, Del's-Madison? Auf die Piepen werden Sie verzichten müssen. Caflisch wurde abgemurkst.»

«Ich weiß. Doch warum erhielt er in der Morgue den ehrenvollen Besuch des Polizeichefs?»

«Weiß nicht. Gegenüber Privatpersonen ist mein Erinnerungsvermögen wie weggewischt.»

«Sie würden besser einmal Ihr Office aufwischen. Überall nur Dreck, der Boden übersät mit Zigarrenstummeln. Doch, was sehe ich, da liegt, verdammt noch mal, ein Greenback!»

«Geben Sie her! Muss mir aus der Tasche gefallen sein. Also: Soviel ich weiß, hat der Besuch mit einer Gaunerei dieses Caflisch zu tun. Übrigens, Mann, liegt da nicht nochmals so ein Schein am Boden, ich glaube, zwei verloren zu haben... Ja also: Caflisch konnte mehrere Hirnlose um ziemlich viel Zaster erleichtern. Eine an sich üble alltägliche Sache, wenn es nicht einen geachteten Oberpfaffen betroffen hätte und es nicht um Kirchengelder gegangen wäre.»

[115] Ein Mann, so Geisselhuber, habe Rev. William Atkins, Vorsteher des vornehmen St. James-Kirchensprengels gebeichtet, er fühle sich sündig. Er habe sich an kurzfristigen Anleihen beteiligt. Es gebe eine Bank, die für Einlagen wöchentlich zwölf oder auch mehr Prozent Zins zahle. Nun sei ihm zugesteckt worden, dass mit dem Geld Mädchen aus Polen und Galizien die Überfahrt nach New York bezahlt würde. Doch statt die versprochene Stelle als Dienstmädchen antreten zu können, würden sie in Bordelle verscha-

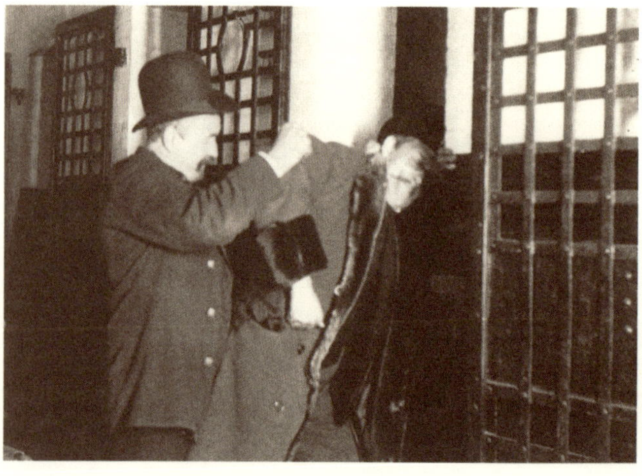

Im Wall Street District verhaftete Byrnes' Polizei suspekte Personen. Ein Verdächtiger wird von einem Kriminalbeamten in die Gefängniszelle gestoßen (1895).

chert, wo man sie zur Hurerei zwinge. Dasselbe geschehe mit in Europa entführten und illegal in die Staaten gebrachten Kindern, die man zu Dieben abrichte*. Mit seiner Einlage sei er sündig geworden. Gott habe ihn zwar bestraft, er habe nahezu alles, was er gewonnen habe, durch Pferdewetten verloren. Doch plage ihn das schlechte Gewissen.

Hochwürden war entsetzt. Von Mädchenhandel hatte er schon gehört. Dass aber Geld ehrlicher amerikanischer Bürger dafür benutzt wurde, war für ihn von teuflischer Verwerflichkeit; er konnte kaum genug vom Beichtenden darüber hören. Hochwürden ließ den Mann zur Buße drei Vaterunser beten und legte ihm eine Strafe von zwei Dollar zugunsten des Armenfonds auf.

[116] Die Finanzgesellschaft, so hatte Hochwürden erfahren, befinde sich im Liverpool House, 16th Street West. Der Portier wies Hochwürden und dessen Frau zum Zimmer Nummer 14 im ersten Stock. Das Zimmer, das sie nach einem kurzem «Herein» betraten, war mit nicht viel mehr als mit einem Aktenschrank, einigen Stühlen und einem massiven Tisch möbliert. An diesem saßen zwei Männer. Sie verabschiedeten eine Frau, die sich immer wieder bedankte, was der eine der Männer mit einem etwas ungeduldigen «Ja, ja, schon gut… ja, später einmal…» beantwortete.

Hochwürden und Frau stellten sich als Ehepaar Silversmith aus Queens vor, der eine der Männer als Horace Van Buren, der andere als Fred Bettex. Sie hätten, begann Hochwürden, von Investitionsmöglichkeiten gehört…

«Wer gab Ihnen die Adresse?», unterbrach ihn Van Buren nicht gerade freundlich. Hochwürden gab an, sie von einem Bekannten zu haben, doch möchte er dessen Namen nicht nennen.

Van Buren blickte zu Bettex: «Die da kommen aus Queens, könnte nicht Zollinspektor Clement oder gar Allen der Schwätzer gewesen sein?»

*115: *Die Ausbildung von Straßenkindern und heimatlosen Jugendlichen zu Dieben, Bettlern, Lockdirnen und Strichern erfolgte mit größter Brutalität. Bei der Darstellung aus* Harper's Weekly *(Bild unten, 1873) handelt es sich um illegal nach New York gebrachte, in Süditalien entführte oder gekaufte Kinder.*
Es gab auch Straßenkinder mit Glück. Davon ist bei Horatio Alger (1832–1899) zu lesen, seine in diesem Sinne verfassten über 100 Bücher (Gesamtauflage 250 Millionen Exemplare) machten ihn zum erfolgreichsten Jugendbuchautor Amerikas. Der Aufstieg seiner Helden und Heldinnen aus übler Herkunft und Sünde schildert Alger, der sich ab 1866 in New York der Sozialarbeit widmete, meistens realistisch, hingegen ist der Weg zu Wohlergehen und Reichtum dank Fleiß und Gottesglauben oft von unglaubwürdigen und albernen Zufällen abhängig. Alger hat wesentlich zur Entstehung des amerikanischen Mythos «Vom Tellerwäscher zum Millionär» beigetragen.

Bettex nahm dies nicht an, abgesehen davon sei Henry Allen Abgeordneter von Williamsburg.

«So, so, Abgeordneter», brummte Van Buren und wandte sich dem Ehepaar zu: «Wie viel möchten Sie denn investieren? Höchstens 120 Dollar? Für Leute mit wenig Geld viel, für Leute mit viel Geld wenig. He, Fred, ist noch etwas frei?»

Bettex ging eine Namensliste durch: «Nein, nichts, wir sind komplett. Zwar will ein Mr. Warner noch um halb elf mit 80 Dollar kommen.»

«Und jetzt haben wir nach elf. Du kannst ruhig die Einlage an die Leute hier vergeben – ja, ja, mach schon Fred!» Dann zu Hochwürden: «Mr. Bettex wird Ihnen jetzt eine Quittung über 80 Dollar ausstellen. In einer Woche können Sie das Geld plus 14 Prozent Zins hier abholen. Das ist alles, was ich zu sagen habe. Ich gehe jetzt, Fred, hatte heute genug Ärger. Auf Wiedersehen meine Dame, auf Wiedersehen mein Herr.»

[117] Hochwürden kam eine Woche später, diesmal allein. Er wurde Zeuge, wie Van Buren einem Mann 1500 Dollar plus 255 Dollar Zins auszahlte. Als der Mann das Geld gleich reinvestieren wollte, winkte Van Buren ab: «Kommt nicht infrage. Sie wissen genau, dass innerhalb von einem halben Jahr nur dreimal nacheinander ein Geschäft getätigt werden kann. In einem halben Jahr werden wir sehen, was sich tun lässt. Guten Tag!»

Hochwürden bekam 91,20 Dollar ausbezahlt. Es seien nunmehr 250 Dollar, die er zu investieren gedenke.

«Das geht nicht», erklärte ihm Mr. Bettex, «ich hielt für Sie 120 Dollar offen, entsprechend Ihrem Wunsch von letzter Woche.»

Gereizt wandte sich Van Buren zu Bettex: «Zum Teufel, das sagte Mr. Silversmith letzte Woche. Das gilt doch nicht für alle Ewigkeit, Fred. Sind wir denn schon oben?» Das nicht, versicherte Bettex. Um zwölf käme Samuel D. mit 1600 Dollar und W.B. habe 3900 Dollar angesagt.

«Der große Geldteufel streut, pisst und scheißt Geld. Dem Pfaffen, Händler und Adligen ist er mehr als der liebe Gott willkommen.» (Holzschnitt um 1840/1850, Metz)

«Es handelt sich um A-Kunden», fügte Bettex respektvoll hinzu.

Während Bettex die 120 Dollar quittierte, bat Hochwürden um Auskunft, was ein A-Kunde sei.

«Das ist Ihnen eine Nummer zu groß», lächelte Van Buren. «Das sind Großkunden, die 1500 bis 4500 Dollar anlegen. Da wir mit diesen gleich viel Arbeit wie mit Kleinkunden haben, erhalten sie einen Zusatzzins von drei Prozent. Sie können ja versuchen, so viel Geld bis nächsten Freitag zusammenzukratzen. Doch müssen Sie spätestens um neun Uhr hier sein. Es sind nicht wenige, die A-Kunden werden möchten.»

[118] Man kann sich ausdenken, dass Hochwürden und Frau einiges zu besprechen hatten. Bei einer Investition von 4500 Dollar und einem Zins von 14 plus drei Prozent waren 765 Dollar Gewinn zu erwarten, nahezu so viel, wie Hochwürden in einem halben Jahr verdiente. Doch war da ein Problem: Bisher hatten die beiden mit eigenem Geld spekuliert. 4500 Dollar besaßen sie nicht. Es musste anderswo beschafft werden, und zwar innerhalb einer Woche, denn das war die dritte und letzte Investitionsmöglichkeit. Danach wäre ein halbes Jahr zuzuwarten. Nach einem gemeinsamen Gebet schien es den beiden naheliegend, das Geld dem Armenfonds zu entnehmen. Man würde das Geld sofort zurückgeben, erhöht um 45 Dollar oder mehr.

Hochwürden und Frau kamen am Freitag gerade noch rechtzeitig, um die 4500 Dollar zu investieren. Sie hätten, wie Mr. Bettex sagte, Glück gehabt, das Limit sei nahezu erreicht. Eine Woche später warteten Hochwürden und Frau vergeblich auf Mr. Van Buren und Mr. Bettex. Mit ihnen warteten noch mehrere Leute. Vom Hausportier war lediglich zu erfahren, die beiden Herren hätten sich seit Samstag nicht mehr gezeigt und seit Montag kämen immer wieder Leute, die auf sie warteten, einige hätten geweint.

«Früher glaubten die Menschen, Jesus habe Brot und Wein vermehren können; heute glauben sie an die wunderbare Geldvermehrung an der Börse.»
(Uwe Timm)

Die Börse: «Ein Handel auf Betrug gegründet, von Täuschungen getragen, durch aller Art Blendwerk genährt...»
(Daniel Defoe)

Wer Geld hat, spart nicht mit Ratschlägen an die, die gerne zu solchem kommen möchten, wobei gleichzeitig vor der Last des Geldes gewarnt wird. Um dieser Last zu entgehen, beherzige: «Oktober ist einer der besonders gefährlichen Monate, um in Aktien zu spekulieren. Andere risikoreiche Monate sind November, Dezember, Januar, Februar, März, April, Mai, Juni, Juli, August und September.»
(Mark Twain)

Geisselhuber schätzt, dass um die 50 Dumme betrogen wurden. Bei einigen ging es um 100 bis 300 Dollar, beim Großteil um 400 bis 1000, bei etwa einem Dutzend um 1500 bis 4500 Dollar. Zusammen seien dies um die 50 000 Dollar. Als Ausgaben dürften nach Geisselhuber für Büromöbel und Miete des Zimmers im Liverpool House 400 Dollar und als Honorar an die Mitglieder der Bande – der Beichtende, die Frau, die sich bedankte, der Mann, der reinvestieren wollte – je 700 bis 800 Dollar aufgewendet worden sein, alles zusammen um die 3000 Dollar. Etwa gleich viel sei für die jeweils ausbezahlten Zinsen zu rechnen. Somit hätten Caflisch-Van Buren und der noch unbekannte Bettex mehr als 40 000 Dollar ergaunert.

«Für das muss ich mir, gottverdammich, 25 Jahre lang, verdammt noch mal, den Arsch absitzen», flucht Geisselhuber.

[119] Dem mir von Liu Tzu-chuan übergebenen Brief von Caflisch lagen 4500 Dollar in Zahlungsanweisungen bei. Caflisch schrieb dazu: «My dear Henry Simens. Bitte versuchen Sie, die 4500 Dollar Maria Caprez, wohnhaft oder wohnhaft gewesen in Sanvolain, Graubünden, oder ihren Nachfahren zukommen zu lassen. Maria Caprez war das Mädchen, mit dem ich als Lehrer ein intimes Verhältnis hatte. Sie war noch keine 15 Jahre alt und im dritten Monat schwanger. Das Kind konnte nicht von mir sein, es war knapp einen Monat her, als wir uns erstmals liebten. Sie erzählte mir, dass sie der Gemeinderat und Bauer Durisch jeweils beim Kuhstall abgefangen habe, wenn sie aus der Schule kam, und ihr dann etwas Käse oder Milch für die Familie mitgegeben habe, eine Taglöhnerfamilie mit sechs oder sieben Kindern. Ein Vater könnte auch der Kolonialwarenhändler Gion Soundso gewesen sein. Beide also angesehene Männer. Ich war ein Schulmeisterlein und stammte zudem aus dem Unterengadin. Man hätte mir die Schuld zugeschoben. So verließ ich denn Sanvolain bei Nacht und Nebel, als Lump.

Auch in New York und anderswo werden mich mehrere Leute nur als Lump in Erinnerung halten, länger wohl, als wenn ich ein ehrlicher Gentleman gewesen wäre. Einmal verpasste ich es, ein Ehrenmann zu sein. Es ging um Nancy, die Tochter von Victor, dem Wirt. Ich erzählte Ihnen von ihr. Ich weiß nicht, wie ich gut machen kann, was ich ihr angetan habe.

Dear Mr. Simens. Ich sage Ihnen Au revoir und erinnere mich mit Vergnügen an unsere Gespräche. Wenn es ein Jenseits geben sollte, so wird es dort zweifellos eine Ecke geben, wo sich Leute wie unsereins zusammenfinden. Ich freue mich darauf.

Ihr Thomas Caflisch, New York, 14. April 1891.»

[120] Mein Vater erzählte einmal von einem Mann, der Selbstmord begehen, doch nicht als Selbstmörder gelten wollte. Als solcher wäre er Gottes Segen verlustig gegangen und hätte verwirkt, auf dem Friedhof als ordentlicher Christenmensch begraben zu werden.* So habe dann der Mann den Selbstmord als Mord dargestellt. Er tat es so geschickt, dass sein Geschäftspartner verdächtigt, gefasst und verurteilt wurde.

Jahre später fand sich im Nachlass der Selbstmörderwitwe ein Brief, in dem ihr Mann gestand, an seinem Geschäftspartner, den er gehasst hatte, mit dem vorgetäuschten Mord Rache genommen zu haben. Die Witwe verschwieg diesen Brief, was ihr ermöglichte, dank der ausbezahlten Lebensversicherung ein sorgenloses Leben zu führen.

«Das alles ist», sagte Vater, «von solcher Niedertracht, dass die erschütterndste griechische Tragödie daneben Schaum ist.»

[121] Caflisch wollte den Tod. Davon zeugen der Abschied von Liu Tzu-chuan, der Brief an mich und sein theatralisches Auftreten in Victors ehemaliger Kneipe, eine Auffor-

**120: Selbstmord (Selbsttötung, Freitod, Suizid): Die evangelische Ethik verwirft ihn als Sünde des Unglaubens; die katholische Moraltheorie als Sünde gegen die Liebe zu Gott, gegen den Nächsten und gegen sich selbst. Im Mittelalter war ein Selbstmörder nach staatlichem und kirchlichem Recht strafbar; er erhielt unter anderem ein unehrenhaftes Begräbnis. Erst in neuerer Zeit wird ein kirchliches Begräbnis nicht mehr verweigert.*

derung an jeden der dort anwesenden Ganoven, ihm zu folgen, ihn zu töten und auszurauben. Wollte sich Caflisch stellvertretend ermorden lassen? Dies wohl kaum, um einer moralischen oder kirchlichen Verdammnis zu entgehen. Doch warum?

Mit Caflischs Brief und den 4500 Dollar suchte ich Paolo Baumgart auf, Anwalt und Konsul der Schweizerischen Eidgenossenschaft in New York. Für Baumgart war Caflisch kein Unbekannter: «Seiner Gaunereien wegen erbat man sich mehrmals Auskunft über ihn. Auffallend ist, dass er trotz der vielen offensichtlichen Betrügereien nie gefasst wurde, obschon er in New York zu finden war. Einmal trug man uns zu, er sei für Washington wichtig; er sei um 1863 für die Regierung tätig gewesen und sei noch vor Kurzem für gewisse Aktionen hinzugezogen worden. Ein andermal erhielten wir den Hinweis auf eine Vereinbarung Washingtons mit der hiesigen Polizei, ihn nicht allzu sehr zu belästigen. Wir selber fanden heraus, dass er mehrmals in China und mit einer Chinesin verheiratet war. Bei der Eroberung von Tongking durch die Franzosen* sei diese umgekommen. Seit einigen Jahren hält sich das Gerücht von Kontakten zu einer chinesischen Geheimgesellschaft, die in Tschutschien gegen die Franzosen rebelliere. Diese Gesellschaft habe Sitze in San Francisco und New York und betreibe, um zu Geld für die Unterstützung der Rebellion zu kommen, Opiumhöhlen, Bordelle, Spielhöllen und Erpressung; sie schmuggle zudem Mädchen, Porzellan und Antiquitäten in unser Land und Waffen nach China. Einer der Chefs besitze zur Tarnung ein Restaurant in Chinatown.»

Baumgart bezweifelte, dass Caflisch mit solch kriminellen Machenschaften zu tun hatte. Ihm sei es um die politischen Intrigen gegangen, möglicherweise wollte er den Tod seiner Frau rächen, für den er die Franzosen verantwortlich machte. «Vor Jahren gelang ihm ein Meisterstück. Er vermittelte einer New Yorker Finanzgruppe die Lieferung von Gewehren und

121: Schlacht um Tongking, Illustration aus einer Pekinger Zeitung. Die Schlacht habe lange gedauert und die Chinesen hätten sich tapfer gegen die Franzosen gewehrt, bevor diese in die durch Kanonenbeschuss beschädigte Stadt einziehen konnten.

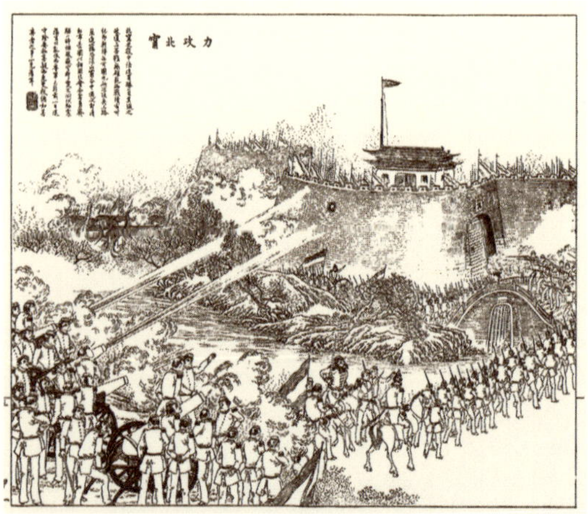

Munition an die chinesische Regierung, ein Millionengeschäft. Washington gab zum Ärger Russlands und Frankreichs sein Okay, und die Waffen verließen auf abgesegnetem Weg die USA. Nur, die Sendung landete nicht bei der chinesischen Regierung, sondern bei den Rebellen in Tschutschien. Die Franzosen verlangten eine Untersuchung, unsere Regierung geriet in die Klemme, die Finanzgruppe verlor ihr Geld. Und der, der alles eingefädelte, ist jetzt tot. Das dürfte einige Leute verärgern. Andere dürften sich beruhigt fühlen, möglicherweise gar seine chinesischen Freunde.

Doch zur Sache: Sie halten es für richtig, Caflischs Geld der Gemeinde Sanvolain zuhanden von Maria Caprez zukommen zu lassen. Ich erlaube mir nicht, auch nur eine Sekunde an der Ehrenhaftigkeit einer Bündner Gemeindebehörde zu zweifeln. Doch Caflisch bezeichnet zwei Bürger von Sanvolain, Maria Caprez ebenfalls nahegestanden zu haben, eine böse Anschuldigung. Mir scheint besser, von Sanvolain die Adressen von Maria Caprez und dem jetzt erwachsenen Kind anzufordern, damit ich ihnen das Geld direkt zustellen lassen kann.» In diesem Sinn quittierte Baumgart den Empfang der 4500 Dollar.

Als ich mich verabschieden wollte, hielt mich Baumgart zurück: «Dieser Caflisch geht mir nicht aus dem Sinn, auch wegen dieser Geschichte mit den Napoleon-Souvenirs, von der Sie sprachen. Wie leicht hätte er Lorenzo Delmonico hereinlegen können. Er tat es nicht. Wollte er Lorenzos Vertrauen gewinnen, damit ihm dieser Zugang zu wichtigen Gästen verschaffe? Oder verzichtete er Ihnen zuliebe, da ihm Ihre Freundschaft wichtiger war als ein betrügerischer Handel, den Sie zweifellos verurteilt hätten. Zweifellos war er eine gespaltene Persönlichkeit, sozusagen ein Hochstapler mit Moralempfinden*. Was meinen Sie, Simens?»

Ich meinte nichts. Ich dachte nur daran, ob Caflisch tatsächlich aus Rücksicht auf unsere Freundschaft auf den Handel mit Lorenzo D. verzichtet hatte.

**121: Hochstapler sind «vortreffliche Schauspieler mit Überzeugungskraft, besten Manieren und meist ansprechender äußerer Erscheinung», die unter Gaunern «zur Elite unter den Betrügern» zählen. Dazu gehört auch die betrügerische Absicht; der Betrug ist ihr Lebenszweck. Ein Hochstapler mit Moralempfinden ist kein «echter» Hochstapler.*

Aufführung im Park Theatre, dem ersten zu Theaterzwecken errichteten Bau der Stadt.

20 Jahre nachdem die Briten New York verlassen hatten und acht Jahre nach dem Bau des Eriekanals wurde von wohlhabenden Bürgern die Basis für ein reiches kulturelles Leben geschaffen. Sie gründeten Clubs, akademische Gesellschaften, Bibliotheken und trafen sich in eleganten Restaurants und Theateraufführungen. Bis New York neben Wien, Paris, London und Berlin zur Weltstadt von Theater und Showbusiness wurde, war es noch weit. New Yorks Bühnenkultur war, verglichen mit den europäischen Städten, blutjung, gar ein Baby. Aber eines mit einer Wundertüte der Muse in der Hand.

Blutige Revolte 1849 vor dem Astor Opera House in New York, in dem *Macbeth* von William Shakespeare gespielt wurde. Anhänger des populären amerikanischen Schauspielers Edwin Forrest entschlossen sich zur Störung der Aufführung, nachdem die Hauptrolle an dessen Rivalen, den adligen englischen Schauspieler William C. Macready, vergeben worden war. Der New York State Militia und der Stadtpolizei gelang es nicht, die Menge zu zerstreuen, worauf sie in die Demonstranten feuerten. Es gab 22 Tote und über 150 Verletzte. Das Exempel von Law and Order wurde als Machtdemonstration der Oberschicht gegenüber der als Mob bezeichneten Unterschicht kritisiert.

Penny-Universitäten, ein dicker Hamlet und: «Was? George Cohan ein begnadeter Schauspieler? Dass ich nicht lache!»

[122] «Ein Stuhl im Wirtshaus», philosophierte «Doctor Johnson»*, «ist ein Thron der Glückseligkeit.» Zudem, ebenfalls Samuel Johnson, sei in einer Kneipe mehr zu lernen als an einer Universität. Man muss ihm beipflichten: Eine gute Bar ist nicht nur ein Paradies des Wohlbefindens, sondern auch eine Bildungsstätte; Pubs galten in Old England schon immer als «Penny-Universities» und Orte der Diskussion. Und immer findet sich dort ein Jemand von Belesenheit und Kultur, der sein Wissen noch so gerne weitergibt.

Im Juri ist es Hansen Troeshen. Vor einiger Zeit kam ihm L.P. Dickinsons *History of the British and American Theatre* in die Hände. Seither fühlt er sich als Experte für englisches und amerikanisches Theaterwesen und berechtigt, kompetent darüber zu sprechen. Heute doziert er über Shakespeare, von dessen Leben man zwar einiges wisse, jedoch nicht, wer seine Werke geschrieben habe; doch ziemlich sicher sei es ein unter Pseudonym schreibender Adliger gewesen*. Shakespeare ist zurzeit aktuell, weil Sarah Bernhardt die Staaten bereist* und den Hamlet spielt.

«Quatsch», sagt einer an der Theke, «ich las kürzlich in der Zeitung von einem verstorbenen Shakespeare, und der war Wirt.»

«Was höre ich? Wirt?», ereifert sich Troeshen. «In meinem Buch steht, dass Shakespeare, sollte er Shakespeares Werke geschrieben haben, intelligent und hoch gebildet war, und somit kaum ein Wirt!» Jenssen, der hinter der Theke Gläser trocken reibt, bekommt einen dicken Kopf.

Bevor dieser platzt, sage ich: «Wieso denn nicht Wirt? Eine Kneipe ist doch der beste Ort, um zu hören und zu er-

**122: Sarah Bernhardt (1844–1923). Sie galt als größte Dramatikerin der Zeit. Das Publikum liebte die Französin und ergötzte sich an ihren Skandalen. Größte Erfolge errang sie mit ihrem emotionellen Schauspiel als Hamlet und mit den Titelrollen in Jean Racines* Phèdre, *Voltaires* Zaïre *und der für sie geschriebenen* Salome *von Oscar Wilde. Zu populärem Ruhm kam sie mit dem Film* Queen Elizabeth, *der 1912 in New York zur amerikanischen Erstaufführung kam.*

**122: Thron der Glückseligkeit und Bildungsstätte: Samuel Johnson (rechts) mit den literarischen Freunden James Boswell und Oliver Goldsmith in The Mitre Tavern in London.*

leben, woraus sich eine Geschichte oder ein Theaterstück machen lässt.»

«Du sagst es», prostet mir John Anderson zu. Anderson ist Theaterkritiker beim *Harper's Weekly.*

Sein Lob bringt mich in Fahrt: «Stellt euch vor, da stolpert in Stratford-upon-Avon in die Kneipe von diesem Shakespeare ein dickes, bierrülpsendes Muttersöhnchen, das schon tüchtig geladen hat und sich aufspielt, in Wittenberg studiert und bechern gelernt zu haben und bereit sei, jeden der Anwesenden unter den Tisch zu saufen. Doch plötzlich, bevor er auch nur einen Schluck aus dem ihm hingestellten Bier trinkt, fängt er zu heulen an: Seine Mutter habe sich während seiner Abwesenheit mit dem Onkel herumgetrieben und deswegen sei wohl sein Vater gestorben, und nun verlasse ihn auch noch seine Liebste, Ophelia heiße sie. Deren Vater, ein sturer Dummkopf, habe ihr abgeraten, mit ihm nach Norwich zu gehen, weil es dort immer regne und sie schwach auf der Brust sei. Dabei erhalte er dort einen Job, wenn auch bei diesem Onkel, der übrigens seine Mama heiraten werde, was ihm nicht gefalle. Jetzt wisse er nicht, ob er nach Norwich gehen solle, denn schließlich sei das eine Frage von Sein oder Nichtsein.

Worauf ein am Tisch sitzender Weißbart – wie sich später herausstellt der Totengräber der Kirche nebenan – nach dem Bier des jungen Mannes greift und sagt: ‹Ob das sein Bier oder nicht sein Bier ist, ist jetzt keine Frage. Ich erlaube mir jedenfalls, damit meinen Durst zu löschen, bevor es, ha, ha, kalt wird … und dann, Gentlemen, werde ich eine Runde schmeißen. Denn soeben gab mir auf dem Friedhof ein feiner Herr eine halbe Guinea, weil ich seinen verstorbenen Geschäftspartner besonders tief begraben habe.›»

Das wären doch, sagte ich, schon Thema und Hauptpersonen für einen *Hamlet.* Man könne ja die Geschichte etwas verändern und anderswo ansiedeln, zum Beispiel in Dänemark, dort regne es ebenfalls.

**122: Adliger oder Wirt? Welterfahrung, großer Wortschatz, umfassende Bildung und ein komplexes Wissen von Antike und Renaissance werden dem Autor/den Autoren von Shakespeares Werken zugeschrieben.*
Von links nach rechts: Porträts von Flower, Taylor (Chandos-Porträt), Grafton, Sanders, Soest.

«Nicht schlecht», lobt John Anderson, der Theaterkritiker. «Doch fehlt eine wichtige Figur: der Geist.»

«Ach was», antworte ich, «das ist doch der vom Geschäftspartner, den der Totengräber begraben musste.»

«Aber wieso gerade der?», fragt ein anderer.

«Weil er vergiftet wurde. Das ist bei Geschäftspartnern üblich, weil der eine zur Frau des andern ins Bett kriecht oder den Gewinn versäuft. Steht in jeder Zeitung.»

«Quatsch», sagt der Mann an der Theke, der schon einmal «Quatsch» sagte, «den Hamlet, den die Sarah Bernhardt spielt, gibt es nicht. Weil sie, die Bernhardt, so dünn sei, dass man sie auf der Bühne nicht sehe. Und du hast von einem dicken Biersäufer gesprochen.»

«Das war er auch. Shakespeare lässt seine Mutter sagen: ‹He's fat and scant of breath.›»

«Quatsch», sagt der an der Theke zum dritten Mal, «in der Zeitung ist von einem mageren Hamlet die Rede. Übrigens fällt mir gerade ein, der Shakespeare, der tot in der Zeitung stand, hieß William und war Wirt in Queens und nicht in Stratford, wie du behauptet hast.»

Ich ging. Mein Gott! Du gehst in eine Bar der Bildung wegen und um Bildung zu bilden. Doch da sind nur besoffene Narren, die Quatsch vor sich hinbrabbeln.

[123] Es ist schon so, wie Shakespeare sagt: «Je mehr Narren, je mehr Kurzweil.» Das ist ja auch der Grund, dass ich trotz Trottelköpfen wie Troeshen und dem Quatschsager gerne ins Juri gehe, obwohl ich mich über meine Trinkbrüder schon mehrmals ärgerte. Damals wegen Deborah und kürzlich wegen dieses doofen Texaners. Fred Cliff hieß er, ein fürchterlicher Schnorrer und unerträglich mit seinem Getue über die Bedeutung und Größe von Texas. Als ich ihm beizubringen versuchte, dass die Schweiz, wenn man mit einem Bügeleisen Berge und Hügel platt drücken würde, so groß wie Texas sei, wurde er richtiggehend primitiv: «Ja,

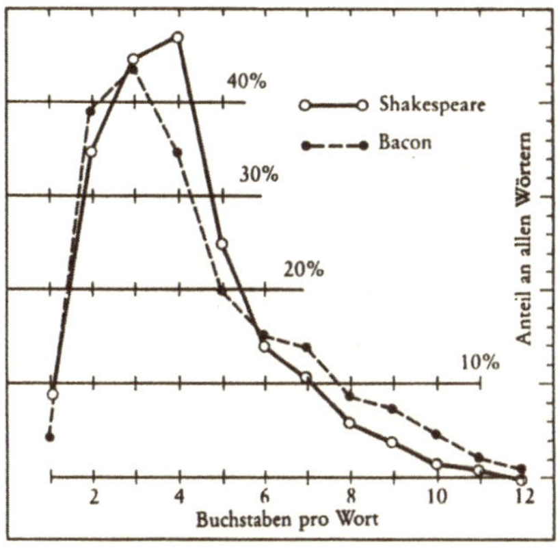

Nicht William Shakespeare selber (1564–1616), sondern Francis Bacon (1561–1626), Christopher Marlowe, der 17. Earl of Oxford, Sir Henry Neville und weitere mehr werden als eigentliche Autoren der Werke Shakespeares vermutet. Ende des 19. Jahrhunderts verglich der amerikanische Geophysiker Thomas C. Mendenhall (1841–1924) die Häufigkeit von 400000 Wörtern verschiedener Länge in Stücken von Shakespeare und Bacon. Einerseits überwiegen bei Shakespeare Wörter mit vier Buchstaben gegenüber Wörtern mit drei Buchstaben, die bei Bacon vorherrschen, andererseits fand Mendenhall einen wesentlich größeren Anteil an längeren Wörtern bei Bacon als bei Shakespeare (Häufigkeits-Diagramm nach Daten Mendenhalls von C.B. Williams, 1970). Ein Skeptiker bemerkte 1901 nach Veröffentlichung von Mendenhalls Ergebnissen: «Wenn Bacon die Stücke nicht verfasst haben kann, bleibt weiterhin die Frage offen, wer es war.» (David Crystal, *Cambridge Enzyklopädie der Sprache.* Zürich 1995)

Den wahren Shakespeare glaubt man heute im Cobbe-Porträt zu erkennen (rechts), das um 1610 entstanden ist. Der echte Shakespeare war damals 46 Jahre alt, «ein schöner, gut gestalteter Mann», wie ein Zeitgenosse schreibt.

**124: Edwin Booth (1833–1893), der berühmteste Shakespeare-Darsteller der USA (hier als Jago). Erste Erfolge hatte er im Burton's New Theatre in New York, wo er innerhalb von vier Wochen als Hamlet, Richard III., Shylock, Romeo, King Lear, Jago und in weiteren vier Stücken auftrat. 1869 eröffnete er sein eigenes Booth's Theatre, das in der Krise von 1873 Konkurs anmelden musste. «Er war ein Träumer», schrieb der befreundete Thaterkritiker William Winter. «In allen Perioden seines Lebens sah ich Hamlets Neigung, alle Dinge als vergänglich und unwichtig anzusehen und alles treiben zu lassen.»*

wenn! Und wenn ich dir dein blödes Gesicht mit der Faust breit drücke, kommst du nur noch quer durch die Türe!»

New York hat über 3000 Restaurants und Lunchrooms und doppelt so viele Saloons, Tavernen und Bars. Genügend Etablissements also, wo du Bildung oder eine platt gedrückte Nase bekommen kannst. Doch du gehst immer in die gleichen fünf oder sechs Lokale, um dich mit den immer gleichen depperten Trinkbrüdern über immer gleiche depperte Dinge zu unterhalten. Und wenn du einmal nicht über Frauen, Pferderennen, Baseball und Geld, sondern über Kunst, Theater und Literatur sprechen willst, hörst du nur Bullshit.

[124] Angesichts dessen, was ich getrunken habe, sei meine Rede zum Thema Hamlet beeindruckend gewesen. Doch, so John Anderson, müsse er sagen, dass alle großen Hamletdarsteller dünn und mager gewesen seien. Edwin Booth*, William Macready, Edwin Forrest seien es gewesen, auch Julia Marlowe, die zwar ein klein wenig dicker als Booth war. Möglicherweise hätten ja auch schon Dicke den Hamlet gespielt, denn alle Schauspieler, ob dick, dünn, klein, groß, krumm oder mit Plattfüßen bedacht, wollen einmal den Hamlet spielen oder ihn gespielt haben.

Zwei Tage später zupft mich Epstein am Ärmel: Er sei ein schlanker Hamlet gewesen. Er habe den Hamlet im Schultheater gespielt und sei seiner Dünne wegen für die Rolle ausgewählt worden. Er habe viel Applaus bekommen, auch später, wenn er an Familien- und Firmenfesten den Hamlet gespielt habe. Meistens sei es die Szene mit dem Totenkopf gewesen.

«Dann ist ja alles gut», antwortete ich, «dann ist für Sie das Problem Hamlet ja gelöst.» Und ich erzählte ihm, was ich über den Hamlet-Tick der Schauspieler gehört hatte. «Übrigens geht das Gerücht, George Cohan* schreibe den Hamlet zu einem Vaudeville um, in dem er die Hauptrolle übernehme. Da liegt etwas drin. Cohan ist schlank, ein guter Showman und, wie ich hörte, ein begnadeter Schauspieler …»

Am 14. April 1865 wurde US-Präsident Abraham Lincoln im Ford's Theatre in Washington von John Wilkes Booth, einem fanatischen Anhänger der Südstaaten, erschossen. John Wilkes Booth war der Bruder von Edwin Booth und wie dieser ebenfalls Schauspieler.

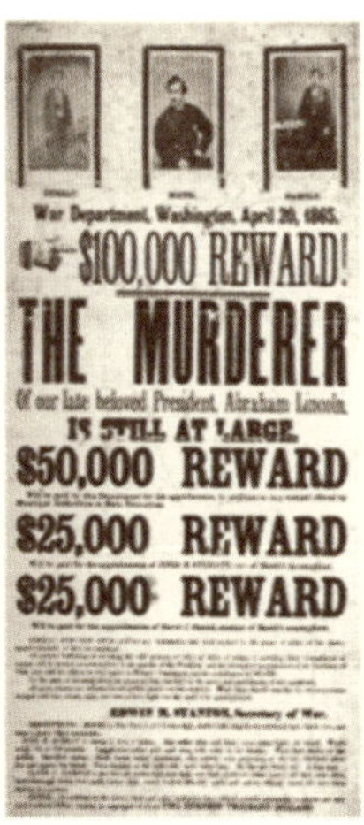

Auf die Ergreifung von John Wilkes Booth und seinen Komplizen wurde eine Belohnung von 100 000 Dollar ausgesetzt. Er wurde einige Tage nach der Tat gestellt und erschossen.

«Was? Cohan ein begnadeter Schauspieler? Dass ich nicht lache!» Epstein holte tief Atem. «Ein quasselnder Clown ist er, der glaubt, auch Schauspieler zu sein. Ich bin Schauspieler oder war es einmal. Im Old Koster and Bail's Theatre und auf Tournee. Wenn ich nur nicht immer diese verdammten Rührstücke hätte spielen müssen! Stücke, in denen man als Held stirbt, als Revoluzzer gefoltert wird oder als gemeiner Gauner im Gefängnis endet. Was haben die Zuschauer gelacht, wenn ich dem Militärkommandanten den blanken Hintern zeigte. Wie haben sie vor Zorn aufgeschrieen, wenn man mich aufs Rad flocht oder an die Mauer stellte. Jeden Abend wurde ich erschossen, gehängt, gesteinigt, gefoltert oder erdolcht. Und anderntags komme ich in Elijah's Appetizing. Und was geschieht? Mama Elijah schreit: ‹Gott, echem, sei gepriesen! Oh, Mister Epstein, wie ich mich freue, dass man Sie aus dem Gefängnis entlassen hat. Hier, nehmen Sie einen Bagel, Sie müssen Hunger haben.› Oder ich gehe in den Saloon von Joshua Blau: ‹Sch...schaut, a Gg-ghost..., ha-at m-man d-dich ge-gestern nn-icht ge-hängt? Gewalt g-geschrieen, a Ghost...!›, stottert Blau und alle die Deppen im Saloon werfen die Hände in die Luft, schreien und rennen zur Tür hinaus. Ich stehe da und niemand zapft mir ein Bier.

Jetzt geht es mir besser. Auf dem Franklin-Market verkaufe ich Epi Stone's spiegelglänzende Putzpaste. Wenn ich zeige, was sich alles damit polieren lässt, stehen bis zu 30 Leute um meinen Stand und lachen und applaudieren! Die Putzpaste rührt meine Frau in einem Becken an, so wie es die Frau von Meyer Guggenheim getan hat*. Jetzt ist Meyer Guggenheim ein schwerreicher Mann, stopft sich die Nase mit feinstem Copenhagen-Tabak und isst mit den Söhnen im Del's-Broadway Kubliaka mit Kaviarsauce. So reich bin ich noch nicht. Doch trinke ich dort alle fünf, sechs Wochen an der Bar ein Bier und schaue, wie die feinen Leute sich benehmen. Damit ich es, wenn ich einmal reich bin, so wie sie machen kann.»

**124: George M. Cohan (1878–1942) reüssierte bereits als 14-Jähriger mit eigenen Songs und Sketches in den Vaudevilles seiner Eltern. Er war Schauspieler, Tänzer, Stückeschreiber und Komponist von Musicals (unter anderem* I'm a Yankee Doodle Dandy*) sowie Theaterproduzent. Er schrieb meistens nachts. Fand er zu Hause keine Ruhe, mietete er an der Central Station das Abteil eines Pullmanwagens und fuhr so lange, bis er sein Arbeitssoll erfüllt hatte; er schaffte bis zu 140 Seiten auf einmal. Noten schrieb er keine, die Musiker schrieben sie nach von ihm vorgepfiffenen Melodien. An den gefeierten «King of Broadway» erinnert ein 1959 errichtetes Denkmal am Times Square.*

**124: Meyer Guggenheim hatte sieben Söhne. Der 1847 von Lengnau (Kanton Aargau, Schweiz) nach Philadelphia ausgewanderte Meyer Guggenheim (1828–1905) hausierte anfänglich mit Haushaltswaren, Kaffee und einer von seiner Frau hergestellten Herdpolitur, später mit St. Galler Spitzen. Die Gewinne investierte er in Minen und Hüttenwerke. Ab 1888 war die mit den Söhnen geführte Guggenex in New York der dominierende Erz- und Hüttentrust der Welt. Der einst beschworene Zusammenhalt hielt nicht lange: Benjamin, Vater von Peggy Guggenheim, zog sich zurück; er starb 1912 beim Untergang der «Titanic». Solomon gründete das Solomon R. Guggenheim Museum. Vater Meyer spendete Millionen für das Mount Sinai Hospital und den Botanischen Garten in New York sowie für das Altersheim in Lengnau.*

Seit Menschheitsbeginn dienen zum Zählen und Rechnen Finger, Hände, Zehen und Füße. Auch heute noch werden sie gebraucht. Die Finger zum Beispiel, um an der Bar die Anzahl Biere zu bestellen.

Die römischen Zahlen von 1 bis 4 sind eine Darstellung von einem bis vier Fingern, die römische Fünf ist eine Handfläche mit gespreiztem Daumen, die römische Zehn zwei aneinander gelegte Handflächen. Weiter kommen dazu Buchstaben wie das L für 50, das C für 100, das D für 500 und das M für 1000.

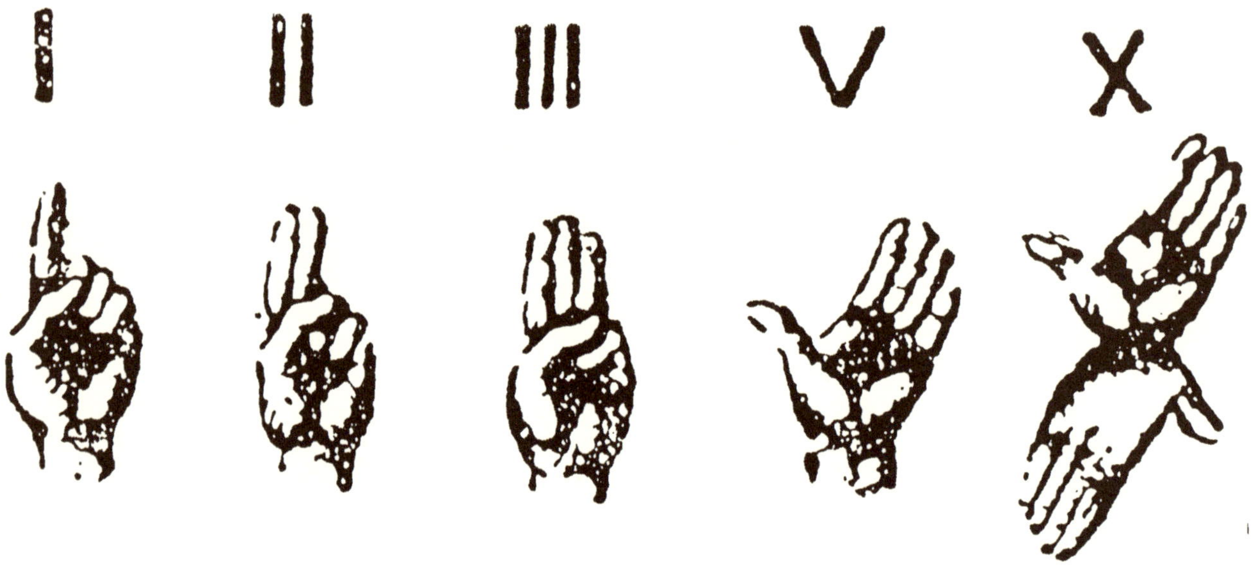

13 als Quersumme lässt die Herzen der Schweizer höher schlagen, bei US-Patrioten ist es die Zahl 57, bei Deutschen Wilhelm II.

[125] Ein Wirtshausgänger geht nicht, wie ich noch vor Kurzem behaupte habe, immer wieder in die gleichen fünf oder sechs Lokale. Meistens sind es drei. Nur drei, meint auch Jenssen, der Barkeeper vom Juri. Das liege an der mystischen Drei. Oder daran, dass die meisten Barbesucher, ha, ha, wie Mäusemütter, ha, ha, nur bis drei zählen können.

Das mit den Mäusemüttern mag stimmen, witzig ist der Vergleich nicht. Das mit nur drei Stammlokalen stimmt hingegen schon: Bei mir sind es das Juri zu etwa 65 Prozent, das Pete's* zu 15 und das Lüchow's* zu zehn Prozent. Der Rest? Gelegentlich in ein Delmonico's oder zu Mama Petuzzi, der Kutteln wegen. In letzter Zeit war ich zwei, drei Mal bei Johnny im Manhattan-Club; Johnny will demnächst in den Ruhestand treten, er habe genug (verdient?). In Montana will er in einer Blockhütte leben, Lachse angeln und auf Bärenfellen schlafen.

Drei, Sieben und Zwölf sind Symbolzahlen. Ich bin an einem 15. September geboren, was drei mal fünf Tage und drei mal drei Monate sind. Zudem wohne ich an der Irving Place 77. Das alles bedeute Gutes, erklärte mir Anita Bell. Sie besitzt den Drugstore an der 12th Street East. Sie habe sich lange um einen Laden an der 12th Street bemüht, denn die Zwölf bringe ebenfalls Glück.

Mit Zahlen lassen sich schicksalbestimmende Theorien aufbauen, und neben Anita gibt es Tausende, die ihr Leben danach richten. Ich kann damit nicht viel anfangen. Anita Bell war zwar bemüht, mich in die Geheimnisse von Numerologie und der Zyklen des Kosmos einzuweihen. Wir saßen bei Kerzenlicht auf dem Kanapee im Hinterzimmer des

**125: Pete's Tavern, das 1864 eröffnete «oldest operating drinking establishment» Ecke 18th Street und Irving Place nahe Gramercy Park, war ein Lieblingslokal von Tammany Hall. O. Henry schrieb im Pete's* The Gift of the Magi *(1903). Während der Prohibition tarnte sich Pete's als Blumenladen, in den «speakeasy»-Raum gelangte man durch eine als Eisschrank getarnte Türe. Pete's Tavern war mehrmals Schauplatz von TV-Shows und unter anderem Drehort von Milos Formans* Ragtime.

**125: Das 1882 eröffnete Lüchow's galt als «the best-known German restaurant in New York City». Es befand sich 110 East 14th Street in unmittelbarer Nähe der Academy of Music. 1982 zog das Lüchow's in die Nähe des Times Square, musste jedoch 1984 mangels Gästen schließen.*

Drugstores, und es roch nach Seife und Räucherstäbchen. Als es schließlich nur noch darum ging, des Karmas wegen Händchen zu halten, verlor ich das Interesse.

Doch einiges vom Mythos der Zahlen blieb hängen. Zudem gibt es ein Erlebnis, das mich nahezu das Leben kostete. Dies erwähne ich immer wieder, wenn ich von der Einladung bei Sergius G. erzähle, dem «Russen», wie wir ihn im Pete's nannten. Er kam jeweils, um Billard zu spielen. Dabei verlor er ziemlich viel Geld, was ihm nichts auszumachen schien. Er war ein gesuchter Störkoch und verdiente gut, als New York im Russlandfieber* steckte und es Mode war, den Gästen russisches Schlemmen mit Balalaika, Wodka und Kaviar zu bieten. Irgendeinmal war das russische Fieber vorbei und Ägypten kam in Mode. Sergius war nicht mehr zu sehen. Ich traf ihn ein, zwei Jahre später am Fulton Market.

«Mngat liet mnoga ziem» («Viele Jahre, viele Winter»), begrüßte er mich. «Haben uns schon lange nicht gesehen. Hast du immer versprochen, mich zu besuchen. Jetzt, komm: übermorgen Donnerstag, sieben Uhr abends!» Ich ging hin.

[126] Sergius umarmte mich. «Schön, dass du gekommen bist. Kann kaum noch Besuche machen, und arbeiten kann ich nicht mehr. Habe Wasser in den Beinen, ich, der das ganze Leben nur getrunken habe Wein, Bier und Schnaps.

Willst du nicht heiraten Tatjana, meine Tochter? Ist sie nicht schön? Sehe ich doch deinen Augen an, dass du sie karessieren möchtest. Wenn du verheiratet bist, kannst du sie karessieren morgens, mittags und nachts. Und du, Tatjana, mein Täubchen, möchtest du nicht heiraten diesen vornehmen Herrn? Schnäuzt in Seidentücher, hat geputzte Fingernägel und Schuhe aus feinstem Leder. Ist er dir zu alt? Dann nimm ihn immer wieder in deine Arme und er wird schnell älter werden. In fünf, sechs Jahren bist du eine reiche Witwe und kannst heiraten Nikita, diesen Nichtsnutz.

**125: 1867 gelang es den USA, die Russen zum Verkauf von Alaska zu bewegen. In diesem Zusammenhang wuchs das Interesse am Zarenreich und nahm nach dem Besuch des Grand Duc de Russie Alexis in New York noch zu. Eine Folge davon war unter anderem die von Charles Ranhofer kreierte Eisbombe Alaska, ein viel bewundertes Meisterwerk, dessen Attraktion darin besteht, dass sich unter einer heiß überbackenen Meringuemasse Speiseeis befindet.*

Den liebst du doch? Siehst du mein Freund, wie Tatjana bekommt roten Kopf?

Was soll's. Koche noch selten. Habe zwar wieder einmal gekocht vor drei Wochen für Drji von der Fischhandlung. Waren wir 20 Leute. Gab es Sakuska*, dann eine Kublebjaka, lang wie Arm eines Steuereinnehmers und dick wie Schenkel von Maria Pronsky in Chamber Street. Vorher haben wir noch gegessen eine Okroschka.

War froh, dass mir Tatjana hat geholfen beim Kochen. Hat sie heute ebenfalls gebacken die Piroschki. Kocht gut, meine Tatjana. Musst du dir überlegen, ob du sie nicht doch heiraten willst. Hast du jeden Tag Borschtsch, Souss und sonntags Kotelety pascharskje. Ist ja alles nur Spaß, fangen wir lieber mit essen an.

Was, nur eine Scheibe Paschtet? Was ist mit dir? Kann doch weder ein Mensch oder Vogel alleine leben, nimm zwei. Und warum nur zwei Piroschki? Bog ljubit troizu. Da, noch eins. Gott liebt die Dreizahl.»

Wie ich drei Bliny mit Kaviar auf den Teller lege, gibt Sergius ein viertes dazu: «Brüderchen, wer baut schon ein Haus mit drei Ecken?» Und habe ich vier Löffel Orlowsalat geschöpft, gibt es einen dazu: «Schau deine Hand, hat sie nicht fünf Finger?» Und mit dem Spruch «Hat denn der Stern Davids nicht sechs Zacken?» gibt mir Sergius sechs Sarsy. Und mit «War der Leuchter im Tempel von Jerusalem nicht siebenarmig?» habe ich sieben weitere Bissen vor mir. So geht es weiter mit acht, neun, zehn und elf. Ich platze fast und fühle, wie mir Lachs, Kaviar, Baklava, Kwass, Bier und Wein aus Ohren und Nase rinnen. Doch Sergius ist unbarmherzig. Er zählt die getrunkenen Wodkas und schüttelt betrübt den Kopf: «Nur elf? Hast du nicht gedacht an die zwölf Apostel, die du ehren sollst?»

[127] Zahlen sind alles. Sie sind Geld und Mathematik, Größe, Wunsch, Traum, Symbolik, Mystik und Kabbala. Für die

**126: Russischer Speisezettel:*
Sakuska: *kleine Häppchen aus Rettich, Käse, geräuchertem Fisch und so weiter, mit einem Gläschen Schnaps als Vorspeise serviert.*
Paschtet: *Kastenpastete aus Hefe- oder Pastetenteig mit einer Fleisch-, Geflügel- oder Fischfüllung.*
Piroschki: *kleine Pirogen, ähnlich großen Ravioli mit einer Füllung zwischen zwei Teigrondellen, doch im Ofen gebacken.*
Bliny: *kleine Pfannkuchen aus Buchweizenmehl: «Sie sind rund und heiß und schön wie die herrliche Sonne.» (Alexander Kuprin)*
Kublebjaka/Kubliaka: *siehe Seite 171.*
Borschtsch: *Saure Suppe, in der Regel aus Randen (Rote Bete), Weißkabis, Rüben und Fleisch oder Fisch zubereitet, mit Sauerrahm serviert.*
Souss: *mit Sauce aufgetragene Fleischgerichte.*
Okroschka: *erfrischende kalte Suppe aus Kwass oder Sauerkrautsaft mit Fleisch oder Fisch und Gemüse.*
Kulitsch: *festlicher Haubenkuchen aus Hefeteig mit kandierten Fruchtwürfeln, Korinthen, Rosinen, Kardamon, Rum, Vanille und so weiter, mit einem Zuckerguss. Beliebtes Ostergebäck, symbolisch den Berg Golgatha darstellend.*

Amerikaner ist beispielsweise die Zahl 57 von größter Bedeutung.*

666 sei die Zahl des Teufels, erschreckte sich Anita Bell und räumte alle Produkte von Procter & Gamble aus dem Drugstore. Es ging das Gerücht, P & G sei ein Unternehmen des Teufels, was in den drei Sechsen in der Anordnung der 13 Sterne im Firmensignet zu sehen sei*. Die Firma wehrte sich gegen die Verdächtigung: Die 13 Sterne bestünden zu Ehren der 13 amerikanischen Gründerstaaten. In einem öffentlichen Gespräch im Blauen Saal des Del's-Madison zeigte Mr. Aron Bernsteiner, Vizepräsident von P & G einen Stich mit dem Titel *The Sister Republics* mit George Washington und Wilhelm Tell, über 13 Sternen schwebend. Das zeige die symbolhafte Verbindung der 13 US-Gründerstaaten mit der 13-ortigen Eidgenossenschaft. Mit dem Teufel habe dies sicher nichts zu tun.

Jetzt lese ich in der *Amerikanischen Schweizer Zeitung,* der Schweizer Bundesrat habe entschieden, von nun an den 1. August 1291 als Gründungstag der Schweizerischen Eidgenossenschaft zu feiern. Das kann doch nicht wahr sein: Die Quersumme von 1+2+9+1 ergibt die Zahl 13, und der 1. August ist das keltische Lammas, das sommerliche Gegenstück zu Beltane oder der Walpurgisnacht, dem hemmungslosfleischlichen Frühlingsfest der Hexen.

[128] Paolo Baumgart ist ein etwas linkisch wirkender Mann mit zu kurz geratenen Hosenbeinen und Ärmeln an seinen Anzügen. Er ist Seniorpartner der Anwaltsagentur Anthony, Baumgart and Gilt, Konsul der Schweizerischen Eidgenossenschaft, Vizepräsident des Turnvereins Germania-Helvetia und Organisator des 6th Swiss Centennial 1891. Ich hatte ihn nach dem Tod von Thomas Caflisch aufgesucht. Jetzt schrieb er mir, er würde sich freuen, mich im Zusammenhang mit der Bundesfeier im Del's-Madison zu treffen. Mr. Charles Crist Delmonico sei ebenfalls anwesend.

**127: Dies ist heute noch so. Der amerikanische Mathematiker Underwood Dudley warnte seine Landsleute im Buch* Mathematical Cranks* *vor dem Jahr 2004. Der Grund: Seit der Unabhängigkeitserklärung von 1776 würden – ein böses Omen – 4 Mal 57 Jahre vergangen sein. Die Zahl 57 ist in der amerikanischen Geschichte im Guten wie im Bösen allgegenwärtig. Anlässlich der Boston Tea Party 1773, dem eigentlichen Beginn des Aufstands der amerikanischen Kolonien gegen das britische Mutterland, warfen die Rebellen 342 (6 Mal 57) Teekisten ins Meer. 57 Tage danach wurden die Anführer von den Briten des Landesverrats angeklagt. Im Mai 1774 wies das Boston-Komitee die Anklage zurück. 342 (6 Mal 57) Tage später kam es bei Lexington erstmals zum Kampf amerikanischer Milizen gegen britische Truppen, welche die Angeklagten festnehmen wollten. Am 15. Juni 1775 wurde George Washington vom Kongress zum Oberbefehlshaber des Milizheeres ernannt. Dies 57 Tage nach Lexington und 57 Wochen nach der Zurückweisung des britischen Ultimatums. Übrigens: Ordnet man die Buchstaben des Alphabets nach den Zahlen 1, 2, und so weiter, summiert sich «United States of America» zu 4 Mal 57 Buchstaben. Was das Schicksalsjahr 2004 betrifft: Von Bedeutung war die Wiederwahl von George W. Bush zum Präsidenten der USA. Seltsames anderer Art findet sich auch bei den US-Präsidenten Abraham Lincoln und John F. Kennedy: Lincoln wurde 1846 in den Kongress gewählt, Kennedy 1946. Lincoln wurde 1860 Präsident, Kennedy 1960. Beide Nachnamen haben sieben Buchstaben. Beide wurden an einem Freitag von Männern erschossen, deren drei Namen aus 15 Buchstaben bestehen. John Wilkes Booth, der Lincoln-Attentäter, wurde 1839, Lee Harvey Oswald, der Kennedy erschoss, 1939 geboren.*
**(deutsch:* Mathematik zwischen Wahn und Witz, *Birkhäuser TB, 2002)*

Es war zu riechen, was Baumgart wollte. Doch weder Charles Crist D. noch ich haben ein Bedürfnis, die Feier zu unterstützen. Meine Beziehungen zu meinen Landsleuten sind gering. Für Charles Crist ist es schwieriger, abzusagen: Mit Gustav Baumann, dem Präsident der Friends of Switzerland, die das Patronat für die Feier übernommen haben, sitzt er im Vorstand der Hotel Association of New York. Schweizer sind Gäste der Del's, und Lorenzo D. zeigte sich stets freigiebig gegenüber der Schweizer Kolonie. Trotzdem will Charles Crist D. die Feier nicht unterstützen: «Jahrhundertelang wurden wir Tessiner von den Innerschweizern unterdrückt», ist seine Ausrede. Nach der Besprechung mit Baumgart hatte ich mich zur Dekoration der Festhalle und zu zwei Bühnenbildern verpflichtet, Charles Crist sich zur Spende von acht Dutzend Flaschen Burgunder.

Der Teufel weiß, wie es geschah. Baumgart kam verspätet, murmelte irgendetwas vom Chor der Società Ticinese, von Turnern und Turnerinnen in engen Trikots und von den Amis réunis vom Verein Helvetienne, bei denen es jetzt mehr Mitglieder gebe als noch vor drei Jahren. Dann brachte Baumgart seine Wünsche vor, erwähnte seine morgendlichen Kreuzschmerzen und die noch schlimmeren von Pfarrer Bindschedler, dem künstlerischen Leiter des Festes. Dazwischen entschuldigte er sich für seine Verspätung, ein Schmetterling habe ihn von der 17th Street West bis zum Madison umgaukelt, was ihn nicht schneller gehen ließ. Dann stand er plötzlich auf, drückte uns die Hand, sagte «Danke vielmals für die Zusage» und war weg. Charles Crist und ich schauten uns belämmert an. Dieser Baumgart hatte uns wie die letzten Greenhorns über den Tisch gezogen.

[129] Ähnlich übertölpelt fühlte ich mich nach der ersten Sitzung mit Baumgart und dem Organisationskomitee sowie weiteren möglichen Spendern. Es ging um das Programm der Feier: Nach kurzen, mit Liedern des Chors der

**127: Procter & Gamble, der weltweit bekannte Produzent, wurde Ende des 19. Jahrhunderts von sektiererischen Vereinigungen angegriffen: Sie glaubten im Firmensignet in den 13 Sternen die Teufelszahl 666 zu erkennen. Um 1990 gab es das Gerücht, der Konzern befinde sich in den Händen der militanten Moonsekte, da sich aufaddiert zu 666 (A=6, B=12, C=18, D=36 usw.) daraus SUN MOON lesen ließe. Der Konzern sah sich genötigt, wegen immer neuer Anschuldigungen das über 100 Jahre alte Logo aufzugeben.*

Seltsames von Stefan Bondeli:
– dreisilbig: besteht aus drei Silben
– achtzehnbuchstabig: hat 18 Buchstaben
– acht plus vier: hat zwölf Buchstaben
– sechs mehr als vierzehn: hat deren 20
– was ist neun und acht: 17 Buchstaben
– null plus sechzehn: hat 16 Buchstaben
– ein Drittel von sechzig: 20 Buchstaben
– was sind vier Sechstel von siebenundfünfzig: 38 Buchstaben

**129: Lebende Bilder sind durch regungslos verharrende Personen dargestellte historische und biblische Szenen, in denen die Darsteller in weißen Trikots und mit weiß gepuderten Haaren, Gesichtern und Händen auftraten.*

Amis umrahmten Begrüßungsworten Baumgarts in Deutsch, Französisch und Italienisch würden lebende Bilder* eine rückwärtslaufende Schweizergeschichte zeigen: Bild 1: «Eröffnung des Gotthardtunnels 1882»; Bild 2: «Gründungsakt des Internationalen Roten Kreuzes in Genf 1864»; Bild 3: «Untergang der Alten Eidgenossenschaft 1798»; hier kam es beinahe zum Streit. Basler und Waadtländer wollten den Freiheitsbaum umtanzen, Berner und Schwyzer sich lieber heldenhaft der napoleonischen Truppen erwehren. Baumgarts Kompromiss: ein Bühnenbild mit Bergen, Morgenrot und Freiheitsbaum, davor als lebendes Bild Eidgenossen und Eidgenossinnen mit Dreschflegeln, Mistgabeln und Flinten gegen die Franzosen kämpfend.

Den deutschen Mitgliedern des Vereins Germania-Helvetia wurde mit Bild 4, «Westfälischer Frieden 1648», eine ehrenhafte Mitwirkung geboten. Der eidgenössische Unterhändler, dargestellt von Pfarrer Bindschedler, bietet dem Ranghöchsten des Friedensrates, dargestellt von Vereinspräsident Kramer, einen Sessel an*.

**129: Johann Rudolf Wettstein, Bürgermeister von Basel, vertrat seine Stadt und die eidgenössischen Orte auf den Friedenskongressen von Münster und Osnabrück (1648). Seinem diplomatischen Geschick verdankt die Schweiz de jure die Freiheit und Exemtion vom Deutschen Reich, die sie de facto schon lange besaß. Die sparsamen Eidgenossen bewilligten Wettstein für seine Mission wenig Spesengelder. Der Legende nach konnte er sich in Münster nur ein billiges Zimmer leisten, in dem sich neben Bett und Tisch lediglich noch ein Sessel mit abgebrochener Lehne befand, die einzige Sitzgelegenheit, die er dem Bevollmächtigten des Friedensrates bei der Unterzeichnung des Unabhängigkeitsvertrages anbieten konnte.*

Der Vorschlag «Rückzug der Eidgenossen von Marignano 1515» wurde zugunsten der «Kappeler Milchsuppe 1529» abgelehnt, die «Schlacht bei Sempach mit Winkelried 1386» und der «Rütlischwur 1291» als besonders darstellungswürdig befunden, wie auch als letztes Bild (8) eine einer Lithografie von Karl Jauslin nachgestellte dramatische Pfahlbauerszene*. Diese würde zum Kostümfest überleiten.

Ein gewaltiges Programm! Als Dekoration des zu einer Festhalle umzuwandelnden Holzlagers hatte ich nunmehr drei Bühnenbilder zu liefern, ehrenhalber. Bäcker, Brauer, Metzger, Schreiner, Näherinnen und anderen ging es nicht anders. Baumgart schien Worte wie «Niemals», «Nein», «Kommt nicht infrage» nicht zu hören. Er schüttelte Hände, sagte «Danke vielmals», «Schön, dass Sie mitmachen», «Ihre Mithilfe ist uns eine Ehre». Immerhin organisierte er zu meiner Unterstützung Bühnenarbeiter und -maler vom

Der «Bundesschwur im Rütli» als lebendes Bild nachgestellt von Mitgliedern des Basler Bürgerturnvereins. (Bild Staatsarchiv Basel-Stadt)

Wannamaker-Theater und brachte es fertig, für den Rütlischwur ein Bühnenbild aus Rossinis *Tell* aus dem Fundus der Metropolitan Opera auszuborgen. Es war zwar nicht die Rütliwiese, sondern der Dorfplatz von Altdorf. «Dort lässt sich auch schwören», beschied Baumgart. Nach einem Gedicht des chinesischen Weisen Tsung Yan-tai vermag der Flügelschlag eines Schmetterlings eine Lawine auszulösen. Weder bei den Vorbereitungen zum 6th Swiss Centennial noch während des ersten Teils des Festes war von einem folgenschweren Schmetterlingsflattern etwas zu spüren. Die Lieder der Romands ließen die Augen feucht werden, die Begrüßungsworte Baumgarts ließen patriotische Herzen schneller schlagen, und die «lebenden Bilder» begeisterten. Mit Sonderapplaus und Gelächter wurde Bild 4, «Westfälischer Frieden 1648», bedacht: Der von Bürgermeister Wettstein (Pfarrer Bindschedler) dem als Wilhelm II. kostümierten Chef der Friedenskommission (Vereinspräsident Kramer) angebotene Sessel krachte unter dessen Gewicht zusammen.

Auch beim Kostümfest, einem ausgelassenen Vergnügen mit nahezu 300 kostümierten Teilnehmern – Pfahlbauer, Hofdamen, Ritter, Narren, Piraten, Landsknechte, Marketenderinnen –, war von einem nahenden Verhängnis nichts zu spüren. Die Turnerinnen, die kaum mehr als ein Cape über ihren hautengen Trikots trugen, waren eine Augenweide. Junge Burschen mit schwarz gefärbten Gesichtern versuchten sich als Minstrelsänger. Eine bayrische Musikkapelle und Appenzeller Hackbrettspieler spielten abwechselnd und später gegeneinander gegen den lauter werdenden Lärm an. Man aß und trank. In Kesseln sotten Würste und Schweinsfüße. Auf den Tischen lagen Brote und Brezeln, selbstgebackene Krapfen und Kuchen wurden auf Brettern herumgereicht. Man sang, jodelte, witzelte, flirtete und tanzte. Mit «Söll gälte» oder auf gut Deutsch «In Treue» wurden Bruderschaften beschworen. Mit den Tessinern waren italienische und mit den

**129: Die Entdeckung von Pfahlbausiedlungen am Zürichsee (1854) und am Neuenburgersee (1875) lösten Ende des 19. Jahrhunderts eine außergewöhnlich fantasiereiche Debatte über das Leben der Pfahlbauer aus, das zu romantisch verklärten Darstellungen in Literatur und Kunst führte. (Bild von Karl Jauslin, 1873)*

Romands französische Bekannte gekommen. Zählte man die österreichischen Gäste, die polnischen Bühnenarbeiter, den ungarischen Zigeunerprimas, meinen russischen Mitarbeiter Boris und die zwei wachhabenden irischen Polizisten dazu, war das Fest ein Bespiel eines völkerverbindenden Melting Pots von Völlerei und Seligkeit.

[130] Dann die Katastrophe! Pfarrer Bindschedler und der als Kaiser Wilhelm II. posierende Vereinspräsident Kramer gerieten aneinander. Dieser warf dem Pfarrer vor, um des Gaudi willen den Sessel so präpariert zu haben, dass er unter ihm zusammenkrachte. Man habe nicht nur ihn gefährdet und lächerlich gemacht, sondern auch den deutschen Kaiser und mit ihm das deutsche Volk beleidigt. Pfarrer Bindschedler, der schon einiges intus hatte, fand die Unterschiebung nur blöde und überhaupt, er könne ihn… – worauf ein Begleiter des Vereinspräsidenten dem Pfarrer den Ambassadorenhut vom Kopf schlug. Diesen konnte oder wollte Bindschedler, der es im Kreuz hatte, nicht aufheben. Er beharrte darauf, dass der als Ritter verkleidete Täter dies mache. Der wollte aber ebenfalls nicht, worauf Bindschedler versuchte, ihm das Pappschwert wegzuzerren. Ein anderer Ritter hinderte ihn daran, zwei eidgenössische Hellebardiere kamen Bindschedler zu Hilfe und entrissen dem Ritter das Schwert, worauf dieser und so weiter und so weiter… Mehr und mehr Männer der einen oder anderen Partei mischten sich in das Schubsen, Rangeln, Zerren und schließlich in die Prügelei ein, wobei sich zeigte, dass die Schweizer den Deutschen waffentechnisch überlegen waren: Die deutschen Ritter und Knappen in ihren Rüstungen aus Pappe und Blech waren den leicht gekleideten und mit Kuchenbrettern bewaffneten Pfahlbauern, Narren und Jodlern trotz großer Tapferkeit unterlegen.

Bevor es zum Rückzug der einen oder andern Gefolgschaft kam, trafen Polizei und Feuerwehr ein. Die Polizei trieb unbesehen Streitende und Unbeteiligte in Polizeiwagen, die Feuerwehr bespritzte alles, was stand, saß, stritt, tanzte, musizierte und sich bewegte. Ich bekam ebenfalls einiges ab, gedachte des «lebenden Bilds» Nummer 2, «Rotes Kreuz», nahm helfend eine der ebenfalls benetzten Trikot-Turnerinnen zur Hand und fand auch bald eine Droschke, die uns zu mir brachte, wo wir uns trocknen und aufwärmen konnten.

[131] Kann eine an sich harmlos verlaufene Schlägerei als Katastrophe bezeichnet werden? Was ist eine Katastrophe? Holmes' *Self-Instructor of Creative Writing* bezeichnet sie als «ein zur Steigerung eines dramatischen Effekts nutzbares Ereignis», der *Webster Dictionary* als «Unheil, Verhängnis; (in der Antike) die entscheidende Wendung (zum Schlimmen)». Und überhaupt, wann kam es zum schicksalhaften Flügelschlag, der die Lawine auslöste?

War es, als sich die deutschen Mitglieder des Vereins Germania-Helvetia zur Darstellung von Bild 4, «Westfälischer Frieden 1648», bereit fanden? Oder als Pfarrer Bindschedler den (möglicherweise präparierten) Sessel dem als Kaiser Wilhelm II. verkleideten Vereinspräsidenten anbot? Oder als Pfarrer Bindschedler sagte, dieser könne ihn …?

Vor dem Civil Court VIII unter dem Vorsitz von Richter Harrisson erklärte Pfarrer Bindschedler, die Worte «Du kannst mich …» niemals im Sinne des großen deutschen Dichters Johann Wolfgang von Goethe, sondern im Sinne von «Den Buckel herunterrutschen» verwendet zu haben. Zudem habe er niemals den deutschen Kaiser Wilhelm II. persönlich gemeint, sondern den verkleideten Präsidenten des Vereins, den er seit Jahren kenne, wodurch ein gewisser salopper Umgang mit solchen Redensarten gegeben sei. Dafür möchte er sich entschuldigen.

«Wofür willst du dich entschuldigen?», fiel ihm Präsident Kramer ins Wort. «Dafür, dass du mich kennst oder in sa-

Die Vorliebe von Kaiser Wilhelm II. für Uniformen wurde gerne karikiert. Von oben nach unten:
- *in der Uniform der «Gardes du Corps»*
- *in Husarenuniform*
- *in der Uniform der Gardedragoner*
- *in der Ulanen-Galauniform*
- *in Admiralitätsuniform*
- *als Generalissimus.*

lopper Weise sagtest, ich könne dich…, womit meiner Meinung nach nicht ich, sondern unser verehrungswürdiger Kaiser Wilhelm II. gemeint war…»

Richter Harrisson schlug ungeduldig mit dem Hammer auf das Richterpult.

«Schweigen Sie endlich!», brüllte er den Vereinspräsidenten an, «sonst lasse ich Sie abführen… Ich verstehe ohnehin nichts vom Gequatsche von Goethe und so. Kann mir einer der beiden Herren sagen, was die Andeutung ‹Du kannst mich…› auf gut Amerikanisch heißt?»

«Kiss my doches»*, antwortete der Vereinspräsident geflissentlich.

«Was sagten Sie mir?!», brüllte Richter Harrisson.

«Ich wollte ja nur…», stammelte der Vereinspräsident.

«Mr. Kramer wollte Euer Gnaden nur die volkstümliche amerikanische Ausdrucksweise der Worte Goethes mitteilen, wie Euer Gnaden es wünschten», kam Bindschedler dem Vereinspräsidenten zu Hilfe.

«Halten Sie Ihr Maul!», fuhr Richter Harrisson nun auch Bindschedler an. Dann, nach kurzem Nachdenken: «Ich will nicht noch mehr Zeit wegen dieses Stumpfsinns verlieren und spreche das Urteil: Der Angeklagte, Mr. Ralph Bindschedler, hat sich bei Ihnen, Mr. Anton Kramer, entschuldigt. Das sollte Ihnen, Mr. Kramer, genügen. In Anbetracht des unangebrachten Benehmens vor dem Hohen Gericht, verurteile ich beide Parteien je zur Hälfte zur Zahlung der Verfahrenskosten sowie zu einer Buße von je 20 Dollar. Das Geld geht an die Hudson Benevolent Night School. Ich habe geschlossen.»

[132] Richter Harrisson hatte die Entschuldigung von Pfarrer Bindschedler genügt, doch nicht der *Deutschen Zeitung für New York* und dem *German Chronicle*, die Beobachter zum Prozess geschickt hatten. Beide Zeitungen kritisierten das Urteil. Im *Chronicle* beklagte Kramers Rechtsanwalt,

**131: Im Amerikanischen heißt es auch: «kiss my ass!», oder gemäßigter: «kiss my behind!»; im Englischen: «kyss my backside!». Dies entspricht nicht ganz genau dem «L.m.i.A», das Johann Wolfgang von Goethe im «Urgötz» von 1771 den Götz von Berlichingen sagen ließ: «… sag deinem Hauptmann: vor Ihro Kayserliche Majestät habe ich, wie immer, schuldigen Respekt. Er aber, sag's ihm, kann mich im Arsch lecken!»*
Ob «im» oder «am», kaum eine Sprache hält sich an das Original:
- *Dänisch: «slik mii rumpen!»*
- *Französisch: «Baisez-moi le cul!»*
- *Holländisch: «lik aan mijn billen!»*
- *Irisch (Gälisch): «pog mo thon!»*
- *Italienisch: «vaffanculo!»*
- *Lateinisch: «lambe mihi podicem!»*
- *Polnisch: «liz mi Pan zadek!»*
- *Russisch: «lizi moju zadnitsu!»*
- *Schwedisch: «kyss mig i äandan!»*
- *Spanisch: «me lama Usted el traseiro!»*
- *Ungarisch: «nyald ki a seggen!»*
- *Schwyzerdütsch (Höflichkeitsform): «bloos mir is Füdli!»*
- *Jiddisch: «kuss mir den Dochus!» oder (vulgär) «am Doches me loches!»*

von Richter Harrisson nicht angehört worden zu sein. Die *Deutsche Zeitung* ging des Langen und Breiten auf das seit dem «Samoan Incident»* gestörte Verhältnis zwischen den USA und dem Deutschen Reich ein und deutete dies als Ursache des «nicht akzeptablen Urteils». Man erwarte eine offizielle Entschuldigung Bindschedlers und der Friends of Switzerland. Einige Tage später schrieb John Friedrich in der *Amerikanischen Schweizer Zeitung* von einem Sturm im Wasserglas.

Dieser bewirkte jedoch einiges: Pfarrer Bindschedler verließ New York, um die Schweizer Kolonie Bernstadt in Laurel County (Kentucky) zu betreuen. Er gab an, in einem gesünderen Klima seine Kreuzschmerzen loswerden zu wollen. Baumgart trat aus dem Vorstand des Vereins Germania-Helvetia zurück, aus familiären Gründen. Nicht viel später musste der Verein aufgelöst werden. Nicht des Streits zwischen Bindschedler und Kramer, sondern der Finanzen wegen: Polizei, Feuerwehr, der Besitzer des Holzlagers und Leihgeber verlangten Entschädigungen, die das Vereinsvermögen weit überstiegen, obschon Baumgart mehrere Gläubiger mit einem symbolischen Beitrag von drei Dollar zufriedenstellen konnte.

Für die Metropolitan Opera war es noch weniger. Alphonse E. Abbey, der Administrative Director, klagte Charles Crist D., dass Baumgart ohne Anmeldung in sein Büro geplatzt sei und unter der Türe angekündigt habe, er bringe eine gute Nachricht. Er, Abbey, sei vom Eindringen Baumgarts überrascht gewesen und habe nicht geahnt, um was es ging; zudem hätten ihn dessen zu kurz geratenen Hosenbeine irritiert. Endlich, ja, habe er Baumgart zugerufen: «Wie kommen Sie dazu, einfach so in mein Büro zu platzen?»

«Ja, eben», habe Baumgart geantwortet, «so einfach ging es nicht!» Da sei doch etwas mit der Lifttüre nicht in Ordnung, genauer mit dem Schiebegitter, das klemme und müsse wohl repariert werden. Mit diesen Worten sei er schon

**132: Karrikatur im* Judgo *(New York 1889) zu den schon Jahre andauernden Streitigkeiten auf den Samoa-Inseln: Wilhelm II. steckt seine Nase in Angelegenheiten, die ihn nichts angehen, und klammert sich an Stützpunkte, die ihm nicht gehören. Um 1850 errichteten deutsche Kaufleute auf dem für Amerikaner und Briten für die Schifffahrt wichtigen Stützpunkt einen Handelsplatz. Es kam zu Differenzen zwischen britischen und amerikanischen Kaufleuten sowie lokalen Herrschern. «Im März 1889 beschossen deutsche Marinesoldaten auf Samoa ein Dorf, wobei amerikanisches Eigentum zerstört wurde. Daraufhin beorderte Amerika drei Kriegsschiffe nach Samoa, mit dem Auftrag, die dort vor Anker liegenden drei deutschen Kriegsschiffe zu beschießen. Bevor es jedoch dazu kam, entstand ein Hurrikan und versenkte alle Schiffe, amerikanische und deutsche.» (Asimow) Die Samoa-Konferenz in Berlin 1889 regelte in einem britisch-amerikanisch-deutschen Vertrag die Handels- und Schutzrechte.*

vor dem Schreibtisch gestanden, habe ihm, Abbey, die Hand zugestreckt, die er überrascht geschüttelt habe. Baumgart habe «Danke vielmals» oder Ähnliches gesagt, einen Briefumschlag hingelegt – und weg war er. Er, Abbey, habe noch lange über Baumgart und dessen Hosenbeine gerätselt und endlich den Brief geöffnet. In diesem dankten ihm die Friends of Switzerland für das Entgegenkommen der Metropolitan Opera, auf eine allfällige Entschädigung für das beschädigte Bühnenbild zu verzichten. Nach über zehn Jahren Theatererfahrung habe er schon einiges an Chuzpe erlebt, aber so etwas sei ihm noch nie vorgekommen. Er habe schon Adrian Iselin, ein Freund von ihm und Ausschussmitglied der Opera, gefragt, was er jetzt auch von ihm, Charles Crist Delmonico und ebenfalls Schweizer, wissen wolle: ob Schlitzohrigkeit ein angeborener oder ein erworbener Charakterzug von Schweizern sei.

Zum Thema amerikanischer oder europäischer Hummer (siehe Seite 232) lesen wir bei Alan Davidson, *North Atlantic Seafood* (New York 1980):

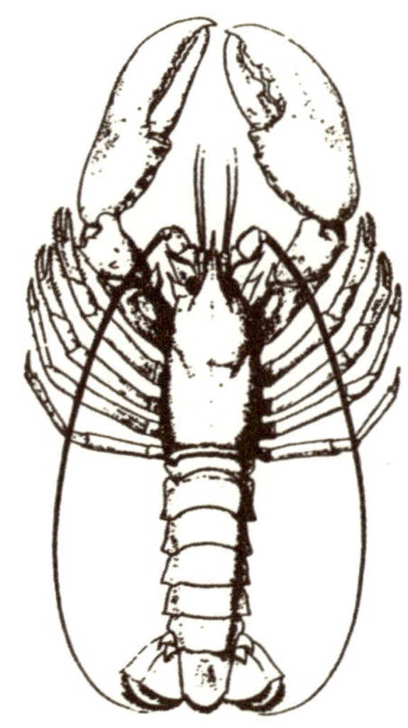

LOBSTER (both EUROPEAN and AMERICAN)

Homarus gammarus (Linnaeus) and ***Homarus americanus***

REMARKS The European and American lobsters resemble each other closely, but the American is the larger. It is difficult to give maximum dimensions. In the past, before the lobster fisheries were as intensive as they now are, some lobsters lived to a great age and a great size. One taken off the coast of Virginia in the 1930s weighed about 20 kg (44 lb) and was well over a metre long. But nowadays a lobster of half this size would be considered a giant.

The colour of the live lobster varies according to its habitat, but is usually dark blue or greenish. After being cooked, it is red; 'like a cardinal's hat', as one French writer put it.

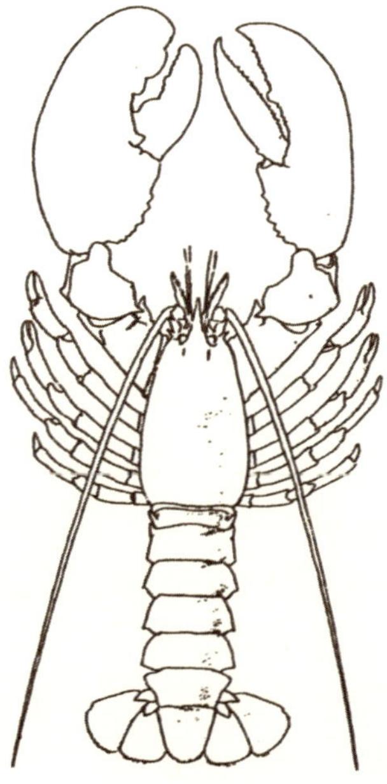

Portuguese: Lavagante
Spanish: Bogavante
French: Homard
Dutch: Kreeft, Zeekreeft
German: Hummer
Polish: Homar
Russian: Omar
Finnish: Hummeri
Swedish: Hummer
Norwegian: Hummer
Danish: Hummer
Icelandic: Humar
Other: Legrest (Brittany); Cimwch (Welsh)

Ein amerikanischer Hummer und Aristokraten wie rote Hunde

[133] Léonce-François de Boussac d'Ey, Kunsthändler in Paris, bat mich, ihm eine Ausstellung von Bildern Alter Meister zu organisieren. De Boussac war unter Sammlern auch in New York bekannt. An der Avenue Wagram in Paris besaß er ein Palais, in dem er eine auserwählte Gesellschaft mit ebenso auserwählten Bildern beglückte.

Die ihm wichtige amerikanische Kundschaft genoss sein mit französischen Wörtern gespicktes Englisch und den Port, die seine sinnig-witzigen Kunstgespräche begleiteten. Charles Crist D. stellte ihm den Blue Room im ersten Stock des Del's-Madison zur Verfügung. Ich ließ die Einladungen auf hellblaues Büttenpapier drucken und von livrierten Boten der Del's an allererste Adressen austragen, auch an Kunden von Duveen*, obschon ich wusste, dass diese für de Boussac allesamt Snobs waren.

Am 27. September 1889 kam de Boussac mit Hündchen und 23 Bildern der Renaissance und des Barocks in New York an, am 29. wurde die Ausstellung mit Champagner eröffnet, neun Tage später waren 19 der 23 Bilder verkauft. Mit zwei Bildern, dem Hündchen und viel Geld reiste de Boussac am 7. Oktober nach Paris zurück; ein Bild des Renaissancekünstlers Batista Ghiarelli erhielt Charles Crist Delmonico für den zur Verfügung gestellten Saal, ein kleinerer Ghiarelli ging an mich für Bemühungen «und alles, was zum Erfolg der Ausstellung beigetragen hat». Am Verkaufswert der Ghiarellis gemessen, waren es großzügige Geschenke, die de Boussac uns mit Umarmung und Küsschen links und rechts unter dem Applaus der Gäste überreichte; mir standen die Tränen in den Augen.

In diesem bescheidenen Haus an der Fifth Avenue (Ecke 31st Street) befand sich die New Yorker Niederlassung der Duveen Brothers, der Familienfirma englischer Kunsthändler.

**133: Joseph Duveen, dem späteren Baron Duveen of Millbank, gelang es, amerikanische Parvenüs von ihrer Vorliebe für eine langweilig-akademische Malerei abzubringen und sie für Alte Meister zu begeistern. Seine Leidenschaft, Alte Meister zu verkaufen, bewog ihn, ganze Sammlungen verarmter europäischer Adliger aufzukaufen und für Jahrzehnte im Depot seiner Galerie in New York zu horten. Wenn sich das Interesse seiner Kunden für alte Kunst gefestigt hatte, verkaufte er seine Schätze.*

Links: William B. Astors Kunstsammlung in seinem Haus an der Fifth Avenue mit doppelt und vierfach übereinander gehängten Bildern, wie es dem damaligen Zeitgeschmack entsprach. «Das Sammeln von Kunst ist seit alters her mit Macht verbunden, entweder in Form von Mäzenatentum oder Raub.» (Alexis Gregory)

Doch waren es Tränen der Wut. Am liebsten hätte ich de Boussac einen Tritt in seinen fetten Hintern gegeben und ihm den Ghiarelli über das Toupet gezogen, mit dem er seine Glatze tarnte: Er schenkte mir ein Bild, an dem ich noch vor acht Wochen gemalt hatte; alle acht Ghiarellis in der Ausstellung waren Malereien von mir.

[134] «Mr. Simens, Sie behaupten, die Ghiarelli-Bilder seien von Ihnen. Sie sind also ein im Stil Alter Meister arbeitender Kunstmaler, der sich hinter einem Pseudonym verbirgt?»

«Ich bin weder Künstler noch Kunstmaler. Ich bin Art Worker* und male Ornamente, Bordüren, Girlanden und Trompe l'œils in Bade-, Schlaf- und Speisezimmern, Eingangshallen und sonstigen schmückenswerten Räumen. Einiges bevölkere ich mit Putten oder füge auf Wunsch der Auftraggeber zarte Jünglinge, das Wappen des Hausherrn oder den Lieblingshund der Dame des Hauses zu den Dekorationen hinzu. Hin und wieder male ich Bühnenbilder und Plakate oder zeichne Menükarten. Ich schaffe Schönes, das stirbt und wiederum Raum bietet für Schönes, das stirbt. Ich male nichts von ewigem Wert.»

«Aber gerade als das werden Ihre Ghiarellis von Monsieur de Boussac angepriesen, als Kunstwerke der Renaissance von ewigem Wert.»

«De Boussac verkauft die Bilder, ich male sie. Doch ich male sie als mediales Werkzeug von Batista Ghiarelli. Ähnlich also, wie Mrs. Duycken Indianerköpfe nach Anweisung von Catlin zeichnet oder der Pianist Gabriele Padrewsky von Beethoven aus dem Jenseits diktierte Kompositionen spielt.»

«Schön! Doch besteht da nicht ein Unterschied zwischen Ihrem Schaffen und dem von Mrs. Duycken und Padrewsky? Von diesen ist bekannt, dass sie ihre Werke als Medium schaffen. Batista Ghiarelli hingegen wird als Maler der Renaissance gerühmt und verkauft. Dass Sie, dear Mr. Simens,

**134: Simens bezeichnet sich stets als «Art Worker» im Sinne eines Kunsthandwerkers. Heute ist «art work» die allgemeine Bezeichnung für künstlerische Gestaltung, Illustration, Grafik und grafische Gestaltungsmittel.*

sie als Medium malen, weiß niemand. Wird da nicht geschummelt?»

«Warum denn? Er steuert meine Hand beim Mischen der Farben und leitet sie zu den von ihm gewählten Stellen der Leinwand, wo ich sie nach bestem technischen Können auftrage. Da sehe ich keinen Betrug.»

[135] Das würde ich antworten, sollte man mich wegen Betrugs anklagen. Eine Anklage wegen Fälschung von Ghiarelli-Bildern ließe mich ebenfalls kalt. Denn diesen Batista Ghiarelli hat es nie gegeben. Ghiarelli ist eine von mir erfundene Kreatur mit einer erdachten Lebensgeschichte von einer verbotenen Liebe eines jungen Genies zu einer Fürstentochter. Von Mördern verfolgt, flüchtet Ghiarelli in die Provence. Dort findet er unter Duldung des Bischofs von Aix-en-Provence in einem Kloster nahe von Veillerons Unterschlupf. Doch nicht für lange. Eines Ehrenhandels mit tödlichem Ausgang wegen ist er genötigt, sich in der Haute-Provence zu verstecken. Dort malt er unter widrigen Umständen die von innerer Glut geprägten Bilder, die seinen Ruf ausmachen. Im Alter von knapp 45 Jahren wird er 1549 vom Blitz erschlagen, eine Strafe Gottes, wie im Kirchenbuch von Saint-Priest-en-Soule zu lesen ist. Ich frage Sie: Darf man mich wegen einer erdachten Figur vor Gericht zerren? Müsste dann nicht jeder Autor seiner Romanfiguren wegen verurteilt werden?

[136] Echte Renaissancebilder zu malen erfordert Fleiß und die Kenntnis alter Maltechniken. Beides erwarb ich mir beim Kopieren Alter Meister* während meiner Studienaufenthalte in Italien und Frankreich; bei einem Restaurator in Mailand erlernte ich das Anbringen von Sprüngen und Rissen im Firnis, die den Bildern ein edles Alter geben. Vorlagen der Ghiarellis sind mir Hintergründe und Fensterdurchblicke von Renaissancebildern. Details davon lassen sich vergrößern,

**136: Das Kopieren von Kunstwerken ist die Grundlage einer künstlerischen Ausbildung. Das Kopieren zu betrügerischen Zwecken ist strafbar. Mehr als Kopien sind jedoch Fälschungen verkannter Könner und Künstler, die «in der Handschrift» großer Meister Werke schaffen, unter deren Namen verkaufen und die Genugtuung begeisterter Anerkennung genießen. Und dann gibt es Fälscher, die einen Meister erfinden und in der Manier seiner Zeit Meisterwerke schaffen. Seit es Kunstwerke gibt, gibt es auch Fälschungen; römische Töpfer fälschten griechische Gefäße; Meister der Kunst unterschrieben mit ihrem Namen Bilder ihrer Schüler; berühmte Bildhauer signierten Plastiken, die nicht von ihrer Hand stammten; und der junge Michelangelo ließ sich von einem Händler überreden, seinen aus einem Marmorblock gemeißelten Cupido in Erde zu vergraben. Bei der «zufälligen Entdeckung» wurde die Statue für antik gehalten und von einem Kardinal mit 200 Florentiner Dukaten bezahlt. Der Betrug flog 1496 auf und ist einer der ersten großen Kunstskandale der europäischen Kunstgeschichte.*

verändern und kombinieren, oft male ich sie seitenverkehrt*.

Die Ghiarellis und andere Bilder male ich während des Sommers in meinem Cottage in Peace Dale. Ich arbeite schnell, oft an zwei Bildern zugleich, der angeriebenen Farben wegen. Anfänglich machte es mir noch Mühe, Leinwände und Holzuntergründe altern zu lassen. Nützlich sind mir Anleitungen des 16. und 17. Jahrhunderts, von denen ich Abschriften besitze, und Bücher wie Gayes *Carteggio inedito d'artisti,* Pranges *Schule der Malerei,* die *Gemäldekunde* von Köster und Paul Eudels' *Le Truquage.*

De Boussac und ich achteten darauf, dass niemand einen Zusammenhang zwischen ihm und den von mir gemalten Bilder erahnen konnte. Zweimal im Jahr reiste Deborah über Paris in ihre Villa nach Menton und nahm in ihren großen Kleiderkoffern Bilder für de Boussac mit. Sie bestand darauf, dass er bar auf die Hand zahlte: «Bei Aristokraten musst du wie eine Hure zum Voraus kassieren. Ich kenne das!»

[137] Die Ausstellung im Del's-Madison beendete de Boussac mit einer Abschiedsparty. Er hoffte, noch zwei, drei Bilder verkaufen zu können. Kurz nachdem er seine Abschieds- und Dankesrede begonnen und Charles Crist D. und mir die Ghiarellis überreicht hatte, traf Gertrude Ellisson-Wartropt mit ihrem Begleiter Bignon La Rosa ein. Möglich, dass sie sich über das gönnerhafte Gerede ärgerte, mit dem de Boussac den Kunstsinn der New Yorker lobte, vielleicht wollte sie sich auch nur in Szene setzen: «Mr. Simens», rief sie noch in de Boussacs letzte Worte hinein, «Sie haben einst meinen Dining Room gestaltet und versprochen, mir ein Bild für über den Kamin zu beschaffen. Bisher ist noch nichts geschehen. Bitte, keine Ausreden! Ich frage Sie: Würde sich dieses Bild hier eignen?» Es war ein Ghiarelli, auf den sie zeigte. Die Bildfläche nahezu ausfüllend, war ein

**136: Ein seitenverkehrtes Bild hat oft einen verblüffenden Effekt. So zum Beispiel bei Rembrandts Radierung* Landschaft mit drei Bäumen, *einer seiner populärsten Landschaften. Im Original (unten rechts) gibt die rechtsstehende Baumgruppe dem Ganzen den Akzent für die Stimmung des Bildes. Bei der Umkehrung (unten links) werden die Bäume entwertet und der Blick ruht auf der Landschaft. Eine Bewegung, die von links unten nach rechts oben verläuft, wird als steigend, eine entgegengesetzte als fallend empfunden.*

von oben gesehener gelb gefleckter, blau-schwarzer Hummer in einer sienesischen Landschaft dargestellt. Um ihn herum waren winzig kleine Menschen zu erkennen, die in ebensolche Häuser flüchteten. Es war ein faszinierendes, leicht makaberes Gemälde, das größte der Ausstellung.

«Ja, Madame, es könnte das passende Bild sein. Es ist außergewöhnlich und würde dem Dining Room ein Aussehen von besonderer Großartigkeit geben», sagte ich.

«So? Meinen Sie? Wer ist dieser Ghiarelli?»

«Madame, was Ghiarelli betrifft, wird Ihnen Monsieur le Comte de Boussac mehr sagen können.»

De Boussac war, sein Hündchen auf dem Arm streichelnd – «tiens, tiens, mon toutou» –, hinzugetreten. «Mr. Simens hat mit seiner Beurteilung recht: Es ist ein außergewöhnliches Werk. Nicht nur vom künstlerischen Aspekt her, sondern auch als Ausdruck einer an Kunst großen wie auch ungestümen Zeit, in der Ghiarelli von Mördern bedroht aus Perugia …»

«Schon gut, schon gut», unterbrach Madame, «was ich vielmehr wissen will, Monsieur de Boussac: Wie kamen Sie zu diesem Bild? Ich hatte kürzlich Scherereien mit einer Choson-Vase, die angeblich geklaut war. Ich hoffe, das Bild ist guter Herkunft.»

De Boussac war oder gab sich gekränkt: «Madame, mein Haus würde nie ein Kunstwerk von zweifelhafter Herkunft …»

«Oh bitte, Monsieur de Boussac, lassen Sie mich in Frieden mit Häusern, die bringen nur Ärger. Doch zur Sache. Sie handeln mit dem Kunstbesitz von Adligen. Die sind ja nicht immer so koscher, wie sie sich geben. Wem gehörte das Bild?»

Jetzt war de Boussac wirklich empört: «Madame, dieses Bild stammt aus dem Besitz einer alten südfranzösischen Fürstenfamilie. Dies muss Ihnen genügen! Unser Geschäft beruht auf Diskretion. Es ist undenkbar, dass ich Ihnen vor

Verkauf eines Bildes auch nur die Anfangsbuchstaben des Namens der ehemaligen Besitzer nenne.»

«Mir soll's recht sein», erwiderte Madame. «Ich kann mit Aristokratennamen ohnehin nichts anfangen. Stellen Sie sich vor, kürzlich wurde mir ein Bronislaw Krolikowsky oder so vorgestellt, ein Pole, und beim gleichen Empfang ein österreichischer Graf, der Erdödy von Monyorekere oder ähnlich hieß. Der schwatzte mir die Ohren mit ebensolchen Namen voll, indem er zu erklären versuchte, von der Familie her Ungar, doch über die Frau eines Onkels mit einem französischen Baron Windlach oder so verwandt zu sein, einem Bankier in Paris. Ein Baron also wie Sie. Kennen Sie ihn? Nein? In Europa muss es ja wimmeln von Baronen und Grafen. Die kommen jetzt alle nach New York, um sich eine reiche Amerikanerin zu angeln oder sonst wie Geld zu machen. Man könnte sagen, es gibt von ihnen heute mehr als Red Dogs*. Verrückt! Doch was soll's! Wichtig ist, dass Sie mir versichern, dass das Bild nicht gestohlen ist – und übrigens, was kostet es?»

De Boussac zitterte vor Wut: «Le tableau n'est pas volé! Und was die Frage nach dem Preis betrifft…» De Boussac stockten die Worte. Diese Respektlosigkeit. Bei seiner Klientel wurde ein Preis nur so nebenbei im Gespräch erwähnt und mit Nicken akzeptiert oder dezentem Kopfschütteln abgelehnt. Und hier fragt Madame in aller Öffentlichkeit nach dem Preis wie auf einem Wochenmarkt nach demjenigen für Salat oder Fische. «8500 Dollar», sagte er endlich. Das war happig. Womöglich hatte er die Kränkungen dazugerechnet, die er schlucken musste.

Madame stemmte die Fäuste in die Hüfte. «Was? 8500 Balls für einen Maine-Krebs, der für 20 Cent im Fulton Market zu haben ist? Hey, Simens, haben Sie je so etwas gehört?» Was ich antwortete, weiß ich nicht mehr. In meinem Kopf war nur noch das Wort «Maine-Krebs». Ich Idiot! Ich hatte tatsächlich einen American Lobster als Vorlage für ein

**137: Der Hot Dog, eine amerikanische Ikone seit beinahe 150 Jahren. Würstchen mit Brot und/oder Sauerkraut waren schon vorher als «Red Dogs» bei Arbeitern und Angestellten als wärmende Mahlzeit beliebt. Sie wurden auch bei Freizeitveranstaltungen angeboten. Einen ersten Würstchenstand gab es jedoch erst 1871 auf Coney Island. Zum Würstchenboom kam es 1893 durch die Columbian Exposition in Chicago, an der die koscheren «Wiener» der Vienna Sausage Company ebenso Erfolg hatten wie die «Frank» des Bayern Feuchtwanger, die er der Farbe wegen «Red Hots» nannte. 1901, anlässlich eines Baseballspiels der New York Giants, karikierte der Sportillustrator T.A. Dorgan das Würstchen in Form eines Dachshundes, damals das Symbol für alles Deutsche.*

Rechts: Hot Dog *von Roy Lichtenstein (1963).*

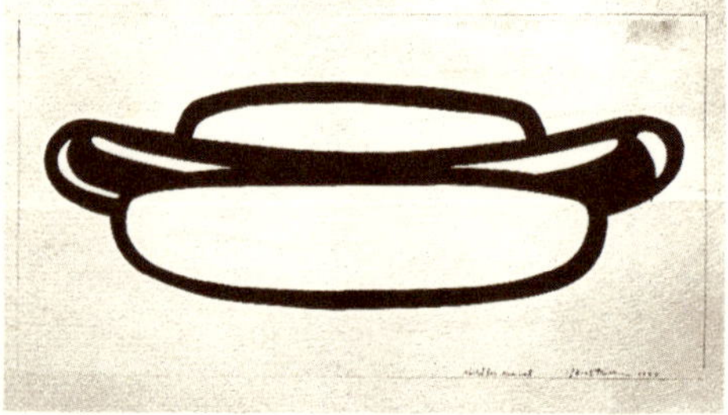

Bild der italienischen Renaissance verwendet. Es schien eine Unendlichkeit zu vergehen, bis ich mich im Blauen Salon des Del's-Madison zurückfand.

«Gut», hörte ich de Boussac sagen, «dann ziehe ich 20 Cent für den Krebs ab.»

«Bravo, bravo, Monsieur de Boussac. Sie haben Humor. Ich kaufe diesen, wie er auch heißen mag – und zwar jetzt. La Rosa! Suchen Sie Charles Crist. Er soll Leute organisieren, die das Bild nach Hause bringen. Sie gehen mit und sorgen dafür, dass alles in Ordnung geht!»

De Boussac verstand die Welt nicht mehr. Da stand eine reizend aussehende und elegant gekleidete Lady, die wie ein Feldwebel sprach und wie ein General befahl, auch ihm, einem de Boussac d'Ey, dem Träger eines der vornehmsten Namen Frankreichs! Und die ein Kunstwerk aus seiner Ausstellung mitnahm wie eine Baguette aus dem Bäckerladen.

«Oh, non, Madame, non! Das geht nicht», widersetzte sich der Baron. Doch war es ein kraftloses Klagen.

«Schon gut, Monsieur de Boussac. Ich stelle jetzt einen Check aus auf 7649 Dollar und 80 Cent zugunsten von Mr. Simens. Er wird ihn morgen einlösen. So brauchen Sie nicht dem Geld nachzurennen, da Sie sich morgen ja noch vor Mittag einschiffen. Bitte! Das mit den 7649 Dollar und 80 Cent ist in Ordnung: Das sind 8500 Dollar weniger zehn Prozent, die ich gewohnt bin bei sofortiger Zahlung abzuziehen, weniger 20 Cent für den Krebs. Monsieur de Boussac, es war mir ein Vergnügen, Sie kennenzulernen. Simens, Sie begleiten mich zur Kutsche! Auf Wiedersehen, meine Damen und Herren!»

Madame raffte die Schleppe vom Boden und ging dem Saalausgang zu – und ich hinterher mit dem auf meinen Namen ausgestellten Check. De Boussac folgte uns einige Schritte, wie wenn er uns aufhalten wollte. Dann drehte er sich plötzlich um, ich hörte ihn nur noch «tiens, tiens, toutou, oh chéri, mon chéri» jammern.

«Das neue Jahrhundert brachte neue Tänze. Nicht nur neue Gesellschaftstänze, sondern auch den unter anderem von der griechischen Antike in Kostüm und Bewegung inspirierten Kunsttanz von Isadora Duncan, die in einer Aufführung des *Sommernachtstraums* das Publikum begeisterte. Das dürfte um 1896 oder 1898 gewesen sein.»

«Es gab schwarze Musiker und es gab Scott Joplin, der mit dem ‹Maple Leaf Rag› 1899 als ‹king of ragtime writers› gefeiert wurde.»

«Selbst die Gangster wurden höflicher. Wenn Du aus der Bank kommst, wird Dir ein Gentleman den Lauf eines Revolvers in den Rücken drücken und Dich mit wenigen Worten in eine stille Seitenstraße leiten, in der sein Komplize Dich im Auto erwartet. Dem darfst Du das von der Bank abgehobene Geld aushändigen. Die beiden Gentlemen werden sich bei Dir bedanken und Dir noch einen guten Tag wünschen. Früher, ja, da knallten sie Dir eins auf die Birne und raubten Dich aus. Rohe Rüpel eben.»

«What floor, please?», said the elevator man.
«Any floor», said Mr. In.
«Top floor», said Mr. Out.
«This is the top floor», said the elevator man.
«Have another floor put on», said Mr. Out.
«Higher», said Mr. In.
«Heaven», said Mr. Out.
(F. Scott Fitzgerald, Tales of the Jazz Age, New York, 1922)

Das einem Prospekt um 1910 entnommene Bild ist betitelt mit «A typical Edwardian conversation piece; elegance and modernity are everything»: in Kleidung, Frisur und Lift (Otis Elevator Company).

Going up! Mit Greater New York und 32 Mal kauend ins neue Jahrhundert

[138]: Sie war schön und rundum nackig, mit Ausnahme des fleischfarbenen Korsetts, das die Taille einengte und die Brüste nach oben schob*. Am Korsett baumelte ein mit zwei goldfarbenen X bestickter Button, ähnlich jenen, die sich Wähler anstecken. «Ich verheiße dir», sprach die Nackige, «das 20. Jahrhundert als eine goldene Zeit von Wohlstand und Frieden. Für Arme wird es Arbeit in Fülle geben, und Reiche werden deren Fleiß loben und wohltätig und somit Gottes Segen gewiss sein.»

«Also auch ein Rockefeller, Gould und Henry Clay Frick, der schlimmste ‹robber baron› von allen?» Ich hatte in der Zeitung vom Bericht des Aufsichtsausschusses des Senats über die kriminellen Verflechtungen der vermögendsten Familienclans der USA gelesen. Als ich nach dem Zeitungsausschnitt suchte, um ihn der Schönen zu zeigen, war sie verschwunden.

[139] Für Reiche begann das Golden Age bereits vor einem Vierteljahrhundert. Doch jetzt, vor dem Jahrhundertwechsel, zeigte es seine Arroganz in einer geradezu perversen Darstellung von Prunk und Exklusivität. Dies im Gegensatz zu den Möglichkeiten gewöhnlicher New Yorker. Bei denen begannen die besseren Jahre erst nach der Depression von 1895 und waren bestenfalls «gilded». Für mich waren sie sogar nur bronzen, entsprechend dessen Legierung von einem Zehntel Zinn (silberscheinende Hoffnung) und neun Zehnteln Kupfer. Das heißt: kaum noch Aufträge von den Delmonico's und keine Aussichten auf große, lohnende Art-Work-Arbeiten. 1898 glaubte ich zwar, einen Goldkarpfen

**138: Anfang des 20. Jahrhunderts zeichnete der Illustrator Charles Dana Gibson für verschiedene «Gesellschaftsmagazine» vollbusige junge Damen mit schmaler Taille, ein Ideal, das nach damaligem Geschmack Schönheit und Lebensart in sich vereinte. Bald gab es die Geschöpfe in Fleisch und Blut. Eines der bekanntesten Gibson-Girls war Camille Clifford, ein Musikkomödien-Star.*

**139: 43 Meter hoch sollte Sir Seleukus' Pyramide werden. Das entsprach etwa einem Drittel der Cheops-Pyramide.*

**139: J.P. Morgan interessierte sich für die altägyptische Kultur, er hatte mehrere Ausgrabungen des Metropolitan Museum finanziert. Morgan hatte bisher alles gesammelt. Die Laderäume einiger seiner Schiffe – ihm gehörte die White Star Line mit über 100 Überseedampfern – waren nach ihrer Rückkehr aus Europa angefüllt mit Kunstschätzen: Gemälde, Möbel, Tapisserien, seltene Handschriften, Inkunabeln, Autografen. Bei seiner Ägyptenreise, die im Anschluss an eine Rundreise durch Europa beginnen sollte, ging es ihm kaum noch um den Erwerb neuer Kunstschätze. Angesichts seines nahenden Todes – er war über 75 Jahre alt –, war es eine Frage der Unsterblichkeit im Sinne der altägyptischen religiösen Lehre von der Unveränderlichkeit des Universums und der Wideraufstehung nach dem Tod.*

an Land gezogen zu haben. Dieser war ein prächtig gewandeter Ägypter, Oberhaupt einer ägyptisch-sudanesischen Religionsgemeinschaft mit Millionen von Gläubigen und sehr, sehr reich, wie ich vernahm. Er residierte im Plaza. Der von der Königin Viktoria geadelte Sir Seleukus Adarin plante am Ufer des East River oberhalb der Webb-Werft den Bau einer Pyramide im Maßstab von 1:3 zu derjenigen von Cheops*. Von dort aus gedachte er die USA mit seiner Sekte zu beglücken. Die in der Pyramide auszuführenden altägyptischen Decken- und Wandmalereien hätten mir und einem Gehilfen auf zwei Jahre hinaus ein gutes Einkommen gebracht. Es kam anders. Wenige Tage nach einer ersten Besprechung mit Sir Seleukus über Kosten und Termine wurde er als Hochstapler und Scheckbetrüger verhaftet. Warren hieß er mit richtigem Namen, ein Schneider aus Salt Lake City, der auf der Suche nach Arbeit nach New York gekommen war. Nachdem er kurz in seinem Beruf gearbeitet hatte, sah er sich zu Höherem berufen. Er fand Leute, die an ihn glaubten und ihm Geld liehen. Der Grund der Verhaftung war jedoch ein Scheck über neun Pfund, bei dem er der 9 eine 0 und dem «nine» ein «ty» angehängt hatte. Zu Kenntnissen altägyptischer Kulturen kam er durch Zeitungsberichte über die von J.P. Morgan finanzierten Ausgrabungen der Pyramiden von Gizeh*.

[140] Doch wenden wir uns lieber den mir von der nackigen Schönen prophezeiten goldenen Zeiten zu. Für einige der Leute der Oberschicht war das Golden Age sogar diamanten. Augenfällig zeigte sich dies bei der Inbesitznahme der 33 Diamant-Logen der 1897 eröffneten Metropolitan Opera durch die neue Hautevolee. Hunderte von Neugierigen applaudierten dem Einzug der mit Edelsteinen behangenen Hippopotamusse und ihren bis zum Boden baumelnden Halscolliers. Es sei ihr wie ein Alpaufzug bekränzter Milchkühe vorgekommen, sagte mir Hedda vom Salem Lunch.

Für die Crème de la Crème kaum von Belang war der Malty Act von 1895, der allen Bürgern gleiche Rechte «ohne Unterschied von Rasse, Glaube und Farbe» zugestand. Dem gewöhnlichen Volk war er jedoch ein Problem, ging ihm dadurch doch sein Überlegenheitsgefühl gegenüber Schwarzen und Andersgläubigen verloren. Eine ebenfalls bittere Tatsache für viele Bewohner Manhattans war der Zusammenschluss der fünf Boroughs 1898 zu Greater New York, durch den sie über Nacht zu gewöhnlichen New Yorkern wurden.

Für mich von Bedeutung war 1901 der Tod von Charles Crist Delmonico. Chefin der Delmonico-Betriebe wurde «Aunt Rosa». Mit ihr verstand ich mich nicht so gut wie mit ihren Vorgängern. Immerhin konnte ich einige Arbeiten für das 1897 eröffnete Delmonico's Fifth Avenue/44th Street ausführen, Anfang Dezember 1899 erhielt ich zudem den Auftrag für die Silvesterdekoration des Foyers. Ich gestaltete eine bizarre Zukunftswelt. Ähnlich dekorierte ich die Manhattan-Bar. Es war Johnny, von dem ich den Auftrag erhielt. Er hatte der Einsamkeit in Montana entsagt: «Meine Heimat ist der Platz hinter der Theke. Du glaubst nicht, wie sehr ich mich in Montana danach sehnte.»

Cover für einen Song 1921: Höher und größer. Und dann «noch einen draufsetzen».

[141] Die Silvesternacht 1899/1900 war ein nicht endendes Zuprosten, Küssen und Jubeln auf ein kommendes Jahrhundert voller Frieden und Wohlstand. Für Sektenanhänger dürfte der 1. Januar 1900 eine Enttäuschung gewesen sein, konnten sie nicht von einem Kometen aus den Untergang des Sündenbabels New York erleben, wie ihnen ihre Hohepriester versprochen hatten. Nein, die «Hure Babylon» überlebte mit immer mehr Autos, Massenzeitungen, Einwanderern, Nickelodeons, Streiks, Dinner Dances – und für John Klages vom Del's-Fifth Avenue mit «nach neuesten Ernährungserkenntnissen essenden Gästen», die nach der Methode Fletcher* bis zu einer Stunde an einem Steak herumkauten: «Man könnte wahnsinnig werden.»

**141: «It nearly killed me», soll der Philosoph William James gesagt haben, nachdem er getreulich zwei Monate lang gemäß der Fletcher-Methode jeden Bissen 32 Mal gekaut hatte, bevor er ihn schluckte. Horace Fletcher (1849–1919) hatte das Kauen mit dem Buch* The New Glutton or Epicure *beinahe zu einem Glaubensbekenntnis gemacht. Fletcher war auch gegen zu festen Zeiten eingenommene Mahlzeiten; essen sollte man nur, wenn einen hungerte, und nur kleine Mahlzeiten. Bekannte Anhänger des «Fletcherismus» waren unter anderen Thomas Edison, John D. Rockefeller und der englische Premierminister W.E. Gladstone. Auch die Absolventen von West Point mussten auf Befehl 32 Mal kauen. Das «Fletchern» wurde sogar in Deutschland und der Schweiz Mode.*

Ein Ereignis das die New Yorker Gesellschaft Ende des 19. Jahrhunderts mehr als alles andere erschütterte, war der Tod von Samuel Ward McAllister (1827–1895), von vielen auch als «the Autocrat» bezeichnet. McAllister sah seine Aufgabe darin, die Crème de la Crème zu bilden und anzuführen – und sie folgte ihm ohne Widerrede; er bestimmte ebenfalls, wer ihr als «nobs» (Abstammende alter reicher Familien) angehören durfte oder als «swells» (neue Aufsteiger) unwillkommen war. Rückhalt für seine Entscheidungen gab ihm Caroline Schermerhorn Astor, die Gattin von William B. Astor, die den Rang als Gesellschaftskönigin anstrebte. Mit ihr verfasste McAllister 1892 die Liste der «Four Hundred», die künftig den Adel der New Yorker Gesellschaft definierte. Die Zahl entsprach dem Ballsaal von Caroline Astor, der für 400 Personen Platz bot. Als die *New York Times* im Februar 1892 die Liste veröffentlichte, wurde sie von der gesamten Nation verschlungen. Nichtmitglieder waren Politiker, Vertreter des Handels, Juden und Künstler.

Ein für die New Yorker Gesellschaft wichtiges Zusammentreffen. Links: John Jacob Astors Frau Charlotte Augusta. Rechts, ihr nur zunickend, ihre Schwägerin Caroline mit dem jüngeren Astor-Bruder William beim Tanzen. Caroline verzehrte sich nicht nur danach, die Königin der Gesellschaft zu werden, sie musste auch ihre Töchter unter die Haube bringen. In ihrem Ehrgeiz riskierte sie sogar den Zorn des Astor-Clans, indem sie Karten lediglich mit dem Aufdruck «Mrs. Astor» verschickte, so als wäre sie die einzige.

Ward Mc Allister als Gesellschaftskoch beim Trennen von «nobs» und «swells» für das Soufflé des Clubs der Patriachs, das noch luftiger geraten sollte als dasjenige von Carolines «Four Hundred».

«The Four Hundred» = 0,0001 Prozent von vielen, und trotzdem nur Undank für den Autokraten

[142] Zu Beginn des vorangehenden Kapitels klagte ich über fehlende Aufträge von den Delmonico's. Dabei waren nicht die üblichen Dekorationsmalereien gemeint. Was mir fehlte, waren Aufträge für Festdekorationen von Banketten und Bällen.

«Es sind die großen Anlässe, die uns derzeit fehlen. Sie werden uns vom Regis, vom St. Moritz und vor allem vom Waldorf-Astoria weggeschnappt», klagte Charles Crist D. Für John Klages lag es am Tod von Mr. McAllister*.

Ich wusste um die Verdienste des «Autocrat» und «arbiter elegantiarum» der New Yorker High Society für die Delmonico's. Als Gast brachte er Prestige und mit den Bällen und Banketten neue Gäste und reichlich Einnahmen. Doch seit Mrs. Caroline Astor sich mit ihm zerstritten hatte, litt sein Glanz, und seine oft zynischen Bemerkungen über die Reichen der Stadt gingen selbst Freunden auf die Nerven. Auch hatte er bei der Auswahl für die «Four Hundred» mit der Bemerkung «Bei über 400 stößt man auf Menschen, die sich in einem Ballsaal nicht wohl fühlen oder andere Menschen dazu bringen, sich nicht wohl zu fühlen» viele seiner Bewunderer beleidigt.

Selbst John Klages ärgerte sich jeweils über Mr. McAllisters Arroganz, obschon dieser «sein» Kunde war: McAllister ließ sich am liebsten von ihm bedienen, und bei den von ihm veranstalteten Festivitäten wünschte er, dass Klages für deren Durchführung sorgte.

«Wissen Sie, Simens», bemerkte Klages nach McAllisters Tod, «es ist tragisch, von der High Society nicht akzeptiert zu werden. Schlimmer jedoch ist, von ihr fallen gelassen zu

**142: Samuel Ward McAllister, «ein unbekannter Gentleman aus dem Süden», brachte es mit seinem Auftreten fertig, zum Schiedsrichter und «arbiter elegantiarum» der New Yorker Gesellschaft aufzusteigen. Er verfügte über ein großes gastronomisches Wissen, gute Manieren und Geschmack, er war witzig, intelligent und ein guter Unterhalter. Vorgeworfen wurde ihm seine Arroganz.*

werden, wie es Mr. McAllister geschah. Gerade ihm, der sie formte und führte. Viele, die sich über seine Bonmots amüsiert hatten, belächelten sie plötzlich als läppische Banalitäten. Jenen, denen er den Gebrauch des Essbestecks und das Degustieren von Weinen beigebracht hatte, wurde er zum arroganten Besserwisser. Sein als vorbildlich gelobtes Auftreten wurde auf einmal als geckenhaft empfunden. Von den Patriarchs, deren Gründer er war, wurde er nur noch geduldet. Für mich war es traurig zu hören, wie er einen Tag vor seinem Tod im Union Club allein und gemieden zu Abend aß, er, um dessen Gesellschaft man sich früher gerissen hatte.»

Klages und Charles Crist D. nahmen an seinem Begräbnis teil. Das Wetter war trüb, und der Trauerzug mit nur acht Kutschen durch matschigen Schnee sei, so Klages, nicht das, was dem König der New Yorker Gesellschaft angemessen gewesen wäre.* Die Pferde waren mit goldumrandeten Decken versehen, und Kutscher und Begleiter trugen schmucke Uniformen. Die ganze Strecke über blies das Lander's Orchestra den Totenmarsch aus *Saul*. Als der Trauerzug an der Mansion von Caroline Astor vorbeikam, war weder vor der Tür noch an den Fenstern auch nur eine Person zu sehen. Immerhin begrüßten Dutzende von jungen Frauen vor der Grace Church die Trauernden mit Blumen, und Mr. McAllisters Kirchenstuhl und der Altar waren reich mit Blumen geschmückt.

Ich hatte nur einmal mit Mr. McAllister zu tun. Das war bei dem von ihm arrangierten Ball für die Browson-Zwillingstöchter im Del's-Madison. Von der ihm nachgesagten Arroganz bemerkte ich nichts. Er machte mir sogar ein Kompliment für mein Trompe l'œil *Heaven and Hell* in der Eingangshalle des Collin House. Er war einer der wenigen, der bemerkt hatte, dass ich den Teufeln, die im Kochkessel jammernde Seelen sotten, die Gesichtszüge von Wanamaker, Polizeichef Byrnes und Daniel Drew gegeben hatte.

**142: Der Leichenzug für Ward McAllister auf dem Weg zur Kirche durch die Fifth Avenue. Von den wenigen Zuschauern und von der Presse wurde als Ereignis lediglich vermerkt, dass sich weder Mrs. Caroline Astor noch irgendjemand von der Familie oder der Dienerschaft an einem der Fenster oder vor der Türe der Astor-Mansion zeigte.*

[143] Man spricht von guter und schlechter Gesellschaft. Es gibt eine kapitalistische, politische, konventionelle, langweilige, zuversichtliche, verlogene und triste Gesellschaft.

Dann gibt es noch die New Yorker High Society*. Doch war es Ward McAllister, der sie zu dem gemacht hat, was sie heute ist: ein unfassbares Phänomen. Daraus wählte er die «Four Hundred» aus.

Gehen wir davon aus, dass die New Yorker High Society den populär dahingesagten «oberen Zehntausend» von Greater New York entspricht, dann sind die «Four Hundred» vier Hundertstel davon, also vier Prozent. Berechnet nach der Gesamtbevölkerung von Greater New York von derzeit 3,5 Millionen (1900), sind 400 sogar nur 0,0001 Prozent. Und trotzdem dreht sich ein Karussell von Irren um diese 0,0001 Prozent. 1903 erhielt Marie Curie mit ihrem Mann für ihre Untersuchungen der Strahlungsphänomene den Nobelpreis für Physik, dann, ohne Männer, 1911 den Nobelpreis für Chemie, weil es ihr gelang, aus einer Million Gramm Uranium (also aus einer Tonne) 0,07 Gramm Radium zu gewinnen.

«Kurz gesagt, Simens, du willst uns weismachen, dass McAllister den Nobelpreis ebenfalls verdient hätte?»

«Stimmt», sagte ich. Wir waren im Juri und rühmten uns, da es zurzeit nichts zu rühmen gab, alter Berühmtheiten. Es war John Anderson, der Theaterkritiker des *Harper's*, der die Frage gestellt hatte.

«Doch, mein lieber Simens, da gibt es ein kleines Problem: Als McAllister lebte, gab es noch keinen Nobelpreis. Auch die Un-Substanz des unfassbaren Phänomens High Society, von der du sprichst, ist fraglich. Dort scheint mir einiges an Materie vorhanden zu sein, und zwar in Form von Dollars.»

«Zum Teufel, John, war ja nur eine Idee von mir», sagte ich, «und ihr anderen braucht nicht zu lachen.»

Caroline Astor, von Ward McAllister als «Unvergleichliche» oder gar «mystische Rose» bezeichnet, war zugleich Rückhalt und Antriebskraft seiner und ihrer Ambitionen, die erste und uneingeschränkte Rolle in der High Society New Yorks zu spielen. In McAllister fand Caroline Astor das Verständnis, das sie bei ihrem Gatten William Astor vermisste, der sich nur für seine Rennpferde, seine Jacht, seine Jagd und sein Haus am Hudson interessierte.

**143: Um 1860 gab es in den USA drei Multimillionäre: John J. Astor, Alexander T. Stewart und Cornelius Vanderbilt. 1900 waren es nahezu 4000, einige davon mit einem Vermögen von über 60 Millionen Dollar.*

Daten zum amerikanischen Unabhängigkeitskrieg

1770 sind zwei Drittel Nordamerikas britische Kolonien und nur als Untertanengebiete der britischen Krone miteinander verbunden. Gemeinschaftsgedanken entstehen erst während des Kampfes gegen das britische Mutterland im Zusammenhang mit neuen Steuern und Gesetzen zum Schaden der Kolonien.
1773: Boston Tea Party: Drei Schiffsladungen Tee, die nach den neuen Bestimmungen importiert werden sollen, werden im Bostoner Hafen von als Indianer verkleideten Bürgern ins Meer geworfen.
1774: Erster Kontinentalkongress in Philadelphia.
1775: Schüsse der Briten gegen amerikanische Miliztruppen in Lexington beim Versuch, amerikanische Führer gefangen zu nehmen. Beginn des Unabhängigkeitskrieges (bis 1783).
1776: Declaration of Independence (Unabhängigkeitserklärung) und Gründung der Union. George Washington wird Oberbefehlshaber der amerikanischen Truppen.
1776: Britische Truppen besetzen New York. Zu ihrer Unterhaltung dienen 3000 in Liverpool eingeschiffte Prostituierte.
1777 setzt Washington den Preußen Friedrich Wilhelm Steuben als Generalinspektor für Ausbildung und Organisation der Armee ein.
1778: Bündnis und Handelsvertrag zwischen der Konföderation und Frankreich.
1780: Frankreich entsendet ein Expeditionskorps nach Amerika.
1781: Kapitulation der Briten trotz 30 000 in Deutschland angeworbener «Hessen».
1783: Briten und Loyalisten übergeben das für sie wichtige New York an General Washington. Die stark umkämpfte Stadt ist zu fast zwei Dritteln durch Kanonenbeschuss und Feuersbrunst zerstört.
1787: Erste Bundesverfassung tritt in Kraft.
1789: George Washington wird zum ersten Präsidenten der Vereinigten Staaten ernannt. Von den New Yorkern umjubelt, leistet er auf dem Balkon im zweiten Stock der Federal Hall seinen Amtseid.

Geschichte New Yorks ab 1800 bis zur Großen Depression

1800/01: Johann Jakob Astor investiert den im Handel mit Pelzen und Chinaware erzielten Gewinn von 184 000 Dollar in New Yorker Grundbesitz. Dank diesem und durch Immobilienanlagen wird er zum reichsten Amerikaner. 1840 wird sein Vermögen auf 20 Millionen Dollar geschätzt. Als er 1848 stirbt, soll er um die 40 Millionen hinterlassen haben.
1807: Jungfernfahrt des ersten Dampfschiffs von Robert Fulton auf dem Hudson.
1811: «Commissioners Map» (siehe Seite 110).
1812–1815: Krieg zwischen den USA und England. Einschränkung der Handelstätigkeit.
1817: Regelmäßige Schiffsverbindung zwischen New York und Liverpool. Gründung des New York Stock & Exchange Board.
1819: Depression – Wert von Liegenschaften sinkt von 315 Millionen Dollar (1818) auf 256 Millionen Dollar.
1822: Wöchentliche Segelschiffverbindung nach Liverpool.
1824: Aus dem Fort Castle Clinton wird Castle Garden, eine populäre Unterhaltungsstätte; von 1855 bis 1890 die Anlaufstelle für Immigranten.
1825: Erste Gasleitungen für Beleuchtung. Eröffnung des Eriekanals. Erste Opernaufführung in New York: Rossinis *Barbier von Sevilla* im Park Theatre durch eine italienische Truppe.
1827: Abschaffung der Sklaverei in New York. *Freedom's Journal,* erste Zeitung für Schwarze in den USA.
1832: Cholera-Sommer. Die University of the City of New York am Washington Square nimmt ihre Tätigkeit auf.
1835: Great Fire.
1836: Streik der Textilarbeiter (Schneider), der trotz – oder wegen – des Einschreitens der Nationalgarde auf die ganze USA übergreift; Protestversammlungen mit bis zu 30 000 Protestierenden.
1837: Finanzpanik.
1838: Atlantik-Dienst der Great Western Steamship Company ab Pier 1 an der Battery. Großgefängnis «the Tombs» (nach einem 1837 erschienenen Buch über altägyptische Gräber) in Five Points fertiggestellt.
1841, 10. April: Erste Ausgabe der *New York Tribune.*
1842: Charles Dickens in New York. Einweihung des Croton Reservoirs (siehe Seite 129).
1843: P.T. Barnum startet neue Saison mit «General Tom Thumb», einem Liliputaner von zwei Fuß und einem Zoll Größe.
1848: Brand des Park Theatres. Song «Oh! Susanna» von Stephen Foster.
1849: Antibritische Demonstration vor dem Astor Opera House (siehe Seite 208).
1850: P.T. Barnum verpflichtet Jenny Lind, die «Swedish Nightingale», zu einer US-Tournee; erster Auftritt im Castle Garden.
1851: Erste Ausgabe der *New York Daily.* J.C. Stevens, Gründer des New York Yacht Club (1844), gewinnt mit der «America» den America's Cup für die USA.
1853, 14. Juli: Eröffnungsfeier der Exhibition of the Industry of All Nations im Crystal Palace. Elisha G. Otis demonstriert erstmals einen dampfbetriebenen Lift.
1857: Gangsterkrieg zwischen den Bowery Boys und den Dead Rabbits. Finanzpanik, keine Bankauszahlungen vom 13. Oktober bis zum 12. Dezember.
1860: Großer Empfang für den Prince of Wales, den künftigen König von England. Wahlrede von Abraham Lincoln.
1861: Der frisch gewählte US-Präsident Abraham Lincoln besucht New York vor der Inauguration in Washington. Walt Whitman würdigt ihn in einer Rede vor dem Astor House.
1863: Fünf Tage dauernder Aufstand (Riot) mit 1200 Toten.
1865: Untersuchung des Council of

Hygiene and Public Health zu den Wohnverhältnissen in den Tenements.
1866: Erstes Rennen des American Jockey Club. Beginn der Bauarbeiten für die Hochbahn.
1867: Erstausgabe von *Harper's Bazaar;* 1850 erschien *Harper's New Monthly Magazine* als erstes Literaturmagazin der USA.
1868: Die Brooklyn Ferries befördern im Fünfminutentakt 48 Millionen Passagiere.
1870: Durchgehende Bahnlinie nach Kalifornien. Manhattans «El» (Hochbahn) nimmt den Betrieb auf. Erste «Carousel»-Anlage im Vergnügungspark auf Coney Island. Eröffnung des Metropolitan Museum of Art.
1872: Höchststand der Bodenpreise mit 348 Dollar pro Quadratfuß an der Wall und Broad Street.
1873: Harlem wird Teil von New York. William «Boss» Tweed in 204 Fällen verurteilt (siehe Seite 109).
1874: Eröffnung des neuen American Museum of Natural History.
1876: A.G. Bell demonstriert sein Telefon; Telefonistinnen vermitteln mithilfe einer Namensliste die ersten 250 Abonnenten.
1879: Eröffnung des ersten Madison Square Garden.
1881: Erster Edison-Generator versorgt Firmen mit elektrischer Energie.
1883: Einweihung der Brooklyn Bridge (siehe Seite 144) und Eröffnung der Metropolitan Opera. Alva Vanderbilts Kostümball.
1886: The Statue of Liberty wird auf Bedloe's Island errichtet. Erste «ticker-tape parade» («ein veritabler Blizzard») durch die Wall Street zu ihrer Einweihung. «El»-Hochbahn zur Bronx.
1886/87: Streiks – Arbeitnehmer verlangen den Achtstundentag, Hafenarbeiter fordern mehr Lohn.
1887: Erste elektrische Trams (Streetcars).
1890: Eröffnung des zweiten Madison Square Garden.
1892: Ellis Island nimmt als «point of entry» den Betrieb auf.
1894: Korruptionsbericht des Lennox Committee über die New York City Police veröffentlicht.
1895: New York Public Library gegründet.
1896: Der «Dow Jones Industrial Average»-Index wird zum Börsenbarometer.
1897: Das Waldorf (1893) und Astoria (1897) als Doppelhotel eröffnet.
1898: Zusammenschluss verschiedener Stadtbezirke zu Greater New York.
1899: Eröffnung des Bronx Zoo.
1902: Unruhen mit Dynamitanschlägen. Flatiron Building.
1903: Alle Hochbahnen werden von Dampf auf Elektrizität umgestellt.
1904: Erste Subway-Verbindung von der City Hall zur 14th Street. Longacre Square in Times Square umbenannt.
1907: Motorbusse ersetzen Pferdebusse. Großer Erfolg von Florenz Ziegfelds *Follies*-Revuen (1907–1931).
1909: 30 000 Textilarbeiterinnen im Streik, sieben Jahre später (1916) sind es 60 000.
1909–1912: Neue Brückenverbindungen.
1911: Großfeuer in einer Textilmanufaktur mit 146 Toten.
1910–1912: Mehrere Streiks verschiedener Berufe, unter anderem von 18 000 Hotel- und Restaurantangestellten.
1913: Woolworth Building.
1914: Kriegsbeginn in Europa. Die New York Stock Exchange schließt für 42 Monate.
1915: Premiere von D.W. Griffiths Film *The Birth of a Nation.*
1917: Original Dixieland Jass Band mit weißen Musikern feiert Erfolge. Eintritt der USA in den Ersten Weltkrieg, 7446 Kriegstote aus New York bis Kriegsende.
1919: Die New York Yankees kaufen den Starpitcher der Boston Red Sox für 100 000 Dollar. Beginn der Prohibition.
1921: Boxkampf Jack Dempsey vs. Georges Carpentier im Schwergewicht im Madison Square Garden.
1922: *Reader's Digest* in Pleasantville gegründet; internationale Auflage 1953 17 Millionen Exemplare.
1923: Henry Luce gründet das Magazin *TIME,* die Erstauflage beträgt 9000 Stück.
1924: George Gershwins *Rhapsody in Blue* von Paul Whiteman in der Aeolian Hall uraufgeführt.
1925: Erstausgabe von *The New Yorker,* dem meistbeachteten Wochenmagazin der Welt. Die Luciano-Castello-Gang zahlt monatlich 10 000 Dollar Schmiergeld an das Police Office.
1927: Eröffnung des Holland-Tunnels. Größte «ticker-tape parade» für Charles Lindbergh am Broadway. Bell Telephone übermittelt Bilder mit Television von New York nach Washington.
1929, 24. Oktober: «Black Thursday» an der New Yorker Börse löst die Weltwirtschaftskrise aus.

Der im New Yorker *Puck* 1904 erschienene Cartoon von Louis Dalrymple zeigt die «New Diplomacy» Washingtons unter Weltpolizist Theodore Roosevelt an: Zivilisierte Nationen haben zu investieren und still zu sein, unzivilisierte zu hungern und zu gehorchen.

FAMOUS FAMILIES OF NEW YORK

- ASTOR
- BARCLAY
- BEEKMAN
- BREVOORT
- CLINTON
- CORNELL
- CRUGER
- DELAFIELD
- DE LANCEY
- DE PEYSTER
- DUANE
- DUER
- FISH
- GARDINER
- HAMILTON
- HOFFMAN
- JAY
- KING
- KIP
- LAWRENCE
- LEWIS
- LIVINGSTON
- MORRIS
- OSGOOD
- POTTER
- RAPALJE
- REMSEN
- RENWICK
- ROOSEVELT
- RUTGERS
- SCHERMERHORN
- SCHUYLER
- SMITH
- STUYVESANT
- TAPPEN
- VAN BUREN
- VAN CORTLANDT
- VAN COTT
- VANDERBILT
- VAN RENSSELAER
- VAN SICLEN
- WENDELL

Gesellschaft ist «Verantwortung, von der es keine Entspannung gibt; Zeitvertreib, der keine Muße bringt.»

Nicht alle nahmen am «Fegefeuer der Eitelkeiten» (Tom Wolfe) teil.
Nicht alle waren geborene «nobs».
Nicht wenige waren «swells», die nur dank ihrem Reichtum «famous» wurden.
Einige prunkten mit ihrem Geld und Besitz.
Einige führten ein zurückgezogenes Leben, wurden Gelehrte, sammelten Kunst oder Schmetterlinge.
Einige mehrten ihr Geld oder ihre Nachkommenschaft oder beides.
Unter ihnen gab es Politiker, Künstler, Sportgrößen, Beamte, Forscher, Betrüger, Ärzte, Träumer und Irre – alles auch in weiblicher Ausführung.
Juden und Farbige sind im 1890 entstandenen Verzeichnis der New Yorker High Society nicht erwähnt.

Garderoben für 300 000 Dollar, ein Admiral der Swiss Navy auf Freiersfüßen und die Erfindung der Moderne – alles in Newport

[144] Seit Jahren halte ich mich von etwa Mitte Juli bis Ende August in meinem Cottage in Peace Dale, Rhode Island, auf. Peace Dale ist nicht allzu weit von Newport entfernt, wo New Yorks Reiche sich etwa zur selben Zeit vor der Hitze der Stadt in ihre Sommerpaläste verkriechen.* Tage zuvor treffen Hausangestellte und Dienerschaften mit Koffern und Körben ein, angefüllt mit Roben und allerlei Kram aus den Mansions in New York; ihren Herrschaften liegt daran, das gleiche gesellschaftliche Leben wie in New York zu zelebrieren.

Leute der New Yorker Gesellschaft haben kein leichtes Leben, und selbst Newport lässt ihnen keine Muße dafür. Die von ihnen hier verbrachten sieben bis acht Wochen sind eine Zeit von versteckt wie offen ausgetragenen Gesellschaftskämpfen, wobei als Waffen aufwendige Dinners, Bälle und Partys eingesetzt werden, mit denen die Rivalinnen versuchen, sich gegenseitig zu übertrumpfen. Dafür werden pro Saison 300 000 Dollar und mehr aufgewendet. Ebenso viel steckt jeweils in den in Paris, Wien, London und New York angefertigten Roben, die während des Aufenthalts einmal, vielleicht zweimal getragen werden.

Gesellschaftliches Leitfossil ist Alva Vanderbilt. Sie hat hier, wie in New York, den Status der 1908 verstorbenen Mrs. Caroline Astor übernommen. Mrs. Vanderbilt achtet noch penibler als Mrs. Astor darauf, keine gesellschaftlichen Kontakte außerhalb ihrer Kreise zu pflegen. Sie und ihr Gleichgestellte wahren in Newport wie in New York stets eine gewisse Distanz, wenn auch lockerer: Auf der Strandpromenade, im Casino, im Jachtclub oder an einer Wohltätigkeitsparty sind sie durchaus geneigt, mit einem sichtbaren

**144: Die Cottages der Reichen in Newport waren nicht ganz das, was im* Webster-*Lexikon als «a small, usually one-storied house, often one that is the dwelling of a peasant or a farm laborer» beschrieben ist.*
Oberes Bild: «the Elms», Cottage des Kohlebarons Edward Julius Berwind.
Unten: «the Breakers», die Residenz des Vanderbilt-Clans, mit 70 Zimmern.

Bereit zum Tanz. Der Cotillon galt als «der representative Tanz der modernen Zivilisation», wie ein Tanzlehrer noch um 1900 versicherte. Er schule Tugenden wie Aufmerksamkeit, Schweigsamkeit, Gehorsamkeit sowie «die Bereitschaft, kurzfristiges persönliches Vergnügen zu opfern».

**144: «Anne likes Boni. Boni likes money.» 1908 heiratete Prince Sagan de Talleyrand-Périgord Anna Gould, die soeben von Comte Boni de Castellane geschieden worden war. Die Mitgift der Braut betrug 15 Millionen Dollar, bei Boni hatte sie angeblich 75 Millionen betragen. Das ist auch heute viel und war damals noch viel mehr. Nur ein wirklich reicher Vater konnte es sich leisten, dem Wunsch des Töchterchens nach Ehemännern aus altem Adel nachzukommen; George Jay Gould, der amerikanische Eisenbahnkönig, hatte das Geld.*
Nicht alle Daddys konnten die modisch gewordenen Prestige-Hochzeiten mit Adligen derart üppig vergolden. Eine, zwei, jeweils gar fünf Millionen Dollar lagen in der Regel jedoch drin, so zum Beispiel bei der Vermählung von Duc de Choiseul mit Miss Forbes, Comte de Choiseul-Praslin mit Mary Hooper, Comte de Suzanet mit Miss Field, Duc Jean-Elie-Octave Decaves mit Isabel Singer, Duc de la Rochefoucauld mit Mattie Mitchell, Comte de Pourtalès mit Isabella Andrews, Marquis de Breteuil mit Litta Garner, Comte de Laugier-Villars mit Carola Livingstone, Baron Raymond Seillière mit Mrs. Livermore und andere mehr.
Hier handelt es sich ausschließlich um Vermählungen mit Franzosen. Nicht aufgeführt sind Ehen mit Adligen zum Beispiel aus England, Schottland, Irland, Deutschland, Italien, Spanien, Russland, Ungarn und Polen.

Nicken oder gar Lächeln den Gruß von nicht der High Society angehörenden Personen zu erwidern.

Zu diesen gesellschaftlichen Niemanden gehören die Growdens. Sie waren als schwerreiches Paar vor zehn Jahren von den Ölfeldern Pennsylvanias nach New York gezogen und besitzen, nebst einer Mansion in New York, in Newport ein im Kolonialstil erbautes Cottage. William Growden hat es in New York zur Mitgliedschaft des vornehmen Union Club und in Newport zu der des Yacht Club geschafft. Doch so sehr sich William und Lydia Growden bemüht hatten, in den Kreis der «Four Hundred» aufgenommen zu werden: sie gehören ein- für allemal nicht dazu und werden von diesem weder eingeladen noch besucht.

Dank der Bekanntschaft mit John Jacob Astor III gelang es ihnen, an zwei oder drei Wohltätigkeitsveranstaltungen mitzuwirken, die Caroline Astor präsidierte. Seit jedoch Mrs. Vanderbilt als Gesellschaftskönigin amtet, scheint es keine derartigen Kontaktmöglichkeiten mehr zu geben.

Das ist kränkend. Wie die Growdens verbringen ähnlich Gekränkte die Sommerzeit in Newport in der Hoffnung, in der gesellschaftlich etwas zwangloser scheinenden Atmosphäre doch einmal mit der bewunderten wie verhassten Crème de la Crème oder gar den «Four Hundred» in Tuchfühlung zu kommen. Gleicher Hoffnung sind Betrüger, Hochstapler und europäische Adlige, die auf eine gute Partie aus sind: Wenn es auch nur selten eine Tochter aus einer «Four Hundred»-Familie zu angeln gibt, so ist doch eine Heirat mit einer künftigen Erbin aus einer gewöhnlichen Millionärsfamilie zu erhoffen*, und von denen gibt es in Newport mehrere.

[145] Nahe des Casinos von Newport befindet sich Andy Illanders Bildergalerie, ein Treffpunkt für Kunstfreunde. Illander hatte gelegentlich eines meiner im Cottage gemalten Früchte- und Blumenstillleben des frühen Barock gekauft.

Zu Beginn der Saison 1911 brachte ich Illander ein nach neuer Art gemaltes Bild. Die Nachfrage nach Alten Meistern war noch immer groß, doch mir wurde die Arbeit zu aufwendig. Zudem lockte es mich, einmal im pointilistischen Stil, der in Paris starke Beachtung fand, zu malen. Im Unterschied zu den Farbtupfern eines Seurat und Signac bestanden meine neuen Bilder jedoch aus grob aufgetragenen Farbflecken. Ich bezeichnete meine beiden ersten so gemalten Werke mit *Jardin près d'Angoulème* und *Fleurs d'Avril* und signierte sie mit «Lucien Poncet, 1851» und «L.P. 1852». Poncet ist ein Name, den auch Amerikaner aussprechen können. Die Jahreszahlen sind ein Hinweis darauf, dass die Bilder nahezu eine Generation früher als diejenigen von Seurat und Signac entstanden. Als ehemaligen Besitzer der Bilder gab ich einen François de Lagravière an, ein Weinhändler in der Charente. Den Namen hatte ich einem Nachruf in einer um eine Weinflasche gewickelten französischen Zeitung entnommen.

Es war der *Jardin,* den ich Illander brachte. Ich schilderte ihm Poncet als ein Genie, das nach Anfangserfolgen und einer unglücklichen Liebe in geistiger Verwirrung bei Lagravière ein Gnadenbrot erhalten habe und dieses mit seinen Bildern bezahlte beziehungsweise überbezahlte. 1866 sei er an Tuberkulose gestorben. Jetzt versuche Lagravières Sohn, die Bilder über eine mir bekannte, in Paris lebende Amerikanerin zu verkaufen. Sie habe mir zwei Bilder zukommen lassen in der Annahme, dass diese in den Staaten interessieren könnten, nachdem sie in Paris auf Anerkennung gestoßen seien.

«Ich bin mir sicher», sagte ich zu Illander, «dass es sich bei diesem Poncet um einen Pionier einer Stilrichtung handelt, die schon mehrere bekannte Maler von heute beeinflusst hat.»

Illander kaufte das Bild. Er tat es nicht, ohne über den von mir verlangten Preis, den noch unsicheren Markt für

Aristokratenehen boten Anlass zum Klatsch, ebenfalls Hochstapler und Betrüger, die sich eine Millionärstochter zu angeln versuchten. Für einen Admiral der Swiss Navy eine nicht einfache Sache, wie die Illustration von Sam Loyd (um 1914) zeigt: Der Anwärter hatte drei knifflige Aufgaben des Textil- oder Eisenbahnkönigs zu lösen, bevor er dessen Töchterlein ehelichen durfte. Eine der Aufgaben war, die als Rechteck abgebildete Schweizerfahne in die offizielle Quadratform zu bringen, eine für Heraldiker befremdliche Lösung.

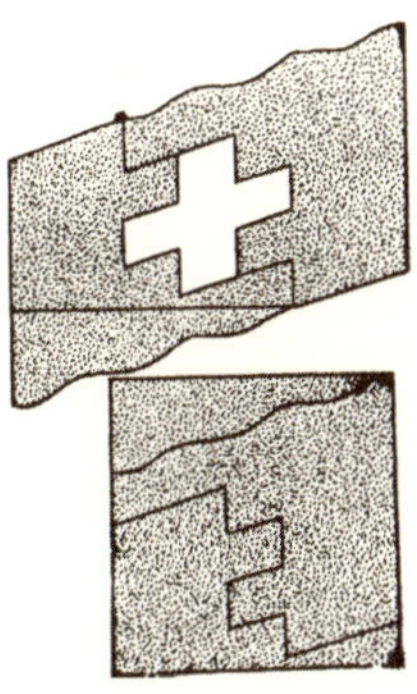

Plakat zur Armory Show von 1913. Die «International Exhibition of Modern Art» bot eine mit 600 Objekten bestückte großartige, wenn auch verwirrende Übersicht über die neuen Trends in der amerikanischen und europäischen Kunst. Vertreten waren die unterschiedlichsten Maler und Plastiker wie Vincent van Gogh, Marcel Duchamp, Ferdinand Hodler, Francis Picabia, Wilhelm Lehmbruck, Constantin Brâncuşi und viele mehr.

neue Kunst und die Verstocktheit amerikanischer Sammler gegenüber unbekannten Namen zu jammern. Endlich holte er die von mir verlangten 300 Dollar aus der Vase, die ihm als Tresor diente.

Wir plauderten noch über dieses und jenes und eine von Mrs. Dobson organisierte bevorstehende Ausstellung moderner Maler aus Europa. Ich wusste einiges darüber. Vor Kurzem war ich im Del's-Madison einem Verwandten der Delmonicos namens Francis Picabia* vorgestellt worden, einem jungen Maler aus Paris, und wir hatten ein anregendes Gespräch über Kunst. Seine Ansichten darüber waren für mich die eines verrückten Hahns. Ich sagte ihm dies.

«Doch ein Hahn, der bunte Träume legt», lachte er. Er werde vielleicht bei der von Mrs. Dobson veranstalteten Kunstshow in der Armory Hall dabei sein. Dort würden einige bunte Träume zu sehen sein. Auch einige von ihm, doch alles in Schwarz, das eine ebenso bunte Farbe sei wie Rot, Gelb und Blau – nur eben anders.

[146] Während des Gesprächs mit Illander war ein Mann in die Galerie getreten. Er schien mitbekommen zu haben, was ich über Mrs. Dobson, Picabia und auch eine deutsche Adelige sagte, die ich als noch verrückter als diesen Picabia schilderte; jemand hatte mir von einer ihrer seltsamen Shows in ihrer Wohnung in Chelsea erzählt.

«Entschuldigen Sie bitte, dass ich mich einmische», unterbrach mich der Mann. «Bei der Aristokratin, die Sie erwähnten, dürfte es sich um Baronesse von Freytag handeln, eine Künstlerin, die sich als Kunstwerk darstellt. Auch Mrs. Dobson ist mir bekannt und ich hörte von der Ausstellung in der Armory Hall, die meines Wissens jedoch erst in zwei Jahren stattfinden soll. Mrs. Dobson lebte lange Zeit in Paris und ist ziemlich genau über moderne Kunstströmungen im Bild, auch über diejenigen hierzulande. Dies nur zur Orientierung. Doch lassen wir das! Entschuldigen Sie bitte, dass

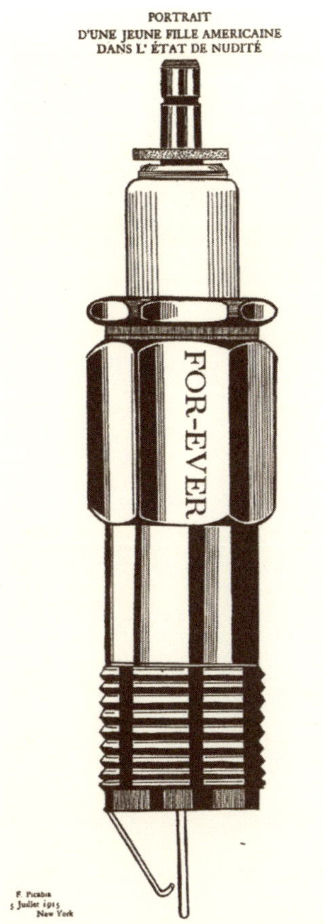

Francis Picabia, *Portrait d'une jeune fille américaine dans l'état de nudité,* New York, 1915.

ich mir erlaubte, mich einzumischen. Mein Name ist Growden, William Growden. Und der Ihre…? Simens? Sehr erfreut. Mr. Illander und ich kennen uns, ich bin einer seiner Kunden. Ich vermute, Mr. Simens, dass auch Sie an neuer Kunst Interesse haben. Sind Sie Sammler?»

«Sammler ist übertrieben», antwortete ich. «Ich kaufe hin und wieder nach meinen Möglichkeiten ein Bild. Soeben zeigte mir Mr. Illander eines, das er aus Paris erhielt. Er bat mich um mein Urteil. Ich habe mir das Bild angesehen. Es ist ein Werk, das ich als bahnbrechendes Werk des Divisionisme bezeichnen möchte. Ich bat Mr. Illander, es beiseite zu stellen, bis ich nachgesehen habe, was mir noch für mein Alter verbleibt, wenn ich es kaufe.»

«Ein gutes Bild also?»

«Gut? Was ist gut? Das Bild hat in mir eine neue Sehweise erweckt, ein neues Schauen. Es ist eines der seltenen Werke, die unsere Denk- und Wahrnehmungsweise verrücken.»

«Würde es Ihnen, Mr. Simens, etwas ausmachen, wenn Mr. Illander mir das Bild zeigen würde?»

«Das Bild gehört Mr. Illander. Er kann es Ihnen zeigen und auch verkaufen. Davon würde ich ihm jedoch abraten, bevor ich ihm nicht das Ergebnis meines Sparstrumpfs bekannt gegeben habe. Andernfalls werde ich ihm Gicht, Hühneraugen und Fußschweiß bis an sein Lebensende wünschen. Mr. Growden, es war mir ein Vergnügen. Auf Wiedersehen, Mr. Illander.»

[147] Seele I: «Mr. Simens. Im Unterschied zu Ihren früheren Werken à la Renaissance wie den Ghiarellis, malen Sie jetzt eigenständige Fleckenbilder. Sie machen sie allgemein schmackhaft, indem Sie bei jeder passenden Gelegenheit das Gespräch auf Poncet, den angeblichen Maler, lenken. Warum, Mr. Simens, bedienen Sie sich eines erfundenen Künstlers und bekennen sich nicht selbst deren als Schöpfer?»

**145: In der Armory Show war Francis Picabia mit seinem Werk* Dances at the Spring *vertreten. Größere Beachtung fand er in New York mit Aquarellen und präzisen Strichzeichnungen, die der Fotograf Alfred Stieglitz in seiner kleinen Galerie 291 ausstellte. Francis Picabia war über seine Mutter Jeanne Delmonico mit den Delmonicos verwandt und jeweils Gast im Delmonico's-Fifth Avenue/44th Street.*

«Meine liebe Seele I, das hat mit meiner Empfindlichkeit und Eitelkeit zu tun. Wenn ich, Henry Simens, mich als Maler der Bilder zu erkennen gäbe, würden mich Kritiker und beste Freunde schon deshalb teeren und federn, weil ich mir als Art Worker anmaße, Künstler zu sein. Als Poncet habe ich keine Kritik zu befürchten, ich bin seit 40 Jahren tot, und meine Kunst ist als die eines Précurseurs der Moderne anerkannt. Hinter dem Namen Poncet kann ich mich ungeniert loben, mir sogar heraushebende Vergleiche mit Manet, van Gogh, Monet und Cézanne erlauben, ohne rot zu werden. Der 1826 geborene Poncet ist der Ahne einer modernen Kunstrichtung. Im 1842 geborenen Simens würde man nur einen Epigonen sehen. Zudem macht es Spaß, aus dem Nichts einen Menschen und Künstler zu erschaffen. Gott benötigte für Adam noch Erde!»

[148] Illander verkaufte Growden den *Jardin* und kurz darauf mein zweites Fleckenbild, die *Fleurs*. Nicht viel später erwarb Growden ein grau-blau geflecktes Aquarell, dem ich den Titel *Austernfelder der Marennes* gab. Zugleich wünschte sich Growden zwei kleinere Werke für seine Jacht, wenn möglich Meeresansichten oder Schiffe. Glücklicherweise fanden sich in Poncets Nachlass zwei Bilder mit aus dem Nebel auftauchenden Schiffen. Sie waren Arbeiten Whistlers nicht unähnlich, zeigten aber schon Ansätze von Poncets Fleckentechnik. Ich datierte sie auf 1849, Poncets Frühzeit. Kurz darauf erhielt Illander von Deborah aus Paris die Mitteilung, in Poncets Tagebuch habe sich ein entsprechender Eintrag gefunden: «Woche vom 7. bis 12. November 1849 in Brest, lernte Elena kennen.» Für die zwei Zeilen, die Deborah nach meiner Vorlage schrieb, verlangte sie 20 Dollar!

Es ist traurig, wie selbst beste Freunde einen ausnutzen, selbst wenn man auch nur eine kleine Gefälligkeit von ihnen verlangt. Growden habe sich übrigens über den Hinweis sehr gefreut, ließ mich Illander wissen.

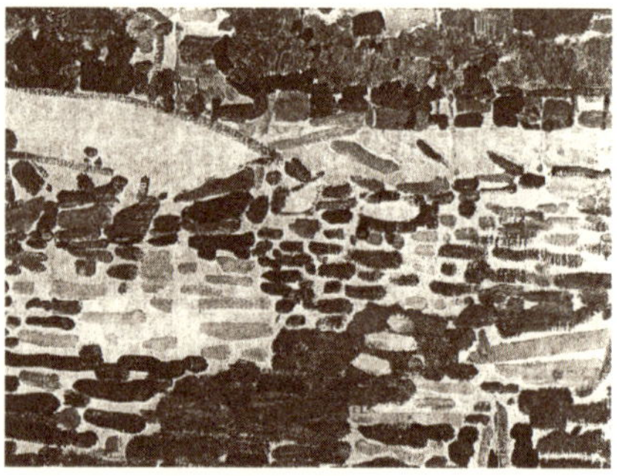

Boote vor Anker, André Derain, 1905.

Growden war für mich und Illander ein Glücksfall. Nicht nur, dass er in kurzer Zeit fünf Poncets kaufte. Er machte auch einige seiner Freunde auf ihn aufmerksam. Wir alle erwarteten mit Ungeduld eine von Deborah angekündigte Sendung von Poncets aus Paris. Mit dieser würden auch schon längst überfällige Dokumente über das Leben des Malers eintreffen, kündigte Illander an. Es lag an mir, diese zu beschaffen.

[149] Mit 800 Dollar von Illander versehen, fuhr ich Anfang September mit der «Concorde» von Boston aus nach Le Havre. In gut einem Monat würde ich zurück sein, wohl versehen mit Besprechungen aus renommierten Kunstzeitschriften, Briefen von oder über Poncet und womöglich einem Selbstporträt. Es könne auch nur eine Skizze sein, meinte Illander, mit dem ich die Aktion besprach. Illander erhoffte sich ein langfristiges Geschäft mit dem bisher verkannten Genie.

Einen Menschen und Maler zu kreieren, ist mühsam. Der Allmächtige hatte es mit Adam noch leicht. Der war nackt und sein Leben klar vorgezeichnet, er hatte nach dem Techtelmechtel mit Eva nur noch gottgefällig zu sein. Poncet hingegen musste mit Eltern versorgt werden, die Schule besucht und womöglich eine Kunstakademie im Zorn verlassen haben. Er hatte sich unglücklich zu verlieben, musste Anfangserfolge und kurzen Ruhm genossen haben, doch bei der dritten Ausstellung hatte er wegen seiner revolutionären Malerei einen Skandal hervorzurufen und verbittert und psychisch krank im Elend zu sterben, eventuell gar Selbstmord zu begehen. Im Gegensatz zur Schöpfungsgeschichte mit ihren oft fabulösen Angaben, hatte ich einen hieb- und stichfesten Lebenslauf zu erschaffen.

Ich gab Poncet gutbürgerliche Eltern und eine Jugend in Boulogne bei Paris, wo sein Vater als Notar amtet. Die Mutter stirbt, als Lucien elf Jahre alt ist. Während der Februar-

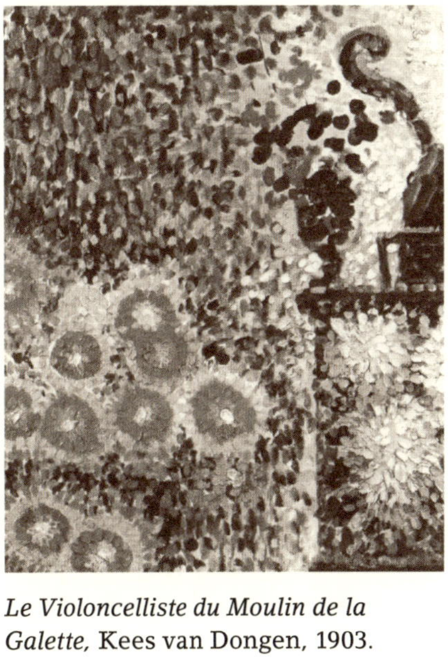

Le Violoncelliste du Moulin de la Galette, Kees van Dongen, 1903.

Pariser Barrikadenkämpfe im Juni 1848. Republikaner hissen die rote Fahne (Neuruppiner Bilderbogen).

revolution in Paris (1848) wird die Mairie von Boulogne zum Teil zerstört. Lucien nimmt an der Revolution in Paris teil und wird beim Massaker vom 23. Februar verwundet: Eine Gewehrkugel reißt ihm das linke Ohr und einen Teil der Kopfhaut weg, durch Pulverdampf wird das linke Auge beschädigt (in seinem Tagebuch notiert Poncet, mit diesem Auge nur noch Grau- und Grüntöne zu erkennen). Unbekannte bringen Poncet in ein Lazarett bei der Place du Châtelet, wo er notdürftig verbunden wird. Von Maurice Sand, einem der Pfleger, dem Sohn der Schriftstellerin George Sand, wird er in ein Spital in Cloyes-sur-le-Loire gebracht. Es gibt einen Brief an Maurice und seine Mutter aus dieser Zeit: «Ich befinde mich jetzt vier Wochen hier mit noch verbundenem Kopf. Verglichen mit dem neben mir liegenden Kameraden mit zerschossener Schulter und anderen, zu Krüppeln gewordenen Mitkämpfern, geht es mir gut. Cloyes, 3. April 1848.» Den Brief registrierte ich als aus dem Nachlass von George Sand stammend. Ich hatte ihn mit wasserverdünnter blauer Tinte auf ein herausgerissenes Blatt eines alten Haushaltbuchs geschrieben.

Das wertvollste Dokument war jedoch ein Brief des berühmten Malers Millet an die Zeitschrift *L'Evénement* von 1873. Er erinnere sich noch gut an Poncet in der Malschule von Lassonnier und an den blauen Verband, den er wie einen Turban um den Kopf gewickelt habe. Poncet sei außerordentlich begabt gewesen, doch immer wieder habe er sich mit den Lehrern – so auch mit ihm – zerstritten. Er sei ein Fremdling unter den Mitschülern gewesen, doch seines Turbans, seiner Begabung sowie seines Aufenthaltes auf Schloss Nohan und der Freundschaft mit Maurice Sand wegen von den Mitschülern bewundert worden. Plötzlich sei Poncet verschwunden. Er, Millet, habe später von zwei oder drei Ausstellungen von ihm gehört, auch von einem Skandal, an dessen Details er sich jedoch nicht mehr erinnere. Vor etwa einem Jahr sei er auf ein Bild von Poncet bei einem

**149: Mit «allein für den Druck» dürften Zahlungen an Druckereien gemeint sein, die gefälschte Kritiken mit gleichen Schrifttypen auf gleichem Papier wie renommierte Kunstzeitschriften druckten und in diese einhefteten. Die höheren Kosten für* The Studio *lassen sich dadurch erklären, dass auch das Inhaltsverzeichnis ausgewechselt werden musste.*

Kunsthändler an der Rue Jacob gestoßen. Bei längerem Betrachten des lediglich aus farbigen Flecken bestehenden Werks habe er diese auf einmal wie die eines heiteren Frühlingstags empfunden. Er sei nahezu erschrocken, als er auf der Rückseite des Werks, wohl als Titel, «Markt in Bayonne, Mai 1849, L.P.» gelesen habe. Trotzdem, diese Art Malerei habe nach seiner, Millets, Vorstellung mit echter Kunst nichts zu tun.

Diesen Brief schrieb nicht ich, sondern nach meinen Angaben A.K. in Passy. A.K. war seinerzeit wie ich Schüler von Cormon in Paris. Er bildete sich zum Kalligrafen aus und lebt heute von Kundenaufträgen für prunkvolle Diplome und Familienstammbäume.

Er ist ein wahrer Schreibvirtuose, und es gelingt ihm, beinahe jede Handschrift nachzuahmen. Nicht wenige Zertifikate früherer Instrumentenbauer und Ebénisten sowie Autografen verstorbener Dichter und Musiker dürften von ihm stammen. Als Schreibvorlage für den Millet-Brief dienten dessen wenige Zeilen an seinen Kunsthändler mit der Mitteilung, seine Ausstellung wegen Krankheit verschieben zu müssen. Das zu einem Couvert gefaltete Blatt fand ich bei einem Autografenhändler an der Rue François Ier.

A.K. verlangte für seine Arbeit 200 Francs, was etwa 30 Dollar entspricht. Umgerechnet etwa 120 Dollar zahlte ich allein für den Druck* und das Einheften für einen zweiseitigen Artikel mit Bild und dem Titel «Überraschende Entdeckung» in den *Cahiers des Arts.* Für ein vierseitiges Epistel mit der Abbildung des von mir gezeichneten *Selbstporträts mit Maske,* L.P. 1856, in *The Studio* hatte ich 210 Dollar zu zahlen. In diesem Artikel ging es um den Vergleich von Seurats präzisem Pointilismus und der wie zufällig wirkenden Fleckenmalerei von Poncet.

All das besorgte ich in knapp fünf Wochen in Paris. Aus Peace Dale hatte ich zwei Poncets mitgenommen, die ich wertvoll rahmen ließ und in Deborahs Salon platzieren

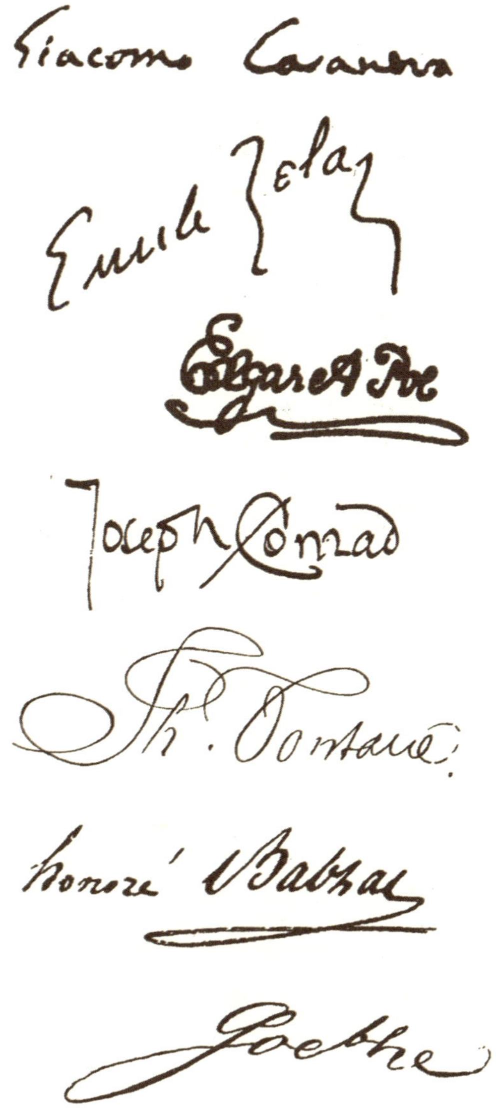

Autografen.

Europäische Währungen im Verhältnis zum US-Dollar.

Country.	Monetary Unit.	Standard.	Value in U. S. Money.	Standard Coin.
Austria	Florin	Silver	$ .40,6	
Belgium	Franc	Gold and silver	.19,3	5, 10, and 20 francs.
Denmark	Crown	Gold	.26,8	10 and 20 crowns.
France	Franc	Gold and silver	.19,3	5, 10, and 20 francs.
Great Britain	Pound Sterling	Gold	4.86,6½	½ sovereign and sovereign.
Greece	Drachma	Gold and silver	.19,3	5, 10, 20, 50, and 100 drachmas.
German Empire	Mark	Gold	.23,8	5, 10, and 20 marks.
Italy	Lira	Gold and silver	.19,3	5, 10, 20, 50, and 100 lire.
Netherlands	Florin	Gold and silver	.40,2	
Norway	Crown	Gold	.26,8	10 and 20 crowns.
Portugal	Milreis of 1000 reis	Gold	1.08	2, 5, and 10 milreis.
Spain	Peseta of 100 centimes	Gold and silver	.19,3	5, 10, 20, 50, and 100 pesetas.
Sweden	Crown	Gold	.26,8	10 and 20 crowns.
Switzerland	Franc	Gold and silver	.19,3	5, 10, and 20 francs.

Poseuse de Profil, Georges Seurat, 1880–1887.

konnte. Sie durfte sie jedoch nicht verkaufen: «Sie gehören mir, ich erhielt sie von Herrn Illander in Newport für die Vermittlung des Poncet-Nachlasses, den er dem jungen Lagravière, einem Bekannten von mir, en bloc abkaufte.» Allfällige Poncet-Interessenten hatte Deborah an Illander zu verweisen. Für diesen Freundschaftsdienst verlangte die noch immer lebensfreudige American Belle 150 Dollar jährlich, und zwar zwei Jahre im Voraus. Sie lebe nunmehr in Paris, und die Partys, die sie veranstalte, seien teuer. Zudem habe sie weniger Verehrer als früher.

[150] Dank Growden und weiteren Poncet-Käufern ging es mir ab Ende 1911 finanziell recht gut. Die Misere hatte, wie ich schon erwähnt habe, Mitte der 90er-Jahre begonnen und dauert, 1899 und Anfang 1900 ausgenommen, eigentlich bis heute.

So kamen denn die Einnahmen für die Poncets zur rechten Zeit. Zum ganz großen Geschäft, wie Illander und ich es uns erhofft hatten, wurde Poncet jedoch nie. Mit den gelegentlichen Aufträgen für Harry Lehr ab 1911 gelang es mir immerhin, etwas Geld beiseite zu legen.

[151] Wie William Growden, lernte ich Harry Lehr in Andy Illanders Galerie kennen. Illander veranstaltete jeweils Ende August eine Verkaufsparty, an der alles nach Kunst Aussehende zu kaufen war, was Newports Sommergäste aus ihren Häusern loswerden wollten*. Die Objekte wurden gespendet, und die Käufer zahlten, was sie für angemessen hielten, wobei ein von Illander angeschriebener Preis nicht unterboten werden durfte. Die Einnahmen gingen an ein Waisenhaus. Ich half Illander beim Verkauf und hatte dafür zu sorgen, dass nichts geklaut wurde.

Viele Besucher kamen der Jahrmarktstimmung wegen oder um gesehen zu werden. Andere erhofften sich eine Trouvaille, wobei ein aus dem Besitz einer angesehenen Familie stammender Gegenstand an sich schon als Kostbarkeit galt. Harry Lehr kam aus Neugierde. Ich war mit einer Dame im Gespräch. Sie hatte einem Regal eine Bronzestatue mit ineinander gewundenen Figuren à la Rodin entnommen und sich voller Entdeckerfreude mir zugewandt: «Unglaublich, ein Kunstwerk aus der Sammlung der Reynards, wie man mir sagte. Es sei wie barock, doch modern, und ich mag alte Sachen nur, wenn sie modern sind. Wissen Sie, ich lernte Mrs. Reynard einmal bei einem Bazar persönlich kennen. Eine vornehme Dame. Sie reichte mir die Hand. Meine Freundinnen platzen vor Neid, wenn sie hören, dass ich Besitzerin eines Kunstwerks aus der Sammlung der Reynards bin. Glauben Sie, dass es die angeschriebenen 30 Dollar wert ist?»

«Madame, für Sie ist dieses Kunstwerk mehr als 30 Dollar wert, denn Sie ließen ihr Herz sprechen, als Sie es auswählten. Das ist kein Zufall. Könnte es nicht eine Seelenverwandtschaft zu Mrs. Reynard bedeuten, eine Verbindung von Herz zu Herz? Das sollte Ihnen das Doppelte wert sein.»

Lehr hatte das Gespräch mitbekommen, er stand dicht neben uns, anscheinend in ein Buch vertieft. Als Madame gegangen war, drehte er sich mir zu: «Bravo, großartig! Sie könnten Chefverkäufer bei Macy's oder Politiker sein. Doch sind Sie nicht der Typ. Irgendwie kommen Sie mir bekannt vor. Lassen Sie mich raten, wer oder was Sie sind.»

«Nein, bitte sehr, ersparen Sie sich das», antwortete ich, «seit Jahrzehnten versuche ich, dies selber herauszufinden, und ich möchte dies weiterhin tun. Hingegen weiß ich, wer Sie sind: Mr. Harry Lehr. Mein Name ist Henry Simens.»

«Aber nein, dann sind Sie dieser Simens, der seinerzeit das Bacchanal-Dinner ‹Schlimmer geht's nimmer› im Del's-Madison organisierte. Ich war dabei, als Satyr verkleidet. Ein glücklicher Zufall, Sie hier zu treffen, möglich, dass ich Sie einmal gebrauchen kann». Er sagte «gebrauchen». Ende

**151: Zum Verkauf kam alles, was unter dem Begriff «objets d'art» in den reichen Häusern entbehrlich war; 1911 denkbarerweise von anderer Art, als das, was 30 Jahre früher dem Zeitgeschmack entsprach.*

September ließ Mr. Lehr mir mitteilen, dass er mich gebrauchen könne.

152: Mrs. Stuyvesant Fish (hier bei einem Aufenthalt in Newport 1909) besaß sowohl eine böse Zunge als auch Witz. «Nun sind sie alle da: junge Kleider und alte Gesichter», spottete sie bei der Begrüßung von Bekannten. Mit einer neuen Zeitordnung brach sie Konventionen wie diese: Anstelle der bisher lange andauernden Dinners von oftmals bis zu drei Stunden, hatten Diener die Mahlzeit innerhalb von 40 Minuten zu servieren. In vielem benahm sie sich daneben. In einer Anwandlung von sozialem Engagement besuchte sie einmal eine Arbeiterversammlung im East End. Sie bedauerte mit den Näherinnen deren Tageslohn von 65 Cent. Doch müsse man auch einmal darüber sprechen, wie teuer das Leben für Reiche sei. So habe sie kürzlich für Blümchen, die sie einer Freundin schenken wollte, 3.80 Dollar hinlegen müssen, und für ein Lachsbrötchen im Tea-Room des Del's sei ihr ein Dollar oder so berechnet worden, ein Betrag, für den man, wie sie sich habe sagen lassen, im Fulton Fish Market einen ganzen Lachs bekomme...

[152] Harry Lehr galt als Hofnarr der New Yorker Gesellschaft. Er war mit Ward McAllister befreundet und hoffte, nach dessen Tod Mrs. Caroline Astors gesellschaftlicher Berater zu werden. Daraus wurde nichts, und Lehr schloss sich dem Kreis von Mrs. Stuyvesant Fish* an. Mrs. Stuyvesant Fish war ein führendes Mitglied der «Four Hundred» und ihrer Kapriolen und der scharfen Zunge wegen gefürchtet. Sie stand in Konkurrenz zu Mrs. Vanderbilt, die ihrerseits Mrs. Stuyvesant Fish «laut, schrill und taktlos» fand.

«Mamie», wie Mrs. Stuyvesant Fish von Freunden genannt wurde, liebte alberne Scherze. Zusammen mit Harry Lehr lud sie einmal zu einem Dinner zu Ehren des Prinzen del Drago ein, der jedoch ein dressierter Schimpanse im Gehrock war. Ein andermal gab es die Einladung zu einem Puppen-Dinner, bei dem die Gäste sich in Babysprache unterhalten sollten. Oder es gab ein Dinner, bei dem anstelle der Eingeladenen deren Hunde an einer niedrigen Festtafel aus silbernen Näpfen fraßen, während ihre Besitzer hinter ihnen die Leine hielten und alles lustig zu finden hatten. Ich hatte die verrücktesten Einladungen zu organisieren und war froh, nicht Partys gestalten zu müssen, wie sie bei der Crème de la Crème sonst üblich waren. Doch war die Zusammenarbeit mit Harry Lehr unerfreulich. Er war knausrig und glaubte, meine Arbeit für ihn sei mir eine Ehre und habe gratis zu sein. Ich musste ihm für meine Arbeit jeden Dollar abringen, auch die Spesen für die Einladungen. Als ich mein Honorar im Voraus und einen Vorschuss für die Spesen verlangte, kam es zum Krach.

[153] Doch schon damals wurden die Kapriolen von «Mamie» und Harry Lehr allgemein kritisiert. Die New Yorker

High Society galt als Vorbild für die Union, und deren Häupter wurden wie Könige verehrt. Ähnlich königlichen Dynastien wurden die Nachkommen und Anverwandten nummeriert: die Astors von I bis VI, die Rockefellers von I bis V, die Morgans von I bis IV und so weiter. Von solcherart Geadelten wurde ein entsprechend adliges Benehmen erwartet. Das galt auch für Einladungen.

Vorbild in Benehmen und Lebensart hatte auch die Dienerschaft zu sein: Butler hatten, wie hier bei den Vanderbilts, ihr eigenes Gesinde, von dem sie bei ihren Mahlzeiten bedient wurden.

Als vorbildlich galten kulturell hochstehende Einladungen, wie zum Beispiel ein Hauskonzert bei den Vanderbilts unter der Leitung von Franz Lehár. Solist: Enrico Caruso. Im Orchester Mitwirkende: Mischa Elman, Fritz Kreisler, Eugène Ysaÿe und Bronislaw Huberman.

Man gab sich locker und humorvoll: Abendunterhaltung bei den Vanderbilts, bei der die Gäste von Dienern gereichtes Kopenhagener und Nymphenburger Porzellan an die Wand warfen.

«Was haben Sie gestern Abend gegessen?»
«Austern im Antoine's.»
«Wie zubereitet?»
«A la Rockefeller.»
«Und wie war's?»
«Göttlich.»

Ein Land oder eine Stadt kann man von der Küche her erfahren. Louisiana und New Orleans bieten sich besonders an. Es gibt keinen anderen Staat und keinen anderen Ort in Nordamerika, wo man «so genussvoll und sinnesfroh speisen kann wie hier.»

Foto einer «jazzbelle» (siehe Seite 262) von E. J. Bellocq aus «Storyville Portraits» (um 1900).

1897 unternahm New Orleans ehrenwerter Stadtrat Sidney Story den Versuch, Verbrechen und Unmoral unter Kontrolle zu bringen, indem er die Prostitution im French Quarter verbot. Ausgenommen davon war das Gebiet zwischen Basin, Iberville, North Robertson und St. Louis Street. Legal war die Prostitution dort zwar nicht – doch nicht verboten. Das führte dazu, dass ein Viertel aus Bars, Bordellen und Tanzhallen entstand, in denen wilde Musik der Welt gespielt wurde. Mr. Story dürfte sich geärgert haben, schon deswegen, weil sich der Sündenpfuhl auch noch mit seinem Namen schmückte. Um 1900 gab es in Storyville mehr als 100 Bordelle verschiedener Kategorien. In einigen gab es «belles», die für ihren Berufsstolz bekannt waren. Um diese Zeit begann Ernest J. Bellocq, ein kleiner, wasserköpfiger Fotograf, die «belles» auf 98 Glasnegativen abzulichten. Seine Bilder, die erst 1949 entdeckt wurden, sind eine einzigartige Dokumentation.

New Orleans und Mississippi-Delta. Aus politischer und wirtschaftlicher Sicht bringt die Lage an der Mündung des größten Flusses nur Vorteile. Aus geologischer Sicht hingegen könnte sie nicht ungünstiger sein. Das ganze Mississippi-Delta ist Schwemmland; seit seiner Gründung droht New Orleans immer wieder zu ertrinken. Unter dem Völkergemisch aus Farbigen und Weißen um und in New Orleans bilden die Nachkommen der im 18. Jahrhundert aus Acadia (Nova Scotia, Kanada) vertriebenen französischen Kolonisten (Cajuns und Acadiens), mit ihrer Sprache, Musik und Küche (siehe Seite 260) eine Besonderheit im an Besonderheiten reichen Louisiana.

Der «klassische» New Orleans-Jazz, den die «Creole Jazz Band» von King Oliver (siehe Bild) sowie Louis Amstrong, Sidney Bechet und andere in den 20er-Jahren des 19. Jahrhunderts in Chicago spielten, war ein Produkt jener Zeit und dieser Stadt; mit dem 1300 Kilometer entfernten New Orleans der Jahrhundertwende hatte es nur entfernt zu tun. New Orleans kommt der Ruhm zu, mit einer Melodienmischung von Arbeitsliedern, Ragtime, Volkstänzen, Marschmusik und so weiter das Fundament des Jazz geschaffen zu haben.

Café brûlé und Blue-Book-Etablissements in New Orleans. Simens muss hinnehmen, mit 70 nicht mehr seinetwegen geliebt zu werden

[154] Eugen Kruegler gehört zu den Stammgästen des Clarke's, einer Bar an der Ecke Third Avenue und 55th Street, die ich der Clam Chowder am Freitag wegen seit einem Jahr aufsuche. Bevor ich die Suppe löffle, trinke ich an der Bar ein Bier, und meistens trifft es sich, dass es sich Eugen auf dem Barstuhl neben mir bequem macht. Der Barman schiebt ihm ungefragt ein Bier hin, zwei, drei Minuten später folgt ein zweites oder drittes. Dann ist ein Gespräch mit Eugen zu haben, ein von ihm geführtes Gespräch über die Musik von Schwarzen, Banjozupfern, Fiedlern, Matrosen und Indianern.

In diesem Zusammenhang spricht er über Kürbisse, Schildkröten und Kokosnüsse. Doch hat dies nichts mit Kürbiskuchen, Lady Curzon Soup oder Kokosbutter zu tun, sondern mit Schlaginstrumenten und sonstigen Klangkörpern bei Naturvölkern*. Eugen ist Assistant Director der Brooklyn Academy of Music. In dieser Eigenschaft plant er eine Reise nach New Orleans, der Musik von Negro-Rhythmers und French Acadiens wegen. Bei meinem Bier Nummer vier – bei Eugen dürfte es das neunte oder elfte sein – sind wir uns einig, dass ich ihn begleite.

Anfang Mai 1912 kommen wir nach einer bier- und lehrreichen Bahnfahrt in New Orleans an: Eugen weiß nunmehr einiges über die Zubereitung von Fish Quenelles, Hummern, Bouillabaisse und Clam Chowder. Ich wiederum kann mitschwatzen, wenn es um Ragtime, Spirituals, Shanties, Worksongs und Blues geht.

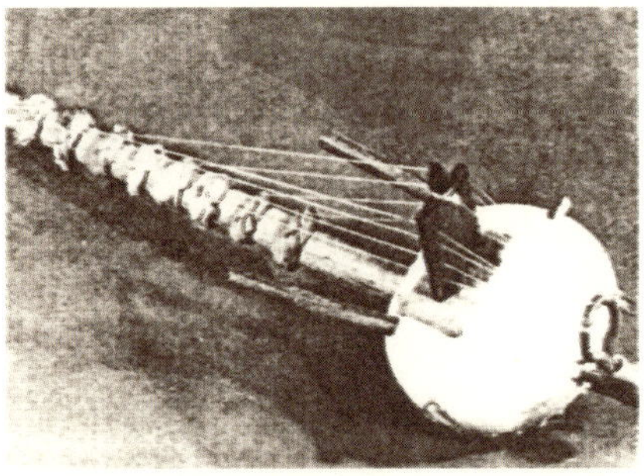

**154: Im 19. Jahrhundert wurden von den Sklaven in den USA oft selbst gebaute Musikinstrumente benutzt, wie sie in ihrer ehemaligen Heimat gespielt wurden. Es waren zum Teil schlichte einsaitige Instrumente bis hin zu den hoch entwickelten Koras und Serons mit über 20 Saiten; der einstige US-Präsident Thomas Jefferson beschreibt in seinen* Notes on the State of Virginia *die Herstellung einer Banya (Vorläuferin des Banjo). Beliebt war auch eine Art Xylofon, das in den nördlich gelegenen Savannengebieten Afrikas verwendet wurde.*

Rechts: Instrumente dieser Art sind Vorläufer der sogenannten Stabspiele wie Xylofon, Marimbafon und Vibrafon. Unter den Tonhölzern sind die ausgehöhlten, getrockneten Kürbis-Kalebassen als verstärkende Resonatoren zu erkennen.

I'm the Picayune's weather prophet,
It's Froggie so faithful and true;
"Tante Zoe" has asked me to help her
In serving so nicely to you.
The dishes The Picayune bade her
Prepare as a Creole cook can,
That men might grow wiser and better,
And happiness reign in the land.

In der kreolischen Küche mischt sich «französische Kochkunst mit spanischen Einflüssen, Sklaven brachten afrikanisches Gemüse, Einwanderer aus der Karibik ihre Gewürze. Da gibt es den ‹gumbo›, vom afrikanischen ‹gombo› für Okraschoten hergeleitet, ein Eintopf, der heute mit Austern, Garnelen, Huhn, Kalbfleisch und scharfen Gewürzen in einer braunen Mehlschwitze höchst reichhaltig zubereitet wird. ‹Shrimp creole› werden mit grünen Pfefferschoten und Tomaten gekocht. Die ‹oysters Rockefeller›, mit Spinat, Bleichsellerie, Frühlingszwiebeln und Pernot gratinierte Austern, wurden 1899 erstmals im Antoine's aufgetischt, ‹so reich wie Rockefeller›. Das ‹jambalaya› (von spanisch ‹jamón›, Schinken) ist ein nicht nur in ganz Amerika, sondern auch außerhalb beliebter gut gewürzter Reistopf mit Garnelen, Austern, Flusskrebsen, Huhn, Ente, Schinken, Speck, Paprikaschoten, Tomaten, Zwiebeln und Knoblauchzehen. Und neben vielen andern Spezialitäten, die Cédric Dumont in seinem Kulinarischen Lexikon aufführt, gibt es noch die ‹trouts› (Forellen) aus dem Lake Pontchartrain, den ‹redfish› (Rotbarsch) und den berühmten ‹pompano› (Stöcker)».

[155] New Orleans kommt seit zwei Jahrhunderten die Rolle zu, «die Sünde in eine gute Charaktereigenschaft zu verwandeln», wie in einem Reisebericht von 1860 zu lesen ist. Nach dem *Webster* von 1902 hat das im Mississippidelta gelegene New Orleans 68000 Einwohner. Es besitzt den größten Hafen des Südens und den größten Baumwollmarkt der Welt. New Orleans ist Börsenplatz, hat eine Universität, wunderschöne Gärten und Villen und gilt als Hauptstadt des Voodoo. Das im spanischen Stil errichtete French Quarter besitzt unzählige Kneipen, Restaurants, Musik- und Tanzhallen. In Storyville selber gibt es 80 Spielhöllen und mehr als 200 Bordelle. Letzteres las ich nicht im *Webster,* es war Eugen, der mir das sagte. Er sagte mir auch, dass vor mehr als 100 Jahren an der Royal Street der Cocktail erfunden worden sei.

Ich besaß von Wilm Tampier, dem Maître d'Hôtel des Del's-Fifth Avenue, ein Empfehlungsschreiben an Monsieur Fernand Tillier vom Antoine's. Hier hatte Charles Ranhofer vor einem halben Jahrhundert gearbeitet. Fernand Tillier, ein liebenswerter Gentleman, und seine Frau Florence luden mich zum Dinner ein. Wir sprachen von der Küche zur Zeit Ranhofers, vom Kochgenie Auguste Escoffier in London und vom Untergang der «Titanic». Zwei Gäste des Antoine's, der Baumwollhändler Loeb und der Börsianer Goldberg, seien mit Gattinnen dabei umgekommen; sie seien mit den Loebs und Goldbergs in New York verwandt.

Zwei Tage später aß ich mit Eugen im auf Stelzen in den Lake Pontchartrain hinein gebauten Bruning's. Nach einem üppigen Gumbo genossen wir einen mit Krabbenfleisch gefüllten Pompano, nach Ansicht von Mark Twain «delicious as the least criminal form of sins». Anschließend offerierte uns Fred Bruning einen Café brûlot*, ähnlich dem im Antoine's, doch mit Brandy und nicht mit Cognac zubereitet. Ich merkte keinen Unterschied.

**155: Der Café brûlot (brûler = brennen) soll 1680 von einem Schiffsoffizier im damals französischen La Nouvelle-Orléans bekannt gemacht worden sein: ein mit Zucker, Zimt und brennendem Brandy gewürzter heißer Kaffee.*
Heutiges Rezept: In einem Flambierpfännchen Zimt, Nelken, Zucker mit abgeriebener Orangen- und Zitronenschale sowie Cognac erhitzen. Umrühren und anzünden, mit einem Löffel (ohne Gewürze) in heißen Kaffee geben.

[156] Es macht richtig Spaß, in New Orleans «die Sünde in eine gute Charaktereigenschaft zu verwandeln». Eugen hatte ein Blue Book besorgt, ein Verzeichnis der Bordelle und der darin arbeitenden Damen (mit Fotos). Doch kann man in diesen Etablissements auch nur etwas trinken und essen und den Pianisten oder kleinen Bands zuhören, ohne von den Damen bezirzt zu werden.

Nach vier Tagen reiste Eugen in die Sumpfgebiete des Deltas zu Kaimanen, Riesenschildkröten, Klapperschlangen und fiedelnden Acadiens. Ich ging nicht mit, New Orleans bot mir mehr. Mein Schwager Elder hatte mir kurz vor der Abreise einen blau gestreiften Flanellanzug geliefert. In ihn gewandet und mit Panamahut, spitzen Schuhen und einer Havanna im Mund stolzierte ich wie ein Baumwoll- oder Zuckerplantagenbesitzer durch die Stadt, zog vor Southern Belles den Hut, warf musizierenden Negerjungen Münzen zu – und sah möglicherweise wie eine Karikatur im *Punch* aus, was mir jedoch nichts ausmachte; Harriet hätte mich denkbarerweise als Gockel verspottet.

Ja, Harriet. Ich vermisse sie. Im Alter macht es wenig Vergnügen, alleine zu reisen. Wie schön wäre mit ihr das Dinner mit den Tilliers gewesen. Wir wären mit einem Mississippidampfer nach Baton Rouge gefahren und hätten prachtvolle Plantagenvillen besichtigt. Und auf einer Bootsfahrt in die Bayous würde ich schützend den Arm um sie gelegt haben, wenn sich ein Alligator mit hungrigen Augen genähert hätte...

[157] Untersuchungsbeamter: «Sie erinnern sich nicht, in welchem Restaurant Sie waren?»

«Es war eines der kreolischen Restaurants unten am Toulouse-Warft. Sie sehen sich alle ähnlich.»

«Erinnern Sie sich an den Besitzer, an die Bedienung, an Gäste?»

«Nein, nicht. Es war eine heitere, ungezwungene Stimmung und das Essen war hervorragend.»

Wie der «Streetcar-Story» in Leo Linders Reisetaschenbuch über New Orleans (1993) zu entnehmen ist, wurden 1832 die bisher von Dampfloks gezogenen Streetcars ersetzt, da diese die Pferde auf der Straße scheu machten, was zu Unfällen führte. Als Variante von Pferde-Streetcars, wie sie in anderen Städten üblich waren, wurde ein durch Manneskraft betriebener Laufradwagen gebaut. Vorne stand der Fahrer und drehte an einem Rad. Über Seile wurde die Bewegung auf zwei Pleuelstangen auf dem Wagendach übertragen, die ein zweites Rad mit Speichen am andern Ende des Wagens in Bewegung setzten, was den Wagen vorwärts stoßen sollte. Es gelang nicht. Deshalb verfiel man auf ein Gefährt mit Pressluftantrieb. Auch das bewährte sich nicht. 1870 experimentierte man mit einem Ammoniak-Motor. Doch auch der scheiterte.

«Tranken Sie viel?»

«Wie üblich. Betrunken war ich jedoch nicht.»

«Wann gingen Sie weg?»

«Ich weiß nicht. Es war dunkel, doch schien der Mond. Ich konnte die Treppe, die zur Straße hinab führt, gut sehen. Unten blieb ich stehen. Ich überlegte mir, ob ich heim ins Hotel gehen oder noch ins French Quarter bummeln sollte.»

«Verrückt! Sagte man Ihnen nicht, dass es gefährlich ist, nachts im Bienville herumzulaufen? Nun, wie ging es weiter?»

«Ich bemerkte plötzlich schräg vor mir ein Paar. Sie stritten, doch leise, und wiederum laut genug, dass ich die Frau sagen hörte: ‹Ich bleibe dabei.› Dann die Stimme des Mannes: ‹Dann ist es aus mit uns.› Der Mann schien einen Augenblick auf eine Antwort zu warten – plötzlich ging er weg, ohne ein Wort. Einen Moment schien es, als ob die Frau ihm folgen wollte. Doch dann zuckte sie die Schultern und drehte sich mir zu. Es war eine junge Frau.»

«Eine Kreolin?»

«Nein. Sie hatte leicht gelocktes braunes Haar mit einem im Nacken gebundenen Knoten. Sie trug einen kleinen Hut, ein dunkler Überwurf reichte bis zum Boden. Um dessen Kragen hatte sie ein helles Seidentuch gewunden. Sie hatte einen breiten, einen schönen Mund.»

«Sie waren beeindruckt?»

«Ja. Vor allem, als sie mich mit großen Augen anblickte und sagte: ‹So ist das Leben!› Sie schien knapp 20 Jahre alt zu sein und sagte: ‹So ist das Leben!› Dann, nach einem kurzen Augenblick: ‹Was mache ich jetzt? Ich kann doch nicht alleine nach Hause gehen?› Ich stammelte etwas von Kutsche holen oder so. Obschon ich demnächst 70 werde, bringt mich weibliche Schönheit noch immer in Verwirrung. ‹Nein, nicht nötig. Ich wohne nicht weit von hier bei meinen Eltern nahe der Mint. Wenn Sie mich begleiten würden?›»

«Sie begleiteten sie?»

Ein «crib house» oder Billig-Bordell in der Basin Street von New Orleans. Die Musik war zweitrangig, das echte Geschäft war die Prostitution. In diesen Bordellen dürfte ursprünglich der Begriff «Jazz» entstanden sein. Im Cajun-Dialekt von Louisiana werden Prostituierte als «jazz-belles» bezeichnet, eine Verballhornung des biblischen «Jezebels».

She handed him this line of sass – «If you don't like my Creole ways, kiss my fuckin' ass!»
«Und passt dir nicht Kreolenart», so sagt sie barsch, «dann blas ich dir den Marsch. Leck mich am Arsch!»

«Nur zu gerne! Wir schlenderten an Werkstätten und Lagerhäusern entlang. Auf einmal gingen wir Arm in Arm. Zwei- oder dreimal stolperte sie und presste meinen Arm an sich. Sie erzählte, dass sie Konzertsängerin werden wolle. Sie habe an der hiesigen Musikschule Unterricht erhalten, doch brauche sie noch eine weitere Ausbildung in New York, wohin sie demnächst fahre. Das sei der Grund des Streites mit ihrem Beinaheverlobten. Der fürchte um sie, allein in der Großstadt. Ich versicherte ihr, dass sie nicht allein sein würde. Sie könne mich treffen und ich würde ihr wichtige Leute vorstellen. Ich log einige Namen aus der Opern- und Musikwelt zusammen, um ihr Eindruck zu machen.»

«Sie gaben ihr Ihre Adresse?»

«Ich gab ihr meine Visitenkarte.»

«Wie ging es weiter?»

«Bei einem Platz unter Bäumen drehte sie sich mir plötzlich zu und umarmte mich. Die Umarmung war heftig. Ich spürte ihren jungen Körper ...»

«Und dann zog ihr Partner, der dort gelauert hatte, Ihnen eins über die Birne. Möglicherweise glitt der Schlag vom Kopf ab auf die Schulter, die, wie Sie sagen, noch immer schmerzt. Oder der Ganove schlug zweimal zu. Sie sanken zu Boden und wurden gefilzt. Die alte Geschichte.»

«Könnte es nicht so gewesen sein, dass ihr Verlobter mich aus Eifersucht niederschlug? Und erst später wurde ich von jemandem aufgefunden, der mich ausraubte.»

«Ich kann mir vorstellen, dass Ihnen diese Version sympathischer wäre: Mondhimmel, laue Nacht, eine enttäuschte junge Frau, die Halt sucht. Ein verständiger Gentleman, der ihr diesen verspricht, und ein eifersüchtiger, rasender Verlobter. Hübsch. Ziemlich sicher wurden Sie mit einem Sandsack niedergeschlagen, dem Handwerkszeug hiesiger Gauner. Ein Eifersüchtiger hätte sich spontan einen Prügel verschafft. Ein Glück für Sie, dass es nicht so war, sonst hätten Sie zu allem Übel noch eine Platzwunde auf Ihrem

Einer der scharfsinnigsten Chronisten der Unterwelt von New Orleans war Herbert Asbury. Er beschrieb abenteuerliche Vorkommnisse in seinem Buch *The French Quarter* sowie gut recherchierte Reportagen und Werke über Verbrechen in Chicago, San Francisco und New York *(The Gangs of New York).* Von ihm erschienen auch *The Bon Vivant's Companion. Or How to Mix Drinks und The Great Illusion,* eine böse Studie über die Prohibition.

«The Black Hand Suspects», eine der gefürchtetsten Verbrecherbanden in New Orleans *(The New Orleans Item).*

Haupt. Doch zur Sache. Man raubte Ihnen Geld, Uhr, Krawattennadel und die Schlüssel zu Ihrem Haus in New York. Haben Sie Ihren Angestellten oder den Nachbarn telegrafiert, die Wohnung überwachen zu lassen? Es sind vier Tage her, seit Sie überfallen wurden.»

[158] Ich telegrafierte niemandem. Ich war beschämt, beleidigt – und wollte die junge Frau nicht in Verbindung mit einer Gaunerei sehen. Nach dem Überfall wurde ich von zum Markt fahrenden Händlern aufgefunden und zu Dr. Clement gebracht*. Dort verbrachte ich drei Tage. Dann war ich so weit hergerichtet, um die Polizei und das Hotel aufsuchen zu können, wo ich noch etwas Geld deponiert hatte.

Den Schlag erhielt ich von schräg oben rechts auf den Hinterkopf. Mehr noch als der Kopf schmerzten mich Hals und Schulter. Wurden die Schmerzen zu stark, rieb mir eine Kreolin Nacken, Schulter und Rücken mit einer nach Teer und Fisch stinkenden Salbe ein. Oder Dr. Clement gab mir eine Mixtur zu trinken, die mich nicht nur die Schmerzen, sondern auch die Sorgen vergessen ließ; ich fühlte mich nach einem tüchtigen Schluck in Wolken schwebend und von gelassener Zufriedenheit.

Das schwebend-friedliche Empfinden hielt noch während der ersten Tage in New York an, das heißt so lange, wie sich von Dr. Clements Wundertrunk noch einiges in der Flasche befand, die ich ihm beim Abschied abgebettelt hatte. Dann wechselte die Stimmung. Ich fühlte mich ohne Lebenslust und unausstehlich. Ich stritt mich erstmals mit meinen Vermietern und mit Boris. Ich beschuldigte ihn völlig unberechtigt, nicht verhindert zu haben, dass das Gaunerpaar in meine Wohnung eindringen und Geld, Schecks, meine Münzensammlung und die Taschenuhr meines Vaters stehlen konnte.

Wegen der Schecks gab es zudem Streit mit dem Kassierer der Greenwich Savings Bank. Er hatte einen großen Teil

**158: Doc Clements Mixtur, die Simens «gelassene Zufriedenheit» vermittelte und «in Wolken schweben» ließ, dürfte eines jener Wundergetränke gewesen sein, wie sie von Apothekern, Ärzten, Heilern und Schwindlern vordergründig als Heilmittel gegen Kopfschmerzen, Bauchgrimmen, Gicht, Gedächtnisschwund und so weiter, vielmehr jedoch als Sorgenbrecher verkauft wurden.*
In Atlanta kochte der Apotheker John S. Pemberton eine Brühe aus Kolanüßen, Kokablättern und Karamelsirup auf, die er mit Sodawasser verdünnte und als Mittel gegen Völlegefühl und Abgeschlagenheit verkaufte. Einer seiner Mitarbeiter gab dem Getränk den Namen «Coca-Cola» und entwarf den Schriftzug (Fortsetzung nächste Seite).

meiner Ersparnisse an die Betrügerin ausbezahlt, obschon die Unterschrift auf dem Scheck gefälscht war. Er habe die Unterschrift nicht als gefälscht erkennen können und schon immer Schecks von mir an Frauen ausbezahlt.

«Was heißt schon immer?», brüllte ich. «Doch niemals eine so große Summe!» Es sei eine schöne Frau gewesen. Das war alles, was dieser Trottel von Kassierer als Entschuldigung sagte.

Ärger gab es ebenfalls mit den Kumpels im Juri. Ich sah in ihnen nur noch Schwachköpfe, und sie wiederum warfen mir galoppierende Verblödung vor. Immer mehr hatte ich das Gefühl, dass man mich belüge und betrüge. Ich misstraute sogar Anita Bell vom Drugstore an der 12th Street. Die Gottheiten und Engel über mir, die mich bisher von den Fährnissen des Lebens beschützt hatten, schienen das Interesse an mir verloren zu haben. Ich hatte keinen Bezug mehr zur Wirklichkeit, keine Einnahmen, keine Freunde und keine tröstende Umarmung einer Frau. Nach 40 Jahren verlor ich Wohnung und Atelier an der Irving Place, ich war mit der Miete im Verzug und benahm mich schlecht. Boris und seine Frau hatte ich kurz zuvor entlassen. Über 20 Jahre hatten sie für mich gearbeitet. Auch ihnen schuldete ich Geld. Statt mich zu entschuldigen, beschimpfte ich sie als geldgierig und unehrlich, als sie mich um ihren Lohn baten. Ein trauriger Abgang.

Edle Werbung aus einer Zeit, als Coca-Cola noch aus dem Teeglas getrunken wurde.

Das war 1886 und der Beginn einer einzigartigen, weltweiten Getränkevermarktung. Dies vor allem unter der Leitung von Asa G. Candler, der 1887 die Rechte am Getränk für 2300 Dollar erworben hatte. Unter ihm wurde auch die griffige Flaschenform zum Markenzeichen und der werbewirksame Mythos des in einem Banksafe bestbehüteten Ur-Rezepts in Umlauf gebracht. Das Rezept war nur für die höchsten Direktoren der zu einem Weltkonzern gewachsenen Coca-Cola Company einsehbar.
Das Getränk ist jedoch schon längst analysiert und seine Zusammensetzung publiziert worden, unter anderem in William Poundstones Buch Big Secrets.

Eine Gallone (3,78 Liter) Cola-Sirup enthält:
2400 g Zucker, in Wasser aufgelöst
37 g Karamel
3,1 g Koffein
11 g Phosphorsäure
1,1 g Koka-Blätter (ohne Kokain)
0,37 g Kolanuss
30 g Limonellensaft
19 g Glyzerin
1,5 g Vanilleextrakt
sowie sieben Essenzen:
0.47 g Orangenöl
88 g Limonenöl
0.07 g Muskatöl
0.2 g chinesisches Zimtöl
eine Spur Korianderöl
eine Spur Nerolinöl
0,27 g Limonellenöl
Mit Wasser zu einer Gallone verlängern. Um ein trinkfertiges Cola zu erhalten, den Sirup im Verhältnis von 1:6,5 mit kohlensäurehaltigem Wasser verdünnen.

New York erneuerte sich – doch diejenigen, deren Wurzeln, Träume und Erfolge im 19. Jahrhundert lagen, wurden älter, und, wenn sie nicht mehr als Käufer und Verschwender taugten, überflüssig. «Im Alter wachsen nur noch die Nägel und der Geiz», sagt ein amerikanisches Sprichwort. Auch wer noch so sparsam war, tat gut daran, sich weit ins Hinterland abzusetzen, wo die Lebenskosten nur halb so hoch waren wie im immer teurer und hektischer werdenden New York. 1907, als das nebenstehende Foto der Broad Street entstand, gab es um die 80 Wolkenkratzer in der Stadt, die meisten davon in der Nähe der Wall Street. Die Grundstückpreise explodierten und wurden die teuersten der Welt; sie beeinflussten auch die Bodenpreise im Allgemeinen.

Simens wird zum nörgelnden Graukopf, trotz Kutteln und Schweinsfüßchen von Pig Foot Mary. «Hauen Sie ab, Simens, New York ist keine Stadt für alte Leute ohne Geld.»

[159] Als Baby kroch ich durch ein Zimmer, das der Familie Wohnstube, Schlafraum und Werkstatt des Vaters war: Er rollte täglich zehn und mehr Stunden Stumpen* für Herrn Wertli in Menziken, Kanton Aargau. Mit fünf hatte ich die Röteln. Nach mir bekamen sie meine Schwestern und die Nachbarskinder, und deswegen durften wir drei Wochen lang nicht im Hof des alten Bauernhauses spielen, in dem wir und noch eine Familie wohnten. Nicht weit davon entfernt, an der Straße nach Wohlen, flochten in einer Scheune Frauen vom Dorf und unsere Mutter Strohhüte, die von vornehmen Damen in Paris, London, New York und St. Petersburg getragen wurden. Im Alter von sechs Jahren konnte ich mithilfe von Fingern und Zehen nahezu 20 berühmte Städte aufsagen.

Als ich acht oder neun Jahre alt war, beinelte ich neben meinem Vater jeweils samstags über eine Stunde weit zu Herrn Wertli nach Menziken, um die Stumpen abzuliefern und Deckblätter und Schnitttabak für neue zu holen. Herr Wertli hatte scharfe Augen. Er sah im Deckblatt auch dann Risse oder Farbfehler, wenn es keine gab. Für solche Stumpen bekamen Vater und andere Stumpenroller anderthalb, für tadellose Stumpen drei Rappen. Keiner wagte zu reklamieren. Einmal hörte ich Herrn Wertli schreien: «Wem es nicht passt, der soll den Hut nehmen!» Was damit gemeint war, wusste ich nicht, denn alle Männer trugen Hüte. Von da an sprachen meine Eltern über Amerika, und ein Jahr später erhielt Vater von der Gemeinde 260 Franken Auswanderungsgeld.

Nach unserer Ankunft in New York waren die Beekman Street, der Fulton Market und überall, wo ich Benoits Tor-

**159: Der Stumpen ist eine Kurzzigarre, die es nur in der Schweiz gibt. Er ist etwa elf Zentimeter lang und hat einen Durchmesser von 14 bis 17 Millimetern. Im Unterschied zu anderen Zigarren sind seine beiden Enden beschnitten. Durch seine einfache Form und Machart ist er trotz guter Qualität billiger als andere Zigarren. Seit 100 Jahren wird er maschinell hergestellt, doch hat der einst populäre Stumpen infolge veränderten Rauchverhaltens heute keine Bedeutung mehr.*

ten und Pasteten austrug, mein Lebensbereich. Als 14-Jähriger kamen dank den Seiffertbuben noch die West-Docks hinzu. Etwas mehr als zehn Jahre später und mit genügend Geld versehen in Florenz, Rom, Genf, Paris, glaubte ich, halb Europa westlich des Rheins zu besitzen. Später, zurück in New York, konnte ich das Untergeschoss eines Hauses an der Irving Place No. 77 mieten. Es umfasste Küche, Schlafraum, Abstellkammer und einen Anbau, den ich als Atelier einrichtete; auf Jahre hinaus waren mir Manhattan ab Battery bis Times Square mit Bars, Restaurants, Biergärten, Bibliotheken und Theatern sowohl Dining Room als auch Salon.

Und jetzt? 71 Jahre alt fühle ich mich in die Babyzeit zurückversetzt. Für 2.80 Dollar wöchentlich lebe ich im Halverson Boarding House Ecke Tenth Avenue/47th Street in einem Zimmer von etwa gleicher Größe wie die Wohnstube meiner Kindheit. Es ist mir Schlafkammer, Esszimmer und Atelier zugleich. Waschen kann ich mich in der Küche, die ich mit anderen Hausgenossen teile, und entleeren am Ende des Gangs in einer Art Wandschrank, aus dem meine Düfte und die der Mitbewohner bei Windrichtung Ost-West bis in mein Zimmer dringen. Und Ost-West weht es in New York 365 Tage im Jahr.

Mit einem Zuschlag von 50 Cent im Monat darf ich im Zimmer auf einem Kerosinkocher Tee und Suppe zubereiten. Sonntags esse ich bei Kraft's Siedfleisch mit Kraut und dienstags gibt es einen Block weiter bei Maria Giannini für 65 Cent Tagliatelle mit Kaninchen. Einmal die Woche mache ich mich mit einem Kesselchen auf den Weg hinauf zur Amsterdam Avenue und hole mir Schweinsfüßchen oder Kutteln von Pig Foot Mary*. Mit etwas Glück ist zu erleben, wie sich Mary mit Cops und Beamten herumstreitet. Das Spektakel ist einmalig! Es ist nicht nur für halb Harlem, sondern für Dutzende andere Bewohner Manhattans ein Vergnügen besonderer Art.

**159: Im Frühherbst 1901 kam die Schwarze Lillian Harris nach New York Harlem und verdingte sich für fünf Dollar pro Woche als Dienstmädchen. Doch schon nach einer Woche gab sie ihre Arbeit auf und kaufte einen alten Kinderwagen, einen Kochkessel und zweieinhalb Dutzend Schweinsfüßchen. Was sie dem Besitzer von Rudolph's Saloon an der Amsterdam Avenue/66th Street versprach, wissen wir nicht, doch durfte sie in seiner Küche die Schweinsfüßchen kochen und beim Saloon-Eingang den Kinderwagen mit dem Kochtopf voller köstlich duftender Schweinsfüßchen platzieren. Der Verkauf lief gut; zum ersten Kinderwagen kamen ein zweiter mit Kutteln und bald darauf ein dritter, denn Pig Foot Mary, wie man Lillian Harris nunmehr nannte, bot auch noch gekochte Maiskolben an.*

Und es wäre zweifellos noch zu einer Nummer vier gekommen, wenn es nicht immer wieder Streit wegen der Verkaufslizenzen gegeben hätte. Doch klug und mit ihren üppigen Rundungen in ihrem karierten Rock recht hübsch aussehend und mit einer gewaltigen Stimme mit entsprechendem Wortschatz versehen, resignierten vor so viel Potenz Polizisten wie auch die Beamten im Rathaus. Jedenfalls hielt sich Marys fahrbarer Pig-Foot-Betrieb 16 Jahre an der Amsterdam Avenue. Dann, 1917, zog sie, der Entwicklung Harlems folgend, hinauf an die Lenox Avenue nahe der 137th Street in ein Ladengeschäft; drei Wochen später heiratete sie den Besitzer des daneben liegenden Zeitungskiosks.

Mit Schweinsfüßchen, auch wenn man sich wie Mary von frühmorgens bis spät in die Nacht abrackerte, ist jedoch kein Vermögen zu machen. Zu Geld und Ansehen kam Mary im Immobilien-Business. Sie putzte ältere Liegenschaften heraus, die sie mit Gewinn verkaufte.

58-jährig starb Pig Foot Mary 1928 in Kalifornien. Erwähnt sei noch, dass sie immer wieder Jazzmusiker und Artisten unterstützte – und dass sie Zeit ihres Lebens nie Lesen und Schreiben erlernt hatte.

Und sonst? Ich streite mich mit meinem Zimmernachbarn Mr. Henderson seines Schnarchens und mit Mr. Emmet seiner scheißenden und stinkenden Katzen wegen. Ebenfalls mit Mrs. Longlow wegen des Gejaules, das sie als Geigenspiel bezeichnet. Und diese drei sowie weitere Hausbewohner streiten sich mit mir. Kelly, ein Esel von Hauswart, brüllt in der ganzen Nachbarschaft herum, ich sei an allem schuld und ein verdammter streitsüchtiger Querulant!

Hin und wieder kann ich ein Firmenschild oder ein Plakat für Clayton's Nickelodeon* malen. *Cagliostro, Bud of Glynnmoore, The Journey to the Woodman* und *The Prisoners* sind von mir. Ich male sie in der Werkstatt von William Fader, einem Kumpel aus alter Zeit.

Vor etwa einem halben Jahr besuchte mich John Klages, zu meiner Zeit Chef de Service im Del's-Madison und dann im Del's-Fifth Avenue, wo er jetzt noch arbeitet. Nach dem Tod von «Aunt Rosa» hat nunmehr Marie Josephine Delmonico-Otard bei den Delmonico's das Sagen, wenn sie nicht gerade in Paris die Einnahmen verschleudert. Klages wünschte bei seinem Besuch eine Idee für ein Dinner mit 28 Gedecken für ein Jubiläumsessen der Central-Harlem Railroad. Ich hatte eine.

**159: Was in New York unter Film lief, waren kurze, eher unbedarfte «Kinetoscope»-Filme, wie sie ab April 1894 (oder 1896) in einem schlichten Lokal am Broadway in Guckkästen einzusehen waren. Die Apparate stammten von der Thomas A. Edison-Gesellschaft, die auch die Streifen produziert hatte. Kurz darauf gehörten Filme von 15 bis 30 Minuten Länge zum Repertoire von Varietétheatern. Ab 1900 gingen einige Bühnen dazu über, nur noch Filme zu zeigen. Fünf Jahre später wurde das erste «Nickelodeon» als erstes richtiges Filmtheater eröffnet (Eintritt zwei Pence). Diese wurden von in- wie auch von ausländischen Filmproduzenten (Pathé, Méliès) mit nunmehr längeren Filmen beliefert.*

[160] Als Klages das Wort «Rail Dinner» sprach, erinnerte ich mich an eine Illustration in einem Buch für junge Bastler: Eine elektrische Spielzeugeisenbahn fährt von der Anrichte über ein Gestell zum Esstisch und dort in einer Schleife an den Gästen vorbei*. Diese bedienen sich aus den auf dem Wagenchassis befestigten Schüsseln und Platten.

Ich dachte an ein Menü mit sieben Gängen, von denen drei auf diese Weise serviert würden.

Ich glaubte, vier Tage später die Idee im Del's-Fifth Avenue gut vorgetragen zu haben. Doch statt Beifall las ich auf den Gesichtern nur Verblüffung, und bei Mr. Hohneman, dem Sekretär der Rail-Gesellschaft, zeigte sich Ärger.

**160: Elektrische Märklin-Spielzeuglokomotiven verleiteten zur Kreation von überzeugenden Ideen wie dieser Servieranlage (1896?).*

Er war es, der als Erster das Wort ergriff: «Wollen Sie uns auf den Arm nehmen, Simens? Wie kommen Sie dazu, uns eine Idee anzudrehen, die vor nicht einmal zwei Monaten im Sherry's unserer Konkurrenz zum Stadtgespräch verhalf? Sie wissen nichts davon? Was ist mit Ihnen los, Mann? Lesen Sie denn keine Zeitungen?»

Ich konnte nur stumm meine Unterlagen zusammenpacken. Möglicherweise war ich den Tränen nahe oder weinte sogar. John Klages begleitete mich zum Ausgang des Restaurants.

«Simens», sagte er, «wir kennen uns seit 40 Jahren und haben Großes durchgezogen. Jetzt bringen Sie nichts mehr, Sie sind vorbei. Noch etwas: Wann ließen Sie sich letztmals die Haare schneiden? Auch Ihren Anzug hätten Sie längst zum Bügeln bringen sollen. Ich ahnte Schlimmes, als ich Sie in Ihrer Absteige besuchte. Trotz des unguten Eindrucks, riet ich Marie Josephine Delmonico, Ihnen eine Chance zu geben. Es hat nicht sein sollen. Simens, halten Sie New York und Ihre große Zeit in guter Erinnerung und genießen Sie einen zufriedenen Lebensabend in Ihrem Cottage.»

Er hatte recht. Ich hätte den Rat, den mir Doc Rotter vor nahezu einem Jahr gab, längst befolgen sollen: «Mein lieber Simens, hauen Sie ab in Ihre Hütte in Peace Dale. Machen Sie dort, was Sie wollen. Schlucken Sie dort Whiskey, so viel Sie wollen, und blödeln Sie dort in den Saloons herum, so viel Sie können, denn Sie brauchen Gesellschaft. Was Sie in Peace Dale auch tun, es ist immer besser, als in New York zu vegetieren. New York ist keine Stadt für alte Leute ohne Geld. Gehen Sie, solange Sie noch können.

Songs, wie «New York Mud» (1874), «In Gay New York» (1896), «In Good Old New York Town» (1899), «In Old New York» (1906), «My Best Girl's a New Yorker» (1895), «New Yorkers» (1911), «New York Forever» (1903) machten es schwer, die Stadt für immer zu verlassen.

Gestern ging ich zur Bank, um mein Konto aufzulösen. Das wenige, das ich noch hatte, sah ich bei mir in Peace Dale sicherer aufbewahrt. Am Schalter der Bank war noch immer derselbe Beamte, mit dem ich mich nach meiner Rückkehr aus New Orleans gestritten hatte. Neben Aktien der New York Central reichte ich ihm die neun Aktien der vor Jahrzehnten pleitegegangenen Punex, die ich seinerzeit von dieser Bank für je 126 Dollar gekauft hatte. Der Schalterbeamte lächelte: «Eine schöne Anlage; Papiere mit hübschen Abbildungen sind heute als Wandschmuck gefragt. Ich biete zwei Dollar das Stück.» Schließlich gab er mir 20 Dollar für alle Aktien, ein Handel, der mir einen Whiskey in einem guten Lokal wert war.

Ich musste eingeschlafen sein. «Hey, Alter! Aufwachen, das ist kein Pennerasyl!» Es war Mr. Goliath persönlich, der mich geweckt hatte und mich am Arm zum Ausgang der Bar schob. Sie schien mir dem Juri ähnlich, doch größer und vornehmer, auch sah ich Frauen unter den Gästen.

Der Goliath stieß mich ins Freie, in eine Lichterfülle aus Straßenlaternen und einer Landschaft von silbrig glitzerndem Schnee. Es war wie beim Blizzard 1888. Oder war der 77? Nein, 77 war er nicht. 77 waren die Jahre, die Rip van Winkle im Tiefschlaf verbracht hatte*. Moment, nein, 77 ist die Hausnummer der Irving Place, wo ich hin wollte. «Dann gut Glück», sagte Goliath, «doch hüten sie sich vor Bären.»

Nein, vor Bären habe ich sicher keine Angst. Kurz nach dem Tod von Lorenzo Delmonico glaubte ich ihm geschrieben zu haben, in Peace Dale von «hungrigen Grizzlys umbrummt» zu sein. Wenn jetzt ein Bär käme, würde ich mich auf den Boden legen und mich tot stellen wie die Trapper im *Lederstrumpf* von James Fenimore Cooper. Nur nicht wegrennen. Wenn du rennst, rennt dir der Bär hinterher. Wenn du einen Baum hochkletterst, klettert er dir nach. Und wenn du dich schwimmend retten willst, wird er dir schwimmend folgen. Nur hinlegen und tot stellen. Bären fressen zwar Honig mitsamt den Bienen, doch keine Menschen. Der Bär fühlt sich nicht angegriffen, wird sich neben dich legen und in den Winterschlaf fallen. Und du stehst auf und schleichst dich weg.

**160: Rip van Winkle hatte sich hingelegt und kam nach 40 Jahren Schlaf als alter Mann mit Bart ins Dorf zurück, wo sich kaum jemand noch an ihn erinnerte und ihn die vielen Neuerungen verwirrten. Der New Yorker Washington Irving (1783–1859) schrieb die Geschichte 1819. Wie James Fenimore Cooper (1789–1851) gehörte Irving der Knickerbocker-Schule an, benannt nach Diedrich Knickerbocker, dem angeblichen Erzähler von* A History of New York, *die Irving 1809 herausgegeben hatte.*

Sich aus einem Traum schleichen? Sicher nicht aus einem, in welchem man von 40 Jungfrauen umkost wird. Solche Träume sind im Alter selten, das Alter ist die Zeit der Albträume.* Traumbücher erwähnen auch angenehmere Träume. Viele davon sind solche, die man nach dem Erwachen vergisst, auch jene, in denen einem die gewinnbringende Lotteriezahl verkündet wurde.
Doch was ist ein Traum? «Eine Psychose mit allen Ungereimtheiten, Wahnbildungen, Sinnestäuschungen einer solchen», so Sigmund Freud. Für C.G. Jung verhält sich der Traum zum Bewusstsein wie die Alchemie zum Christentum: «Man könnte auch sagen: wie eine natürliche und darum auch primitive religiöse Aussage zu einem durchgeistigten Dogma höchster Kultur.»
Vielen sind Träume jedoch Puzzleteile aus Alltagserlebnissen und Erinnerungen, die sich zu einem mehr oder weniger geglückten Ganzen zusammenfügen. Diese Puzzleteile werten einige Traumbücher als Symbole: Ein brennendes Haus als Hinweis auf Verdauungsstörungen, eine Glatze als Zeichen mangelnder Kreativität, nackte Füße als Fingerzeig auf eine schwierige Lebensphase oder als Zeichen, von täglichen Verpflichtungen befreit zu sein. Ein Lieblingstraum von Sigmund Freud war, nackt in einer Menge Fremder zu stehen.

*Albträume, zu denen der Nachtmahr gehört, unter dem man bleischwer im Bett liegt, ohne sich bewegen zu können. *Paracelse combattant des larves,* Jules Bois, ca. 1895.

Jetzt sind es Zwischenreichler, die Simens ärgern. Sie bringen Kälte und öden ihn mit ihrem Geplapper an. Warum nur friert einen in der Nähe von Gespenstern?

[161] Ich bin in Peace Dale. Was zum Teufel mache ich hier? Ich friere! Auch im Bett. Ich sollte heizen. Ende August heizen? Gavyn hat Holz und Kerosin gebracht, doch ich mag nicht heizen, und Gavyn ist einkaufen gegangen. Ich kam zu etwas Geld, Andy Illander kaufte einen alten Ghiarelli und zwei Poncets. Er muss geahnt haben, dass ich dringend Geld brauche, und zahlte Gavyn, der ihm die Bilder brachte, knapp die Hälfte von dem, was ich früher erhielt. Und der Lumpenhund grabschte das Geld erst aus der Vase, als Gavyn von mir eine Bestätigung einholte, wonach die sechs noch hier vorhandenen Poncets nach meinem Tod ihm auszuhändigen seien. Dafür werde er mir auf Ehrenwort in einem Jahr 2300 Dollar zahlen. Dieser Gauner. Eher wird er mir anonym eine mit Zyankali parfümierte Flasche Whiskey «mit besten Wünschen für Ihre Gesundheit» zukommen lassen. Ja, das würde er tun, der Schuft.

Ich sprach mit Thomas Caflisch darüber. Thomas kommt etwa alle zwei Nächte mit Leuten aus dem Zwischenreich zu Besuch. Auch Lorenzo, Siro und Charles Crist Delmonico kommen jeweils vorbei. Meine Mutter war schon hier, ebenfalls Eleanor, meine Schwester. Zwei- oder dreimal kam mein Vater. Er ging an Krücken und hatte verkrüppelte Hände. Pinkerton-Männer schlugen sie zu Brei, als er in Leadville streikende Grubenarbeiter fotografierte. «Ich wollte dir Fotos für eine Reportage schicken, um die sich die *World* oder eine andere Zeitung gerissen hätte. Doch, wie du siehst, ich konnte nicht.»

Seit einigen Tagen drängen sich die Zwischenreichler schon nachmittags ins Haus, selbst wenn Gavyn aufräumt,

Essen bringt und die Krokodile, Schlangen und Kröten unter dem Bett füttert, die es sich dort bequem gemacht haben. Gavyn scheint die Zwischenreichler nicht zu bemerken, mir hingegen gehen sie auf die Nerven.

Wie gesagt, ich wollte von Thomas wissen, was er von der Abmachung mit Andy Illander halte.

«Illander ist ein Gauner, da haben Sie recht, Simens. Doch umbringen will er Sie nicht. Er nimmt an, dass es mit Ihnen ohnehin demnächst zu Ende geht. Auch wenn Sie ihm diesen Gefallen nicht tun, die 2300 Dollar wird er nie herausrücken. Warum auch? Sie haben nichts in den Händen, um das Geld einzufordern. Sie können einzig in Ihrem Testament festhalten, dass die Bilder erst an ihn gehen, wenn das Geld auf dem Tisch liegt.»

Der regelmäßigste Besucher ist Lorenzo Delmonico. Er spricht über Religion und Kirche. Manchmal bittet er mich, mit ihm zu beten. Es ist mir peinlich, dies abzulehnen; möglicherweise würde es ihm einige Bonuspunkte einbringen, um schneller in den Himmel zu kommen. Auch ohne solche Boni hätte er es meiner Meinung nach bei seiner Frömmigkeit und Kirchentreue längst verdient, zur Rechten oder Linken Gottes zu sitzen.

Ob Filippini oder Ranhofer ebenfalls im Zwischenreich seien, fragte ich ihn. Er schaute mich verständnislos an. Das ist das Erstaunliche an den Zwischenreichlern: Keiner scheint den andern zu bemerken, jeder sieht nur sich allein. Deswegen wohl suchen sie mich immer wieder auf, um mit jemandem quatschen zu können. Ich finde ein solches Dasein schrecklich und frage mich, ob es überhaupt Sinn macht, im Guten oder Bösen zu leben, um als Zwischenreichler eine trübselige Ewigkeit lang auf einen eventuellen Rutsch ins Gottesreich zu warten, von dem viele behaupten, dass es gar nicht existiert.

Ich sprach mit Caflisch darüber. Er versuchte, mir das Zwischenreich als eine Art entgegengesetztes Kamaluk* zu

«Eine kleine Mitgift» wie sie Andy Illander Simens «mit den besten Wünschen für Ihre Gesundheit» zusenden dürfte.

erklären. Was dies sei, fragte ich. Wie das Kamasutra stamme es aus dem Sanskrit, doch beim Kamaluk handle es sich um eine Art Zwischenphase, wenn sich die Seele vom Körper trenne. Das Kamaluk empfinde man als einen Kosmos von Holdseligkeiten, doch sei es des Teufels, wenn es nicht nach den Gesetzen des Göttlichen ablaufe. Ich gestand Caflisch, nichts davon zu verstehen. Er lachte und meinte, das gehe ihm ebenso, man habe ihm das einmal so erklärt, auch das mit den Gesetzen des Göttlichen sei ihm fremd. Im Grunde genommen sei ja auch das Gerede von Himmel, Hölle, Fegefeuer, Verdammnis und dem Sitzplatz links oder rechts von Gott nur Quatsch. Alles sei inexistent und gebe es nur dann, wenn man daran glaube. Wenn man an das Jenseits glaube, gebe es das Jenseits, wer an das Fegefeuer glaube, für den gebe es das Fegefeuer, und wenn Sie, Simens, an uns Zwischenreichler glauben, gibt es uns Zwischenreichler. Nicht was man weiß, sieht und sich ausdenkt, ist entscheidend, sondern was man glaubt.» Ich verstand noch weniger. Für mich war Caflisch stets ein cleverer, lebenserfahrener Mann. Ob er ein jenseitserfahrener Mann ist, das bezweifle ich.

[162] Ich weiß jetzt, warum ich friere. Das ist dann, wenn mich Zwischenreichler aufsuchen. Ich erinnere mich an einen Besuch mit John Kruesi im Laboratorium von Nikola Tesla* an der Houston Street. Tesla hatte zu einer seiner spektakulären physikalischen Vorführungen eingeladen. Er ließ Blitze durch die Halle zucken, jonglierte mit Wechselstrom und erzeugte Blitze und Donner, die das ganze Haus erbeben ließen. In der anschließenden Diskussion wurde von der Möglichkeit gesprochen, der Luft Energie zu entziehen, um sie wirtschaftlich zu nutzen. Es gebe Forschungsprojekte, an denen seit Jahren gearbeitet werde.

Einer der Anwesenden erwähnte, solches sei doch nichts anderes als Schnee von gestern. Seit Jahrhunderten schon

**162: Der aus Kroatien stammende Nikola Tesla (1856–1943) und Thomas Edison (1847–1931) waren die bedeutendsten Erfinder ihrer Zeit in den USA. Beide arbeiteten anfäglich zusammen, bis Tesla die Edison Machine Works verließ und sich mit der Konkurrenz Westinghouse zusammentat, um die Wechselstromtechnik für die elektrische Überlandversorgung einzuführen. Dank Tesla ist es heute möglich, Energie durch die Luft übertragen zu können und drahtlos zu kommunizieren. Er forschte auch nach Möglichkeiten, dem die Erde umgebenden Energiefeld, damals Äther genannt, Energie zu entnehmen. Tesla war ein Exzentriker. Er wohnte im Hotel Waldorf-Astoria. Er scheute die Nähe von Frauen, die Perlohrringe trugen und er schüttelte aus Furcht vor Bakterien keine Hände. Tesla war ein häufiger Gast in den Delmonico's. Dort pflegte er vor dem Essen das Silberbesteck mit 18 Servietten zu polieren – mit 18, weil er Zahlen bevorzugte, die durch drei teilbar waren. Er starb in Einsamkeit und Armut im Hotel New Yorker.*

werde von Gespenstern der Luft entzogene Wärme als Energie genutzt. Dadurch sei es ihnen möglich, mit Ketten zu rasseln, an Bettdecken zu zupfen, mit Türen zu knarren und einem gar eins herunterzuhauen. Der Wärmeentzug sei der Grund, weshalb es einem in der Nähe von Gespenstern so kalt wird. Der Mann erinnerte an das Gespenst von der Chandler Street, das der ehrenwerte Bischof John DuBois anno 1822 mit Weihwasser und Kreuz hatte bannen wollen. Das Gespenst habe dem Bischof das Kreuz aus der Hand gerissen und ihm den Weihrauchkessel um die Ohren geschlagen. Doch nicht der Schmerzen wegen musste der Bischof ins Bett, sondern weil er sich an der eisigen Luft um das Gespenst erkältet hatte.

Meiner Meinung nach sind die Zwischenreichler eine Art Gespenster. Wenn sie mir mit ihrem Geschwätz die Ohren vollstopfen, brauchen sie Energie, das heißt der Luft entzogene Wärme, und ich klappere mit den Zähnen. Wenn ich gelegentlich einen dieser vielen bitte, mir einen Tee zuzubereiten oder Whiskey ans Bett zu bringen, fehlt ihnen die Kraft, da sie diese mit ihrem Gequatsche aufgebraucht haben. Ich werde sie künftig bitten müssen, mit ihrem Gerede erst zu beginnen, wenn sie gebracht haben, was ich wünsche.

Nachtgeister, Zeichnung von Gustave Doré.

Liebere Besucher sind mir die Kumpels aus Lucy's Tavern in Peace Dale und Lucy selbst. Sie bringen mir zu essen und zu trinken, und Lucy wechselt die Bettwäsche und nimmt Socken und Unterwäsche zum Waschen mit. Meine Freunde scheinen sich übrigens vor den kleinen Ungeheuern unter meinem Bett nicht zu fürchten. Einmal kroch Han, Lucys Mann, unter das Bett.

«Ich sehe nichts», sagte er.

«Das geht dich auch nichts an», rügte Lucy. Sie hatte recht. Solange mein kleiner Zoo niemanden stört, soll man ihn in Ruhe lassen.

Lucy ist eine kluge Frau, doch einmal musste ich sie korrigieren. Ich erklärte ihr, warum ich friere. Ihr sei hier nie zu kalt, bemerkte sie. Abgesehen davon habe sie von Zwischenreichlern bisher nie etwas bemerkt, und an Gespenster glaube sie sowieso nicht. Da war ich anderer Meinung. Gespenster, erklärte ich ihr, gebe es überall auf der Welt, am meisten in England. Aber auch in New York gebe es viele, das bemerke man daran, dass es in New York kälter sei als in Neapel, das auf dem gleichen Breitengrad liege, und dies wegen der Gespenster, die der Luft Wärme entziehen. Auch in England sei es kühler als in Frankreich, obschon Frankreich ebenfalls viele Gespenster habe, doch nicht so viele wie England – von diesen hätten einige weltweiten Ruhm erlangt. Als ich Lucy Oscar Wildes Geschichte vom *Gespenst von Canterville* erzählen wollte, musste sie plötzlich zurück in ihre Taverne. Wildes Geschichte handelt von einer amerikanischen Familie, die in Schottland ein altes Schloss gekauft hat. Schon vom ersten Tag an gehen die Kinder dem Hausgespenst mit ihren respektlosen Streichen auf die Nerven, statt sich vor ihm zu fürchten.

Nur ein einziges der Kinder, Virginia, hat Mitleid mit dem Gespenst. In einem Gespräch versucht sie, das Gespenst zu überreden, künftig niemanden mehr zu ärgern.

«Das ist ein einfältiges und ganz unsinniges Verlangen», antwortet der Geist. «Ich muss mit meinen Ketten rasseln und durch Schlüssellöcher stöhnen und des Nachts herumwandeln. Das ist schließlich mein Lebenszweck.»

«Das ist überhaupt kein Lebenszweck», widerspricht Virginia, «und Sie wissen sehr genau, dass Sie ein böser, schlechter Mensch waren. Man sagte uns, dass Sie Ihre Frau getötet haben.»

«Nun ja, das gebe ich zu», sagt das Gespenst verärgert, «aber das war eine Familienangelegenheit und geht niemand anderen etwas an.»

«Es ist sehr unrecht, jemanden umzubringen», stellt Virginia in ihrem, von ihren Vorfahren in Neu-England ererbten, puritanischen Ernst fest.

Einrichtung für Geistererscheinungen. Von Jonathan Swift wird erzählt, dass er heftig habe lachen müssen, als auf einer Bühne ein Gespenst erstochen wurde und er es sterben sah.

«Oh, wie ich die billige Strenge abstrakter Moral hasse! Meine Frau war sehr hässlich, hat mir niemals die Manschetten ordentlich stärken lassen und verstand nichts vom Kochen. Denken Sie nur, einst hatte ich einen Kapitalbock im Hogleywald geschossen, und wissen Sie, wie sie ihn auf den Tisch brachte? Aber das ist ja jetzt gleichgültig, denn es ist lange her, und ich kann nicht finden, dass es nett von ihren Brüdern war, mich zu Tode hungern zu lassen, bloß weil ich sie getötet hatte.»

«Sie zu Tode hungern? Oh, lieber Herr Geist, sind Sie hungrig? Ich habe ein Butterbrot bei mir, möchten Sie das haben?»

«Nein, ich danke Ihnen sehr, ich nehme jetzt nie mehr etwas zu mir.»

Zu Oscar Wildes Geschichte möchte ich lediglich noch bemerken, dass die Aggressivität gewisser Gespenster ihren Ursprung in einer mangelnden Ernährung hat. Eine eingangs beschriebene Luftnahrung ist zweifellos unbefriedigend; jahrhundertelang ohne einen warmen Bissen herumgeistern zu müssen, drückt aufs Gemüt.

Das vom Vater der amerikanischen Familie ertappte Gespenst von Canterville in einer Zeichnung von Heinrich Vogeler-Worpswede. Um ungebetene Gäste zu vertreiben, trat das Gespenst üblicherweise entsprechend kostümiert in Schrecken verbreitenden, imposanten Posen auf, so als «Vampir oder der blutlose Benediktiner», «Der Blutsauger von Beley Moor» oder «Jonas, der Grablose».

Endlich das versöhnende Finale, wobei Simens nicht feststellen kann, ob er als «Lieber» oder als «Lump» das Erdendasein verlässt, da er einmal mehr die Brille verlegt hat

[163] Da kommt an einem helllichten Tag eine junge Indianerin ins Haus spaziert, schaut sich wortlos um, schüttelt den Kopf über herumliegende Wäsche und schmutziges Geschirr, lächelt mir zu und kommt ans Bett: Ich nehme an, sie sei meine Geistesführerin, und ich wäre glücklich, wenn sie mich küssen würde. Doch ich habe Gewürznelken und Knoblauch gegen Zahnschmerzen gekaut, und sie lässt es sein.

In der folgenden Nacht schlafe ich schlecht und kann mit einem Mal den linken Arm und das linke Bein nicht mehr bewegen. So sehr ich beide kneife, ich spüre keinen Schmerz. Am Morgen gelingt es mir irgendwie, nach draußen zu kommen, um Wasser zu lassen und zurück zum Tisch zu robben, wo Gavyn Wasser, Whiskey, Brot und Wurst hingestellt hat und ich jetzt notiere, was geschieht. Doc Rotter hatte mir geraten, dies mir zuliebe täglich zu tun.

Plötzlich wird es um mich hell und weit. Mehr und mehr bin ich von Zwischenreichlern umgeben. Viele sind Leute aus meiner Kindheit. So Stumpenpatron Wertli aus Menziken. Er wirft mir vor, vier Stumpen des Vaters nicht, wie versprochen, nachgeliefert zu haben, obschon er sie bezahlt habe. Auch Fräulein Mosimann ist da, die Lehrerin. Ich liebte sie wie meine Mutter. Sie wünscht das mir vor 66 Jahren ausgeliehene Buch zurück! Hedi Wild will die versprochenen zwei Bonbons, für die ich ihr unter das Röckchen schauen durfte. Daniel Spörrli ist ebenfalls hier und will eine Haarlocke von meiner Schwester Josephine, wofür er mir, da sei er sicher, fünf Rappen gegeben habe. Gusti Frävel will Gerechtigkeit und dass ich Lehrer Büttikofer geste-

Amor, ein ewig junger kleiner Bengel, weist Little Nemo den Weg ins Schlummerland zu traumhaft schönen Valentinstagsfreundinnen …
(Fortsetzung siehe nächste Seite)

he, dass ich und nicht er die Schultafel verschmiert habe, wofür er Prügel bezogen hatte. Berni Lugener will die mir ausgeliehenen Glasmurmeln zurück, die er mir gegeben hatte, damit ich an seiner Stelle Brennholz zu seinem Großvater bringe.

Bald sind 50 und mehr dieser Graugestalten im Zimmer. Sie erinnern mich an Schulden, nicht erfüllte Treueschwüre, verschlampte Termine, vergessene Dankeschöns, verdrängte Kranken- und Kondolenzbesuche, erlogene Entschuldigungen … Was zum Teufel sind diese Zwischenreichler doch für eine Bande von nachtragenden Erbsenzählern! Auch Heinrich Seiffert blickt vorwurfsvoll. Was, verdammt, hätte ich noch mehr für ihn tun können? Genügt ihm nicht, dass ich seinetwegen den Auftrag von Wanamaker verlor?

Da geht man von New York weg, aufs Land, will seine Ruhe haben, frische Luft atmen – und friert, hat Rheuma, Durchfall und Zahnschmerzen. Es stinkt nach Kerosin, feuchtem Hundepelz, abgestandenem Zigarrenrauch und Fürzen. Und das bisschen Seelenruhe, das verbleibt, wird gestört von konfusen Verstorbenen, die eine einzige Anklage sind: Lorenzo D. seufzt, weil ich nicht mit ihm bete, Louis Tiffany wedelt mit Vorschussquittungen für nie gelieferte Entwürfe für einen Lampenschirm. Charlotte will endlich das silberdurchwirkte Strumpfband haben, versprochen sei versprochen. Mein Gott, da könnten noch viele kommen. Und sie kommen: Lorette und Didi und andere vom Pretty Maiden, auch Lullubelle aus Niblo's Dancing Hall behauptet, dass ich ihr ein Strumpfband versprochen habe. Edman Stedman, der Theaterkritiker, droht mir tatsächlich mit dem Jüngsten Gericht, weil ich ihn auf einem Fries im Daly's als sabbernde Dogge karikierte. Was für ein Trottel!

Jetzt kommt auch noch der alte Ingres wegen des Trompe l'œils, das ich für Mrs. Levine gemalt habe. Er mache mir keinen Vorwurf, dass ich sein *Bain turc* kopiert habe, sondern weil ich es so hundsmiserabel getan habe. Ja, Monsieur

… von denen er sich die Holdeste aussuchen dürfe. Durch ein Labyrinth prächtiger Dekorationen gerät Nemo jedoch vorerst in ein Horrorkabinett aus Schreckensgestalten. Aus der Ansammlung dieser Unwesen führt Amor Nemo …
(Fortsetzung siehe nächste Seite)

Ingres, Sie haben sich 30 Jahre lang mit dem Malen von Frauen beschäftigt. Es war mir einfach nicht möglich, den Schimmer der Samthaut der Badenden so wiederzugeben, wie Sie es taten. Mrs. Levine hingegen, die ich anstelle der Spitznasigen inmitten Ihres schwülstigen Frauenhaufens malte, scheint mir recht gut gelungen, obschon mir nur vier Sitzungen zugestanden wurden und ich zudem, was Sie nicht wissen, wegen ihrer Tochter unter starker nervlicher Belastung stand. Dies zu Ihnen, Mr. Ingres. Und jetzt noch zu Ihnen, Mr. Melville. Sie stoßen sich daran, dass ich zwei(!) Sätze der Seeleute-Predigt aus Ihrem *Moby Dick* ungenau in meine Lottery-Predigt eingebaut habe. Zum Teufel noch mal, ist es denn so schrecklich, dass ich Ihnen, Stevenson, Poe, O. Henry, Twain und anderen ein oder zwei Sätzchen entliehen habe? Könnte es nicht sein, dass ich es aus Verehrung für Sie tat? Und dass ich nicht immer wortgenau zitierte, geschah vielleicht aus dem Grund, dass ich dem Zitat einen andern Sinn geben wollte. Oh, Ihr Nörgler, Krittler und Knicker könnt mich doch! Ich schließe die Augen… doch wenn ich sie öffne, sind der Zwischenreichler mehr und mehr.

Und Thomas Caflisch? Er steht da, lächelt, ist amüsiert, als sähe er ein Musical. Ja, plötzlich ist es eines, ja, noch mehr, es entwickelt sich zu einer Revue à la Florenz Ziegfeld, zu der Barnum die Hauptdarsteller lieferte: Ich sehe Sergius, den Koch, in knallgelber Hose und rosafarbener Jacke. Sein Bart ist grün gefärbt! So, wie er mir mit einer Flasche Wodka zuwinkt, könnte er beschwipst sein. Neben ihm steht Johnny von der Manhattan-Bar. Er trägt eine Krone aus Cocktailfedern. Lachend zeigt er auf mich und schlägt Eugen auf die Schulter, der mir mit einem Bier zuprostet. Anderson und Jenssen vom Juri grüßen mit Whiskey, ebenfalls La Rosa, doch dieser mit einem Glas Champagner. Er steckt in einem piekfeinen weißen Anzug und trägt einen Panamahut; an der Brust blitzen Orden. Neben ihm, elegant

…endlich zu den begehrten Freundinnen des heiligen Valentin, von denen Nemo die Lieblichste auswählt; die will er auch den Eltern vorstellen. Auf dem Weg zu diesen bemerkt er jedoch, dass das Mädchen nur aus Pappe ist und Amor ein Schwindler.
Ein jähes Erwachen.

Aus *Little Nemo in Slumberland* von Winsor McCay, 1905–1914.

wie immer und mir zulächelnd Gertrude Ellisson-Wartropt. Anita Bell vom Drugstore winkt mit Räucherstäbchen. Deborah erlaubt mir einen Blick durch den geschlitzten knallroten Rock auf schwarzbestrumpfte, noch immer umwerfend schöne Beine – und kaum zu glauben: Léonce-François de Boussac d'Ey steht in Frack und Zylinder daneben und beide halten Händchen! Filippini grinst, an ihn lehnt sich Hedda vom Salem Lunch, sie steckt in einem Dirndl. Charles Ranhofer hält eine Pastete in die Höhe, neben ihm sehe ich Epstein, den Schauspieler. Er trägt eine braune Kutte. Und was hält er hoch? Nein, nicht zu glauben, es ist Hamlets Totenkopf. Was für eine Bande spinniger Jenseitsbrüder und -schwestern

Plötzlich beginnen alle zu sprechen oder zu singen. Doch ich höre keinen Ton. Sprechen und singen sie wirklich? Nein, nicht: Es sind farbig schimmernde Seifenblasen, die ihre Münder verlassen. Auf einmal sehe ich Harriet vor der Menge stehen. Mon Dieu! Sie trägt ein hochgeschlossenes Kleid mit silbernen Pailletten und einen kutschenradgroßen Federhut. Keck hat sie die Arme in die Hüfte gestemmt, das Becken ist wie bei einem Revuegirl nach vorne geschoben. Sie hebt die rechte Hand zum Mund und haucht mir über die Handfläche bunte Seifenblasen zu. Wunderbar, ich kann erfühlen, was sie bedeuten! Blau und kürbisgroß: «Simens ...»; kleiner und rot: «... du ...»; rosa und beige: «... bist ...» und «... ein ...»; und dann ... verdammt, wo zum Teufel ist die Brille ... blau-grün? Oder, nein! Gelb-grün? Heißt es nun «Lieber» oder «Lump»?

THE END und
Thank you very much!
Vielen Dank!
Merci beaucoup!
Grazie mille!
Muchas gracias!
Le-chajim!
Spasiba Balschoje!

Geehrte Leserinnen und Leser : Ursprünglich sollte dieses Buch eine Biografie über die Delmonico's-Restaurants (1827 bis 1923) in New York und die aus dem Tessin stammende Delmonico-Familie werden. Doch dann sammelte sich im Laufe der langen Arbeit eine Menge von erstaunlichem, kaum je veröffentlichtem zeitgenössischem Dokumentationsmaterial über Literatur, Kunst, Geschichte und New Yorker Alltagsleben an, was eine Publikation rechtfertigte. Und damit Legenden und Leben der «Four Hundreds» sowie von Künstlern, Köchen und Kellnern, Politikern, Gewerkschaftern, Zeitungs- und Theaterleuten der Zeit.
Alles in allem ein unterhaltsames Panoptikum bemerkenswerter Menschen, wenn nicht viele davon verdammte Gauner gewesen wären. Doch auch sie sind nun ein für alle Mal ein wesentlicher Teil unseres Romans; jeder möge sie nach seiner Façon beurteilen.
René Simmen

Das Delmonico's-Beaver, das erste der Delmonico's-Restaurants (1837), nach dem Umbau 1890.

Links: Der Autor
zwischen Missy Fantasy und
Fräulein Wahrhaftigkeit.

Nachtrag …

… betreffend Henry Simens

Henry Simens stirbt am 12. September 1915 im Alter von 73 Jahren. Gemäß dem in seinem Cottage in Peace Dale, Rhode Island, aufgefundenen Testament

- sind noch vorhandene Zeichnungen und Bilder Mr. Andy Illander, Kunsthändler in Newport, Rhode Island, auszuhändigen, doch erst nach Zahlung der vereinbarten 2300 Dollar. Diese sind als Schenkung De Witt's Nachtschule in New York zukommen zu lassen.
- ist das Cottage und das darin befindliche Inventar zum Höchstpreis zu verkaufen. Vom Erlös sind die Begräbniskosten zu zahlen (nur Holzsarg, keinen Pfarrer und keinen Grabstein) sowie allfällige Steuerschulden. Ein möglicher Überschuss geht zu einem Drittel an Gavyn Field und zu zwei Drittel an Lucy von Lucy's Tavern in Peace Dale mit der Auflage, das Geld für ein Leichenmahl zu verwenden, zu dem sie einladen kann, wen sie dazu berechtigt findet.
- ist die mit «Ein biografischer Roman» angeschriebene Schachtel dem Neffen William Broomfield, Clothes, Manhattan, New York, Sohn von Elder Broomfield und Eleanor geb. Simens mit besten Grüßen zu überbringen oder zu senden.

Datum des Testaments: 15. April 1915.
Unterschrift: Henry Simens.
Beglaubigungen von Zeugen: keine.

«Neun Leben lang hast du gegeigt, im
Guten wie im Bösen,
jetzt ist's genug!
und Zeit,
uns tränenreich von dir zu lösen.»

Nachtrag …

… betreffend Delmonico's und Familie Delmonico

Das letzte der Delmonico's, das Del's-Fifth Avenue/44th Street, wurde aufgrund der Prohibition am 12. Mai 1923 geschlossen*; die Geschäftsleitung war mehrmals wegen illegalen Alkoholausschanks verwarnt worden. 1927 wurde das Restaurant von ehemaligen Angestellten wieder eröffnet, es bestand bis 1977. 1997 gab es ein Delmonico's an der Beaver Street 56. Auch dieses hatte mit der Familie Delmonico nichts zu tun; Besitzerin war eine Familie Huber. 2001 gab es neue Besitzer, ihre Werbung knüpfte an die Tradition der alten Del's an.

Ein Restaurant mit dem Namen «Delmonico's» gibt es in Paris an der Avenue de l'Opéra 29. 2008 wurde in Zürich ein Restaurant unter dem Namen «Delmonico» eröffnet. Unter «Delmonico», «Delmonicos» und «Delmonico's» sind mehrere Internet-Eintragungen zu finden: gastgewerbliche Betriebe, Blumenläden, Heiratsvermittlungen, Putzinstitute, Haushaltgeschäfte, Beerdigungsinstitute, ohne dass ein Bezug zu den Delmonico's besteht.

**Die Reihe berühmter New Yorker Restaurants, die mit dem Prohibitionsgesetz (1919–1933) in Konflikt gerieten, ist lang: Ansonia, McAlpin, Astor, Jack's and Churchill's, Knickerbocker Grill, Reisenweber's, Shanley's. Frank Case vom Algonquin Hotel hatte schon vor dem Inkrafttreten des Gesetzes die Bar aufgegeben. Das Waldorf-Astoria wandelte seinen Weinkeller in einen Fitnessraum für Hotelgäste um, Der Weinkeller von Sherry's wurde zu einem Laden für Süßigkeiten. Für die Delmonico's war das «Dry Law clampdown» verheerend: Die Del's waren aus der 1827 von John Delmonico gegründeten Weinhandlung hervorgegangen und pflegten ein Jahrhundert lang engagiert eine anspruchsvolle Weinkultur. Durch die Prohibition ging der Umsatz der Del's um über ein Drittel zurück, die Gäste hatten keine Lust, in einem Delmonico's ohne Wein und Champagner zu dinieren.*

Das Ende der Delmonico's hatte, wie die New York Times *schrieb, möglicherweise auch einen anderen Grund: Die Institution Delmonico's war Vergangenheit. Die Nachkriegsgeneration war eine erlebnishungrige, gehetzte Gesellschaft mit veränderten Lebens- und Essgewohnheiten; die 1920er-Jahre waren das Goldene Zeitalter der Tanz- und Jazzlokale. Die gehobene Esskultur und die gesellschaftlichen Hierarchien und Normen hatten an Bedeutung verloren – das New York des 20. Jahrhunderts war den Delmonico's entwachsen.*

BIBLIOGRAFIE

Brown Henry Collins: Delmonico's, A Story of Old New York. New York 1928.
Browne Junius Henry: The Great Metropolis, A Mirror of New York. Hartford N.J. 1869.
Burns Ric/Sanders James/Ades Lisa: New York, An Illustrated History. New York 1999. deutsche Sonderausgabe GEO und Frederking & Thaler Verlag, München 2005.
Cable Mary, American Manners & Morals. A Pictory History of How We Behaved and Misbehaved. American Heritage Publishing Co. New York 1969.
Cardia Clara: Ils ont construit New York, Histoire de la Metropole au XIXe siécle. Genf 1987.
Dumont Cédric: Kulinarisches Lexikon. Hallwag Verlag, Bern und Stuttgart 1997.
Gregory Alexis: Der Glanz des Reichtums. Heyne Verlag, München 1993.
Grover Kathryn: Dining in America 1850–1900. Rochester, New York 1987.
Homberger Eric: The Historical Atlas of New York City. Henry Holt and Company, New York 1994.
Jackson Kenneth T.: The Enclopedia of New York City. Yale University Press, New Haven 1995.
Kouvenhoven John A.: The Columbia Historical Portrait of New York, A Essay in Graphic History. Icon Editions, Harper & Row, New York 1972.
Jones Evan: American Food. The Gastronomic Story. The Overlook Press 1990.
Marx Henry: Die Broadway Story. Eine Kulturgeschichte des amerikanischen Theaters. Econ Verlag, Düsseldorf/Wien 1986.
Miriani John: America Eats Out. An Illustrated History of Restaurants, Taverns, Coffe Shops, Speakeasies etc. 1991
O'Neill Molly: New York Kochbuch. Könemann Verlags GmbH, Köln 2000.
Riis Jacob A.: How the other half lives. Studies among the Tenements of New York, 1901. Dover Publications Inc. New York 1971.
Rimmer Leopold: A History of Old New York Life and the House of the Delmonicos. New York 1898.
Root Waverley: Food. An authoritative visual history and dictionary of the foods of the world. Simon & Schuster, Inc., New York 1980.
Simmen René (Hrsg.): A propos culina (Nr. 3, New York), Zürich 1994.
Thomas Lately: Delmonico's, a Century of Splendor. Houghton Mifflin Company, Boston 1967.

Weitere Werke siehe unter dem Namen der Autoren im Index im Klappeinband.

BIBLIOTHEKEN/ARCHIVE

American Heritage, New York
Museum of the City of New York, New York
The New-York Historical Society, New York
New York Public Library, 40th St./ Fifth Ave.
Schweizerische Nationalbibliothek, Bern
Zentralbibliothek Zürich, Abt. Amerika.

BILDERNACHWEIS
(falls nicht dem entsprechenden Bilddokument direkt zugeordnet)

Byron Joseph: New York Life at the Turn of the Century in Photographs. From the Byron Collection of the Museum of the City of New York. Dover Publicatioins, Inc. New York 1985.
Collins Alan C.: The Story of America in Pictures. Doubleday & Company, Inc. New York 1953.
Crockett Albert Stevens/ Budd Leighton (Illustrations): Old Waldorf Bar Days. Aventine Press, New York 1931.
Forbis William H.: Der Wilde Westen. Die Cowboys. Time Life International 1978.
Fordham John: Das große Buch vom Jazz. Christian Verlag, München 1994.
Guy Christian: Histoire de la Gatronomie en France. Ed. Nathan, Paris 1985.
Grafton John: New York in the Nineteenth Century, from Harper's Weekly. Dover Publications, Inc. New York 1980.
Le Brun Armand: Le Vocabulaire Illustré (ca. 1880)/Das große illustrierte Wörterbuch. Verlag Lothar Borowsky, München 1990.
Lightfoot Frederick S.: Nineteenth-Century New York in Rare Photographic Views. Dover Publications, Inc. New York 1981.
Palmer Tony: All You Need Is Love. Vom Blues zum Swing. Droemersche Verlagsanstalt Th. Knaur Nachf., München/Zürich 1977.
The Universal Self-Instructor (1883). Reprint Winterhouse Ltd. New York 1970.
Van Every Edward: Sins of America, as «Exposed» by the Police Gazette. New York 1931.
Yapp Nick: Nordamerikanische Geschichte. Ein Jahrtausend in Bildern. Getty-Images. Könemann Verlags GmbH, Köln 2000.

VERDANKUNGEN

Irgendeinmal wurde die Idee zu diesem Buch ins Meer des Ungewissen geworfen – um zu sehen, welche Kreise sie ziehen würde. Die Resonanz war groß. Vorerst an Altbekanntem, wenn auch in Varianten. Außergewöhnliches an Bild und Text kam durch Zufall dazu oder wurde durch Bekannte eingebracht.

Ein Grand Merci somit an Angelika und Otmar Bucher, Evelyne Bucherer-Romero, Max Brunner, Julia Defanti, Jürg Federspiel, Max Frei, Annette Freitag, Valérie Hylton, Dieter Notz, Esther Scheidegger, Franz Studer und Sacha Verna. Ein großer Dank geht auch an Patrick Schär, den Lektor, die Herstellerinnen Patrizia Grab und Ulrike Groeger, Mara Züst sowie Michel Gilgen und Daniela Trunk, die mit der Gestaltung des Klappeneinbandes zu diesem Buch als Gesamtkunstwerk beigetragen haben. Und da wäre auch noch ein Dank an den Verleger, André Gstettenhofer, nun ja.

Besonders gedankt sei Barbara, der Frau des Autors. Über Jahre und mit unendlicher Geduld musste sie sich immer wieder anhören, was einmal mehr gestrichen, ergänzt, neu geschrieben, ersetzt oder sonst wie abgeändert werden sollte; über Jahre das Tagesgespräch und ein ewig gleiches Thema beim Besuch von Gästen.

René Simmen

Gedruckt mit Unterstützung der Ulrico Hoeppli-Stiftung
und der R & S Investments AG.